Assoiffés

De la même autrice chez Pocket Jeunesse :

Assoiffés
Foudroyés
Convoités

TRACY WOLFF

Assoiffés

Traduit de l'anglais (États-Unis)
par Aylin Manço

POCKET JEUNESSE
PKJ·

Directeur de collection :
Xavier d'Almeida

Titre original :
Crave
Publié pour la première fois en 2020
par Entangled publishing, Parker, Colorado, USA

Loi n° 49956 du 16 juillet 1949 sur les publications
destinées à la jeunesse : avril 2021

ISBN : 978-2-266-31509-8
Dépôt légal : avril 2021

À mes garçons,
qui ont toujours cru en moi
et à Stéphanie,
qui m'a aidée à croire de nouveau en moi

0

AU BORD DU GOUFFRE

Debout sur le tarmac, je regarde l'avion à bord duquel je suis censée embarquer en faisant de mon mieux pour ne pas péter les plombs.

Ce qui est plus facile à dire qu'à faire.

Et pas seulement parce que je suis sur le point de laisser ma vie entière derrière moi, même si c'était ma préoccupation majeure il y a encore deux minutes. Non : dans l'immédiat, c'est la vue de ce tas de ferraille déguisé en avion qui me fait paniquer.

— Alors, Grace ?

L'homme que mon oncle Finn a envoyé me chercher me gratifie d'un sourire patient. Il s'appelle Philip, il me semble. Je ne suis pas sûre. C'était dur de l'entendre par-dessus les battements affolés de mon cœur.

— Parée pour l'aventure ?

Non. Non, je ne suis absolument pas parée… ni pour l'aventure, ni pour quoi que ce soit d'autre.

Si quelqu'un m'avait annoncé voilà un mois que je me retrouverais bientôt à l'aéroport de Fairbanks, en Alaska, je lui aurais répondu qu'il était mal informé. Et s'il avait ajouté que je quitterais cet aéroport à bord du plus petit coucou du monde à destination de l'endroit le plus perdu du continent – en l'occurrence, une ville située au pied du Denali, la plus haute montagne d'Amérique du Nord –, je lui aurais carrément ri au nez.

Mais trente jours suffisent à changer une vie. En trente jours, on peut tout perdre.

La seule certitude qui me reste après ces dernières semaines, c'est que même une situation désespérée peut encore empirer.

1

ATTERRIR, C'EST SE JETER AU SOL EN ESPÉRANT NE PAS LOUPER SON COUP

— Là-bas ! s'écrie Philip tandis que nous survolons des pics enneigés.

D'une main, il lâche son manche à balai pour m'indiquer des bâtiments dans le lointain.

— Bienvenue à Healy, Alaska !

— Waouh ! cette ville a l'air…

Très petite. Vraiment, vraiment minuscule. Bien moins étendue que mon quartier de San Diego.

Je ne vois pas grand-chose d'ici, cela dit. Non seulement la ville est tapie dans l'ombre des montagnes qui la dominent comme autant de titans oubliés, mais en plus on vole dans un genre de pénombre bizarre que Philip s'obstine à appeler le crépuscule (alors qu'il est à peine cinq heures). Néanmoins, si mes yeux ne me trompent pas, cette prétendue ville n'est qu'un amas de bâtiments mal assortis.

— … très intéressante, je termine.

Ce n'est pas l'adjectif qui m'est venu d'emblée à l'esprit pour décrire l'endroit (« enfer glacé » m'avait paru plus approprié), en tout cas, c'est le plus poli. Philip amorce la descente ; je me prépare à ajouter un affreux accident à la longue liste de tout ce qui m'est arrivé d'horrible depuis que j'ai embarqué à bord de mon premier avion (celui de Philip étant le troisième), dix heures plus tôt.

Je viens tout juste de repérer ce qui fait office d'aéroport dans cette ville de mille habitants (merci, Google) quand Philip me dit :

— La piste est très courte parce que sinon elle serait impossible à dégeler. L'atterrissage va être rapide, alors accroche-toi !

Je n'ai aucune idée de ce qu'est un « atterrissage rapide », toutefois ça ne m'inspire pas du tout confiance. Il y a une barre à l'intérieur de la portière de la cabine, prévue pour ce genre de situation, je parie. Je m'y agrippe de toutes mes forces. Nous perdons de l'altitude.

— OK, jeune fille. Rien ne va plus ! s'exclame Philip, et je range ça dans le top 5 des pires phrases à être jamais sorties de la bouche d'un pilote en plein atterrissage.

La piste fonce à notre rencontre, blanche et dure. Je ferme fort les yeux.

Quelques secondes plus tard, le train d'atterrissage rebondit sur le tarmac. Philip freine si brusquement que mon crâne aurait explosé sur le tableau de bord si ma ceinture ne m'avait pas retenue. L'avion gémit – je ne sais pas si ça vient d'un endroit en particulier ou si c'est l'appareil tout entier qui pousse son chant du cygne. Je m'efforce de l'ignorer.

Voilà qu'on dérape vers la gauche.

Je me mords la lèvre, garde les yeux résolument fermés et essaie d'empêcher mon cœur de bondir hors de ma poitrine. Si c'est la fin, je n'ai aucune envie de la regarder en face.

Je me demande si mes parents ont vu leur mort arriver. Le temps que je chasse cette pensée, l'avion s'arrête en vibrant.

J'ai ma réponse, à présent. Je tremble de tout mon corps, de la racine des cheveux aux orteils.

J'ouvre enfin les yeux. Par politesse, je me retiens de palper mon corps pour vérifier s'il est toujours entier. Philip rit.

— J'ai tout fait comme ils disent dans le manuel de pilotage !

Peut-être que son manuel est en fait un roman d'épouvante ? Ou qu'il l'a lu à l'envers ?

Sans répondre, je lui offre le plus beau sourire dont je suis capable et attrape le sac à mes pieds pour en sortir la paire de gants qu'Oncle Finn m'a envoyée. Je les enfile, ouvre la portière et saute à terre en priant pour que mes genoux supportent mon poids sans broncher.

Ils tiennent. Tout juste, mais ils tiennent.

Je reprends mon souffle le temps de serrer mon manteau autour de moi (il doit faire moins quinze). Une fois certaine que je ne risque pas de tomber dans les pommes, je me dirige vers l'arrière de l'avion pour récupérer les trois valises qui contiennent toute ma vie, ou plutôt, ce qu'il en reste.

Ça me fait un choc de les revoir. Bon, le moment est mal choisi pour repenser à ce que j'ai dû laisser derrière moi, ou au fait que des inconnus habitent désormais dans la maison de mon enfance. Après tout, j'ai perdu bien plus que mon matériel à dessin, bien plus que ma batterie adorée. Bien plus qu'une maison.

Tant bien que mal, j'empoigne une des trois valises dans la soute et la pose sur le sol. Avant que je puisse prendre la deuxième, Philip soulève les deux autres comme si elles étaient remplies de plumes.

— Viens, Grace. Allons-y avant que tu te transformes en glaçon.

Il m'indique un parking (même pas un bâtiment, un *parking*) à une centaine de mètres. Je me retiens de grogner. Il fait si froid… Ce n'est plus à cause de la frayeur de l'atterrissage que je tremble. Comment font les gens pour vivre ici ? C'est surréaliste ; ce matin, à mon réveil, le thermomètre affichait vingt degrés.

Ai-je le choix ? Je saisis ma valise par la poignée et la traîne vers la bande de béton qui constitue sans doute l'aéroport de Healy. On est bien loin des terminaux bondés de San Diego.

Philip me rattrape vite, une valise dans chaque main. Alors que je m'apprête à lui dire qu'il peut utiliser les roulettes, je comprends dès qu'on quitte la piste pourquoi il préfère les porter – il y a de la neige partout, impossible de faire rouler des valises là-dessus.

Malgré mon épais manteau et mes gants en fausse fourrure, je suis frigorifiée avant même d'avoir parcouru la moitié du parking. J'ignore comment je suis censée effectuer la dernière partie du voyage jusqu'à l'internat dont mon oncle est le directeur. Avant que je puisse demander à Philip s'il y a des Uber par ici, une silhouette émerge de derrière un camion et court à ma rencontre.

Je crois que c'est Macy, ma cousine, sans en être certaine : elle est emmaillotée des pieds à la tête dans une combinaison protectrice.

— Tu es là ! s'écrie la pile ambulante de bonnets, d'écharpes et de manteaux.

Oui : c'est bien Macy.

— Je suis là, je confirme tout en me demandant s'il est trop tard pour envisager un placement en famille d'accueil. Ou l'émancipation. Peu importe ce qui me permettrait de rester à San Diego, ça doit valoir mieux que de vivre dans une ville dont l'aéroport consiste en une unique piste et un minuscule parking. Heather va hurler quand je lui raconterai.

— Enfin ! ajoute Macy.

Elle tente de m'enlacer, ce qui est un peu compliqué comme manœuvre vu qu'elle porte trois mille couches de vêtements. En plus, même si elle a seize ans et moi dix-sept, elle fait une tête de plus que moi.

— Ça fait plus d'une heure que j'attends !

Je la serre contre moi.

— Désolée, mon avion a eu du retard à Seattle. Une tempête nous empêchait de décoller.

Elle grimace.

— Ouais, ça arrive souvent. La météo là-bas est encore pire que la nôtre !

J'ai envie de protester – ici, tout est enfoui sous des kilomètres de neige et les gens portent des combinaisons protectrices qu'envieraient les astronautes. Mais je ne connais pas très bien ma cousine et je ne veux surtout pas la vexer. À part Oncle Finn et Philip, c'est la seule personne qui m'est familière ici.

Ainsi que la seule famille qui me reste.

Je me contente de hausser les épaules.

Ça semble la satisfaire : elle me sourit avant de se tourner vers Philip, qui porte toujours mes valises.

— Merci d'être allé la chercher, Phil ! Papa m'a chargée de te dire qu'il te doit un pack de bière.

— Pas de souci, Mace. J'avais quelques courses à faire à Fairbanks de toute façon, répond-il avec naturel, comme si effectuer un vol de deux cents kilomètres n'avait rien d'exceptionnel.

De fait, il doit avoir l'habitude, étant donné qu'il vit encerclé par des montagnes enneigées. D'après Wikipedia, il n'y a qu'une seule route qui mène à Healy et elle est parfois fermée l'hiver.

Ça fait un mois que j'essaie de m'imaginer ce que c'est de vivre comme ça, aussi isolé. Je ne vais pas tarder à le savoir.

— Il te l'apportera vendredi avant le match, ajoute Macy avant de se tourner vers moi. Papa regrette de ne pas avoir pu venir t'accueillir, Grace. Il y a eu une urgence à l'école et personne d'autre ne pouvait s'en occuper. Il m'a demandé de le prévenir dès qu'on arrive.

— T'inquiète, je souffle.

Qu'est-ce que je pourrais répondre d'autre ? De toute façon, depuis que mes parents sont morts, j'ai du mal à accorder de l'importance à ce genre de tracas : je m'en fiche qu'on vienne m'accueillir ou pas, tant que j'arrive à destination. Et je m'en fiche de l'endroit où j'habite. Où que ce soit, mes parents ne m'y attendront pas.

Philip nous accompagne jusqu'au bout du parking et pose mes valises. Macy l'embrasse ; je lui serre la main.

— Merci d'être venu me chercher.

— Pas de problème. Je suis là si t'as besoin de faire un autre trajet !

Il me fait un clin d'œil avant de retourner vers son avion.

On le regarde s'éloigner, puis Macy saisit les poignées des deux valises et les tire à travers le parking. Elle me fait signe de l'imiter et je m'exécute, ignorant la partie de moi qui rêve de rattraper Philip sur le tarmac, de remonter dans son minuscule avion et de le supplier de me ramener à Fairbanks. Ou, mieux, à San Diego.

Cette envie s'intensifie quand Macy me demande :

— As-tu besoin d'aller aux toilettes ? Parce qu'il y a encore une bonne heure et demie de trajet avant d'arriver au lycée.

Une heure et demie ? Ça me paraît impossible : la ville est si petite qu'on pourrait la traverser en quinze minutes de voiture. Cela dit, pendant notre vol, je n'ai vu aucun bâtiment suffisamment grand pour héberger tout un pensionnat. Peut-être que le lycée n'est pas à Healy même ?

Je me remémore les montagnes et les rivières qui entourent cette ville de toute part : où diable ce voyage interminable va-t-il s'achever ? Et où, exactement, Macy voudrait-elle je soulage ma vessie ? On est sur un parking.

— Ça ira, je réponds après une minute.

Le trajet jusqu'ici m'a déjà pris une journée entière, ce qui, en soi, est une épreuve, mais tandis que je tire ma valise dans la pénombre, avec l'air glacial qui me gifle à chaque pas, tout devient surréaliste. Et plus encore quand je vois Macy se diriger vers une motoneige garée sur le parking.

Ce n'est pas possible. Ça *doit* être une plaisanterie. Macy charge mes valises sur le traîneau qui y est fixé et je comprends que non, c'est très sérieux. Je suis bel et bien sur le point de faire un trajet d'une heure et demie à motoneige, dans le noir, en *Alaska,* alors que, si j'en crois mon téléphone, il fait *moins vingt.*

Il ne manque plus que le Grand Méchant Loup pour compléter le tableau. Quoique, à ce stade, cela serait quasiment superflu.

Horrifiée, je regarde Macy arrimer mes valises au traîneau. Je devrais sans doute lui proposer mon aide, sauf que je n'ai aucune idée de la façon de m'y prendre. Étant donné que je n'ai pas la moindre envie que mes dernières possessions soient éparpillées à flanc de montagne, mieux vaut laisser faire l'experte.

— Tiens, ça pourrait t'être utile, me dit Macy en ouvrant un sac qui attendait sur le traîneau.

Elle fouille dedans pendant quelques instants avant d'en tirer un pantalon de ski et une écharpe en laine. Rose vif tous les deux : c'était ma couleur préférée quand j'étais gamine. Plus maintenant, néanmoins l'attention de Macy me touche.

— Merci, je murmure, en me forçant à sourire.

Après quelques essais infructueux, je parviens à enfiler le pantalon par-dessus mon caleçon long et mon pantalon de pyjama molletonné (c'est le seul pantalon molletonné que je possède). Sur les conseils de mon oncle, je m'étais changée avant d'embarquer à Seattle. Ensuite, j'observe la façon dont Macy a enroulé son écharpe chamarrée autour de son cou et de son visage, et je fais pareil.

C'est plus difficile qu'il n'y paraît de parvenir à couvrir mon nez sans que l'étoffe retombe.

Quand j'y parviens enfin, Macy me tend l'un des casques suspendus au guidon de la moto.

— Le casque est isolant, donc il te gardera au chaud, en plus de te protéger en cas d'accident, explique-t-elle. Et il y a une visière pour préserver tes yeux du froid.

— Mes yeux peuvent geler ? je m'exclame en prenant le casque, traumatisée d'avance.

L'écharpe sur mon visage gêne ma respiration.

— Non, tes yeux ne vont pas geler, rigole Macy. Mais la visière t'empêchera de larmoyer, ce sera plus confortable.

— Ah ! OK, je dis en rougissant. Je suis bête.

— Mais non !

Macy passe un bras sur mes épaules et m'attire à elle.

— C'est toujours un choc d'arriver en Alaska. Tout le monde a besoin d'un temps d'adaptation ! Tu verras, tu t'y feras très vite.

Bien que j'en doute, je ne réplique pas. Je ne veux pas me montrer désagréable envers Macy qui fait de son mieux pour me faciliter les choses.

— Je suis désolée que tu aies dû venir ici, continue-t-elle. Enfin, je suis ravie que tu sois là ! Mais je suis désolée que ce soit à cause de…

Elle laisse la phrase en suspens.

J'ai l'habitude. Depuis des semaines, mes amis et mes profs marchent sur des œufs. Personne n'a envie de dire les mots à voix haute.

Trop épuisée pour sortir Macy d'embarras, j'enfile mon casque et l'attache.

— T'es prête ? me demande Macy.

Ma réponse est la même que quand Philip m'a posé la question à Fairbanks. *Non. Pas du tout.*

— Ouais. Parée.

J'attends que Macy s'installe avant de grimper derrière elle.

— Tiens-toi à ma taille, crie-t-elle en démarrant.

Je l'agrippe fort. Deux secondes plus tard, nous filons dans l'obscurité qui s'étend à l'infini devant nous.

Je n'ai jamais eu aussi peur de ma vie.

2

VIVRE DANS UNE TOUR NE FAIT PAS DE TOI UN PRINCE CHARMANT

Le trajet n'est pas aussi terrible que prévu.

Soyons clairs : il n'est pas de tout repos, mais c'est surtout dû au fait que j'ai passé la journée dans des avions et que je rêve d'arriver enfin à destination, peu importe laquelle.

Et si cette destination est au chaud et à l'abri des animaux sauvages dont j'entends les hurlements au loin, tant mieux. Tout le bas de mon corps est engourdi.

Je suis occupée à essayer de réveiller mes fesses glacées lorsque nous quittons la piste (si on peut appeler ça une piste) et entamons notre ascension jusqu'à un plateau à flanc de montagne. Après plusieurs virages entre des arbres, j'aperçois des lumières.

— C'est le lycée Katmere ? je crie.

— Ouais.

Macy ralentit pour slalomer entre les troncs.

— On y sera dans cinq minutes.

Tant mieux. Je vais finir par perdre un orteil, ou trois, si ça continue. Même si on m'avait prévenue qu'il ferait froid en Alaska, je ne m'attendais *pas* à ce qu'il fasse *aussi* froid.

Un énième rugissement retentit dans le lointain tandis que nous traversons un bosquet, mais j'ai dû mal à me concentrer sur autre chose que l'énorme bâtiment qui se dresse devant nous.

Enfin, plutôt l'énorme *château* qui bouche l'horizon. Ce bâtiment n'a rien de moderne ; il ne ressemble à aucun lycée de ma connaissance. J'ai essayé de faire des recherches avant de venir, mais apparemment le lycée Katmere est si élitiste que même Google n'en a jamais entendu parler.

C'est un château gigantesque et super étendu. Vu d'ici, on dirait que ses remparts font le tour de la montagne.

Et il est élégant. Très, très élégant, le genre d'architecture dont j'ai lu des descriptions en cours sans jamais avoir pu l'admirer en vrai. Toute la structure est faite d'arches, d'arcs-boutants et d'immenses vitraux baroques.

Tandis que nous nous approchons, j'aperçois des gargouilles – *des gargouilles !* – perchées sur les remparts. Sans rire, je m'attends presque à être accueillie par Quasimodo.

Macy s'arrête devant un imposant portail et pianote un code sur un clavier. Le portail s'ouvre. Et on se remet en chemin.

Je trouve la situation de plus en plus absurde. J'ai l'impression de débarquer dans un film d'horreur ou un tableau de Dalí. *Bon, d'accord, ce lycée est un château gothique, mais au moins il n'a pas de douves,* je me dis pendant que nous traversons un énième bosquet d'arbres. *Et pas de dragon cracheur de feu pour garder l'entrée.*

Juste une longue allée pareille à toutes les allées d'accès à n'importe quel internat privé que j'ai vu à la télé, à part que celle-ci est enneigée, ce qui n'est pas une surprise. Et qu'elle mène aux immenses portes ouvragées du lycée.

Des portes centenaires.

Des portes de château.

Je secoue la tête pour me remettre les idées en place. Sérieusement, c'est ça, ma vie ?

— Je t'avais dit que ça irait, lance Macy en s'arrêtant dans une gerbe de poudreuse. On n'a même pas croisé de loup. Ni le moindre caribou !

J'acquiesce comme si je ne me sentais pas totalement dépassée par les événements. Comme si mon estomac ne s'était pas changé en boule de nœuds et que mon monde ne venait pas d'être bouleversé pour la deuxième fois en un mois. En bref : j'acquiesce comme si tout allait bien.

— Viens, on va monter tes valises et t'installer dans ta chambre. Comme ça, tu pourras te reposer.

Macy descend de la motoneige, retire son casque et son bonnet. Je souris à la vue de sa chevelure arc-en-ciel. Après trois heures sous un casque, ses cheveux courts devraient être tout aplatis, or on jurerait qu'elle vient de se faire un brushing.

Ce qui s'accorde à ravir au reste de son apparence : pantalon de ski hyper seyant, veste et bottines assorties. On pourrait la prendre comme mannequin pour un reportage sur la mode au cœur de l'Alaska sauvage.

Moi, en revanche, je dois avoir l'air de sortir d'un combat de boxe contre un caribou énervé. Un combat que j'ai perdu en un round : défaite par K.-O. Ça illustre à merveille mon état d'esprit.

Macy décharge mes valises. J'en soulève deux, fais quelques pas vers le château et m'immobilise, hors d'haleine.

— C'est le mal des montagnes, m'explique Macy en m'en prenant une des mains. On est montées très vite et tu viens du niveau de la mer. Tu vas mettre quelques jours à t'habituer au manque d'oxygène à cette altitude.

Sous mon souffle court, la crise de panique que je refoule depuis le matin menace. Je ferme les yeux, inspire aussi profondément que j'en suis capable et je lutte.

Inspire, compte jusqu'à cinq, expire. Inspire, compte jusqu'à dix, expire. Inspire, compte jusqu'à cinq… Comme la mère de Heather me l'a montré. Mme Blake est psychothérapeute et elle m'a donné des astuces pour gérer mon angoisse depuis la mort de mes parents.

Malgré ses conseils, je ne sais pas si je serai de taille à affronter la situation actuelle.

Bon, je ne peux pas rester éternellement dans le froid, aussi figée que les gargouilles qui m'épient. L'inquiétude de Macy croît avec chaque seconde qui passe, pas besoin d'être un génie pour s'en rendre compte.

Je prends une dernière inspiration et rouvre les yeux, me forçant à sourire à ma cousine.

— Si je fais semblant que tout va bien, ça finira par être vrai, non ?

— Ça va bien se passer, répond-elle, les yeux pleins d'empathie. Reprends ton souffle à ton aise. Je vais porter tes bagages à l'intérieur.

— Je peux le faire.

— Non, sérieusement, laisse. Attends deux minutes, dit-elle en levant la main pour me freiner dans mon élan. Il n'y a pas le feu au lac.

Son ton est suppliant, alors je m'incline. Je l'observe qui monte mes valises une à une et les pose devant la porte.

Une tache de couleur attire mon regard.

C'est si fugace que je crois d'abord l'avoir imaginée. Puis j'aperçois de nouveau un éclair rouge à une fenêtre de la plus haute tour.

Je n'ai aucune idée de qui ça peut être, mais je continue à scruter la tour. Fixement. Patiemment. Dans l'espoir qu'il va réapparaître.

Et il réapparaît.

Je ne vois pas bien – c'est loin, il fait sombre et la vitre déforme la silhouette –, toutefois je distingue une mâchoire volontaire, une tignasse noire et une veste rouge dans une salle illuminée.

Ce n'est pas grand-chose. Je ne sais pas pourquoi cette ombre retient autant mon attention, mais quand je détourne enfin les yeux, Macy a eu le temps de transporter mes trois valises jusqu'à l'entrée.

— Prête pour un nouvel essai ? me crie-t-elle.

— Ouais, bien sûr !

Je gravis la trentaine de marches restantes en me forçant à oublier mon vertige. Le mal des montagnes… encore un souci que je n'aurais jamais eu à San Diego.

Je jette un dernier coup d'œil à la fenêtre. La silhouette a disparu. Bizarrement, ça me déçoit. Ce qui n'a pas de sens : j'ai des soucis bien plus urgents.

— Cet endroit est incroyable, je m'exclame tandis que ma cousine ouvre l'un des deux battants.

Bon sang ! Moi qui trouvais le château impressionnant vu de l'extérieur, avec ses voûtes et ses pierres de taille… L'intérieur me donne envie de faire la révérence, voire carrément de me prosterner. Waouh. C'est tout ce que j'ai à dire : waouh.

Je ne sais pas où regarder – le lustre de cristal noir suspendu au haut plafond, ou bien l'énorme cheminée dans laquelle gronde un feu ardent ?

Je me dirige finalement vers la cheminée, attirée par sa chaleur. Et parce qu'elle est magnifique : son manteau est décoré de bas-reliefs et de vitraux qui reflètent la lueur des flammes dans toute la pièce.

— C'est cool, non ? dit Macy derrière moi.

— Super cool, j'acquiesce. Ce lieu est…

— … magique, oui. Tu veux aller explorer ?

Et comment ! Si je ne suis toujours pas emballée par cette histoire d'internat alaskien, en revanche, la perspective de visiter le château me séduit infiniment. Je veux dire, c'est un *château*, avec des murs en vieille pierre, recouverts de tapisseries chatoyantes que j'aimerais contempler à loisir. Mais Macy m'entraîne déjà vers une sorte de salle commune.

Seule ombre au tableau : plus on s'enfonce dans les entrailles du lycée, plus on croise d'autres élèves. Certains, réunis en petits groupes, discutent et rient, d'autres occupent quelques-unes des tables en bois de la pièce et lisent ou consultent leurs portables. Au fond de la salle, affalés sur des canapés rouge et doré, six garçons jouent sur une X-Box reliée à un énorme écran plat, sous l'œil d'une poignée d'élèves.

En m'approchant, je me rends compte que ce n'est pas le jeu qu'ils regardent. Et que ceux qui paraissent lire ne lisent pas vraiment. Pas plus que ceux qui feignent d'être absorbés par leurs téléphones. Non, c'est *moi* qu'ils observent tandis que je suis Macy au centre de la pièce. La gorge serrée, je baisse la tête pour cacher mon malaise. Je comprends que tout le monde soit curieux de voir la nouvelle (la nièce du directeur, en plus !), cependant ça ne m'aide pas à supporter le poids de tous ces regards. Surtout avec mes cheveux aussi décoiffés par le casque de motoneige.

Quand nous quittons enfin la pièce, je m'exclame, soulagée :

— Il est dingue, ton lycée.

— C'est aussi le tien, désormais, me rappelle ma cousine avec un sourire.

— Oui, mais…

Je viens d'arriver. Et je ne me sens pas du tout à ma place.

— Mais ? répète-t-elle, les sourcils haussés.

— C'est… beaucoup à la fois.

Je lève la tête vers les magnifiques vitraux qui nous dominent et les moulures qui décorent le plafond voûté.

— Certes, dit-elle en ralentissant le pas pour que je la rattrape. Mais c'est chez nous.

— Chez toi, je chuchote, en essayant de ne pas penser à tout ce que j'ai laissé derrière moi, la maison où, à part les clochettes que ma mère avait accrochées à l'entrée, tout était si normal que c'en était presque ennuyeux.

— Chez *nous*, insiste-t-elle en dégainant son téléphone. Tu verras. Au fait, mon père voulait savoir quel genre de chambre tu préférais.

— Comment ça ?

Je regarde autour de nous, prête à voir surgir des fantômes, ou déambuler des armures.

— Eh bien, toutes les chambres simples ont déjà été attribuées pour le semestre. Papa dit qu'il pourrait déplacer quelqu'un pour t'en trouver une. Mais moi, j'espérais que tu partagerais la mienne.

Elle esquisse un sourire timide qui s'efface très vite.

— Cela dit, je comprendrais que tu souhaites être seule après…

La voilà qui marche à nouveau sur des œufs. Ça m'énerve quand les gens font ça. D'habitude, je passe outre. Pas là.

— Après quoi ?

J'ai envie que quelqu'un le dise à voix haute, pour une fois. Pour rendre le tout plus réel, moins cauchemardesque.

Macy devient aussi blanche que la neige au-dehors.

Je suis injuste d'en attendre autant d'elle.

— Désolée, chuchote-t-elle.

Elle a l'air au bord des larmes, et il n'est pas question qu'elle pleure. Surtout pas. Sinon je n'arriverai plus à me retenir – seul mon sens du sarcasme et ma capacité à compartimenter m'empêchent d'éclater en sanglots, et je ne veux pas craquer. Pas ici, devant ma cousine, dans ce couloir où n'importe qui pourrait passer. Et pas maintenant, alors que tout le lycée me dévisage comme si je m'étais échappée d'un zoo.

Alors plutôt que de serrer Macy dans mes bras comme j'en rêve, plutôt que de penser à tout ce qui me manque, mon chez-moi, mes parents, ma vie d'avant, je lui souris.

— Et si tu me montrais *notre* chambre ?

Une lueur ravie se mêle à l'inquiétude dans ses yeux.

— *Notre* chambre ? Vraiment ?

Je soupire en mon for intérieur et dis au revoir à mon rêve de solitude. Mais tant pis, j'ai perdu infiniment plus au cours du mois écoulé qu'une chambre à moi.

— Oui ! J'adorerais partager une chambre.

Je l'ai déjà presque fait pleurer aujourd'hui, ce qui n'est pas mon style. Pas plus que je ne veux chasser quiconque de sa chambre. Non seulement ce serait grossier, mais en plus ce serait du népotisme de la part d'Oncle Finn, et le plus sûr moyen de me mettre les autres élèves à dos, ce que je veux éviter à tout prix.

— Génial ! s'écrie Macy en se jetant à mon cou.

Ensuite elle vérifie son téléphone et lève les yeux au ciel.

— Papa ne m'a toujours pas répondu. Il ne regarde jamais son téléphone. Attends-moi ici, je vais aller le chercher. Il voulait que je le prévienne dès notre arrivée.

— Je peux t'accompagner…

— Grace, assieds-toi, s'il te plaît.

Elle m'indique des fauteuils rustiques nichés dans une alcôve à droite de l'escalier. Ils font face à une table d'échecs.

— Tu es épuisée, repose-toi une minute. Je m'occupe de tout.

C'est vrai que j'ai mal à la tête et que je me sens toujours oppressée. J'acquiesce et me laisse tomber dans un fauteuil. J'aimerais fermer brièvement les yeux, mais je crains de m'endormir. Je ne veux pas que quelqu'un surprenne la nouvelle se bavant dessus dans son sommeil le jour de son arrivée… Ni n'importe quel autre jour, d'ailleurs !

Pour me forcer à garder les yeux ouverts, je prends une pièce d'échecs. En marbre finement sculpté, elle figure… un vampire ! C'est une œuvre exquise, chaque détail est parfaitement rendu : la cape noire, les lèvres retroussées, les canines… Le tout est tellement en harmonie avec l'atmosphère de ce château gothique que je ne peux pas m'empêcher de sourire.

Intriguée, je soulève une autre pièce. Et retiens à grand-peine un éclat de rire quand je découvre que c'est un dragon, féroce et royal, les ailes déployées. Il est magnifique.

Le jeu tout entier est sublime.

J'étudie un autre dragon. Celui-ci est moins féroce, plus délicat, avec ses yeux mi-clos et ses ailes repliées. Je l'examine attentivement, fascinée par le talent de l'artiste qui l'a créé. Moi qui n'ai jamais été une grande amatrice d'échecs, ces pièces pourraient me faire changer d'avis.

Après avoir reposé le dragon, je soulève la reine vampire. Elle est magnifique, avec sa longue chevelure flottante et sa cape aux motifs recherchés.

— Attention à celle-là. Ça lui arrive de mordre.

La voix grave et rauque est si proche que je manque de tomber de mon siège. Je saute sur mes pieds, lâche la pièce et fais volte-face. Le cœur battant, je me retrouve nez à nez avec le garçon le plus intimidant que j'aie jamais rencontré. Outre le fait qu'il est sacrément canon, il possède une sorte d'aura, il émane de lui quelque chose de puissant, de différent, que je ne parviens pas à qualifier. Son visage m'évoque celui d'un poète romantique du XIXe siècle, trop tourmenté pour être réellement beau, mais trop marquant pour ne pas vous hanter.

Des pommettes saillantes.

Des lèvres rouges et charnues.

Une mâchoire carrée.

Une peau d'albâtre dépourvue de tout défaut.

Et ses yeux... Des obsidiennes sans fond qui voient tout et ne montrent rien, ourlées de cils scandaleusement longs.

Ces yeux qui savent tout sont braqués sur moi... L'idée qu'il devine ce que je m'efforce de dissimuler depuis si longtemps m'emplit de panique. Je tente de me dérober, mais c'est impossible : je suis piégée par son regard, hypnotisée par son magnétisme.

J'avale ma salive pour me ressaisir.

Ça ne fonctionne pas.

Et le voici qui sourit, un petit sourire du coin des lèvres, qui me remue jusqu'au tréfonds de mon être. Et, pire, qui me dit que ce garçon a conscience de l'effet qu'il me fait. Et, surtout, qu'il s'en délecte.

Soudain, un accès de colère me sort de la léthargie dans laquelle je suis depuis la mort de mes parents, me réveille de cet état d'hébétude qui seul me retenait de hurler jour après jour contre l'injustice du sort, contre la douleur, l'horreur, l'impuissance qui dominent désormais ma vie.

Ce n'est pas une sensation agréable. Et le fait que ce soit ce garçon qui la déclenche, ce garçon au sourire narquois et aux yeux glacés qui refusent de lâcher prise, m'exaspère d'autant plus.

C'est cette colère qui me donne finalement la force de rompre le contact. Je cherche désespérément quelque chose sur quoi me concentrer, n'importe quoi...

Malheureusement, il se tient si proche qu'il me bouche la vue.

Déterminée à ne plus le regarder dans les yeux, je laisse mon regard glisser sur son corps mince et élancé, et m'en mords aussitôt les doigts : son tee-shirt moulant souligne son ventre plat et ses biceps saillants. Sans parler de ses larges épaules qui masquent mon horizon.

Ajoutez à ça l'épaisse chevelure sombre, un peu trop longue, qui effleure ses pommettes sublimes, et vous comprendrez pourquoi je craque. Je dois l'admettre : peu importe son sourire odieux, ce garçon est sexy à crever.

Un peu malsain. Pas mal excentrique. Complètement dangereux.

J'en ai le souffle coupé, ce qui décuple ma fureur. Soyons sérieux deux secondes : depuis quand je suis devenue l'héroïne d'un roman à l'eau de rose ? La nouvelle qui tombe en pâmoison devant le garçon le plus beau et le plus ténébreux de l'école ?

Il n'en est pas question, c'est bien trop cliché.

Pour tuer dans l'œuf les débuts de quelque histoire que ce soit, je me force à le dévisager à nouveau. Cette fois, quand nos regards se croisent, je comprends que ça n'a aucune importance si je me comporte en midinette.

Parce qu'il n'a absolument rien d'un héros romantique.

Ce type sombre aux yeux impénétrables et à l'attitude arrogante n'est le héros de personne. Et surtout pas le mien.

3

IL N'Y A PAS QUE LES REINES VAMPIRES QUI RISQUENT DE MORDRE

Bien décidée à mettre un terme à cet affrontement visuel qui tourne à la volonté de dominer l'autre, je réponds à la seule chose qu'il m'ait dite jusque-là :

— *Qui* risque de me mordre ?

Il soulève la reine vampire et me la montre.

— Franchement, elle n'est pas très gentille.

Je le dévisage.

— C'est une pièce d'un jeu d'échecs.

Ses yeux d'obsidienne me fixent en retour.

— Et ?

— C'est une pièce d'un jeu d'échecs. Elle est en *marbre*. Elle ne peut pas mordre.

Il incline la tête, l'air de dire : « Sait-on jamais ? »

— « Il y a plus de choses au ciel et en enfer, Horatio, que n'en peut rêver votre philosophie. »

— « Sur la terre », je corrige sans réfléchir.

Intrigué, il lève un sourcil noir d'encre. J'explique :

— La citation exacte est : « Il y a plus de choses au ciel et sur la terre, Horatio[1]. »

---

1. *Hamlet*, William Shakespeare, traduction de Jean-Michel Déprats, Gallimard, 2016. *(Toutes les citations de l'œuvre proviennent de cette édition.)*

— Ah oui ?

Si son visage n'a pas changé d'expression, son ton est devenu moqueur, comme si c'était moi, et non lui, qui me trompais. Pourtant, je suis certaine d'avoir raison : on vient d'étudier *Hamlet* en cours de littérature anglaise, et la prof a passé des heures sur cette réplique.

— Je préfère ma version.

— Même si elle est fausse ?

— Parce qu'elle est fausse, justement.

Je n'ai aucune idée de ce que je dois répondre, alors je secoue la tête. Est-ce que je me perdrais si je partais à la recherche de Macy et d'Oncle Finn ? Sûrement, vu la taille de l'édifice, toutefois je commence à penser que j'aurais tout intérêt à courir le risque. Parce que je m'aperçois à la longue que ce garçon est aussi terrifiant qu'énigmatique.

J'ignore ce qui est le pire. Et chaque seconde qui passe augmente mon trouble.

— Je dois y aller, je me force à dire entre mes dents serrées.

— Ouais.

Il recule d'un pas et, du menton, indique la salle commune que Macy et moi venons de traverser.

— La porte est par là.

Ça me prend au dépourvu.

— Et puis quoi ? Adieu et bonne continuation ?

Il hausse les épaules.

— Tant que tu quittes ce bahut, je me contrefiche ce qui t'arrivera ensuite. J'ai prévenu ton oncle que tu ne serais pas en sécurité ici… Mais il n'a pas l'air de beaucoup tenir à toi.

Une étincelle de colère embrase ce qui me reste de réserve.

— Tu te prends pour qui ? Le comité d'accueil de Katmere ?

— Le comité d'accueil ? raille-t-il. Crois-moi, c'est le meilleur accueil que tu recevras ici.

— Alors, c'est comme ça ? je crie en ouvrant grand les bras. C'est comme ça qu'on souhaite la bienvenue en Alaska ?

— La bienvenue en enfer, plutôt. Et maintenant, dégage.

La façon dont il gronde cette dernière phrase me coince le cœur en travers de la gorge. Ma colère atteint un niveau stratosphérique.

— T'es toujours aussi charmant ? je demande. Ou c'est juste pour fêter mon arrivée ?

Les mots sont sortis malgré moi. Je les regrette d'autant moins qu'ils effacent enfin cet agaçant sourire de son visage.

Pour quelques instants, en tout cas.

— Si tu n'en as pas plus dans le ventre, rétorque-t-il, je te donne à peu près une heure.

Je sais que je ne devrais pas poser la question, mais il a l'air si satisfait de lui-même que je ne peux pas m'en empêcher.

— Une heure avant quoi ?

— Avant de te faire bouffer.

Même s'il ne l'ajoute pas, j'entends le « bien sûr » implicite, ce qui m'énerve encore plus.

— Me faire bouffer ? Sérieusement ? Tu ne penses pas que j'ai passé l'âge d'avoir peur des monstres mangeurs d'enfants ?

— Tu ferais mieux d'y croire, dit-il en me toisant de la tête aux pieds. Même si… tu ferais à peine un hors-d'œuvre.

Il s'approche et se penche pour me murmurer à l'oreille :

— Peut-être un amuse-bouche.

Il claque des mâchoires. Je sursaute, la peau parcourue de frissons.

Je jette un coup d'œil à la ronde, pour voir s'il y a des témoins de cette scène absurde. Alors que tous les regards étaient braqués sur moi il y a cinq minutes, les élèves font désormais de leur mieux pour ne pas regarder dans ma direction. Un rouquin maigrichon baisse tellement le nez qu'il manque d'entrer en collision avec un autre type.

Ce qui me dit tout ce que j'ai besoin de savoir sur le garçon en face de moi.

Résolue à reprendre le contrôle de la situation – et de moi-même –, je recule d'un bon mètre. Ignorant les battements affolés de mon cœur, je demande :

— C'est quoi, ton problème ?

Je veux dire, sérieusement ! Il a les manières d'un ours polaire enragé.

— Ça dépend, t'as combien de siècles devant toi ?

Son sourire narquois est de retour – clairement, il est fier de me provoquer – et, pendant un instant, j'imagine la satisfaction que j'aurais à lui balancer mon poing sur la bouche.

— Tu sais quoi ? T'as pas à…

— Ne me dis pas ce que je dois faire quand toi-même n'as aucune idée du pétrin dans lequel tu t'es fourrée.

— Oh non ! je m'écrie, feignant l'épouvante. Tu vas me parler de tous ces horribles monstres qui rôdent dans l'Alaska sauvage ?

— Non, je vais te parler de tous ces horribles monstres qui rôdent dans les couloirs de ce château.

Il s'avance, réduisant à néant la distance que j'avais réussi à mettre entre nous.

Mon cœur repart comme un oiseau effrayé.

Je ne supporte pas qu'il ait le dessus, que sa proximité me fasse éprouver des sentiments que je ne devrais pas avoir pour un garçon aussi imbuvable. Mais surtout, je ne supporte pas de lire dans ses yeux qu'il sait exactement ce que je ressens.

C'est tellement humiliant d'être troublée ainsi par un garçon qui n'a apparemment que du mépris pour moi. Je fais encore un pas chancelant en arrière. Puis un autre. Et un autre.

Il avance à mesure que je recule, jusqu'à ce que je sois piégée entre lui et la table d'échecs qui me rentre dans l'arrière des cuisses. Je n'ai plus nulle part où aller, je suis coincée contre lui, mais ça ne lui suffit pas : il se penche sur moi, si près que je sens son haleine chaude sur ma joue et ses cheveux soyeux contre ma peau.

— Qu'est-ce que…

Le peu de souffle que je suis parvenue à reprendre se bloque dans ma gorge.

— Qu'est-ce que tu fais ? je dis tandis qu'il étend le bras.

Au lieu de me répondre, il me montre une pièce en forme de dragon. Il la tient à hauteur de mon visage, haussant un sourcil provocateur.

— Je croyais que tu voulais voir les monstres ?

Les yeux étrécis, les serres brandies, la gueule ouverte sur des canines acérées, le dragon a tout d'un monstre sanguinaire. Mais ça reste une simple pièce d'échecs.

— Je n'ai pas peur d'un dragon de cinq centimètres de haut.

— Ouais, ben, tu devrais.

— Ouais, ben, non.

Ma voix est plus étranglée que je ne le voudrais parce que, même s'il a reculé d'un pas, il est toujours trop proche de moi. Si proche que je sens la chaleur qui émane de son corps. Si proche que si je respirais à fond, ma poitrine toucherait la sienne.

À cette pensée, une nuée de papillons prend son envol dans mon ventre. Si je ne peux toujours pas reculer, je peux néanmoins me *pencher* en arrière. Ce que je fais. Ses yeux insondables et sombres ne me quittent pas.

Le silence s'étire pendant une… dix… vingt-cinq secondes avant qu'il ne demande finalement :

— Si tu te fiches des monstres, de quoi as-tu peur, au juste ?

Je revois la voiture emboutie de mes parents, leurs corps désarticulés. J'étais leur seule famille à San Diego – leur seule famille tout court, en fait, à part Finn et Macy – et c'est donc moi qui ai dû aller à la morgue. C'est moi qui ai dû identifier leurs cadavres. C'est moi qui ai dû contempler leurs corps brisés, ensanglantés, avant qu'ils ne soient préparés pour l'enterrement.

Une angoisse familière m'envahit, alors je fais ce que je fais depuis des semaines : je la repousse. Je l'ignore.

— De pas grand-chose, je réponds, avec le plus de désinvolture possible. Plus grand-chose ne t'effraie lorsque tu as déjà perdu tout ce qui comptait pour toi.

À ces mots, il se fige, le corps si tendu que j'ai l'impression qu'il pourrait se briser en morceaux. La méchanceté dans ses yeux disparaît, cédant la place au calme.

Un calme accompagné d'une douleur si profondément enfouie que je la devine à peine derrière les remparts qui la dissimulent. Une douleur qui entre en résonance avec la mienne.

C'est un sentiment à la fois affreux et formidable. Si affreux qu'il en est quasiment insupportable. Si formidable qu'il en est irrépressible.

Alors je ne bouge pas. Et lui non plus.

Nous nous tenons immobiles, face à face. Détruits. Liés, d'une manière que je ressens sans la comprendre, par les tragédies de nos passés respectifs.

Je ne sais pas combien de temps nous restons là, les yeux dans les yeux. À contempler la douleur de l'autre, parce qu'on est incapables d'affronter la nôtre.

Suffisamment longtemps pour que ma colère reflue.

Suffisamment longtemps pour que je remarque que ses yeux noirs sont pailletés d'argent, telles des étoiles lointaines dans la noirceur de son regard.

Bien assez longtemps pour que je parvienne à apaiser les battements de mon cœur. Du moins, jusqu'à ce qu'il attrape délicatement l'une de mes innombrables boucles de cheveux.

Et, aussi simple que ça, j'oublie à nouveau comment on respire.

Des ondes de chaleur se diffusent en moi tandis qu'il joue avec ma mèche, me réchauffant pour la première fois depuis que j'ai ouvert la porte de l'avion de Philip à Healy. C'est déconcertant et déstabilisant.

Il y a cinq minutes, ce garçon se conduisait comme un connard absolu. Et maintenant… maintenant, je ne sais plus. Je ne sais plus rien, sauf que j'ai besoin d'air. Et de sommeil. Et qu'il faut que je respire.

Alors je pose mes mains sur ses épaules et je le repousse, afin qu'il me laisse un peu d'espace. Il ne cède pas d'un poil. Autant pousser un mur de granit.

— S'il te plaît, je chuchote.

Une seconde, ou deux, ou trois s'écoulent – j'ai l'esprit confus et les mains qui tremblent – avant qu'il recule d'un pas et lâche ma mèche tout en se passant les doigts dans ses cheveux à lui. Sa frange s'écarte juste assez pour que j'aperçoive la cicatrice irrégulière qui court de son sourcil gauche au coin de sa bouche. Elle est blanche et fine, à peine visible sur sa peau pâle, mais elle termine son sourcil par un V diabolique.

Elle devrait l'enlaidir, estomper l'incroyable finesse de ses traits. Or elle ne fait que souligner son côté dangereux. Sans elle, il ne serait qu'un joli garçon banal, une gueule d'ange. Avec elle, c'est un ange déchu.

Combinée à l'angoisse que je devine chez lui, elle le rend plus… humain, malgré la noirceur qu'il exsude par tous ses pores. Une telle cicatrice ne peut provenir que d'une blessure inimaginable. Des centaines de points de suture, plusieurs opérations, des mois, voire des années, de convalescence. Cela me fait mal de savoir qu'il a autant souffert. Je ne le souhaiterais à personne, encore moins à ce garçon qui m'énerve, me terrifie et me trouble tout à la fois.

Il sait que j'ai remarqué sa cicatrice – je le vois dans la façon dont il étrécit les yeux. Dans la façon dont ses épaules se raidissent, dont ses poings se serrent. Dans la façon dont il baisse la tête pour que ses cheveux masquent de nouveau sa joue.

J'ai le cœur gros à la pensée qu'il croie devoir cacher ce qu'il devrait arborer avec orgueil. Il faut une force inouïe pour surmonter une telle épreuve et il devrait en tirer fierté plutôt que d'avoir honte de la marque qu'elle lui a laissée.

Spontanément, ma main va se poser sur sa joue.

Ses yeux sombres s'embrasent et, un instant, je crois qu'il va me repousser. Au lieu de quoi, il se tient immobile et me laisse parcourir le tracé de sa cicatrice du bout du pouce.

— Je suis désolée, je chuchote, quand ma voix parvient enfin à passer au travers de la boule qui obstrue ma gorge. Tu as dû avoir terriblement mal.

Il ferme les yeux, love sa joue dans ma paume et prend une longue inspiration tremblante.

Puis il met de la distance entre nous pour la première fois depuis qu'il m'a surprise assise dans le fauteuil, ce qui me paraît remonter à des lustres.

— Je ne te comprends pas, déclare-t-il soudain, sa voix de magicien maléfique si basse que j'ai du mal à l'entendre.

— « Il y a plus de choses au ciel et en enfer, Horatio, que n'en peut rêver votre philosophie », je réponds, répétant délibérément son erreur.

Il secoue la tête, comme pour remettre ses idées en ordre, inspire à fond, puis expire lentement.

— Si tu ne veux pas partir…

— Je ne *peux* pas partir, je l'interromps. Je n'ai nulle part où aller. Mes parents…

— … sont morts. Je sais. Très bien, ajoute-t-il avec un sourire amer. Dans ce cas, écoute-moi très, très attentivement.

— Qu'est-ce que tu…

— Rase les murs. Garde la tête baissée. N'examine rien ni personne de trop près.

Il se penche vers moi et sa voix se change en grondement sourd.

— Et surveille toujours tes arrières.

4

LES CHEVALIERS BLANCS, C'EST DÉPASSÉ

— Grace !

La voix d'Oncle Finn résonne dans le couloir.

Je me retourne et, malgré la mise en garde glaciale qu'on vient de me donner, je parviens à lui sourire.

Je reporte ensuite mon attention sur M. Ténébreux-Revêche afin de tenter de comprendre de quoi exactement je dois me méfier… Il a disparu.

Alors que je jette un coup d'œil alentour pour voir où il est passé, Oncle Finn me soulève du sol pour me serrer dans ses bras. Je me coule contre mon oncle, hume son odeur si réconfortante, le même parfum boisé que celui de mon père.

— Je suis vraiment désolé de ne pas être venu te chercher à l'aéroport… Deux gamins se sont blessés, j'ai dû m'en occuper.

— T'en fais pas. Rien de grave ?

— Non, ils vont bien, répond-il en secouant la tête. Juste deux idiots qui faisaient les idiots. Tu sais comment sont les garçons.

Je m'apprête à répliquer que je n'y connais rien en garçons, comme le prouve d'ailleurs ma récente rencontre avec un de leurs représentants, quand une étrange intuition m'avertit de ne pas parler de M. Ténébreux-Revêche. Je tiens donc ma langue et acquiesce en riant.

— Assez parlé de mes devoirs de directeur, s'exclame-t-il en m'enlaçant à nouveau avant d'étudier mon visage. Ton voyage s'est bien passé ? Et surtout, comment vas-tu ?

— C'était long, mais je m'en suis sortie. Et je vais très bien.

« Je vais très bien. » La ritournelle du jour.

— « Très bien » ? Je suis sûr que tu exagères un peu, soupire-t-il. Je ne peux même pas imaginer à quel point ces dernières semaines ont dû être dures pour toi. J'aurais voulu rester plus longtemps après l'enterrement.

— Il n'y a pas de problème. L'agence notariale que tu as engagée a pris les choses en main, et Heather et sa mère se sont occupées du reste. Je t'assure, tout baigne.

Je devine qu'il voudrait en dire plus mais répugne à s'épancher dans le couloir. Il finit par hocher la tête.

— Parfait. Je te laisse t'installer avec Macy. Passe me voir demain matin pour qu'on établisse ton emploi du temps. Et je te présenterai à ta conseillère d'orientation, le Dr Wainwright. Je pense que vous allez bien vous entendre.

OK. La fameuse Dr Wainwright. La conseillère d'orientation, qui est aussi une psychologue, d'après la mère de Heather. Et pas n'importe laquelle. *Ma* psychologue, apparemment, puisque la mère de Heather et mon oncle pensent tous deux que j'ai besoin d'une thérapie. Et vu que j'ai du mal à me retenir de pleurer sous la douche depuis un mois, je ne proteste pas, ils ont probablement raison.

— Ça marche.

— Tu as faim ? Je vais te faire monter un repas, puisque tu as raté le dîner. Et il y a un sujet dont il faut qu'on parle.

Il me dévisage, les paupières plissées.

— Et l'altitude, tu supportes ?

— Pas super bien, mais ça va.

— Mouais.

Il me jauge des pieds à la tête puis s'éclaircit la gorge avant de se tourner vers Macy.

— Donne-lui deux Advil une fois dans la chambre. Et fais-lui boire beaucoup d'eau. Je vous fais porter de la soupe et du Coca. Repose-toi bien ce soir, et on verra comment tu te sens demain.

L'idée de manger quoi que ce soit me donne envie de vomir.

— D'accord.

— Je suis content que tu sois là, Grace. Et je te promets que tout va bien se passer.

J'acquiesce. Que voulez-vous que je fasse d'autre ? L'Alaska me paraît aussi inhospitalier que la Lune, je ne peux sincèrement pas répondre que je suis heureuse d'être là, mais j'espère comme lui que tout ira bien. Si je parviens à passer une seule journée sans me sentir au fond du trou, ce sera déjà pas mal.

Depuis que j'ai croisé M. Ténébreux-Revêche, je n'arrête pas de penser au regard qu'il m'a lancé quand il m'a sommée de quitter Katmere et à sa fureur quand j'ai refusé. Alors ce n'est pas demain que je connaîtrai une journée de rêve.

J'attrape la poignée d'une de mes valises.

— Non, laisse, me dit mon oncle. Je vais demander à l'un des garçons de…

Il se tourne vers le couloir.

— Flint ! Viens me donner un coup de main, s'il te plaît !

Oncle Finn s'élance dans le couloir pour arrêter le Flint en question. Macy émet un son à mi-chemin entre le grognement et le râle d'agonie.

— Vite, partons avant qu'il ne le ramène.

Elle prend deux de mes valises et se met à monter l'escalier quatre à quatre.

— C'est quoi le souci, avec Flint ? je lui demande en faisant de mon mieux pour rester à sa hauteur avec la valise qui reste.

— Aucun souci ! Il est super ! Merveilleux ! Et aussi super sexy. Inutile qu'il nous voie comme ça.

S'il ne s'agissait que de moi, je comprendrais : j'ai sans doute l'air à moitié morte de fatigue. Elle, en revanche…

— Mais t'es super jolie…

— Euh, non. Non, vraiment pas. Allez, grouille avant que…

— Salut, Mace ! Tu me passes les valises ?

Une voix profonde retentit quelques marches en dessous de nous. Je me retourne : un garçon en jean déchiré et tee-shirt blanc fonce vers nous. Il est grand, presque autant que M. Ténébreux-Revêche, et tout aussi musclé. Toutefois, la ressemblance s'arrête là : ce gars est aussi chaleureux que l'autre est froid.

Des yeux d'ambre qui semblent animés d'une flamme intérieure.

Une peau chocolat.

Une coiffure afro noire hyper stylée.

Mais le plus frappant, c'est le sourire qui illumine son regard.

— On s'en occupe, répond Macy.

Sans lui prêter attention, il s'arrête à ma hauteur et me prend gentiment ma valise des mains.

— Salut, la Nouvelle. Comment ça va ?

— Ça va, mais…

— Elle ne se sent pas bien, Flint, crie mon oncle du rez-de-chaussée. L'altitude…

— Ah ouais ! s'écrie-t-il, les yeux pleins de sympathie. Ça craint.

— Ouais.

— Grimpe sur mon dos, alors, la Nouvelle ! Je vais te porter jusqu'en haut.

À cette seule idée, mon estomac se révolte.

— Euh, quoi ? Non, ça ira, merci, je réponds en reculant. Je peux marcher.

— Allez, insiste-t-il en pliant les genoux pour mettre ses larges épaules à ma hauteur. Il y a encore trois longs étages.

Peut-être, mais plutôt mourir que de grimper sur le dos d'un inconnu.

— S'ils sont si longs que ça, tu ne pourras pas me porter.

— Mais si… T'as l'air si légère, ça ne me gênera pas. Alors, tu grimpes ou je dois te porter de force ?

— Tu n'oserais pas.

— On parie ? réplique-t-il avec un sourire taquin qui me fait glousser.

Il est sympa, mais je ne grimperai pas sur son dos. Pas question qu'un des garçons les plus canon du lycée me porte dans l'escalier, que ce soit de mon plein gré ou de force. Pas. Question. Mal des montagnes ou pas.

— Merci pour ta prévenance. Vraiment, je dis avec le plus beau sourire dont je suis capable, mais je vais y aller doucement, et ça ira.

Flint secoue la tête.

— Tête de mule. Laisse-moi t'aider, au moins, propose-t-il. Je ne voudrais pas que tu tombes dans l'escalier le jour de ton arrivée.

— M'aider comment ? je demande, méfiante.

— Comme ça, répond-il en passant le bras autour de ma taille.

Je me raidis à son contact.

— Qu'est-ce que tu… ?

— Comme ça tu peux t'appuyer sur moi si tu fatigues. D'accord ?

J'ai envie de dire, non, absolument pas, puis je me ravise en voyant ses yeux rieurs. Enfin, ça, et le fait qu'Oncle Finn et Macy semblent satisfaits.

— D'accord, je soupire tandis que les murs commencent à danser autour de moi. Je m'appelle Grace, au fait.

— Je sais. Foster nous a prévenus de ton arrivée. Moi, c'est Flint.

Il ramasse mes valises.

— Oh ! ça je peux le faire, proteste Macy, la voix trois octaves plus aiguë que d'habitude.

— Je n'en doute pas, Macy, réplique-t-il en lui faisant un clin d'œil. Mais je peux le faire aussi, alors profites-en.

De sa seule main gauche, il soulève deux sacs.

On monte d'abord lentement, Dieu merci, parce que j'ai déjà le souffle court après avoir gravi quelques marches. Puis le rythme s'accélère – pas parce que je respire mieux, mais parce que Flint me porte quasiment.

Certes, il est fort (les muscles qui roulent sous son tee-shirt l'attestent), mais à ce point ? Il porte deux valises et une fille dans un escalier, et il n'est même pas essoufflé.

Nous coiffons Macy au poteau. Elle grimpe les dernières marches en ahanant, la troisième valise à la main.

— Tu peux me poser maintenant, je dis. Tu m'as tout de même portée, pour finir…

— J'aime rendre service, répond-il en agitant comiquement ses sourcils.

Malgré ma gêne, je m'esclaffe. Il me pose par terre mais garde son bras autour de ma taille.

— Tu peux me lâcher, je dis. Ça va mieux.

À ces mots, je me sens de nouveau prise de vertige, et mes genoux manquent de céder.

J'essaie de le cacher, sans grand succès : le visage de Flint passe de l'amusement à l'inquiétude en deux secondes.

— J'ai plutôt l'impression que tu vas t'évanouir et basculer par-dessus la rampe. Non, le directeur m'a chargé de t'amener à ta chambre en un seul morceau, et c'est ce que je vais faire.

Je voudrais protester, mais je me sens si faible que je décide qu'accepter son aide est plus sage. Alors j'opine tandis qu'il se tourne vers ma cousine.

— Et toi, Mace, ça va ?

— Super, couine-t-elle en traînant ma valise sur le palier.

— Je t'avais dit que je pouvais la porter.

— Ce n'est pas le poids qui me gêne, rétorque Macy. C'est juste que j'ai dû grimper super vite pour vous suivre.

— J'ai de plus longues jambes. Alors, on va où ?

— Dans l'aile nord, répond Macy en indiquant le couloir à notre gauche. Suivez-moi.

Malgré son souffle court, elle démarre au pas de course, Flint et moi sur ses talons. Tandis que nous trottons derrière elle, je ne peux m'empêcher d'être reconnaissante à Flint de me soutenir. J'ai toujours pensé que j'étais en assez bonne forme, mais apparemment la vie en Alaska est réservée aux plus sportifs d'entre nous.

Nous arrivons à un croisement. Quatre portes en bois sculpté se dressent devant nous. Macy s'apprête à ouvrir celle où est gravé le mot « Nord », mais avant qu'elle puisse saisir la poignée, le battant s'ouvre à la volée. Elle sursaute.

— Hé, qu'est-ce qui vous pr…

Quatre garçons déboulent comme si elle n'était pas là. Tous quatre sont maussades, ténébreux et sexy à se damner, mais je n'ai d'yeux que pour l'un d'entre eux.

Le garçon de tout à l'heure.

Il m'ignore royalement, l'expression vide et le regard de glace.

Comme s'il ne me voyait pas.

Comme si on ne venait pas de discuter pendant un quart d'heure.

Sauf que… Quand il passe à ma hauteur, son épaule effleure le côté de mon bras, me provoquant des picotements dans tout le corps. Même si ça a tout d'un accident, je suis sûre qu'il l'a fait exprès. Je ne peux pas m'empêcher de le regarder s'éloigner.

Je me raisonne : je suis en colère parce que j'aimerais avoir l'occasion de lui reprocher d'avoir disparu tout à l'heure, voilà tout.

Ni Macy ni Flint n'adressent la parole aux garçons. Ils attendent qu'ils s'éloignent avant de se remettre en route comme si on ne venait pas de se faire snober.

Flint resserre sa prise sur ma taille. Je ne comprends pas pourquoi le garçon aux veines pleines de glace me fait autant d'effet alors que celui-ci, qui me prête sa chaleur, me laisse froide.

J'ai envie de leur demander qui sont ces types à l'air sombre – et surtout qui il est, *lui*, pour avoir enfin un nom à associer à ce corps incroyable et à ce visage qui l'est encore plus, toutefois le moment me paraît mal choisi. Je me concentre donc sur ce qui m'entoure plutôt que de rester obnubilée par un garçon qui ne me plaît même pas.

Des portes en bois massif se succèdent des deux côtés du couloir. La plupart sont décorées : deux roses séchées aux tiges croisées sur l'une, des carillons à vent sur une autre, trois tonnes d'autocollants chauves-souris sur une troisième. Est-ce là la chambre d'un futur spécialiste des chauves-souris ou d'un fan de Batman ?

Je ne suis pas étonnée de voir Macy s'arrêter devant la porte la plus ornée de toutes. Une guirlande de fleurs est accrochée le long du chambranle et un rideau de cristaux multicolores recouvre le battant.

— Nous y sommes, dit Macy en ouvrant la porte d'un geste cérémonieux. Bienvenue.

Tout à coup, un autre garçon sexy tout de noir vêtu nous dépasse. Il a beau nous prêter aussi peu attention que les quatre autres, je sens le duvet se hérisser sur ma nuque. Peut-être que j'ai trop d'imagination, mais j'ai la nette impression qu'on me surveille.

5

CE QUE HARRY STYLES ET LA COULEUR ROSE ONT EN COMMUN

— C'est lequel, son lit ? demande Flint.

— Celui de droite, répond Macy.

Sa voix est redevenue étrange. Je lui lance un regard soucieux.

Elle a l'air d'aller bien, hormis le fait que ses yeux sont écarquillés et qu'ils font des allers-retours entre Flint et le reste de la pièce. Elle répond à mon regard interrogateur par un signe de tête : *Surtout ne dis RIEN.* Alors je me tais.

J'en profite pour détailler la chambre que je vais partager avec elle durant les prochains mois. Il ne me faut pas longtemps pour comprendre qu'elle avait prévu que j'accepterais.

Toutes ses affaires sont rassemblées d'un seul côté de la pièce décoré de couleurs chamarrées. Le deuxième lit est déjà fait. Les draps sont rose vif (évidemment) et le couvre-lit arbore d'immenses motifs de fleurs hawaïennes blanches.

— Vu que t'aimes le surf, explique-t-elle alors que je découvre mon aveuglante literie, je me suis dit que ça te rappellerait ton chez-toi.

Cette nuance de rose m'évoque plus Barbie Surfeuse qu'autre chose, mais pas question de le lui dire, après tous les efforts qu'elle a déployés pour que je me sente à l'aise.

— Merci, ça me touche.

— C'est super joyeux, en tout cas, dit Flint en me guidant vers le lit.

Son clin d'œil complice me le rend d'autant plus sympathique : il trouve comme moi que cette déco est absurde, mais il est bien trop gentil pour faire une réflexion blessante. Avec un peu de chance, je viens de me faire un nouvel ami.

Flint dépose mes valises au pied du lit. Je m'effondre sur le matelas, toujours légèrement prise de vertige.

— Je peux faire autre chose avant d'y aller ?

— Non, c'est bon, je réponds. Merci pour ton aide.

— Quand tu veux, la Nouvelle, dit-il, avec un sourire si brillant qu'il pourrait faire disjoncter une centrale électrique. Quand tu veux.

Macy laisse échapper un gémissement à la vue de ce sourire puis, rouge comme un poivron, le regarde sortir sans rien dire. Il me fait un petit signe et cogne son poing contre celui de ma cousine.

À peine la porte refermée, je dis :

— T'as le béguin pour Flint !

— Mais pas du tout, se récrie-t-elle avec un regard paniqué vers la porte, comme s'il pouvait nous entendre à travers le lourd battant de bois.

— C'est ça, ouais. T'as vu comment tu te comportes devant lui ?

— Comment ça ?

Sa voix est de nouveau trois octaves trop haut.

— Tu sais bien.

Je me tords les mains, bats des cils et singe les couinements qu'elle n'a cessé d'émettre depuis que son père a demandé à Flint de nous aider.

— C'est une très mauvaise imitation.

— Excellente, au contraire ! Mais je ne pige pas : s'il te plaît, pourquoi t'as pas essayé de lui parler ? C'était une occasion en or !

— Il ne me plaît pas vraiment, proteste-t-elle. D'accord, il est sublime et sympa et super intelligent, mais j'ai déjà un copain que j'adore. Et puis c'est… c'est *Flint*, quoi. Et il était dans notre chambre ! *À côté de ton lit !* Trop fou.

— T'as kiffé ? je la taquine.

— Oh ! arrête, me rembarre-t-elle. Je ne le « kiffe » pas. C'est juste…

— C'est juste que c'est le gars le plus populaire de l'école ?

— Voilà ! Sauf qu'il n'est pas tout à fait le plus populaire. C'est Jaxon et sa clique qui ont cet honneur.

— C'est qui, Jaxon ? je demande du ton le plus neutre possible, bien que mon intuition me souffle qu'il s'agit de M. Ténébreux-Revêche.

— Jaxon Vega, souffle-t-elle avec un sourire faussement extatique. Je ne sais pas du tout comment te le décrire. Mais attends, tu l'as croisé !

— Je l'ai croisé ?

Les papillons sont de retour dans mon ventre.

— Mais ouais, dans le couloir. C'est celui qui a failli m'envoyer la porte dans le nez. Celui qui ouvrait la marche.

Malgré mon cœur qui bat bien trop vite, je feins l'indifférence.

— Tu veux dire, celui qui nous a totalement ignorés ?

— Ouais, s'esclaffe-t-elle. Toutefois, ne le prends pas personnellement. Jaxon traite tout le monde comme ça. Il est… sombre.

Sombre, c'est le moins qu'on puisse dire, si j'en crois notre accrochage de tout à l'heure. Mais je n'ai pas envie d'en parler à Macy, pas tant que je n'ai pas démêlé ce que je ressens à son égard.

Je fais diversion.

— Merci beaucoup d'avoir préparé cette chambre à mon intention.

— Oh ! t'en fais pas, dit-elle en écartant mes remerciements d'un revers de main. C'était rien.

— Je suis sûre que si ! Je doute qu'il y ait beaucoup de magasins qui livrent sur une montagne au fin fond de l'Alaska.

Elle rougit et se détourne, gênée que je devine ses efforts.

— Mon père connaît tous ceux qui acceptent de le faire, dit-elle en haussant les épaules. Ce n'était pas un souci.

— N'empêche… Tu es définitivement ma cousine préférée.

Elle lève les yeux au ciel.

— Je suis ton unique cousine.

— L'un n'exclut pas l'autre.

— Mon père dit tout le temps ça.

— Que tu es sa cousine préférée ? je la taquine.

— Tu vois parfaitement ce que je veux dire, soupire-t-elle, faussement exaspérée. T'es bête, tu sais ?

— J'en ai une conscience aiguë.

Elle rigole, se dirige vers le petit frigo à côté de son bureau et en sort une bouteille d'eau qu'elle me lance.

— Tiens, bois ça avant que je te montre le reste.

— Le reste ?

— Ouais. C'est pas fini, répond-elle en ouvrant la porte de l'un des placards. Je me suis dit que ta garde-robe n'était pas particulièrement adaptée à la vie en Alaska, alors je l'ai un peu étoffée.

— *Un peu ?*

J'aperçois plusieurs pantalons noirs, des chemisiers blanc et noir, un tas de polos noirs et pourpres, ainsi que deux blazers noirs et deux écharpes à carreaux noirs et rouges. Il y a aussi quelques sweats rembourrés, de gros pulls, une combi de neige et deux pantalons molletonnés. Aucune tenue n'est rose vif, à mon grand soulagement. Par terre il y a quelques paires de chaussures et d'après-skis ainsi qu'une grande caisse de livres et de fournitures scolaires.

— Il y a des chaussettes et des sous-vêtements chauds dans les tiroirs, en plus de quelques caleçons longs. C'est pas évident de s'adapter au climat ici, j'ai voulu m'assurer qu'il ne te manquerait rien.

Il n'en faut pas plus pour mettre à mal ce qui reste de mes défenses et des larmes perlent dans mes yeux. Je me détourne pour lui cacher mon naufrage.

Sans succès. Macy pousse un petit cri de désarroi. En un instant, elle traverse la pièce et m'enlace. Son parfum fleure bon la noix de coco, ce qui me paraît incongru au milieu de l'Alaska, mais aussi étrangement réconfortant.

— C'est nul, Grace. Toute cette situation est horrible. Comme j'aimerais tout arranger ! Comme j'aimerais agiter une baguette magique et tout remettre à sa place.

Une boule dure se coince dans ma gorge. C'est ce que je souhaiterais, moi aussi.

J'aimerais que la dernière discussion que j'ai eue avec mes parents n'ait pas été une dispute idiote. J'aimerais que mon père n'ait pas perdu le contrôle de sa voiture deux heures plus tard. J'aimerais que le véhicule ne soit pas tombé d'une falaise avant de s'abîmer dans l'océan.

Plus que tout, je voudrais respirer le parfum de ma mère ou entendre la voix grave de mon père, ne serait-ce qu'une fois.

Je laisse Macy me serrer contre elle aussi longtemps que je le supporte (cinq secondes environ) avant de reculer. Je n'ai jamais trop aimé qu'on me touche, et depuis que mes parents sont morts, c'est pire.

— Merci pour…

Je fais un geste vers le lit et le placard.

— … pour tout.

— Pas de quoi. Et je veux que tu saches que si tu as besoin de parler, je suis là. Je sais que ce n'est pas pareil pour moi, ma mère est partie, elle n'est pas morte…

Elle déglutit et prend une longue inspiration avant de continuer.

— Mais je sais ce que c'est de se sentir seule. Et je sais écouter.

« Morte ». C'est la première fois qu'elle prononce le mot, la première fois qu'elle dit à voix haute ce qui est arrivé à mes parents.

— Merci, je dis, soulagée, même si je me rappelle que Jaxon l'a prononcé, lui aussi.

Il a eu beau se conduire comme un enfoiré total, la vérité ne l'a pas effarouché. Et il ne m'a pas traitée comme si je risquais de me briser sous le poids d'un mot.

Peut-être est-ce pour ça que je pense encore à lui.

Macy me scrute, soucieuse.

— Je ferais mieux de défaire mes valises, je déclare en contemplant mes bagages, découragée d'avance.

Je n'ai aucune envie de m'en occuper maintenant alors que mon lit rose électrique m'appelle comme un phare.

— Oh, je peux m'en charger !

Macy m'indique une porte au bout de la chambre.

— Et si t'allais te doucher et te mettre en pyjama ? Je vais voir où en est la soupe que Papa a promise, puis tu pourras manger, avaler un Advil et te reposer. Avec un peu de chance, ton mal des montagnes ira mieux demain.

— Ce programme me paraît…

Je me sens dégoûtante et me doucher sera un vrai délice. Ainsi que dormir : j'étais si anxieuse à l'idée de déménager que je n'ai guère fermé l'œil au cours de la semaine écoulée.

— Parfait ? complète-t-elle.

— Carrément.

Elle sort des serviettes de bain du placard.

— Allez, fonce sous la douche, je vais chercher la soupe, et dans une demi-heure cette journée ne sera plus qu'un mauvais souvenir.

— Merci, Macy. Vraiment.

Un sourire éclaire son visage.

— De rien.

Quinze minutes plus tard, je sors de la salle de bains vêtue de mon pyjama préféré : un tee-shirt de la première tournée solo de Harry Styles et un pantalon bleu en satin à fleurs blanc et jaune. Dans la chambre, Macy danse au son de « Watermelon Sugar », ma chanson préférée de Harry.

Si ce n'est pas un coup du destin !

Macy, comme il se doit, pousse des hauts cris à la vue du tee-shirt mais sinon elle me laisse tranquille. Elle s'assure quand même que je boive un bon litre d'eau et que je prenne les deux cachets qu'elle a laissés sur ma table de nuit.

Il y a aussi un bol de bouillon de poulet, mais l'énergie me manque pour manger. Je me mets au lit et me blottis sous la couette rose vif.

Juste avant de sombrer dans le sommeil, je me rends compte que, pour la première fois depuis la mort de mes parents, je n'ai pas pleuré sous la douche.

6

JE NE SUIS PAS LA REINE DES NEIGES

Je me réveille lentement, la tête dans le flou et le corps lourd. Il me faut quelques instants pour me souvenir où je suis – en Alaska – et que la personne qui ronfle non loin est Macy et non Heather, dont j'ai partagé la chambre pendant trois semaines.

Je m'assois en essayant d'ignorer les hurlements de bêtes sauvages qui résonnent au-dehors. Ils sont effrayants, surtout pour une enfant des villes, mais l'idée qu'il y a d'épais murs de château entre eux et moi me réconforte.

Je jette un coup d'œil au réveil. Il est 3 h 23 du matin.

Soyons honnêtes : ce ne sont pas ces cris qui me perturbent autant. Ni le fait d'être en Alaska, même si c'est bizarre aussi. Ni même les souvenirs de mon ancienne vie.

Non, c'est lui.

Jaxon Vega.

Je n'ai rien appris de plus sur lui depuis qu'il m'a plantée dans le couloir, furieuse, confuse et plus blessée que je ne veux l'admettre, à part que c'est le garçon le plus populaire du lycée Katmere. Et qu'il est très sombre. Sans blague. Pas besoin d'une boule de cristal pour s'en apercevoir.

Cela dit, peu importe. Parce que j'ai décidé que je ne voulais pas en savoir plus.

Je ne veux pas le connaître.

Pourtant, quand je ferme les yeux, je me souviens de tout. Sa mâchoire crispée. La fine cicatrice qui lui barre le visage. Ses yeux de glace qui m'ont laissée entrevoir – juste un instant – qu'il a souffert autant que moi. Peut-être plus.

Et c'est à cette souffrance que je pense dans le noir. C'est cette souffrance qui fait que je me soucie de lui, alors que je ne devrais pas.

Je me demande d'où vient cette cicatrice. Ça a dû être une blessure terrible. Dévastatrice. Traumatique.

C'est probablement pour ça qu'il était aussi froid envers moi. Qu'il a essayé de me faire fuir et, quand j'ai résisté, qu'il m'a donné cet avertissement aussi ridicule que déconcertant.

Il est sombre, a dit Macy. Cela signifie-t-il qu'il traite tout le monde comme il m'a traitée ? Et si oui, pourquoi ? Parce que c'est un imbécile ? Ou parce qu'il souffre tellement qu'il préfère effrayer les autres afin de les maintenir à distance ? Ou bien est-ce que la vue de sa cicatrice et de son expression farouche suffit à les éloigner ?

Ce qui est mon cas. Certes, je ne fais peur à personne, mais tout le monde garde tout de même ses distances. Hormis Heather, la plupart de mes anciens amis ont cessé de me parler après la mort de mes parents. La mère de Heather m'a expliqué que c'était parce que l'accident les renvoyait à leur propre mortalité et à celle de leurs parents, qu'ils ne cherchaient qu'à se protéger. J'ai eu beau comprendre leur réaction, ça ne m'a pas rendu leur absence moins douloureuse ni ma solitude plus facile à supporter.

J'attrape mon téléphone pour envoyer deux messages à Heather, ce que j'aurais dû faire dès mon arrivée. Je lui dis que tout va bien, je lui raconte le mal des montagnes.

Puis je me recouche et j'essaie de me rendormir. En vain. Maintenant que je suis réveillée, je pense à l'Alaska, au lycée, à Jaxon. Tout se mélange dans ma tête. Tout ce que je veux, c'est que ça s'arrête.

Ça ne s'arrête pas. Soudain, mon cœur s'affole et la peau me picote. Je pose la main sur ma poitrine, respire profondément, m'efforce de comprendre ce qui m'a alarmée au point que j'ai du mal à respirer.

Tout me revient d'un coup. Toutes les pensées que je repousse depuis quarante-huit heures. Mes parents, mon départ de San Diego, mes adieux à mes amis, le vol hasardeux jusqu'à Healy, l'espoir de Macy que nous serons amies, la façon de Jaxon de me regarder, puis de ne pas me regarder, ce qu'il m'a dit, la quantité absurde de vêtements que je dois enfiler pour avoir chaud, le froid polaire qui m'oblige à rester claquemurée dans ce château…

Tout cela se fond et tournoie dans ma tête en une grande ronde de peur et de regrets, dont seule émerge la sensation d'une menace diffuse.

La dernière fois que je suis restée paralysée comme ça, la mère de Heather m'a dit qu'être en proie à un tel débordement d'émotions était normal après un deuil. Le poids écrasant sur ma poitrine, le tourbillon de pensées, les mains qui tremblent, cette idée que le monde va s'effondrer sur moi, c'est naturel. C'est une psy, donc elle sait de quoi elle parle, même si, dans l'immédiat, je ne trouve pas ça normal.

Mais effrayant.

Je sais que je ferais mieux de rester dans ma chambre – le château est immense et je n'ai aucun repère – mais je sais aussi que si je reste là à fixer le plafond, je vais avoir une attaque de panique. Alors je prends une grande inspiration, m'extirpe de mon lit et j'enfile des chaussures et un sweat avant de sortir.

À San Diego, j'allais courir pour combattre les insomnies, même quand il était trois heures du matin. Ici, c'est impossible, à cause de la température polaire et des bêtes sauvages.

Cependant, le château est vaste avec de longs couloirs. Peut-être que je ne pourrai pas y courir, mais je peux au moins l'explorer.

Je referme la porte en silence pour ne pas réveiller Macy qui a été si gentille avec moi, puis je me dirige vers l'escalier.

L'atmosphère est plus inquiétante que je ne m'y attendais. Je pensais que les couloirs étaient éclairés pendant la nuit, à cause des règles de sécurité et tout ça, or ils sont plongés dans la pénombre. Il y a juste assez de lumière pour s'imaginer que des ombres me suivent.

Je songe à regagner ma chambre, à renoncer à ma promenade de reconnaissance, mais à cette pensée, tout se remet à tourner dans ma tête.

Je dégaine donc mon téléphone pour éclairer les lieux. Les ombres disparaissent ; si on ignore les murs en pierre et les tapisseries, c'est un couloir comme un autre.

J'ignore complètement où je compte aller, je veux seulement quitter l'étage des chambres.

J'atteins le grand escalier en spirale sans me perdre et le dévale quatre à quatre jusqu'au rez-de-chaussée. Après ma douche hier soir, Macy m'a dit que c'est là que se trouvait le réfectoire, ainsi que la bibliothèque et la plupart des salles de classe. Il y en a d'autres dans les dépendances du domaine, mais la majorité des cours ont lieu ici, au sein même du château. Ce qui me convient : moins je devrai sortir par ce temps, mieux je me porterai.

Il y a beaucoup plus de tapisseries ici, fanées par l'âge. Ma préférée, très colorée, se déploie sur plusieurs mètres. Pourpres et roses, verts et jaunes se mêlent sans ordre ou motif apparent. En reculant d'un pas pour que ma lampe en éclaire une plus grosse portion, je comprends enfin ce qu'elle représente. Une aurore boréale.

J'ai toujours rêvé d'en voir une ! Dans mon angoisse, j'ai oublié qu'en Alaska je serais aux premières loges.

Galvanisée, je fais demi-tour vers la porte d'entrée monumentale qui s'ouvre sur l'allée principale. Je ne suis pas assez folle pour aller me balader dans la neige en sweat et pantalon de pyjama, mais peut-être que je pourrais passer la tête à la recherche de lumières dans le ciel.

C'est sûrement une mauvaise idée, je ferais mieux de retourner me coucher et garder l'aurore boréale pour plus tard, toutefois je ne parviens pas à la chasser de mon esprit. Mon père me parlait souvent de la luminosité du Nord et j'ai toujours voulu l'admirer. C'est l'occasion ou jamais.

J'avance dans le couloir à la lueur de mon téléphone. Arrivée devant la porte, tandis que je tente de repérer les verrous, les deux battants s'ouvrent sur deux garçons vêtus de tee-shirts vintage, de jeans et de bottes en cuir. Pas de vestes, pas de pulls, pas de sweats. C'est si absurde que je me demande, l'espace de quelques secondes, si ce château, comme Poudlard, ne grouille pas de fantômes. De gens morts lors d'un concert des années 1980.

— Eh bien, eh bien… On est rentrés pile à temps, j'ai l'impression, dit le plus grand des deux.

Il a la peau cuivrée, des cheveux noirs coiffés en catogan et un anneau noir dans le nez.

— Qu'est-ce que tu fais debout, Grace ?

Sa voix me donne la chair de poule.

— Comment tu connais mon nom ?

Il se marre.

— T'es la nouvelle, non ? Tout le monde le connaît, *Grace*.

Il fait un pas vers moi. Si ce n'était pas insensé, je jurerais qu'il est en train de me flairer.

Finalement, j'aurais peut-être préféré avoir affaire à un fantôme.

— Et si tu me répondais, plutôt ? Qu'est-ce que tu fais debout ?

Je ne lui dis pas que je voulais voir une auréole boréale, d'autant que j'ai aperçu un pan de ciel noir semé des mêmes étoiles que partout ailleurs dans le monde avant qu'il ferme la porte. Une déception de plus.

— J'avais soif, je mens, les bras croisés pour me protéger de la brise glacée qui s'attarde autour de nous. Je venais chercher de l'eau.

— Et tu en as trouvé ? demande le deuxième garçon.

Il est plus petit et plus trapu que l'autre. Ses cheveux blonds sont coupés en brosse.

La question serait innocente s'il ne s'était pas avancé vers moi en la posant. Il est maintenant si proche que je dois choisir entre reculer et le repousser.

Je choisis de reculer, parce que je n'aime pas sa façon de me regarder et parce que chaque pas en arrière me rapproche de l'escalier… et de ma chambre.

— Oui, merci, je mens à nouveau, d'un ton que je voudrais insouciant. Je vais retourner me coucher.

— Sans qu'on fasse connaissance ? Ce n'est pas très poli, ça, tu trouves pas, Marc ? dit le garçon aux cheveux en brosse.

— Non, c'est vrai, répond Marc, qui est maintenant très proche, lui aussi. D'autant moins que Foster ne cesse de nous bassiner à ton sujet depuis des semaines.

— Comment ça ? je demande, oubliant une seconde mon effroi.

— Il nous a convoqués trois fois pour exiger de nous un comportement irréprochable. C'était super relou. Pas vrai, Quinn ?

— Ouaip. S'il s'inquiétait tant que ça, il aurait mieux fait de te laisser là où tu étais.

Quinn tend la main et tire l'une de mes boucles. Je voudrais me dégager, lui hurler de me laisser tranquille, mais je n'ose pas. Je sens la violence émaner d'eux par vagues, leur envie de faire mal. Je ne tiens pas à être la victime de leur rage.

— T'en penses quoi, Grace ? ricane Marc. De l'Alaska ? Tu vas t'y faire ? Pour ma part, je pense que tu vas disparaître assez vite. La sélection naturelle, tout ça…

— Je veux juste passer mon bac. Et ne pas avoir de problème, dis-je, la gorge serrée.

— Et tu crois qu'on va t'en poser un ? ricane Quinn.

Oh que oui !

Genre, si je cherchais l'entrée « Problème » dans un dictionnaire, j'y trouverais leurs photos pleine page estampillées d'un gros AVERTISSEMENT en rouge.

Je laisse mon cerveau turbiner pour trouver une issue à cette horrible situation. Je suis à moitié convaincue que tout ça n'est qu'un cauchemar : on se croirait dans une série, dans la scène où les caïds du lycée décident de montrer à la nouvelle que c'est eux qui commandent.

Sauf que non, c'est la vraie vie, et je sais que je ne fais pas le poids. Je pourrais leur dire que c'est bon, j'ai compris, mais ce serait accepter mon sort, ce qui ne me semble pas la meilleure stratégie. Plus on cède du terrain face à des brutes, plus elles en veulent.

— Dis-moi, Grace, tu avais déjà vu de la neige avant ? demande Marc, toujours trop proche de moi.

— J'en ai vu plein en venant ici.

— En motoneige ? Ça ne compte pas, hein, Quinn ?

— Non, s'esclaffe Quinn. Il faut que tu la voies de plus près. Et que tu nous montres ce dont t'es capable.

— Ce dont je suis capable ?

Je n'ai aucune idée de ce qu'il veut dire.

— T'es capable de quelque chose, c'est évident, déclare Marc en me reniflant. Le hic, c'est que j'ignore quoi.

— C'est sûr, renchérit Quinn. Y a un truc. Je ne sais pas non plus ce que c'est, mais y a un truc. Alors, voyons ça, *Grace.*

Il tend les mains vers moi. C'est à cet instant que je comprends ce qu'ils comptent faire.

Je cours un grave danger.

7

DU PLUS PROFOND DES TÉNÈBRES

Dopée à l'adrénaline, je me retourne et m'élance vers l'escalier. Il ne faut que quelques foulées à Marc pour me rattraper. Il m'attire à lui brutalement, mon dos contre sa poitrine et entoure mes épaules de ses bras. Je me débats de toutes mes forces.

— Lâche-moi ! je crie en lui balançant mon talon dans les genoux.

Il ne cille même pas.

— Si tu ne me lâches pas, je vais hurler, je le préviens en essayant sans succès de masquer ma peur.

— Te gêne pas, répond-il en me traînant vers la porte que Quinn lui tient ouverte. Tout le monde s'en fout.

Je rejette la tête en arrière, heurte son menton. Il jure et m'immobilise la tête d'un bras, ce qui me fait autant enrager que ça me terrorise. Je me penche et le mords aussi fort que j'en suis capable.

Il tressaille, frappe mes lèvres d'un revers du poignet.

Aïe ! Le goût métallique du sang m'envahit la bouche, ce qui n'arrange pas mon humeur.

— Ça suffit, je beugle, en me tortillant du mieux que je peux.

Il ne faut pas qu'ils parviennent à me jeter dehors. Surtout pas. Je ne porte qu'un sweat et un pantalon de pyjama et il fait moins douze. Vu ma résistance au froid de Californienne, je tiendrai quinze minutes avant de choper des engelures ou de mourir d'hypothermie.

Les bras de Marc m'enserrent comme des câbles d'acier.

— Bas les pattes, je crie sans me soucier de réveiller toute l'école.

En fait, j'espère bien que quelqu'un se réveillera. N'importe qui. Tout le monde. De nouveau, je bascule la tête en arrière, cette fois dans l'espoir de lui briser le nez.

J'ai dû viser juste, parce qu'il me lâche avec un juron. Mes jambes se dérobent et je tombe à genoux. Soudain, je vois Marc effectuer un vol plané à travers le hall et finir sa course contre un mur.

Je n'ai pas le temps de me demander comment ça a bien pu arriver, qu'il s'est déjà remis sur pied et charge dans ma direction. Je fais volte-face pour fuir, les poings levés pour repousser Quinn, mais voilà qu'il fend les airs à son tour. Il s'éclate contre une bibliothèque, délogeant un vase de l'étagère la plus haute qui se brise sur sa tête.

Je cherche une issue, mais Marc est trop rapide : il se tient déjà entre l'escalier et moi. Je fonce sur la droite et me heurte à une muraille de muscle.

Merde. Ils sont trois maintenant ? La panique m'envahit. Je lève les bras pour repousser mon troisième assaillant, mais il ne bouge pas plus que Marc. Il m'attrape par le poignet et m'attire vers lui suffisamment fort pour me remettre debout.

Jaxon.

Je ne sais pas si je dois être soulagée ou encore plus effrayée.

Jusqu'à ce qu'il me pousse derrière lui et s'interpose entre les autres et moi.

Marc et Quinn s'arrêtent net, l'inquiétude sur leurs visages se muant en peur.

— Un problème ? demande Jaxon.

Sa voix est plus basse et plus rauque qu'auparavant. Et plus glaciale que le vent qui souffle par la porte.

— Aucun, dit Marc en forçant un petit rire. On faisait connaissance avec la nouvelle.

— Faire connaissance ? C'est comme ça qu'on appelle les tentatives de meurtre maintenant ?

Il n'élève pas la voix, n'esquisse pas le moindre geste menaçant. Pourtant, tout le monde se crispe.

— On n'allait pas lui faire de mal, mec, pépie Quinn d'une voix geignarde. On voulait juste la mettre dehors quelques minutes.

— Ouais, renchérit Marc. C'était juste une blague. Pas de quoi fouetter un chat.

— Rien de grave ? insiste Jaxon, d'un ton encore plus glacial. Vous connaissez les règles.

De quelles règles parle-t-il ? Et pourquoi les rappelle-t-il comme si c'était sa responsabilité de les faire respecter ? Quinn et Marc ont l'air nauséeux.

— Désolés, Jaxon. On était sortis courir et les choses ont un peu dérapé.

— Ce n'est pas à moi que vous devez présenter des excuses.

Il se tourne vers moi, la main tendue.

Je ne devrais pas la prendre. Mon instinct me hurle de fuir, de profiter de la diversion qu'il m'offre pour courir me réfugier dans ma chambre.

Mais une telle rage brûle dans son regard d'obsidienne que je comprends qu'il s'est tourné vers moi pour la cacher aux deux autres. J'ignore pourquoi ; je devine seulement qu'il ne veut pas leur montrer à quel point il est furieux.

Peut-être même bouleversé parce que c'est *à moi* qu'ils s'en sont pris.

Quoi qu'il en soit, il m'a sauvée et je lui suis redevable. Alors je soutiens son regard pour lui signifier que je garderai son secret.

Puis je m'avance vers lui, sans toutefois prendre sa main – c'est trop demander, vu son comportement de l'après-midi –, consciente que je ne crains plus rien de Marc ou de Quinn.

Je dois être trop près d'eux à son goût, parce qu'il se remet devant moi tout en fusillant Marc et Quinn du regard. Ce qui n'a pas l'air franchement nécessaire, vu leurs mines honteuses.

— Pardon, Grace, dit Marc. On a mal agi. On ne voulait pas te faire peur.

Je ne réponds pas. Il n'est pas question de leur pardonner, mais je n'ai pas non plus le courage de les envoyer se faire voir, même avec Jaxon comme bouclier. Je les fixe donc froidement en attendant qu'ils en aient fini avec leurs excuses, histoire de pouvoir enfin regagner ma chambre.

— Ouais, tu sais, ajoute Quinn en agitant la main vers le plafond. Y a ce truc avec la lune, et bon…

C'est tout ce qu'il a trouvé comme excuse ? Je n'ai aucune idée de ce que ça signifie et, pour être honnête, je m'en fiche. J'en ai marre de cet endroit et de ceux qui s'y trouvent, hormis Macy et Oncle Finn… et peut-être – mais seulement peut-être – Jaxon.

— Je vais me coucher.

Jaxon me retient par le poignet.

— Attends.

C'est le premier mot qu'il m'adresse depuis notre conversation de l'après-midi. Je m'arrête net.

— Pourquoi ?

Il se tourne vers Marc et Quinn.

— Nous en reparlerons.

Ils acquiescent en silence. Ces paroles sont autant un congé qu'une menace, car ils détalent à toutes jambes.

Nous les regardons s'en aller, puis Jaxon me fait face et m'examine pendant de longues secondes. Je ne vais pas mentir : ça me met mal à l'aise. Pas de la même façon que Marc et Quinn ; je n'ai pas l'impression qu'il cherche une faiblesse à exploiter. C'est plus : Waouh ! qu'est-ce qu'il fait chaud, et pourquoi est-ce que je porte mon pantalon de pyjama le plus vieux et le plus mité ?

— Ça va ? demande-t-il d'une voix douce en lâchant enfin mon poignet.

— Très bien, je réplique, sans en être certaine.

C'est quoi, ce lycée où on essaie de vous jeter dehors dans un froid mortel pour *plaisanter* ?

— Ça n'en a pas l'air.

La remarque me pique au vif, même si je sais qu'il n'a pas tort.

— Ouais, ben, ce n'est pas la meilleure semaine de ma vie.

— J'imagine.

Ses yeux sont sérieux, son expression se fait grave.

— Ne t'inquiète pas concernant Marc et Quinn. Ils ne te dérangeront plus.

Il n'ajoute pas qu'il s'en assurera personnellement, mais c'est sous-entendu.

— Merci, je lâche. De ton aide. Je, euh, j'apprécie.

Il hausse les sourcils ; ses yeux s'assombrissent encore.

— C'est ce que tu crois ? Que je t'ai aidée ?

— Ce n'est pas le cas ?

Il secoue la tête, laisse échapper un petit rire… et mon cœur a des ratés.

— Je viens de faire de toi un pion dans un jeu dont tu n'as aucune idée.

— Tu crois qu'il s'agit d'un jeu ?

— Je sais parfaitement de quoi il s'agit. Et toi ?

J'attends qu'il explique ses commentaires mystérieux, au lieu de quoi il me dévisage jusqu'à ce que je me tortille de gêne. Personne ne m'a jamais regardée ainsi, on dirait qu'il se demande s'il a commis une erreur en me sauvant la vie.

— Tu saignes, me dit-il finalement.

— Je saigne ?

Je pose la main sur ma joue, toujours endolorie par un coup d'épaule que Marc m'a donné pendant que je me débattais.

— Non, pas là.

Doucement, si doucement que je le sens à peine, il effleure du pouce ma lèvre inférieure.

— Là.

Il lève le doigt. Dans la pénombre, je distingue une légère traînée de sang qui brille sur sa peau.

— Oh, non ! Laisse-moi enlever…

Son rire m'interrompt.

Il porte son pouce à ses lèvres et, son regard planté dans le mien, le fourre dans sa bouche avant de sucer lentement mon sang.

Je n'ai jamais rien vu d'aussi sexy. Je ne sais pas pourquoi ça me fait autant d'effet… je veux dire, ça devrait me dégoûter.

C'est peut-être parce que ses yeux deviennent incandescents lorsqu'il goûte mon sang.

C'est peut-être parce qu'il pousse un petit gémissement lorsqu'il l'avale.

Ou peut-être parce que la caresse de son pouce sur mes lèvres avant qu'il le porte aux siennes me paraît plus intime que n'importe quel baiser jamais échangé avec un garçon.

— Il faut que tu t'en ailles.

On dirait qu'on lui arrache les mots de la bouche.

— Tout de suite ?

— Oui, tout de suite.

Son expression est redevenue vide. Comme s'il essayait de toutes ses forces de masquer ce qu'il pense vraiment. Ou ce qu'il ressent.

— Et je te conseille de rester dans ta chambre après minuit.

Ce que sous-entend sa remarque me hérisse.

— Tu veux dire que c'est ma faute si je me suis fait attaquer ?

— Bien sûr que non ! Ils devraient tous les deux savoir mieux se maîtriser.

Drôle de façon de qualifier une tentative de meurtre.

— Mais je t'avais prévenue : tu dois être prudente. Tu n'es plus dans ton ancien lycée.

— Qu'est-ce que tu sais de mon ancien lycée ?

— Rien, sourit-il, railleur. Mais je peux te garantir qu'il n'a rien en commun avec Katmere.

Il a raison, évidemment, mais je ne veux pas rendre les armes.

— T'en sais rien.

Il se penche vers moi, comme malgré lui, jusqu'à ce que son visage et ses lèvres ne soient plus qu'à quelques centimètres des miens. Au lieu de me mettre mal à l'aise, ça m'embrase. Et quand mes genoux tremblent, cette fois, ce n'est pas de peur.

Mes lèvres s'entrouvrent, mon souffle se bloque dans ma poitrine, mon cœur bat plus vite. Il en est conscient

– je le vois dans ses pupilles dilatées, dans son expression prudente et attentive. Je l'entends dans le rythme soudain haché de sa respiration, je le sens au frémissement de son corps si proche du mien. Pendant un instant, juste un instant, je crois qu'il va m'embrasser. Puis il se penche davantage, au-delà de mes lèvres, et presse sa bouche contre mon oreille. J'ai l'impression qu'il me flaire, comme Marc et Quinn, sauf que l'effet sur moi est tout autre.

— Tu n'imagines pas ce que je sais, chuchote-t-il.

La chaleur de son haleine fait fondre tout mon corps contre le sien.

Il reste ainsi deux secondes, ses mains sur ma taille. Puis il s'écarte si brusquement que je manque de tomber.

— Il faut que tu t'en ailles, répète-t-il, sa voix encore plus grave, plus rauque qu'avant.

— Maintenant ? je demande, incrédule.

— Maintenant.

Du menton, il indique l'escalier et je me surprends à m'y diriger sans avoir décidé de le faire.

— Va directement dans ta chambre et verrouille la porte.

— Tu n'as pas dit que je ne devais plus m'inquiéter de Marc et de Quinn ? je demande en m'éloignant.

— Si.

— Dans ce cas, pourquoi… ?

Je m'interromps. Personne ne répondra : Jaxon a disparu.

Quand le reverrai-je ? Et pourquoi est-ce que j'y tiens tant ?

8

VIVRE ET LAISSER MOURIR

Je suis toujours sous le choc quand je regagne ma chambre. Il est près de cinq heures du matin, je n'ai aucune envie de me glisser dans mon lit et de fixer le plafond jusqu'au réveil de Macy. Mais je ne peux pas non plus retourner me balader dans les couloirs… Sans l'intervention de Jaxon, je serais morte à l'heure qu'il est.

Et comme je ne veux pas devoir compter sur lui pour venir à ma rescousse en cas de pépin, je me résous à attendre sagement que ma cousine se réveille et me donne son opinion sur ma mésaventure nocturne. Et si ce n'est pas « OH, MON DIEU ! MAIS QU'EST-CE QUI LEUR A PRIS ? », je reprends mes valises, direction San Diego. Mieux vaut taper l'incruste chez Heather jusqu'au bac que mourir à Katmere.

Et puis, à San Diego, je n'aurai pas le mal des montagnes.

La nausée me submerge pendant que je fais les cent pas. Je me laisse tomber dans mon lit en grognant.

Macy a dû m'entendre :

— Je te promets que le mal des montagnes va passer.

— C'est pas que le mal des montagnes.

— Je sais, répond-elle simplement.

Le silence s'étire entre nous. Elle me laisse le temps de faire le tri dans mes pensées et de choisir celles que je veux partager.

Je fixe le plafond de pierre grise au-dessus de mon lit. On dirait qu'il est sur le point de m'écraser.

— L'Alaska, c'est comme une autre planète, tu vois ? Tout est tellement différent de là où j'ai grandi…

Je n'ai pas l'habitude de me confier à des gens que je ne connais pas très bien. En général, je préfère tout garder pour moi. Mais Macy est mon amie la plus proche dans ce lycée… et si je ne parle pas à quelqu'un, je risque d'exploser.

— Je comprends, dit-elle. Tu sais, j'ai vécu ici toute ma vie, et pourtant il y a des jours où ça me paraît bizarre. Tu n'es là que depuis douze heures et tu as été patraque presque non-stop. Accorde-toi un peu de temps, assiste à quelques cours. Peut-être que ça ira mieux une fois que tu auras tes habitudes.

— Oui, t'as raison. D'ailleurs, je ne me sentais pas trop mal jusqu'à ce que…

Je m'interromps pour réfléchir à la meilleure manière de lui relater les événements de la nuit.

— Quoi ?

Elle repousse ses couvertures et se lève.

— Je sais que le lycée est grand, mais est-ce que tu connais deux garçons qui s'appellent Marc et Quinn ?

— Peut-être. Est-ce que l'un d'entre eux a un piercing dans le nez ?

— Oui ! Un gros anneau noir.

— Ouais, je les connais. Ils sont en première comme moi. Et ils sont cool, genre vraiment marrants. Une fois, Marc a…

Mon visage me trahit. Elle se tait abruptement, plisse les yeux.

— Mais je devrais plutôt te demander comment *toi*, tu les connais.

— Ben, peut-être que c'était pour plaisanter, mais je suis sûre qu'ils ont tenté de me tuer cette nuit. Ou du moins, de me faire la peur de ma vie.

— Quoi ? croasse-t-elle, manquant de lâcher la bouteille d'eau qu'elle vient de sortir du frigo. Raconte-moi tout. Dans les détails.

Son ton est catégorique. Je lui expose fidèlement les événements de la nuit, jusqu'à l'intervention de Jaxon. Ça, je ne suis pas prête à en parler. Je ne sais toujours pas quoi en penser, ni quoi penser de lui. En plus, j'ai l'impression d'avoir conclu une sorte d'accord tacite avec Jaxon afin de garder sa présence secrète. À moins que ce ne soit le fruit de mon imagination.

— Et alors ? me presse Macy. Comment tu leur as échappé ?

— Quelqu'un nous a entendus et est venu voir ce qui se passait. Quand ils ont compris qu'il y avait un témoin, ils se sont calmés vite fait.

— Tu m'étonnes ! Quels cons ! Ils ne veulent pas qu'on rapporte tout ça à mon père. Eh bien, ils auraient dû y penser avant. Je vais les achever à mains nues, je te promets ! s'écrie-t-elle, ivre de fureur. Qu'est-ce qui leur a pris ? Ils ne te connaissent même pas ! Tu aurais pu mourir d'hypothermie. Ça n'a aucun sens. Ils se comportent toujours un peu comme des chiens fous, mais je ne pensais pas qu'ils pouvaient être si malfaisants…

— Ils devaient être drogués, comment expliquer sinon qu'ils soient sortis en jean et tee-shirt. Comment ont-ils évité l'hypothermie ?

— Je l'ignore, dit Macy.

Elle a l'air gênée, comme si elle savait qu'ils se droguaient bel et bien. Ou qu'elle pensait que j'avais halluciné.

— Peut-être qu'ils n'étaient sortis que cinq minutes, suggère-t-elle en me tendant deux cachets. Enfin, peu importe, je suis sûre que mon père élucidera tout ça.

Je suis tentée de lui demander de ne rien dire à son père. C'est déjà suffisamment dur d'être la nouvelle ; je ne veux pas en plus me taper une réputation de balance. Puis je me ravise. Vu ce qui aurait pu m'arriver sans Jaxon, Oncle Finn doit être mis au courant. Sinon rien ne les empêchera de s'en prendre à quelqu'un d'autre.

— Bon, tâche de dormir encore un peu en attendant. Sauf si t'as faim ?

L'idée seule de nourriture fait bondir mon estomac de dégoût.

— Non, merci. Mais je ne crois pas que je réussirai à me rendormir. Autant défaire mes valises et préparer mes affaires pour demain.

— Oh ! ne t'en fais pas pour ça. Je m'en suis occupée. Je me suis dit que si tu n'aimais pas mon rangement, tu pourrais le modifier, mais qu'au moins tu aurais tout à portée de main.

— Oh ! t'étais pas obligée, Macy.

— Bah. Tu n'étais pas en grande forme, j'ai pensé que ça te soulagerait. Sans compter qu'on a une fête de prévue ce soir et que tu dois trouver sans difficulté ta trousse de maquillage.

Je ne sais pas ce qui m'amuse le plus : le fait qu'elle s'attende que je l'accompagne à une fête dans mon état ou le fait qu'elle pense que j'irai maquillée, moi qui possède en tout et pour tout un tube de mascara et deux de gloss.

J'imagine que Macy mettra le paquet pour la fête. Si j'en juge par le maquillage qu'elle portait hier pour sillonner l'Alaska en motoneige.

— Quel genre de fête ? je demande en me blottissant sous mes draps rose vif que j'apprécie de plus en plus.

— Oh ! c'est un goûter dînatoire. En ton honneur.

— Quoi ?

Je me relève si vite que la tête me tourne.

— Un goûter dînatoire ? En mon honneur ?

— En fait, le lycée organise un goûter de prestige une fois par mois afin de favoriser les liens entre les élèves. On a décidé que celui d'aujourd'hui serait un peu plus festif pour te souhaiter la bienvenue parmi nous.

— Étant donné l'accueil que m'ont réservé certains, l'ambiance s'annonce super.

— Ne généralise pas. Regarde Flint : il est cool, non ?

— C'est vrai.

Le souvenir du surnom affectueux qu'il m'a donné, la Nouvelle, m'arrache un sourire.

— La plupart des élèves sont comme lui, pas comme Marc et Quinn, continue-t-elle. Mais si tu préfères, je peux annuler. On aura qu'à dire que ton mal des montagnes est trop intense. Ce ne serait même pas vraiment un mensonge.

Même la tête sous l'oreiller, je peux entendre la déception dans sa voix.

— N'annule pas, je lui dis. Si je ne suis pas trop occupée à dégobiller, je viendrai.

Il faudra bien que j'affronte tôt ou tard ces gamins privilégiés. Autant que ce soit aujourd'hui, sous la supervision des adultes, quand ils seront forcés de se tenir correctement. Les risques de me faire enfermer dehors sous la neige ou défénestrer seront moindres. Je frémis à l'idée.

— Génial ! s'exclame Macy en se laissant tomber sur son matelas. N'oublie pas que l'eau est ta meilleure amie ! ajoute-t-elle en me tendant la bouteille avec un clin d'œil.

— Veux pas, je geins.

— Force-toi. Il faut s'hydrater en altitude, pour éviter l'œdème pulmonaire qui pourrait te tuer presque aussi vite que l'hypothermie.

— Sérieusement ? je réplique avant d'avaler la moitié de la bouteille. Quelqu'un t'a déjà dit que t'étais bien plus résistante que tu n'en as l'air ?

— Mon copain. Je crois que ça lui plaît.

— Tant mieux.

Je reprends une gorgée.

— Tu as Netflix ? je demande.

— Tu rigoles ? répond ma cousine en me dévisageant. J'habite sur une montagne au milieu de l'Alaska. Sans Netflix, je serais déjà morte d'ennui.

— Très juste. Ça te dit de regarder *Legacies* ? On s'y est mises la semaine dernière avec Heather.

Macy écarquille les yeux.

— *Legacies* ?

— Ouais, c'est une série vraiment cool avec des vampires, des sorcières et des loups-garous qui vivent dans un pensionnat. Ça a l'air cliché dit comme ça, mais c'est sympa.

Macy toussote.

— Je suis partante. Comment résister à un vampire sexy ?

— T'as tout compris.

On reprend au premier épisode pour que Macy puisse suivre. Tandis que le frère adoptif de la protagoniste se transforme en loup, je ne peux m'empêcher de repenser à ce qu'ont dit Marc et Quinn à propos de la lune.

Ça ne signifiait probablement rien. Ils avaient besoin de la clarté de la lune pour éclairer leur balade nocturne, c'est tout.

Oui, ça doit être ça.

N'empêche…, après deux échanges musclés avec Jaxon, et autant de mises en garde sinistres de sa part, c'est difficile de ne pas me demander où j'ai mis les pieds.

9

MÊME L'ENFER A SES FACTIONS

— Arrête de gigoter ! m'intime Macy en me tapant sur les doigts quelques heures plus tard alors que nous nous apprêtons à partir à la fête. Tu es magnifique !

— T'es sûre de ça ?

J'ouvre la porte de ma penderie afin de m'examiner pour la dixième fois dans le miroir en pied.

— Sûre de sûre. Cette robe te va à ravir. La couleur est parfaite.

Je lève les yeux au ciel.

— C'est pas la couleur qui m'inquiète.

— C'est quoi, alors ?

— Oh ! je ne sais pas...

Je rajuste le décolleté dans l'espoir de le raccourcir de quelques centimètres.

— Que mes seins décident de s'ébattre en liberté ? Ce ne serait pas super comme première impression.

Elle se marre.

— Oh ! là, là... mais non. Cette robe est sublime. Et tu es sublime dedans.

— La robe est effectivement sublime, je lui accorde.

Parce que c'est vrai. Et je parie qu'elle a l'air parfaitement convenable sur la silhouette grande et élancée de ma cousine. En revanche, l'ampleur de ma poitrine complique un peu les choses.

— Si je reste toute la soirée en apnée, je devrais m'en sortir, je conclus.

— Enfile le jean que tu avais prévu, si tu préfères, propose Macy en le prenant sur mon lit. Je ne veux pas que tu sois mal à l'aise.

La proposition est très tentante. Cependant…

— Il y aura d'autres filles en jean ?

— On s'en fiche, de ce que portent les autres.

— Ça, ça veut dire non.

Je rajuste le décolleté une dernière fois, puis abandonne et referme la penderie.

— Viens, allons-y avant que je me dégonfle et passe la soirée devant Netflix.

Macy m'enlace.

— Tu es magnifique. Allons nous amuser.

Je lève encore les yeux au ciel. « Magnifique », c'est exagéré – mes boucles auburn, mes yeux noisette et mes taches de rousseur désordonnées ne sont pas magnifiques. Au mieux, je suis mignonne. À côté de Macy, qui est belle à se damner, je suis aussi séduisante qu'une plante verte.

— Allez, ajoute-t-elle en m'entraînant vers la porte. Si tu traînes encore, on va être en retard à ta propre fête.

— Ou on pourrait carrément la zapper, je réplique. Les absents, c'est toujours intrigant !

— Trop tard, répond-elle avec un sourire délibérément agaçant. Tout le monde nous attend.

— Su-per.

Alors que je m'apprête à écarter le rideau de cristaux multicolores qui drape la porte, Macy s'exclame :

— Je vais te le tenir. Je ne voudrais pas que tu te prennes une décharge. Désolée, j'ai oublié de te prévenir hier.

— Une *décharge* ? Comment ça ?

— Ce rideau met des décharges à tout le monde. Tu n'as pas remarqué quand tu es sortie cette nuit ? ajoute-t-elle en me regardant d'une drôle de façon.

— Euh, non.

Je serre quelques cristaux dans mon poing, pour voir.

— Tu ne sens vraiment rien ? demande Macy après quelques instants.

— Rien du tout.

Je jette un coup d'œil à mes Converse à motif de roses, mes préférées.

— C'est peut-être à cause de mes semelles.

— Peut-être, dit Macy, sans trop y croire. Allez, viens.

Elle referme la porte et passe les mains à plusieurs reprises dans le rideau aux cristaux multicolores, comme si elle *voulait* se prendre une décharge. Ce qui n'a aucun sens.

— Macy, je demande quand elle le lâche enfin, pourquoi est-ce que tu gardes ce truc s'il met des décharges d'électricité statique à tout le monde ?

— Pas à tout le monde, répond-elle avec un regard entendu. Et parce qu'il est joli, bien sûr.

— *Bien sûr.*

Tandis que nous avançons dans le couloir, j'admire les moulures du plafond : elles représentent un entrelacs de fleurs dorées. C'est beau, recherché et un peu inquiétant. Moins inquiétant, cependant, que les lampes qui éclairent le couloir : chacune d'entre elles figure trois fleurs noires reliées par des tiges hérissées d'épines. Des ampoules dorées, en leur centre, sont à demi masquées par leurs pétales tombants.

L'ensemble crée une atmosphère étrange. Ce n'est pas comme ça que je choisirais de décorer ma chambre, mais je dois admettre que c'est fascinant.

Si fascinant que, le temps qu'on arrive au second étage, mon mal de ventre s'est calmé. Et les cachets que j'ai pris tout à l'heure ont transformé mon début de migraine en un mal de tête inoffensif.

Pourvu que ça dure.

J'espère que je ne serai pas trop mise à contribution pendant la fête. Mon objectif, cette année, est de passer le plus possible inaperçue, ce qui risque d'être compliqué si on commence par une réception en mon honneur.

Devant la porte, je retiens Macy par le poignet.

— Tu ne vas pas me demander de me lever devant tout le monde, hein ?

— Non, bien sûr ! Je suppose que Papa va faire un petit discours de bienvenue, rien de plus.

Un discours. Évidemment. Le meilleur moyen de faire de moi le point de mire de la salle.

Macy me serre contre elle.

— T'inquiète. Ça va être super, je t'assure.

— Tant que ce n'est pas *catastrophique*...

J'ai l'impression d'avoir un poids sur les épaules, de rapetisser, de disparaître...

Ce n'est pas lié au lycée, cela fait un mois que je suis comme ça. Toutefois être ici, en Alaska, aggrave la situation.

— Ce sera *génial*, me corrige Macy en prenant mon bras.

Elle pousse les deux battants de la porte de bois sculpté et entre dans la pièce, torse bombé, comme si le lycée tout entier lui appartenait.

Aussitôt, tous les regards convergent sur elle. Du moins, jusqu'à ce que je me rende compte que c'est moi que tout le monde regarde. Et personne n'a l'air impressionné.

Je me concentre sur le décor : le papier peint baroque en velours noir et écarlate, le lustre à trois étages dont les bras croulent sous les cristaux noirs, les élégants fauteuils de velours rouge, les tables drapées de nappes noires qui occupent la moitié de l'espace…

Je m'approche des appliques en fer forgé et constate, émerveillée, que chacune est sculptée en forme de dragon. L'un déploie ses ailes devant une croix celtique, un autre est couché en boule autour du toit d'un château, un troisième encore est immortalisé en plein vol. Une bougie brûle dans la gueule de chacun d'entre eux. Je tends le cou pour m'en assurer : oui, ce sont de vraies flammes.

Comment mon oncle peut se le permettre – ça va forcément à l'encontre des normes de sécurité. D'un autre côté, on est au milieu de nulle part en Alaska, j'imagine que les inspections sont rarissimes.

Macy me tire par le bras. À contrecœur, je m'éloigne des dragons. En levant les yeux, je remarque que le plafond est aussi peint en rouge, et agrémenté de moulures noires.

— Tu vas passer toute la soirée à contempler la déco ? me taquine Macy.

Je déplace le regard sur le buffet qui croule sous des plateaux de fromages, de petits gâteaux, de sandwichs et de boissons.

Bizarrement, il n'y a personne devant. Et presque personne n'est assis à table. La plupart des élèves sont debout en petits groupes. Cette séparation en clans est la seule chose qui me soit familière.

Qu'on soit dans un lycée public à San Diego ou dans un internat d'élite il y a des clans partout, à ceci près que dans les internats huppés, ces clans sont mille fois plus snobs et plus fermés qu'ailleurs.

Quelle veinarde je suis !

Tout en m'avançant dans la salle, je me surprends à observer les différentes *factions*… à défaut d'un meilleur terme.

Près d'une fenêtre un groupe d'une trentaine d'élèves me toisent, et l'air autour d'eux est saturé d'énergie et d'arrogance. Ils se tiennent épaule contre épaule, comme une équipe de sport juste avant un match. Les garçons sont en jean et les filles en minirobe. Tous ont des corps athlétiques.

Au fond de la salle, des élèves affichent des mines à la fois curieuses et méprisantes. Les filles portent de longues robes fluides et les garçons des chemises de soie à motif. Ils ont une élégance délicate et je devine avant même qu'elle leur fasse signe que ce sont les amis de Macy.

Elle se dirige vers eux et je la suis en me forçant à sourire.

Chemin faisant, nous passons devant un autre groupe d'où émanent des ondes de chaleur. Garçons et filles sont gigantesques et leurs regards empreints de suspicion et de dédain me mettent mal à l'aise. L'équipe de basket-ball du lycée, peut-être ?

La vue de Flint parmi eux me rassérène. Il me fait une grimace si saugrenue que je ne peux pas m'empêcher de pouffer. Comme tous les autres garçons autour de lui, il porte un jean et un tee-shirt moulant qui souligne ses pectoraux et ses biceps. Il est vraiment mignon, et ses copains aussi. Au moment où je m'éloigne, il me tire la langue, et cette fois je ris franchement.

— Qu'y a-t-il de drôle ? demande Macy, puis elle voit Flint et soupire. Tu sais que j'ai tenté pendant des mois d'attirer son attention ? Si on n'était pas cousines et futures meilleures amies, je serais jalouse de toi.

— Oh ! je ne pense pas qu'on sera plus qu'amis, Flint et moi, je dis en trottinant pour rester à la hauteur de ses immenses foulées. Il ne loucherait pas aussi fort si c'était pour me draguer.

— Ouais, ben… On ne sait jamais avec les dra…

Une violente quinte de toux l'interrompt, comme si elle avait avalé sa salive de travers.

Je lui tape dans le dos.

— Hé ! ça va ?

— Ça va.

Elle tousse à nouveau, tire nerveusement sur l'une de ses manches bouffantes.

— Les dragueurs emploient un tas de méthodes, reprend-elle. Crois-en mon expérience.

— Ah ! d'accord, je dis.

— C'est ce que je voulais dire. Au cas où tu te posais la question : Flint est un gros dragueur. Rien d'autre.

— Euh, d'accord.

Je suis trop perturbée pour ajouter quoi que ce soit. Ce n'est pas tant ce qu'elle dit qui m'étonne, mais le fait qu'elle insiste à ce point. Mais bon, hier aussi, elle était bizarre devant Flint. Ça doit être sa présence qui l'embarrasse.

Nous arrivons à la hauteur d'un nouveau groupe d'élèves encore plus intimidants que les autres, si c'est possible.

Ils jouent à un autre niveau, c'est évident. Vêtus tout de blanc, ou tout de noir, sans rien qui dépare – ni les chemises griffées, ni les robes haute couture, ni les chaussures, ni les bijoux – tous exsudent l'argent et le pouvoir. Bien qu'ils forment eux aussi un clan, il règne entre eux une espèce de formalisme, comme s'ils faisaient front commun contre les autres factions, mais que leur cohésion s'arrêtait là.

Je note également une autre différence de taille : aucun d'entre eux ne m'a accordé le moindre regard.

Ce que j'apprécie, car mes jambes flageolent de plus en plus à mesure que nous nous rapprochons des amis de Macy. Je me sens complètement dépassée. Non seulement à cause de cette foule qui me dévisage, mais aussi parce que ces groupes font bande à part.

Visiblement, à Katmere, on ne se mélange pas. Et, à en juger par leurs expressions, ce n'est pas par crainte de l'autre, mais bien par mépris.

Folle ambiance. Même si je sais que les lycées privés sont très fermés et snobs, je ne m'attendais toutefois pas à ce que Katmere le soit à ce point. Heureusement que je suis la nièce du directeur, sinon je n'aurais jamais pu mettre le pied ici. Vive le népotisme ! Ou pas, selon la suite de la soirée…

Seul l'amour-propre me retient de m'enfuir. Ça, et l'intuition qu'il ne vaut mieux pas réagir comme une proie apeurée face à mes nouveaux camarades. Aucune envie de passer le reste de l'année à détaler devant les pimbêches du lycée.

— J'ai trop hâte que tu rencontres tout le monde ! s'écrie Macy.

De près, ils sont encore plus spectaculaires. Les filles sont couvertes de pierres précieuses : dans les cheveux, les sourcils, les oreilles, le nez… Je ne me suis jamais sentie aussi banale de ma vie et m'oblige à ne pas tripoter mon décolleté.

— Salut ! Je vous présente ma cousine, Gra…

— Grace ! s'exclame une rousse magnifique arborant un collier d'améthyste. Bienvenue à Katmere ! Macy nous a tant parlé de toi !

Son ton est trop enthousiaste pour ne pas être ironique. De qui se moque-t-elle ? Macy ou moi ? En levant la tête, je comprends que c'est de moi. Ses yeux froids et méchants sont rivés sur moi.

Merveilleux.

Que répondre ? Je veux bien être polie, mais pas la laisser se foutre de moi. Heureusement, une fille aux cheveux bouclés intervient :

— Arrête, Simone, lui intime-t-elle avant de se tourner vers moi avec un sourire que j'espère sincère. Salut, Grace ! Je m'appelle Lily.

Ses yeux marron semblent amicaux et ses cheveux tressés entremêlés de rubans brillants encadrent joliment son visage chocolat.

— Et voici Gwen, continue-t-elle en désignant une fille d'origine asiatique vêtue d'une magnifique robe violette.

— Enchantée, me dit celle-ci en souriant.

— Enchantée, moi aussi, je réponds.

Je fais de mon mieux pour cacher ma gêne, mais les yeux de Gwen s'assombrissent.

— Fais pas gaffe à Simone, siffle-t-elle. Elle est juste jalouse parce que tous les garçons te regardent et qu'elle n'aime pas la compétition.

— Oh ! mais…

— Tout à fait, ricane Simone. C'est ça, mon problème, et non pas le fait que Foster nous impose une…

— Grace, tu veux quelque chose à boire ? l'interrompt Macy.

Avant que je puisse lui dire que je n'ai pas soif (ma nausée est de retour), elle m'entraîne vers le buffet où trônent deux énormes théières flanquées d'une pile de tasses et deux glacières emplies de bouteilles d'eau et de soda.

Je vais pour prendre une tasse (je meurs de froid depuis mon arrivée dans cet État), quand je repère des thermos géants sur la table d'à côté.

— Y a quoi, dans ces trucs ?

Ça fait beaucoup à boire pour le nombre de convives. J'espère de tout mon cœur que ça ne signifie pas que d'autres élèves vont arriver. J'ai déjà suffisamment de mal avec ceux qui sont là.

— Oh ! juste de l'eau, dit Macy d'un ton jovial. On en garde toujours à portée de main au cas où les canalisations gèlent. Mieux vaut prévenir que guérir.

Bizarre. Je pensais que tout était prévu pour que cela n'arrive pas. Mais bon, qu'est-ce que j'en sais ? On est en novembre et la température extérieure est au-dessous de zéro, ce qui est normal pour la saison ici. En cas d'hiver particulièrement rude, il peut sans doute y avoir des problèmes de ce genre.

Macy prend une canette de Dr Pepper dans une des glacières et me la tend.

— J'ai demandé à Papa d'en commander pour la fête et pour le réfectoire. C'est ce que tu bois, non ?

Oui, c'est mon soda préféré. Je renonce à mon thé : impossible de résister à cette petite canette marron. Elle me rappelle mon chez-moi, mes parents et ma vie d'avant. Submergée par la nostalgie, je saisis la canette, avide de me raccrocher à quelque chose de familier…

Macy me sourit, hoche la tête. Je me rends compte qu'elle me comprend et ça me console presque.

— Merci, c'est vraiment sympa.

— Oh ! c'est rien, répond-elle en me donnant un coup d'épaule. Bon, à qui veux-tu que je te présente ?

Elle m'indique deux garçons affalés dans des fauteuils de velours rouge. À la vue de leurs chemises chamarrées, je conclus qu'ils font partie de son groupe.

— Lui, c'est Cam. Et l'autre, c'est James, son meilleur ami.

— Cam ?

— Mon petit copain, explique-t-elle. Il meurt d'envie de te rencontrer. Viens.

Comment refuser ? Impossible, même si je suis persuadée que quiconque « meurt d'envie de me rencontrer » va au-devant d'une déception.

— Cam ! Voici la cousine dont je t'ai parlé ! pépie Macy avant même qu'on arrive à leur hauteur.

Il se lève.

— Grace, c'est ça ?

— Oui.

Tout en lui serrant la main, je note à quel point sa peau est pâle.

— Enchantée.

— Et moi donc ! Macy ne parle que de toi depuis des semaines ! J'espère que tu aimes la neige, Miss Surfeuse.

Inutile de lui expliquer que je ne surfe pas. Les clichés ont la vie dure. Moi-même, j'imaginais que j'allais habiter dans un igloo à Katmere.

— Je réserve mon opinion dans l'immédiat. Je n'en avais jamais vu avant hier.

— Tu n'avais jamais vu de neige ? s'exclame James, incrédule.

— Non, jamais.

— Elle vient de San Diego, James, réplique Macy d'un ton exaspéré. C'est si difficile à croire que ça ?

Il hausse les épaules et m'adresse un sourire charmeur. C'est raté : j'ai toujours détesté les garçons qui regardent les filles comme s'ils allaient les gober tout cru.

— Enchanté, Grace, dit-il sans me tendre la main.

— Salut, je réponds sans lui tendre la mienne.

— Alors, quelles sont tes premières impressions sur l'Alaska ? demande Cam en enlaçant la taille de Macy.

Sans attendre ma réponse, il se rassied, l'attire sur ses genoux et enfouit son visage au creux de son cou. Macy glousse et enfonce les doigts dans ses cheveux châtains.

OK, mieux vaut les laisser avant que la situation ne devienne trop gênante. D'autant que James me fixe comme s'il s'attendait à ce que je m'asseye sur *ses genoux* – ce qui, autant être claire, n'arrivera jamais.

— Je vais, euh, me resservir, je lui dis en montrant ma canette de Dr Pepper.

— Oh ! je peux aller t'en chercher une, propose-t-il, prêt à se lever.

— Pas la peine.

Macy cesse de glousser juste le temps de me demander :

— Ça va, Grace ?

— Ouais, tout est parfait.

Je lève de nouveau ma canette.

— Je reviens tout de suite.

Cam doit lui faire quelque chose d'hyper agréable, parce qu'elle se remet à rire.

Je détale avant que James ne réitère son offre. Alors que je suis à deux pas du buffet, deux mains très grandes et très chaudes se posent sur mes épaules.

10

LE DIABLE S'HABILLE EN GUCCI

Je me fige en me répétant *Pas James, par pitié faites que ce ne soit pas James* comme un mantra détraqué. J'ai déjà trop de choses à gérer, pourquoi faut-il en plus que ce crétin me suive en se pourléchant les babines ?

Le garçon se penche sur moi et me souffle, d'une voix de velours :

— Tu veux grimper sur mon dos ?

Et toute la tension s'envole, remplacée par de la joie.

— Flint !

Je fais volte-face. Il est tout sourires, une flamme taquine dans ses yeux d'ambre.

— Salut, la Nouvelle. Tu t'amuses bien ?

— Trop bien, je réponds en levant ma canette de Dr Pepper. Ça ne se voit pas ?

— Ce que je vois, c'est surtout un type qui a besoin qu'on lui mette les points sur les *i*.

Je m'aperçois alors que James m'a effectivement suivie et qu'il fait demi-tour, la mine boudeuse, pour rejoindre Cam et Macy, toujours enlacés.

— Merci, j'apprécie.

— Ah non ! La gratitude, c'est *totalement* dépassé, dit Flint d'une voix suraiguë et maniérée.

Son ton et le geste ridicule de la main qui l'accompagne me font rire si fort que j'en recrache presque ma boisson. Heureusement que je parviens à me retenir : la moitié de la salle me regarde toujours – et l'autre moitié prend garde à ne *surtout pas* me regarder.

— Tu veux manger un morceau ? me demande Flint.

Avant que je ne puisse répondre, les deux lourds battants de la porte s'ouvrent dans un fracas qui fait sursauter tout le monde.

Le point positif, c'est que l'attention générale se tourne aussitôt vers le nouvel arrivant. *Jaxon.* Il avance parmi la foule comme s'il était le maître du monde.

Il est tout de noir et de Gucci vêtu – pull en V, pantalon de flanelle à fines rayures, chaussures de cuir étincelantes. Avec ses sourcils froncés et son regard de glace, il ne devrait absolument pas avoir l'air sexy. Et pourtant…

Le point négatif, c'est que toute cette froideur, toute cette noirceur, sont focalisées sur moi. Et sur Flint, qui vient de passer un bras autour de mes épaules.

Je m'efforce en vain de détacher mes yeux des siens. Il m'ensorcelle comme hier soir. Quand il avance avec la souplesse et la grâce d'un félin, c'en est trop.

Je suis subjuguée, envoûtée.

Bon sang, ce n'est qu'un garçon, je me morigène, la bouche sèche. *Rien qu'un garçon ordinaire, comme tous les autres ici.* Mais je sais que c'est faux. Jaxon n'a rien d'ordinaire, même dans cette salle où pullulent des gens hors du commun.

J'entends Flint rire doucement à côté de moi. Je suis sur le point de lui demander ce qui est si drôle quand je vois Jaxon foncer droit sur nous, ses yeux semblables à deux puits noirs sans fond. Ma gorge se serre, les mots m'échappent.

Je tâche vainement de recouvrer mon calme.

Comment le pourrais-je alors que je le revois en train de sucer mon sang sur son pouce ? Alors que je réentends sa voix, rauque et sauvage, m'ordonner de verrouiller la porte de ma chambre ?

Alors que je meurs d'envie de dessiner de la langue l'arc parfait de sa lèvre supérieure, de lui mordiller la lèvre inférieure…

D'où me viennent ces pensées qui ne me ressemblent pas ? Je n'ai jamais eu de tels fantasmes sur aucun garçon, pas même mon ex-petit ami. Or là, je tremble rien qu'en m'imaginant embrasser Jaxon, l'enlacer, presser mon corps contre le sien.

Je me force à penser à autre chose. N'importe quoi. La neige. Les cours de demain. Mon oncle, qui devrait être là.

Ma peau s'enflamme sous le regard de Jaxon, mes joues s'embrasent tandis que ces images embarrassantes déferlent dans mon esprit et que Jaxon m'observe d'une drôle de façon, comme s'il les voyait.

Ce qui est impossible, je le sais. Pourtant l'idée m'épouvante suffisamment pour que je détourne les yeux des siens et porte la canette de Dr Pepper à mes lèvres en feignant l'indifférence.

J'avale de travers.

Mes poumons se révoltent, mes yeux mouillent. Pliée en deux, je suis prise d'une quinte de toux. L'humiliation gronde dans mon ventre. J'essaie d'ignorer le regard de Jaxon, d'ignorer les tapes que Flint m'assène dans le dos, d'ignorer que je suis le point de mire de tous mes nouveaux camarades.

Je dois me soustraire à la sollicitude zélée de Flint, à la perspicacité menaçante de Jaxon. Il me semble avoir aperçu des toilettes un peu plus loin dans le couloir. Au bout de quelques pas, Jaxon surgit à côté de moi. Il me dépasse sans m'accorder un regard mais, exactement comme hier, son épaule frôle la mienne.

Et juste comme ça, je cesse de tousser. Mes poumons s'emplissent d'oxygène.

Contre toute raison, j'ai le sentiment que ça vient de lui. Que c'est lui qui m'a empêchée de m'étouffer. Et lui qui m'a fait avaler de travers, aussi, rien que pour pouvoir me sauver après.

C'est absurde, évidemment.

N'empêche, je lève les yeux pour le regarder s'éloigner. Derrière moi, des élèves ricanent. Sans prêter attention à personne, il fait le tour du buffet, attrape une énorme fraise, et se dirige vers le centre de la pièce, où il se laisse tomber dans un imposant fauteuil de velours rouge placé juste en dessous d'un lustre de cristal, tel un trône, devant lequel sont disposés d'autres sièges en demi-cercle.

Étendant les jambes, il dit quelque chose aux cinq garçons assis en face de lui et dont je n'avais pas remarqué la présence, tous d'une beauté à couper le souffle.

Tout le monde regarde Jaxon, maintenant, mais il s'obstine à ignorer son public. Il étudie ostensiblement la fraise qu'il tient entre le pouce et l'index, puis plonge soudain son regard dans le mien. Il porte le fruit à hauteur de ses lèvres et, d'un coup de dent, le coupe en deux.

C'est un avertissement, j'en suis sûre. Une menace, même, je comprends en apercevant une goutte de jus rouge perler sur sa lèvre inférieure.

Je devrais lui tenir tête, le défier. Mais lorsque sa langue lèche la goutte de jus, je perds tout courage. Ce geste, j'en suis persuadée, est un doigt d'honneur à Flint, à moi et à l'assistance entière.

— Désolée, Flint, je dois y aller, je bredouille.

Ensuite, je m'élance vers les portes. C'est ridicule de courir, je sais, mais je veux échapper au plus vite au mépris de Jaxon.

Parce qu'une chose est sûre : son petit show n'avait pour but que de me prouver que je n'ai aucune importance. Ni pour lui, ni pour personne.

11

DANS LA BIBLIOTHÈQUE, NUL NE VOUS ENTEND HURLER

Je détale dans le couloir pour mettre le plus de distance possible entre Jaxon et moi. J'ignore où je vais, mais peu importe : de toute façon, les lieux me sont complètement inconnus.

Prise d'une intuition, je tourne à gauche au bout du corridor. Tout ce qui compte, c'est de fuir cette fête.

Pourquoi Jaxon est-il furieux contre moi ? Pourquoi ne cesse-t-il de souffler le chaud et le froid ? Je l'ai croisé à quatre reprises depuis que je suis arrivée dans ce lycée de l'enfer : il s'est comporté comme un connard la première fois, m'a ignorée la seconde, m'a sauvé la vie la troisième et m'a accablée de son mépris la quatrième. Son humeur est plus changeante que le compte Insta de ma meilleure amie.

Encore un croisement. Cette fois, je prends à droite et tombe bientôt sur un escalier, tout à fait ordinaire, celui-là. Parvenue au troisième étage, je tourne de nouveau à droite et ne fais halte qu'à l'extrêmité du couloir.

Je suis hors d'haleine et un peu nauséeuse. Tandis que je reprends mon souffle, ma gêne s'atténue assez pour que je puisse réfléchir.

Et je me sens soudain stupide d'avoir paniqué, et plus stupide encore d'avoir fui Jaxon. Tout ça parce qu'il a *mordu dans une fraise* en me regardant. De quoi être terrifiée, assurément !

Au fond de moi, pourtant, je sais qu'il y a plus que ça : son expression, la lenteur calculée de ses gestes, la provocation dans ses yeux… Tout de même, c'était ridicule de filer comme ça.

Pas ridicule au point que je retourne à cette affreuse fête, assez toutefois pour me faire grimacer.

Que faire ? Regagner ma chambre, avaler un Advil puis dormir me paraît l'option la plus tentante quand je remarque soudain que je suis devant la bibliothèque du lycée. J'adore les bibliothèques, alors je décide d'entrer.

Immédiatement, j'éprouve une sensation étrange. L'angoisse me tord le ventre, tout en moi me crie de faire demi-tour. C'est si bizarre que je suis à deux doigts de ressortir. Mais non : j'ai assez fui pour aujourd'hui, alors j'ignore cette sensation oppressante et me dirige vers le comptoir de l'accueil.

Je regarde autour de moi. En quelques secondes, l'angoisse se dissipe, remplacée par un délicieux émerveillement. J'aime déjà la personne qui s'occupe de cet endroit. D'abord parce que les rayonnages croulent sous les livres – des dizaines de milliers au moins. Ensuite parce que des gargouilles, perchées au sommet de certains d'entre eux, ont l'air de monter la garde. Des guirlandes de cristaux sont suspendues çà et là au plafond.

Il y a des espaces de travail et d'étude partout, meublés de poufs, de vieux fauteuils et même de quelques canapés de cuir.

Mais ce qui me donne le plus envie de rencontrer la bibliothécaire, ce sont les autocollants. Il y en a sur les murs, sur les étagères, sur les sièges et les bureaux, sur les ordinateurs… Partout. Des grands, des petits, des marrants, des inspirants, des sarcastiques, des autocollants de marques, des smileys… qui m'incitent à me balader dans la bibliothèque et à les lire un par un. Il y en a tellement qu'il faudrait plusieurs visites, une douzaine au moins. Je décide de suivre l'itinéraire jalonné par les gargouilles. Car je suis sûre que celles-ci n'ont pas été disposées au hasard et je veux comprendre pourquoi.

La première gargouille, créature féroce pourvue d'ailes de chauve-souris et de crocs acérés pointant sous ses babines retroussées, monte la garde devant la section des livres d'horreur. Ici, les étagères sont décorées avec des stickers *Ghostbusters.* Je caresse les dos des livres, passant de John Webster à Mary Shelley, d'Edgar Allan Poe à Joe Hill. La gargouille a le regard fixé sur le rayon Victor Hugo, plus précisément sur trois exemplaires de *Notre-Dame de Paris.*

La deuxième gargouille, monstre trapu assis sur une pile de crânes, domine les rayonnages consacrés à l'anatomie humaine.

Le rayon fantasy, bourré de livres aux couvertures magnifiques regorgeant de dragons et de sorcières, héberge la troisième gargouille. Les ailes déployées, elle a refermé ses serres sur un livre miniature. Contrairement aux deux autres, qui ont l'air belliqueuses, celle-ci me paraît malicieuse. Comme si elle savait qu'elle n'avait pas le droit de lire après le couvre-feu, mais qu'elle ne pouvait pas lâcher son bouquin.

C'est ma préférée. Je choisis un livre dans son rayon au cas où j'aie de nouveau une insomnie. Puis ris aux éclats en lisant un autocollant voisin : « Je ne suis pas une demoiselle en détresse. Je suis un dragon déguisé. »

Je déambule ainsi de statue en statue, passant d'un modeste rayon consacré à l'architecture gothique à une étagère réservée aux histoires de fantômes. Plus j'avance, plus je suis convaincue que la bibliothécaire est la personne la plus cool du monde – ses goûts littéraires sont impeccables, en tout cas.

La dernière gargouille m'indique une porte entrouverte sur laquelle un énorme panneau stipule que les élèves doivent avoir une autorisation pour entrer, ce qui excite ma curiosité, d'autant qu'il y a de la lumière et qu'une drôle de musique s'en échappe…

En me rapprochant, je me rends compte que c'est moins de la musique qu'une mélopée dans une langue qui m'est inconnue, ce qui m'intrigue d'autant plus.

En faisant mes recherches sur l'Alaska, j'ai appris que les tribus autochtones parlaient plus de vingt langues différentes. S'agit-il de l'une d'entre elles ? Ce serait génial, je meurs d'envie d'en entendre une. La plupart sont menacées de disparition, certaines n'ont plus que quelques milliers de locuteurs dans le monde. Je trouve ça tellement triste…

La chance aidant, je pourrais peut-être faire d'une pierre deux coups : faire la connaissance de la bibliothécaire et me documenter sur les langues autochtones. Ce serait bien plus cool que d'être examinée sous toutes les coutures lors d'une fête prétendument donnée en mon honneur.

J'entre, prête à me présenter. Mais, à l'évidence, la personne qui récite ces mots étranges n'est pas la bibliothécaire : c'est une fille d'environ mon âge, aux long cheveux noirs et soyeux. Elle a l'un des plus beaux visages que j'aie jamais vus, peut-être même *le* plus beau.

Elle lit à voix haute un livre dont je ne vois pas la couverture. Alors que je veux lui demander en quelle langue il est écrit, elle relève la tête si brusquement à mon entrée que je ravale ma question.

Qui qu'elle puisse être, elle a l'air puissante et dangereuse. Ses joues sont rosies par l'effort, sa bouche grande ouverte pour prononcer les sonorités étranges de cette langue que je ne connais pas.

Elle s'interrompt au milieu d'un mot, un tourbillon de fureur dans les yeux.

12

UN JEU DANGEREUX

Avant que je puisse trouver une excuse ou du moins un prétexte pour justifier ma présence, la rage dans son regard disparaît, si vite que je me demande si je ne l'ai pas imaginée. Elle s'avance vers moi, un sourire cordial aux lèvres.

— Tu dois être Grace, dit-elle avec un léger accent. J'étais impatiente de te rencontrer.

Elle me tend la main que je serre, perplexe.

— Je m'appelle Lia, et je crois qu'on est destinées à devenir amies.

Ce n'est pas l'accueil le plus étrange que j'aie jamais reçu. La palme en ce domaine revient à Brant Hayward, qui m'a souhaité la bienvenue en essuyant son nez morveux sur ma robe mon premier jour d'école maternelle. Malgré tout, son sourire est contagieux.

— Je suis Grace, en effet, je confirme. Enchantée de te rencontrer.

— Oh ! pas la peine d'être aussi guindée, répond-elle en m'entraînant hors de la pièce.

En quelques secondes, elle éteint la lumière et referme la porte.

— Tu parlais quelle langue ? Était-ce une langue autochtone ? je lui demande en la suivant dans la bibliothèque. C'était magnifique.

— Pas du tout.

Elle rit, un rire délicat de grelot, parfaitement assorti au reste de sa personne.

— Non, c'est une langue que j'ai découverte pendant un projet de recherche. Je ne l'ai jamais entendu parler, je ne suis donc pas certaine de la prononcer correctement.

— Ben, c'était vraiment joli. C'est quoi, ce livre ?

— Juste un bouquin barbant. Je te jure, ce projet m'épuise. Viens, on va prendre le thé, et tu vas tout me raconter sur toi. On aura amplement le temps de discuter des cours quand on sera coincées en classe.

Je me retiens de lui dire que les cours sont la seule chose qui m'enthousiasme ici. Mon ancien lycée ne proposait rien d'aussi cool que le module consacré à la chasse aux sorcières dans le monde occidental dont Macy m'a parlé.

En outre, après ma mésaventure avec le Dr Pepper, un thé sera le bienvenu. Et j'adorerais me faire une amie dans ce lycée où on me regarde comme si j'avais trois têtes… ou comme si je ferais mieux de disparaître de la surface de la planète.

— Tu es sûre que je ne te dérange pas ? Je ne voulais pas t'interrompre, je visitais juste la bibliothèque. J'adore les gargouilles, ça fait gothique.

— Mais grave ! Mme Royce, la bibliothécaire, est super cool.

— Laisse-moi deviner, c'est une hipster qui porte des chemises de bûcheron ?

— Bien essayé, mais non. Elle est plus du genre jupe de hippie et couronne de fleurs.

— Ma curiosité est à son comble.

Nous sommes à présent à l'autre bout de la bibliothèque et nous faufilons entre des canapés noirs où sont éparpillés des coussins colorés sur lesquels figurent des répliques de films d'horreur.

— Mme Royce est dingue d'Halloween, explique Lia en riant. Elle n'a pas encore enlevé toute la déco.

Halloween… bien sûr, c'était il y a trois jours. J'étais tellement prise par le déménagement que j'ai complètement zappé alors que Heather a bossé pendant trois mois à son costume.

Je pose le livre que j'avais choisi sur une table – je reviendrai l'emprunter quand la bibliothécaire sera là. Lia ouvre la porte principale, me fait signe de passer devant elle, puis elle éteint les lumières et verrouille derrière nous.

— La bibliothèque est fermée le dimanche soir, mais Mme Royce me laisse bosser tard sur mon projet.

— Oh, pardon, je n'avais pas compris…

— Ne t'excuse pas, Grace, me coupe-t-elle, vaguement exaspérée. Tu ne pouvais pas savoir. Je t'explique juste pourquoi je dois tout fermer.

— D'accord, je souffle, surprise par sa gentillesse.

— Vu que tu n'es pas à la soirée que Macy a organisée en ton honneur, je présume que ton premier jour au sein de notre merveilleux établissement ne s'est pas déroulé aussi bien que ta cousine l'avait espéré ?

En effet. Toutefois je ne veux pas dire du mal de Macy. Ce n'est pas elle, le problème. C'est tout le reste.

— La fête était sympa. Je suis juste épuisée, j'avais besoin de faire une pause.

— Sans blague. Ce n'est pas facile de s'habituer à cet endroit, sauf quand on est natif de Vancouver.

— Ce qui n'est pas mon cas.

Une petite brise nous rattrape dans le couloir. Je frissonne, puis regarde autour de moi pour repérer d'où peut venir ce courant d'air.

Lia hausse les sourcils.

— Oui, on est loin de la Californie.

— Comment tu sais que je viens de Californie ?

C'est peut-être pour ça que tout le monde me regarde comme une bête curieuse. Parce que ma non-appartenance à cet État est aussi visible que le nez au milieu de la figure.

— Foster a dû le mentionner en annonçant ta venue, répond-elle. Ça ne doit pas être évident de quitter San Diego pour venir ici.

— Pas évident de quitter San Diego tout court.

Elle me détaille des pieds à la tête avec un petit sourire.

— T'as l'air frigorifiée dans cette robe.

— Je meurs de froid en permanence depuis que j'ai atterri à Anchorage, quoi que je porte !

— Raison de plus pour venir boire un thé, répond-elle en faisant un signe du menton vers l'escalier devant nous. J'habite au quatrième, ça ira ?

— Oh, moi aussi ! Je partage la chambre de Macy.

— Parfait.

Tandis que nous montons l'escalier, Lia m'indique les endroits que je dois connaître : le labo de chimie, la salle d'étude, le petit magasin d'alimentation. Je devrais prendre des notes sur mon téléphone... Ou mieux : dessiner une carte. Peut-être que si j'apprends à me repérer dans le château, le reste suivra, et je me sentirai enfin en sécurité.

Nous arrivons enfin devant la porte de la chambre de Lia, la seule de tout le couloir, et peut-être de tout l'étage, à ne pas être décorée.

Elle doit deviner mon étonnement parce qu'elle se justifie :

— J'ai eu une année difficile. Je n'avais pas la tête à la déco.

— Oh ! désolée. Pour ton année, pas pour la déco.

— J'avais compris.

Elle sourit tristement.

— Mon petit copain est mort il y a quelques mois. Tout le monde pense que je devrais passer à autre chose, mais on était ensemble depuis très longtemps et j'ai du mal à faire mon deuil. Tu dois en savoir quelque chose.

Mes parents sont décédés il y a un mois, et je suis toujours sous le choc.

— Oui, c'est dur.

Lia et moi nous faisons face au milieu de sa chambre, deux filles intactes en apparence, mais intérieurement brisées. Nous restons là en silence, à assimiler le fait que l'une souffre autant que l'autre.

C'est une sensation bizarre, quoique réconfortante.

Lia rompt le charme en versant de l'eau dans la bouilloire électrique installée sur son bureau. Elle l'allume puis met du thé en feuilles dans deux boules.

— Je peux t'aider ? je demande pour la forme.

C'est agréable de la regarder faire. Ça me rappelle les heures passées avec ma mère à tester différents mélanges.

— Je m'en occupe. Assieds-toi, dit-elle en m'indiquant du menton un second lit qu'elle a transformé en canapé à l'aide de coussins en soie et d'un plaid rouge.

Je m'exécute, regrettant de ne pas être en jogging plutôt qu'en robe.

Bientôt, Lia me tend une tasse.

— C'est mon mélange spécial, déclare-t-elle en levant la sienne à ses lèvres et en soufflant dessus. J'espère qu'il te plaira.

— J'en suis sûre, dis-je, ravie de me réchauffer les doigts. Tes tasses sont sublimes. Elles viennent du Japon ?

Lia sourit.

— Oui ! De mon magasin préféré à Tokyo. Ma mère m'en envoie chaque semestre pour me consoler d'être si loin de chez moi.

— C'est super gentil.

Ma mère aussi m'offrait un nouveau mug à chaque Noël. Visiblement, Lia et moi avons beaucoup de choses commun !

— Bon, et cette fête ? Pas terrible, je suppose, vu que tu t'es réfugiée à la bibliothèque. Tu as rencontré des gens, au moins ?

— Ouais. Tout le monde a l'air super sympa.

Elle rit.

— Tu mens très mal.

— Je voulais être polie.

Je prends une gorgée de thé. Il a un fort goût de fleurs qui ne me plaît pas trop. Mais il est chaud, et cela suffit pour que j'en avale une autre.

— On me l'a déjà dit. Que je mentais très mal.

— Il faut que tu t'exerces. À Katmere, il est indispensable de mentir pour survivre.

C'est à mon tour de rire.

— Je risque gros, alors.

— Oui, malheureusement.

Aucune trace d'humour dans cette réplique. Je lui jette un regard étonné. Non : elle ne plaisante pas du tout.

— Comment ça ? je m'exclame, déconcertée par son sérieux. À propos de quoi avez-vous besoin de mentir ?

Lia plante ses yeux dans les miens.

— De tout.

13

COMME UNE ENVIE DE MORDRE

Que suis-je censée répondre à ça ? Qu'est-ce que je dois en penser ?

— N'aie pas l'air si choquée, Grace, finit par dire Lia après un silence gênant. Je te taquine.

Je me force à rire avec elle. Pas très rassurant : elle avait l'air si sérieuse en m'assurant qu'elle mentait tout le temps. Comment puis-je être certaine qu'elle dit la vérité, maintenant ? Pour masquer mon trouble, je hausse les épaules.

— Oui, je me disais bien que c'était une blague.

— Si tu avais vu ta tête ! s'exclame-t-elle.

Le silence retombe et devient pesant.

— Quelle langue parlais-tu tout à l'heure ? je dis, afin de le briser. C'était magnifique.

Lia me fixe pensivement, comme si elle hésitait à me répondre.

— C'était de l'akkadien. Une langue dérivée du sumérien de la période classique.

— Elle remonte donc au début du IIIe millénaire ?

— Quelque chose comme ça, ouais, répond-elle, visiblement étonnée.

— C'est fou, je m'exclame en secouant la tête. J'ai toujours été bluffée par les linguistes et les anthropologues qui travaillent sur les langues anciennes. C'est une chose de décoder les différentes lettres et les mots qu'elles forment. Mais retrouver les sonorités des langues que plus personne ne parle ? Ça me dépasse.

— N'est-ce pas ? s'écrie Lia, les yeux brillants d'enthousiasme. Les langues, c'est vraiment…

Mon téléphone vibre en rafales et l'interrompt. Macy doit en avoir assez d'attendre mon retour à la fête, mon écran d'accueil est bardé de messages de plus en plus paniqués.

Macy : Hé, t'es où ?
Macy : Je t'attends
Macy : T'es où ?????
Macy : Je pars à ta recherche
Macy : Ça va ????
Macy : Réponds !!!
Macy : Mais qu'est-ce que tu fous ?
Macy : ÇA VA ????

Je lui écris que *je vais bien* et elle me répond immédiatement : *OÙ ES-TU ???* Mieux vaut que je la retrouve avant qu'elle ne devienne folle d'inquiétude.

— Lia, désolée, faut que j'y aille. Macy s'inquiète.

— Pourquoi ? Parce que tu as quitté la fête ? Elle survivra.

— Non, elle s'inquiète vraiment.

Je ne lui explique pas que Macy s'affole à cause de ma mésaventure nocturne. J'écris à ma cousine que je suis dans la chambre de Lia et me lève.

— Merci pour le thé.

— Finis-le, au moins, suggère-t-elle, mi-amusée, mi-déçue. Ne la laisse pas croire qu'elle te mène à la baguette.

Je vide ma tasse dans le lavabo pour la laver.

— Elle ne me mène pas à la baguette, elle s'inquiète pour moi, c'est tout. Et telle que je la connais, je parie qu'elle va débarquer d'un instant à l'autre.

— Sûrement, ouais. Elle est du genre hystérique.

— Ce n'est pas ce que je voulais…

Des coups retentissent à la porte. Lia me sourit, narquoise.

— T'embête pas à laver la tasse, dit-elle en me la prenant des mains. Va rassurer Macy. Montre-lui que tu n'es pas en pleurs et que je ne t'ai pas assassinée.

— Elle se faisait seulement du souci pour moi.

Je me hâte vers la porte et l'ouvre sans surprise sur ma cousine.

— Je suis là, je lui dis en souriant.

— Merci, mon Dieu ! s'exclame-t-elle en me prenant dans ses bras. J'ai cru qu'il t'était arrivé quelque chose.

— Tout le monde ou presque est à la fête, que voudrais-tu qu'il m'arrive ? je tente de blaguer.

— Va savoir… Des tas de trucs…

— Macy a eu peur que tu sois sortie, je pense, intervient Lia. Tu serais morte de froid dehors dans cette robe.

— Oui, tout à fait ! s'écrie Macy. Je ne voulais pas que tu chopes une hypothermie à peine arrivée !

Drôle de réponse. Elle a vu comme j'étais terrifiée à l'idée d'être jetée dehors cette nuit, précisément pour cette raison. Enfin, ce n'est pas le moment de discuter.

— Merci pour tout, je dis à Lia.

— Pas de quoi, répond-elle avec un sourire. Reviens quand tu veux. On pourrait se faire une manucure…

— Super ! Et j'aimerais bien en apprendre plus sur ton projet de recherche.

— Une manucure ? répète Macy, stupéfaite. Et ton projet de recherche ?

Lia lève les yeux au ciel.

— T'es invitée aussi, évidemment, lui lance-t-elle avant de nous claquer la porte au nez.

Waouh ! Elle est devenue super désagréable d'un coup. Quand Macy est arrivée, en fait. Elles ne doivent pas s'aimer beaucoup.

— Je n'arrive pas à croire qu'elle t'ait accueillie dans sa chambre, souffle ma cousine. Et qu'elle t'ait proposé une *manucure*...

Elle ne paraît pas jalouse, juste déconcertée. Comme s'il était inimaginable que Lia et moi ayons quoi que ce soit en commun.

— Elle a l'air gentille.

— Gentille ? Je ne la décrirais pas comme ça, non, rétorque Macy. C'est la fille la plus populaire de l'école et elle tient à ce que tout le monde le sache. Même si ces derniers temps, elle évite de se montrer.

— Depuis qu'elle a perdu son copain ? Ça se comprend.

— Elle t'en a *parlé* ? s'exclame Macy, les yeux ronds.

— Ouais, je réponds, mal à l'aise. Pourquoi, c'est un secret ?

— Non, c'est juste... Elle n'évoque jamais Hudson.

Macy semble soudain absorbée par la tapisserie au mur. J'aimerais comprendre pourquoi cette conversation la gêne tellement.

— Ce n'est pas surprenant, si ? j'insiste. Et on n'a pas vraiment parlé de lui. Elle m'a juste dit qu'il était mort.

— Oui, il y a à peine un an. Ça a choqué toute l'école.

Elle ne me regarde toujours pas. De plus en plus étrange.

— C'était un élève ?

— Il avait eu son diplôme l'année d'avant. On a tous été secoués par son décès.

Je meurs d'envie de lui demander ce qui s'est passé, mais ce serait malpoli. Nous marchons en silence quelques minutes, le temps que la gêne de Macy se dissipe et qu'elle redevienne enjouée :

— T'as faim ? T'as rien mangé à la fête.

En fait, je n'ai rien mangé depuis les corn flakes qu'elle m'a fait avaler ce matin, mais le mal des montagnes doit être de retour : la seule mention de nourriture me soulève l'estomac.

— Je crois que je vais aller me coucher. Je ne me sens pas bien.

Macy prend un air soucieux.

— Si ce n'est pas passé demain matin, nous irons à l'infirmerie. Ça fait plus de vingt-quatre heures que tu es là, tu devrais déjà t'habituer.

— Google parlait de vingt-quatre à quarante-huit heures. J'irai après les cours, si ça ne va pas mieux.

— Si c'est le cas, je parie que mon père t'y traînera de force. Il s'inquiète tellement pour toi depuis que tu lui as demandé de te laisser terminer ton trimestre à San Diego.

Encore un silence. Ça me pèse, alors je change à mon tour de sujet :

— Je suis crevée, c'est dingue. Quelle heure est-il ?

Macy se marre.

— Huit heures, mamie.

Je pose la main sur mon ventre tandis que la nausée fait son come-back.

— Je suis trop bête, soupire Macy. C'était débile de t'organiser une fête le lendemain de ton arrivée. Pardonne-moi.

— Tu n'es pas bête. Tu voulais me faire rencontrer des gens.

— Et présenter à tout le monde ma géniale cousine plus âgée !

— Je n'ai qu'un an de plus que toi, n'exagère pas.

— Quand même. Enfin, je voulais juste t'aider à t'intégrer. Je n'ai pas pensé que tu aurais besoin de souffler deux ou trois jours.

Macy m'ouvre la porte de notre chambre, singeant les gestes obséquieux d'un valet. Juste à temps : dans mon estomac, la révolte gronde. Je me précipite à la salle de bains pour y vomir un mélange de thé et de soda.

Cette fois, c'est sûr : l'Alaska veut ma mort.

14

QUAND LA MORT FRAPPE À LA PORTE

Je passe le quart d'heure suivant à rendre tripes et boyaux. Si l'Alaska doit vraiment me tuer, j'aimerais bien qu'il se dépêche.

Quand mon estomac est enfin vide, je suis épuisée, assaillie par un mal de crâne infernal.

— J'appelle l'infirmière ? demande Macy en me soutenant jusqu'à mon lit.

Je grogne en me glissant entre les draps.

— Attendons encore un peu.

— Mais…

— Privilège d'aînée, je réplique avec un rictus. C'est moi qui décide. Si je ne vais pas mieux demain matin, on appellera l'infirmière.

— Sûre ?

Macy danse d'un pied sur l'autre.

— Oui, sûre. J'ai déjà trop attiré l'attention.

Elle cède à contrecœur.

Je somnole tandis que ma cousine se débarbouille et enfile son pyjama. La nausée resurgit une fois qu'elle éteint la lumière. Je fais de mon mieux pour l'ignorer. J'aimerais tellement que ma mère soit là pour me dorloter… Je sombre finalement dans un sommeil agité.

À 6 h 30, une alarme retentit. Quelqu'un l'éteint abruptement. J'émerge, désorientée, et j'essaie de me souvenir de l'endroit où je me trouve. Tout me revient d'un coup : j'ai encore vomi à trois heures, puis la nausée a reflué. La tête ne me tourne plus. Ma gorge est sèche, mais pas douloureuse.

Comme quoi. Google avait raison : quarante-huit heures. Je suis en grande forme.

Ou en tout cas, c'est ce que je crois avant de me redresser et de m'apercevoir que tout mon corps est courbaturé. Chacun de mes muscles proteste comme si je venais de courir un marathon et d'escalader le Denali. Ce doit être la déshydratation – ça, plus le fait que j'ai passé la soirée d'hier tendue comme un arc. En bref, je n'ai aucune envie de me lever, et encore moins d'affronter mon premier jour de cours.

Je me recouche et tire les couvertures par-dessus ma tête pour réfléchir. Dix minutes plus tard, Macy se réveille enfin au rappel de l'alarme. (Elle a choisi la sonnerie la plus stridente du monde.) Une seconde plus tard, elle est à mon chevet.

— Grace ? souffle-t-elle, comme si elle craignait de me réveiller.

— Je vais bien. J'ai juste mal partout.

— Merde. Tu dois être déshydratée.

Elle sort un pichet d'eau du frigo, sert deux verres, m'en tends un et regagne son lit. Puis elle pianote une minute sur son téléphone (pour écrire à Cam, je parie) avant de le jeter sur son lit et de me dévisager.

— Je dois aller en cours aujourd'hui parce que j'ai trois contrôles. Je passerai te voir dès que je le pourrai.

Donc elle ne pense pas non plus que je suis en état d'aller en classe. Alléluia. Ne comptez pas sur moi pour protester.

— Ne te dérange pas pour moi. Je me sens beaucoup mieux.

— Prends quand même un jour de repos. Disons que c'est en l'honneur de ton déménagement en Alaska.

— Je ne savais pas qu'il y avait des congés pour ça, je plaisante en m'adossant au mur.

Macy rit.

— Ça mériterait un mois *entier* de congés. Ce n'est jamais facile de débarquer ici.

— Oui, et il faut moins de deux jours pour s'en convaincre.

— Bref, bulle. Bouquine. Regarde la télé, mange si ton estomac est partant. Papa préviendra tes profs que tu commences demain.

Oncle Finn. Je l'avais oublié.

— Ça ne le dérangera pas que je sèche ?

— C'est lui qui l'a suggéré.

— Mais comment sait-il que…

Un coup frappé à la porte m'interrompt.

— Ce doit être lui, dit Macy en allant ouvrir.

Mais ce n'est pas Oncle Finn. C'est Flint. En nous découvrant, Macy dans sa nuisette et moi dans ma robe de la veille, avec mon maquillage qui a coulé, il esquisse un sourire ravi.

— Tant de beauté, dit-il en sifflant. Vous vous êtes couchées tard ?

— T'aimerais savoir, hein, réplique Macy en se précipitant vers la salle de bains.

Je tire la langue à Flint. Il se marre et hausse les sourcils.

— Ouais, j'aimerais savoir, dit Flint en s'asseyant sur mon lit. Où est-ce que t'as disparu, hier soir ? Et pourquoi ?

Peu désireuse de parler de Jaxon et de tout ce qui a suivi, je me contente d'une demi-vérité.

— Mal des montagnes. J'étais prise de nausées, j'ai préféré revenir ici.

Son sourire disparaît.

— Et ça va, maintenant ? C'est sérieux, le mal des montagnes. Tu n'as pas de gêne à respirer ?

— Aucune. Juré ! j'ajoute, parce qu'il n'a pas l'air convaincu. Je me sens presque dans mon état normal aujourd'hui. Il me faut le temps de m'habituer aux montagnes, c'est tout.

— À propos de montagnes, réplique Flint, son sourire revenu. On organise une bataille de boules de neige ce soir après le dîner. Tu veux te joindre à nous ? Si t'es d'attaque, évidemment.

— Une bataille de boules de neige ? Je ne crois pas, non.

— Pourquoi ?

— Parce que je ne sais même pas fabriquer une boule de neige ! Et encore moins la lancer…

Il se marre.

— Tu ramasses de la neige, tu en fais une boule et tu la balances sur la personne la plus proche, explique-t-il en mimant les gestes. C'est pas très compliqué.

Je fais la moue.

— Allez, la Nouvelle. Je te promets que ce sera cool.

— Attention, Grace, dit Macy en sortant de la salle de bains, une serviette autour des cheveux. Ne fais jamais confiance à un…

Flint lève un sourcil ; elle laisse sa phrase en suspens.

— Bataille de boules de neige ce soir, je dis. Il nous invite.

Il n'a pas vraiment invité Macy, mais pas question que j'y aille sans elle. Son visage s'illumine.

— Sérieusement ? Il faut qu'on y aille, Grace. Les batailles de Flint sont légendaires.

— Des batailles légendaires ? Ça ne m'inspire pas confiance.

— Allez, insiste Flint. Je te protégerai.

— Fais gaffe, prévient Macy. Mets une boule de neige dans la main de ce garçon, et il devient diabolique. N'empêche que ce sera chouette.

Je suis toujours réticente, toutefois Flint et Macy sont mes deux seuls amis à Katmere.

— D'accord, je lâche. Mais si je meurs pendant la bataille, je reviendrai vous hanter à jamais.

— Je pense que tu survivras, affirme Macy.

— Sinon je serai ravi de passer l'éternité avec toi, ajoute Flint avec un clin d'œil. À plus, conclut-il en m'embrassant sur la joue.

Macy en reste bouche bée. Pour un peu, elle applaudirait de joie, tout ça pour un bisou sur la joue !

Quant à moi un sentiment de tristesse m'envahit : Flint a beau être adorable, il ne me fait pas vibrer comme Jaxon.

15

VOILÀ QU'IL GÈLE EN ENFER

— Il t'a…, bredouille Macy.

— Pas de quoi en faire un plat, je lui assure.

— Flint vient de…

Les mots lui échappent. Elle se tapote la joue à l'endroit où Flint a embrassé la mienne.

— Pas de quoi en faire un plat, je répète. C'est pas comme s'il m'avait roulé une pelle. C'était une bise amicale, rien d'autre.

— Il ne m'a jamais fait la bise, à *moi.* Ni à personne d'autre, maintenant que j'y pense.

— Ben, t'as un copain. Il doit avoir peur que Cam lui casse la gueule.

Macy s'esclaffe. OK, je comprends : imaginer son frêle petit copain casser la gueule de Flint… La scène est absurde. Mais bon, elle devrait le défendre, non ? Ou au moins faire semblant ?

— Tu veux que je lui parle ? je la taquine. Que je lui demande de t'embrasser aussi ?

— Mais non ! Je préfère de loin embrasser Cam, merci bien, répond-elle en se brossant les cheveux. Je dis juste que tu lui plais, c'est tout.

Elle a beau nier, son ton me fait froncer les sourcils.

— Attends deux minutes. Flint te plaît *pour de vrai* ?

— Bien sûr que non ! Je suis amoureuse de Cam.

Elle saisit un flacon de démêlant en évitant mon regard.

— Super convaincant, j'ironise. Écoute, si Flint te plaît, tu devrais quitter Cam et tenter ta chance.

— Je n'ai aucune envie de sortir avec Flint.

— Mace…

— Non, sérieusement, Grace. D'accord, peut-être qu'il me plaisait il y a longtemps, genre en troisième. Mais c'est de l'histoire ancienne.

— À cause de Cam ?

Je scrute son reflet dans le miroir tandis qu'elle coiffe sa courte coupe arc-en-ciel.

— Oui, dit-elle en ébouriffant ses mèches. Et aussi parce que c'est comme ça, ici.

— Comment, comme ça ?

— Les différents groupes ne se mélangent pas trop.

— Oui, j'ai remarqué à la fête. Mais ce n'est pas parce qu'ils ne se mélangent pas que c'est impossible, non ? Je veux dire, si Flint te plaît et que tu lui plais…

— Flint ne me plaît pas, grogne ma cousine. Et je ne lui plais pas non plus. Et quand bien même il me plairait, peu importe, parce que…

— Parce que quoi ? Parce qu'il est populaire ?

Elle soupire en secouant la tête.

— Non, c'est pire que ça.

— Pire que *quoi* ?

J'ai l'impression d'avoir débarqué dans une de ces séries pour ados bourrées de brutes épaisses et de pétasses cruelles. Quelqu'un frappe à la porte avant que Macy puisse répondre.

— Tu reçois toujours autant de monde dans ta chambre avant le petit déjeuner ? je plaisante.

Tout à son maquillage, elle hausse les épaules.

J'ouvre la porte. Mon oncle se tient sur le seuil, l'air soucieux.

— Comment tu te sens ? Macy m'a dit que tu avais vomi hier soir.

— Je vais mieux, Oncle Finn. Je n'ai plus de nausée ni de migraine.

Il me fait signe de retourner au lit ; je m'exécute avec gratitude. J'ai si peu dormi ces deux dernières nuits que j'ai l'impression de flotter dans le brouillard.

— C'est bien, dit-il en posant la main sur mon front, comme pour voir si j'ai de la fièvre.

Je m'apprête à lui faire remarquer que le mal des montagnes n'a rien à voir avec une grippe, quand il m'embrasse sur le haut du crâne. Ma gorge se noue. Avec ses sourcils froncés et sa petite grimace qui creuse ses fossettes, il ressemble tellement à mon père que j'ai envie de hurler.

— Quoi qu'il en soit, Macy a raison, reprend-il, sans remarquer ma tristesse soudaine. Tu ferais mieux de te reposer aujourd'hui et de commencer les cours demain. Perdre tes parents, déménager, découvrir Katmere et l'Alaska, ça fait beaucoup, même sans mal des montagnes.

J'acquiesce en détournant la tête pour lui cacher mon émotion.

Il me tapote la main puis rejoint Macy.

Ils discutent à voix basse tandis que je me blottis dans mon lit, les couvertures remontées jusqu'au menton, attendant que s'atténue la douleur d'avoir perdu mes parents.

Je m'endors malgré moi. Quand je me réveille, il est une heure passée, et mon estomac pousse des grondements féroces. Ça fait plus de vingt-quatre heures que je n'ai rien avalé.

Un pot de beurre de cacahuètes et une boîte de crackers trônent sur le frigo. Après avoir fini la boîte et absorbé une copieuse quantité de pâte d'arachides, je me sens à nouveau humaine.

Et le sentiment d'être prise au piège dans cette chambre, dans ce lycée, refait surface.

Je tente de me distraire en regardant Netflix, en lisant le magazine que j'ai feuilleté dans l'avion. J'envoie un texto à Heather, même si je sais qu'elle est en cours, dans l'espoir de discuter avec elle. Selon l'unique message qu'elle me renvoie, elle est sur le point d'entamer un contrôle de maths.

Pour finir, je décide de sortir me promener. Peut-être qu'une balade dans l'Alaska sauvage m'éclaircira les idées.

Sauf qu'ici décider de sortir et s'apprêter à sortir sont deux choses très différentes. Après une douche rapide, je cherche sur Google comment s'habiller pour survivre à l'hiver alaskien. Très soigneusement, d'après les sites que je consulte, même si on n'est qu'en novembre.

Je comprends mieux pourquoi Macy m'a fourni une tonne de vêtements. Je commence par enfiler un collant de laine et un débardeur, puis j'ajoute une couche de sous-vêtements longs. Par-dessus, j'enfile un pantalon en polaire rose vif (évidemment) et un sweat gris. D'après le site, je pourrais enfiler une veste plus épaisse par-dessus le sweat, mais je fais l'impasse sur cette étape et saute directement au bonnet, à l'écharpe, aux gants et aux deux paires de chaussettes. Enfin, je me glisse dans la parka à capuche rembourrée que mon oncle m'a offerte et chausse les après-skis que je déniche au bas de mon armoire.

Un coup d'œil dans le miroir confirme ce que je craignais : j'ai l'air ridicule.

Pas aussi ridicule cependant que si je mourais de froid avant la fin de ma deuxième journée en Alaska. De toute façon, si j'ai trop chaud, je peux toujours enlever mon sweat – d'après internet, l'ennemie, c'est la transpiration : les vêtements humides accroissent le risque d'hypothermie. Autrement dit, le seul fait de se trouver en Alaska accroît le risque d'hypothermie.

Plutôt que de lui envoyer un message et de risquer de l'interrompre pendant un de ses contrôles, je laisse un mot à Macy pour la prévenir que je suis partie explorer l'enceinte du lycée. Je ne suis pas folle au point de m'aventurer au-delà de ses murs pour tomber nez à nez avec des loups, des ours et Dieu sait quelles autres créatures.

Je descends l'escalier en ignorant tous les élèves que je croise, c'est-à-dire quasiment aucun vu que la plupart sont en cours. Je devrais me sentir coupable de sécher, mais pour être honnête, je suis plutôt soulagée.

Une fois au rez-de-chaussée, j'ouvre la première porte qui se présente. Le vent et le froid qui me cinglent la figure manquent de me faire changer d'avis.

Peut-être que j'aurais dû mettre cette veste supplémentaire, finalement.

Trop tard. Je rabats ma capuche, remonte mon écharpe et le col de ma parka. Ensuite, malgré mon instinct qui me hurle de rentrer, je me mets en route.

On m'a toujours dit qu'il faut entamer les choses comme on souhaite les finir, et je ne veux pas rester emprisonnée dans le lycée au cours de l'année à venir.

D'abord, je ne peux songer qu'au froid qui s'infiltre partout sous mes couches de vêtements. Puis, à mesure que je marche, je me réchauffe, alors j'accélère l'allure et je regarde autour de moi. Le soleil s'est levé il y a environ quatre heures, en milieu de matinée. C'est la première fois que je vois les environs à la lumière du jour.

C'est magnifique. Le lycée est bâti à flanc de montagne, donc tout est en pente. Je ne fais que descendre et gravir des collines – pas évident à cette altitude. Heureusement, ma respiration est beaucoup moins laborieuse qu'à mon arrivée.

Des conifères bordent les sentiers et forment des bosquets à divers endroits du campus. Leur vert profond contraste joliment avec le blanc éclatant qui recouvre tout.

Curieuse de découvrir la texture de la neige (enfin, pas au point d'enlever mes gants), je me penche pour en ramasser une poignée et la laisse glisser entre mes doigts. Quand ma main est vide, j'en reprends et la tasse pour former une boule, comme l'a indiqué Flint.

C'est plus facile que je ne le pensais. Je lance ma boule de toutes mes forces contre l'arbre le plus proche et la regarde avec satisfaction exploser contre le tronc.

Arrivée au pied de l'arbre, j'écarquille les yeux. Je n'ai jamais vu des racines pareilles : noires, noueuses, énormes, inextricablement enchevêtrées, tout droit sorties d'un film d'horreur, elles hurlent au passant de prendre garde. Sans compter les branches brisées et l'écorce griffée à certains endroits.

Je ne vais pas mentir : je ne me sens pas d'emprunter le chemin à l'entrée duquel il se dresse. Estimant que je suis sortie assez loin de ma zone de confort pour aujourd'hui, je m'engage sur le sentier moucheté de soleil à ma droite.

Bonne pioche : à peine franchi le premier virage, j'aperçois un groupe de bâtiments. Je les observe de loin ; je ne voudrais pas qu'on me surprenne en train d'épier les élèves par la fenêtre comme une espèce de cinglée.

Devant chaque chalet (c'est à ça que les bâtiments ressemblent) un panneau indique son nom et sa fonction.

Je me dirige vers l'un des plus massifs. « Chinook : Arts plastiques », dit le panneau. Mon cœur s'emballe. Je dessine et peins avec passion depuis que j'ai passé l'âge des livres de coloriage. J'ai envie de pousser la porte pour voir comment est l'atelier et inspecter le matériel.

À la place, je sors mon téléphone pour prendre une photo du panneau. Je pourrai googler « Chinook » plus tard. Le mot veut dire « vent » dans une des langues autochtones, mais je ne sais plus laquelle.

Je veux connaître la signification de *tous* les noms ; je continue donc ma déambulation et photographie chacun des panneaux pour faire mes recherches par la suite. Ça m'aidera aussi à me souvenir de leur emplacement ; je n'ai toujours aucune idée de l'endroit où mes cours auront lieu.

Ce qui m'inquiète un peu d'ailleurs, car que suis-je censée faire si beaucoup d'entre eux se déroulent à l'extérieur du lycée ? Me précipiter dans ma chambre pour m'équiper contre le grand froid ? Combien de temps durent les interclasses à Katmere ? Les six minutes qu'on nous accordait dans mon ancien lycée ne suffiront pas.

Au bout du lotissement, un chemin de pierre semble faire le tour du domaine et mener de l'autre côté du château. Soudain, mon sixième sens m'avertit de faire demi-tour, comme hier soir dans la bibliothèque. Je m'arrête, indécise.

Finalement, je décide que c'est sûrement mon imagination qui me joue des tours – l'arbre de tout à l'heure m'a effrayée. Je me ressaisis avant de reprendre ma route.

Plus je m'éloigne du château, plus le vent forcit. Je dois accélérer l'allure pour ne pas finir frigorifiée. Heureusement que je n'ai pas enlevé mon sweat ! Je ne vais pas tarder à me transformer en glace parfum Grace.

Néanmoins, je m'obstine. Je dois être à mi-chemin du château, j'arriverai donc plus vite à destination en continuant par là. Je resserre mon écharpe et j'enfonce mes mains dans mes poches.

Je dépasse quelques pins esseulés, une mare gelée sur laquelle j'adorerais patiner et encore quelques petits chalets. L'un d'entre eux s'appelle « Shila : Atelier » ; un autre « Tanana : Studio de danse ».

Si les noms sont cool, les cours proposés me surprennent un peu. Je ne m'attendais pas à ce qu'il y ait un aussi vaste choix.

Le vent redouble de violence. Je presse encore le pas. Le sentier me mène par-delà un autre bosquet d'arbres. Ceux-là sont dépouillés de leurs feuilles, et de leurs branches couvertes de givre pendent des stalactites. Je les trouve sublimes. La lumière qui joue dans leurs branches dessine des arcs-en-ciel à mes pieds.

Sous le charme, j'en oublie que c'est la bise qui provoque ces effets. Bientôt, le froid m'oblige à bouger. Je dépasse encore une mare gelée, aménagée celle-là : des bancs et un kiosque enneigé se dressent sur les rives.

Alors que je m'avance vers ce dernier dans l'idée de m'y asseoir quelques minutes, je me rends compte qu'il est déjà occupé par Lia… et *Jaxon*.

16

PARFOIS LA PROXIMITÉ DE SES ENNEMIS EST L'UNIQUE REMPART CONTRE L'HYPOTHERMIE

Zut !

Je me suis juré de ne plus détaler comme un lapin chaque fois que je croiserai Jaxon, mais le moment me paraît mal choisi pour le saluer. Leur conversation a l'air *intense*. Et *privée*.

Leurs corps sont tendus l'un vers l'autre sans toutefois se toucher.

Leurs épaules sont raides.

Ils sont totalement absorbés par les paroles qu'ils échangent.

Une partie de moi meurt d'envie de s'approcher pour entendre ce qu'ils disent, alors que ce ne sont *pas du tout mes affaires*. De toute évidence, ces deux personnes ont un problème, et je meurs d'envie de savoir ce que c'est.

Je ne sais pas pourquoi cela me tient tant à cœur, hormis le fait que leur dispute trahit un degré d'intimité qui me donne mal au ventre. Ce qui est absurde, étant donné que je connais à peine Jaxon. Et qu'il m'a totalement ignorée deux des quatre fois où on s'est rencontrés.

Ce qui en soi montre bien qu'il ne veut rien à voir à faire avec moi.

Cependant, je me souviens aussi de son expression quand il m'a défendue contre Quinn et Marc. De ses pupilles dilatées quand il a essuyé le sang de mes lèvres. De mon impression quand il m'a frolée, comme si tout en moi retenait son souffle avant de pouvoir naître à la vie.

Comme si on se connaissait.

Peut-être est-ce pour ça que je continue à les espionner en dépit du bon sens.

Le ton monte, de sorte que j'entends à présent leurs éclats de voix, sans toutefois saisir leurs paroles.

Soudain, Lia le gifle si brutalement que la tête de Jaxon bascule en arrière. Il ne riposte pas, n'esquisse pas le moindre geste jusqu'à ce qu'elle lève de nouveau la main sur lui.

Cette fois, il lui attrape le poignet et le tient fermement tandis qu'elle se débat pour lui faire lâcher prise. Elle hurle maintenant, d'une voix si chargée de fureur et de souffrance que j'en ai les larmes aux yeux.

Je reconnais ces cris. Je sais quel genre de douleur les déclenche et quelle rage nous empêche de les réprimer. Ils viennent du tréfonds de notre être et nous laissent ensuite la gorge et l'âme en lambeaux.

Malgré moi, je m'avance d'un pas vers elle – vers eux –, galvanisée par la douleur de Lia et par la violence à peine contenue qui plane entre eux. Le vent se lève dans mon dos et soudain les voilà tous deux tournés vers moi, leurs yeux noirs insondables me faisant frissonner. Ils me fixent comme s'ils étaient des prédateurs, et moi la proie.

Mais non, c'est mon imagination qui me joue des tours, me dis-je en les saluant d'un signe. Hier, je pensais que Lia et moi pourrions devenir amies, mais là il est clair que l'amitié n'a pas sa place. Ce que je peux comprendre : je ne tiens surtout pas à intervenir dans une querelle entre deux personnes qui ont visiblement un passé commun. D'un autre côté, je ne veux pas non plus les laisser seuls s'ils en viennent aux mains.

Je reste plantée là, incertaine, à les dévisager tous les deux.

Jaxon lâche le poignet de Lia et s'avance vers moi. Aussitôt, je suis en proie à la même panique qu'hier soir. À la même fascination, aussi. Je serais incapable d'expliquer ce qui m'attire autant chez lui.

Il fait encore quelques pas. Mon cœur est en surchauffe. Cette fois, je ne fuirai pas.

Brusquement, Lia le rattrape et le tire en arrière. La lueur dangereuse qui faisait briller ses yeux a disparu.

— Salut, Grace ! Tu veux te joindre à nous ?

Euh, non, merci. Pas quand chaque fibre de mon être me hurle de prendre mes jambes à mon cou.

Sans bouger d'un pouce, je lui refais un signe de la main.

— À vrai dire, il vaut mieux que je retourne dans ma chambre si je ne veux pas que Macy s'inquiète ! Je voulais seulement explorer un peu le domaine avant de commencer les cours demain. Bon après-midi !

« Bon après-midi »… J'avoue que c'est exagéré, compte tenu de la fureur que je perçois encore entre eux. Je parle toujours trop quand je suis nerveuse, mais dans ce cas précis, je crois que ce n'est pas plus mal d'avoir l'air *trop* aimable. En tout cas, c'est ce que je me dis en faisant demi-tour.

Je me force à m'éloigner sans me retourner pour vérifier si Jaxon me regarde toujours. Ma nuque me picote.

Soudain, il apparaît à côté de moi, les yeux pleins d'intérêt, ses cheveux noirs battus par le vent.

— Pourquoi tu cours ? demande-t-il.

Il se met à marcher à reculons devant moi, ce qui m'oblige à ralentir.

— Pour rien, dis-je en évitant son regard. À cause du froid.

— Décide-toi : pour rien…

Il s'arrête et, du bout des doigts, me relève le menton. Il m'adresse ce sourire un peu tordu qui me chavire le cœur.

— … ou à cause du froid ?

En plissant les paupières, je peux encore deviner la trace de la main de Lia sur sa joue. Ce qui me met hors de moi.

— À cause du froid, je réponds en faisant un pas de côté. Donc, si tu veux bien me laisser passer…

— Tu portes des tonnes de vêtements, pourtant…

Ce qui confirme ce que je pensais : j'ai l'air ridicule.

— T'es sûre que le froid n'est pas juste un prétexte ? reprend-il.

— Je n'ai pas à me justifier devant toi.

Pourtant, il a raison : je cherche des excuses pour m'éloigner de lui. M'éloigner de tous ces sentiments qu'il fait naître en moi alors qu'en réalité j'aimerais lui sauter au cou et ne plus jamais le lâcher.

Il incline la tête sur le côté et lève un sourcil.

— Ah non ?

Je ferais mieux de le planter là avant que l'envie de me jeter dans ses bras ne devienne irrésistible. Mais je ne bouge pas. Pas parce qu'il me bloque le passage, mais parce que *tout* en moi répond à *tout* en lui. Son aura de danger, surtout, me donne le frisson… alors que je ne suis pas le genre de fille que le risque exalte, d'habitude.

Oui, je ferais mieux de le planter là. Au lieu de quoi je plonge mon regard dans le sien et réplique :

— Mais pour qui tu te prends ? Une altesse royale ?

Il éclate de rire. Bon Dieu ! Quelle arrogance.

— Une altesse royale, oui. Bien vu !

Ce n'est pas possible d'être aussi odieux.

Je lève les yeux au ciel et le contourne pour remonter le sentier d'un bon pas, le dos raide. Peu importe l'attirance que j'ai pour lui, je ne perdrai pas mon temps avec un prétentieux de son espèce.

Jaxon me rattrape et marche à côté de moi. J'ai beau accélérer, il cale ses pas sur les miens avec un petit sourire narquois.

Super agaçant.

— Au fait, traîner avec Flint Montgomery n'est pas une très bonne stratégie pour une fille qui veut rester discrète.

Je l'ignore.

— Sérieusement, insiste-t-il. Être amie avec un dra…

Il se tait soudain et s'éclaircit la gorge avant de reprendre :

— Être amie avec un garçon comme Flint, c'est…

— Quoi ? je m'écrie, furieuse. C'est quoi, exactement, d'être son amie ?

— Ça revient à se dessiner une cible dans le dos, répond-il, désarçonné par ma colère. Pas idéal pour passer inaperçue.

— Ah, vraiment ? Et traîner avec toi, c'est quoi, au juste ?

Son visage se vide de toute expression. Je pense qu'il ne va pas répondre, mais il finit par souffler :

— C'est stupide et dangereux.

Ce n'est pas la réponse que j'attendais, surtout de la part de quelqu'un d'aussi arrogant. Sa franchise me désarme. Je ne peux pas m'empêcher de le relancer :

— Pourtant, tu es là.

— Ouais, lâche-t-il en me dévisageant avec perplexité. Je suis là.

Un silence de plomb s'abat entre nous, tandis que la tension s'accroît.

Je devrais m'en aller.

Il devrait s'en aller.

Aucun de nous deux ne bouge. Je ne suis même pas certaine de respirer.

C'est Jaxon qui brise le silence, mais pas la tension, en faisant un pas vers moi. Puis un autre, et encore un autre, jusqu'à ce qu'on ne soit plus séparés que par une fine couche d'air et mon épaisse parka.

Je frissonne, et ce n'est pas à cause du froid.

Mon cœur tambourine.

La tête me tourne.

Ma bouche s'assèche.

Jaxon attrape ma main gantée et caresse ma paume du bout de son pouce.

— De quoi vous parliez Flint et toi ? demande-t-il. À la fête ?

— Je ne me souviens plus.

Et c'est la vérité. Quand Jaxon me touche, j'en oublie presque jusqu'à mon nom.

Il n'insiste pas. Toutefois, les coins de sa bouche se relèvent en un sourire satisfait.

— Parfait, murmure-t-il.

Son sourire me tire enfin de ma léthargie.

— Pourquoi vous disputiez-vous, Lia et toi ?

Je ne sais pas à quoi je m'attends : qu'il me refasse son regard insondable ? Qu'il me réplique que ça ne me regarde pas ?

— À propos de mon frère, répond-il d'un ton qui m'interdit toute compassion.

Dans ma tête, différentes pièces de puzzle s'emboîtent soudain.

— Ton frère ? Est-ce que… Est-ce que Hudson était ton frère ?

Pour la première fois, il est pris de court.

— Qui t'a parlé de Hudson ?

— Lia. Hier soir, quand nous prenions le thé, elle m'a dit que…

La flamme glacée de ses yeux me retient de continuer.

— Qu'est-ce qu'elle t'a dit ? demande-t-il d'une voix basse en lâchant ma main.

J'avale ma salive.

— Que son copain était mort. Rien de plus ! J'ai supposé que celui-ci était peut-être…

— … mon frère ? Ouais, Hudson était mon frère.

Ses mots charrient de la glace afin, sans doute, de me cacher à quel point ils lui font mal. Mais je ne suis pas dupe. Je suis passée par là !

— Je suis désolée, je lui dis, et cette fois, c'est moi qui lui prends la main. Je sais que ça ne change rien à ton chagrin. Sache toutefois que je suis vraiment désolée.

Pendant de longues secondes, il m'observe en silence de ses yeux noirs qui devinent tout et montrent si peu. Finalement, il demande :

— Qu'est-ce qui te fait croire que je souffre ?

— Ce n'est pas le cas ?

Un silence, puis :

— Je ne sais pas.

Je secoue la tête.

— Je ne comprends pas ce que tu veux dire.

Il libère sa main et recule de plusieurs pas.

— Je dois y aller, annonce-t-il.

— Attends…

C'est plus fort que moi : je lui prends de nouveau la main.

Il me l'abandonne un court instant. Puis il fait volte-face et se dirige vers l'étang en courant presque.

Je n'essaie même pas de le rattraper. Si j'ai appris quoi que ce soit sur Jaxon Vega au cours des deux derniers jours, c'est que s'il veut disparaître, il disparaît, et vous n'y pouvez rien. Je me remets donc en route vers le château.

Le chemin me paraît plus court qu'à l'aller. Cependant, j'ai l'impression désagréable que quelqu'un m'observe. C'est absurde : Jaxon est parti en sens inverse et Lia s'est esquivée après leur dispute.

Mais l'impression perdure jusqu'à ce que j'arrive au château. Autre chose me perturbe également, et ce n'est qu'en enlevant mes couches de vêtements dans la chaleur du hall que je parviens à mettre le doigt dessus.

Ni Lia ni Jaxon ne portaient de manteau.

17

CERTAINES AIMENT LES DIAMANTS, MOI, JE PRÉFÈRE LA DISCRÉTION

— Tu te sens d'attaque ? me demande Macy quelques heures plus tard tandis que j'enfile un pull.

Est-ce qu'elle plaisante ?

— Pas du tout, je réponds.

— C'est bien ce que je me disais, soupire-t-elle. On peut annuler, si tu veux. On dira que tu souffres encore du mal des montagnes.

— Pour que Flint me prenne pour une dégonflée ? Certainement pas.

En vérité, je me fiche de ce qu'il pense, c'est juste que Macy brûlait tellement d'envie de participer à la bataille de boules de neige que je m'en voudrais de l'en priver. Le fait qu'elle propose d'y renoncer ne fait que m'encourager à y aller.

— Non, on va aller à cette bataille de boules de neige et on va…

— Tout déchirer ?

— J'allais dire : et on va tâcher de ne pas se ridiculiser, mais ta version est plus positive.

Elle se marre, ce qui était le résultat attendu, puis enfile couche après couche de vêtements. Enfin quelqu'un dans cette école qui fait preuve de bon sens. Entre mes deux agresseurs de la première nuit et Lia et Jaxon, je commence à penser que tout le monde ici est insensible au froid. Comme s'ils étaient tous des extraterrestres et moi la seule humaine fragile à vivre parmi eux.

Après qu'on s'est emmaillotées dans six couches protectrices (j'ai compté), Macy m'entraîne vers la porte.

— Viens ! Si on est en retard, on risque de tomber dans une embuscade.

— Une embuscade. Tendue à l'aide des boules de neige. Super.

San Diego me manque si fort.

— Tu vas voir, tu vas adorer. Et tu vas pouvoir rencontrer tous les amis de Flint !

Elle vérifie une dernière fois son maquillage dans le miroir puis me pousse quasiment dans le couloir.

— *Tous* les amis de Flint ? Y aura combien de participants à cette bataille, exactement ?

— Je ne sais pas. Cinquante, au moins.

— Cinquante ? je m'exclame. À une bataille de boules de neige ?

— Peut-être plus. Sûrement plus.

— Mais… Comment est-ce que tu peux te défendre si cinquante personnes te jettent des projectiles en même temps ?

— En te débrouillant pour dézinguer chaque individu que tu croises avant qu'il ne dégaine.

— Je crois que le mal des montagnes est de retour, finalement.

— Trop tard, pouffe-t-elle en prenant mon bras. On y est presque.

— Qui sera là, à part Flint ? Des gens que je connais ?

— Je ne sais pas si Lia viendra. Pas Cam, c'est sûr, Flint et lui ne s'entendent pas du tout.

J'hésite à lui demander pourquoi, mais à vrai dire, je m'en fiche. De Cam. Ou de Lia. Il n'y a qu'une seule personne dont la présence m'intéresse.

— Et Jaxon ? je demande, d'un ton aussi détaché que possible. Il sera là ?

Rien qu'en prononçant son nom, je sens mon cœur qui s'emballe.

— Jaxon Vega ?

Sa voix dérape vers les aigus.

— Oui. Le garçon qu'on a vu dans le couloir le premier jour.

— Euh… ouais.

Macy n'est plus sereine du tout. Elle s'arrête net et se tourne vers moi, les mains sur les hanches.

— Pourquoi tu t'intéresses à Jaxon ?

— Je ne sais pas. Je l'ai croisé une ou deux fois, et je me demandais…

— Tu as croisé *Jaxon Vega* une ou deux fois ? Quand ça ? J'étais avec toi tout le temps !

— En me baladant dans l'école. À quelques reprises.

— À *quelques* reprises ? C'est plus de deux fois. Où ? Quand ? *Comment ?*

— Pourquoi t'es aussi choquée ?

Je commence à regretter d'avoir évoqué Jaxon. Parler de Flint l'avait troublée aussi, mais au moins c'était mignon. Là, elle paraît carrément paniquée.

— J'étais dans un couloir ; il était dans le même couloir. C'est arrivé comme ça.

— Jaxon ne croise personne par hasard. Et il ne parle pas aux gens, à part…

— À part qui ? je la presse.

— Je ne sais pas. Sauf…

— Sauf ?

Elle m'adresse un sourire gêné, ce qui m'agace au plus haut point.

— Mais arrête de faire ça ! j'explose.

— Faire quoi ?

— Commencer des phrases sans les finir. Ou commencer à dire un truc, puis changer de sujet.

— Je ne…

— Si ! Tout le temps ! Et franchement, c'est chelou. On dirait qu'il y a un secret que je ne suis pas censée connaître. Dis-moi ce qui se passe !

— Tu te montes la tête, Grace… C'est juste que Katmere abrite toutes sortes de clans bizarres et obéit à un tas de règles. Je ne voulais pas t'assommer en entrant dans les détails.

— Tu préfères que je me ridiculise à jamais ?

Elle lève les yeux au ciel.

— C'est bien la dernière chose dont tu dois te soucier ici.

C'est la première information concrète qu'elle me livre depuis le début de notre discussion. Je saute sur l'occasion.

— De quoi devrais-je m'inquiéter alors ?

Elle pousse un long soupir misérable. Puis plante ses yeux dans les miens.

— Tout ce que je voulais dire, c'est que Jaxon ne traîne pas avec des gens extérieurs à l'Ordre.

— *L'Ordre ?* C'est quoi ?

— Rien de spécial… C'est le nom qu'on a donné aux garçons les plus populaires du lycée parce qu'ils sont toujours ensemble.

Je me remémore les garçons qui accompagnaient Jaxon à la fête et ceux qui étaient avec lui dans le couloir quand Flint m'a portée jusqu'à ma chambre. Je me souviens de m'être fait la remarque que Jaxon avait l'air d'être leur chef, mais j'étais trop subjuguée pour y réfléchir plus.

L'explication de Macy concorde avec mes souvenirs, toutefois il y a quelque chose dans sa façon de s'exprimer et d'éviter mon regard qui me laisse croire qu'elle ne m'a pas tout dit.

Cela étant, ce n'est peut-être pas malin de l'interroger à ce sujet au milieu d'un couloir bondé. Sans compter qu'on va finir par être en retard si on reste plantées là.

Je reprends ma route vers le hall. Macy me suit de près tout en me jetant des regards à la dérobée.

— T'as rencontré les autres aussi ? chuchote-t-elle.

— Les autres gars de l'Ordre ?

Que ce surnom est ridicule ! Ce sont des internes de terminale, pas des chevaliers du Moyen Âge.

— Non, juste Jaxon.

— Tu veux dire qu'il était *seul* ?

À présent, elle a l'air carrément angoissée.

— Ouais. Et ?

— Mon Dieu ! Est-ce qu'il t'a fait du mal ?

— Jaxon ? je demande, abasourdie.

— Oui, Jaxon ? C'est bien de lui qu'on parle, non ?

— Il ne m'a fait aucun mal. Je ne comprends même pas pourquoi tu poses la question.

Elle lève les mains, affolée.

— Parce que c'est Jaxon. Il détruit tout sur son passage. C'est sa spécialité !

— Pas du tout. Je l'ai trouvé…

Je cherche le mot qui pourraient décrire nos rencontres jusque-là, sans rien trouver de satisfaisant. Macy ne comprendrait pas.

— … intéressant.

— Intéressant ?

On croirait que je viens de lui annoncer mon intention de snowboarder nue au milieu d'une avalanche.

— Attends, t'es sûre qu'on parle du même Jaxon ? dit-elle en me serrant les mains à les broyer. Très grand, très beau et *très effrayant* ? Des cheveux noirs, des yeux noirs, des vêtements noirs, un corps d'adonis ? Aussi arrogant qu'une rock star ou qu'un dictateur ?

Je dois admettre que ce n'est pas une mauvaise description, même si Jaxon ne se contente pas d'être « très beau » comme elle dit. Il est attirant pour un millier d'autres raisons : ses yeux qui voient tout, sa voix qui gronde quand il veut imposer son autorité. Sans parler de cette cicatrice qui le fait basculer de simple joli garçon à démon terrifiant et sexy.

— Oui, c'est bien lui.

— Tu n'es pas obligée de me mentir. Tu peux me dire ce qui s'est passé. Je te jure que je garderai le secret si tu me le demandes.

— Quel secret ?

Je suis complètement perdue. Pourquoi est-ce que ça l'inquiète tant de savoir que j'ai croisé Jaxon ?

— Mais ce qu'il t'a fait !

Elle se met à m'examiner sous toutes les coutures, comme pour trouver des traces de morsures que m'aurait infligées un Jaxon atteint par la rage.

— Il ne m'a rien fait, Macy, je m'écrie en retirant mes mains des siennes. D'accord, ce n'est pas Gandhi, mais il m'a rendu service et il ne m'a fait aucun mal. Pourquoi est-ce si difficile à croire ?

— Parce que Jaxon Vega ne rend service à personne.

— Permets-moi d'en douter.

— Eh bien, tu as tort.

Elle prononce chaque mot avec soin, comme si son énonciation parfaite pouvait me convaincre.

— Il est *dangereux*, Grace. Super dangereux. Tu dois absolument garder tes distances avec lui.

Je voudrais répliquer qu'elle se trompe, puis je me souviens comme Marc et Quinn ont capitulé quand il est intervenu. Ils étaient terrorisés.

— Je suis sérieuse : prends garde à lui. S'il t'a aidée, c'est parce qu'il voulait quelque chose en retour. Et même ça, ça me paraît bizarre. Parce que lorsque Jaxon veut quelque chose, il s'en empare, et c'est tout.

— C'est lui qui m'a défendue face à Marc et à Quinn. Je ne pense pas qu'il ait voulu quoi que ce soit en échange.

— Attends… c'était *lui* ?

— Oui. Pourquoi il l'aurait fait si c'était un tel salaud ?

— Je n'en ai aucune idée, mais ce n'est pas parce qu'il est venu une fois à ton secours qu'il le refera. Alors fais gaffe, OK ?

— Pourtant, ce n'est pas lui qui a essayé de me tuer.

Elle ricane.

— Laisse-lui quelques jours.

Faute de trouver une réplique qui lui montre à quel point ses propos sont ridicules, je ne peux m'empêcher de lui dire le fond de ma pensée.

— Ta remarque est horrible.

— Peut-être, mais c'est la vérité.

Sa gravité tranche avec sa légèreté habituelle.

— Fais-moi confiance, insiste-t-elle.

— Macy…

— Non, sérieusement. Tu dois me croire ! Et ne pense plus à Jaxon Vega. Sauf si c'est pour trouver un moyen de l'éviter le plus possible.

Un mouvement dans son dos attire mon regard.

— Ça risque d'être compliqué, je souffle, la bouche soudain sèche.
— Ah oui ? Et pourquoi cela ?
— Parce que je ne bougerai pas d'ici.
En entendant la voix grave et moqueuse de Jaxon, Macy devient livide.
— Et Grace non plus, ajoute Jaxon.

18

COMBIEN DE BEAUX GOSSES FAUT-IL POUR GAGNER UNE BATAILLE DE BOULES DE NEIGE ?

Macy couine, littéralement. Jaxon se contente de hausser les sourcils à mon adresse. Son expression est mi-amusée, mi-mauvaise. Mon cœur s'emballe comme une horloge détraquée.

Jusqu'à ce que Macy siffle :

— Pourquoi tu ne m'as pas prévenue qu'il était là ?

— Elle ne m'a pas vu, coupe Jaxon.

Il m'examine des pieds à la tête. L'espace d'une seconde, un sourire éclaire ses yeux d'obsidienne.

— Tu vas braver la neige pour la seconde fois de la journée ? Tu m'impressionnes.

— Attends de voir la suite. Il faut encore que je survive à la bataille de boules de neige.

Le sourire s'évapore aussi vite qu'il est apparu.

— Tu vas participer à la bataille de boules de neige de Flint ?

C'est plus une accusation qu'une question.

— Pas toi ?

Il secoue la tête en grognant :

— Je ne crois pas, non.

— Euh, on ferait mieux de…

— D'y aller, finit Macy à ma place.

Sans lui prêter attention, Jaxon se penche vers moi, la main plaquée contre le mur. Il murmure :

— Tu n'as vraiment pas l'intention de tenir compte de ma mise en garde, hein ?

— Je ne vois pas ce que tu veux dire, je réponds, sans parvenir à le regarder dans les yeux.

Parce que je mens – je sais exactement ce à quoi il fait allusion – et parce que son souffle doux et tiède sur mon oreille me remue jusqu'au tréfonds de mon être.

— C'est pour ton bien, insiste-t-il.

Il est beaucoup trop proche. La chaleur m'envahit par vagues – à cause de ses paroles, de sa proximité et de son parfum d'agrumes.

— Parle clairement, je dis avec difficulté.

— Ne va pas à la bataille de boules de neige de Flint.

Il recule et rive son regard au mien.

— Et ne te promène pas toute seule aux alentours du lycée. Tu n'es pas en sécurité ici.

Ce n'est pas la première fois qu'il insinue que Katmere est un endroit dangereux pour moi. Et je comprends tout à coup ce qu'il veut dire : l'Alaska recèle toutes sortes de périls pour un non-initié. Mais là, je suis avec Macy. Elle ne laissera rien de fâcheux m'arriver.

— Ça ira.

Je respire mieux maintenant que la bouche de Jaxon n'est plus à deux centimètres de mon oreille. Néanmoins, j'ai toujours du mal à trouver mes mots sous son regard de velours sombre.

— Je ne m'éloignerai pas. Et y aura plein de monde.

— Ouais, c'est bien ça qui m'inquiète.

— Pourquoi ? Je pensais que tu serais rassuré d'apprendre que je ne compte pas affronter des animaux sauvages à mains nues.

— Ce ne sont pas les animaux sauvages qui me préoccupent.

— Faut qu'on y aille si on ne veut pas être en retard, intervient de nouveau Macy.

— Je ne sais pas trop ce qui te tracasse, je dis à Jaxon. Je suis une grande fille. Je n'ai pas besoin qu'on me protège. Par contre, tu peux te joindre à nous, si tu veux.

— Me joindre à vous ?

On croirait que je viens de lui proposer d'aller sur Mars. Je refuse de me laisser décourager, pour une fois qu'il ne décide pas de s'évaporer Dieu sait où.

— Ce serait chouette. Et je suis sûre que ça ne dérangera pas Flint.

— Tu es sûre que ça ne dérangera pas Flint, répète-t-il de nouveau.

Son ton amusé est de retour, mais ses yeux sont vides de toute expression, comme à la fête.

— Moi, je pense que si.

— Je ne vois pas pourquoi. Il a invité une foule de gens.

Je me tourne vers Macy. Elle est blanche comme un linge. Agacée que la perspective de se montrer avec Jaxon semble l'effrayer à ce point, je lève les yeux au ciel. Avant que je puisse dire quoi que ce soit, Flint surgit derrière moi et pose ses mains sur mes épaules.

— Salut, Grace ! Prête à lancer des boules ?

— Prête, je réponds en me retournant pour lui sourire.

Comment ne pas lui sourire ? Il est si drôle et si charmant. Et j'adore son bonnet parfaitement ridicule en forme de dragon cracheur de feu.

— Je viens de proposer à Jaxon de se joindre à nous, j'ajoute.

— Ah ouais ? rétorque Flint dont les yeux sont devenus d'une couleur d'ambre brûlante. Alors, Vega ? Tu veux te battre ?

Malgré son sourire, l'invitation est tout sauf amicale. L'atmosphère se charge d'autant plus que trois garçons vêtus de noir débarquent et se mettent en demi-cercle dans le dos de Jaxon, comme pour lui prêter main-forte.

Maintenant que Macy m'en a parlé, je comprends qu'ils sont des membres de ce qu'elle appelle l'Ordre. Ce surnom leur va bien ; la solidarité entre eux est évidente. Ils semblent liés par bien plus qu'une simple amitié.

Flint se raidit et déplace son poids sur ses orteils, comme s'il s'attendait à ce que Jaxon le frappe. Comme s'il l'espérait.

Non. Je ne les laisserai pas se battre. Du moins pas tant que Macy et moi nous retrouverons au milieu de ce combat de coqs.

— Viens, je dis en prenant le bras de ma cousine. Faut qu'on trouve un moyen de gagner la bataille de boules de neige.

Jaxon et Flint se tournent vers moi.

— Que d'ambition venant d'une fille qui a découvert la neige il y a trois jours ! plaisante Flint, ce qui détend légèrement l'atmosphère, comme je l'avais escompté.

— Tu me connais, j'adore fanfaronner, je réplique, tenant toujours fermement le bras de Macy.

— Fanfaronner ? souffle Jaxon à mon oreille tandis que je passe à côté de lui.

De nouveau, son haleine tiède sur ma peau me file la chair de poule.

Nos yeux se croisent, et le reste du monde disparaît ; Macy, Flint, les élèves qui rient et discutent… Il n'y a plus que Jaxon et moi, et les étincelles entre nous.

Je respire à peine, j'ai de plus en plus chaud… Je dois me faire violence pour ne pas tendre le bras et le toucher.

Je crois qu'il ressent la même chose, parce qu'il lève la main et la laisse un long moment entre nous.

— Grace.

C'est à peine un murmure, mais ça résonne jusqu'au plus profond de moi-même. J'attends la suite, pantelante, mais avant qu'il puisse ajouter quoi que ce soit, la porte d'entrée s'ouvre avec fracas et un vent glacé s'engouffre dans le hall.

Le charme est rompu ; Jaxon et moi redevenons deux individus debout dans un couloir très fréquenté. Il recule d'un pas, le visage indéchiffrable, et je ravale ma déception.

Jaxon reste coi tandis que Flint nous entraîne vers la porte. En passant le seuil, je lui fais un petit signe de la main, qu'il ne me retourne pas.

— N'oubliez pas de prévoir un arsenal de munitions, dit-il à ma grande surprise.

— Un arsenal ?

— C'est la clé de la victoire dans une bataille de boules de neige : choisir une base facile à protéger et constituer un arsenal. Et n'attaquer que lorsqu'on est sûr d'avoir assez de munitions.

Des boules de neige. Et moi qui m'imaginais qu'on venait de partager un moment magique hors du temps. Lui, en fait, pense à des boules de neige. Formidable !

— Euh, merci du conseil, je réponds, agacée.

Il a repris son expression neutre. Il me semble toutefois que ses yeux pétillent un tout petit peu.

— Avec plaisir. Je m'y connais, tu sais. Tu ferais mieux de m'écouter.

— Viens jouer, si tu t'y connais. Joins-toi à moi et nous pourrons avoir deux fois plus de munitions.

Il hausse un sourcil.

— C'est exactement ce que je suis en train de faire.

— Qu'est-ce que ça veut dire, ça ? je demande.

Mais il s'éloigne déjà et disparaît.

Comme d'habitude.

Ce garçon finira par me rendre folle.

19

JE SUIS VENUE, J'AI VU, J'AI… GELÉ

— Jaxon Vega, hein ? demande Flint tandis que nous marchons, ballottés par des bourrasques de froid.

— Ne commence pas.

— OK, répond-il, les mains en l'air, comme pour se rendre.

Nous nous avançons dans la neige pour rejoindre les autres participants. Macy a sous-estimé leur nombre : à la lumière déclinante de fin d'après-midi, j'en compte une bonne centaine. Toute l'école est là, ou presque, sauf Jaxon et sa bande, bien sûr.

La bonne nouvelle, c'est que tout le monde porte manteaux, écharpes et bonnets… Ce qui confirme au moins que ce lycée n'est pas uniquement fréquenté par des extraterrestres insensibles au froid.

— Je ne pensais pas que tu aimais les garçons cinglés et antipathiques, c'est tout, reprend Flint au bout de quelques minutes.

Je le fusille du regard.

— Et moi, je pensais que tu n'allais pas remettre ça.

— Je veux juste te mettre en garde. Jaxon est…

— Il n'est *pas* cinglé.

Il se marre.

— Je note que tu n'essaies même pas de nier qu'il est antipathique. Sans vouloir te vexer, Grace, tu viens d'arriver. Tu ne sais pas à quel point il est cinglé.

— Et toi, tu le sais ?

— Ouais. Et Macy aussi. Pas vrai, Mace ?

Macy feint de ne pas l'entendre. J'hésite à l'imiter.

— D'accord, d'accord, dit Flint en secouant la tête. Je ne dirai plus un mot à propos de l'Élu, hormis pour te recommander d'être prudente.

— On est amis, Flint.

— Jaxon n'a pas d'amis. Je parle en connaissance de cause.

Je me demande ce qu'il veut dire par là. Jaxon a son Ordre : ces garçons sont bien ses amis, non ? Mais nous arrivons près de la rangée d'arbres où les autres sont rassemblés et j'ai décrété que le sujet était clos. Si je pose des questions, Flint se sentira autorisé à critiquer Jaxon alors qu'il n'est même pas là pour se défendre.

Flint s'avance au centre du groupe comme si cette place lui revenait de droit et, vu la façon dont tout le monde le regarde, ça doit être le cas. Chacun cherche à attirer son attention et attend avec impatience d'entendre ce qu'il va dire.

Ça me fascine, ce genre de popularité. Je ne l'envie pas (c'est trop de pression) mais je me demande ce que ça fait. Et ce que Flint en pense.

Flint rappelle les règles du jeu : en gros, il n'y en a pas, à part que si vous êtes atteint par cinq boules de neige, vous êtes éliminé. Un compte à rebours de cinq minutes est lancé, et Flint nous entraîne, Macy et moi, vers un bosquet de pins à quelques centaines de mètres.

— On a deux minutes pour choisir une cachette, explique-t-il, et deux autres pour préparer nos munitions. Après ça, la chasse est ouverte.

— Mais si tout le monde se cache, on n'aura personne sur qui lancer nos…

— T'en fais pas, répond Flint. On aura pléthore d'ennemis à bombarder.

Ennemis ? Bombarder ? Ma respiration est devenue laborieuse. J'ai beau savoir que c'est le froid combiné au mal des montagnes, j'ai un peu honte d'être à ce point hors d'haleine alors que Macy et lui sont frais comme des gardons.

— Et maintenant, on fait quoi ? je demande, tandis que Flint ramasse déjà de la neige et forme des boules.

— On constitue notre arsenal, répond Flint avec un sourire goguenard. Ce n'est pas parce que Jaxon est un crétin que toutes ses idées sont forcément mauvaises.

Nous passons les deux minutes suivantes à faire le plus de boules de neige possible. Je suis étonnamment douée : il faut croire que les heures passées à pétrir la pâte pour faire des gâteaux avec ma mère m'ont bien préparée. Je suis deux fois plus rapide que Flint et Macy.

Le téléphone de Macy vibre.

— Il ne reste que quinze secondes avant la fin du compte à rebours, nous prévient-elle.

— Go, go, go, souffle Flint en me poussant vers l'arbre le plus proche.

Juste à temps. Dès que le téléphone de Macy sonne une seconde fois, l'enfer se déchaîne.

Des combattants sautent des arbres tout autour de nous ; des projectiles fendent l'air. D'autres participants courent comme des dératés et lobent toutes les cibles qu'ils croisent.

Une boule siffle non loin de mon oreille. Je soupire de soulagement… quand une autre s'écrase contre mon flanc.

— Et d'une, je m'exclame, en sautant sur le côté pour en éviter une troisième.

Elle s'écrase sur l'épaule de Flint, qui pousse un juron.

— On reste ici ou on va se battre ? crie Macy de son abri derrière un tronc d'arbre.

— Après toi, réplique Flint avec un geste galant.

Elle grimace et façonne deux énormes boules. Avec un cri de guerre si perçant qu'il fait tomber la neige des branches alentour, elle les lance et se précipite ensuite vers l'arsenal pour se ravitailler en munitions.

Je la suis, une boule serrée dans mon gant.

Un gros balèze du groupe de Flint se rue vers moi avec des boules plein un pan retourné de son manteau. Il me les lance en rafales. Je les évite toutes. Puis je projette ma boule aussi fort que je peux. Bam ! En plein dans son visage ahuri.

Notre arsenal contient une centaine de boules, mais il se vide à vue d'œil : de plus en plus de combattants filent dans le bosquet pour reprendre leur souffle ou se cacher le temps de reconstituer des munitions.

Les clans que j'ai observés à la fête se reforment sur le champ de bataille. Bien que les membres de la faction de Flint se soient groupés par deux ou trois, ils viennent à la rescousse les uns des autres quand une faction rivale les attaque.

Seul le groupe de Jaxon manque à l'appel, évidemment, ainsi que la bande vêtue de noir qui s'est montrée si arrogante à la fête. Il faut croire que Jaxon avait raison : Flint n'avait aucune envie qu'il se joigne à nous. Je suis trop occupée à éviter des boules de neige pour y réfléchir.

C'est la guerre totale devant nous, rapide, brutale et sans merci. C'est aussi la première fois que je m'amuse autant depuis la mort de mes parents.

Notre arsenal est vite épuisé. On se met à courir entre les arbres pour éviter les tirs ennemis tout en balançant nos derniers projectiles.

Je ricane comme une hyène. D'abord perplexes, Flint et Macy joignent bientôt leurs rires aux miens, surtout quand l'un de nous atteint une cible.

Après être tombés dans une embuscade qui vaut son quatrième coup à Macy et notre troisième à Flint et à moi, nous décidons de reprendre la situation en main. Nous repérons deux énormes pins derrière lesquels nous cacher et nous remettons à façonner des boules de neige. Lorsqu'on en a une trentaine, Flint retire son bonnet et son écharpe pour en faire un baluchon.

— T'es fou ! je m'écrie. Tu vas mourir de froid !

— T'inquiète ! Et puis, c'est la victoire assurée !

— Comment ça ?

C'est l'enfer autour de nous, et on n'a probablement qu'une ou deux minutes de répit avant d'être débusqués. Même si on a des munitions, nos assaillants sont bien trop nombreux.

— En grimpant aux arbres, répond Macy.

Grimper aux arbres ? Impossible. Les pins qui nous dominent sont gigantesques, et leurs branches les plus basses sont à plus de deux mètres du sol. Macy court jusqu'à un tronc, saute et se propulse, bras tendus, pour en attraper une. Elle y reste suspendue quelque secondes avant de se balancer pour prendre de l'élan et bondir dans les branchages.

La manœuvre lui a pris moins de dix secondes.

— Je rêve ou elle vient de sauter sur cet arbre comme si elle était Spiderman ? je demande à Flint avant de crier dans la direction de ma cousine : Tu viens de sauter sur cet arbre comme si tu étais Spiderman !

— Exactement, s'esclaffe-t-elle en se penchant pour attraper le bonnet plein de boules de neige que lui envoie Flint.

— C'était génial ! Par contre, si vous vous attendez que je sois capable de faire pareil, vous allez être déçus.

— T'inquiète, Grace, me dit Flint en me passant son écharpe bourrée de munitions. Contente-toi de me tenir ça, OK ?

— D'accord. Qu'est-ce que tu… ?

Flint m'empoigne et me jette en travers de son épaule ; je hurle de surprise.

— Chut ! Tu vas nous trahir.

Et il entreprend d'escalader l'arbre, ses mains et ses pieds comme collés à l'écorce.

— Et ne lâche pas les munitions !

— T'aurais dû y penser avant de me faire basculer la tête en bas, je réplique en serrant l'écharpe contre moi.

Il est agile comme un singe. Je n'y croirais pas si je n'étais pas aux premières loges. Trente secondes plus tard, je suis à califourchon sur une branche, boules de neige en main, prête à les faire pleuvoir sur la première victime venue.

— Quelqu'un vient ! souffle Macy de son arbre.

Je jette un coup d'œil. Quinn, Marc et deux autres garçons marchent dans notre direction. Ils avancent sans bruit, comme s'ils savaient qu'on était là. Ce qui est tout à fait possible, vu le volume du cri que j'ai poussé pendant l'escalade.

Peu importe. Il suffit qu'ils avancent encore de quelques pas et…

Bam. Flint cueille le meneur en pleine poitrine. Macy s'occupe de celui qui ferme la marche. Restent Marc et Quinn. Je lance boule après boule dans leur direction.

Je frappe Marc deux fois et Quinn au moins quatre. Si j'en juge par le chapelet de jurons qui suit, ils sont éliminés.

Parfait.

Flint canarde un autre groupe qui a commis l'erreur de venir par là, tandis que Macy élimine deux assaillants isolés qui essayaient de nous prendre à revers. Pour ma part, je reconstitue notre arsenal avec la neige qui recouvre ma branche et j'attends l'ennemi.

Le voilà : deux filles en combi bleu marine qui ont l'air de s'amuser autant que si elles étaient chez le dentiste.

J'hésite à les attaquer – pas la peine de les mettre d'encore plus méchante humeur –, puis je me dis que si ce n'est pas moi, quelqu'un d'autre le fera. D'ailleurs, plus vite je les élimine, plus vite elles pourront se réfugier au chaud. Et plus vite on pourra gagner.

Je m'apprête à leur lancer mes trois dernières boules quand une bourrasque me déséquilibre. J'agrippe le tronc, tandis que le vent secoue l'arbre tout entier.

Flint s'arrime au tronc, lui aussi.

— Tiens bon, Grace ! J'arrive !

— Non, reste où tu es ! Tout va bien !

Je cherche Macy des yeux, craignant qu'elle ne soit peut-être en plus mauvaise posture que moi. Une autre rafale s'abat sur l'arbre, et le tronc oscille sous l'assaut. Suivie d'une troisième. Si forte, celle-ci, que je lâche presque prise.

Au-dessus de moi, Flint jure.

— Accroche-toi, Grace, crie Macy. Flint, va la chercher !

— Attends ! je réponds. Non, ne bouge pas !

Soudain, Macy hurle. Je pivote d'un quart de tour, redoutant de la voir tomber et se casser le cou. À cet instant, une rafale encore plus puissante que les autres me force à lâcher prise. Je bascule.

Je tente de me rattraper à quelque chose, mais le vent est trop fort. La branche sous moi émet un craquement sinistre.

Et je tombe dans le vide.

20

MON ROYAUME POUR UN PARACHUTE

Pendant une seconde, j'entends tous les sons avec une parfaite netteté – les cris de Macy, Finn qui beugle mon nom, le vent qui gronde comme un train furieux –, puis les battements paniqués de mon cœur les recouvrent.

Je me prépare à l'impact quand Flint se jette (ou vole ?) à ma rescousse. Il me plaque contre lui avant que nous tombions en vrille. Il heurte le sol et j'atterris sur lui, le visage niché au creux de son cou.

La violence du choc expulse tout l'air de mes poumons. Je reste allongée sur lui quelques secondes, tentant désespérément de reprendre mon souffle.

Flint ne bouge pas non plus. La panique hurle en moi comme un fauve enragé tandis que je m'efforce de le soulager de mon poids. Ses yeux sont fermés. Est-il blessé ? Ou pire ?

C'est lorsque je me redresse en position assise, les genoux de chaque côté de ses cuisses, que je parviens enfin à avaler une grande goulée d'air.

Macy descend de son arbre en braillant mon nom, des élèves accourent de toutes les directions, mais je suis trop occupée à secouer Flint, à le gifler pour prêter attention à l'agitation ambiante.

Après ce qui me paraît une éternité, Flint ouvre les yeux.

— Si tu continues à me frapper, marmonne-t-il, je vais regretter de ne pas t'avoir laissée tomber.

— Tu vas bien ?

— Je crois.

Il se redresse en bougonnant :

— T'es plus lourde que je ne le pensais.

— Rallonge-toi ! je lui ordonne en le repoussant.

Il rit.

— La neige a amorti le choc, Grace. Je vais bien.

Pour me le prouver, il se relève d'un bond gracieux.

C'est vrai, il n'a rien. Son corps a laissé son empreinte dans la neige et, pour la première fois depuis mon arrivée dans cet État, j'apprécie la rigueur du climat. Quand on fait une chute de six mètres, la neige est infiniment plus moelleuse que le sol.

— Pourquoi t'as fait ça ? Tu aurais pu te blesser.

Il me dévisage avec une expression étrange dans les yeux. Ce n'est ni de l'inquiétude, ni de l'irritation, ni de la fierté, plutôt de la honte.

C'est absurde. Il vient de m'éviter une commotion, de multiples fractures, au minimum. De quoi devrait-il avoir honte ?

— Que voulais-tu qu'il fasse d'autre ? me demande Macy, la voix tremblante. Qu'il te laisse t'éclater sur le sol ?

— Il valait mieux que ce soit lui qui morfle, d'après toi ?

— Mais ça n'a pas été le cas, n'est-ce pas ?

Elle lui adresse un regard plein de gratitude.

— Merci infiniment, Flint.

À ces mots, je réalise que j'étais si occupée à m'inquiéter pour lui et à lui faire des reproches que je n'ai même pas pensé à le remercier.

— Oui, merci beaucoup, je bredouille.

Flint a l'air encore plus embarrassé que moi. Il scrute la foule par-dessus mon épaule avec l'air d'hésiter entre frapper quelqu'un et prendre la fuite.

Peut-être qu'il n'aime pas qu'on le remercie. Je n'aime pas ça non plus, alors je comprends. Dans mon dos, les conversations s'éteignent. Je me retourne : l'attroupement s'ouvre comme la mer Rouge devant Moïse.

Le regard de Jaxon me ratatine sur place. Je sens mes genoux faiblir, mais c'est après Flint qu'il en a.

Son visage est tordu en un masque meurtrier. Et les cinq garçons au visage impénétrable qui l'escortent – l'Ordre au grand complet, je suppose – ne font que renforcer mon intuition qu'il y a un problème.

Un mégaproblème.

Mais lequel ?

Même Flint pâlit, lui qui d'habitude ne se laisse pas impressionner par Jaxon.

— À quoi croyais-tu jouer ? demande Jaxon d'une voix glaciale.

C'est son ton qui me décide : je vais me placer devant Flint dans l'espoir de prévenir la bagarre qui menace.

— Je suis tombée d'un arbre, Jaxon. Et Flint m'a secourue.

Les deux glaçons qui lui servent d'yeux se posent sur moi.

— Ah oui ?

— Oui ! Une rafale m'a déséquilibrée, j'ai basculé dans le vide et Flint s'est jeté sous moi.

Je me tourne vers celui-ci, afin qu'il confirme, mais il regarde dans le lointain, les mâchoires crispées, les poings serrés.

— Ça va ? je demande en lui touchant l'épaule. Tu es sûr que tu n'es pas blessé ?

Sous nos pieds, la terre vibre. Un petit séisme, à peine suffisant pour faire trembler les branches des arbres. Je sais que c'est courant en Alaska, donc je ne suis pas surprise. À San Diego, ça arrivait plusieurs fois par an.

Flint écarte ma main d'un mouvement d'épaule.

— Je vais bien, Grace.

— Alors qu'est-ce qu'il y a ?

Mes yeux passent de Jaxon à lui.

— Je ne comprends pas ce qui se passe.

Aucun des deux ne répond. J'interroge Macy du regard : c'est juste l'Alaska qui rend tout le monde hyper agressif, ou… ? Mais elle a l'air aussi perdue que moi, et cent fois plus affolée.

Autour de nous, tout le monde est fasciné par le drame qui se joue. Si ce n'est pas la première fois que Jaxon m'évoque un chasseur, en revanche je n'avais jamais vu Flint comme une proie. Ses amis aussi doivent le trouver en mauvaise posture : un à un, ils viennent se poster autour de lui, ce qui ne fait qu'accroître la tension entre les deux adversaires.

Je cherche désespérément un moyen d'apaiser les choses quand Macy sort enfin de sa stupeur :

— Retournons dans notre chambre, Grace. Juste pour s'assurer que tu n'es pas blessée.

— Je vais très bien, je réponds.

Je ne vais pas filer alors que Jaxon semble prêt à égorger Flint.

— C'est une excellente idée, au contraire, souffle Jaxon dans mon dos. Je te raccompagne.

Cette déclaration crée une onde de choc parmi l'assistance. Tous reculent d'un pas, les yeux écarquillés, la bouche ouverte. Qu'est-ce qui les étonne à ce point ? Que Jaxon abandonne l'affrontement contre l'autre garçon populaire de l'école ? Cela dit, Flint a déjà pris ses distances en ignorant Jaxon.

Le comportement de Flint est si singulier que je dis à Jaxon :

— Non, je reste avec Flint. Je veux être certaine qu'il va…

— Je vais très bien, Grace, grince Flint entre ses dents serrées. Vas-y. Rentre.

— Sûr ?

Je tends la main vers son épaule, mais Jaxon l'intercepte et m'entraîne.

Et je ne proteste pas. Parce que c'est Jaxon et que, apparemment, je suis incapable de lui résister.

— Viens, Macy, dis-je en prenant la main de ma cousine. Allons-y.

Elle opine et nous nous dirigeons tous trois vers le château. Je m'attendais à ce que les cinq autres membres de l'Ordre nous accompagnent, mais non, ils ne bougent pas.

Personne ne bouge, en fait.

Je me sens comme Alice au pays des merveilles : tout autour de moi est de plus en plus curieux. Peut-être que l'avion de Philip m'a menée au fond du terrier du lapin blanc.

À mesure que je marche, je me rends compte que je ne suis peut-être pas aussi indemne que je le croyais. Maintenant que l'adrénaline cesse de faire effet, ma cheville droite me fait mal. Très mal.

Pour me distraire de la douleur et cacher que je boite, j'interroge Jaxon :

— Qu'est-ce que tu fais là ? Je croyais que la bataille de boules de neige ne t'intéressait pas.

— Heureusement que je suis quand même sorti, vu ce que Flint t'a fait...

— Il ne m'a rien fait, je proteste, ignorant ma cheville douloureuse. Il m'a sauvée. Il...

— Détrompe-toi, siffle Jaxon en se tournant vers moi. En fait, il..., ajoute-t-il avant de plisser soudain les yeux. Qu'est-ce qu'il y a, Grace ?

— Il y a que je ne comprends pas ce qui te rend aussi furieux.

Il me détaille de haut en bas.

— Où est-ce que tu as mal ?

— Tu es blessée ? s'écrie Macy.

C'est la première fois qu'elle ouvre la bouche depuis que nous sommes seules avec Jaxon. Quelle poule mouillée !

— Ce n'est rien, je dis, mais c'est un mensonge : je ne suis pas sûre de pouvoir marcher jusqu'au château si on attend trop longtemps.

Je n'ai aucune envie de me donner de nouveau en spectacle. Pour la discrétion, je repasserai. Désormais, je pourrais tout aussi bien me peindre en orange fluo. Tout ça à cause de Jaxon, ce qui est ironique, étant donné que c'est lui qui m'a conseillé de ne pas me faire remarquer.

J'ai l'impression d'être de retour à San Diego. Là-bas, j'étais la fille dont les parents étaient morts. Ici, je suis la fille qui est tombée d'un arbre et a failli déclencher la troisième guerre mondiale entre les deux garçons les plus sexy de l'école.

Génial.

Avec la ferme intention d'atteindre ma chambre le plus vite possible, je me remets en route. Ou du moins, j'essaie. Car à peine ai-je fait trois pas que Jaxon me barre la route.

— Où as-tu mal ? répète-t-il, déterminé à m'arracher une réponse.

Je cède pour ne pas gâcher de précieuses secondes.

— Ma cheville. J'ai dû me la tordre.

Jaxon s'agenouille devant moi avant même que j'aie fini de parler et palpe délicatement mon pied et ma cheville.

— Je ne peux pas retirer ton après-ski, il fait trop froid. Est-ce que ça fait mal quand j'appuie là ?

Mon cri de douleur lui donne la réponse dont il a besoin.

— Et si j'allais chercher la motoneige ? propose Macy. Je serais vite de retour.

Oh, par pitié ! non. De quoi j'aurais l'air ?

— Je peux marcher. Sincèrement.

Jaxon nous lance à toutes deux un regard dubitatif puis, sans mot dire, me soulève dans ses bras.

21

J'AVAIS LES PIEDS SUR TERRE AVANT QUE TU ME PRENNES DANS TES BRAS

Pendant de longues secondes, tétanisée, incapable de penser, je ne peux que regarder Jaxon, la bouche ouverte, le cerveau court-circuité. Suis-je réellement dans ses bras ? Non, c'est impossible.

Et pourtant, je ne rêve pas. Et je m'y sens bien. *Vraiment* bien. En plus, être dans ses bras à la façon d'une jeune mariée me permet d'étudier son visage, à quelques centimètres du mien. Il est encore plus beau vu de près. Et il sent *si bon.*

C'est son odeur – un mélange d'agrumes – qui me fait chavirer. C'est à cause d'elle que je me débats comme une bête sauvage pour qu'il me repose par terre. S'il me porte jusqu'à l'école avec cette odeur et ce visage et ce corps serré contre le mien, je ne réponds plus de rien.

— Tu veux bien arrêter de gigoter, s'il te plaît ? m'ordonne-t-il.

— À condition que tu me poses.

Je quémande du soutien du côté de Macy qui regarde autour d'elle comme si elle cherchait la caméra cachée. Comprenant qu'elle ne me sera d'aucune aide, je reporte mon attention sur Jaxon.

— Tu ne vas pas me porter jusqu'au lycée…

Il ne ralentit pas d'un poil.

— Si.

— Jaxon, sois raisonnable. Il y a beaucoup de distance.

— Et ?

Je me tortille de nouveau pour qu'il me lâche… Raté. Ses bras se referment plus étroitement autour de moi.

— Je suis trop lourde pour toi.

Il me regarde, incrédule.

— Je suis sérieuse.

Je plaque les paumes sur sa poitrine et pousse de toutes mes forces. L'étau ne se desserre pas. Honnêtement, je n'ai pas envie qu'il me repose par terre. La douleur irradie dans ma cheville : prendre appui dessus sera un vrai cauchemar. Toutefois, je ne veux pas qu'il se fasse mal en me portant sur tout ce chemin.

— Repose-moi avant de te blesser.

— Me blesser ? répète-t-il en haussant les sourcils – ces mêmes sourcils dont je rêvais la nuit dernière. Tu cherches à m'insulter, là ?

— Je veux seulement que tu me reposes par terre. Tu ne peux pas me porter jusque…

— Grace ?

— Quoi ?

— Tais-toi.

Une partie de moi se sent offensée. L'autre, qui a le contrôle de ma langue, fait exactement ce qu'il demande et la boucle. Je suppose qu'il y a pire dans la vie que de se faire porter par un garçon super sexy au lieu de boitiller dans la neige en pleurant de douleur.

Bientôt, nous franchissons les portes du château et gravissons l'escalier.

Macy déverrouille la porte de notre chambre et écarte son drôle de rideau.

— Entre, dit-elle à Jaxon.

Il me dépose sur mon lit. Ouf ! mon épreuve se termine. Erreur : il me retire mon après-ski.

— Je peux m'occuper de ça, je proteste. Merci de ton aide.

D'un regard, il m'intime de nouveau de me taire. Je suis si embarrassée que je replie la jambe pour enlever ma chaussette moi-même.

— Je me suis foulé la cheville, je grommelle. Je ne suis pas à l'article de la mort.

— Pas encore. La nuit ne fait que commencer.

— C'est quoi ton problème ? je m'écrie, agacée.

— Mon problème, c'est que tu es là depuis trois jours et que c'est la deuxième fois que je dois te tirer d'affaire.

— Sans blague ? Tu vas me reprocher de m'être mise sur le chemin d'une *bourrasque* ?

— Tout à fait.

Il enroule ses doigts autour de mon mollet et, d'un geste doux mais ferme, me force à étendre la jambe afin d'examiner ma cheville.

— Macy n'est pas tombée de son arbre, elle, ajoute-t-il.

— Sa branche n'a pas cassé comme la mienne ! J'étais censée faire quoi ? M'agripper au tronc et… Aïe !

J'essaie de lui retirer mon pied tandis qu'il touche un point sensible.

— Ce n'est pas enflé, dit-il. Il y a juste un bleu. Je crois que tu n'as rien de cassé.

— Je te l'avais dit.

Je ramène la jambe vers moi, avec moins de violence, cette fois. Quelque chose dans le contact de sa peau avec la mienne me désarçonne.

— Tu peux y aller, maintenant.

Le regard qu'il me lance est mi-amusé, mi-exaspéré, mais cent pour cent sexy. Heather me tuerait si elle me voyait me pâmer devant un type aussi autoritaire. Ça craint, et en temps normal je le remettrais à sa place. Mais le fait qu'il soit aussi bougon est dû au souci qu'il se fait pour moi. Et ça, ça change tout.

— Je vais chercher des glaçons, propose Macy, debout près de son lit à se tordre les mains, faisant de son mieux pour cacher sa panique de voir Jaxon dans notre chambre.

— Ouais, bonne idée, dit celui-ci.

Macy s'élance vers la porte. Et là, Jaxon lui sourit pour la remercier, ce qui la fige net.

— Et si tu pouvais trouver des bandages, ajoute-t-il, je lui banderai le pied avant de partir.

Elle ne répond pas.

— Macy ?

Toujours rien.

Jaxon se tourne vers moi, les sourcils haussés. Je tape bruyamment dans mes mains pour la sortir de sa transe.

— Macy ?

— Ouais. Des glaçons. J'y vais.

— Et des bandages ? dit Jaxon.

— Et des bandages. Oui. J'en ai ici, au fait.

Elle s'emmêle les mots autant que les pieds quand elle se rue sur son bureau et se met à ouvrir les tiroirs à la hâte.

— Celui-ci, ça ira ? demande-t-elle en brandissant un bandage rose vif.

— C'est parfait, merci.

Elle rayonne de fierté sous le compliment et je dois me retenir pour ne pas la taquiner. À ce train-là, elle va finir par rejoindre la bande de Jaxon. Et dire qu'il y a moins d'une heure, elle voulait absolument savoir s'il m'avait fait du mal !

Jaxon prend le bandage avant moi.

— Je peux m'en charger ! je proteste.

— Peut-être que j'ai envie de le faire pour toi.

Macy pousse un gémissement d'émoi avant de fermer la porte derrière elle. Elle a raison, c'est une sacrée réplique. Même si, avouons-le : je n'ai pas besoin de ça pour être séduite par Jaxon. Il m'attire depuis notre première rencontre. Il me plaît même quand je le trouve odieux.

— Alors ? Tu ne protestes plus ? demande-t-il, d'un ton sarcastique.

— Tu le fais, ou pas, ce bandage ? je ronchonne.

Ses doigts sont froids, mais ses mains sont douces, si douces. Malgré moi, je sens que je me relaxe, que mes muscles se détendent.

— Jaxon, je souffle, la voix brisée.

Il lève brusquement la tête, rive son regard d'infinies ténèbres au mien.

Sa main sur ma jambe se fait plus ferme tandis qu'il se penche légèrement vers moi. Son parfum m'enivre. Je voudrais le toucher, presser mon visage dans le creux de son cou et le respirer tout entier.

J'étais déjà sur le fil, mais là je sens que je bascule. Il se penche davantage ; mon cœur s'emballe et mon corps s'embrase. Tout en moi s'illumine comme une aurore boréale.

— Grace…

Cette façon qu'il a de prononcer mon nom comme si c'était une promesse… Quelque chose en moi fond et je gémis. Je voudrais dire son nom en réponse, mais j'ai perdu le contrôle de mes cordes vocales. En fait, j'ai perdu le contrôle de tout mon corps.

Il pose la main sur ma joue. Les yeux fermés, j'offre mon visage à ses caresses.

Et saute presque au plafond de frayeur quand la porte s'ouvre avec fracas et que Jaxon retire vivement sa main.

— J'ai la glace, dit Macy. Je l'ai pilée et…

Elle s'arrête net en percevant la tension qui règne dans la pièce. Jaxon est toujours penché sur moi, ce n'est pas sorcier de deviner ce qu'elle a interrompu. Pendant quelques instants, elle paraît sur le point de ressortir discrètement.

Trop tard. Jaxon se redresse et se dirige vers la porte.

— Applique de la glace sur ta cheville pendant vingt minutes et vois comment tu te sens après. Si ça ne va pas mieux, recommence au bout d'une heure. D'accord ?

— Compris, je croasse, la gorge serrée.

— Parfait.

Il sourit à nouveau à Macy, qui en glapit de surprise. La main sur la poignée, il se retourne :

— Et reste loin de Flint, Grace. Il n'est pas celui que tu crois.

Ces mots me sortent de ma transe.

— Ce n'est pas à toi de me dire avec qui je peux être amie, je réplique.

Même si tu me plais énormément, je manque d'ajouter.

Je m'attends à une riposte cinglante – il est assez arrogant pour vouloir être obéi au doigt et à l'œil. Au lieu de quoi, il m'observe pendant quelques secondes, la tête penchée sur le côté.

— Très bien, dit-il ensuite.

— Très bien ? je répète, étonnée. C'est tout ?

— C'est tout.

— Je ne pensais pas que ce serait si facile.

Son regard redevient insondable.

— Rien de tout ça ne sera facile, Grace. Tu verras.

Et juste comme ça, il disparaît.

Zut !

Je me fais avoir chaque fois.

22

C'EST MOI OU IL FAIT CHAUD ICI ?

Après le départ de Jaxon, j'attends avec anxiété que Macy m'emporte dans une tornade multicolore de questions. Elle va exiger de savoir ce qui se passe entre nous, et je n'aurai pas de réponse à lui donner parce que je n'en ai *aucune idée*. Si tant est qu'il se passe quoi que ce soit.

Certes, Jaxon est venu me voir deux fois aujourd'hui, mais est-ce que je n'accorde pas trop d'importance à ses apparitions ?

Et c'était quoi, cette réplique, d'abord ? « Rien de tout ça ne sera facile, Grace » ? Personne ne parle comme ça ! Et puis, qu'est-ce que ça signifie ? Que je l'intéresse ? Ou le contraire ?

Aaaaah !!! Que les garçons sont compliqués !

Peut-être qu'il joue avec moi pour tromper son ennui ? Je suis la nouvelle, après tout : une cible facile. Toutefois, il n'avait pas l'air de s'ennuyer après la bataille de boules de neige. Il était furieux contre Flint. Ce qui n'a aucun sens, vu que c'est Flint qui m'a évité une jambe cassée, une commotion, ou pire.

Un garçon que je laisserais indifférent n'agirait pas comme Jaxon, n'est-ce pas ? Il ne se mettrait pas en colère de manière aussi puérile.

En fait, je n'en sais rien. Je n'ai eu qu'un seul petit copain jusqu'à présent, Gabe, et ce que je ressentais pour lui n'avait rien à voir avec ce que je vis actuellement. Je veux dire, c'était chouette. On était amis depuis des années quand la relation s'est transformée en quelque chose de différent. Tout était toujours simple avec Gabe : un regard de lui ne me coupait pas le souffle, mes mains ne devenaient pas moites et des papillons ne voletaient pas dans mon ventre. Je ne me rappelle pas avoir passé des heures à analyser chacune de ses paroles, à désirer ses caresses, comme c'est le cas avec Jaxon.

J'aimerais tant savoir s'il ressent la même chose que moi.

— Mon Dieu !

Macy émerge de la transe dans laquelle la visite de Jaxon l'a plongée.

— Commence pas, je la préviens.

— Oh. Mon. Dieu. OhmondieuOhmondieuOhmondieu. Qu'est-ce qui s'est passé, au juste ?

— Je suis tombée d'un arbre, Flint m'a sauvée d'une mort certaine et Jaxon m'a portée jusqu'à ma chambre parce que je me suis foulé la cheville.

Je débite le tout d'un ton désinvolte, dans l'espoir que Macy renonce à me questionner.

— Ça, ce sont des détails !

Elle se laisse tomber sur mon lit, prenant garde à ne pas toucher ma cheville.

— C'est les détails qui comptent, non ? je tente.

— Ah non, vraiment pas. On s'en fiche, des détails !

— Qu'est-ce qui compte, alors ?

— Que les deux garçons les plus populaires du lycée sont dingues de toi !!!

Je manque de m'étrangler avec la capuche de mon sweat-shirt en tournant la tête vers elle.

— Ils ne sont pas dingues de moi, je proteste en dénouant les cordons. Et je croyais que je devais garder mes distances avec Jaxon ?

— Ouais, mais ça, c'était avant.

— Avant quoi ?

— Avant que je le voie te dévorer du regard.

Elle ferme les yeux et pousse un couinement très semblable à celui qui lui a échappé quand Jaxon lui a souri.

— J'aimerais bien que Cam me regarde comme ça…

— Tu veux qu'il te regarde comme s'il était un crétin arrogant habitué à ce que tout le monde lui obéisse ?

— Non, ça, il le fait déjà, ironise-t-elle. Je voudrais qu'il me regarde comme s'il avait physiquement mal de ne pas me toucher.

— Jaxon ne me regarde pas comme ça.

C'est plutôt moi qui le regarde ainsi, me dis-je.

Macy éclate de rire.

— Cousine chérie, ce garçon te veut si fort qu'il est à deux doigts de la combustion spontanée.

Ses paroles me réchauffent, comme si c'était moi qui risquais de me consumer à force de penser à Jaxon. Si Macy a raison, s'il ressent pour moi ne serait-ce qu'un quart des sentiments que j'éprouve pour lui…

— Il fait chaud, non ? je m'écrie en commençant à me débarrasser de mes trois cents couches de vêtements.

— À la bonne heure ! s'exclame Macy. Après trois jours passés à te voir grelotter, je n'espérais plus t'entendre dire ça.

Elle tire sur mon pantalon si fort que je tombe à moitié du lit.

— Si j'avais su qu'il suffisait d'une discussion intime avec le gars le plus dangereux du lycée pour te réchauffer…

Je lui donne une tape sur la main.

— Qu'est-ce que tu fais ? Arrête !

— J'essaie de t'aider. C'est dur à enlever quand on ne tient pas debout.

Elle continue à tirer et à tordre le pantalon sans faire beaucoup de progrès.

— C'est bon, je m'en occupe, je bougonne en la chassant d'un geste.

Je me lève et prends appui sur ma cheville indemne pour mener à bien l'opération. Une fois en caleçon long et chaussettes en laine, je me sens bien plus à l'aise.

Macy se déshabille à son tour et vient s'installer près de moi.

— Bon, ça suffit maintenant. Accouche.

— Il n'y a rien à raconter, je réponds en me glissant sous les couvertures. Tu m'as dit toi-même que les différents clans ne se mélangeaient pas.

— Mais tu n'as pas encore de clan, que je sache. Par conséquent, les règles ne s'appliquent pas à toi. Et ne me fais pas croire que tu n'as rien à dire. Tu es ici depuis soixante-douze heures et les deux types les plus mignons du lycée sont déjà en train de se battre à cause de toi. Devant la moitié de la promo ! Le pire, c'est que je ne suis au courant de rien… alors que j'ai passé presque tout mon temps avec toi ! s'exclame-t-elle avec un regard incrédule. Quand est-ce arrivé ? Et comment ?

— Il ne s'est rien passé. Flint et moi, on est seulement amis…

— C'est cela, oui…

— Si, je t'assure. Il est super sympa, mais ça s'arrête là.

Macy lève les yeux au ciel.

— OK, il t'a portée sur son dos jusqu'ici parce qu'il est super sympa. Il t'a *personnellement* invitée à la bataille de boules de neige parce qu'il est super sympa.

— C'est toi qui lui as demandé de me porter ! À cause du mal des montagnes, tu te souviens ?

— Oui, et c'est peut-être moi aussi qui lui ai demandé de se jeter du haut d'un arbre pour te sauver la vie ?

— Il a dû penser que ça allait sans dire.

— Ah, tu m'agaces ! Je n'arrive pas à décider si tu es naïve ou carrément dans le déni.

— Ni l'un ni l'autre. Je t'assure, Macy. Il n'y a rien entre Flint et moi.

Elle me scrute et finit par hocher la tête.

— Très bien. Mais tu n'as pas nié pour Jaxon.

— Jaxon est… Enfin, on a… Je veux dire… Je…

Mes joues sont brûlantes. Je raconte n'importe quoi.

— Waouh ! s'écrie Macy, les yeux grands comme des soucoupes. À ce point ?

Je cherche mes mots. Macy est dans ce lycée depuis longtemps et elle doit en savoir beaucoup plus que moi sur Jaxon. J'aimerais bien qu'elle m'en dise plus, mais je ne sais pas trop comment le lui demander.

— C'est compliqué, je commence, et je la vois hocher la tête. Est-il aussi dangereux que tu le disais ?

Je devine la réponse avant même d'avoir fini de poser la question : *Oui, super dangereux. Tu ferais mieux de te tenir aussi loin de lui que possible.*

Même s'il a toujours été très doux chaque fois qu'il m'a touchée, il suffit de regarder sa cicatrice pour comprendre qu'il n'est pas comme les autres garçons. Tout en lui évoque le danger – ses yeux, sa voix, sa posture, même sa démarche.

J'en suis consciente, mais quand il est près de moi, ça n'a plus d'importance. Quand il est près de moi, *rien* n'a plus d'importance, hormis être encore plus proche de lui, passer derrière les épais remparts qu'il a érigés entre lui et le monde. Est-ce la mort de son frère qui l'a rendu ainsi ? Ou bien n'est-elle qu'une pièce du puzzle ?

J'ai l'intuition que c'est la dernière hypothèse qui est la bonne, toutefois je ne le connais pas suffisamment pour en être sûre.

Le silence se prolonge. Je devine que Macy réfléchit à ce qu'elle va dire.

— Bon, Jaxon n'est pas Hannibal Lecter, dit-elle enfin. Il ne va pas te jeter dans un puits et te laisser mourir de faim pour fabriquer une robe avec ta peau.

J'éclate de rire.

— C'est rassurant ! Sérieusement, c'est tout ce que t'as à dire ? Il ne va pas fabriquer une robe avec ma peau ?

Elle hausse les épaules.

— Ni te laisser mourir de faim dans un puits.

— Comment est-ce qu'il se débrouillerait pour creuser un puit en Alaska ? Le sol est gelé !

— Exactement, répond-elle en levant les mains. C'est ce que je dis : il n'y a pas de risque qu'il essaie.

— Tu veux me rassurer, là, ou m'effrayer encore plus ?

— T'effrayer. Ça fonctionne ?

— Non.

Mon téléphone vibre. J'hésite à répondre, mais ce doit être Heather (Macy est la seule à Katmere à avoir mon numéro) et ça me ferait du bien de parler à ma meilleure amie. Elle, au moins, je suis sûre qu'elle est saine d'esprit.

Heather : Comment était ton premier jour de cours ?
Heather : Y a des gars mignons dans ton cours d'anglais ?
Heather : Ou des filles ? Je demande pour une amie...

Il y a un emoji coquin dans le dernier message qui me fait rire malgré moi. Je prends une photo de Macy en débardeur et caleçon long. Quand je lui dis que c'est pour ma meilleure amie de San Diego, elle prend la pose, les lèvres en duckface.

Moi : Beaucoup trop de filles mignonnes
Heather : Waouh. Trop de chance !
Heather : Et les cours ?
Moi : J'ai séché. Mal des montagnes. Mais j'y vais demain

Ensuite, je décide de couper court. Heather peut être super bavarde, et je voudrais finir cette conversation sur les mérites comparés de Jaxon et d'un serial killer de cinéma.

Moi : Je dois filer
Moi : A+

Je range mon téléphone et reporte mon attention sur ma cousine, absorbée elle aussi par son portable. Dès qu'elle remarque que j'ai fini, elle demande :

— Grace, dis-moi la vérité. Est-ce que Jaxon te plaît ?

Est-ce qu'il me plaît ? C'est une manière tout à fait insuffisante d'exprimer les émotions qu'il déchaîne en moi. Il y a quelque chose en lui qui résonne au plus profond de mon être, quelque chose de cassé en lui qui fait écho à ce qui est cassé en moi.

Je sais que Macy ne comprendra pas. Elle a trop peur de son côté ténébreux et de son statut social pour voir ce qui se cache sous la surface. Moi, je les vois – le chagrin, la douleur et la peur qu'il cache derrière son visage impassible. Je les vois mieux que n'importe qui d'autre dans ce lycée.

Mais ce n'est pas à moi de parler à Macy de la souffrance de Jaxon.

— Qu'est-ce que ça change, qu'il me plaise ou pas ?

— Ce n'est pas une réponse.

— Parce que je n'en ai pas ! Je suis là depuis trois jours, Macy. Trois misérables jours. C'est le chaos total, et je ne sais pas quoi en penser. Comment veux-tu que je sache ce que je ressens pour un garçon que je connais à peine ? Un jour, il m'ignore. Le suivant, il me porte jusqu'à ma chambre. Je n'ai jamais rencontré personne comme lui et…

Macy ricane.

— Quoi ? je l'implore. J'ai l'impression que tu sais quelque chose que tu ne me dis pas.

— Je ne vois pas de quoi tu veux parler. Continue.

Je plisse les paupières.

— Vraiment, on dirait que tu ne me dis pas tout.

— Désolée, dit-elle en levant les mains comme pour se rendre. C'est juste que… je suis d'accord. Tu n'as jamais rencontré personne comme Jaxon.

— Et c'est une mauvaise chose ? Apparemment, tu ne veux pas qu'il me plaise…

— Je t'ai mise en garde contre lui parce que ce n'est pas le type le plus facile du monde, c'est tout. Ou en tout cas, il ne l'était pas. Mais avec toi…

— Quoi ?

— Je ne sais pas. C'est cliché, mais il est différent avec toi. Il est à la fois moins intense et… et plus intense, tu me suis ?

— Pas du tout.

Macy glousse.

— Oui, j'explique mal… Ce que je veux dire, c'est que je me méfiais de Jaxon, mais que je ne suis plus si sûre de moi maintenant que j'ai vu comment il se comportait avec toi.

Je devine qu'elle compare le Jaxon de tout à l'heure à celui que j'ai croisé dans le couloir le premier jour, quand

Flint me portait sur son dos jusqu'à ma chambre. Et à celui que j'ai vu à la fête, si froid et si sombre que j'ai pris la fuite. Si c'est la seule version de Jaxon qu'elle ait jamais croisée, je comprends qu'elle m'ait mise en garde.

— Je ne sais toujours pas ce qui se passe entre nous, j'admets en m'affalant sur mes coussins. Ni même s'il se passe quoi que ce soit. J'aimerais tellement savoir ce qu'il en pense, lui. Genre si c'est juste un jeu, ou s'il a les mêmes pensées que moi.

— Quel genre de pensées ?

Elle demande ça d'un ton si égal que je réponds sans réfléchir.

— Il m'obsède. Je pense à lui tout le t…

Je m'interromps en réalisant ce que je suis en train de révéler.

— Hé ! Tu m'as piégée !

— J'ai seulement posé une question, rétorque ma cousine d'un air ingénu. Tu n'étais pas obligée d'y répondre.

— Tu savais que j'étais préoccupée. Je ne surveillais pas mes paroles…

— Tant mieux. Je suis contente que tu aies été spontanée. Tu ne dois pas être sur tes gardes avec moi.

Elle m'attrape la main.

— Vraiment, Grace. Ce n'est pas parce que tout est bizarre ici que ça doit changer entre nous. Tu peux compter sur mon soutien, y compris avec Jaxon. Je suis ta famille.

Un nœud de la taille du Denali se forme soudain dans ma gorge. J'avale ma salive à plusieurs reprises dans l'espoir qu'il disparaisse. Je n'avais pas mesuré à quel point j'avais besoin d'entendre ça, à quel point ça me manquait d'avoir une alliée inconditionnelle.

— Et ça marche dans les deux sens, hein, Macy ? Toi aussi, tu peux me faire confiance.

Elle sourit.

— Je sais. N'oublie pas, alors : je suis là pour toi, quoi qu'il arrive.

Elle s'est exprimée avec une telle intensité que j'en ai le frisson. Comme si elle essayait de me mettre en garde et de me rassurer à la fois. J'ai soudain froid sous mes couvertures. C'est un froid qui n'a rien à voir avec l'Alaska. J'ai froid parce que je n'ai aucune idée de ce qui m'attend ici à Katmere, mais je commence à deviner qu'il n'y aura pas que du positif.

Je tâche de me raisonner, de me dire que c'est de la parano. Ces derniers temps, j'ai tendance à m'attendre toujours au pire.

Je hoche la tête.

— Merci. Ça me fait du bien de l'entendre.

Macy sourit de nouveau.

— Bon, maintenant que cette affaire est réglée, il y a autre chose dont je voulais te parler, dit-elle en se dirigeant vers son frigo. Et ça risque de ne pas te plaire.

23

MON ARME SECRÈTE ? DE LA CRÈME GLACÉE

Je l'observe avec méfiance fouiller dans son réfrigérateur.

— Comment ça, pas me plaire ?

Avec un grognement de triomphe, elle brandit un pot de crème glacée cerise-chocolat. Mon ventre se noue.

— Tu vas m'annoncer une nouvelle si terrible que ça ?

— En fait, j'adore la glace à la cerise, répond-elle en ouvrant le pot.

Elle attrape deux cuillères dans le gobelet violet posé sur le frigo.

— Et ça me semblait le bon moment pour un petit plaisir.

Je prends la cuillère qu'elle me tend.

— Je n'imaginais pas qu'on trouvait de la glace Ben & Jerry's ici.

— Eh bien si. Ça coûte dix dollars le demi-litre dans le magasin le plus proche, mais on en trouve…

— Waouh ! je m'exclame, horrifiée. Dix dollars ???

Elle se marre.

— Bienvenue en Alaska.

— Ce que tu as à me dire doit être sacrément grave pour qu'on ait besoin d'une glace à un prix pareil.

Elle ne mord pas à l'hameçon et me présente le pot. Je prends une cuillerée de crème glacée, elle aussi, puis on choque nos cuillères – un rituel qu'on a inventé l'été de nos cinq ans.

Ensuite, plutôt que de m'expliquer ce qui la tracasse, elle reprend de la glace, encore et encore, jusqu'à ce que je cède et l'imite.

Ce n'est qu'à la moitié du pot qu'elle dit enfin :

— Je veux juste te mettre en garde…

Encore ?

— Macy, tu viens de me mettre en garde contre Jaxon.

— Cela n'a aucun rapport avec lui. Ou si, mais pas de la manière que tu crois. Si Jaxon te plaît, m'explique-t-elle devant ma mine perplexe, alors tu ne peux plus traîner avec Flint.

C'est tellement inattendu qu'il me faut un moment pour assimiler ses paroles.

— Comment ça ? Je ne sors ni avec l'un ni avec l'autre, et quand bien même… Je peux bien traîner avec qui je veux, non ?

Elle secoue la tête.

— Non, justement. Tu ne peux pas. C'est ce que j'essaie de t'expliquer.

Elle plaisante, là ? C'est forcément une blague. Mais non : elle est très sérieuse.

— Je ne *peux pas* ? Mais enfin, tu te crois dans *The Breakfast Club* ?

— En cent fois pire.

— Je vois ça. Parce que même dans *The Breakfast Club*, on comprend que les bandes auxquelles on appartient ne nous définissent pas. Je trouve stupide que Jaxon et Flint soient incapables d'être courtois l'un avec l'autre juste parce qu'ils appartiennent à deux groupes différents. Depuis que je suis arrivée, il n'y a que quatre personnes qui ont été sympas avec moi. Toi, Jaxon, Flint et Lia. Par conséquent, quand tu me dis que je dois cesser de parler à l'une d'entre elles, les seules à ne pas me traiter comme une pestiférée, ben…

— Oh, Grace ! s'exclame Macy d'un ton affligé. C'est si dur que ça ?

— C'est dur, oui. Même sans compter les deux fois où j'ai failli mourir.

Elle a la mine si catastrophée que je m'adoucis un peu.

— Mais t'en fais pas, Mace. Les cours n'ont pas encore commencé. Ça s'arrangera peut-être quand je rencontrerai des gens en classe.

Ma remarque la revigore un peu.

— C'est sûr, Grace ! Il n'y a pas souvent de nouveaux ici… La plupart d'entre nous nous connaissons depuis longtemps, parfois d'avant Katmere, car nous fréquentions la même école. C'est pour ça qu'on peut paraître si distants.

— D'accord, mais si vous vous connaissez depuis si longtemps, comment ça se fait que vous vous entendiez si mal ? Ça devrait vous rapprocher, au contraire, non ?

— Ça devrait, oui. Et c'était le cas pendant un temps. Je ne sais pas trop comment expliquer : l'année passée, il est arrivé quelque chose d'horrible, et ça a tout foutu en l'air. En surface, on dirait que rien n'a changé, mais il suffit de creuser un peu pour constater les dégâts. Et c'est pour ça, à cause de ce qui s'est passé, que Flint et Jaxon ne peuvent plus du tout s'encadrer.

C'est l'explication la plus vague qu'on m'ait jamais donnée. Malgré tout, j'essaie de l'additionner à ce que j'ai appris depuis mon arrivée.

— Est-ce que ça a quelque chose à voir avec Hudson Vega ?

La question m'a échappé et, vu la tête que tire Macy, j'aurais mieux fait de me taire.

— Que sais-tu à propos de Hudson ? demande-t-elle d'une voix si basse qu'on dirait qu'elle a peur de prononcer son nom.

— Lia m'a dit que son petit ami était mort, tu te souviens ? Et Jaxon m'a parlé de son frère… Ensuite, j'ai vu Lia et Jaxon se disputer et j'ai fait le lien.

— Jaxon t'a dit que Hudson était mort ?

Elle a l'air aussi choquée que si je lui annonçais que je retournais à San Diego sur un tapis volant. Soudain, je suis prise de doute.

— Attends… Hudson n'est pas mort ?

Si Jaxon m'a menti sur une chose pareille, j'ignore comment je réagirai. Quel genre de personne mentirait sur un tel sujet ?

— Si, si, il est mort. C'est juste que Jaxon n'en parle quasiment jamais. À personne. Toute cette affaire l'a tellement détruit que… Enfin, c'est bizarre qu'il le dise à…

Elle s'interrompt.

— Une totale inconnue ?

— Ouais, admet-elle d'une voix un peu coupable. Enfin, il ne te considère pas comme une inconnue, faut croire.

— Parfois c'est plus facile de parler du pire jour de sa vie à une étrangère qu'à sa meilleure amie.

Aussi bizarre que ça puisse paraître, c'est vrai. C'est une des découvertes que j'ai faite lors du mois écoulé.

— Je comprends, dit Macy avant de poser le pot de crème glacée pour me prendre dans ses bras.

Je la serre contre moi jusqu'à ce que je sente les larmes me monter aux yeux, puis je m'écarte en la gratifiant d'un sourire qui signifie que je vais bien, même si ce n'est pas le cas.

— Ça doit être pour ça que Jaxon est si différent avec moi. Parce qu'il sait que j'ai perdu des êtres chers, moi aussi.

— Peut-être, répond Macy, dubitative. Mais si c'est parce que vous êtes tous les deux en deuil que vous vous plaisez autant… quoi qu'il en soit, sois prudente, d'accord ? Ne t'interpose pas entre Flint et Jaxon. Ça ne résoudra rien et tu ne parviendras qu'à te blesser.

Blottie dans mon lit, lumières éteintes, je ne peux m'empêcher de repenser aux paroles de Macy… On dirait une prémonition plutôt qu'une mise en garde.

À cette pensée, mon corps devient de plomb, je ne parviens même pas à me rouler en boule. Je passe les bras autour de ma taille en me répétant que Macy se trompe.

Même si une petite voix tout au fond de moi me murmure qu'elle dit vrai.

24

OFFRIR UNE GAUFRE À UNE FILLE EST LE PLUS SÛR MOYEN DE CONQUÉRIR SON CŒUR

Le son d'un texto me réveille. Je grogne et envisage de l'ignorer, de rester bien au chaud dans mon cocon parfait de couvertures. Mais depuis que je suis arrivée en Alaska, j'ai tendance à traîner avant de répondre aux messages de Heather, ce qui n'est pas sympa de ma part.

En attrapant mon téléphone, je fais deux découvertes. Un, il est dix heures passées, j'ai donc raté mon premier cours. Deux, le message ne vient pas de Heather, ni de Macy, mais d'un numéro que je ne reconnais pas.

Numéro inconnu : Comment va ta cheville ?

Flint ? je me demande en ôtant mes cheveux de mes yeux. *Ou quelqu'un d'autre ?*

Un court instant, le regard sombre et insondable de Jaxon me traverse l'esprit. Non, mais ça ne peut pas être lui. Sûrement pas après qu'il m'a dit hier soir que rien ne serait facile.

Je réponds prudemment :

Moi : Qui est-ce ?

La réponse se fait attendre. Enfin :

Numéro inconnu : Jaxon

Ce mot unique semble vibrer d'indignation. Comme si Jaxon ne pouvait même pas concevoir que je n'aie pas encore enregistré son numéro, ou que je ne passe pas mon temps à attendre, portable en main, qu'il m'écrive. Bizarrement, sa réaction m'amuse plus qu'elle ne m'agace. Je ne résiste pas à l'envie de le taquiner :

Moi : Jaxon comment ?
Jaxon : Mmh, Jaxionne le klaxon ?

J'éclate de rire. Il est bien plus drôle par texto qu'en vrai.

Moi : Je suis nulle en blagues
Jaxon : Enfin une bonne nouvelle
Moi : Hé !
Moi : Que font les baleines quand elles ont peur ?

Il ne répond pas tout de suite. J'imagine sa tête.

Jaxon : Je ne savais pas que les baleines pouvaient avoir peur

Exactement la réponse à laquelle je m'attendais.

Moi : Émoji qui lève les yeux au ciel
Moi : Allez, joue le jeu
Jaxon : Je voulais juste savoir comment allait ta cheville
Moi : Réponds à ma devinette et je te le dirai

Encore un long silence.

Jaxon : Elles s'enfuient ?
Moi : ...
Jaxon : C'est ce que je ferais, moi. Si j'avais peur
Moi : double émoji qui lève les yeux au ciel
Moi : Reprenons
Moi : Que font les baleines quand elles ont peur ?

Cette fois, la réponse met tant de temps à arriver que je me dis qu'il a dû laisser tomber. Puis :

Jaxon : Je donne ma langue au chat

Je manque de lâcher mon téléphone. Mon sourire est si grand que j'en ai mal aux joues. C'est ridicule, d'accord, mais je commence à accepter d'être ridicule quand j'ai affaire à Jaxon.

Moi : Elles se cachent à l'eau
Jaxon : C'est... hilarant
Moi : Waouh. Un compliment !
Jaxon : Prends pas la grosse tête
Moi : Pas de risques
Moi : Triple émoji levant les yeux au ciel
Jaxon : Que dit un vampire lorsqu'il est agacé ?

Quoi ? Une devinette ? Posée par le toujours très sérieux Jaxon Vega ? Je réponds aussi vite que je peux.

Moi : Aucune idée
Jaxon : Bon sang !

J'éclate de rire. Qui est ce Jaxon tout neuf ? Et comment est-ce que je peux faire pour qu'il remplace à jamais l'ancien ?

Moi : Je suis impressionnée

Encore un long silence. Cette fois, je ne m'inquiète pas. J'ai la conviction qu'il a juste posé son téléphone pour réfléchir à la suite, même si c'est difficile d'imaginer que Jaxon ne sache pas exactement quoi dire ou quoi faire à tout moment.

Mon téléphone sonne enfin.

Jaxon : Tu m'avais promis des nouvelles de ta cheville

C'est moins marrant, mais bon… Ça vaut mieux que rien. Et je n'ai pas envie d'arrêter de parler.

Moi : Je sais pas, je viens juste de me réveiller. Je crois que mon oncle a décidé que c'était OK si je n'allais pas en cours aujourd'hui
Jaxon : Je pourrais te dire que t'as de la chance, sauf que…
Moi : Quoi, tu trouves pas que c'est une chance de tomber d'un arbre ?
Jaxon : Tu connais le sens du mot « chance » ?

Je ris si fort que j'en grogne presque. Je plaque la main sur ma bouche, horrifiée, même s'il n'y a personne pour l'entendre.

Moi : Disons que je m'en suis sortie
Jaxon : Émoji levant les yeux au ciel
Jaxon : Tu t'en es sortie parce que je t'ai portée
Moi : Juste. Merci encore
Jaxon : Un millier d'émoji levant les yeux au ciel

Maintenant qu'il m'y a fait penser, j'aimerais savoir comment va ma cheville. Je repousse mes couvertures et tente de me lever. Ouille ! J'ai ma réponse. Et j'ai très envie d'aller aux toilettes, par-dessus le marché.

Jaxon : Tu vas faire quoi aujourd'hui ?
Moi : Rester au lit et m'apitoyer sur mon sort
Jaxon : Super programme
Moi : Ma cheville ne va pas mieux du tout
Jaxon : Et toi, ça va ?
Moi : Ouais
Moi : Attends, je reviens

Motivée par la perspective d'avaler un antidouleur, je boitille jusqu'à la salle de bains. Après m'être lavé les mains, j'attrape deux Advil et une bouteille d'eau. Une fois de retour dans mon lit, je me force à avaler les cachets avant de reprendre mon téléphone, même si je meurs d'envie de savoir ce que Jaxon a répondu.

Sauf qu'il n'a pas répondu. Ce qui est OK. Vraiment. C'est moi qui ai dit que je partais.

Moi : Je suis là

Pas de réponse.

Moi : Désolée, j'ai mis du temps

Toujours pas de réponse.

Raaah. J'ai tout fait foirer.

Je m'en veux d'avoir mis fin à la discussion. Et je m'en veux encore plus de m'en vouloir pour si peu. Jaxon m'en a révélé plus sur lui en quinze minutes qu'en trois jours. Ce n'est pas rien.

D'ailleurs, il doit avoir une bonne raison de ne pas répondre. Il est sûrement en cours.

Quand même, je me sens mal. Sans compter que je meurs de faim. Il y a bien un pot de beurre de cacahuètes, mais il est de l'autre côté de la pièce. Autant dire à des kilomètres.

Adossée aux oreillers, j'envoie deux messages à Heather. Je vais sur Instagram, Snapchat, et je fais même quelques parties de Pac-Man tout en essayant de me convaincre que je n'attends pas la réponse de Jaxon.

Mon estomac se rappelle à moi en grondant, et je lâche enfin mon téléphone. Je n'ai pas envie de sortir d'ici, mais je ne vais pas pouvoir me contenter de beurre de cacahuètes au petit déjeuner.

Je boitille vers le frigo quand on frappe à la porte. Jaxon ? Puis le bon sens reprend le dessus. Ce doit être Oncle Finn, venu vérifier comment ma cheville et moi nous portons.

J'ouvre. Ce n'est ni Oncle Finn ni Jaxon, mais une femme qui tient un plateau chargé de nourriture.

— Tu es bien Grace ? demande-t-elle alors que je m'efface pour la laisser entrer.

Je lui souris.

— Oui ! Merci infiniment, je meurs de faim.

— Pas de quoi. Où veux-tu que je dépose tout ça ?

— Je peux le prendre, je réponds, mais son regard désapprobateur m'arrête. Euh, d'accord. Sur le lit ?

— Tu as besoin d'autre chose ? s'enquiert-elle, une fois sa mission accomplie.

Difficile de répondre, vu que je n'ai aucune idée de ce qu'il y a sur le plateau : la nourriture est gardée au chaud sous deux cloches argentées. Mais comme j'ai si faim que je pourrais manger à peu près n'importe quoi et que je n'ai pas l'habitude de me faire servir, je réponds :

— Non, c'est parfait, je vous remercie.

Macy est incroyable. Même pendant ses cours, elle ne m'oublie pas. Ma cousine est une déesse.

En me rasseyant sur le lit, je remarque une petite enveloppe noire sur le plateau, avec mon nom écrit dessus ; ce n'est pas l'écriture de Macy.

Ça doit être Oncle Finn, me dis-je, le cœur battant trois fois plus vite que la normale. Les doigts tremblants, je soulève l'enveloppe. *Parce que ça ne peut pas être Jaxon.* Je l'ouvre. À l'intérieur : une carte noire. *Pas Jaxon*, je me répète en cherchant la signature. *Certainement pas Jaxon.*

Eh bien si, c'est Jaxon, et je crois que mon cœur va exploser.

Je ne sais pas ce que tu aimes manger, mais je me suis dit que tu devais avoir faim. Fais gaffe à ta cheville.
Jaxon

Oh, mon Dieu !

OhmondieuOhmondieuOhmondieu.

Oh. Mon. Dieu.

D'accord, ce n'est pas la carte la plus romantique du monde, mais je m'en fiche. Jaxon m'a fait porter un petit déjeuner. Voilà pourquoi il ne répondait pas.

J'attrape mon téléphone.

Moi : Merci !!!!!!! Tu me sauves la vie

Il ne répond pas tout de suite. En attendant, j'entreprends d'explorer le contenu du plateau : une tasse de café, une tasse de thé, une bouteille d'eau pétillante et un verre de jus d'orange. Il y a même une poche de glace pour ma cheville.

Je soulève une des deux cloches : des œufs brouillés, une saucisse et une brioche aux raisins encore tiède. La seconde recouvre une énorme gaufre nappée de compote de fraises et de crème fouettée. Des fraises… Au fin fond de l'Alaska ! En *novembre*.

Je suis si touchée que j'en pleurerais. Si je n'avais pas aussi faim.

Cela dit, je ne pourrai jamais manger tout ça. Je devrais me sentir mal à l'idée de gaspiller, mais je n'y arrive pas, trop occupée à sourire.

Mon estomac gronde de nouveau ; j'entame la gaufre.

J'en ai déjà dévoré la moitié quand mon téléphone sonne. Je manque de renverser le plateau en me précipitant pour lire le message.

Jaxon : Désolé, j'avais un contrôle
Jaxon : Alors, plutôt gaufre ou œufs brouillés ?
Moi : Gaufre for ever
Jaxon : Je l'aurais parié
Jaxon : N'oublie pas de mettre la poche de glace sur ta cheville
Moi : Ouh là ! Quel tyran
Moi : Je l'ai mise, c'est bon. Arrête de me commander
Jaxon : Ha ! C'est qui le tyran, maintenant ?

Cette remarque devrait m'agacer, mais la gaufre est si bonne que je la laisse passer. En plus, je le méritais peut-être.

Moi : Et toi ? Gaufre ou œufs brouillés ?
Jaxon : Ni l'un ni l'autre
Moi : Qu'est-ce que t'aimes bouffer, alors ?

À peine ai-je appuyé sur Envoyer que je regrette mon message. *Qu'est-ce que t'aimes bouffer, alors ?* C'est moi, ou ça pourrait être interprété de manière suggestive ? Zut zut zut. Soit il va être dégoûté, soit il va répondre par un truc salace.

Ça fait trop longtemps que je n'ai pas flirté avec un garçon, j'ai perdu la main. J'espère que je n'ai pas tout gâché, parce que je ne suis absolument pas prête à cesser de parler à Jaxon… Il est drôle et sexy et il me fait ressentir des émotions que j'ignorais. Et j'adore lui écrire : il est beaucoup facile à approcher par messages qu'en personne.

Sa réponse se fait attendre. J'hésite entre jeter mon téléphone contre le mur et me noyer dans le reste de crème fouettée.

Pour finir, je me contente d'attendre sa réponse avec impatience. Quand elle arrive enfin, je la lis en retenant mon souffle avant d'éclater de rire.

> Jaxon : On n'est pas encore assez proches pour que je puisse répondre à cette question. Mais promis, je te tiens au courant

Un bon point.

25

MORDUE

Je passe le reste de la matinée à traînasser en attendant que Jaxon m'écrive. D'accord, ce n'est pas très féministe de me languir de lui comme ça, mais j'ai renoncé à me contrôler quand il s'agit de ce garçon. De toute façon, je n'ai rien d'autre à faire. J'ai lu tous les livres sur mon Kindle et je ne veux pas continuer *Legacies* sans Macy. Je ne peux pas non plus sortir me balader : ma cheville est en compote. Donc, tout ce qu'il me reste, c'est…

Jaxon : C'est quoi ton film préféré ?
Moi : Sorti récemment ? *À tous les garçons que j'ai aimés*
Moi : Mais mon préféré absolu c'est *L'amour à l'envers*
Moi : Et toi ?
Jaxon : *Die Hard*
Moi : Sans rire ?
Jaxon : Oui, pourquoi ?
Moi : Oh, pour rien
Jaxon : Je plaisantais. En fait, c'est *Rogue One*
Me : Le *Star Wars* où tout le monde meurt ???
Jaxon : Le *Star Wars* où tout le monde se sacrifie pour sauver la galaxie
Jaxon : Il y a pire façon de mourir

Maintenant qu'il le dit, je vois pourquoi cette histoire peut plaire à ce garçon qui passe son temps à me sauver la vie. Pareil pour *Die Hard*, qui raconte l'histoire d'un homme prêt à donner sa vie pour protéger les autres.

Plus j'apprends à connaître Jaxon, plus je réalise qu'il est très différent du mec hautain que j'ai rencontré au pied de l'escalier le premier jour. Certes, il est toujours le sale type qui m'a dit de me barrer, et je ne suis pas près de l'oublier. Mais c'est aussi celui qui m'a arrachée aux griffes de Marc et de Quinn. Et lui encore qui m'a portée jusque dans ma chambre hier soir. Ce n'est pas rien.

Par ailleurs, il montre vraiment un tout autre visage quand il n'y a personne autour. Quand on s'envoie des messages et qu'il n'essaie pas de me convaincre de rester loin de lui…

J'aimerais bien savoir lequel de ces deux Jaxon est le vrai. J'espère que c'est celui qui m'a écrit ces deux dernières heures. Parce que sinon… Je n'ai même pas envie d'y penser.

Moi : Parfum de glace préféré ?
Jaxon : J'en ai pas
Moi : Parce que tu les aimes tous ???
Moi : Ce qui est la seule raison acceptable de ne pas en avoir de préféré
Jaxon : Tu sais aussi bien que moi que je suis inacceptable pour un millier d'autres raisons

OK, c'est un avertissement, pas du flirt. Alors pourquoi est-ce que ça me fait autant d'effet ? Parce que c'est le garçon de tout à l'heure qui le dit, celui qui m'a confié que *Rogue One* était son film préféré ?

De toute évidence, Jaxon est persuadé d'être le grand méchant de sa propre histoire. Mais pourquoi ?

Jaxon : Ta chanson préférée ?
Moi : IMPOSSIBLE d'en choisir une

Jaxon : Et si t'étais obligée ?
Moi : Peux pas. Y en a trop
Moi : Et toi ?
Jaxon : J'ai posé la question en premier
Moi : Raah. T'es cruel
Jaxon : Tu n'as pas idée
Moi : Bon d'accord
Moi : Pour l'instant, j'adore « Put a Little Love on Me » de Niall Horan et les chansons de Maggie Rogers
Moi : Mais mes chansons préférées de tous les temps c'est « Take Me to Church » de Hozier et « Umbrella » de Rihanna
Moi : Et toi ?
Jaxon : « Truly, Madly, Deeply » de Savage Garden
Jaxon : Tout Childish Gambino
Jaxon : Tout Beethoven
Jaxon : Mais là je me passe « Brown-Eyed Girl » de Van Morrison en boucle

Je lâche mon téléphone. Il dit ça parce que j'ai les yeux bruns, c'est sûr. Comment voulez-vous que je ne craque pas ? C'est impossible.

Les mains tremblantes, je ramasse mon téléphone. Il n'a rien écrit de plus, probablement parce qu'il n'y a rien à ajouter. Il m'a déjà tant révélé.

J'allume Spotify et cherche « Brown-Eyed Girl ».

Je l'écoute toujours quand Macy passe vers midi prendre de mes nouvelles.

— Qu'est-ce que t'écoutes ? demande-t-elle en fronçant le nez.

— C'est une longue histoire.

Elle me lance un regard inquisiteur.

— Ah ouais ? Tu devrais me la racont…

Elle s'interrompt en voyant les restes de mon petit déjeuner gargantuesque.

— Où est-ce que t'as trouvé cette gaufre ? s'exclame-t-elle en plongeant le doigt dans le bol de crème fouettée.

Elle le lèche avant d'ajouter :

— On n'est pas jeudi.

— Jeudi ?

— La cafétéria fait des gaufres seulement le jeudi. Et la crème fouettée est réservée aux grandes occasions.

Elle replonge le doigt dans le bol.

— Aujourd'hui, c'est pas une grande occasion…

— Faut croire que si, je réponds en haussant les épaules, tentant d'ignorer l'onde de chaleur que ces mots propagent dans tout mon corps. Pour moi, en tout cas.

Parce que c'est vrai : c'est un jour spécial. Le jour où Jaxon m'a écrit pour me dire que sa chanson du moment le fait penser à moi.

— J'arrive pas à croire que mon père ait demandé qu'on te fasse…

Mon visage doit me trahir, parce qu'elle s'interrompt.

— Non, attends, ce petit déj' ne vient pas de mon père ?

Que répondre ? Je pourrais mentir et dire que si, mais il suffirait qu'elle interroge son père pour découvrir la vérité. Si je lui dis que c'est quelqu'un d'autre, elle voudra savoir qui, et je n'ai pas envie de lui en parler. Ce nouveau Jaxon, celui qui me raconte des blagues de vampires et m'envoie des gaufres à la crème fouettée, j'ai envie de le garder pour moi.

À l'air buté de Macy, je comprends qu'elle ne lâchera pas l'affaire et qu'elle a déjà une petite idée de l'identité de mon bienfaiteur.

Ce qui ne me laisse qu'une porte de sortie. Lui donner une version édulcorée de la vérité.

— Écoute, c'est rien. Ma cheville me fait toujours mal, il a juste voulu être sympa.

— Flint ? demande-t-elle, les yeux écarquillés. Ou Jaxon ? Elle murmure ce dernier mot.

— Qu'est-ce que ça change ?

— Oh, mon Dieu ! C'est Jaxon ! Il a convaincu Janie, notre cuisinière, de te faire des gaufres. Je ne sais pas comment il a fait parce qu'elle est intraitable d'habitude. Mais bon, Jaxon est capable de tout. Il est vraiment d'une efficacité terrifiante. Et il obtient toujours tout ce qu'il veut.

À mon grand soulagement, quelqu'un frappe à la porte.

— Tu peux ouvrir ?

— Bien sûr. Je veux toucher un mot à Jaxon, de toute façon.

— Ce n'est pas Jaxon, je lui dis.

Rien qu'à l'idée que ce pourrait l'être, j'ai les mains moites. Je me redresse et tente désespérément de recoiffer ma tignasse.

Ce n'était pas la peine de paniquer : ce n'est pas Jaxon, mais une femme avec une grosse enveloppe jaune. Malgré moi, je suis déçue.

— C'est pour Grace, annonce la femme que Macy a appelée Roni.

Macy me regarde par-dessus son épaule en prenant l'enveloppe. Ses yeux sont grands comme des soucoupes, comme doivent être les miens, je suppose.

— Donne ! je crie en me levant d'un bond quand je reconnais l'écriture.

— Retourne t'asseoir, réplique Macy, en vraie maman poule. Je te la donnerai quand tu seras de retour au lit avec ta cheville sur un coussin.

Elle me foudroie du regard, attendant que je lui obéisse. Dès que je suis installée, elle me lance l'enveloppe, des étoiles plein les yeux.

— Ouvre-la, ouvre-la !

— C'est ce que je fais, je rugis en déchirant le rabat.

Un gros livre noir tombe de l'enveloppe molletonnée.

— C'est quoi ? demande Macy en grimpant à côté de moi.

Je regarde le titre. C'est le dernier livre que je m'attendais à recevoir de la part de Jaxon.

— *Twilight* ? Il m'a envoyé un exemplaire de *Twilight* ?

Macy me regarde, sidérée. Et puis elle se met à rire. Et rire. Et rire.

C'est vrai que c'est drôle... Un mec comme Jaxon qui offre une histoire de romance paranormale à une fille. Mais de là à se tenir les côtes, comme Macy...

Cela étant, j'ai toujours voulu lire ce bouquin, pour comprendre pourquoi on en parlait tant depuis toutes ces années.

— Ça me plaît, j'annonce, un peu vexée par l'hilarité de Macy.

Et c'est vrai. Rien que parce que Jaxon l'a choisi pour moi.

J'ouvre le livre et découvre un Post-it sur la page de garde. De son écriture désormais familière, Jaxon a recopié une phrase de l'ouvrage :

« Il serait plus... prudent pour toi de ne pas être mon amie. Mais j'en ai assez d'essayer de t'éviter. »

— Oooooh, s'extasie Macy. Si tu n'embrasses pas rapidement ce garçon, je te déshérite. Ou je l'embrasse à ta place.

— Cam risque de ne pas apprécier.

Du bout de l'index, je suis la trace de chaque lettre, me fichant que ce soit super mièvre.

— Hé ! Cam parle toujours d'agir pour le bien commun. Ce serait sa chance de prouver qu'il est sincère.

— Tu veux embrasser Jaxon pour le bien commun ? je demande en ouvrant le livre à la première page.

— Je l'embrasserais de ta part pour vous libérer tous les deux de cette tension entre vous, explique-t-elle. En vérité, ce n'aurait rien d'un sacrifice, ajoute-t-elle en battant des cils.

— Tu sais quoi, faisons un pacte. Tu ne touches pas à Jaxon et je ne toucherai pas à Cam.

— Hé là ! s'écrie Macy, si fort que je sursaute. Je sais qu'il te plaît, mais quand même.

— Je n'ai jamais dit ça.

Même si c'est dur de résister après tout ce qu'il a fait pour moi ce matin.

— Tu n'as pas dit le contraire non plus.

Je lève les yeux au ciel.

— T'as pas cours, à propos ?

— Tu veux te débarrasser de moi ?

Elle descend de mon lit et va se recoiffer devant son miroir.

— Ouaip, je confirme en levant le livre. J'aimerais bien commencer ma lecture.

— J'imagine, raille-t-elle en faisant des bruits de baisers. Oh, Edward, je t'aime tant ! Oups, je voulais dire Jaxon.

Je balance un coussin dans sa direction. Elle l'esquive en riant, attrape son sac et me quitte sur un petit signe de la main.

Aussitôt, je me blottis dans le lit en serrant *Twilight* contre mon cœur. Jaxon m'a envoyé une histoire d'amour… Une histoire d'amour avec un vampire, mais une histoire d'amour tout de même. Et cette citation…

Je décide de lui écrire.

Moi : Émoji aux yeux en forme de cœur
Jaxon : T'emballe pas trop
Jaxon : C'était pour te mettre en garde
Jaxon : émoji qui fait un bisou
Moi : Contre quoi ?
Jaxon : Contre les monstres qui rôdent dans la nuit
Jaxon : Sois très, très prudente
Moi : J'adore les histoires qui font peur
Jaxon : Et les monstres ?
Moi : Ça dépend desquels
Jaxon : On verra, alors
Moi : ?? Je comprends pas

Je m'apprête à lui écrire un autre message quand je suis interrompue par un nouveau coup à la porte.

Moi : Hé, tu m'as envoyé autre chose ?????
Jaxon : Tu n'as qu'à ouvrir la porte pour le savoir
Moi : On dirait un oui
Moi : Il ne faut pas, tu sais
Moi : Enfin, j'apprécie beaucoup
Moi : Mais c'est pas obligé
Jaxon : Grace
Jaxon : Ouvre la porte

Je traverse la chambre, constatant avec bonheur que les antidouleurs commencent à faire effet.

Avant d'ouvrir la porte, j'écris :

Moi : Comment tu sais que je ne l'ai pas encore ouverte ?

— Parce que je crois que j'aurais remarqué, répond-il de derrière le battant.

— Jaxon, je couine, en essayant de remettre de l'ordre dans mes cheveux. Tu es là !

Il lève un sourcil.

— Tu préfères que je m'en aille ?

— Non, bien sûr que non ! Viens, entre !

Je lui tiens la porte.

— Merci.

Il se crispe légèrement en franchissant le seuil tandis que le rideau de perles le frôle.

— Je ne sais pas pourquoi Macy s'entête à garder ce truc qui file des décharges à tout le monde, je dis en le repoussant. Tu vas bien ?

— Je ne sais pas trop, répond-il.

Ses yeux plongent dans les miens et toute ma joie s'évapore. Le Jaxon au visage de marbre est de retour.

— Ah ? je dis en baissant les yeux, soudain gênée face à ce garçon à qui j'ai parlé librement toute la journée. Merci pour le livre.

— Je me suis dit que ça t'occuperait pendant ta convalescence, déclare-t-il avec un regard qui en dit long.

— Hé ! j'étais au lit, je me défends. Je me suis seulement levée pour t'ouvrir.

Ses yeux s'écarquillent à la mention de mon lit et pendant quelques instants nous contemplons avec embarras mes draps froissés et mon édredon rose vif.

Je me racle la gorge.

— Euh… tu veux t'asseoir ?

Il grimace comme s'il voulait dire non, mais deux secondes plus tard, il s'assied sur mon lit. Tout au bout, comme s'il avait peur que je le morde ou que je lui saute dessus.

Ça lui ressemble si peu que j'en reste interdite. Avant de décider que, non, je ne vais pas passer mon temps à être gênée en sa présence. Je me laisse tomber à côté de lui.

— Que dit-on quand un squelette est méchant ?

Malgré le regard méfiant qu'il me lance, je devine qu'il se détend.

— Je ne suis pas sûr de vouloir le savoir.

— Qu'il est *OS*-tile.

Jaxon grogne.

— C'était…

— Fabuleux ? je le taquine.

Il secoue la tête.

— Carrément pourri.

Pourtant, il sourit, et je discerne enfin une lueur au fond de ses yeux.

— C'est ma spécialité.

— Les blagues pourries ?

— Je tiens ça de ma mère.

Il lève un sourcil.

— Tu penses que c'est génétique ?

— Oh oui ! c'est clairement dans mon ADN. Comme les cheveux bouclés et les longs cils.

Je bats des paupières de manière exagérée, comme Macy tout à l'heure.

— Tu dois tenir ça aussi de ton père, non ? demande-t-il d'un ton innocent.

Je plisse les yeux.

— Que veux-tu dire ?

— Rien, rien, dit-il en levant les mains. C'est juste que tes blagues sont *vraiment* mauvaises.

— Hé ! Celle des baleines t'a fait rire.

— Je ne voulais pas te vexer, rétorque-t-il en posant délicatement mon pied sur ses genoux. On ne frappe pas une femme à terre.

— Fais gaffe. J'ai peut-être perdu une bataille, mais pas la guerre.

J'essaie de retirer mon pied. En vain. Jaxon entreprend de me masser la cheville, ses longs doigts trouvant d'instinct les endroits les plus douloureux.

Je gémis malgré moi. Ce massage est fantastique.

— Où est-ce que t'as appris à masser comme ça ?

Il se marre.

— Je dois tenir ça de mes parents.

C'est la première fois qu'il évoque sa famille, exception faite de son commentaire énigmatique à propos de son frère la veille. Je saute sur l'occasion.

— Vraiment ?

Pendant une seconde, son être tout entier se fige – sa main, son souffle, tout. Il me dévisage avec son regard impénétrable avant de répondre :

— Non.

Puis il se remet à me masser comme si de rien n'était. Je n'insiste pas, pas devant tous ces panneaux « Passage interdit » qu'il a dressés autour de lui. Et qui en révèlent beaucoup plus sur lui qu'il ne l'imagine.

Le silence s'installe entre nous. Il me masse si bien que je n'ai presque plus mal. Ce n'est que lorsque ses doigts redeviennent immobiles qu'il dit :

— Mes yeux.

— Pardon ?

— C'est ce que j'ai hérité de ma mère. Mes yeux.

— Oh !

Je me penche jusqu'à discerner de nouveau les éclats argentés qui paillettent ses iris.

— Ils sont magnifiques.

Surtout quand il me regarde comme ça : amusé, surpris et intrigué à la fois.

— As-tu hérité autre chose d'elle ?

— Je n'espère pas.

Sa voix est basse, vulnérable. C'est la première fois qu'il s'ouvre autant à moi. J'essaie de trouver une réponse qui ne l'effarouchera pas, mais c'est déjà trop tard. Jaxon s'est refermé.

— Je dois y aller, dit-il en reposant délicatement mon pied sur le lit avant de se lever.

— Non, reste, s'il te plaît.

Ma requête n'est qu'un murmure, mais elle vient du plus profond de mon être. J'ai l'impression d'enfin découvrir Jaxon, et je ne veux pas m'arrêter en si bon chemin.

Il se fige. Pendant quelques secondes, je m'imagine qu'il va accepter. De l'une des poches de son blazer taillé sur mesure, il tire un rouleau de papier attaché par un ruban en satin noir et me le tend.

Je le prends en me concentrant de toutes mes forces pour que ma main ne tremble pas.

— Qu'est-ce que…

— Ça m'a fait penser à toi.

Il attrape délicatement une de mes boucles et, cette fois, la fait rouler entre ses doigts.

Nos regards se croisent, et soudain j'ai beaucoup trop chaud. Le souffle court, je me mords la lèvre pour me retenir de dire, ou de faire, quelque chose de prématuré.

Jaxon, lui, a l'air prêt à tout, le corps tendu vers le mien, les yeux rivés à ma bouche. Puis il presse le pouce sur ma lèvre pour me forcer à cesser de la mordre.

— Jaxon, je dis en tendant le bras vers lui.

Mais il a déjà la main sur la poignée de la porte.

— Ne sollicite pas trop ta cheville, me dit-il en l'ouvrant. Si elle va mieux demain, je t'emmènerai dans mon endroit préféré.

— Où ça ?

Il hausse un sourcil, penche la tête sur le côté. Puis, sans ajouter un mot, se glisse dans le couloir et referme la porte derrière lui.

Tenant toujours le rouleau de papier qu'il m'a donné, je contemple le vide qu'il a laissé, hébétée. Jamais je ne parviendrai à empêcher ce garçon, si beau et si brisé, de s'introduire dans mon cœur.

26

L'HABIT NE FAIT PAS LE MOINE

Jupe ou pantalon ?

Face au placard où ma cousine a rangé toutes mes affaires, j'hésite. J'aurais dû préparer ma tenue hier soir, mais après une énorme portion de nachos au fromage, trois épisodes de *Legacies* et une séance marathon de papotage avec Macy, je n'avais plus assez d'énergie pour faire autre chose que me coucher et penser à Jaxon.

Je me tourne vers mon bureau. La feuille que Jaxon m'a donnée hier est cachée sous l'exemplaire de *Twilight*. Pas parce que je veux la dissimuler, mais parce qu'elle me trouble trop, et que je ne veux la partager avec personne. Même pas avec Macy ou Heather.

C'est une page qu'il a arrachée à un livre reprenant la correspondance d'Anaïs Nin et Henry Miller. Je ne sais pas comment s'appelle ce bouquin, la page n'a pas de titre. J'ai failli googler hier, mais en fait je préfère ne pas savoir. Ça a quelque chose d'intime de ne pas savoir, de devoir me contenter de ces mots que Jaxon a choisis pour moi.

« Au plus profond de moi, je ne suis pas différente de toi. Je t'ai rêvé, j'ai souhaité ton existence. »

Je n'ai cessé de relire cette phrase, parce qu'elle a d'emblée aimanté mon regard. D'abord parce qu'elle est très belle, ensuite parce qu'elle décrit ce que je ressens pour Jaxon. Ce garçon dont le cœur, la douleur et les pensées semblent faire écho aux miens.

Ça fait beaucoup, surtout quand on y ajoute la nervosité d'un premier jour de cours. J'ai la bouche sèche et l'estomac noué. Voilà pourquoi je reste plantée devant mon placard sans la moindre idée de ce que je dois porter, craignant de commettre un impair.

Est-ce que les filles portent plutôt leur pantalon ou leur jupe d'uniforme ici ? Ou est-ce que ça n'a aucune importance ? J'essaie de me souvenir des tenues de Macy ces deux derniers jours, mais rien ne me revient, à part le pantalon de ski à motif hawaïen qu'elle avait pendant la bataille de boules de neige.

— Mets une jupe, me suggère-t-elle en sortant de la salle de bains, ses cheveux drapés d'une serviette. Il y a des collants en laine dans le tiroir du bas.

Je ferme les yeux, soulagée. Heureusement qu'elle est là.

— Super, merci.

J'enfile une des jupes noires, puis un chemisier blanc et un blazer noir avant d'aller prendre un collant noir à l'endroit qu'elle m'a indiqué.

— Attention, si tu mets un chemisier, tu dois aussi mettre une cravate, prévient Macy en sortant d'un autre tiroir une cravate noire à rayures pourpres et argent.

— Sérieux ?

— Ouais, répond-elle en la plaçant autour de mon cou. Tu sais faire un nœud ?

— Pas du tout. Je ferais peut-être mieux de mettre un polo.

— Mais non, je vais te montrer. C'est plus facile qu'il n'y paraît.

— Si tu le dis.

Elle sourit.

— Eh bien, oui, je le dis.

Elle glisse la cravate autour de mon cou, laisse pendre deux pans de longueur inégale, passe le plus long autour du plus court et, après deux ou trois autres manipulations qu'elle commente au fur et à mesure, me voilà avec une cravate nouée à la perfection, qui me serre un peu tout de même.

— Pas mal, dit Macy en reculant d'un pas pour admirer son travail. Bon, pas aussi élaboré que ce que font certains gars, mais ça le fait.

— Merci. Je chercherai des tutos sur YouTube cet après-midi histoire de m'exercer pour demain.

— C'est très simple. Tu prendras vite le coup de main. En fait…

Un coup à la porte l'interrompt.

— Tu attends quelqu'un ? je demande en lui faisant signe de se cacher dans la salle de bains. (Elle n'est vêtue que d'une serviette.)

— Non, en général, je retrouve mes amis à la cafétéria. Tu crois que c'est Jaxon ?

Elle chuchote son nom comme si elle avait peur qu'il l'entende à travers la porte.

— Je ne crois pas.

Mais maintenant qu'elle le dit… Argh ! Mon estomac déjà nerveux fait des loopings.

— Qu'est-ce que je fais ? je souffle.

Il m'a écrit hier avant d'aller se coucher et j'ai pensé à lui la moitié de la nuit… Bref, je suis super intimidée.

Macy me fixe comme si j'oubliais l'essentiel.

— Alors, tu ouvres ?

Je lisse ma jupe de mes paume moites et saisis la poignée. Je n'ai aucune idée de ce que je dois faire, ou dire… De toute façon, vu comme cette fichue cravate m'étrangle, je risque de ne pas survivre assez longtemps pour me ridiculiser.

Macy m'encourage d'un pouce levé. Je prends une grande inspiration et ouvre la porte.

Ma nervosité s'évapore. L'homme sur le seuil n'est pas *du tout* Jaxon Vega.

— Oncle Finn ! Comment ça va ?

— Salut, ma Gracie !

Il se penche et m'embrasse distraitement sur le front.

— Je passais prendre des nouvelles de ta cheville et te remettre ton emploi du temps, dit-il en me tendant une feuille bleue. Et te souhaiter une excellente première journée ! Tu vas t'en tirer comme une cheffe !

Je n'en suis pas convaincue, mais j'ai décidé d'être positive, alors je souris.

— Merci. J'ai hâte ! Ma cheville me fait encore un peu mal, mais ça va mieux qu'hier.

— Tant mieux. Je me suis arrangé pour que tu assistes au cours d'arts plastiques que tu voulais et que tu aies notre meilleur prof d'histoire, puisque c'est ta matière préférée. Vérifie tout de même que tu n'as pas de cours en double. J'ai fait de mon mieux, mais l'erreur est humaine.

Il me pince la joue comme si j'avais cinq ans. Mon père faisait ça aussi… Je sens mon cœur qui se fendille.

— Je suis sûre que c'est parfait.

Macy ricane.

— Ne parie pas là-dessus. Si c'est Papa qui a fait ton emploi du temps et pas Mme Haversham, tout peut arriver.

— Non, c'est Mme Haversham qui s'en est occupée, lui répond-il avec un clin d'œil. Je lui ai juste donné quelques instructions. Chipie, va, dit-il en l'embrassant. Prête pour ton contrôle de maths ?

— Ouais, depuis une semaine.

— Bien. Et ton projet d'anglais ? Tu as fini ?

— Papa, c'est un internat, proteste Macy en lui donnant une petite tape sur le bras. Ça veut dire que les parents laissent leurs enfants vivre.

— Parce que la plupart des parents n'habitent pas à l'internat. Mais moi si, ce qui veut dire que je peux te surveiller autant que je veux.

— J'en ai, de la chance, ironise Macy. Et si tu sortais pour que je puisse m'habiller ? Grace et moi devons aller à la cafétéria avant le début des cours. Le petit déjeuner est le repas le plus important de la journée, c'est toi qui me l'as appris.

— Pas si tu te gaves de Grany.

— Les Grany sont bourrés de nutriments. Soutiens-moi, Grace.

— C'est vrai ! Sans compter les morceaux de pomme qu'il y a dedans.

— Tu vois, Papa ?

Oncle Finn lève les yeux au ciel puis embrasse ma cousine une dernière fois avant de se diriger vers la porte.

— Pour faire plaisir à ton vieux père, mange un fruit en plus de tes barres de céréales, d'accord ?

— Les pommes sont des fruits, je le taquine.

— Pas sous cette forme, réplique-t-il en me pressant l'épaule. Passe me voir à mon bureau plus tard. Maintenant que tu vas mieux, il y a des choses qu'on doit régler, et tu me raconteras comment s'est passée ta première journée.

— Tout ira bien, Oncle Finn.

— J'espère que ça ira mieux que bien, mais dans tous les cas, je veux que tu me racontes. Entendu ?

— Entendu.

— Allez, à plus tard, les filles !

Il nous sourit et s'en va. Macy secoue la tête en sortant son uniforme de son armoire.

— Fais pas attention à lui. Il est si gênant.

— Les bons pères sont souvent embarrassants, non ? je réponds en me coiffant devant le miroir. Il me rappelle mon père, en fait. C'est agréable.

Elle ne répond pas, mais quand je jette un coup d'œil dans sa direction, je vois qu'elle me contemple tristement. C'est l'une des pires conséquences de la disparition de mes parents : la pitié de tout le monde, la façon dont ils se sentent tous mal pour moi.

— C'était une remarque joyeuse, je lui dis. T'es pas obligée de te culpabiliser.

— Je sais. C'est juste que je suis si heureuse que tu sois là et qu'on puisse passer plus de temps ensemble… Et puis je me souviens de ce qui t'a amenée ici et je me sens horrible d'être si heureuse. Et, à m'entendre, on croirait que c'est moi qui suis à plaindre, alors que…

— Hé, arrête ! je m'exclame pour couper court à ce qui risque d'être un monologue interminable. J'ai compris. Et, je t'assure : en dépit des circonstances qui m'ont amenée ici, je suis contente d'être avec toi, OK ?

Un sourire remplace petit à petit son expression inquiète.

— OK.

— Bon, va t'habiller. Je meurs de faim.

— J'y cours, s'écrie-t-elle en disparaissant dans la salle de bains.

Vingt minutes plus tard, nous nous dirigeons vers la cafétéria en passant par l'escalier de derrière (beaucoup moins fréquenté, selon Macy), après avoir croisé sept armures, quatre cheminées géantes et plus de colonnes qu'il n'en existait dans toute la Grèce antique.

OK, j'exagère, mais à peine. En plus, les colonnes sont noires et dotées de moulures dorées plutôt que blanches, ce qui les rend d'autant plus intimidantes.

Sans rire, l'architecture de ce lycée est complètement dingue. Aller au lycée en Alaska est déjà très dépaysant en soi. Aller au lycée dans un château avec des salles aux plafonds rouge sang et aux voûtes en ogive gothique, c'est un conte de fées.

À condition de faire abstraction de tous les regards braqués sur moi. Macy m'assure que c'est parce que je suis nouvelle et me dit de les ignorer. C'est plus facile à dire qu'à faire. Certains se retournent carrément sur mon passage ! Même s'ils se connaissent tous depuis longtemps, comme me l'a appris Macy, faut pas pousser. Je ne peux pas être la seule nouvelle à avoir jamais atterri dans ce lycée. Il y a toujours des nouveaux partout, même au fin fond de l'Alaska…

Macy m'arrache à mes ruminations.

— On y est !

Nous nous tenons devant une porte à double battant noir et or. Le bois est sculpté et j'aimerais bien m'arrêter pour admirer les motifs, mais ma cousine est trop pressée de me montrer la cafétéria. Ce qui m'étonne parce que quand on a vu une, on les a toutes vues, non ?

Toutefois, quand Macy ouvre l'un des battants avec cérémonie, comme une présentatrice de jeu télé dévoilant la voiture de luxe que les candidats pourraient gagner, je prends conscience de mon erreur. Parce que la cafétéria – et le mot lui-même est bien trop trivial pour désigner la pièce – ne ressemble à rien de ce que j'ai déjà vu. Même la bibliothèque fait pâle figure en comparaison.

C'est une salle immense aux longs murs couverts de fresques mettant en scène des dragons, des loups et d'autres créatures que je ne reconnais pas. Des moulures noir et or courent le long des plafonds et encadrent les peintures. L'artiste en moi rêve de passer des heures devant chacune d'entre elles, mais elle attendra : les cours commencent dans une demi-heure. De toute façon, il y a tant à voir que je ne saurais pas par où commencer.

Le plafond voûté est peint en un rouge sang si intense que c'est difficile de le regarder sans ciller, et revêtu d'un entrelacs de moulures noires qui forment des motifs géométriques élaborés. Un gigantesque lustre de cristal est suspendu en leur centre, baignant les lieux d'une lueur douce qui ne fait que souligner sa magnificence.

Ici, pas de tables en Formica, de plateaux ou de couverts en plastique. Trois tables couvertes de nappes or, noir et crème sur lesquelles je vois de la vaisselle en porcelaine et des couverts en argent occupent toute la longueur de la salle. Des chaises capitonnées à haut dossier sont disposées tout autour.

De la musique classique flotte dans l'air, sombre et inquiétante, qui me fait frissonner.

— Intéressant, comme musique d'ambiance, je glisse à Macy.

— C'est la *Danse macabre* de Camille Saint-Saëns. Mon père la passe à chaque Halloween, avec la bande-son des *Dents de la mer* et quelques autres. On n'a pas encore changé la playlist.

Lia m'a donné la même excuse à propos des coussins dans la bibliothèque. Dans mon ancien lycée, on se contentait de lire une histoire de fantômes en cours d'anglais et d'organiser un concours de déguisements pendant l'heure de midi, mais ici, à Katmere, Halloween est de toute évidence une affaire autrement plus sérieuse.

— C'est cool, je réponds tandis que nous longeons l'une des tables pour trouver deux places libres.

— C'est intense, dit Macy. Mais mon père a toujours adoré Halloween.

— Vraiment ? C'est bizarre, mon père détestait cette fête. Je croyais que c'était à cause d'une mauvaise expérience pendant son enfance, mais faut croire que non si ton père adore.

Je me souviens d'avoir demandé à mon père, il y a quelques années, pourquoi il détestait tant Halloween. Il m'avait répondu qu'il m'expliquerait lorsque je serais plus grande.

Le destin en a décidé autrement.

— Ouais, bizarre, dit Macy. Tu ne trouves pas que cette salle est incroyable ? J'avais trop hâte de te la montrer.

— Elle est fantastique. Je voudrais y passer des heures pour étudier les fresques.

— Tu auras toute l'année pour ça, dit-elle en me faisant signe de m'asseoir. Tu veux manger quoi ? À part des Grany, bien sûr.

— Je peux aller avec toi.

— Tu viendras demain. Il faut que tu reposes ta cheville et en plus tu vas avoir une journée chargée.

Elle n'a pas tort : la journée vient à peine de commencer et je suis déjà fatiguée. Et puis ça me touche que Macy fasse aussi attention à moi.

Je lui souris.

— Comment refuser ?

— Alors ne refuse pas, dit-elle en me poussant gentiment vers une chaise. Allez, dis-moi ce que tu veux manger, sinon je t'apporte un steak de phoque et des œufs.

Elle éclate de rire devant mon expression horrifiée.

— Que dirais-tu de Grany et d'un yaourt avec des cerises en conserve ?

— Des cerises en conserve ?

— Oui, Fiona, notre cuisinière, les met en conserve elle-même pendant la saison. Pas évident de se fournir en fruits frais ici dès la fin de l'automne. Le buffet de ta fête, c'était une occasion spéciale.

— Ah !

Je me sens bête. Évidemment qu'il n'y a pas de cerises fraîches en novembre en Alaska. Si un demi-litre de glace coûte dix dollars, je n'ose imaginer le prix des fruits.

— Ce sera parfait, merci.

— Pas de soucis, dit-elle en souriant. Assieds-toi. J'arrive tout de suite.

Je m'installe sur une chaise face au mur, en partie pour étudier la fresque, en partie parce que j'en ai marre de feindre de ne pas voir les élèves qui me dévisagent. Au moins, si je leur tourne le dos, je ne les verrai plus.

L'inconvénient, c'est que je ne pourrai pas non plus guetter Jaxon, alors que j'espérais le voir. Ça fait désespérée, je sais, je n'arrête pas cependant de penser à tout ce qui s'est passé hier. J'espérais qu'il m'écrirait ce matin, mais je n'ai encore rien reçu.

J'aimerais tant l'interroger sur ce que cette page de la correspondance d'Anaïs Nin signifie pour lui. Ressent-il les mêmes émotions débridées que moi ? Je n'arrive pas à l'imaginer. Je ne fais pas le poids face à lui, ce qui ne m'empêche pas de le désirer, pas plus que les avertissements de Macy ou cet air farouche qu'il arbore avec autant de fierté que de regrets.

Je voudrais jeter un coup d'œil derrière moi, juste pour vérifier s'il est là, mais je sais que la moitié de la cafétéria m'épie. Même le dos tourné, je sens les regards sur ma nuque. Macy a beau dire que c'est normal, que c'est parce que je suis nouvelle, je sens qu'il y a autre chose.

À cet instant, la voici qui apparaît avec un plateau croulant sous la nourriture.

— Je croyais que tu devais me prendre des Grany et un yaourt, je la taquine en l'aidant à poser son chargement sans rien renverser.

— Oui, je n'ai pas eu de souci avec la nourriture. En revanche, je ne savais pas si tu buvais du café, du thé, du jus de fruits, de l'eau ou du lait. J'ai donc pris un verre de chaque.

— Waouh ! Le jus de fruits, c'est parfait.

— Ouf, s'exclame-t-elle en me tendant un verre empli d'un liquide rouge. J'avais peur que tu ne veuilles le café. M'en priver aurait été un gros sacrifice. D'autant que Cam boit du thé, je n'aurais même pas pu lui piquer le sien.

Elle se laisse tomber d'une façon théâtrale sur la chaise en face de moi.

— Je te laisse le café, promis, je m'esclaffe. Et t'as même choisi mon jus de fruits favori, j'adore la canneberge.

— Parfait, dit-elle en buvant une longue gorgée de café. Je croyais que vous autres Californiennes étiez accros à Starbucks...

— Non, on était plutôt thé à la maison. Ma mère était une herboriste hors pair, elle faisait ses propres mélanges. Ils étaient délicieux.

— J'imagine, souffle Macy.

Quelque chose dans la façon dont elle a prononcé le mot m'intrigue. J'attends qu'elle poursuive, mais elle écarquille les yeux et s'étrangle avec son café.

Avant que je puisse me retourner pour voir ce qui la bouleverse à ce point, quelqu'un demande :

— Est-ce que cette place est occupée ?

Inutile de me retourner. Désormais, je reconnaîtrais cette voix entre mille.

Jaxon Vega vient de demander l'autorisation de s'asseoir à côté de moi. Devant tout le monde.

Cette journée est à marquer d'une pierre blanche.

27

FACILE D'ÊTRE COOL QUAND IL FAIT MOINS DOUZE

— Euh, ouais. Oui. Bien sûr.

Les mots m'échappent alors que je me retourne pour lui faire face. Je me sens idiote.

Jaxon penche la tête, hausse un sourcil.

— Donc ce siège est déjà pris ?

Je suis idiote.

— Non ! Je veux dire, oui. Je veux dire…

Je m'arrête pour reprendre ma respiration.

— Ce siège n'est pas pris. Assieds-toi là si tu en as envie.

— J'en ai très envie, répond Jaxon en retournant la chaise pour s'y asseoir à l'envers, un coude appuyé négligemment sur le dossier.

C'est ridicule de s'asseoir comme ça, surtout sur une chaise aussi classe… mais c'est aussi très sexy. Depuis que Moises de la Cruz s'est assis comme ça devant moi à une boum au collège, je ne peux pas résister à cette position.

Je sais, je suis facile à impressionner. Apparemment, je ne suis pas la seule : Macy fait un bruit étranglé en regardant derrière moi. À regret, je me détourne de Jaxon pour vérifier qu'elle n'est pas réellement en train de s'étouffer avec sa gorgée de café. Elle va bien, Dieu merci. Voir les autres membres de l'Ordre s'attabler avec nous l'a fait avaler de travers.

— Comment va ta cheville ? demande Jaxon.

Ses yeux inquiets glissent sur moi comme une caresse.

— Elle va mieux. Merci pour… euh, pour hier.

— Pour quoi, plus précisément ? fait-il avec son sourire du coin des lèvres.

Et cette fois, son regard me donne carrément des frissons. Toutefois, que je sois troublée ne veut pas dire que je craque.

— La gaufre, bien sûr.

L'un des membres de l'Ordre ricane puis jauge la réaction de Jaxon, qui lève les yeux au ciel avant de lui faire un petit signe du menton. Rasséréné, le garçon se met à rire sans retenue. Tout l'Ordre se détend.

— Évidemment, répète Jaxon en secouant la tête, sans cesser de sourire. Bon, alors, tu vas en cours aujourd'hui ?

— Ouais. Il est grand temps.

— T'as quoi en première heure ?

— Je ne me souviens plus, je dis en sortant de ma poche l'emploi du temps qu'Oncle Finn m'a donné. Ah, littérature anglaise avec Maclean.

— J'y vais aussi, intervient l'un des membres de l'Ordre, un garçon noir pourvu des boucles les plus mignonnes que j'ai jamais vues. Tu verras, la prof est cool. Je m'appelle Mekhi, au fait. Je peux t'accompagner en classe si tu veux.

Macy s'étrangle de nouveau. À ce rythme-là, j'ai peur qu'elle ne sorte pas vivante de ce petit déj'.

— C'est ça, oui, souffle Jaxon.

Les autres gars se marrent, mais je ne pige pas la blague.

— Avec plaisir, Mekhi, je réponds en souriant.

Ils redoublent d'hilarité. Jaxon secoue la tête, puis se penche vers moi.

— C'est moi qui t'accompagnerai, Grace.

Il est si proche que son souffle me chatouille l'oreille. J'en ai des frissons dans le dos. Malgré tous les avertissements, malgré son comportement parfois odieux, je brûle de désir pour lui.

— Ce serait…

Ma voix se brise. Je dois me racler la gorge avant de reprendre :

— Ce serait super.

— N'est-ce pas ?

Sa voix est rieuse, mais pas son regard. Il y a une telle chaleur, une telle intensité dans ses yeux que j'ai les genoux et les mains qui tremblent.

— On doit y aller maintenant ? je demande, la gorge sèche.

— Mange d'abord.

— Toi aussi, je dis en lui tendant le paquet de barres de céréales.

— C'est le coup de barre, plaisante-t-il.

Cette fois, c'est l'un des membres de l'Ordre qui s'étouffe, un garçon à la peau cuivrée et aux longs cheveux noirs attachés en queue-de-cheval.

— Ça te fait rire, Rafael ? demande Jaxon, les paupières plissées.

— Pas du tout, répond le dénommé Rafael, son regard pétillant de malice dardé sur moi. Je crois que tu vas me plaire, Grace.

— J'en ai de la chance.

— Ouais, il confirme. Je vais t'adorer.

— Ne sois pas trop flattée, Grace. Rafael n'a pas toujours très bon goût, m'informe un garçon aux yeux bleus qui porte de grandes boucles d'oreilles dorées.

— Parce que toi, si, Liam ? réplique Rafael. Ta dernière copine était un barracuda.

— Et encore, c'est une insulte pour les barracudas, déclare un garçon à l'accent hispanique.

— Tu vois ? Même Luca confirme, dit Rafael.

— Et on sait tous que Luca est un expert en la matière, raille Jaxon.

Je suis surprise. Jaxon m'a habitué à ses traits d'humour par message, mais pas du tout en vrai. C'est fou que l'ambiance soit si détendue au sein de l'Ordre. Jusqu'à présent, je trouvais ses membres si durs et distants, si insensibles.

Pourtant, devant Macy et moi (Cam et ses amis n'ont pas osé s'approcher), ils se comportent comme n'importe quelle bande de copains, à ceci près qu'ils sont plus drôles… et plus sexy. Savoir que Jaxon a de tels amis me le fait aimer encore plus.

Il surprend mon regard et lève un sourcil interrogateur.

Je hausse les épaules et prends mon verre de jus de fruits. Et manque de m'étrangler : il y a dans ses yeux une telle demande, un désespoir si profond que j'en ai le souffle coupé.

Il m'observe ainsi une seconde, peut-être deux, puis il cligne des paupières, et ses yeux redeviennent insondables. Je ne parviens pas pour autant à m'en détourner. Parce qu'il y a quelque chose de si beau, de si poignant, en eux. Je dois me faire violence pour cesser de les fixer par peur de me jeter sur Jaxon devant tout le lycée.

Je me force à revenir à la conversation.

— Comment j'aurais pu deviner qu'Angie était une diablesse dévoreuse d'âme ? proteste Luca.

— Parce qu'on t'avait prévenu ? réplique Mekhi.

— Je pensais que vous n'étiez pas objectifs. Vous ne l'avez jamais appréciée.

— Parce que c'était une diablesse dévoreuse d'âme, répète Liam. Qu'est-ce que tu ne comprends pas là-dedans ?

— Qu'est-ce que vous voulez que je vous dise ? dit Luca en haussant les épaules. Le cœur a ses raisons que la raison ignore…

— Jusqu'à ce que les raisons du cœur te mènent à une mort certaine, se moque Rafael.

— Ou pire, murmure le garçon tourmenté assis à la droite de Macy.

— Bordel, Byron, grogne Mekhi. Pourquoi faut-il toujours que tu plombes l'ambiance ?

— C'était juste une remarque…

— Ouais, une remarque déprimante. Souris un peu, mec.

Byron le dévisage, le coin des lèvres retroussé en un petit sourire qui le fait ressembler à une version moderne du poète dont il porte le nom.

Fou, cruel et dangereux.

La formule de lady Caroline Lamb me traverse l'esprit. Sauf que je l'applique à Jaxon. Cruel, oui. Dangereux, c'est sûr. Mais fou ? Je pressens que je le saurai bientôt.

Parfois, quand je pense au côté sombre de Jaxon, je me demande pourquoi il m'attire. À San Diego, les mecs sombres et dangereux n'étaient pas du tout mon genre. Peut-être parce que je n'en rencontrais jamais. Mais ici, en Alaska… Ce n'est pas sans raison que la moitié des filles du lycée en pincent pour Jaxon.

En outre, il est plus complexe qu'il n'y paraît. Et il a toujours été doux avec moi, même quand il était en colère. Il a toujours pris garde à ne pas me mettre mal à l'aise, même le premier jour quand il était odieux, et il ne m'a pas fait de mal. Aux yeux des autres, il est peut-être aussi dangereux que le prétend Macy. Pour ma part, je le vois comme un être incompris. Brisé, oui, mais pas mauvais.

Byron a visé juste : le cœur a ses raisons, même si ces raisons nous mettent parfois en danger. Peu importe qu'on m'ait mise en garde au sujet de Jaxon, c'est lui que veut mon cœur.

Un son de clochettes interrompt soudain la musique que diffusent les haut-parleurs. (*La sorcière de midi*, de Dvořák, si je ne me trompe pas.)

— C'est quoi ? je demande en regardant autour de moi, m'attendant à moitié à ce que débarque une troupe de joueurs de triangle.

— Juste la sonnerie des cours, dit Macy.

Ce sont les premiers mots qu'elle réussit à bredouiller depuis que l'Ordre s'est installé à notre table, et tout le monde se tourne vers elle. Elle nous gratifie d'un petit sourire avant de croquer dans un Grany.

— Tu n'as rien mangé, remarque Jaxon en m'en tendant un.

— T'es sérieux ?

Je prends la barre de céréales parce que je sais qu'il va rester là à la tenir jusqu'à ce que j'obtempère. Mais je ne la mangerai pas. Si je cède pour des broutilles, il m'imposera sa volonté pour le reste.

— Je suis assez grande pour savoir si j'ai faim ou non.

— C'est important de bien manger le matin.

— Mais c'est aussi important que tu me laisses prendre mes propres décisions. Et je te ferai remarquer que tu n'as pas mangé non plus.

— Bien dit, Grace ! Ne le laisse pas prendre le contrôle, s'exclame Mekhi.

Jaxon lui jette un regard qui me fait frissonner. Mekhi fait mine de ne pas être impressionné, mais il se tait.

— Où as-tu cours ? me demande Jaxon en m'escortant hors du réfectoire.

C'est plus facile de sortir d'ici que je ne l'imaginais. Les élèves s'écartent devant lui.

Avant que j'aie le temps de prendre mon emploi du temps, Mekhi surgit à côté de moi et me souffle :

— A246.

Puis il se fond aussitôt dans la foule.

— A246, à ce qu'il paraît.

— À ce qu'il paraît, répète Jaxon en me tenant la porte.

Personne n'en profite pour passer. Tous attendent patiemment tandis que je franchis le seuil. Ça ne peut pas être dû seulement au fait que Jaxon est populaire ou qu'ils ont peur de lui.

En fait, ils se comportent en courtisans. Si bizarre cette pensée soit-elle, je constate que personne ne s'approche de nous à moins de cinq pas. Et je me rends compte que c'était pareil hier avant la bataille de boules de neige. Le hall avait beau grouiller d'élèves, aucun n'a ne serait-ce que frôlé Jaxon, ou Macy, ou moi.

— Comment ça se fait que tout le monde s'écarte devant toi ? je demande en grimpant l'escalier.

— Comment ça ?

Je soupire. Pourquoi joue-t-il les idiots ?

— Enfin, Jaxon. Tu vois bien que ce n'est pas normal.

Il regarde autour de nous, visiblement perplexe.

— Qu'est-ce qui n'est pas normal ?

Se moque-t-il de moi ou ne remarque-t-il vraiment rien ?

— Laisse tomber, je souffle.

Je secoue la tête et continue ma route en feignant de ne pas voir les regards que braquent sur moi tous les élèves qui s'écartent à la hâte.

Et moi qui m'étais promis que je ferais tout ce que je pourrais pour passer inaperçue dans mon nouveau lycée. Ce plan est officiellement mort et enterré.

28

« ÊTRE OU NE PAS ÊTRE ? » EST UNE QUESTION, PAS UNE TENTATIVE DE FLIRT

Jaxon m'accompagne jusqu'à la porte de la salle de cours. On a dû battre des records de vitesse parce qu'il n'y a personne, même pas la prof.

— T'es sûr que c'est la bonne salle ? je lui demande en entrant.

— Oui.

— Comment tu peux en être sûr ?

Je regarde l'horloge : le cours va commencer dans trois minutes.

— On ferait mieux de vérifier que…

— Grace, les autres élèves attendent de voir si je prends place ou si je m'en vais. Une fois que ce sera fait, ils entreront.

— Ils attendent… Oh ! Donc tu te moquais de moi dans le couloir ? Tu es conscient de la façon dont les autres te traitent ?

— Je ne suis pas aveugle. Et même si je l'étais, ce serait difficile de l'ignorer.

— C'est de la folie !

Il opine.

— En effet.

— C'est tout ce que tu trouves à dire ? Si tu trouves ça si bizarre, pourquoi tu ne leur demandes pas d'arrêter ?

— Leur demander ?

Son petit rictus odieux est de retour, celui qu'il arborait lors de notre première rencontre et qui m'avait donné envie de le taper. Ou de l'embrasser. À cette pensée, mon cœur s'affole. Par précaution, je fais un pas en arrière.

Il plisse les yeux, mécontent que je prenne mes distances, et avance de deux pas.

— Je pourrais faire un discours devant tout le lycée et leur promettre à tous que je ne les boufferai pas s'ils s'approchent trop près ? Mais je n'ai pas l'impression qu'ils me croiraient.

— Quoi qu'il en soit, tu devrais les rassurer. En étant sympa. En leur montrant que tu es inoffensif.

Ses sourcils se lèvent très haut.

— C'est ce que tu penses de moi ? Que je suis *inoffensif* ?

Il paraît plus étonné que vexé. Ce que je peux comprendre : c'est le garçon le moins inoffensif que j'ai croisé de ma vie. Rien que le contempler me paraît périlleux. Être à côté de lui, c'est comme marcher sur une corde tendue au-dessus d'un précipice. Et brûler de désir pour lui, c'est comme se trancher les veines et se regarder se vider de son sang.

— Non, je te crois aussi dangereux que tout le monde pense. Je crois aussi que…

— Yo, Jaxon, faut quand même que le cours commence, m'interrompt Mekhi en entrant dans la salle. Tu vas décoller ou tu vas continuer à flirter pendant que tout le monde regarde ?

Jaxon fait volte-face pour fusiller Mekhi du regard. Celui-ci lève les bras en un geste défensif et recule d'un pas.

— Je partirai quand je serai prêt, gronde Jaxon, dont la voix a baissé d'une octave.

— Tu devrais y aller maintenant, je lui dis à contrecœur. La prof doit donner cours. Et je pensais que tu voulais que je reste discrète ?

— C'était l'ancien plan, ça.

— L'ancien plan ? Depuis quand on en a élaboré un autre ?

Il sourit.

— Avant-hier soir. Je t'avais prévenue : rien ne sera facile.

Une pierre me tombe dans l'estomac.

— Attends… La cafétéria, ton insistance pour m'accompagner en cours, tout ça, c'était à cause de *Flint* ? je m'écrie, horrifiée.

— Flint ? c'est qui, Flint ?

— Arrête, Jaxon.

— Non, c'était à cause de toi.

J'ai du mal à le croire, mais avant que je puisse protester, il attrape l'une de mes boucles et la fait rouler entre ses doigts.

— J'adore l'odeur de tes cheveux, souffle-t-il en m'étudiant de ses yeux insondables.

Il étire ma boucle, la laisse rebondir.

— Faut que t'y ailles, je balbutie.

La perspective de partir n'a pas l'air de l'enchanter, mais je le défie du regard et il finit par céder. Je le regarde s'éloigner, le cœur tambourinant au rythme d'un riff de heavy metal.

— Envoie-moi une photo de ton emploi du temps, lance-t-il avant de franchir la porte.

— Pourquoi ?

— Pour que je sache où te rejoindre plus tard.

Il sourit et des papillons se mettent à voleter dans mon ventre.

— Là, j'ai physique. Le labo est à l'extérieur, je ne serai pas de retour à temps pour t'accompagner au cours suivant. J'enverrai quelqu'un à ma place.

Super. Un garde du corps. L'idéal pour passer inaperçue.

— T'es pas obligé de faire tout ça.

— C'est pas un souci, Grace.

— C'est un souci pour moi, je soupire. Je veux pouvoir aller en cours toute seule, comme tout le monde.

— Je comprends. Vraiment, je comprends, insiste Jaxon en interceptant mon regard incrédule. Mais, je le répète, tu n'es pas en sécurité ici. Laisse-moi au moins veiller sur toi quelques jours, le temps que tu prennes tes marques.

— Jaxon...

— Grace, je t'en prie.

C'est ce qui me convainc : Jaxon n'est pas du genre à implorer. Et bien que je pense qu'il exagère, son inquiétude est sincère. Ça ne coûte rien de le laisser faire quelques jours. Juste pour le rassurer.

Quelques jours, pas plus.

— D'accord, je cède. Mais seulement jusqu'à la fin de la semaine. Après ça, tu me laisses me débrouiller.

— Ou alors on renégocie à la fin de la semaine et...

— Jaxon !

— D'accord ! Comme tu voudras, dit-il en levant les mains.

— Parfait. D'autre part...

Mais ma phrase reste en suspens : Jaxon a disparu. C'est l'histoire de ma vie : Jaxon disparaît, et je reste seule.

Un de ces jours, j'inverserai les rôles.

Il avait raison. Dès son départ, un flot d'élèves se déverse dans la classe. Je reste debout, sur le côté, pas sûre de l'endroit où m'asseoir. Mekhi m'indique la place à côté de lui, au second rang.

Je m'y installe avec reconnaissance : c'est chouette d'avoir quelqu'un à qui parler. C'est le seul à me sourire ; tous les autres me dévisagent avec hostilité, pour ne pas changer.

Mme Maclean, la prof, entre une fois que tout le monde est assis. La quarantaine, elle porte un caftan violet et ses cheveux roux sont coiffés en un chignon désordonné. Avec un grand sourire, elle nous demande d'ouvrir nos exemplaires de *Hamlet* à l'acte II.

La moitié de la classe sort des livres, l'autre des ordinateurs portables. Mon exemplaire est resté en Californie. Je prends donc mon téléphone et me rends sur Google pour trouver un PDF, mais Mme McLean me passe un vieil exemplaire abîmé.

— Bienvenue, Grace, chuchote-t-elle. Tu peux emprunter mon livre jusqu'à ce que tu t'en déniches un. Malgré ton amitié avec l'élève le plus célèbre de Katmere, tu m'as tout l'air d'une timide, alors je ne te demanderai pas de te lever pour te présenter à la classe. Sache toutefois que si tu as besoin de quoi que ce soit, tu peux passer à mon bureau. Mes horaires de permanence sont affichés sur la porte.

— Merci, je souffle, les joues rouges. C'est très gentil.

— Je t'en prie. Je suis ravie de t'avoir parmi nous.

Elle me presse l'épaule avant de retourner devant la classe.

— Acte II, scène 2, me souffle Mekhi tandis que j'ouvre le livre.

Merci, j'articule silencieusement. Mme Maclean tape dans les mains, puis se met à déclamer, bras écartés :

Vous avez dû entendre parler
De la transformation d'Hamlet : c'est ainsi que je la nomme,

Puisque à l'extérieur comme à l'intérieur
L'homme ne ressemble plus à ce qu'il était.

On consacre le reste du cours à discuter de la métamorphose de Hamlet de prince parfait en neurasthénique carabiné. Entre les interprétations dramatiques de Mme MacLean et les vannes que Mekhi me chuchote à l'oreille, le cours passe très vite. Mekhi a beau paraître intimidant, il est bien plus relax que Jaxon. En plus, j'adore son sens de l'humour. Je ne m'ennuie pas une seule seconde, alors que j'ai déjà étudié cette pièce dans mon ancien lycée.

Je m'amuse tellement que je suis déçue quand la sonnerie retentit avant que je me souvienne que j'ai arts plastiques ensuite. C'est mon cours préféré depuis l'école primaire et j'ai hâte de découvrir comment on enseigne cette discipline à Katmere. Le problème, c'est qu'il faut sortir pour aller à l'atelier, ce qui signifie faire un détour par ma chambre afin de m'habiller plus chaudement.

L'atelier n'étant qu'à dix minutes de marche, il n'est peut-être pas nécessaire que j'enfile la montagne de vêtements que j'avais lors de mes deux dernières sorties ? Un gros pull, un manteau, des gants, un bonnet et une écharpe me protégeront contre l'hypothermie. J'espère surtout avoir le temps d'aller à ma chambre et à l'atelier avant la deuxième sonnerie. J'accélère le pas dans l'espoir d'accéder à l'escalier avant la foule.

— Hé ! Tu cours où comme ça, la Nouvelle ?

Flint vient d'apparaître. Je lui souris.

— J'ai un prénom, tu sais.

— Ah ! c'est vrai, dit-il en faisant mine de réfléchir. C'est quoi, déjà ?

— Tu es imbuvable.

— Imbuvable, exactement. Tu verras, c'est plutôt une qualité à Katmere.

— Pourquoi donc ? je rétorque en levant un sourcil.

Marcher avec Flint ne provoque pas du tout le même effet qu'avec Jaxon. J'ai plutôt l'impression d'être dans ce vieux jeu vidéo que mon père adorait : il s'agissait de faire traverser une rue à une grenouille en évitant qu'elle se fasse écraser par une voiture. Bref, c'est un couloir normal de lycée normal, ce qui me rassure.

— Tu vas vraiment faire comme si tu ne savais pas ? dit Flint.

— Comme si je ne savais pas quoi ?

Il me dévisage, sourcils froncés, puis secoue la tête.

— Au temps pour moi. Laisse tomber.

Quelque chose dans son ton éveille chez moi un sentiment de malaise. Identique à celui que j'ai éprouvé hier en notant que ni Jaxon ni Lia ne portaient de manteaux dehors dans la neige. Ou en voyant Flint tomber de plusieurs mètres et s'en sortir avec quelques égratignures.

— Je ne suis pas stupide, tu sais, je dis. J'ai compris qu'un truc ne tourne pas rond ici, même si j'ignore encore quoi.

C'est la première fois que je m'avoue les soupçons que je nourris. Ça fait du bien de les reconnaître à voix haute plutôt que de les laisser bouillonner sous la surface de mes pensées.

— Ah oui ?

Flint s'est brusquement rapproché de moi.

Malgré le soudain désespoir qui perce dans sa voix, je ne recule pas.

— Oui, vraiment. Tu vas me dire ce qui se passe ?

Il lui faut quelques secondes pour se reprendre, mais quand il parle à nouveau, toute trace d'inquiétude a disparu.

Ne reste que sa voix moqueuse, ses yeux d'ambre et son corps musclé.

— Non, ça gâcherait tout le plaisir.

— Tu as une drôle de définition du mot « plaisir ».

— Tu ne crois pas si bien dire, raille-t-il. Bon, tu ne m'as toujours pas dit où tu allais.

— Tu es un champion de l'esquive et du changement abrupt de sujet.

— Ça fait partie de mon charme.

— Permets-moi de te contredire.

— Pas question, plaisante-t-il en sautillant dans l'escalier à mes côtés. Tu vas où, alors ? Il n'y a pas de salles de cours par là.

— Faut que je m'habille pour sortir. J'ai arts plastiques et l'atelier est hors du château.

Il s'arrête net.

— Personne ne t'a parlé des tunnels ?

— Quels tunnels ? C'est encore une de tes plaisanteries ?

— Non, promis. Il y a tout un réseau de tunnels qui mènent du bâtiment principal aux dépendances.

— Mais… On est en Alaska. Comment a-t-on pu creuser des tunnels dans la terre gelée ?

— J'en sais rien, ç'a peut-être été fait pendant l'été.

Il me sourit avec l'air franc du collier d'un boy-scout.

— Promis, les tunnels existent pour de vrai. J'arrive pas à croire que le tout-puissant Jaxon Vega ne t'en ait pas parlé.

— Commence pas à dire du mal de Jaxon.

— D'accord. Tout ce que je dis, c'est qu'il aurait pu te parler des tunnels et t'éviter de te geler les miches. Il ne l'a pas fait : c'est donc à moi de te préserver de notre si cruel hiver.

— On est en automne. Tu vas être sarcastique chaque fois qu'on parlera de Jaxon ?

— On n'est pas obligés de parler de Jaxon du tout, si tu préfères, répond-il avec une moue innocente.

— C'est toi qui ramènes tout le temps le sujet sur le tapis.

— Parce que je m'inquiète pour toi, Grace ! Jaxon est un mec compliqué, et tu ferais mieux de garder tes distances.

— Il m'a dit exactement la même chose à ton sujet.

— T'es pas obligée de l'écouter, réplique Flint, l'air dégoûté.

— Mais toi, par contre, je dois te faire confiance, je rétorque avec un sourire narquois. Tu saisis le dilemme ?

— Ouuuuh, mais c'est qu'elle sait se défendre. Ça me plaît, ça !

Je lève les yeux au ciel.

— T'es vraiment chelou, tu sais ?

— Je le sais et j'en suis très fier !

Il accompagne ces mots d'une grimace si ridicule, louchant et tirant la langue, que j'éclate de rire.

— Bon, tu vas te décider à me montrer ces tunnels, ou tu vas attendre que je me transforme en abominable femme des neiges ?

— Je vais te montrer les tunnels. J'allais par là, en plus. Suis-moi.

Il m'attrape la main et m'entraîne dans un couloir étroit que je n'aurais jamais remarqué. Le corridor serpente paresseusement et descend en pente si douce qu'il me faut un moment avant de remarquer qu'on s'enfonce sous terre. Flint m'agrippe plus fermement la main.

Deux élèves arrivent en sens inverse ; le corridor est si étroit qu'on doit se presser contre les murs pour se croiser.

— C'est encore loin ? je demande une fois qu'ils sont hors de vue.

Le plafond est de plus en plus bas. Si ça continue, on va devoir avancer à quatre pattes.

— Encore une minute jusqu'au tunnel, puis cinq minutes jusqu'à l'atelier.

— Parfait.

Je sors mon téléphone pour vérifier l'heure : le cours commence dans sept minutes. Jaxon m'a écrit deux fois. Le premier message est composé entièrement de points d'interrogation. Pour me rappeler de lui envoyer mon emploi du temps, j'imagine. Le second est une devinette :

Jaxon : Que dit le pirate le jour de ses quatre-vingts ans ?

J'ai créé un monstre. Un monstre adorable.

Je lui renvoie un émoji hilare accompagné d'une myriade de points d'interrogation. Ainsi qu'une photo de mon emploi du temps (pas parce qu'il l'a exigé, mais parce que j'ai envie qu'il puisse me retrouver plus tard). Une fois les messages envoyés, je fourre mon téléphone dans ma poche en essayant de me convaincre que je m'en fiche, qu'il me retrouve ou pas.

Le couloir est de plus en plus sombre. Si je n'étais pas avec Flint, je serais un peu nerveuse. Vu comme ce corridor est flippant, je n'ose pas imaginer l'aspect du tunnel.

— Nous y voilà, annonce Flint devant une vieille porte en bois pourvue d'un verrou électronique.

C'est totalement incongru, ce clavier moderne sur un battant moisi qui a l'air d'avoir plus d'un siècle.

Flint tape un code à cinq chiffres trop vite pour que je puisse le lire. Une seconde plus tard, une diode verte clignote et la porte s'ouvre.

Flint me regarde par-dessus son épaule tandis qu'il pousse la porte.

— Prête ?

— Ouais, bien sûr.

Un autre coup d'œil à mon téléphone me dit qu'on ferait mieux de se dépêcher si je ne veux pas être en retard.

Flint me tient la porte. Je le remercie d'un sourire, mais à la seconde où je franchis le seuil, une petite voix en moi me hurle de ne pas faire un pas de plus.

De m'enfuir.

De m'éloigner le plus possible de ces tunnels et de ne jamais y remettre les pieds.

Flint attend que j'avance. Et je ne veux pas être en retard à mon cours d'arts plastiques.

Et puis, je suis avec Flint, le garçon qui a mis sa vie en danger pour me protéger d'une chute de plusieurs mètres. C'est absurde de penser que je devrais le fuir, quoi qu'en dise Jaxon.

Alors, repoussant mes doutes et mes craintes, je pénètre dans le tunnel.

29

QUAND ON A CE GENRE D'AMIS, MIEUX VAUT PORTER UN CASQUE

Flint me suit. La porte se referme derrière nous avec un bruit sourd. Il fait encore plus sombre ici que dans le couloir, mais mes yeux s'habituent au bout d'une minute.

— On est où ? Ça ne ressemble pas à un tunnel.

On dirait plutôt une prison. Des cellules se succèdent le long du mur, chacune équipée d'un lit… et de chaînes ! Château ou pas, Alaska ou pas, il est hors de question que je reste ici une seconde de plus.

— On ferait mieux de retourner sur nos pas, je dis en tirant sur la poignée de la porte.

En pure perte.

— Comment est-ce qu'elle s'ouvre ?

Je ne vois pas de verrou électronique de ce côté. S'il y a un mécanisme, il est bien caché.

— Elle ne s'ouvre que de l'autre côté, répond Flint d'un ton amusé. Mais t'en fais pas, on va vite sortir d'ici.

— Je pensais qu'on allait aux tunnels, je proteste. J'ai cours d'arts plastiques, Flint.

— Mais on *est* sur le chemin des tunnels. Du calme, Grace.

— Quels tunnels ? On est dans un donjon !

Je commence vraiment à paniquer. Mon cerveau me hurle que je ne connais pas ce garçon si bien que ça. Qu'il pourrait se passer n'importe quoi ici. Que… J'inspire profondément pour combattre la panique.

— Fais-moi confiance, dit Flint en posant sa main dans mon dos pour me guider.

Je n'ai pas envie d'avancer, mais je n'ai pas d'alternative. Soit je martèle la porte en espérant que quelqu'un m'entende, soit je décide de me fier à Flint et je le laisse me conduire jusqu'au tunnel. Il a toujours été sympa avec moi, alors je me laisse entraîner en priant pour que ce ne soit pas une erreur.

Nous dépassons quatre cellules sans que je pipe mot. Cependant, quand Flint s'immobilise devant la cinquième et me fait signe d'y entrer, ma confiance vole en éclats.

— Qu'est-ce que tu fais ? je hurle. Je n'irai pas là-dedans !

Il me regarde comme si j'étais folle.

— Mais c'est l'entrée des tunnels…

— Je ne vois pas d'entrée. Juste des barreaux ! Et des chaînes !

— Ce n'est pas ce que tu crois, je t'assure. Ce sont des passages secrets, et quand on a construit le château il y a cent ans, l'entrée a été extrêmement bien camouflée.

— Beaucoup trop bien, à mon avis. Je veux remonter, Flint ! Tant pis, je trouverai une excuse pour expliquer mon retard, mais…

— Tout va bien, Grace, m'assure Flint d'un air inquiet. On passe tout le temps par ces tunnels, il ne va rien t'arriver.

— Peut-être. N'empêche que…

La porte à l'autre bout de la salle s'ouvre sur Lia.

— Ne ferme pas la porte, je crie en échappant à Flint et sprintant vers la seule issue de cet horrible endroit.

Malheureusement, elle ne m'entend pas et la porte claque derrière elle.

— Grace ! s'écrie-t-elle en retirant ses écouteurs. Qu'est-ce que tu fais là ?

— Je la conduis dans les tunnels, dit Flint en me lançant un regard courroucé. Elle a cours d'arts plastiques.

— Ah ouais ? Avec Kaufman ?

— Oui.

— Chouette ! Moi aussi.

Elle scrute Flint d'un air froid.

— Je peux l'accompagner.

— Oh ! ne t'en fais pas. Je vais par là, moi aussi.

— Ne te dérange pas pour si peu…

— Mais ça ne me dérange pas du tout ! OK, Grace ?

Il me sourit. Un sourire impatient. Un sourire plein de dents.

Je ne peux pas lui reprocher d'être agacé. Il voulait rendre service et j'ai pété les plombs.

— Si ça ne te dérange vraiment pas.

— Pas le moins du monde !

Il me prend le bras.

— Je serai votre escorte, gentes dames.

— Quelle chance, raille Lia avec un sourire trop sucré.

Elle prend mon autre bras et nous retournons vers la cinquième cellule. Coincés entre eux deux, j'ai un peu l'impression d'être une balle de match particulièrement disputée.

Lia me lâche pour entrer dans la cellule, saisir l'une des chaînes fixées au mur et tirer de toutes ses forces. Exactement ce que Flint s'apprêtait à faire avant que je panique.

Le pan de mur pivote.

— Prêts ? demande Lia, les sourcils levés.

Flint m'interroge du regard.

— Désolée, je marmonne, rouge de honte. J'ai paniqué.

Il hausse les épaules.

— T'inquiète. Je suis si souvent venu ici que je ne remarque plus à quel point ça peut paraître inquiétant.

— Terrifiant, tu veux dire, je rétorque en entrant dans la cellule. Et quand tu as voulu attraper cette chaîne, j'ai…

Il se marre.

— T'as quand même pas cru que j'allais t'enfermer ici ?

— Bien sûr que si, elle l'a cru, intervient Lia en refermant la porte secrète derrière nous. Je ne te ferais pas confiance non plus. T'as tout à fait l'air d'être le genre de pervers avec lequel il vaut mieux ne pas se retrouver seule.

— Et c'est quel genre de pervers, exactement ? demande Flint.

La blague de Macy à propos de Jaxon me revient soudain. Je ne résiste pas :

— Le genre à affamer une fille pour pouvoir ensuite se faire une robe avec sa peau.

Lia et Flint me dévisagent comme si j'avais perdu la raison. Lia a l'air de trouver ça plutôt drôle. Flint, en revanche… Je n'ai jamais vu quelqu'un d'aussi vexé. Je sais que je ne devrais pas, mais j'éclate de rire. Allez, quoi… Il n'a pas vu le film ?

— Comme dans *Le silence des agneaux*. C'est ce que le serial killer fait à ses victimes. Tu sais, celui sur lequel Jodie Foster enquête ? C'est pour ça qu'elle demande conseil à Hannibal Lecter.

— Pas vu ce film.

— Il kidnappe des femmes et…

— Oui, j'ai pigé, dit-il en lâchant mon bras. Que les choses soient claires : les fringues en peau humaine, c'est pas du tout mon style.

— Mais je sais ! C'est pour ça que j'ai fait la blague.

Comme il ne réagit pas, je lui donne un coup d'épaule.

— Allez, ne sois pas vexé ! C'était pour rire.

— Te fatigue pas, Grace, dit Lia. Il est méga susceptible, comme tous les dra…

— Fais gaffe, je mords, gronde Flint.

Elle le jauge avec mépris.

— Essaie pour voir.

— Tu voudrais ? feule Flint en la dévorant des yeux.

Waouh, quelle escalade !

— Faut qu'on aille en cours, j'interviens avant que la situation dégénère. Ça va sonner.

— T'inquiète, Kaufman sait que ça prend du temps d'arriver à l'atelier, m'assure Lia. Elle n'est pas très stricte.

Malgré tout, elle accélère, non sans défier une dernière fois Flint du regard.

Je lui emboîte le pas, laissant Flint fermer la marche – mieux vaut que je serve de tampon entre eux. Je commence à comprendre ce que Macy voulait dire quand elle m'a expliqué que je ne pouvais pas être amie avec Flint *et* Jaxon. Il n'y a qu'à voir comment ça se passe entre Lia et Flint pour s'en convaincre… De toute évidence, et malgré la dispute que j'ai surprise entre eux, Lia est du côté de Jaxon.

Nous marchons maintenant trop vite pour que je puisse étudier les tunnels. Cependant, malgré la pénombre, j'en aperçois assez pour réaliser à quel point cet endroit est *cool*.

Les murs sont en pierres, noires ou blanches pour la plupart, certaines toutefois sont rouges, bleues et vertes et légèrement scintillantes. J'en touche une, pour voir : elle est fraîche, lisse et polie, comme une pierre précieuse. Peut-être que c'en est une ?

Non, impossible. Même un lycée aussi snob et élitiste que Katmere n'a pas le budget pour sertir ses murs de pierres précieuses. Le sol est pavé de briques blanches, aussi immaculées que les colonnes entre lesquelles nous passons. Mais ce sont les sculptures qui m'impressionnent le plus. Il y en a partout, dans des alcôves, sur des piédestaux, suspendues au plafond, et on dirait qu'elles sont faites d'ossements. Ce doit être un hommage aux catacombes de Paris où reposent plus de sept millions de squelettes, dont certains transformés en éléments de décoration. Je me demande si ces œuvres proviennent des cours d'arts plastiques de l'école. Et j'aimerais bien savoir en quelle matière sont faits ces faux ossements.

Toutes ces questions attendront, si je veux arriver à peu près dans les temps à mon cours.

Nous débouchons enfin sur une salle en rotonde, d'où partent onze autres tunnels menant Dieu sait où.

Les yeux exorbités, bouche bée, je contemple l'énorme lustre accroché en son centre. Non seulement il est gigantesque et doté de véritables bougies, mais en plus il semble constitué entièrement d'os !

J'ai beau savoir que ce n'est qu'une œuvre d'art et que ces os sont sûrement en plastique, leur réalisme me flanque des frissons. On est au-delà de l'hommage aux catacombes ; on dirait plutôt que quelqu'un essaie de *surpasser* les catacombes.

— Pourquoi tu t'arrêtes ? demande Flint.

— Parce que cet endroit est tellement bizarre…

Il sourit.

— Bizarre, oui. Mais super cool aussi, non ?

— Super cool, je confirme en m'avançant dans la pièce. Je me demande combien de temps il a fallu pour fabriquer ce lustre. Ça devait être le projet artistique de toute une classe, pas d'un seul élève.

— Un projet artistique ? répète Flint sans comprendre.

— En fait, on ne sait pas, intervient Lia. Ce lustre était déjà là quand ton oncle et les profs actuels sont arrivés. Mais oui, c'était sûrement un projet de groupe.

— C'est incroyable. Si réaliste. Si… vivant. Enfin, tu vois ce que je veux dire.

Elle opine.

D'autres ossements surplombent l'entrée de chacun des tunnels, accompagnés de panneaux écrits dans une langue que je ne reconnais pas. L'une des langues alaskiennes autochtones, sans doute, mais je ne sais pas laquelle. Je sors mon téléphone pour prendre des photos. Je googlerai ça en même temps que les noms des chalets.

— Allons-y, me presse Flint. Les cours vont commencer.

— Désolée, dis-je en fourrant mon téléphone dans ma poche. Il faut prendre quel tunnel ?

— Le troisième à gauche, répond Lia.

À l'instant où nous nous y engageons, la pièce se met à vibrer. Je pense d'abord que mon imagination me joue des tours, mais non : les os du lustre tintent comme d'angoissantes clochettes.

Nous sommes dans un vieux souterrain décrépi, et la terre autour de nous s'est mise à trembler.

30

IL N'Y A PAS QUE MOI QUE TU FASSES VIBRER

Lia écarquille les yeux en voyant le lustre osciller au-dessus de nous.

— Il faut qu'on sorte de cette salle !

— Il faut qu'on sorte de ces tunnels ! je renchéris. Ils risquent de s'effondrer !

— Ils ne vont pas s'effondrer, m'assure-t-elle, bien que la vitesse avec laquelle elle se précipite dans le tunnel qui mène à l'atelier d'arts plastiques me paraisse suspecte.

Flint et moi nous lançons à sa suite.

Ce n'est pas le pire des tremblements de terre de ma vie, mais il n'a rien à voir non plus avec les légères secousses qui ont eu lieu depuis que je suis arrivée. En comparant avec les séismes que j'ai vécus en Californie, je dirais qu'il est de sept sur l'échelle de Richter.

Lia et Flint ont dû s'en rendre compte en même temps que moi, car une fois dans le tunnel, ils se mettent à sprinter.

— La sortie est encore loin ? je gémis.

Dans ma poche, mon téléphone vibre en continu. Je l'ignore.

— Peut-être cent mètres, s'écrie Flint.

— Est-ce qu'on va y arriver ?

— Bien sûr ! On va…

Il est interrompu par un énorme grondement s'élevant du sol, suivi de secousses qui redoublent d'intensité.

Mes jambes se dérobent sous moi ; je trébuche. Flint m'attrape par le coude et me tire vers la sortie. Il me traîne si vite que je ne suis même plus sûre que mes pieds touchent le sol. Contrairement au jour où il m'a portée dans l'escalier, je ne me plains pas.

Devant nous, Lia est encore plus rapide, ce qui me semble impossible : Flint court déjà si vite !

Nous atteignons enfin la portion du tunnel qui remonte vers la surface. Le soulagement me chavire. On y est presque, on est quasiment tirés d'affaire, et les tunnels tiennent encore. Vingt secondes plus tard, une porte apparaît, recouverte de graffitis multicolores de dragons, de loups, et même d'un vampire juché sur un snowboard. Le style est trop cool. Si la terre n'était pas sur le point de s'ouvrir sous moi, je m'arrêterais pour l'admirer. Lia tape le code (cette fois, je fais gaffe : 59678) et nous déboulons dans ce qui m'a tout l'air d'être un placard bourré de fournitures d'arts.

À l'instant où la porte se referme, le séisme s'arrête. Flint me lâche ; je me plie en deux et tâche de reprendre mon souffle.

Quand je parviens enfin à respirer sans avoir l'impression que mes poumons vont imploser, je me redresse et remarque plusieurs choses simultanément : un, ce placard est super bien fourni. Mon cours d'arts plastiques s'annonce génial. Deux, la porte de la classe est grande ouverte. Et trois, Jaxon se tient sur le seuil, l'expression aussi terrible qu'indéchiffrable.

L'estomac noué, je note ses poings serrés ainsi que la fureur qui brûle au fond de ses yeux. Ce n'est pas que j'ai peur ; plutôt que je comprends à quel point il s'est inquiété pour moi.

Pendant un long moment, personne ne bouge, à part Lia qui nous dévisage tour à tour, Jaxon et moi, d'un air un peu sournois.

— T'en fais pas, Jaxon chéri, minaude-t-elle. Je vais bien.

Elle lui tapote la joue, puis passe devant lui pour entrer dans l'atelier. Il ne tourne même pas la tête vers elle. Ses yeux noirs insondables sont rivés sur Flint qui lève les siens au ciel et déclare :

— Elles vont bien toutes les deux. Ne me remercie surtout pas.

Jaxon ne répond pas tout de suite. J'avais tort de le croire au summum de la rage, car après le commentaire de Flint, il semble au bord de la rupture d'anévrisme ou à deux doigts de commettre un attentat.

— Dégage, grogne-t-il.

— Je n'avais pas l'intention de rester.

Pourtant, Flint ne bouge pas. Il reste devant moi, défiant Jaxon du regard.

Je n'y tiens plus. C'est assez. C'est plus qu'assez.

— Pousse-toi, Flint, je dis, et comme il ne s'exécute pas assez vite à mon goût, je le bouscule.

Un instant, je crois qu'il va me retenir, mais le feulement qu'émet Jaxon l'en dissuade, ce qui m'énerve encore plus. Qu'il ait eu peur pour moi ne l'autorise pas à se comporter comme un psychopathe.

— Tu n'as vraiment rien ? s'enquiert-il.

— Ça va.

J'essaie de l'écarter, comme Flint, mais il ne cède pas. Il reste sur mon passage, à me scruter de ses yeux sombres pleins de colère… et de quelque chose d'autre que je ne parviens pas à identifier. Quelque chose qui fait naître des pétillements en moi, comme une canette de Coca qu'on aurait trop secouée. Je résiste de toutes mes forces, afin de me concentrer sur ma colère.

— Je te dis de te tenir loin de Flint et toi tu le suis dans les *tunnels* ? siffle Jaxon.

Ce n'est franchement pas la chose à me dire, alors que je bourdonne encore de l'adrénaline ressentie pendant le séisme. De notre folle course. De la terreur que j'ai éprouvée. Ce n'est pas parce que j'étais morte de peur il y a quelques minutes que je vais tolérer que Jaxon exige des explications ou me donne des ordres.

— Je ne veux pas avoir cette discussion maintenant, je réplique. Je suis en retard à un cours auquel je tenais à arriver à l'heure. Hors de question que je perde une seule seconde de plus à cause de vos conneries.

— Ce ne sont pas des conneries, Grace.

Jaxon tend la main vers moi, mais je me dérobe.

— Peu importe comment tu appelles ça, c'est débile et j'en ai marre. Laisse-moi passer avant que j'oublie que je suis une pacifiste convaincue et que je te colle mon poing dans la figure.

Je ne sais pas quel mot l'a choqué le plus : que j'aie dit « débile » ou que j'aie parlé de le frapper ? Avant qu'il ne puisse répliquer, Flint m'encourage :

— Vas-y, Grace ! Remets-le bien à sa place.

Le grondement que pousse Jaxon me glace les sangs et réduit au silence les élèves et la prof dans l'atelier proche.

Je fais volte-face pour m'adresser à Flint.

— Toi, tais-toi, ou je réfléchirai à un moyen de te punir aussi. Quant à toi, dis-je en refaisant face à Jaxon, tu me laisses passer maintenant ou je ne t'adresserai plus jamais la parole.

Il ne bouge pas tout de suite. Si j'en crois son expression, ce n'est pas par esprit de contradiction mais parce qu'il est trop profondément choqué pour réagir. Puis il lève les mains et obtempère.

— Merci, je souffle, un peu radoucie. Et merci de t'inquiéter pour moi, j'apprécie. Sincèrement. Mais c'est mon premier jour de cours et je veux juste aller m'asseoir en classe.

Sans attendre sa réponse, j'entre dans l'atelier. Tout le monde, y compris Lia et la prof, me dévisage.

Exactement ce que je souhaitais éviter.

31

J'AI PASSÉ L'ÂGE DE PLEURER (SAUF QUAND J'EN AI ENVIE)

— Attention, Grace !

Je me tourne dans la direction de la voix de ma cousine (la première à m'adresser la parole depuis l'épisode avec Jaxon et Flint il y a cinq heures) juste à temps pour voir un ballon de basket filer droit sur moi. Je le dévie de la main, puis pince les lèvres pour retenir un glapissement de douleur.

Repousser un ballon de basket ne devrait pas faire aussi mal, mais la joueuse qui l'a lancé n'y est pas allée de main morte. Une douleur cuisante se répand dans mon bras.

— Mais enfin ! s'écrie Macy en courant vers moi. Qui a lancé ce ballon ?

Personne ne répond.

— Sérieusement ?

Les mains sur les hanches, ma cousine toise un groupe de filles près de l'entrée des vestiaires.

— C'est l'une d'entre vous ?

— Laisse tomber, je lui dis. C'est trois fois rien.

— Trois fois rien ? J'ai entendu le bruit qu'il a fait en te frappant. Si tu l'avais reçu en pleine tête, t'aurais pu avoir une commotion cérébrale.

— Oui, mais je l'ai dévié. Et tout va bien.

Ce qui est un peu exagéré, ça m'a fait vraiment mal. Mais je me suis déjà suffisamment donnée en spectacle aujourd'hui. Il est hors de question que je me mette à chouiner à cause d'un groupe de pétasses désagréables.

Un groupe de pétasses désagréables dont l'une des membres a un bel avenir dans le basket-ball professionnel.

Quelle journée bizarre. Je n'ai pas revu Flint ni Jaxon, mais Byron m'attendait à la sortie de mon cours d'arts plastiques avec un manteau – j'ai donc pu éviter de repasser par ces horribles tunnels. Rafael a mangé avec Macy et moi, à midi, puis il nous a accompagnées en espagnol (il est dans le même cours que nous). Et Liam m'a ensuite conduite jusqu'à la salle de gym.

Se faire escorter par tous ces beaux gosses n'est pas le meilleur moyen de se faire oublier. Soyons clairs : je ne m'attendais pas à me faire une foule d'amis dès le premier jour, mais je ne m'attendais pas non plus à devoir éviter des boulets de canon déguisés en ballons de basket.

— T'es sûre que ça va ? demande Macy en m'observant plier et déplier les doigts.

Je cesse immédiatement.

— Je suis sûre. Tout va bien.

Je ne veux surtout pas qu'elle se fasse du souci. Ça aurait pu être bien pire.

— C'est quoi, cette tenue ? je demande pour changer de sujet en indiquant la combi noire et la jupe à sequins qu'elle porte.

— Oh ! mes habits de danse, répond-elle avec un petit sourire de fierté. J'aurai un solo à la réunion de vendredi.

— Non ? C'est génial ! je m'exclame.

Je n'ai jamais été très fan de danse, mais si Macy est contente, alors je le suis aussi.

— Oui, je danse sur…

Un coup de sifflet de la coach l'interrompt.

— Pourquoi est-ce qu'elle siffle ?

— C'est la fin du cours, m'explique Macy. Et comme c'est le dernier, cela signifie que tu es libre. J'ai encore deux heures de danse, je te retrouve après et on ira dîner. Enfin, à condition qu'il n'y ait pas d'autre tremblement de terre…

Il y a eu plusieurs répliques durant l'après-midi, rien de grave, mais tout le monde est sur les nerfs.

— Qui aurait cru que je vivrais plus de séismes en quatre jours en Alaska que de toute ma vie en Californie !

— Ouais, c'est bizarre, acquiesce Macy. Certes, on en a de temps en temps, mais jamais autant à la suite. Tu as dû les amener avec toi.

— Mea culpa. Je vais me calmer.

— S'il te plaît, oui. Bon, on se voit après mon cours.

— À plus !

Je lui fais un petit signe de la main avant de regagner les vestiaires. Personne ne me dérange pendant que je me change, mais personne ne me parle non plus. De mon côté, j'ai arrêté d'essayer d'aborder des gens depuis le déjeuner. Après plusieurs rebuffades, j'ai saisi le message.

Je m'habille en un temps record, attrape mon sac et sors. Je ferais probablement mieux de monter dans ma chambre et de commencer mes devoirs, sauf que je n'ai pas l'habitude de rester confinée toute la journée.

En Californie, j'étais tout le temps dehors – à la piscine, à la plage, en train de courir au parc… Je faisais même mes devoirs sur la balancelle de la véranda en regardant le soleil se coucher sur la mer. Le contraste avec les habitudes locales est rude.

J'hésite à monter mettre des vêtements plus chauds et à aller me balader, mais l'idée de devoir enfiler la moitié de mon placard pour braver des températures négatives me décourage. Je me décide pour un compromis : je vais explorer le château. Il y a encore des tonnes de coins où je n'ai pas mis les pieds.

L'avertissement que Jaxon m'a donné lors de la première nuit me revient, mais il parlait de sorties tardives. Là, le soleil a beau être couché depuis plus de deux heures, on est à peine en début de soirée. Tous les autres élèves vaquent à leurs occupations et, de toute façon, je ne vais pas passer l'année à craindre mes camarades. Les deux types de l'autre nuit étaient des connards et ils m'ont prise au dépourvu. Cela n'arrivera plus. Et il est exclu que je sois prisonnière dans mon propre lycée.

Penser à Jaxon m'incite à sortir mon téléphone pour vérifier si j'ai des messages. Il en a envoyé six pendant le tremblement de terre. Je ne les ai pas encore ouverts, d'abord, parce que j'étais trop énervée pour les lire, ensuite, parce que je voulais être seule pour le faire. Je ne suis pas douée pour cacher mes émotions, et je ne voudrais pas que quelqu'un devine ce que je ressens pour Jaxon, surtout quand j'ignore ce qui se passe entre nous.

Le premier message est arrivé quelques minutes après la fin du cours d'anglais.

> Jaxon : Salut, je croyais te retrouver en arts plastiques, mais t'es pas là. Perdue ? :)

Quelques minutes plus tard, un second message :

> Jaxon : T'as besoin d'une expédition de sauvetage ? o_O

Le troisième message est arrivé moins d'une minute après, suivi en rafales par les trois suivants.

Jaxon : Désolé d'insister, je veux juste m'assurer que tout va bien. Quinn et Marc ne sont pas à nouveau en train de t'ennuyer ?
Jaxon : Hé, ça va ?
Jaxon : Je m'inquiète. J'ai peur que tu sois à nouveau tombée sur ces deux imbéciles. Tout va bien ?
Jaxon : Grace ?

Mon téléphone a vibré pendant le tremblement de terre, je m'en souviens, mais j'étais trop occupée pour m'en soucier. Maintenant que j'ai lu les messages, je me sens mal. Pas de ne pas avoir répondu, évidemment, j'étais en plein séisme. Pas non plus parce que je lui dois quoi que ce soit, pas même des réponses. Non, je me sens juste coupable de m'être autant énervée contre lui alors qu'il était si inquiet. En plus, il s'excusait dans ses messages ! Voilà quelque chose que Jaxon Vega le terrible ne doit pas faire souvent…

Je lui envoie plusieurs messages pour me faire pardonner.

Moi : Désolée, j'étais occupée, j'ai pas vérifié mes messages
Moi : T'es dispo, là ? Tu veux venir explorer le château avec moi ?
Moi : Tu ne m'as jamais raconté la fin de la blague du pirate

Il ne répond pas. Je range mon téléphone dans la poche de mon blazer et m'avance dans un couloir au hasard.

Je passe devant une salle où deux personnes s'affrontent à l'épée en tenue d'escrime et les observe un petit moment. Ensuite, je découvre un studio de musique où un garçon bouclé joue du saxophone. Je reconnais la mélodie ; l'émotion me met presque à genoux. C'est « Autumn Leaves ».

Le saxophoniste Cannonball Adderley a enregistré *Somenthin' Else* en 1958. Miles Davis et Art Blakey ont joué dessus, et c'était l'album préféré de mon père, en particulier le morceau « Autumn Leaves ». Il le passait en boucle quand il bricolait dans la maison, et il me l'a fait écouter cent fois. Il commentait chaque note, ne cessait de m'expliquer en quoi Adderley était un génie.

Depuis la mort de mes parents, je n'ai plus entendu ce morceau. Ça doit être la première fois depuis ma naissance que je passe autant de temps sans l'écouter. Alors, l'entendre ici… C'est comme un signe. Ou un coup de poing dans le ventre.

Les larmes me montent aux yeux et je m'enfuis. Je détale sans savoir où je vais. Tout ce que je sais, c'est que je dois m'échapper.

Je grimpe l'escalier de derrière quatre à quatre jusqu'au sommet de la plus haute tour. La porte de la salle principale est fermée, mais il y a une petite alcôve avec une immense fenêtre. D'ici, on voit tout le lycée. Même s'il fait sombre, la vue est magnifique : des lampadaires éclairent la neige qui tombe et le ciel bleu nuit scintille d'étoiles.

Les murs de l'alcôve sont couverts d'étagères emplies de livres. Quelques fauteuils dodus meublent le tout. J'aperçois des classiques et des titres de Stephen King, mais je ne suis pas là pour lire, même si j'adore ça.

Je me laisse tomber dans un fauteuil et enfin, enfin, je me laisse aller au chagrin, pour la première fois depuis l'enterrement de mes parents. Maintenant que j'ai commencé à pleurer, je ne sais pas si je parviendrai à m'arrêter. Le chagrin me dévore de l'intérieur comme un animal sauvage s'attaquant à mes entrailles.

Je m'efforce de ne pas faire de bruit, mais c'est difficile quand on a aussi mal. Je serre les bras autour de moi et me balance d'arrière en avant. Comme si ça pouvait faire passer la douleur. Comme si ça pouvait m'empêcher de me briser en mille morceaux.

Mais ça ne marche pas. Rien ne marche, les larmes continuent de couler, les sanglots de me déchirer la poitrine.

Je ne sais pas combien de temps je reste là à lutter contre la douleur.

Une seconde, il m'a suffi d'une seconde pour perdre mes parents. Et maintenant, moins d'un mois plus tard, ma vie a changé du tout au tout.

Quand j'émerge enfin, le ciel a viré du bleu nuit au noir d'encre.

Ce n'est pas en restant assise là que je m'en remettrai. D'ailleurs, Macy va bientôt revenir de son cours de danse, et je ne veux pas qu'elle parte à ma recherche. Surtout, je ne veux pas qu'elle me voie comme ça. Je ne veux pas que quiconque me voie dans cet état.

Ce n'est qu'en me retournant que je découvre qu'il est là.

Jaxon.

32

EN DÉNI SUR LE DENALI

Jaxon est debout en haut de l'escalier, le visage de marbre, mais les yeux inquisiteurs.

Je suis horriblement gênée, les joues me brûlent et j'ai le souffle court.

Je m'attends à ce qu'il parle, qu'il me demande si ça va, ou qu'il m'ordonne d'arrêter de geindre… Qu'il réagisse, au moins.

Mais il n'en fait rien.

Il reste planté là à me scruter de ses yeux pleins de magie noire et ma respiration se bloque de nouveau.

— Dé… désolée, je balbutie. Je ferais mieux d'y aller.

Je me dirige vers l'escalier. La tête penchée sur le côté, il m'observe, comme s'il essayait d'élucider une énigme. J'aimerais que la terre s'ouvre sous mes pieds et m'avale.

Malheureusement pour moi, les tremblements de terre n'ont jamais lieu quand ça m'arrange.

Quand il parle enfin, sa voix est rauque.

— Pourquoi ?

— Pourquoi je ferais mieux d'y aller ? Ou pourquoi je pleurais ?

— Ni l'un ni l'autre.

— Je… Je n'ai aucune idée de ce que je suis censée répondre.

Je pousse un long soupir.

— Écoute, je m'excuse d'avoir menacé de te frapper tout à l'heure. T'es juste… un peu difficile, des fois.

Toujours impassible, il lève un sourcil.

— Toi aussi.

— Ouais, je dis avec un petit rire en indiquant mes joues encore humides. Je comprends.

Il parcourt les quelques pas qui le séparent de moi. Ma bouche s'assèche ; il est si proche…

Il ne dit pas un mot, ne me touche pas. Il se contente de se tenir près de moi, si près que je sens son haleine sur mon visage.

Et ses yeux sont toujours de ce noir sans fond. Impénétrables.

Après quelques secondes, quelques minutes, il chuchote enfin :

— Ça ressemble à quoi ?

— Qu'est-ce qui ressemble à quoi ?

J'ai un peu peur que ce soit le début d'une de ces devinettes idiotes qu'on se pose par texto.

— De pouvoir se laisser aller comme ça ?

— De pleurer, tu veux dire ? De ne pas savoir se retenir ?

Embarrassée, je m'essuie les joues. Je voudrais plonger dans une flaque de mes larmes et m'y noyer.

— Je suis désolée. Je ne voulais pas qu'on me voie. Je…

— C'est pas seulement ça. Je me demande comment c'est de pouvoir ressentir ce que tu ressens, et le montrer quand tu veux, sans devoir t'inquiéter de…

— De quoi ? M'inquiéter de quoi ?

Il me regarde un long moment en silence puis secoue la tête.

— Laisse tomber.

Il me contourne, passe la porte à côté de l'alcôve et entre dans la pièce qui se trouve derrière. Que suis-je censée faire ? J'ai l'impression que la conversation est finie, qu'il vient de me congédier… mais il a laissé la porte ouverte. Comme une invitation.

Alors que j'hésite, il passe la tête.

— Tu viens ?

Je le suis. Bien sûr que je le suis.

Ce que je trouve à l'intérieur de la pièce m'ébahit : on dirait qu'elle a été meublée spécialement pour moi, avec tout ce que j'aime. Il y a des livres empilés sur toutes les surfaces disponibles, trois guitares dans un coin, ainsi qu'une batterie. L'envie d'aller m'y asseoir et de me saisir des baguettes me démange les doigts. Au milieu de la pièce se trouve un gigantesque fauteuil de cuir noir garni d'une montagne de coussins moelleux. Idéal pour une sieste.

J'ai envie de tout toucher, de promener mes mains sur la batterie pour sentir son âme. Je me domine juste assez pour me retenir, mais c'est dur. Si dur que j'enfonce les mains dans les poches de mon blazer, par mesure de précaution.

Petit à petit, je comprends que je suis dans les appartements de Jaxon. Je mets du temps à réaliser, parce que ce n'est pas du tout ce à quoi je m'attendais.

Jaxon n'a pas l'air le moins du monde intéressé par ce qui nous entoure. Normal : il habite ici. Il voit ça tous les jours. N'empêche, comment peut-il ignorer la pile de livres d'art sur la table basse ou le cristal mauve géant sur son bureau ? Quoi qu'il en soit, je me sens loin d'être assez calme pour y être avec lui.

Comme il reste silencieux, je me concentre sur les tableaux au mur : de grandes toiles aux couleurs sauvages qui éveillent toutes sortes d'idées en moi. Accroché au-dessus de son bureau, je repère le croquis d'une femme aux cheveux désordonnés et au regard narquois vêtue d'un ample kimono.

Je crois que je reconnais ce trait. Je m'approche pour mieux voir. Est-ce possible ?

— C'est un Klimt ! je m'écrie.

— Oui.

— Ce n'était pas une question.

Le dessin étant sous verre, je tapote la signature de l'artiste dans le coin inférieur droit.

— C'est un original, pas une reproduction.

Il hausse les épaules.

— Et c'est tout ce que ça te fait ? je m'énerve. Tu restes là les mains dans les poches, sans même répondre…

— Tu viens de dire que ce n'était pas une question.

— C'est vrai, mais je veux tout de même entendre l'histoire de ce dessin.

Il hausse à nouveau les épaules.

— Il n'en a pas.

— Tu as un original de Klimt dans ta chambre. Crois-moi, il en a une.

Je suis de mes doigts tremblants le tracé du dessin à travers le verre. Je n'ai jamais été aussi proche d'une œuvre d'une telle valeur.

— Il m'a plu. Il me rappelait quelqu'un. Je l'ai acheté.

— C'est tout ? je m'exclame, incrédule.

— Je t'avais dit qu'il n'y avait pas d'histoire. C'est toi qui as insisté.

Il penche la tête, m'observe, les yeux plissés.

— Tu préférerais que je te mente ?

— Je voudrais que tu…

Je secoue la tête, soupire.

— En fait, je ne sais pas ce que je voudrais que tu fasses.

Il laisse échapper un petit rire. C'est la première manifestation d'émotion qu'il a depuis qu'il m'a demandé en hurlant si j'allais bien à la sortie du tunnel.

— Ouais. Moi non plus.

Il se tient de l'autre côté de la pièce. Une partie de moi voudrait qu'il se rapproche. Qu'on se touche. L'autre partie est terrifiée à cette idée. Déjà, être chez lui, c'est trop. Le voir se mordiller la lèvre – c'est la première fois que je le vois trahir de la nervosité – m'est presque insupportable.

S'il me touchait, s'il m'enlaçait, s'il m'embrassait, ce serait si intense que je risquerais d'imploser. De me consumer. Il suffirait qu'il m'effleure la main et, pschiit ! je disparaîtrais. Plus de Grace.

Ça a déjà failli arriver quand il m'a portée dans ses bras et ça, c'était avant la gaufre, avant ses textos, avant que je voie son appartement…

Il doit partager mes craintes parce que plutôt que de me répondre, il se détourne et fait mine d'entrer dans une seconde pièce – sa chambre, j'imagine. En voyant que je suis toujours trop absorbée par le Klimt pour le suivre, il revient sur ses pas.

— Viens, dit-il. Je veux te montrer quelque chose.

Je m'exécute sans poser de questions. Plus tôt, avec Flint, j'ai eu peur. Avec Jaxon, c'est différent. J'ai beau savoir qu'il est un million de fois plus dangereux, je n'ai aucune crainte à l'idée d'être seule avec lui dans sa chambre. Seule avec lui n'importe où, en fait.

Est-ce parce que je suis idiote ou parce que je repère en lui quelque chose que les autres ne voient pas ?

Jaxon ramasse une épaisse couverture rouge pliée au pied de son lit puis ouvre un tiroir, en sort une paire de gants rembourrés de fausse fourrure.

— Enfile-les et suis-moi.

— Où ça ? je demande, en m'exécutant.

Il ouvre la fenêtre, laissant entrer l'air glacé.

— T'es pas sérieux ? On ne peut pas sortir. Je vais mourir de froid !

Il me fait un clin d'œil par-dessus son épaule. Un *clin d'œil* !

— Attends... Depuis quand tu fais des clins d'œil ?

Pour toute réponse, il tord la bouche, puis enjambe l'appui de fenêtre et se laisse tomber un mètre plus bas.

Je ferais mieux de sortir de cette chambre et de m'éloigner de ce garçon qui me croit idiote au point d'accepter de traîner sur un toit en Alaska en plein mois de novembre.

Je sais tout ça, mais évidemment, je n'en fais rien.

Parce que Jaxon Vega n'est pas n'importe quel garçon. C'est celui qui me fait perdre tout bon sens, celui que je suivrai partout, toujours. Alors je grimpe à la fenêtre et me laisse tomber à sa suite.

33

NÉE SOUS UNE BONNE ÉTOILE

Jaxon m'aide à descendre en faisant super gaffe à ma cheville et m'enveloppe des pieds à la tête dans la couverture, ne laissant de visibles que mes yeux. J'ignore en quoi est cette couverture, toujours est-il que je cesse immédiatement de grelotter. Bon, je n'ai pas chaud, loin de là, mais je ne risque pas non plus de mourir d'hypothermie.

— Et toi ? je demande en remarquant qu'il ne porte qu'un sweat.

C'est un sweat épais, celui qu'il avait hier quand je l'ai surpris avec Lia, mais tout de même.

— On peut partager la couverture, je propose.

Ça le fait rire.

— Non, ne t'en fais pas pour moi.

— Bien sûr que si, je m'inquiète ! Il fait moins trente !

Il hausse les épaules.

— J'ai l'habitude.

— Bon, ça suffit. Il faut que je te pose la question.

Il se raidit, soudain méfiant.

— Quelle question ?

— Es-tu un alien ?

Ses sourcils se lèvent si haut qu'ils disparaissent sous sa mèche.

— Je te demande pardon ?

— Es-tu… un… extraterrestre ? Ce n'est pas du tout une question absurde. Je veux dire, regarde-toi.

— Il est physiquement impossible de se regarder soi-même, répond-il d'un ton amusé.

— Ne joue pas sur les mots.

— D'accord, mais je ne comprends pas ce que tu veux dire.

Il se penche vers moi. Quelques centimètres à peine séparent nos deux visages.

— Comme tu le sais sans doute, tu es probablement le garçon le plus sexy de la terre.

Il sursaute comme si je l'avais frappé, puis porte la main à sa cicatrice.

— C'est ça, oui…

Il est aveugle ou quoi ?

— Tu es conscient que cette cicatrice ne fait qu'ajouter à ton charme ? je demande.

— Non.

Cette réponse monosyllabique en révèle tellement plus sur lui qu'il ne le voudrait.

— Eh bien, essaie de t'en convaincre. Et la façon dont tout le monde te lèche les bottes en permanence, on en parle ?

— Pas tout le monde, réplique-t-il, avec un regard éloquent.

— *Presque* tout le monde. Et tu n'as jamais froid.

— Si, ça m'arrive.

Il plonge la main sous la couverture et presse ses doigts contre ma peau. Ils sont froids, c'est vrai, mais loin d'être aussi gelés que seraient les miens si je me baladais dehors en sweat.

Je m'efforce de dissimuler à quel point son contact me brûle, malgré la température glaciale.

— Tu sais parfaitement ce que je veux dire, je proteste.

— Attends, je récapitule, fait-il d'un ton narquois. Un, je suis le garçon le plus sexy de la terre. Deux, tout le monde est à mes pieds. Et trois, je ne suis pas frileux. Conclusion : je suis un extraterrestre. Ouaip, c'est on ne peut plus logique.

— Tu as une meilleure explication ?

Il réfléchit un instant.

— En fait, oui.

— Qui est ?

— Si je te le dis…

— Tu devras me tuer ? T'en as pas marre de parler en répliques de film ?

— Ce n'est pas ce que j'allais dire.

— Ah non ?

Je penche la tête.

— T'allais dire quoi, alors ?

— J'allais dire que tu ne supporterais pas d'entendre la vérité, répond-il en imitant Jack Nicholson.

J'éclate de rire. Son imitation est incroyable.

— Alors t'es un fan de vieux films ? Ou juste de Jack Nicholson ?

— Beurk, grimace-t-il. Ni l'un ni l'autre. J'ai vu deux ou trois films, c'est tout.

— Donc, si je te parlais de femmes qu'on laisse mourir de faim pour faire des robes avec leur peau…

— *Le silence des agneaux.*

Je lui souris.

— OK, t'es peut-être pas un alien.

— Je ne suis *pas du tout* un alien.

Le silence tombe entre nous. Pas un silence gênant. En fait, j'apprécie le moment. Bientôt, le froid s'infiltre sous ma couverture et me rappelle à l'ordre.

— Tu vas me dire ce qu'on fait ici ?

— Je t'avais promis de te montrer mon endroit préféré.

— Et c'est ici ?

Je regarde autour de moi, pour essayer de comprendre.

— On peut voir à des kilomètres à la ronde, explique Jaxon, et personne ne me dérange jamais. Mais surtout...

Il jette un coup d'œil à son téléphone puis tend le cou vers le ciel.

— Tu vas tout comprendre d'ici trois minutes.

— Il va y avoir une aurore boréale ? Je meurs d'envie d'en voir une !

— Non, désolé. Il faut être debout au milieu de la nuit pour ça.

— Alors, qu'est-ce que...

Une gigantesque boule de feu traverse le ciel. Suivie d'une autre, quelques instants plus tard.

— C'est..., je commence, émerveillée.

— Une pluie de météores, complète Jaxon. On n'en voit pas souvent ici. En général, elles ont lieu en été et nos nuits sont trop courtes pour qu'on en profite, mais les rares qu'on peut voir en hiver sont spectaculaires.

Trois autres étoiles filantes barrent le ciel de leurs longues queues scintillantes, m'arrachant une exclamation d'admiration.

— Spectaculaire ? Le mot est faible.

— Je me disais bien que ça te plairait.

— Tu avais raison.

Je lui jette un coup d'œil à la dérobée, soudain intimidée, sans savoir pourquoi.

— Merci, je souffle.

Il ne répond pas. Peut-être parce qu'il n'y a rien à dire.

On reste là une bonne demi-heure sans parler, sans même nous regarder, absorbés par le plus beau ciel nocturne que j'aie jamais vu. Je savoure chaque seconde.

Ça remet tout en perspective d'être ici sur le toit à contempler les montagnes qui s'étendent à perte de vue sous le ciel infini. Mes problèmes sont insignifiants. Même mon deuil, aussi douloureux soit-il, n'est qu'une poussière dans la marche du monde.

C'est peut-être pour me le rappeler que Jaxon m'a emmenée ici.

La pluie de météores prend fin après un bouquet final de six ou sept étoiles filantes qui m'arrache des exclamations de joie. Je m'attends à être un peu déçue, comme à la fin d'un très bon film ou d'un feu d'artifice réussi. Ce petit pincement au cœur qu'on éprouve quand un moment merveilleux disparaît à jamais.

Mais pas cette fois. À la fin de la pluie d'étoiles, je me sens… calme. Sereine, presque.

— On ferait mieux de rentrer, dit Jaxon. Ça se rafraîchit.

— Encore deux minutes, si tu veux bien. Je veux en profiter encore un peu.

Il acquiesce d'un petit signe de la tête.

Je voudrais lui dire comme tout ce qu'il fait pour moi compte, mais je ne trouve pas les mots justes. Je finis par murmurer un simple :

— Merci.

Il rit, un rire sans joie qui me laisse perplexe. Je cherche son regard. Ses yeux sont de nouveau inexpressifs. Ça ne me plaît pas du tout.

— Pourquoi tu ris quand je te remercie ?

— Parce que tu ne dois pas me remercier, Grace. Jamais.

— Pourquoi ? Tu as été tellement gentil…

— C'est faux.

— Si. Pourquoi refuses-tu de l'admettre ?

— Je ne mérite pas tes remerciements, crache-t-il, l'air nauséeux. Je ne fais que mon…

— Ton quoi ? Ton travail ? Ton *devoir* ? Est-ce que c'est mon oncle qui t'a demandé d'être sympa avec moi ? je m'écrie, l'estomac soudain noué.

Il rit encore, un rire si plein de cynisme que les larmes me montent aux yeux.

— Je serais bien la dernière personne à qui Foster demanderait de devenir ton ami.

Si j'étais plus polie, ou si je ne m'en faisais pas autant pour lui, je changerais de sujet. Mais je suis trop curieuse, et la politesse n'a jamais été mon fort.

— Et pourquoi ça ?

— Parce que je ne suis pas *sympa*. Je ne suis pas gentil, ou attentionné. Jamais. Tu as une fausse perception de moi. Il est donc absurde que tu me remercies.

— Ah ouais ? je grince, sceptique. Parce que, et désolée de te l'apprendre, mais remonter le moral à une fille triste, c'est plutôt sympa. Tout comme la porter jusqu'à sa chambre après qu'elle s'est tordu la cheville. Ou chasser des types qui s'apprêtaient à lui faire subir un bizutage meurtrier. Ou s'arranger pour que la cuisinière lui prépare des gaufres. Tout ça, Jaxon, ce sont de gentilles attentions.

Il a l'air mal à l'aise, mais pas assez pour s'avouer vaincu.

— Je n'ai pas fait tout ça pour toi.

— Ah ouais ? Pour qui, alors ?

Il n'a rien à répondre.

— C'est bien ce que je pensais, je conclus, avec un sourire arrogant – pour une fois que c'est moi qui ai le dessus, je ne vais pas m'en priver. Tu vas devoir accepter que t'es un mec attentionné. Promis, on ne te mettra pas au bûcher pour autant.

— Il n'y a que les sorcières qui finissent au bûcher.

Son ton est si sérieux que j'éclate de rire.

— Bon, pas de danger, alors.

— N'en sois pas si certaine.

Je m'apprête à répliquer lorsqu'un violent frisson m'en empêche. Couverture ou pas, il fait glacial là-haut. Jaxon prend les choses en main.

— Allez, on rentre.

Impossible de protester : mes dents claquent trop fort. Je lève les yeux vers la fenêtre.

— Euh, comment est-ce qu'on va remonter ?

Se laisser tomber d'un mètre c'est une chose, mais escalader un mur pour remonter en est une autre.

Jaxon secoue la tête.

— T'en fais pas, Grace. Je m'occupe de toi.

Ces mots me foudroient. Sans me laisser le temps de m'en remettre, il attrape le rebord de fenêtre et se hisse à l'intérieur en une fraction de seconde. J'en suis époustouflée. Mais bon, tout ce que fait Jaxon m'impressionne, ça ne devrait plus me surprendre. C'est un garçon impressionnant.

Un garçon qui a le pouvoir de me redonner le sourire alors que je ne me suis jamais sentie aussi seule.

Il réapparaît, se penche et me tend les bras.

— Accroche-toi à moi.

Il m'attrape et me hisse à sa hauteur. En trois secondes, je suis de retour dans la chambre, debout tout près de lui.

Pour une fois, ses yeux ne sont pas inexpressifs. Non, ils sont en feu.

Et son regard brasier est braqué sur moi.

34

TOUS LES COUPS SONT PERMIS EN AMOUR… ET PENDANT LES TREMBLEMENTS DE TERRE

Je me perds dans les flammes de ses yeux ne sachant pas quoi dire… ni quoi faire. J'ai envie qu'il recule pour me laisser respirer et, en même temps, j'espère qu'il s'avancera vers moi. Je meurs d'envie de l'embrasser, mais une voix dans ma tête m'exhorte à prendre mes jambes à mon cou, car même si Jaxon n'est pas un extraterrestre, il ne ressemble à aucun des garçons que j'ai connus jusque-là. Je meurs de désir pour lui, un désir qui pourrait me consumer si je l'assouvissais…

Finalement, il ne m'embrasse pas, ne recule pas non plus. Je ne sais pas combien de temps nous restons là à nous dévorer des yeux, l'air crépitant d'électricité entre nous.

Malgré mes doutes, Jaxon me captive : ce qu'il est et ce qu'il n'est pas. J'aimerais qu'il prenne l'initiative, mais il se contente de me contempler avec ses yeux pleins de nuit, au fond desquels bouillonne une émotion à peine contenue. J'en ai mal pour lui, physiquement mal. Et ça me rappelle la question qu'il m'a posée tout à l'heure.

J'ai enfin trouvé les mots – ou plutôt, le mot – pour lui répondre.

— Bouleversant, je chuchote tandis qu'il me débarrasse de la couverture.

Il se fige, les mains dans mon dos.

— De quoi tu parles ?

— Tu m'as demandé ce que ça faisait de se laisser aller, tout à l'heure. D'exprimer ses émotions. C'est bouleversant. Terrifiant, parfois. Mais grâce à toi… Je me sens mieux. Je me sens en sécurité. Ça faisait longtemps que je n'avais pas ressenti ça, alors merci. Vraiment.

— Grace…

Je fais un pas vers lui. Je suis si proche que ma poitrine frôle la sienne. Je n'ai jamais pris l'initiative avec un garçon, et Jaxon n'est pas n'importe quel garçon. Je n'ai aucune idée de ce que je suis en train de faire, mais je m'en fiche. Tout ce qui compte, c'est mon besoin de le toucher. Je veux qu'il sente la force de mes bras autour de lui, la douceur de mon corps contre le sien, nos deux chaleurs mêlées…

Sauf qu'il est glacé. De toute évidence, son sweat ne l'a pas du tout protégé du froid.

— Jaxon, tu es frigorifié !

Je lui prends la couverture des mains, la jette sur ses épaules et l'enroule autour de lui avant de frotter ses épaules.

— C'est rien, tout va bien, dit-il en essayant de se dérober.

— Tu es plus froid qu'un glaçon.

— Tout va bien, il répète en reculant d'un pas.

Puis d'un autre. Et d'un autre. Tout en moi se fige.

— Excuse-moi. Je ne voulais pas envahir ta bulle…

Je me tais parce que je ne sais pas quoi dire de plus. Je ne comprends pas ce que j'ai fait de mal.

— Grace…

Lui aussi laisse sa phrase en suspens. Je ne l'ai jamais vu comme ça : toute son assurance s'est envolée, il n'a plus son petit sourire amusé. Il n'a même plus cette impassibilité qu'il affichait quand j'ai crié contre lui devant la salle d'arts plastiques.

Non, on dirait qu'il est… vulnérable.

Et ce que je lis dans ses yeux, ce n'est pas qu'il me désire, mais qu'il a *besoin* de moi. Il a besoin que je le réconforte. Que je le touche.

Le lui refuser me paraît aussi absurde que d'essayer de voler jusqu'à la Lune en battant des bras. Alors je comble la distance qu'il a mise entre nous, jusqu'à ce que mon corps soit de nouveau pressé contre le sien. Je prends son visage entre mes mains, caresse ses pommettes du pouce, suis le tracé de sa cicatrice du bout de l'index.

Il est si proche de moi que je sens que sa respiration trébuche. Et bien que mon cœur batte à me faire mal, je ne recule pas. J'en suis incapable. Je suis éblouie, hypnotisée, ensorcelée.

Et les choses sont comme elles doivent l'être.

— Je peux te poser une question ? je demande en m'approchant encore.

Pendant une vertigineuse seconde, j'ai l'impression qu'il va faire un pas en arrière. Au lieu de quoi, il écarte les pans de la couverture et la drape autour de nous deux. Ses bras se referment sur ma taille.

— Oui, bien sûr.

— Le dessin de Klimt, il t'a fait penser à qui quand tu l'as acheté ?

— À toi, répond-il du tac au tac. Même si je ne te connaissais pas encore.

Je fonds. Ce garçon sombre, ce garçon brisé, fait vibrer une partie de moi dont je n'étais pas certaine qu'elle existait encore : celle qui veut croire, qui veut espérer, qui veut aimer.

Je voudrais l'attraper, l'agripper, me cramponner à lui, mais je ne peux pas. Je suis paralysée, terrifiée, à l'idée que j'en demande beaucoup trop. Comment puis-je m'autoriser à l'aimer dans ce monde où tout peut disparaître en un seul instant.

— Grace.

Il dit mon nom d'une voix douce, mi-murmure, mi-prière, tandis qu'il attend patiemment que je le regarde.

— Est-ce que tu as déjà…

Ma voix se brise. J'inspire, souffle doucement. Inspire à nouveau. Souffle encore. Puis je réessaie :

— Est-ce que tu as déjà désiré quelque chose si fort que tu as eu peur de le prendre ?

— Oui.

— C'est là, à portée de main, pourtant tu es si effrayé de ce qui arrivera quand tu le perdras que tu ne le prends pas ?

— Oui, dit-il encore, et sa voix grave et douce s'insinue en moi.

— Et qu'est-ce que tu as fait ?

Il laisse s'écouler de longues secondes sans répondre. Il me contemple de ses yeux si profonds, si douloureux, avant de dire enfin :

— J'ai décidé de le prendre quand même.

Puis il se penche et presse ses lèvres contre les miennes.

Ce n'est pas un baiser fougueux ou passionné. Ce n'est certainement pas un baiser sauvage. C'est doux comme un flocon de neige, aussi délicat que la blancheur qui s'étend à perte de vue dehors.

Et tout aussi puissant. Voire plus encore.

Ensuite, tout s'emballe. Jaxon m'attrape le haut des bras, m'attire à lui et m'embrasse profondément.

Lèvres, langues, dents, c'est une cacophonie de sensations, un déchaînement de plaisir, de désespoir, de désir irrépressible… Il s'empare de moi. Il n'y a pas d'autre façon de le dire : il me prend… Et il me donne encore plus.

S'il ne me tenait pas, je tomberais : la tête me tourne, mes genoux se sont changés en coton au contact de sa langue contre la mienne, à l'image d'une de ces héroïnes de romans d'amour. Bien que ce ne soit pas mon premier baiser, c'est le premier qui me chamboule autant. Je me débats contre lui pour passer les bras autour de sa nuque mais ses mains me retiennent. Il me maintient de sorte que je n'aie d'autre choix que de prendre ce qu'il m'offre.

Et il m'offre tant. Son corps, sa bouche me donnent tout. Mon vertige s'aggrave, mes genoux flageolent, j'ai même l'impression que la terre tremble sous nos pieds. Sans y prêter attention, nous continuons à nous embrasser.

La vibration forcit et je comprends alors que ce n'est pas juste mon imagination. La terre tremble pour de vrai.

— C'est un séisme ! je gémis en arrachant ma bouche à la sienne.

Jaxon commence par m'ignorer, ses lèvres explorant les miennes pour reprendre notre baiser. Je me laisse faire. Après tout, je viens de Californie. J'ai vu pire. Si ce séisme était de forte magnitude, les tableaux tomberaient déjà des murs.

C'est Jaxon qui finalement se ravise. Il me lâche et s'éloigne de moi. Le temps que je reprenne mon souffle, il est déjà de l'autre côté de la pièce.

Je l'observe qui serre les poings tout en prenant une longue, lente et profonde inspiration, puis une autre, et une autre encore…

— Ce n'est rien, je lui dis. Juste une petite secousse, beaucoup moins importante que celle de ce matin. Ça va durer quelques secondes, pas plus.

— Il faut que tu t'en ailles.

— Quoi ?

Je dois avoir mal entendu. Il ne peut pas m'avoir embrassée comme s'il mourait d'envie de me manger toute crue puis m'ordonner de partir d'une voix aussi glaciale que la nuit au-dehors.

— Mais non, ça ira…

— Non, ça n'ira pas, il aboie.

Ses yeux sont à nouveau vides. Son visage aussi.

— Il faut. Que. Tu. Dégages !

— Jaxon, je supplie, en tendant la main vers lui. Ne…

La vitre derrière moi explose, envoyant des éclats de verre dans toutes les directions. Des tessons s'enfoncent au-dessus de mon sourcil, dans ma nuque, ma joue, mon épaule. Je hurle.

— Va-t'en ! crie Jaxon.

Il a l'air totalement hors de contrôle. Je le vois s'avancer vers moi, les doigts repliés comme des griffes, les yeux incandescents, le visage livide de rage.

Je fais volte-face et cours aussi vite que mes jambes flageolantes me le permettent. Il faut que je m'enfuie avant que cette version monstrueuse de Jaxon ne me rattrape.

Il faut que je lui échappe.

35

CE N'EST PAS PARCE QUE JE SUIS EN ALTITUDE QUE JE PEUX ME PERMETTRE DE PLANER

Je me réveille dans ma chambre. Ma nuque, mon visage et mon épaule sont bandés. Je n'ai aucune idée de la façon dont je me suis retrouvée là.

Macy est assise en tailleur au pied de mon lit, mon oncle se tient devant la porte et une femme, sans doute l'infirmière du lycée, est penchée sur moi. Avec ses cheveux noirs qui lui tombent jusqu'à la taille, ses ongles rouge sang et son air sévère, elle ne ressemble à aucune infirmière de ma connaissance. Elle a un stéthoscope et est occupée à dérouler des bandages.

— Tu vois, Finn ? Elle se réveille. Je t'avais dit que le sédatif n'agirait pas longtemps.

Malgré son sourire bienveillant, je suis intimidée. C'est peut-être son long nez busqué ou le médicament qu'elle m'a donné. Tout, autour de moi, me paraît flou.

— Comment te sens-tu, Grace ? demande-t-elle.

— Ça va.

C'est vrai. Je n'ai mal nulle part. Au contraire, j'ai l'impression de flotter dans un océan de chaleur.

Elle se penche sur moi.

— Tu vois combien de doigts ?

— Trois.

— Quel jour sommes-nous ?

— Mardi.

— Et tu sais où tu te trouves ?

— En Alaska.

— Super, dit-elle en se tournant vers mon oncle. Elle va bien. Elle a perdu beaucoup de sang, mais…

— Jaxon !

Le cocon douillet qui m'enveloppe disparaît quand je tente de m'asseoir. Comment ai-je pu oublier ?

— Est-ce que Jaxon va bien ? Il était…

Je m'interromps net. Que dire, alors que je n'ai aucune idée de ce qui s'est réellement passé dans cette tour.

Je me souviens que Jaxon m'a embrassée… Ça, je m'en souviendrai pour le reste de ma vie.

Je me rappelle le tremblement de terre.

Je me rappelle avoir pris la fuite.

Et je me souviens du sang. Il y avait du sang partout, ça me revient. D'où venait-il ?

— Tout doux, me dit l'infirmière en me tapotant la main. Les souvenirs vont te revenir à condition que tu ne forces pas.

J'ai du mal à la croire. J'ai l'impression que tout est brouillé dans mon cerveau, que mes synapses ne se connectent plus entre elles comme elles le devraient.

Quel genre de sédatif cette femme m'a-t-elle donné, au juste ?

— Macy ? Macy, je…

— Jaxon va bien, m'assure-t-elle.

— Il t'a sauvée, ajoute mon oncle. Il t'a amenée à l'infirmerie. Grâce à lui, Marise a pu intervenir avant que tu ne te vides de ton sang.

— Que je me vide de mon…

— Quand la vitre a explosé, m'explique Marise, un éclat de verre s'est logé dans une artère de ton cou. Tu as perdu beaucoup de sang.

— Dans une artère ?

Je plaque la main sur mon cou, terrifiée. C'est comme ça que ma mère est morte : à cause d'une hémorragie artérielle. L'ambulance est arrivée trop tard.

— Mais tu vas bien, répète mon oncle d'une voix grave et rassurante.

Il me prend la main, la tapote.

— Heureusement que Jaxon était là. Il a comprimé la plaie et t'a amenée à l'infirmerie avant que…

— Avant que je meure, je complète à sa place.

Il pâlit.

— N'y pense plus, Grace. Tout va bien, maintenant.

Tout va bien, c'est vrai, et c'est grâce à Jaxon. Il m'a sauvé la vie. Encore.

— Je veux le voir.

— Bien sûr, répond Oncle Finn. Dès que tu seras sur pied.

— Non, je veux le voir maintenant.

J'essaie de repousser mes couvertures à coups de pied. Autant taper dans du béton. L'édredon pèse huit tonnes.

— J'ai besoin d'être sûre qu'il va bien. J'ai besoin…

Je ne finis pas ma phrase. Je ne sais pas ce dont j'ai besoin, à part de lui. Je veux voir son visage, je veux le toucher, je veux sentir son souffle et vérifier qu'il va bien.

Sans compter que je risque de perdre la raison si je n'apprends pas le plus vite possible ce qu'il a ressenti après notre baiser.

— Ouh là, du calme, s'écrie Marise en appuyant sur mon épaule pour me forcer à me recoucher. Tu le verras demain. Pour l'instant, tu dois te reposer.

— Je ne veux pas me reposer. Je veux…

— Je sais ce que tu veux, mais ce n'est pas possible pour l'instant. Tu es trop faible.

Son expression sévère est de retour.

— Ta blessure était sérieuse, il faut que tu le comprennes. Tu as besoin de récupérer.

— Je sais exactement ce qu'est une hémorragie artérielle, je rétorque en clignant des yeux pour chasser le souvenir du visage de ma mère. Je n'ai pas l'intention de descendre le Denali sur un snowboard. Je veux seulement voir mon…

J'ai failli dire « mon petit ami ». On n'en est pas encore là. On s'est embrassés une fois, et même si c'était le meilleur baiser de ma vie (enfin, si on oublie qu'un éclat de verre m'a sectionné l'artère juste après), ça ne fait pas de lui mon petit ami.

J'essaie de donner le change en triturant mon édredon, néanmoins les yeux écarquillés de Macy m'indiquent qu'elle n'est pas près d'oublier ce que j'ai failli laisser échapper.

Marise et Oncle Finn me scrutent attentivement, tout d'un coup.

Marise rajuste mes couvertures.

— Sois sage ou je vais devoir t'administrer un autre sédatif. Et cette fois, ce sera une dose suffisante pour te mettre hors jeu quelques heures.

De toute évidence, ce ne sont pas des menaces en l'air, alors je n'insiste pas. Je m'affale sur mes oreillers comme une bonne petite patiente.

— Je serai sage, je promets. Pas la peine de me redonner de quoi dormir.

— Ça, on verra. C'est ma responsabilité de faire en sorte que tu te reposes, quant aux méthodes employées, elles ne dépendent que de toi.

— Il va bien, intervient Macy. Je te promets, Grace. Il est juste occupé à remettre de l'ordre dans la tour.

Ah. Oui. Les hémorragies artérielles, c'est salissant.

— C'est tant le bazar que ça ?

Je sais que c'est idiot, mais j'ai un peu honte d'avoir saigné partout dans la suite de Jaxon, et d'avoir mis autant de monde dans l'embarras.

— Est-ce qu'il a besoin d'aide ?

— Je m'en suis chargé, m'assure Oncle Finn. Le tremblement de terre n'a pas fait trop de dégâts dans le reste du château, j'ai donc envoyé tout le personnel d'entretien chez Jaxon.

— Tu es sûre ?

C'est à Macy que je pose la question, pas à Oncle Finn. J'ignore pourquoi j'insiste autant… J'ai l'intuition, peut-être due à tous les médicaments que j'ai pris, que quelque chose ne va pas, que Jaxon a des problèmes. Je veux m'assurer qu'il n'est pas en danger.

— Je te jure qu'il va bien, Grace, dit Macy en me prenant la main. Jaxon est indemne, sa suite est en train d'être nettoyée, et il n'y a pas eu d'autres blessés. Tu peux te détendre.

Je n'y parviens pas. La peur me fait comme une boule dure au fond du ventre. Feignant d'être calmée, je me laisse aller contre mes oreillers. Si je suis docile, Marise et Oncle Finn me laisseront tranquille.

— Tu dois être assoiffée, Grace, dit Marise quelques instants plus tard. Tu veux boire un jus de fruits ?

Je me rends compte soudain que je meurs de soif, en effet.

— Oui, s'il vous plaît. Ou même de l'eau. N'importe quoi.

— Commençons par du jus de pomme. Le sucre te fera du bien. On verra ensuite.

— Pourquoi est-ce que j'ai besoin de sucre ? je demande en acceptant la petite bouteille qu'elle me tend.

Elle échange un regard avec Oncle Finn sans répondre. J'avale la boisson d'un trait.

— Je peux en avoir un autre ?

— Bien sûr.

Une deuxième bouteille apparaît dans sa main, comme par magie. Marise ne s'est même pas retournée, j'en jurerais. Enfin, j'ai trop soif pour y prêter attention. Je murmure un remerciement avant d'ouvrir la bouteille. Cette fois, je m'oblige à boire plus lentement.

Quand j'ai fini, Oncle Finn me prend la bouteille puis me caresse les cheveux avec une douceur qui me rappelle mon père.

— Je m'excuse, Grace, dit-il avec une expression peinée.

— De quoi ? je réponds, déconcertée.

— D'abord le mal des montagnes, maintenant un tremblement de terre… Je voulais t'offrir un nouveau chez-toi en Alaska, un endroit où tu te sentes en sécurité, mais il ne t'arrive que des malheurs depuis ton arrivée.

— Je ne suis pas malheureuse, je proteste.

Il n'a pas l'air de me croire, alors je lui prends la main.

— Certes, l'Alaska, c'est très différent de San Diego, mais ce n'est pas pour autant que je ne m'y sens pas bien. Je pensais que ce serait horrible, c'est vrai, mais en fait, je suis contente d'être là.

Mon intention était de le rassurer, mais au fur et à mesure que je parle, je m'aperçois que j'en pense chaque mot. Si je n'étais pas venue dans cet État si dépaysant pour moi, je n'aurais jamais rencontré Jaxon. Je n'aurais pas vécu cet incroyable baiser. Et je ne partagerais pas une chambre avec ma cousine, bâtissant une amitié qui durera sans doute toute notre vie.

— En plus, mon mal des montagnes n'est plus qu'un mauvais souvenir. Et on a des tremblements de terre en Californie aussi. C'est d'ailleurs la seule chose que l'Alaska et la Californie ont en commun, j'ajoute en souriant.

— Il n'empêche, dit Oncle Finn, j'aurais dû te présenter le lycée plus en détail… J'ai cru que l'ignorance te protégerait.

— Je ne pense pas qu'une visite guidée des lieux m'aurait évité d'être blessée lors d'un séisme, Oncle Finn.

Il sourit tristement.

— Ce n'est pas ce que je veux dire.

J'ai beau être encore à moitié dans les vapes, son expression met tous mes sens en alerte.

— Qu'est-ce que tu veux dire, alors ?

— Qu'il te faudra un peu de temps pour prendre tes marques, comme dans n'importe quel lycée, intervient Marise avec un regard qui signifie à mon oncle que ce n'est pas le moment d'avoir une discussion sérieuse avec moi. Mais Macy va t'aider et tu as l'air d'être une fille intelligente. Tu t'intégreras très vite, j'en suis persuadée.

J'en doute, mais ça ne sert à rien de protester. J'ai surtout envie qu'elle et mon oncle s'en aillent.

— Et mes autres coupures ? je demande en touchant le pansement sur ma joue. Elles sont graves ?

— Pas du tout. Elles vont guérir très vite et aucune d'entre elles ne laissera de cicatrice.

— Sauf celle dans mon cou.

— Oui, admet-elle à contrecœur. Celle-là te laissera une petite cicatrice.

— Au moins, je suis vivante, je réponds en souriant. Merci de vous être occupée de moi.

— De rien, Grace. Tu es une patiente modèle.

Le pensera-t-elle encore quand je quitterai ma chambre en douce pour rejoindre Jaxon, comme je compte le faire ?

Parce que je veux le voir. Je veux m'assurer qu'il n'est pas blessé, lui aussi. Et je veux savoir ce qu'il ressent après notre baiser. Si tant est qu'il y pense toujours, parce qu'il se pourrait bien qu'il ait décidé que je lui causais trop de problèmes et que ça n'en valait pas la peine.

J'aimerais aussi comprendre ce qui s'est passé entre le moment où la vitre a explosé et celui où je suis arrivé à l'infirmerie, et il est le seul à pouvoir me le dire. J'enrage de ne me souvenir de rien ; je me sens totalement impuissante, c'est terrifiant. Si je n'étais pas sous sédatif, je serais à deux doigts d'une crise de panique.

— C'est normal que j'aie sommeil ? je demande, plus pour les encourager à partir (surtout mon oncle) que parce que je veux faire une sieste.

— Oui, me dit Marise. Les effets du sédatif ne seront totalement dissipés que demain matin.

Elle se tourne vers mon oncle.

— On ferait mieux de la laisser se reposer, Finn. Je reviendrai la voir avant le couvre-feu et Macy nous préviendra s'il y a le moindre problème d'ici là.

— Bien sûr ! s'écrie Macy en adressant à son père un regard des plus vertueux.

Si je n'étais pas si impressionnée, et si impatiente qu'Oncle Finn quitte la pièce, j'éclaterais de rire.

— Qu'en dis-tu ? me demande oncle en me caressant les cheveux.

— Que c'est très impoli de piquer du nez en votre présence, mais je suis si fatiguée, Oncle Finn…

Il n'y a pas que Macy qui sache jouer la comédie.

— Très bien. Macy, viens avec moi. Tu pourras aller chercher de quoi manger avant que Marise ne s'en aille. Tu dois avoir faim, Grace.

Maintenant qu'il en parle, je me rends compte que je suis affamée.

— Je meurs de faim, c'est vrai.

— Rien de trop lourd, prévient Marise. De la soupe, et peut-être un dessert léger. Si tu parviens à digérer ça, quelque chose de plus consistant.

— D'accord, dit Macy en passant son bras dans celui de son père. Viens, Papa, allons chercher à manger pour Grace avant qu'elle ne s'endorme.

Il faudra que je réfléchisse à un moyen de renvoyer l'ascenseur à Macy. Faire sa lessive pendant un mois ? Nettoyer la salle de bains quand c'est son tour ?

J'appréhende un peu mon tête-à-tête avec Marise, mais elle me laisse « somnoler » en paix. L'effet du sédatif a beau s'être dissipé, j'ai encore l'impression d'avoir été renversée par un chasse-neige. Ce doit être à cause de l'hémorragie.

Au bout de quelques minutes de silence, Marise prend conscience que je ne dors pas.

— Tu as d'autres questions concernant tes blessures, Grace ? me demande-t-elle.

— Non, je réponds, avant de me raviser : En fait, si. Quand retirerez-vous mes points de suture ?

— Les points de suture ? répète-t-elle, déconcertée.

— Pour l'hémorragie. Vous m'avez bien recousu l'artère, non ? Ou c'est juste un truc qu'on voit dans *Grey's Anatomy* ?

— Ah ! oui, bien sûr, dit-elle d'un air embarrassé. Les fils que j'ai utilisés vont se résorber tout seuls, tu n'as pas à t'inquiéter.

— Et ceux sur la peau ? Qui ferment la plaie ?

— Ils vont se résorber aussi.

Je trouve ça bizarre, mais bon, je ne suis pas infirmière. C'est elle, l'experte.

Toutefois, ce qu'elle me dit ensuite me paraît encore plus étrange.

— Au fait, n'ôte pas ton pansement. Viens me voir demain pour que je le change, mais ne t'en occupe pas toi-même avant une bonne semaine.

— Une semaine ? Et si je veux prendre une douche ?

— Je te donnerai du film plastique pour le protéger. Tu ne risqueras pas de le mouiller même en te lavant les cheveux.

Ça me paraît bien compliqué pour une plaie qui, selon elle, devrait cicatriser sans problème. Cependant, je n'insiste pas.

— Merci, je murmure en fermant les yeux, déterminée cette fois à sombrer dans le sommeil.

Sans succès. J'ai beau être épuisée, quelque chose me tracasse. Notamment que Marise ait recousu mon artère, puis soit tombée des nues à la seule mention de points de suture. Sans compter que c'est le boulot d'un chirurgien, pas d'une infirmière.

Bon, OK, on est en Alaska, à quatre-vingt-dix minutes de la civilisation. Ce qui explique probablement que l'infirmière de Katmere ait plus de cordes à son arc qu'une infirmière classique.

Quoi qu'il en soit, je suis soulagée quand Macy revient. Je continue à feindre de dormir jusqu'à ce que Marise s'en aille.

À peine la porte refermée, je me redresse comme un ressort.

— Qu'est-ce que tu me caches ?

Surprise, ma cousine manque de lâcher son plateau.

— Je te croyais endormie !

— J'attendais que Marise soit partie.

Je repousse mes couvertures et m'assieds au bord du lit.

— Reste couchée, m'ordonne Macy.

— Non. Je veux comprendre ce qui s'est passé. C'est tout de même super improbable qu'un tremblement de terre fasse exploser une vitre et que cette vitre envoie un éclat de verre pile dans ma carotide, tu ne crois pas ? Et en plus, Marise m'a dit de ne pas examiner ma plaie moi-même. Je trouve ça louche.

— Elle veut probablement éviter que tu paniques à cause de la cicatrice que ça te laissera, répond Macy en posant le plateau.

Elle reste dos à moi, à déplacer des assiettes. Ça me donne envie de hurler. Je sais qu'elle fait semblant d'être absorbée.

Je n'y tiens plus. Bravant le vertige qui me saisit, je me lève pour aller jusqu'à elle. À mi-chemin, la pièce se met à vaciller. Je pose la main sur le mur pour me stabiliser.

Tout va bien, disait l'infirmière… Mon œil. Je suis dans un sale état, oui.

Macy se retourne et gémit en me voyant debout.

— Retourne te coucher ! m'ordonne-t-elle en m'attrapant le bras et en le passant d'autorité sur ses épaules. Je vais te soutenir.

— Dis-moi la vérité. Est-ce que mon artère a vraiment été touchée ou y a-t-il autre chose qu'on me cache ?

Je lui résiste. Je ne bougerai pas tant qu'elle n'aura pas répondu.

— Grace, tu t'es entaillé une artère ! J'ai vu le sang moi-même…

— Ce n'est pas ce que j'ai demandé.

— Je n'en sais pas plus. Je n'étais pas là quand Jaxon t'a amenée à l'infirmerie ! J'étais à mon cours de danse.

— OK, je soupire, prise d'une envie soudaine de m'arracher les cheveux. Excuse-moi. C'est juste que toute cette histoire me paraît insensée.

— Moi je crois juste que tu n'as vraiment pas de chance. D'abord la branche qui se casse, ensuite la fenêtre… C'est bizarre.

— Super bizarre, oui ! C'est ce que je voulais dire : c'est trop improbable. Je ne sais pas quoi en penser.

— Dans l'immédiat, contente-toi de retourner au lit et de dormir un peu. Marise me tuerait si elle te voyait debout.

— Parlons-en, d'ailleurs, de celle-là, j'ajoute en me laissant conduire à mon lit. Je n'ai jamais vu d'infirmière scolaire qui en impose autant.

— Oh ! elle n'est pas si terrible. Un peu austère, disons.

J'attrape ma trousse quand on passe à côté de mon bureau. Il y a un miroir dedans et j'aimerais inspecter les dégâts.

— Tu veux quoi, comme soupe ? demande Macy en m'installant dans un lit refait avec soin.

C'est absurde, étant donné que seules Macy et moi étions dans la pièce.

— Hé ! t'as refait mon lit ?

— Quoi ?

— Mon lit ? Il était défait quand j'en suis sortie.

— Ah ! ouais, euh, j'ai…

Elle fait le geste de lisser quelque chose.

— Mais quand ça ?

Je dois être encore plus dans les vapes que je n'imagine. Je n'en ai aucun souvenir.

— Quand tu étais appuyée contre le mur. T'as fermé les yeux, et je voulais te laisser le temps de retrouver ton équilibre.

De nouveau, ça me paraît bizarre. J'étais certaine qu'elle s'était précipitée ves moi dès qu'elle m'avait vue debout. D'un autre côté, on m'a mise sous sédatifs alors qu'elle a toute sa tête. Et puis, peu importe ? Ce n'est pas comme si mon lit s'était refait tout seul.

— C'est agréable, en tout cas, je dis en remontant les couvertures. Merci.

— Pas de quoi.

Je la trouve toutefois un peu pâle lorsqu'elle apporte le plateau.

— J'ai pris du bouillon de poulet, du velouté de pommes de terre et de la soupe de maïs. Je n'étais pas sûre de tes goûts.

— Pour être honnête, j'ai tellement faim que j'avalerais n'importe quoi. Choisis celle que tu veux et donne-moi ce qui reste.

— Euh, non. C'est toi, la malade.

— Justement. Je suis tellement droguée que ça n'a aucune importance. De toute façon, il n'y a que la soupe à la tomate que je n'aime pas, alors…

Pour finir, elle me sert la soupe de maïs et un bol de fruits au sirop – des pêches, cette fois, dont j'avale la moitié en trois minutes chrono.

Macy mange à un rythme plus mesuré. Au bout de quelques bouchées, elle me demande :

— Dis, pourquoi t'étais dans la chambre de Jaxon ? Je croyais qu'il t'évitait ?

Je n'ai pas la moindre envie de raconter ma crise de larmes à Macy. Elle s'inquiète déjà pour moi. Je ne veux pas lui donner l'impression qu'elle n'en fait pas assez alors qu'elle a été adorable depuis mon arrivée.

— On discutait et il m'a proposé de venir voir la pluie de météores.

— La pluie de météores ? Tu crois que je vais avaler ça ?

— Ben, c'est la vérité. C'était époustouflant. Je n'en avais jamais vu d'aussi brillants.

Elle semble toujours sceptique.

— Et vous observiez les étoiles filantes de l'intérieur de sa chambre ?

— Non, on était sur le toit. On venait de rentrer par la fenêtre quand le tremblement de terre a eu lieu.

— Le tremblement de terre ?

— Oui, le tremblement de terre. Tu sais, le séisme qui a eu lieu à 17 h 30 cet après-midi. Ça devait être une réplique de celui de ce matin.

— Oui, j'ai senti la secousse. On l'a tous sentie.

— Alors, pourquoi tu me regardes comme si j'avais perdu la raison ?

— C'est juste… Je pensais… Enfin, c'est idiot, mais… Qu'est-ce que vous faisiez exactement, Jaxon et toi, au moment du séisme ?

La question me surprend. Je scrute le mur derrière elle pour éviter son regard. Les joues me brûlent.

— Oh non. Ne me dis pas que…

Dans un murmure, elle termine :

— Est-ce que vous *l'avez fait* ?

— Quoi ? Mais bien sûr que non !

Mes joues virent du rose au rouge vif.

— On a juste…

— Quoi ?

— Il m'a embrassée, d'accord ? C'est tout.

— C'est tout ?

— Bien sûr que c'est tout ! On se connaît depuis moins d'une semaine !

— Oui, mais… on aurait dit que c'était beaucoup plus qu'un baiser.

— Qu'est-ce que tu racontes ? Je ne suis même pas sûre de lui plaire !

Macy ouvre la bouche, puis se ravise et fait mine d'être absorbée par sa soupe.

— S'il te plaît ! je l'implore. J'ai répondu à tes questions. Réponds aux miennes !

— D'accord. Mais…

Des coups à la porte l'interrompent. Évidemment.

— Ça doit être mon père, dit-elle en se levant. Il a du mal à garder ses distances quand quelqu'un qu'il aime est mal en point.

Je pose mon bol sur la table de nuit et me cache sous mes couvertures.

— Ça te dérange pas si je fais semblant de dormir ? Je n'ai pas vraiment envie de parler à qui que ce soit pour l'instant. À part toi, bien sûr.

— Aucun souci. Je le laisserai jeter un œil, puis je le mettrai dehors.

— T'es la meilleure coloc du monde.

Je me couche en chien de fusil tournée vers le mur et ferme les yeux. Macy ouvre la porte. Quelqu'un murmure une question que je ne saisis pas. Ça doit être le père de Macy, vu ce qu'elle répond :

— Elle va bien. Elle a mangé sa soupe et maintenant elle dort.

Le visiteur murmure encore.

— Tu veux entrer pour voir par toi-même ? propose Macy. L'infirmière lui a donné une dose de cheval, elle est K.-O. jusqu'à demain. Au moins.

Quelques murmures encore, puis Macy referme la porte.

— La voie est libre, dit-elle d'un ton un peu étranglé.

— Pardon de t'avoir forcée de mentir à ton père. Rappelle-le, si tu veux…

— Ce n'était pas mon père.

— Qui, alors ? Cam ?

— Non, dit-elle, l'air nauséeux. C'était Jaxon.

Je me redresse d'un bond.

— Jaxon ? Ici ? Pourquoi tu ne l'as pas laissé entrer ?

Je saute hors du lit pour enfiler mes Converse, mais je ne les vois nulle part.

— Je lui ai proposé, mais il a refusé.

— Parce que tu lui as dit que je dormais !

Je renonce à trouver mes baskets et me dirige pieds nus vers la porte.

— Où tu vas ? couine Macy.

— À ton avis ? je rétorque en ouvrant la porte. Je vais rejoindre Jaxon.

36

JEUX DE MAINS…

Je m'élance hors de ma chambre, persuadée que je retrouverai Jaxon quelques portes plus loin. Le couloir est totalement vide. Il n'a pas pu aller loin, je me dis en descendant l'escalier principal. Au pire, je sais où est sa chambre, même si une équipe de nettoyage s'y active en ce moment.

Je le repère enfin en train de dévaler les marches quatre à quatre. Il n'est pas seul, Liam et Rafael sont avec lui. Et tous trois semblent très pressés.

Je devrais probablement les laisser filer, toutefois c'est lui qui est venu me chercher, pas l'inverse. Il voulait me voir.

Galvanisée par cette pensée, je crie son nom du palier.

Il s'arrête net. Tous trois lèvent la tête et me dévisagent avec le même regard insondable. Avant que j'aie le temps d'absorber l'impact de toute cette beauté virile (c'est beaucoup à la fois), Jaxon bondit de marche en marche jusqu'à moi.

Liam et Rafael nous observent un instant avec ce visage de marbre que je commence à détester, puis ils me font un petit signe de la main, Rafael lève le pouce, et ils reprennent leur route.

— Qu'est-ce que tu fais là ? demande Jaxon.

Il est livide, ses traits expriment un mélange de dégoût de soi et de regrets, ses yeux sont d'un noir incandescent qui me fait frissonner.

— Macy m'a dit que tu me cherchais.

— Je ne te cherchais pas. Je voulais juste m'assurer que tu allais bien.

— Oh ! je dis en ouvrant les bras. Ça va, comme tu vois.

Il ricane.

— C'est une question de point de vue.

— Qu'est-ce que tu veux dire ?

— Que t'as l'air sur le point de t'évanouir. Je ne sais pas ce qui t'a pris de courir dans les couloirs alors que t'as perdu autant de sang. Retourne au lit.

— Non. Je veux parler de ce qui s'est passé cet après-midi.

Insondable, indéchiffrable : ces mots ne décrivent pas la transformation qui s'opère sur son visage, désormais au-delà du vide et du néant. Il ne reste plus aucune trace du Jaxon qui m'a emmenée admirer la pluie de météores, de celui qui m'a embrassée si fort que mes genoux ont lâché et que mon cœur a manqué d'exploser.

On dirait un étranger. Un étranger froid et déterminé à m'ignorer. Il finit par répondre :

— Tu t'es blessée. Voilà ce qui s'est passé.

— Il ne s'est pas passé que ça, je proteste en tendant la main vers lui, désireuse de le toucher.

Il se dérobe avant même que mes doigts n'effleurent son tee-shirt.

— Pour moi, si, réplique-t-il.

Mon cœur se décroche dans ma poitrine. Et notre baiser, alors ?

Il me faut de longues secondes pour trouver mes mots. Puis, enfin, je lui pose la question qui me torture l'esprit depuis que je me suis réveillée.

— Est-ce que *toi*, ça va ?
— Ne t'en fais pas pour moi.
— Si, je m'inquiète, dis-je, même si l'aveu me coûte, vu la façon dont il s'acharne à couper les ponts entre nous. Tu as l'air…
Ses yeux rencontrent les miens.
— J'ai l'air ?
— Je ne sais pas. Pas bien.
Il se détourne.
— Ça va.
— D'accord.
Il ne veut pas me parler, c'est évident. Je bats en retraite.
— Je suppose que je…
— Je te demande pardon, lâche-t-il soudain.
Ces mots ont l'air de lui coûter.
— Pour quoi ? je demande, éberluée.
— Je ne t'ai pas protégée.
— Du tremblement de terre ?
Il replonge ses yeux dans les miens et, pendant une seconde, j'y aperçois un éclat terrible, dévorant.
— Oui. Et des autres dangers.
— D'après ce que j'ai compris, tu m'as sauvé la vie.
Il rit tristement.
— C'est le problème : tu ne comprends pas. C'est pour ça que tu ferais mieux de retourner dans ta chambre et d'oublier tout ça.
— Oublier quoi, exactement ? Le séisme ou le baiser ?
Je ne sais pas d'où me vient le courage de poser la question. Sauf que c'est moins du courage, en fait, que du désespoir. Je dois savoir ce que pense Jaxon, et pourquoi.
— Tout. Oublie tout.
— Tu sais que c'est impossible.

Je tends de nouveau la main vers lui, et cette fois il me laisse faire. Il me regarde la poser sur son épaule. J'espère lui rappeler ainsi ce que c'était de me toucher, briser les murs qu'il s'acharne à ériger entre nous.

— Ouais, ben, débrouille-toi pour le faire quand même. Tu n'as aucune idée de ce dans quoi on vient de s'engager.

— On s'est embrassés, Jaxon, c'est tout.

C'était un baiser incroyable, d'accord. Pour moi, c'était important. Mais tout de même, il ne faut pas exagérer : c'était juste un baiser.

— Ça ne marche pas comme ça ici, c'est ce que j'essaie de t'expliquer, grogne-t-il en passant la main dans ses cheveux. Tu ne vois pas ? Depuis ton arrivée, tu n'es qu'un pion qu'on déplace sur l'échiquier selon nos stratégies. Sauf que maintenant… ce n'est plus un jeu.

Je sais qu'il veut m'avertir, que c'est pour mon bien, mais honnêtement, ses paroles me font aussi mal que des coups.

— C'était un jeu, pour toi ?

— Tu ne m'écoutes pas.

Ses yeux sont deux braises, incandescentes d'émotions que je ne parviens pas à déchiffrer.

— Au moment où je t'ai embrassée… Au moment où tu t'es blessée, tout a changé. Tu étais déjà en danger avant, mais maintenant…

Il se tait, la mâchoire serrée, la pomme d'Adam frémissante.

— … maintenant, c'est comme si j'avais dessiné une cible dans ton dos et défié tout le monde de te tirer dessus.

— Je ne comprends pas. Tu n'as rien fait de mal.

— Si, justement. Je ne t'ai fait que du mal.

Aussi rapide que les étoiles filantes que nous admirions ensemble il y a un siècle, il s'avance vers moi et nous nous retrouvons nez à nez.

— Tu dois garder tes distances. Et je dois rester loin de toi.

À ces mots, j'ai des frissons, la bouche sèche, les mains moites… Malgré tout, je ne parviens pas à m'éloigner de lui. Pas quand il est si proche…

— Jaxon, je t'en prie… Ce que tu dis n'a aucun sens.

— Parce que tu refuses de comprendre, dit-il en reculant. Je dois y aller.

Sa remarque reste suspendue entre nous, sinistre. Toutefois, il ne bouge pas, me regarde de ses yeux torturés.

Alors je fais quelques pas vers lui jusqu'à ce que nos corps se frôlent.

Ce n'est presque rien, mais ça suffit à ce que mon ventre se réchauffe. Ça suffit à ce que ma peau grésille d'électricité.

— Jaxon…

Je dois chuchoter son nom ; mes cordes vocales ne fonctionnent plus. Il ne répond pas. Il ne recule pas non plus.

Pendant une seconde, peut-être deux, il me regarde, les yeux rivés aux miens, nos deux corps pressés l'un contre l'autre.

Je chuchote son nom encore une fois et je le sens lâcher prise. Frémir. Hésiter.

Mais il se reprend et, d'une voix coupante comme du verre, me lance :

— Éloigne-toi de moi, Grace.

Il fait volte-face, descend quelques marches et, sans se retourner, ajoute :

— C'est la seule façon dont tu sortiras vivante de ce lycée.

— C'est une menace ? je demande, plus secouée que je ne veux l'admettre.

— Non, répond Jaxon.

Je n'ai pas besoin de ça, aurait-il pu ajouter.

Avant que je puisse réagir, il prend appui sur la rampe et bondit par-dessus. Un cri m'échappe. Je me précipite pour me pencher par-dessus la rambarde, terrorisée à l'idée de découvrir son corps désarticulé trois étages plus bas. Or je ne le vois nulle part. Il s'est volatilisé sans laisser de trace.

37

ABSTIENS-TOI DE POSER UNE QUESTION DONT LA RÉPONSE TE DÉSTABILISE

Penchée par-dessus la rampe, je fixe l'endroit où Jaxon aurait dû tomber. Il ne peut pas s'être évaporé. C'est impossible.

Puis je me lance à sa poursuite. (En descendant les marches, comme une personne saine d'esprit.) J'ai à peine fait quatre pas quand quelqu'un m'appelle.

— Grace ! Tu vas où ?

Je me retourne et je vois Lia traverser le palier dans ma direction, toute vêtue de noir, comme d'habitude, classe et féminine, comme d'habitude.

— Je voulais parler à Jaxon, mais il m'a semée.

— Ce n'est pas surprenant. C'est impossible de rattraper Jaxon quand il n'en a pas envie.

Elle me pose la main sur l'épaule.

— Mais, Grace, dis, est-ce que ça va ? T'as pas l'air bien.

Ça, c'est l'euphémisme du siècle. Je secoue la tête.

— J'ai eu une journée bizarre. Et longue.

— C'est toujours comme ça avec Jaxon, s'esclaffe-t-elle. Je pense qu'une tasse de thé et un petit moment entre filles te feraient du bien. On se cale ça bientôt ?

— Oui, avec plaisir !

— En attendant, tu devrais essayer de le retrouver. Sinon il risque de broyer du noir pendant un moment.

Je réfléchis à sa suggestion. Le retrouver ? Je n'ai aucune idée de l'endroit où il a pu aller ; je ne sais même pas s'il est toujours dans le château. Et s'il est sorti, pas question de le suivre en pyjama.

Finalement, je soupire.

— Je vais plutôt retourner à ma chambre, je crois. Et peut-être lui envoyer un texto.

— Oh ouais, bien sûr, c'est aussi une solution.

C'est peut-être parce que je suis de mauvaise humeur, mais j'ai l'impression qu'elle me prend de haut.

— Viens, je vais te ramener à ta chambre, ajoute-t-elle. Tu as l'air au bord de l'évanouissement.

Je fais de mon mieux pour ne pas montrer mon agacement devant son ton condescendant.

C'est vrai que je pourrais m'effondrer à tout moment, mais ça ne la regarde pas et je ne veux pas qu'elle s'en mêle. Surtout dans ce lycée où la faiblesse physique semble être une tare.

Sans lui répondre, je cherche une dernière fois Jaxon du regard (sans succès) avant de rebrousser chemin. Lia doit vraiment avoir peur que je tombe, parce qu'elle marche à côté de moi, prête à me rattraper en cas de chute. Ce qui n'arrivera pas. J'ai déjà causé suffisamment de problèmes cette semaine.

— Qu'est-ce qui s'est passé, au juste ? me questionne-t-elle sur le chemin. Je pensais te voir au dîner.

— J'ai eu un petit… accident.

— Je vois ça.

Elle détaille mes nombreux bandages.

— C'est sérieux ? On dirait que t'as fait un match de boxe contre un ours polaire. Et que t'as perdu.

Un petit rire m'échappe.

— Juste des éclats de verre projetés par le séisme de tout à l'heure, rien de méchant.

— Ah oui ! le séisme…

Elle me scrute quelques instants.

— Tu sais, on a eu plus de secousses depuis ton arrivée ici qu'au cours de toute l'année écoulée. Je vais finir par croire que tu les as ramenées de Californie.

Je ricane.

— Ouais, on m'a déjà dit ça aujourd'hui. Sache toutefois que je n'ai jamais été blessée aussi grièvement par un séisme californien.

— Sans blague ? Bon, tu sais ce qu'on dit de l'Alaska ?

— Euh, que c'est ici qu'a eu lieu la ruée vers l'or du Klondike ?

Elle rit.

— Non. « En Alaska, tout peut te tuer en dix secondes ou moins. »

— Je croyais que c'était l'Australie ?

— Eh bien, c'est pareil ici.

Elle sourit, mais ses mots me rappellent à quel point cet endroit est dangereux. Depuis mon arrivée, je suis tombée d'un arbre et je me suis entaillé une artère. Lia, elle, a perdu son petit copain. Et Jaxon, son frère.

— Comment tu vas, toi ? je demande tandis qu'on s'approche de ma chambre.

— Moi ? s'étonne-t-elle. Ce n'est pas moi qui suis recouverte de bandages.

— Je ne parle pas de ça. Je veux dire…

J'inspire profondément.

— Je veux dire au sujet de Hudson.

Un éclat de rage passe dans ses yeux, bref et meurtrier, et puis elle cligne des paupières, et la fureur disparaît, remplacée par un air vaguement aimable qui me paraît un million de fois pire.

— Ça va, dit-elle avec un drôle de petit sourire qui me serre le cœur. Je ne vais pas bien. Je n'irai jamais bien. Mais j'ai appris à dire non, donc j'avance.

— À dire non ?

— Ouais, on en a déjà parlé. Tout le monde veut que je passe à autre chose, mais je n'y arrive pas. Tout le monde dit que rien n'a changé, que Jaxon est un remplaçant parfait…

— Jaxon ?

Mon corps entier se raidit à la mention de Jaxon. Ce n'est pas possible. Elle ne peut pas être sérieuse.

— C'est absurde, je sais. Hudson et lui ne se ressemblent pas du tout, et je me fiche de la politique ou des dynasties familiales, alors que lui s'en soucie. Je veux seulement que Hudson revienne.

La nouvelle me cueille comme un coup de massue. Alors, Jaxon et elle sont censés être ensemble ? Pire : il n'y voit pas d'objections ? Toutefois, Lia a l'air si petite, si vulnérable en disant cela que je ne peux pas m'empêcher d'avoir mal pour elle.

Tout ça n'a aucun sens. J'ai senti la force de l'étreinte de Jaxon tout à l'heure, la passion avec laquelle il m'a embrassée. Ce n'est pas comme ça que se comporte un garçon qui pense à une autre. Il avait l'air aussi affamé de moi que je l'étais de lui.

D'accord, il a essayé de tout reprendre il y a quelques minutes dans l'escalier, mais ce n'est pas un moment qu'on peut effacer. Je ne me suis jamais sentie aussi proche de qui que ce soit, et je crois que lui non plus.

Alors, quoi ? Qu'est-ce que Lia veut dire, exactement ? Et pourquoi est-ce que c'est à *moi* qu'elle en parle ?

Je n'ai pas de réponse à cette question et je n'en trouverai pas en restant au milieu de ce couloir. La combinaison du sédatif et de la perte de sang me donne l'impression de flotter, comme si j'avais perdu d'un coup la moitié de mon poids.

Heureusement, nous voici devant ma chambre. Je suis épuisée et plus que pressée de retrouver mon lit et aussi de me débarrasser de Lia – au moins le temps de déterminer si je suis parano ou si elle m'a expliqué tout ça pour me signifier que Jaxon est chasse gardée.

Si son intention est de me décourager, ça ne fonctionnera pas. Ce qui me lie à Jaxon est trop intense. Certes, c'est bizarre, sachant qu'on a passé le plus clair de notre temps à se disputer depuis qu'on s'est rencontrés, mais plus je le côtoie, moins j'ai envie de le quitter. Comme si quelque chose me poussait vers lui. Aucune chance que les sous-entendus de Lia parviennent à m'éloigner de lui.

J'étais si pressée de rattraper Jaxon que j'ai oublié mes clefs. Je m'apprête à frapper quand la porte s'ouvre à la volée.

— Ah, t'es là ! s'exclame Macy. J'allais partir à ta recherche.

Elle aperçoit Lia derrière moi et change de ton, soudain timide.

— Oh ! salut, Lia. Comment tu vas ?

— Bien, fait Lia d'un air hautain avant de se tourner vers moi : Repose-toi, Grace, d'accord ? Je passerai te voir demain. Et je t'apporterai une infusion maison qui t'aidera à te remettre plus vite sur pied.

— Ne te donne pas ce mal, je dis en traversant le rideau de perles. Merci de m'avoir raccompagnée.

— T'en fais pas. Et je t'apporterai quand même de la tisane.

Elle me sourit gentiment.

— Essaie de te reposer.

— Promis. Merci encore.

Je ne lui renvoie pas son sourire.

— Oui, merci d'avoir veillé sur elle, renchérit Macy.

Lia l'ignore.

— Si tu veux, Grace, je peux apporter l'infusion tout de suite.

— Non, merci. Je vais dormir.

Joignant le geste à la parole, je m'allonge sur mon lit fraîchement refait (encore), dos à elle. Je sais que c'est malpoli, mais je m'en fiche. J'ai juste envie qu'elle s'en aille. Pas seulement à cause de cette histoire avec Jaxon, mais aussi parce que je n'aime pas du tout ses manières vis-à-vis de Macy. Elle la traite comme si c'était un chiot agaçant qui mordillait ses chaussures.

J'entends quelques murmures (sûrement ma cousine qui s'excuse de mon attitude auprès de Lia), puis la porte se referme.

Je me retourne et tombe nez à nez avec un sachet de biscuits et un verre de jus de fruits posés sur ma table de nuit.

— T'es au courant que t'es la meilleure cousine du monde ? je lui dis en m'asseyant dans mon lit.

— Oui, je sais, dit-elle en s'installant à côté de moi. Comment tu te sens ?

— Honnêtement ?

— Toujours.

— Horrible. J'aurais mieux fait de t'écouter.

C'est ridicule. Tout ce que j'ai fait, c'est courir après Jaxon. Ça me met hors de moi d'être aussi épuisée… Je me sens trahie par mon propre corps.

— Sans blague, dit-elle en me tendant le verre de jus. Allez, cul sec.

J'essaie d'imaginer la quantité de sang que j'ai perdue. Cette pensée m'encourage à vider le verre en deux gorgées et à avaler un cookie, même si je sens mon estomac se rebeller à cette idée.

Macy, qui me surveille attentivement, a un sourire approbateur quand j'enfourne un second cookie et de l'eau.

— Bon, explique-moi comment, alors que tu étais partie à la recherche de Jaxon, tu es revenue avec Lia ?

— Il n'y a pas grand-chose à en dire. Jaxon a fait ce qu'il fait toujours.

— C'est-à-dire ?

— Il a disparu.

Macy opine.

Je repense au regard de Jaxon pendant notre discussion au sommet de l'escalier, puis à ce que Lia a laissé « échapper ».

Je me rappelle chacune des occasions où Jaxon a volé à ma rescousse. Et chacune de ses disparitions. Chaque fois qu'il m'a laissée, alors que je lui demandais de rester à mes côtés…

Mon cerveau déjà confus crie grâce.

— On ferait mieux de se coucher, déclare Macy, et je remarque seulement alors qu'elle est en pyjama. Il est deux heures passées.

— Si tard ? Combien de temps je suis restée inconsciente ?

— Assez longtemps, souffle-t-elle en m'enlaçant avant de retourner à son lit. Allez, dors. On élucidera le cas Jaxon Vega demain.

J'essaie de trouver le sommeil, mais je ne cesse de m'étonner qu'il soit si tard. J'ai dû rester inconsciente beaucoup plus longtemps que je ne le pensais. Je vérifie l'heure sur mon téléphone : 2 h 31.

J'ai deux messages de Heather – les cours de maths sont affreux et elle tente de trouver le courage de parler à Veronica, son coup de cœur du moment. Je lui renvoie deux textos. Rien sur mon accident, mais je l'encourage pour Veronica et les maths. Et je me plains un peu de Jaxon.

Elle ne répond pas. Normal, c'est le milieu de la nuit. Je parcours mon fil Insta quelques minutes. Tout en faisant défiler les photos, je repense à mon après-midi. Qu'a-t-il bien pu se passer pendant que j'étais dans les vapes ?

Qu'a dit Marise, exactement ? Que Jaxon m'avait amenée à l'infirmerie et qu'elle m'avait mise sous calmants pour « recoudre l'entaille » à mon artère ? Et si ce n'était pas toute la vérité ? Peut-être qu'il s'est passé autre chose. Quelque chose qui expliquerait la nervosité de mon oncle et la détermination de Jaxon à se tenir éloigné de moi.

Telles sont les pensées qui me maintiennent éveillée jusqu'à près de trois heures du matin et me décident à me lever pour aller à la salle de bains et à ôter le pansement malgré la promesse que j'ai faite à Marise.

J'examine la plaie dans mon cou.

Quelques centimètres au-dessous, je découvre deux trous parfaitement ronds.

38

RIEN DE TEL QU'UNE MORSURE POUR DIRE À UNE FILLE QU'ELLE TE PLAÎT

Deux trous ronds. Comme des marques de dents. Évidemment, il n'est pas question de me rendormir après ça. J'attends que les effets hallucinogènes du somnifère se dissipent en scrutant ma blessure dans le miroir. Et si ce n'est pas une hallucination due aux médicaments, alors une hémorragie artérielle et des extraterrestres sont les cadets de mes soucis.

J'ai envie d'aller me balader pour m'éclaircir les idées, mais le souvenir de mon agression de l'autre nuit me retient. Après la journée que j'ai passée et ce que je viens de découvrir dans le miroir, je vais péter les plombs si quelqu'un me cherche des noises. Par la fenêtre, je remarque que la lune est toujours haute dans le ciel.

Ce qui n'aurait pas d'importance si je vivais toujours dans un univers normal, mais depuis que je suis arrivée à Katmere, je suis de moins en moins sûre que ce soit le cas. À cette pensée, je palpe le bandage à mon cou et me demande pour la énième fois ce qui a pu causer ces deux trous ronds si étranges.

Bien sûr, si j'étais l'héroïne d'un roman d'horreur, l'explication serait évidente, mais je ne suis pas Bram Stoker et nous ne sommes pas en Transylvanie. Il doit y avoir une autre raison.

Un serpent ? Deux morsures placées de manière parfaitement symétrique… Une très mauvaise blague ?

Il doit y avoir une explication.

Le fait que je ne cesse de me rappeler que Jaxon m'avait mise en garde contre la pleine lune et avait traité Marc et Quinn d'« animaux » ne m'aide pas à me cantonner au domaine de la logique. Pas plus que l'insistance de Macy à m'expliquer que Jaxon et Flint sont issus de mondes trop différents pour s'entendre.

Non. C'est le sédatif qui me fait halluciner. Forcément.

Parce que ce qui s'insinue dans mon esprit est absurde. Complètement impossible. Les monstres n'existent pas. Il n'y a que les humains. Et même si certains peuvent agir de manière monstrueuse, ils n'en restent pas moins humains.

Soit Marise m'a fait deux piqûres juste en-dessous de la plaie, soit je suis la victime d'une mauvaise blague. Jaxon me fait *forcément* marcher. Aucune autre explication ne tient.

Je m'accroche à ce mantra pendant les trois heures qui suivent, je me le répète encore et encore et encore. Dès que le réveil sonne six heures, je saute dans la douche en évitant soigneusement de mouiller le bandage.

Après tout, je n'y connais rien en morsures de vampire et je ne voudrais pas aggraver les choses. Je ne pense pas *réellement* que ce soit une morsure de vampire, bien sûr… mais au point où j'en suis, je ne veux écarter aucune hypothèse.

Après avoir enfilé une jupe noire, un collant noir et un polo violet, je me coiffe en faisant en sorte que mes cheveux recouvrent mon bandage et la plaie sur ma joue, j'attrape un sweat et me faufile hors de la chambre avant que Macy n'émerge.

J'ai hésité à la réveiller pour la questionner sur ce qui me hante, mais je ne veux pas qu'elle me mente.

Et je ne suis pas sûre non plus d'être prête à l'entendre me dire la vérité.

Jaxon, en revanche… Si lui me ment, je lui enfoncerai un pieu dans son misérable cœur plein de noirceur. Même si cette punition n'a aucun sens, parce que les vampires n'existent pas.

Je traverse le lycée d'un pas décidé. J'ai toujours un peu le vertige. Quelle quantité de sang est-ce que j'ai perdue, à propos ? De toute façon, peu importe, il est hors de question que j'attende une seconde de plus pour lui parler.

J'arrive à la tour en cinq minutes, ce qui tient de l'exploit vu que c'est de l'autre côté du château. Je tambourine à la porte. Personne ne répond.

Je martèle le battant encore et encore avant de me décider à lui envoyer un texto. Puis à l'appeler. Puis à me remettre à frapper. Il ne peut pas être absent quand j'ai tant besoin qu'il réponde à mes questions.

Si, il le peut. Zut de zut !

Frustrée, énervée, et plus inquiète que je ne voudrais l'admettre, je me laisse tomber dans l'un des fauteuils de l'alcôve et contemple la fenêtre qui a explosé la veille. Elle est maintenant condamnée et le tapis qui était là hier a disparu.

Je m'adosse confortablement, décidée à attendre Jaxon aussi longtemps qu'il le faudra.

Un quart d'heure plus tard, j'ai envie d'arracher les rideaux. Une demi-heure plus tard, j'envoie une rafale de messages odieux à Jaxon. Quarante-cinq minutes plus tard, j'envisage sérieusement de mettre le feu à cette tour, quand Mekhi débarque. Il sourit, la mine ensommeillée.

— Qu'est-ce qui te fait marrer ? je demande, pas super polie.

— T'es mignonne quand t'es grognon.

— Je ne suis pas grognon.

— D'accord. Tu es furieuse et prête à arracher le cœur de Jaxon et à le piétiner.

Il cite au mot près le pire message que j'ai envoyé à Jaxon, pour me mettre dans l'embarras, je suppose. Sauf que je suis au-delà de la gêne. J'ai une morsure dans le cou. *Une morsure.*

— Exactement, je rétorque en le foudroyant du regard. Et si tu continues, je vais t'en vouloir à toi aussi.

Il sourit. Sans lui laisser le temps de répliquer un truc qui me donnerait envie de coller mon poing dans sa jolie figure, j'ajoute :

— Où est Jaxon ? Pourquoi il m'évite ? Et pourquoi est-ce qu'il te montre mes messages ?

— Il ne t'évite pas.

— Ah ouais ?

Je frappe à la porte d'un geste exagéré. Toujours pas de réponse.

— On dirait, pourtant.

Mekhi croise les bras, lève les sourcils et me sourit.

— Allez, Grace. Pourquoi est-ce qu'il t'éviterait ?

— À cause de ça, je lance en arrachant le bandage qui masque ma gorge et en tournant la tête pour lui montrer mes plaies.

J'observe avec une satisfaction perverse son sourire disparaître, ses yeux s'écarquiller.

— Bon Dieu ! s'écrie-t-il, sous le choc. Qui t'a mordue ?

Je suis prise de nausée. Il n'a même pas nié le fait que quelqu'un m'ait mordue. Il m'a seulement demandé *qui* m'avait mordue, comme si c'était parfaitement normal que j'aie deux marques de canine dans le cou. Comme s'il y avait bien des gens dans le lycée capables d'une chose pareille et que la liste des suspects potentiels était longue.

Un frisson de peur me parcourt la colonne vertébrale. Les poils de mes bras se hérissent.

— Grace ? me relance Mekhi alors que je suis trop occupée à éviter l'hyperventilation pour lui répondre. Qui t'a mordue ?

— Comment ça, qui ? je m'étrangle. Jaxon. C'est évident.

— Jaxon ?

Il secoue la tête, l'air ahuri.

— Non, je ne pense pas que ce soit possible.

— Mais si. Bien sûr que si. J'étais là-haut, dans sa chambre, un éclat de verre m'a coupée et il m'a mordue. J'en suis certaine.

— Tu te souviens qu'il t'a mordue ?

— Euh, non, je souffle, aussi perdue que lui. Mais si ce n'était pas Jaxon, alors qui ?

— Je n'en ai aucune idée.

Il dégaine son téléphone pour envoyer une série de messages. La tête me tourne, à cause de tout ce qu'il a dit et de tout ce qu'il n'a pas dit. Il n'y a que des animaux pour mordre des humains. Des animaux, ou… Non. Je ne suis pas encore prête à penser ce mot. Mon cerveau est en passe d'exploser.

— Je te jure, Mekhi, si tu te fous de moi… Si c'est juste une mauvaise blague de votre part, je vais vous massacrer. Je vous éventrerai, je vous arracherai les entrailles et je les jetterai aux ours polaires. Pigé ?

— Pigé.

Son téléphone vibre. Son visage s'assombrit à mesure qu'il lit les messages.

— Non, ce n'était pas Jaxon.

Le frisson dans ma colonne vertébrale se mue en un tremblement nerveux qui m'empêche de réfléchir, de respirer.

— Comment tu peux être sûr qu'il te dit la vérité ?

— Parce que Jaxon ne me ment jamais. Et qu'il est en train de péter les plombs.

Son téléphone vibre à nouveau. Mekhi déchiffre le nouveau message.

— Il te demande de ne pas bouger. Il est sur la route du retour et sera là dans quelques heures.

— Sur la route du retour ?

Ma tête va exploser et cela n'aura plus d'importance de savoir qui m'a mordu ou pourquoi.

— Où est-il allé exactement ?

— Dans les montagnes.

— Dans les montagnes ? Tu veux dire sur le Denali ?

— Plus loin que ça, répond Mekhi sans me regarder.

— Plus loin que… Comment ça, plus loin ?

Il secoue la tête.

— Ne t'en fais pas pour ça.

— Ne me dis pas de pas m'en faire, je crie en lui frappant l'épaule. C'est moi qui ai des marques de canines dans le cou, et Jaxon est le dernier à m'avoir vue à part l'infirmière. Je vais m'en faire jusqu'à ce qu'il revienne m'expliquer toute l'histoire, OK ?

— D'accord, d'accord, dit-il en faisant mine de se masser l'épaule. Waouh ! meuf, pas la peine de frapper si fort.

— Ouais, et tu pourras dire à ton pote que ce qui l'attend au bout de sa rando est bien pire. Et, à propos, pourquoi est-ce que tu ne paniques pas à la vue de ces morsures dans mon cou ?

— Mais je panique total ! Jaxon panique aussi. On panique tous !

— Tu paniques parce que tu ignores *qui* m'a mordue. Tandis que moi, je panique parce que, tiens-toi bien, *quelqu'un m'a mordue.*

— Je sais, souffle-t-il en prenant soin d'éviter mon regard. Je crois que je vais laisser Jaxon t'expliquer tout ça.

— Super… Il est tellement loquace.

J'en ai ma claque de ces deux-là, ma claque de toute cette situation. Tant pis, je laisse tomber. Je me lève de mon fauteuil et me dirige vers l'escalier.

Mekhi me barre la route – il est rapide, ce garçon, quand il veut.

— Hé, où tu vas ?

— Chercher mes affaires dans ma chambre. J'ai cours.

J'ai aussi une cousine que je compte torturer jusqu'à ce qu'elle réponde à mes questions. Je tente de contourner Mekhi, qui me retient.

— Je t'ai dit que Jaxon ne voulait pas que tu bouges. Je ne sais pas, prends un bouquin et installe-toi au coin du feu.

— Il n'y a pas de feu.

— Je vais en allumer un. J'en ai pour cinq minutes, promis.

— Mekhi, je dis, lentement et distinctement, de mon ton le plus raisonnable.

Ce qui ne fait que l'inquiéter davantage. Pas bête, ce garçon.

— Oui, Grace ?

— Si Jaxon ne voulait pas que je bouge, il aurait dû faire pareil. Au lieu de ça, il est sur je ne sais quelle montagne, occupé à Dieu sait quoi, alors que je suis là avec des *marques de crocs* dans le cou.

La terreur menace de me saisir à nouveau. Je me concentre donc sur ma colère pour la maintenir à distance.

— Tu es un garçon intelligent. Je suis sûr que tu comprends pourquoi je refuse d'obéir à Jaxon au vu des circonstances.

— Euh, oui, totalement.

Et il m'adresse son sourire le plus angélique, le genre de sourire qui doit lui permettre d'arriver toujours à ses fins. Je refuse de céder.

— Faisons un compromis, alors, reprend-il. Tu retournes à ta chambre et tu n'en bouges pas jusqu'à ce que Jaxon arrive. Tu seras en sécurité et vous pourrez ensuite discuter de tout ça.

— Tu crois vraiment que je vais me cacher parce qu'un crétin m'a fait une blague avec une agrafeuse ou avec un serpent apprivoisé ?

— Ce n'était ni une agrafeuse, ni un serpent, Grace. Et je crois que tu le sais, sinon tu ne serais pas venue tambouriner à la porte de Jaxon à six heures du matin.

L'entendre admettre à voix haute qu'il y a un gros problème dont personne ne veut parler a sur moi un effet calmant. C'est peut-être encore le sédatif, ou bien le choc, ou peut-être le soulagement d'avoir enfin un interlocuteur sincère.

Je prends une profonde inspiration tandis que la toute première conversation que j'ai eue avec Jaxon me revient en tête. « Il y a plus de choses au ciel et en enfer, Horatio, que n'en peut rêver votre philosophie. »

Puis je lui pose la question dont j'ai besoin d'entendre la réponse.

— Qu'est-ce qui m'a mordu, Mekhi ?

Il reste silencieux pendant de longues secondes.

— Parfois, Grace, dit-il enfin, la réponse la plus évidente est la bonne.

39

OÙ SONT LES HALLUCINOGÈNES QUAND ON A BESOIN D'EUX ?

Mekhi et moi n'avons plus grand-chose à nous dire après cette charmante révélation. Il se contente d'insister pour me raccompagner à ma chambre. Quant à moi, je me tiens sur la réserve car j'hésite à lui faire confiance. D'accord : Jaxon lui fait confiance. Mais Jaxon n'est pas là.

Le fait qu'il sature mon téléphone de textos depuis quinze minutes ne me fait ni chaud ni froid. Il n'avait qu'à répondre ce matin au lieu de m'envoyer Mekhi. Il n'a qu'à demander de mes nouvelles à son pote, s'il tient à utiliser des intermédiaires. Moi, je ne répondrai pas.

Puéril comme réaction ? Peut-être. Mais c'est aussi plus prudent. Vu mon humeur, j'ai peur de dire des choses que je regretterai plus tard. Mieux vaut que je me calme et que je lui parle de vive voix à son retour. Et s'il me ment encore, tout sera fini entre nous.

Mekhi essaie à plusieurs reprises d'engager la conversation, mais je suis trop choquée pour me montrer bavarde. J'ai la tête qui tourne. Je suis coincée dans un cauchemar, c'est la seule explication plausible.

Finalement, Mekhi renonce à parler. Au lieu de me soulager, le silence me pèse.

C'est super gênant, comme situation. Pourtant, plutôt que de prendre la fuite dès qu'on arrive, Mekhi attend que je déverrouille la porte.

— Je ne te propose pas d'entrer, je lui dis sans même le regarder.

— Je n'y comptais pas.

Au moment où je m'apprête à refermer le battant, il plaque la paume dessus pour m'en empêcher. Il n'entre pas, mais il se tient aussi près que possible du seuil sans le franchir. Ce qui me paraît étrange, surtout vu que le rideau de perles doit lui balancer de sacrées décharges… Et puis je me rappelle ce que les histoires racontent sur les vampires.

Ils ne peuvent entrer que si on les y invite.

Ce qui rend son comportement d'autant plus inquiétant et décuple ma peur.

— Hé ! Qu'est-ce que tu fais ? dis-je en lui attrapant le bras pour le faire reculer.

— Ne t'en fais pas, je n'irai pas plus loin.

Il sourit à ma cousine.

— Salut, Macy.

— Salut, Mekhi.

Elle est encore en pyjama et ses yeux sont mi-clos, ce qui explique pourquoi elle ne remarque pas que nous sommes en train de lutter. La tasse de café dans sa main montre qu'on ne l'a pas réveillée. Je me félicite tout de même qu'elle ne soit pas en petite culotte.

— Qu'est-ce qui se passe ? dit-elle.

— Rien, je réponds. Mekhi allait partir.

Je fusille l'intéressé du regard. Sans même avoir le bon goût de paraître gêné, il déclare :

— Jaxon ne veut pas qu'elle aille en cours aujourd'hui.

— OK, réplique Macy du tac au tac.

— Comment ça, OK ? je proteste. Jaxon n'a pas à me…

— Mon père a déjà prévenu ses profs qu'elle serait absente à cause de l'accident d'hier. Les grands esprits, tout ça…

Elle se tourne vers moi, les sourcils froncés.

— T'es censée être au lit.

— Tu vas rester à son chevet ? demande Mekhi avant que je puisse répliquer.

— Oui, bien sûr. Pourquoi ? Qu'est-ce qui se passe ?

— Je ne sais pas encore, mais je parie que c'est ce que Jaxon cherche à découvrir.

Le visage de Macy se crispe.

— Il y a un problème ?

— Je ne sais pas encore, répète Mekhi. Je vais laisser Grace t'expliquer.

— Ohé, je suis là ! Je vous entends. Arrêtez de parler de moi comme si j'étais absente.

— J'ai déjà essayé de te parler et t'as été complètement déraisonnable, réplique Mekhi.

— Tu sais quoi ? Mords-moi, je lui lance avant de prendre un air faussement contrit. Oh ! pardon, j'avais oublié. Quelqu'un l'a déjà fait.

Macy relève la tête, soudain alerte.

— Qu'est-ce que t'as dit ?

— Elle sait, Mace.

Ma cousine pâlit.

— Qu'est-ce qu'elle sait exactement, Mekhi ?

— Tu peux y aller, maintenant, j'intime à celui-ci en tentant de nouveau de fermer la porte.

— Grace, je suis sincèrement désolé, me dit-il juste avant que j'y parvienne.

— Pourquoi ? C'est toi qui m'as mordue ?

— Quoi ? Non ! Bien sûr que non !

— Alors ne t'excuse pas, je soupire, sentant un peu de ma colère retomber. Je ne suis pas fâchée contre toi, Mekhi. C'est juste que… je suis furieuse… et terrorisée.

— Ça, je comprends.

Il hésite.

— Et tu n'es pas fâchée contre Jaxon non plus ?

— Oooh, que si ! Je garde toute ma rage en réserve pour lui, alors t'as pas intérêt à lui dire le contraire.

— Promis, se marre Mekhi. Hors de question que je me mette entre vous deux. Et puis ça lui fera du bien de se faire remettre à sa place.

— Compte là-dessus, je ricane. Maintenant, file. J'ai des choses à faire.

Et je lui claque la porte au nez.

Quand Macy et moi nous retrouvons seules, tout devient soudain plus réel. Il me faut quelques instants pour rassembler mes pensées et formuler ma question, mais Macy me coupe l'herbe sous le pied.

— Grace, c'est pas ce que tu…

Je lui fais face.

— Je vais te poser une question, Macy. Une seule. Et je veux que tu me répondes honnêtement parce que si tu me mens… Si tu me mens, je remballe toutes mes affaires et je retourne en Californie. Je logerai chez Heather, ou je me ferai émanciper… Je me débrouillerai. Et je te jure que tu ne me reverras jamais. Compris ?

Elle pâlit encore, les yeux grands comme des soucoupes, puis hoche la tête.

— Compris, dit-elle.

— Es-tu un vampire ? je demande, osant à peine croire que je suis en train de poser cette question.

— Quoi ?

Elle secoue la tête avec vigueur.

— Non.

Mon soulagement est de courte durée, car j'ai encore des *dizaines* d'autres questions.

— Est-ce que ton père est un vampire ?

— Non.

— Est-ce que *mon* père était un vampire ?

— Pas du tout.

Elle me prend la main.

— Mon Dieu, Grace, c'est ça qui te fait si peur ?

Je souffle longuement tandis que le nœud dans mon estomac se desserre.

— Je ne sais pas ce qui me fait peur, Macy, mais comme tu n'as pas l'air désarçonnée par ces questions – et que j'ai une trace de morsure dans le cou –, j'en conclus que les vampires existent réellement.

— Oui, en effet.

— Et il y en a dans ce lycée ?

Elle opine.

— Et Jaxon en est un ? j'ajoute, retenant mon souffle.

— C'est à lui que tu dois le demander, Grace.

— Macy, je dis, en lui laissant voir la peur et la frustration qui me taraudent. Je t'en prie.

Elle me dévisage d'un air misérable.

— Je pensais qu'on était amies, en plus d'être cousines…

— Bien sûr qu'on est amies !

— Alors dis-moi la vérité. Jaxon Vega est-il un vampire ?

Elle soupire.

— Oui.

J'avais beau m'y attendre, cette révélation explose en moi telle une grenade. Mes genoux se dérobent et je tombe au sol.

— Grace ! crie Macy en se précipitant à mes côtés. Ça va ?

— Je ne sais pas, je dis en appuyant la tête contre la porte. C'est pour ça qu'il peut sortir dans le froid sans manteau ?

— Oui.

— Et Lia…

— Elle aussi.

J'acquiesce.

— Et Flint ?

— Non, non. Flint n'est pas un vampire.

Je ferme les yeux de soulagement jusqu'à ce qu'elle ajoute, hésitante :

— Flint est un…

— Quoi ? je demande. Un quoi ?

— Je ne suis pas sûre que tu sois prête à l'entendre.

— Je ne serai jamais prête. Finis ta phrase. Flint est un…

— Dragon.

Je rouvre les yeux.

— Je te demande pardon ?

Elle soupire.

— Flint est un dragon, Grace. Un dragon.

— Bien sûr. Évidemment. D'ailleurs, il a des…

Je bats des bras.

— Oui, il a des ailes.

— Et il crache du feu ? Non, ne me dis pas. Bien sûr qu'il crache du feu. C'est pour ça qu'il est toujours chaud comme la braise.

Ça y est, mon cerveau disjoncte. Le poids de toutes ces informations l'a réduit en purée. À Katmere, pas besoin de prendre du LSD pour délirer.

Le pire, c'est que mon petit doigt me dit que nous n'en avons pas terminé.

— Et toi, Mace, t'es quoi ? j'ironise. Une fée ?

— Pas du tout, proteste-t-elle, comme si je l'avais insultée.

— Pas une fée, pas un vampire, pas un… dragon ?

— Je suis une sorcière, Grace.

Ses mots tournoient dans ma tête. Je me les répète cinq fois sans parvenir à leur trouver du sens.

— Pardon ?

— Tu m'as bien entendue.

La voilà qui me sourit, à présent.

— Et tu veux savoir autre chose ? ajoute-t-elle.

— Non. Même pas un tout petit peu. J'en peux plus. Mon cerveau est…

— Tu aurais dû en être une aussi.

40

SORCIÈRE, SORCIÈRE, PRENDS GARDE À TON…

Ses mots me font l'effet d'une bombe. C'est faux, forcément faux. Rien que l'idée est absurde.

— Désolée, mais je ne joue plus.

Pour la énième fois en quelques minutes, je dévisage ma cousine. Va-t-elle sortir un balai et un chapeau pointu et s'envoler par la fenêtre ?

— Je ne sais pas si c'est une blague ou une hallucination collective, mais ça va trop loin. Je ne suis pas, et je n'ai jamais été, une sorcière.

Je fais mine d'agiter une baguette magique.

— Tu vois ? Rien ne se passe. Je n'ai pas de miroir magique, ou de pomme empoisonnée, je ne sais pas parler aux serpents. Je ne suis pas une sorcière.

Macy éclate de rire.

— Je n'ai jamais dit que tu étais une sorcière. Je dis juste que, si ton père n'avait pas perdu sa magie en tombant amoureux de ta mère, tu en serais probablement une.

— Attends. *Mon père* était un sorcier ?

— Un sorcier, ouais. Comme mon père. Et moi, je suis une sorcière. C'est de famille.

J'essaie de garder l'esprit ouvert, mais là j'ai l'impression qu'il l'est tellement qu'il est au bord de la rupture.

— Je ne comprends pas. Comment mon père aurait-il pu me cacher qu'il était un sorcier ?

— Parce qu'il a perdu ses pouvoirs en choisissant de vivre avec ta mère. Les sorciers et les sorcières ne sont pas censés épouser des humains ordinaires, ça affaiblit la lignée. Par conséquent, en général, quand un sorcier ou une sorcière tombe amoureuse de l'un d'eux, il ou elle… perd ses pouvoirs.

— Donc mon père était un sorcier, mais il a renoncé à sa magie. Et c'est pour ça que je ne suis pas une sorcière.

— Oui, c'est ça.

— Est-ce que tu te fiches de moi, Macy ? Est-ce que c'est une blague ?

— Non, Grace. Ce n'est pas une blague.

— Tu en es sûre ? Vraiment sûre ?

Elle s'approche pour m'enlacer.

— À cent pour cent.

— C'est bien ce que je craignais…

Je me rassieds pour essayer d'assimiler ce que je viens d'apprendre.

— Et mon père était d'accord pour perdre ses pouvoirs ?

— D'après mon père, il était raide dingue de ta mère. Il aurait tout fait pour elle.

— C'est vrai. Ils étaient fous l'un de l'autre.

Le souvenir m'arrache un sourire.

— C'était le genre de parents à s'embrasser sans arrêt. Je râlais, mais en vrai je trouvais ça assez chouette. C'était agréable de voir qu'ils s'aimaient encore autant après tant d'années.

Macy pousse un soupir mélancolique.

— J'imagine.

— Récapitulons, je dis en faisant de mon mieux pour avoir l'air d'accepter cette nouvelle réalité. Je viens d'une famille de sorciers.

— Ouais. Chelou, hein ?

— Un peu.

Je la regarde d'un œil neuf.

— Est-ce que tu peux voler dans la pièce ? Je peux avoir une démo ?

Elle hausse un sourcil.

— Pour te prouver que je ne me fiche pas de toi ?

— Ouais.

— Non, je ne sais pas voler.

— Pourquoi ? je demande, étrangement déçue.

— Parce qu'on est dans la vraie vie et pas dans un livre.

— Quel genre de sorcière es-tu si tu n'es pas capable de faire ce que fait un gamin de onze ans ?

— Le genre qui ne sort pas de l'imagination débridée de J. K. Rowling.

Elle fait un geste vers la bouilloire électrique posée sur le frigo. De la vapeur en sort aussitôt. Je me dis tout d'abord qu'elle devait être déjà allumée. Je jette un coup d'œil. Elle n'est même pas branchée.

Macy ne s'en tient pas là. Tout en murmurant quelque chose, elle fait un autre geste. Fascinée, je la regarde préparer une tasse de thé sans bouger de sa place.

La tasse plane jusqu'à nous.

— C'est une vraie tasse ? je demande.

— Évidemment.

Macy attrape la tasse au vol et me la tend.

— Tu en veux ?

Je crois que je préférerais boire de la mort-aux-rats.

— Non, merci.

Elle hausse les épaules et souffle sur la tasse avant d'en prendre une gorgée.

— Pourquoi est-ce que tu ne m'as pas tout expliqué à mon arrivée ? Pourquoi est-ce que ton père ne m'a rien dit ?

Elle prend un air honteux.

— Il avait prévu de le faire, mais tu n'as pas arrêté d'avoir des accidents, et c'était jamais le bon moment…

— Je ne crois pas qu'il y ait de bon moment pour révéler à quelqu'un que les monstres existent.

Je secoue la tête. J'ai un peu de mal à respirer.

— Je n'arrive pas y croire… Je n'y arrive pas.

— Mais si, dit Macy avec un sourire entendu. Si tu n'y croyais pas, tu ne serais pas aussi effrayée.

— Je ne suis pas effrayée. OK, je ne sens plus mes jambes, mais à part ça, je trouve que je le prends plutôt bien.

— C'est vrai, répond Macy. Si on omet le fait que ça fait cinq minutes que tu couines au lieu de parler.

— Je…

Je m'éclaircis la gorge. C'est vrai que ma voix grimpe dans les aigus.

— À quoi tu t'attendais ? Mekhi et toi venez de m'annoncer que je viens de débarquer au milieu d'une version light de *Game of Thrones* et que l'hiver est déjà arrivé.

Macy se marre.

— Une version light ? Détrompe-toi, ce lycée est tout aussi sanglant que la série. Combien de fois as-tu failli mourir depuis ton arrivée ?

— Ouais, mais c'étaient des accidents… Attends, c'étaient bien des accidents ?

— Probablement, oui. Cela dit, Jaxon panique à mort, or il ne panique jamais, alors…

— Parce que quelqu'un m'a mordue ! Quelqu'un d'autre que lui !

Je défais mon bandage et tourne la tête pour lui montrer les marques de canines.

— Oh ! ça, soupire Macy, apparemment soulagée, alors que je viens de lui dire qu'un vampire a sucé mon sang sans ma permission.

D'ailleurs, est-ce que ces créatures demandent la permission avant de mordre ? Et, si oui, quel genre de personne serait suffisamment tarée pour dire oui ? Encore une question à poser à Jaxon.

— Je peux tout expliquer, ajoute Macy avec désinvolture.

— Alors, tout va bien, je raille. Vas-y, je suis tout ouïe.

— C'est Marise qui t'a mordue.

— L'infirmière ?

Cette histoire est de plus en plus choquante.

— L'infirmière est une vampire, elle aussi ?

— Oui. Elle n'avait pas le choix, elle a dû te mordre pour arrêter ton hémorragie. Ça t'a sauvé la vie.

Je plisse les yeux.

— Je croyais que je n'étais pas vraiment en danger.

— Tu as failli mourir ! Sans Jaxon, tu y serais passée.

— Parce qu'il m'a amenée à l'infirmerie ?

Ma voix est de nouveau trop aiguë.

— Parce qu'il a refermé la plaie pour que tu ne te vides pas de ton sang en cours de route.

Elle pose la tasse de thé, m'attrape les mains et les serre dans les siennes.

— Le venin de vampire a beaucoup de propriétés différentes. Jaxon ne t'a pas mordue, mais il a utilisé son venin pour refermer ta plaie. D'après ce que j'ai compris, il l'a un peu trop bien fait, et Marise a dû te rouvrir pour pouvoir suturer.

— Et c'est pour ça qu'elle m'a mordue ?

Je retiens un frisson à l'idée de ses dents enfoncées dans mon cou. Quand je croyais que c'était Jaxon, ça m'a terrifiée, pas dégoûtée. Mais si j'imagine quelqu'un d'autre... Beurk !

— Elle t'a mordue pour t'injecter son propre venin, dont les propriétés anticoagulantes ont contré les effets de celui de Jaxon. Ça lui a permis de te soigner correctement.

— Les vampires peuvent faire ça ? Annuler le venin les uns des autres ?

— Je ne suis pas une vampire, mais...

— Je sais, tu es une sorcière.

Elle ne relève pas.

— Je ne crois pas qu'ils sachent le faire normalement, mais elle est plus âgée, plus expérimentée, et elle est aussi guérisseuse, elle en sait donc plus que la plupart. C'est pour ça que c'est notre infirmière. D'après mon père, elle a quand même eu du mal à défaire le travail de Jaxon. Il a mis le paquet pour te sauver.

Ça me fait plaisir d'entendre ça, bien que je sois toujours en colère contre lui, même si je ne sais plus trop pourquoi.

— Tu veux dire que le venin de deux vampires coule dans mes veines, maintenant ?

Macy lève les yeux au ciel.

— T'es obsédée par cette histoire de venin, dis donc...

— Difficile de penser à autre chose. J'ai des images de films de vampires dans la tête depuis tout à l'heure. Est-ce que je vais...

J'utilise mes doigts pour mimer deux canines. Macy s'esclaffe à en perdre le souffle.

— C'est pas une réponse ! je proteste, tandis qu'elle essuie des larmes de rire.

— Non, Grace, glousse-t-elle, tes canines ne vont pas s'allonger et tu ne vas pas te mettre à sucer du sang. Tu vas bien. Tu es vivante grâce à un vampire… et pas n'importe lequel. Quelqu'un d'autre que Jaxon aurait eu du mal à se retenir de…

— … de me vider de mon sang ?

— C'est une façon de le dire, soupire-t-elle avant de prendre sa tasse et de se relever.

— Mais ça ne change rien à la réalité des faits, dis-je en la suivant.

Pas question de la laisser filer alors que j'ai encore tant de questions à lui poser sur les vampires, les sorcières et les dragons. Comment les dragons peuvent-ils exister à l'insu de tout le monde ?

— Est-ce qu'il y a d'autres créatures dont tu ne m'as pas parlé ? Zombies, licornes, ou autres…

— Des loups-garous.

Je ravale ma salive.

— Oh ! Donc… Des vampires, des dragons, des sorcières et des sorciers et des loups-garous.

— Techniquement, ce sont plus des lycanthropes que des loups-garous.

— Quelle différence ?

— Les loups-garous doivent attendre la pleine lune pour se transformer. Les lycanthropes peuvent le faire quand ils veulent. Pareil pour les dragons.

— Donc Flint peut devenir un dragon à sa guise ?

— Flint est un dragon en permanence, mais il peut choisir entre sa forme humaine et sa forme de dragon.

— J'ai tellement de questions…

Et la plupart d'entre elles commencent et se terminent par : « Comment est-ce possible ? »

— Je sais, dit Macy en m'étreignant.

— Marc et Quinn sont des lycanthropes ?

— Oui. La pleine lune les rend sauvages, même s'ils n'ont pas besoin d'elle pour se transformer. Quels cons.

— Pourquoi est-ce qu'ils ont obéi à Jaxon s'il n'est pas un loup-garou ?

Macy ricane.

— T'as pas encore remarqué ? *Tout le monde* obéit à Jaxon.

— Si, j'ai remarqué, je dis en me rappelant le cours d'anglais de la veille où tout le monde refusait d'entrer avant que Jaxon ne sorte. Mais pourquoi ?

— C'est une longue et triste histoire. Je te la raconterai volontiers à la cafétéria si tu n'y vois pas d'objection. Je meurs de faim.

— Pas de problème. Sauf que t'as dit à Mekhi qu'on ne sortirait pas d'ici avant le retour de Jaxon.

— Faux, je lui ai juste dit que tu n'irais pas en cours. Et si c'est à cause de ta morsure qu'ils paniquent, alors il n'y a pas de problème. On sait d'où elle vient, nous, et on sait qu'il n'y a pas de danger. Allons petit-déjeuner, on sera de retour avant même que Jaxon n'arrive.

Elle a raison. En plus, je n'ai pas envie d'être aux ordres de Jaxon, comme les autres élèves. Je ne suis pas une créature surnaturelle. Je suis humaine et il faut que Jaxon comprenne que je ne suivrai pas les mêmes règles absurdes et terrifiantes auxquelles tout le monde s'astreint ici.

— Ça marche. Moi aussi, j'ai faim.

— Sans blague ! C'est normal après avoir perdu autant de sang…

Macy attrape un sweat aux couleurs de l'école et un pantalon de gym et file se changer dans la salle de bains. Quand elle en sort quelques instants plus tard, elle est habillée, coiffée de manière adorable et son maquillage est parfait. On dirait qu'elle a passé une demi-heure devant son miroir.

— Comment t'as fait ça ? je demande.

— Oh ! j'ai utilisé un charme de rien du tout, dit-elle en agitant les doigts devant son visage. Tu n'imagines pas à quel point je suis contente que tu sois au courant ! Ça va me faciliter la vie.

— Je vois ça…

Soudain intimidée, je sors mon gloss à la pêche de la poche de mon sac à dos.

— C'est quoi, exactement, ce « charme » ?

— Un petit truc de sorcières.

— Ouais, ben, je préférerais savoir voler, je la taquine.

— Peut-être, dit-elle en fermant la porte derrière nous. Cela dit, je sais aussi faire plein d'autres choses dont tu n'as pas idée.

— Comme quoi ?

Elle me fait un clin d'œil.

— Si on te le demande, tu diras que tu ne sais pas.

41

C'EST LA, C'EST LA, C'EST LA SALSA DU DÉMON

Les couloirs sont noirs de monde. Le premier cours commence dans trente-cinq minutes et, visiblement, tous les élèves essaient de manger durant la même demi-heure. Ce que je peux comprendre : moi aussi, j'aime me lever à la dernière minute.

Maintenant que je sais ce que je sais, l'ambiance me paraît encore plus bizarre qu'avant. Des gens nous dépassent, nous bousculent, exactement comme ils le faisaient hier, sauf que, dorénavant, je ne peux pas m'empêcher de les détailler en essayant de deviner ce qu'ils sont. Vampire ? Lycanthrope ? Sorcière ? Dragon ? J'ai l'impression de me retrouver dans un roman de fantasy… ou dans un film d'horreur.

Tout en marchant, je classe mentalement les élèves selon leurs caractéristiques apparentes. Je n'ai aucun moyen de vérifier si j'ai raison ou non. Par exemple, ces garçons et ces filles hyper énergiques qui bondissent dans les couloirs sont probablement des loups. D'un autre côté, Jaxon aussi est très rapide, alors je ne sais pas.

J'ai envie de demander confirmation à Macy, mais quelque chose me dit que ce serait impoli de spéculer sur l'espèce (ou l'identité ? comment appeler ça ?) de mes camarades.

Cela dit, n'ai-je pas besoin de le savoir ? Mettons que je me coupe le doigt : ça n'aura pas d'importance devant un dragon, alors que ce serait catastrophique en compagnie d'un vampire.

D'ailleurs, pourquoi est-ce que les vampires fréquentent la cafétéria s'ils se nourrissent de sang ? J'ai vu Jaxon manger une fraise à mon goûter de bienvenue, mais il n'a pas touché à son assiette hier, et ses amis non plus.

Maintenant que j'y pense, où est-ce que Jaxon et sa bande se fournissent en sang ? À moins de braquer chaque jour un véhicule de la Croix-Rouge pour nourrir tous les vampires du lycée, ce qui me semble impossible, surtout au cœur de l'Alaska, comment s'approvisionnent-ils ?

À la réflexion, ai-je vraiment envie de connaître la réponse ?

Ce n'est pas tout : j'ai croisé Jaxon et Lia dehors à la lumière du jour. D'accord, ce n'était pas super ensoleillé, mais il ne faisait pas nuit noire non plus. Cela signifie-t-il que cette histoire selon laquelle les vampires craignent le soleil n'est qu'une pure invention ?

C'est perturbant. Si perturbant qu'une part de moi est toujours convaincue que Macy et Mekhi me font marcher. Certes, le tour que Macy a fait avec la tasse de thé était impressionnant… N'empêche… des sorcières ? Des dragons ? *Des vampires ?*

Je crois que je préférais mon hypothèse des extraterrestres.

Surprise, surprise ! Quand nous entrons dans la cafétéria, tout le monde me regarde. Pour changer. Je pensais à tort que c'était parce que j'étais la petite nouvelle. En fait, je les fascine parce que je suis la petite humaine. Peut-être même que je leur mets l'eau à la bouche.

Est-ce que les lycanthropes mangent des humains ? Ou bien c'est juste les vampires ? Et les dragons, ils mangent quoi ?

— Finalement, je ferais peut-être mieux de retourner à notre chambre, je dis à Macy tandis qu'elle m'entraîne vers le buffet.

— Qu'est-ce qu'il y a ? s'inquiète-t-elle en scrutant mon visage. Ça ne va pas ? T'as le vertige ?

— Non, c'est juste que… Je ne me sens pas à ma place.

Elle comprend d'un coup.

— Tu sais, ce sont les mêmes élèves avec lesquels tu es allée en classe hier. Les mêmes que ceux avec qui tu as fait une bataille de boules de neige avant-hier.

— Tu veux dire les mêmes personnes que celles qui m'épient depuis mon arrivée ? Je pensais qu'il leur faudrait quelques jours pour se faire à ma présence, alors qu'en fait ils ne s'habitueront jamais à avoir une humaine ici.

— Sans vouloir te vexer, Grace, si tous te fixent, cela a beaucoup plus à voir avec Jaxon qu'avec toi.

— Comment ça ? je réplique, stupéfaite.

— Jaxon n'est pas n'importe qui, comme tu l'as remarqué. Et tu l'intéresses. Ce qui fait que tu n'es pas n'importe qui non plus, et que quatre-vingts pour cent de la population féminine de Katmere rêve de t'assassiner.

— Par jalousie ? Ou pour…

— Par jalousie, rien d'autre. Elles voudraient être à ta place.

— Couvertes de pansements, avec la cheville foulée et une morsure de vampire dans le cou ?

— T'as tout compris. Allez, on y va avant qu'ils ne soient en rupture de pains au chocolat ?

— Hors de question de te priver de pain au chocolat, évidemment.

— Tant que tu m'en laisses un ! s'écrie une voix familière derrière nous.

Je me retourne.

— Salut, Flint, je dis avec un sourire un peu forcé.

Ce n'est pas que je l'apprécie moins depuis que je sais qu'il est un dragon. C'est juste que ça me PANIQUE.

— Salut, la Nouvelle. Je dois t'avouer que je ne suis pas trop fan de ton nouveau look.

Je palpe mes bandages.

— Moi non plus.

— J'imagine.

Il me tapote le bras.

— T'as pas l'air en forme. Tu ne veux pas aller t'asseoir ? Je t'apporterai un plateau.

— Oh ! t'es pas obligé…

— Je sais, mais je me sens toujours un peu coupable à cause de ta chute. Ça me donnera l'occasion de me rattraper.

Il m'implore du regard.

— De quoi tu te sens coupable ? je réponds. Tu m'as épargné des blessures bien pires.

Est-ce parce que c'est un dragon qu'il s'en est sorti indemne ? Si c'est le cas, j'en suis heureuse. Je me sentirais très mal s'il était blessé à cause de moi. Je scrute son beau visage, ses yeux d'ambre brillants, son sourire charmeur… est-ce le dragon ou l'humain que je contemple ? Les deux, peut-être.

Il hausse les sourcils, et je comprends que ça n'a pas d'importance, Flint est mon ami, peu importe ce qu'il est d'autre.

— Merci encore, au fait. De m'avoir sauvée.

— Arrête, Grace. Tu ne serais pas tombée de cet arbre si je ne t'y avais pas fait grimper.

— On est en désaccord sur ce point, alors.

— Très bien, je n'insiste pas. À condition que tu me laisses t'apporter ton p'tit déj' !

Il me gratifie de son sourire le plus irrésistible, celui qui m'aurait sûrement fait craquer si je n'avais pas vu Jaxon en premier.

Malheureusement, c'est bien Jaxon que j'ai vu en premier… et depuis, je ne vois plus que lui. Vampire ou pas.

Je commence à en avoir marre qu'on me traite comme une invalide et j'ai envie de tenir tête à Flint, mais on bloque la file. Et comme je ne veux pas non plus me faire remarquer davantage, je cède.

— D'accord. Prends-moi un pain au chocolat, si tu y arrives.

— Oh ! j'y arriverai, m'assure-t-il.

— Je n'en doute pas. Et des fruits, si tu en trouves.

— D'accord. Et comme boisson ?

Je souris.

— Surprends-moi.

Ses yeux s'assombrissent. L'espace d'un instant, un éclair noir les traverse, mais la lumière est bientôt de retour.

— J'y compte bien, me taquine-t-il.

Il m'attrape par les épaules et me fait pivoter sur moi-même.

— Je suis assis là-bas, dit-il en m'indiquant une table au centre. Il reste de la place. Va t'installer, j'arrive avec les plateaux.

— Ça marche, je réponds avant de prévenir Macy.

Flint ne me quitte pas des yeux tandis que je me dirige vers sa table, comme s'il avait peur que je lui désobéisse.

Il n'a pas à s'inquiéter : je préfère de loin aller m'asseoir que de rester debout sous les regards.

Mekhi et Luca se dirigent vers moi, la mine sombre. J'hésite à les attendre, mais à vrai dire, je n'ai pas très envie d'entendre ce qu'ils ont à dire. Ni de leur expliquer pourquoi Macy et moi sommes à la cafétéria. Du moins, pas devant la quasi-totalité du lycée.

Alors, je fais ce que toutes les filles font quand elles veulent éviter un garçon : je cherche refuge sur le territoire d'un autre. En l'occurrence, je vais m'asseoir à la table de Flint et de ses amis.

Ce n'est pas très courageux, mais ça a le mérite d'être facile, et je suis trop épuisée pour leur tenir tête.

En plus, comme l'Ordre garde toujours ses distances avec Flint, je suis sûre que mon stratagème fonctionnera… Du moins, jusqu'à ce qu'un bruit déchirant m'interrompe.

42

ENCORE HEUREUX QUE LES CRÊPES NE FIGURENT PAS AU MENU DU JOUR

C'est un bruit terrifiant. Je lève les yeux pour en comprendre l'origine : le grand lustre de cristal se détache du plafond. Oh merde ! je pense, avant que quelqu'un se jette sur moi.

Le choc me coupe le souffle. Mon agresseur et moi nous écrasons sur le mur d'en face. J'essaie de reprendre ma respiration, ce qui n'est pas gagné, vu qu'un grand corps mince se presse contre mon dos.

Soudain, un fracas épouvantable retentit. Pendant quelques secondes, je n'entends que des tintements de verre brisé. Des éclats volent dans tous les sens. Le garçon derrière moi grogne et me serre plus fort entre ses bras. C'est alors que je comprends. Je n'ai toujours pas repris ma respiration, mais il me reste assez d'oxygène pour que mon cerveau fonctionne : le garçon enroulé autour de moi, c'est *Jaxon*.

— Est-ce que ça va ? demande-t-il une fois le silence revenu.

Impossible de lui répondre. Mes poumons sont en grève. Ma voix aussi.

J'essaie d'opiner, mais ça ne lui suffit pas : d'autorité, il me retourne pour me palper.

— Réponds-moi, Grace ! Tu n'as rien ?

— Ça va, je parviens à bredouiller.

Maintenant que je lui fais face, je me rends compte que ce n'est pas son cas.

— Tu saignes !

— Ce n'est rien, gronde-t-il. Est-ce que tu as mal quelque part ?

— Ce n'est pas moi qui suis blessée, je proteste en effleurant le côté droit de son visage, m'arrêtant sur chaque plaie. Qu'est-ce que tu fais là ? Je pensais que tu ne serais pas de retour avant plusieurs heures.

Il me regarde de ses yeux noirs où couve la colère.

— Je vois ça.

Que répondre ? De toute façon, il ne paraît pas d'humeur à m'écouter. Je fouille mon sac pour y prendre la minuscule trousse de secours que j'emporte partout avec moi depuis la mort de mes parents. Je sais que c'est idiot, ce n'est pas ça qui aurait pu les sauver, mais après l'accident, la mère de Heather m'a suggéré de le faire afin de calmer mes crises d'anxiété. C'est la première fois que je l'utilise.

— Assieds-toi, je dis.

Jaxon reste debout, alors je pose mes mains sur sa poitrine et le pousse doucement vers une chaise.

Il ne bouge pas davantage.

— S'il te plaît, j'insiste en lui caressant la joue. Tu es blessé. Laisse-moi te soigner.

Il me fixe sans ciller pendant de longues secondes. J'en ai des frissons ; je ne l'ai jamais vu aussi furieux. Peu importe. Il peut se fâcher autant qu'il veut, tant qu'il me laisse panser ses plaies.

— S'il te plaît, je répète, en le poussant de nouveau.

Cette fois, il accepte à contrecœur de s'asseoir. À cet instant, Macy nous rejoint. En pleurs, elle se pend à mon cou.

— Oh, mon Dieu, Grace ! Est-ce que ça va ?

— Je n'ai rien, je lui dis en essayant de me dégager.

C'est quoi leur problème, à elle et à Jaxon ? Ils ne voient pas que c'est lui qui est blessé ? Qu'un vampire saigne n'est peut-être pas un drame à leurs yeux. C'en est un aux miens.

Je sors du désinfectant de mon sac et lui en tamponne la joue. Il reste de marbre tandis que je nettoie soigneusement ses plaies, m'assurant qu'il n'y a pas d'éclat de verre dedans. Ensuite, je lui applique de la crème cicatrisante avant de lui mettre un pansement. J'ai un moment de doute, concernant la crème : les vampires ont vraiment besoin d'aide pour cicatriser ? Comme ni Jaxon ni Macy ne m'arrêtent, je me dis que ça ne pourra pas faire de mal.

À présent, la cafétéria grouille d'adultes, des profs qui cherchent à repérer les blessés et s'emploient à évacuer les élèves au plus vite dans le plus grand calme. Je n'y prête guère attention tandis que j'examine l'entaille que Jaxon a au bras.

Elle est impressionnante mais pas trop grave, je crois : le sang coagule déjà. Peut-être que les vampires cicatrisent plus vite que les humains ? Malgré tout, je nettoie son bras avec autant de soin que sa joue. Aucun prof n'intervient pour l'emmener à l'infirmerie. Il doit y avoir d'autres cas plus urgents.

Après lui avoir bandé le bras, je recule d'un pas et comprends soudain pourquoi personne ne nous a interrompus. Pourquoi la pièce est si tranquille en dépit des événements.

Les cinq membres de l'Ordre se sont placés en cercle autour de nous, formant un périmètre de sécurité que seule Macy a pu traverser. À part Flint, qui s'engueule avec

Byron, personne d'autre n'essaie d'approcher. Tous nous observent, l'air d'attendre quelque chose.

Bizarrement, j'ai la conviction que quelque chose est sur le point d'arriver. Je sens un frisson de nervosité me remonter la colonne vertébrale. Pourquoi ai-je le sentiment d'avoir mal agi ? Je n'allais tout de même pas laisser Jaxon en sang !

— Par… pardon, je balbutie en rangeant ma trousse. Je n'aurais pas dû faire ça.

— Ne t'excuse pas, gronde Jaxon en se levant. Et ne baisse pas la tête. Personne ici n'a le droit de t'adresser le moindre reproche.

— Je voulais juste t'aider. Pour te remercier de m'avoir sauvé la vie.

— Je n'aurais pas eu à le faire si tu étais restée dans ta chambre, comme je te l'avais demandé.

Cette dernière phrase me vexe, mais vu qu'il tremble encore un peu, je décide de ne pas insister.

— On avait faim, j'explique. Et on a compris d'où venait la morsure, alors on s'est dit que ce ne serait pas dangereux de venir petit-déjeuner. En fait, c'était l'infirmière qui…

— Les lustres ne tombent pas d'eux-mêmes. Pas plus que les branches d'arbre.

— La branche s'est brisée à cause du vent.

— Dans cette salle, il y a au minimum deux cents personnes capables de déclencher ce genre de rafales. Et presque autant qui sont capables de faire tomber ce lustre.

Il parle si bas que j'ai du mal à l'entendre, pourtant il est tout proche.

— C'est ce que je ne cesse de te dire depuis le début, Grace, mais tu ne m'écoutes pas. Quelqu'un essaie de te tuer.

43

CE QUI NE ME TUE PAS ME TERRORISE QUAND MÊME

J'entends d'abord ses mots sans les comprendre. Et quand j'en saisis enfin le sens, il me faut un moment encore avant de retrouver la parole.

— Me *tuer* ? je chuchote enfin, l'estomac en chute libre et des frissons dans le dos.

Quand je dis que je chuchote, je devrais plutôt dire que j'essaie car le glapissement est de retour. Cela serait embarrassant dans d'autres circonstances. Le début de matinée a été épouvantable et les coups continuent de pleuvoir.

— C'est ridicule, je dis en essuyant mes paumes moites sur ma jupe. Pourquoi ?

— Je ne le sais pas encore.

J'inspire profondément afin de calmer les battements de mon cœur tout en tâchant de réfléchir.

— Ça n'a aucun sens, dis-je quand mon anxiété s'est assez calmée. Je ne représente aucune menace.

Surtout dans ce lycée où la plupart des élèves savent voler ou cracher du feu.

— Si, Grace, réplique Jaxon en scrutant les alentours. Et je ne suis pas le seul à m'en être rendu compte.

Les bras croisés sur ma poitrine, j'essaie de trouver un moyen de le faire revenir à la raison. De nous faire revenir à la raison.

— Tu sais que c'est pas vrai. Tu es sous le choc. Tu dis n'importe quoi.

— Je ne dis jamais n'importe quoi, réplique Jaxon.

Il semble prêt à en dire plus, mais quelque chose derrière moi attire son attention. Ses yeux se plissent en deux fentes, et mon cœur reprend sa course folle.

Je me retourne et suis son regard : derrière nous se trouve la corde à laquelle le lustre était accroché. Enfin, ce qu'il en reste. Elle a été tranchée.

— La corde a cassé, je dis sans trop y croire.

Comment une corde aussi épaisse a-t-elle pu se rompre ?

— Ton oncle est là, me dit Jaxon.

— Et alors ? Je veux qu'on parle de ce qui vient de se passer.

— Plus tard.

Avant que je puisse protester, Oncle Finn nous rejoint.

— Grace, ma chérie, pardon d'avoir mis autant de temps à arriver. J'étais sorti.

Il m'enlace et me serre fort contre lui.

Son odeur me rappelle celle de mon père, ce qui devrait me réconforter. Néanmoins, je ne parviens pas à chasser de mon esprit le regard de Jaxon quand il m'a dit que quelqu'un cherchait à me tuer. Son expression était indéchiffrable, mais au fond de ses yeux brûlait une rage terrifiante.

Je ne veux pas le laisser seul avec sa colère. Sauf que j'ai beau tapoter le dos de mon oncle et lui jurer que je vais bien, ce dernier refuse de me lâcher.

— Je suis horrifié de tout ce qui t'est arrivé, dit-il en reculant enfin.

Ses yeux bleus, les mêmes que ceux de Macy, les mêmes que ceux de mon père, sont emplis de tristesse.

— Un incident, c'était déjà inacceptable. Mais deux en deux jours…

J'ai de la chance qu'il ne soit pas au courant de ma chute de l'arbre. Trois accidents quasi mortels en une semaine, c'est beaucoup pour n'importe qui.

Peut-être que Jaxon n'est pas si parano que ça, finalement. Peut-être est-ce moi qui ne le suis pas assez.

— Sortons, dit mon oncle. J'avais de toute façon prévu que tu n'irais pas en cours aujourd'hui, néanmoins je dois te parler avant que tu retournes dans ta chambre.

— D'accord.

Qu'y a-t-il à dire sinon : « Ouf, on a eu chaud » ? Mais bon, s'il a besoin de discuter pour se sentir mieux…

Pourtant, mon instinct me hurle de ne pas m'éloigner de Jaxon.

— Est-ce que je peux passer à ton bureau plus tard ? J'ai deux ou trois choses à régler d'abord…

— Jaxon est parti, Grace.

Je me retourne. Mon oncle dit vrai : Jaxon a disparu.

— Et j'aimerais te parler avant que tu ne le revoies.

Je ne sais pas ce que cela signifie, toutefois ça ne me plaît pas. Pas plus que le fait que, une fois de plus, Jaxon ait disparu sans même un au revoir.

Comment fait-il ? je me demande en suivant mon oncle de mauvais gré. Comment peut-il disparaître, comme ça, sans bruit, sans que je m'en aperçoive ? Est-ce un truc de vampire ? Ou est-ce une faculté qui n'appartient qu'à lui ? En me dirigeant vers la porte, je me rends compte que les autres membres de l'Ordre se sont évaporés, eux aussi.

Ça ne fait que confirmer ce que je disais à Jaxon : je suis une humaine qui ne représente aucune menace. Qui me trouverait dangereuse au point de vouloir me tuer ?

Je comprendrais qu'on en ait après Jaxon. D'ailleurs, je suis surprise qu'il n'y ait pas une armée de tireurs autour du château prêts à le cribler de balles. Ce mec est surpuissant et super dangereux. C'est probablement la seule raison pour laquelle il est toujours vivant. Personne n'ose le défier. Même Flint s'est dégonflé après la bataille de boules de neige.

Voilà pourquoi faire tomber un lustre sur Jaxon peut se comprendre. Mais sur moi ? Il suffirait de me lancer un sort, ou qu'un loup m'attaque, ou d'un séisme pour m'achever. À quoi bon perdre son temps à saboter un lustre alors qu'une fenêtre brisée a presque suffi à me mettre hors d'état de nuire ?

En silence, Oncle Finn me conduit à son bureau. Il bifurque vers un couloir bien moins classe que tout ce que j'ai vu du château jusque-là, et s'arrête devant une porte totalement banale. Ça me surprend : ça ne ressemble pas au bureau du directeur d'un lycée pour créatures paranormales.

Cette impression est renforcée quand il ouvre la porte : son bureau est la salle la plus ordinaire qui soit. Moquette grise, murs gris, chaises grises. La seule tache de couleur, et encore, est le bureau de merisier où s'entassent des piles de feuilles et de dossiers à côté d'un ordinateur portable.

Oncle Finn sourit.

— T'as l'air surprise.

— Un peu. Je pensais que cette pièce serait plus…

Il lève les sourcils.

— Plus quoi ?

— Plus… Sans vouloir te vexer, Oncle Finn, je n'ai jamais vu de bureau aussi minimaliste. Je m'attendais qu'un sorcier ait plus de style.

— C'est une bonne chose, alors, que je n'en sois pas un, hein ?

— Quoi ? je m'étouffe. Mais je croyais… Macy m'avait dit… je ne…

— Relax, Grace, s'esclaffe mon oncle. J'essayais juste de détendre l'atmosphère. Macy m'a dit qu'elle avait vendu la mèche.

— Désolée, difficile de faire autrement quand j'ai des marques de morsure dans le cou.

— Un point pour toi.

D'un signe de la tête, il m'indique les fauteuils gris devant son bureau.

— Assieds-toi, me dit-il en prenant place. Je suis sincèrement navré que tu aies dû le découvrir ainsi. Je voulais te ménager.

Il a l'air si accablé que j'ai envie de lui dire que ce n'est pas grave. Sauf que c'est gravissime.

— Pourquoi ne m'as-tu rien dit ? Ou mon père ? Pourquoi n'a-t-il jamais reconnu qu'il était un…

Je m'interromps, j'ai toujours du mal à croire que mon père était un vrai sorcier.

— Ton père était un mage, finit mon oncle à ma place. Un mage très puissant, qui plus est.

— Jusqu'à ce qu'il renonce à la magie pour épouser ma mère ?

— C'est un peu plus compliqué que ça, dit mon oncle en secouant la tête. Aucun mage ne renonce volontairement à ses pouvoirs. Mais certains d'entre eux, comme ton père, sont prêts à tout risquer pour le bien de tous.

Ce n'est pas ce que Macy m'a raconté. Peut-être que ma cousine ne connaît pas toute l'histoire ?

— Comment ça ? Qu'est-ce qu'il a fait ?

Oncle Finn prend un air très distant, les yeux dans le vague.

— C'est une longue histoire… Ce sera pour un autre jour. Tu as déjà eu suffisamment d'émotions pour la matinée.

— Pour plusieurs matinées, tu veux dire. Pour toutes les matinées de ma vie, en fait.

— Exact, soupire-t-il. C'est de ça que je voulais te parler : ta première semaine n'a pas été de tout repos.

C'est le moins qu'on puisse dire. Je me raidis, redoutant la suite. Le menton posé dans ses mains, il me regarde sans rien dire. Est-ce qu'il s'attend que je brise le silence ? Ou est-ce qu'il réfléchit à la meilleure manière de formuler ce qu'il a dire ? La deuxième hypothèse, j'imagine, car je n'ai rien fait de mal. Je n'ai aucun secret à avouer, et particulièrement à un homme qui dirige un lycée réservé à des monstres.

Cela dit, ce silence prolongé me laisse le temps de réfléchir. De constater que, cette semaine, j'ai complètement perdu le peu de contrôle que j'avais sur ma vie.

Mourir écrasée par un lustre, c'est digne d'un Darwin Awards. Peu importe ce qu'en dit Jaxon, tout ça est absurde. Perdre mes parents aussi brutalement m'a fait prendre conscience de la fragilité de la vie. En un clin d'œil, en un claquement de doigts, le temps d'un mauvais réflexe au mauvais moment…

Je ferme fort les yeux pour repousser les images avant qu'elles m'envahissent l'esprit et me submergent.

La douleur doit se lire sur mon visage.

— Tu es sûre que ça va, Grace ? s'inquiète brusquement mon oncle. Ce lustre était énorme, terrifiant.

Oui, il était énorme et terrifiant. Comment ma vie a-t-elle pu déraper à ce point ? Il y a seulement cinq semaines, Heather et moi achetions des robes pour le bal du lycée tout en nous plaignant de notre cours d'anglais. Maintenant, je suis orpheline, je vis avec tant de créatures surnaturelles que la liste remplirait une encyclopédie, et j'ai manqué de mourir quatre fois en une semaine. L'univers m'en veut.

— Ça va, je dis. Je suis un peu secouée, c'est tout.

— Allons, Grace ! Je suis traumatisé et je n'étais même pas présent. Tu es plus qu'« un peu secouée ».

Il me tapote la main. Il a beau faire son possible pour me rassurer, l'angoisse dans ses yeux est évidente.

Je m'efforce de donner le change. Avec succès, semble-t-il : il finit par hocher la tête et se redresse sur son siège.

— Tu ressembles à ta mère, tu sais ? Elle faisait face à tous les aléas de la vie, elle aussi. Elle ne pleurait jamais, elle ne paniquait jamais. Elle était toujours calme et déterminée.

Qu'il mentionne ma mère me dévaste. Elle me manque tellement... Je dois serrer les poings et enfoncer mes ongles dans mes paumes pour ne pas m'effondrer.

Heureusement, Oncle Finn s'en tient là. Il pianote sur son clavier d'ordinateur et imprime une feuille.

— Tu es sûre que tu vas bien ? me demande-t-il pour la millionième fois. Tu ne veux pas que Marise t'examine ?

Surtout pas ! Même si Macy m'a expliqué que Marise a dû me mordre pour réparer mon artère, je refuse qu'elle s'approche de nouveau de ma gorge. Ou qu'elle m'approche tout court, d'ailleurs.

— Je vais bien. Tu ferais mieux de t'inquiéter pour Jaxon ! Il m'a protégée des éclats de verre.

— J'ai déjà demandé à Marise de l'examiner et je le verrai tout à l'heure pour le remercier d'avoir sauvé la vie de ma nièce préférée.

— Ton unique nièce, je lui rappelle.

C'est une blague récurrente entre nous, et elle me fait du bien. Elle nous ramène à la normale dans cette journée qui ne l'est pas.

— L'unique, *et* ma préférée, il insiste. L'un n'exclut pas l'autre.

— Je suis d'accord avec mon oncle préféré.

— Exactement !

Son sourire un rien forcé se mue en franc sourire jusqu'à ce que le silence retombe entre nous.

Je ne peux pas m'empêcher de gigoter, pas par nervosité, mais parce que je veux aller retrouver Jaxon. Il avait l'air si à cran tout à l'heure… Je veux m'assurer qu'il ne lui est rien arrivé de fâcheux.

À l'évidence, Oncle Finn interprète mon agitation différemment. Il passe la main dans ses cheveux et soupire.

— Bon, maintenant qu'on a mis les choses à plat, tu dois avoir beaucoup de questions à me poser.

Beaucoup ? Deux ou trois millions. À commencer par celle qu'il a éludée tout à l'heure.

— Pourquoi ne m'as-tu rien dit ? Tu aurais pu me mettre au courant quand tu m'as demandé de m'installer en Alaska, le jour de l'enterrement.

— J'ai pensé que tu étais trop bouleversée pour que j'en rajoute en t'annonçant que les vampires et les sorciers et les sorcières existaient bel et bien.

N'empêche…

— Et après ? Quand je suis arrivée ?

Il exhale un long soupir.

— Je voulais te laisser le temps de prendre tes marques. Le premier soir, j'ai voulu aborder le sujet, mais tu étais si malade… Ensuite, avec tous les incidents qui se sont succédé, j'ai pensé qu'il était préférable de te laisser provisoirement dans l'ignorance. J'en ai parlé avec la Dr Wainwright, la conseillère d'orientation, qui en avait déjà discuté avec le Dr Blake. Elle m'a affirmé qu'il valait mieux que tu t'habitues à l'Alaska et à tous les bouleversements survenus dans ta vie avant qu'on t'apprenne que tout ce que tu avais entendu dire à propos du monde surnaturel était réel.

— Tout ?

— Bon, peut-être pas tout. Mais une très grande partie.

Je reste sceptique, d'autant que je n'ai toujours pas eu l'occasion de rencontrer la fameuse Dr Wainwright. Comment ont-ils cru pouvoir me cacher que ce lycée grouille de créatures magiques ? Avec Flint qui saute d'un arbre pour me sauver, Macy qui recourt à des charmes, les lycanthropes qui se baladent torse nu par moins trente, et Jaxon… Jaxon qui vit sa vie de Jaxon, comment aurais-je pu ne pas deviner ? Bon, d'accord, j'ai cru à des aliens, pas à des vampires, mais je savais bien que quelque chose n'allait pas.

Mon oncle grimace.

— Avec du recul, je vois que ce n'était pas la meilleure méthode. Ce n'est guère facile de dissimuler l'existence des vampires et des dragons alors qu'ils sont en pleine guerre de territoire.

— En pleine guerre de territoire ?

Macy y a aussi fait allusion, mais je pensais qu'elle parlait des rivalités habituelles au sein d'un lycée. À présent que je sais qu'il s'agit de différentes espèces surnaturelles, ses avertissements me paraissent bien plus sérieux.

Et bien plus effrayants.

Oncle Finn secoue la tête.

— On en reparlera plus tard. Tu en as eu assez pour aujourd'hui. Ce qui m'amène à ce dont je voulais réellement discuter avec toi.

C'est tout sauf subtil comme changement de sujet et j'ai envie de protester. Il est loin de m'avoir tout dit, mais je ne vois pas comment le forcer à m'en révéler plus.

Alors, plutôt que d'exiger des réponses à toutes mes questions, je me mords la langue et écoute ce que Finn a à dire.

— Un tas de choses horribles te sont arrivées depuis que tu es ici.

— Pas vraiment, en fait. Jaxon m'a toujours sauvée à temps.

— C'est vrai, mais on ne pourra pas toujours compter sur lui. Comme tu as pu le constater, ce lycée est plus dangereux que la normale. Le séisme était un terrible accident, ainsi sans doute que la chute du lustre. Il n'empêche que cela m'a fait réfléchir : quel danger courrais-tu si quelqu'un perdait le contrôle de ses pouvoirs devant toi sans que Jaxon, ni Flint, ni Macy soient présents pour intervenir ? Tu pourrais être gravement blessée et je ne me le pardonnerais jamais.

— Tu penses que c'est ce qui s'est passé ce matin ? Que quelqu'un a perdu le contrôle de ses pouvoirs ?

— C'est une possibilité. Peut-être qu'une sorcière essayait un nouveau sort et bam… C'est la première fois qu'un lustre tombe, mais il est déjà arrivé que des cristaux soient projetés contre les murs. Entre autres.

C'est peut-être la meilleure nouvelle de la journée. Cela signifie que Jaxon s'inquiète pour rien. Personne ne cherche à me tuer – une sorcière a foiré son sort et j'étais dans le chemin, voilà tout. C'est beaucoup plus sensé que d'imaginer qu'on en veut à ma vie.

— Bref, conclut mon oncle en joignant les mains, c'est pourquoi je souhaite te renvoyer à San Diego.

44

ALASKA, MON FOYER CHÉRI

— Me renvoyer à San Diego ? je m'exclame. Il n'y a plus rien pour moi là-bas !

— Je sais, opine-t-il tristement. Mais je finis par penser qu'il n'y a rien pour toi non plus ici. Et au moins, tu seras en sécurité en Californie.

— En sécurité, comme mes parents ? je crache.

Les mots m'échappent, douloureux et terrifiés. Retourner à San Diego signifie quitter Jaxon, et je ne veux pas, je ne *peux* pas le quitter, pas maintenant, alors que quelque chose est en train d'éclore entre nous, alors qu'il est la première personne à qui je pense en me réveillant, la dernière à qui je pense avant de m'endormir.

— Tes parents sont morts dans un accident, Grace. Un tragique accident…

— Les accidents peuvent se produire n'importe où. S'il doit m'arriver quoi que ce soit, je préfère que ce soit ici, avec Macy et toi, et…

Je m'interromps. Je ne parviens pas à le dire à voix haute. Je n'y comprends rien. En moins d'une semaine, Jaxon Vega est devenu ce que j'ai de plus précieux.

Mon oncle est plus sagace que je ne le pensais.

— Jaxon ? souffle-t-il gentiment.

Je ne réponds pas. J'en suis incapable. Impossible d'expliquer ce qu'il y a entre Jaxon et moi à mon oncle.

Mon silence lui suffit comme réponse.

— Jaxon est… séduisant, reprend-il. Je sais ce que les filles pensent de lui. Il est…

— Non ! Oncle Finn, tais-toi !

Je suis à deux doigts de me boucher les oreilles pour ne plus l'entendre.

— Non ? répète-t-il, perplexe. Tu n'es pas attirée par…

— Par pitié, tais-toi ! Je ne sais pas ce qui se passe entre Jaxon et moi. Je ne suis même pas sûre qu'il se passe quelque chose, mais nous n'en parlerons pas tous les deux !

— On croirait entendre Macy, dit-il en levant les yeux au ciel. Chaque fois que je prends des nouvelles de Cam, on dirait que je lui demande d'avaler une grenouille. Parfait, nous ne parlerons pas de garçons. Je dois cependant te prévenir que Jaxon est…

— Dangereux. Oui, je sais, Macy me le répète sans arrêt. Et c'est peut-être vrai, mais il a toujours été très doux avec moi…

— Ce n'était pas ce que j'allais dire, me coupe mon oncle d'un ton légèrement agacé. Laisse-moi finir, s'il te plaît.

— Oh ! je souffle en rougissant. Excuse-moi.

— Je voulais te prévenir que Jaxon n'est pas un garçon comme les autres.

— Manifestement, je réplique en mimant deux canines de mes doigts.

Oncle Finn éclate de rire.

— Outre le fait que c'est un vampire. Mais oui, ça aussi.

Oh ! Ses mots font danser des papillons dans mon estomac. Je ne sais pas trop pourquoi.

— Qu'est-ce qu'il y a d'autre ? je demande malgré moi. Il m'a parlé de son frère…

— Il t'a parlé de Hudson ? s'exclame mon oncle, visiblement choqué.

— Il m'a seulement dit qu'il était mort.

— Ah ! Oui.

Il se détend et j'en déduis que ce n'est qu'une infime partie de l'histoire. Tout le monde réagit de la même façon quand j'évoque la mort de Hudson.

— Depuis lors, Jaxon a dû endosser les responsabilités de son frère en plus des siennes.

— J'imagine.

— Non, Grace, tu ne peux pas, rétorque Oncle Finn, la mine plus sombre que jamais. Être un vampire et être un humain sont deux choses très différentes.

— D'accord, mais Jaxon était un humain avant, non ? j'objecte en me remémorant tous les films et les livres de vampires que je connais.

— Non, justement. Jaxon est né vampire.

À mon tour d'être sous le choc.

— Comment ça ? Je pensais que les vampires étaient…

— Pas tous. Certains le deviennent en effet par contamination. La plupart, en fait. Mais ils peuvent aussi l'être de naissance. C'est le cas de Jaxon et des autres membres de l'Ordre. Et dans notre monde, ce n'est pas anodin.

— Mais je croyais qu'il fallait être mordu par un vampire pour en devenir un…

— En règle générale, oui. À condition que le vampire qui te mord souhaite te transformer. Sinon c'est juste une morsure.

— Comme celle que Marise m'a faite ?

— Oui.

— Cela ne m'explique toujours pas comment on peut naître vampire.

Au fond, est-ce si important ? Le plus gros choc, c'était d'apprendre que ces créatures existent. La question de leur naissance paraît presque secondaire.

— Le vampirisme est en fait une mutation génétique. Une mutation extrêmement rare. Les premiers cas documentés remontent à plusieurs millénaires.

— Comment peut-on en avoir la preuve si c'est aussi loin dans le temps ?

— Parce que ces vampires sont toujours vivants aujourd'hui, Grace.

— Oh !

J'aurais dû m'en douter.

— Parce que les vampires ne meurent pas ?

— Si, ils meurent, mais beaucoup plus lentement que nous, car leurs cellules se développent à un rythme différent des nôtres.

— Et Jaxon est l'un de ces vampires qui vivent depuis la nuit des temps ?

À cette pensée, je sens les papillons dans mon ventre se métamorphoser en oiseaux de proie. Drôle de réaction : si je suis capable d'accepter le fait qu'il est un vampire, son âge ne devrait pas me choquer non plus ?

— Jaxon est né dans l'une des plus anciennes dynasties de vampires. Cela dit, il n'a pas quatre mille ans, si c'est le sens de ta question.

Merci, mon Dieu !

— Et ces familles sont les seules à pouvoir donner naissance à des vampires ? Je veux dire, les vampires ne peuvent pas naître dans des familles normales ?

— C'est possible, quoique rarissime. En général, les vampires de naissance viennent d'une des six anciennes familles. Si, par extraordinaire, ce n'est pas le cas, on a alors affaire à ces vampires dont on parle dans les histoires, qui ne savent pas qui, ou ce qu'ils sont, et qui, par conséquent…

— … tuent tout ce qui bouge ?

— Je ne le dirais pas ainsi, réplique-t-il avec un regard exaspéré, mais oui. Et ce sont eux qui transforment des humains en vampires par ignorance, ou parce qu'ils se sentent seuls et veulent fonder une famille. Ou pour d'autres raisons. Les anciennes familles n'agissent pas ainsi.

— Tu veux dire qu'elles ne tuent personne ?

Ce serait un immense soulagement, j'avoue.

Mon oncle rit.

— Ne nous emballons pas !

— Oh ! Est-ce que Jaxon a…

— Je n'ai pas pour habitude de discuter des élèves avec d'autres élèves, Grace. Et cette conversation est allée déjà bien au-delà de ce que j'envisageais.

Ce n'est pas moi qui vais m'en plaindre. J'ai glané beaucoup d'informations.

— Je ne veux pas retourner à San Diego, Oncle Finn.

C'est la première fois que je le dis à voix haute, et le pense vraiment. Peu importe à quel point la plage, la chaleur et la vie que je menais avec mes parents me manquent, je ne veux pas y retourner. Mes parents ne sont plus là, et rien à San Diego n'a l'attrait de Jaxon.

— Grace, je suis heureux que Katmere te plaise. Toutefois, j'ai peur que tu n'y sois pas en sécurité. Je pensais être en mesure de te protéger, mais de toute évidence, j'avais sous-estimé les dangers que court une humaine parmi des créatures paranormales.

— La décision m'appartient, non ? je proteste.

— Oui, bien sûr, cependant, tu ne peux pas la prendre à cause d'un garçon.

— Je ne la prends pas à cause de Jaxon. Pas seulement, en tout cas. Je la prends à cause de Macy. Et de toi. Et même de Flint. J'ai tourné la page de San Diego. Mes parents sont morts, et si j'y retourne, si je fréquente la même école, mène la même existence sans eux, ce sera comme une gifle, un rappel quotidien de ce que j'ai perdu. C'est au-dessus de mes forces, Oncle Finn. Je ne pourrai pas faire mon deuil si je dois passer tous les jours devant mon ancienne maison sur le chemin du lycée. Si je vais dans les endroits où mes parents et moi avions l'habitude d'aller…

Ma voix se brise. Je me détourne pour cacher mes larmes, embarrassée de me sentir si fragile chaque fois que je pense à mes parents…

— D'accord, souffle Finn en serrant mes mains entre les siennes. D'accord, Grace. Tu seras toujours la bienvenue auprès de Macy et moi, mais nous allons devoir veiller de très près à ta sécurité. Le jour de ta naissance, j'ai promis à ton père que je prendrais soin de toi s'il lui arrivait malheur. Je compte bien honorer ma parole.

— Ça me va tout à fait. Pour être honnête, je n'aime pas non plus avoir une épée de Damoclès au-dessus de la tête.

Il rit.

— Tu m'étonnes ! Bon, alors…

L'intercom sur son bureau vibre et l'interrompt.

— *Monsieur le directeur, votre appel de neuf heures sur la ligne trois…*

— OK, merci, Gladys.

Il se tourne vers moi.

— Excuse-moi, je dois prendre cet appel. Écoute, retourne à ta chambre et repose-toi. Je vais réfléchir à une solution pour garantir ta sécurité et je passerai à midi pour en discuter avec Macy et toi. Ça marche ?

— Ça marche !

Je ramasse mon sac à dos et me dirige vers la porte. Avant de sortir, je me retourne vers mon oncle :

— Merci.

— Ne me remercie pas, c'est prématuré.

— Non, je veux dire : merci d'être venu me chercher à San Diego. Merci de m'avoir amenée ici. Merci de…

— … de t'avoir accueillie comme un membre de la famille ?

Il secoue la tête.

— Tu n'as pas à m'en remercier, Grace. Je t'aime, Macy t'aime. Tu auras toujours ta place parmi nous, aussi longtemps que tu le souhaiteras. Vu ?

Je ravale la boule dans ma gorge.

— Vu.

Je me rue hors de son bureau avant d'éclater en sanglots.

À peine ai-je refermé la porte, que le sol se met à trembler sous mes pieds.

Encore.

45

SI C'EST SI CHAUD ENTRE NOUS, C'EST PARCE QUE TU CRACHES DU FEU

Ce n'est pas une grosse secousse, juste le sol qui gronde un peu, mais ça suffit à me rendre nerveuse. Je me précipite dans l'embrasure de la porte la plus proche, comme on nous a appris à le faire en primaire.

Quand la dernière réplique se tait, j'envoie un message à Jaxon pour lui dire que je vais bien et pour m'assurer qu'il va bien lui aussi. Ça me plairait également d'avoir une vraie conversation avec lui durant laquelle aucun d'entre nous ne risque d'être blessé et sans être observés par la totalité du lycée. *Où es-tu ?* je lui écris. *On peut se voir ?*

J'attends impatiemment sa réponse, qui ne vient pas, ce qui m'inquiète.

J'aurais dû noter le numéro de Mekhi ce matin au cas où. Il ne me reste plus qu'à sillonner les couloirs en guettant un texto.

Ne sachant quoi faire d'autre, je me dirige vers la tour de Jaxon. Puis j'hésite : il m'a laissée en plan dans la cafétéria et il ne répond pas à mes messages. Bien que je meure d'envie de le voir et de lui parler, j'en ai marre de lui courir après. Cette fois, c'est à lui de faire le premier pas.

Ce qui veut dire que je ne devrais pas regagner ma chambre, où je risque de me morfondre à me demander où est Jaxon au lieu de faire quelque chose d'utile. Franchement, j'ai déjà trop pensé à lui aujourd'hui, surtout vu la manière dont il m'ignore.

Je choisis donc d'aller à la bibliothèque. Ça fait un moment que je voulais y retourner pendant les heures d'ouverture pour pouvoir m'y balader et emprunter des livres. Visiblement, j'ai de sérieuses lacunes à combler à propos des créatures surnaturelles, autant m'y mettre tout de suite. Et puisque Macy et mon oncle m'ont recommandé de me reposer, ils n'auront rien à dire si je passe la journée blottie sur les coussins de la bibliothèque avec un bon bouquin.

Tout le monde étant en cours, la bibliothèque est quasiment vide, ce qui me convient à merveille : moins je croise de monde, moins je risque un nouvel « accident ».

Je songe d'abord à passer en revue la section « Mythologie ». Sauf qu'à Katmere les monstres existent pour de vrai, par conséquent je ferais peut-être mieux d'aller à la section « Non-Fiction » ? Ou « Biologie » ?

Les monstres existent. Je vais avoir du mal à m'y faire.

Je décide de m'arrêter à l'accueil pour demander conseil à la bibliothécaire. À vrai dire, je rêve de la rencontrer depuis que j'ai découvert cet endroit. Ses choix de déco, les autocollants et les gargouilles… je suis sûre qu'elle va me plaire. Mon impression se renforce quand je la vois en chair et en os. Elle est grande et belle, sa peau cuivrée rayonne. Sa longue chevelure sombre est tressée de tortillons argentés et orange (sûrement des restes de Halloween) et elle porte une robe ample à manches longues et des boots. Total hippie. Cerise sur le gâteau : elle sourit à ma vue, ce qui est trop rare dans ce lycée très sombre et très gothique.

— Madame Royce ? je demande en m'approchant.

— Tu peux m'appeler Amka, comme beaucoup d'élèves.

Son sourire devient encore plus amical.

— Tu dois être Grace, la nouvelle dont tout le monde parle.

Les joues me brûlent.

— Je ne l'aurais pas formulé ainsi, mais oui, c'est bien moi.

— Ravie de faire enfin ta connaissance. C'est rare qu'une nouvelle arrivée secoue autant le lycée, mais tant mieux, ça leur fera les pieds.

— À qui ?

Elle glousse, se penche vers moi et, dans un murmure exagéré de comédienne :

— Aux monstres.

J'écarquille les yeux, puis je suis envahie de soulagement en me rappelant les paroles de mon oncle.

— Alors vous êtes humaine, vous aussi ?

— La plupart d'entre nous sont humains, Grace. Il se trouve aussi que nous avons un petit quelque chose en plus, voilà tout.

— C'est vrai, je souffle, gênée. Pardon, je ne voulais pas vous offenser.

— Tu ne m'as pas offensée.

Elle tend la main. Quelques instants plus tard, une brise légère balaie la bibliothèque, ébouriffant mes cheveux et faisant s'agiter les magazines derrière moi.

— Vous êtes une sorcière, je m'écrie.

— Exact. De la tribu Inupiat. Spécialiste des éléments.

— *Des* éléments ? Pas seulement le vent ?

— Pas seulement le vent, elle confirme.

Elle referme le poing et la brise s'apaise aussitôt. Sur un infime geste de ses doigts, toutes les bougies accrochées au mur s'allument.

— Le feu, aussi. Je te ferais volontiers une démonstration avec l'eau, mais je suppose que tu as eu assez de neige.

— Pour ça oui ! Cela dit, j'aimerais bien voir, si ça ne vous dérange pas.

Un instant plus tard, des flocons se mettent à tomber du plafond. Je tends la langue pour en attraper un.

— Je n'ai jamais rien vu d'aussi cool.

— Garde les yeux ouverts, alors. Il y a un tas de choses à voir à Katmere.

— J'ai hâte de les découvrir ! je m'exclame avec sincérité.

La regarder maîtriser les éléments m'a convaincue que la situation était peut-être moins effrayante que je le redoutais.

Elle me fait un clin d'œil.

— Tant mieux. Alors, qu'est-ce qui t'amène dans ma bibliothèque ?

— Oh ! je voulais juste explorer les lieux. Je suis passée l'autre soir et j'étais totalement sous le charme. Vous avez fait des prodiges !

— Les livres sont prodigieux. J'ai pensé que l'endroit qui les abrite devait être à la hauteur.

— C'est une réussite, je lui assure. Rien que les autocollants sont déments, je pourrais passer la journée à les lire. Et les gargouilles ! Et les coussins avec des répliques de films d'horreur ! J'adore.

— Quel intérêt de bosser dans un lycée pareil si on ne peut pas s'en amuser un peu ?

— Tout à fait, je m'esclaffe. D'ailleurs, c'est aussi pour ça que je suis venue : je voudrais en apprendre un peu plus sur mes camarades.

Elle sourit. J'ai bien retenu sa première leçon : la plupart de mes camarades sont humains, avec quelque chose en plus.

— J'admire ton ouverture d'esprit, dit-elle. Et ta soif d'apprendre.

— Je fais de mon mieux. Il y a tellement de choses que j'ignore…

— Tu as le temps.

Elle prend mes mains entre les siennes, ce qui me surprend mais ne me dérange pas, alors je ne les retire pas. Avant de le regretter lorsque ses yeux se mettent à tourner follement.

Ce n'est rien, je me dis. J'ai vu Macy utiliser un charme et cela ne m'a pas perturbée. Sauf qu'on dirait qu'Amka regarde au plus profond de moi…

— N'aie pas peur, murmure-t-elle soudain.

— Je n'ai pas peur, je réponds.

Que pourrais-je dire d'autre ? Que ses yeux qui roulent m'inquiètent ?

— Tu n'es pas aussi ordinaire que tu le crois, ajoute-t-elle.

— Je… Je ne comprends pas.

Elle me sourit et ses yeux reviennent à la normale.

— Tu comprendras quand le temps sera venu. C'est l'essentiel.

Je cherche en vain une réplique appropriée et me contente d'un :

— Merci.

Amka arrache la page d'un bloc-notes, y griffonne quelque chose, la plie en deux puis me la tend.

— Je te conseille d'aller faire un tour tout au bout du rayonnage à deux rangées d'ici.

— C'est quelle section ? je demande, vibrant soudain d'enthousiasme.

— « Dragons ». C'est toujours un excellent point de départ.

— Super, je dis en pensant à Flint et à toutes les questions que je me pose à son sujet. Merci !

— Pas de quoi. Quand tu auras trouvé ce que tu cherches, tu sauras quoi faire avec ça.

Elle m'indique le papier que je tiens, farfouille sous son bureau et en sort une bouteille d'eau.

— Et prends ça aussi. À cette altitude, il faut s'hydrater !

— Ah oui ! Merci encore.

Elle me salue d'un signe de la main.

Je me dirige vers le rayonnage qu'elle m'a indiqué en me demandant quel genre d'infos sur les dragons j'y trouverai, parce que les livres qu'il contient semblent tous être des romans policiers. Mais tout s'éclaire au bout de la rangée : Flint est assis à une table ronde, des écouteurs dans les oreilles, concentré sur un très vieux livre écrit dans un alphabet étrange.

« "Dragons". C'est toujours un excellent point de départ. »

Bien sûr.

Il lève les yeux à mon arrivée et une expression indéchiffrable flotte un instant sur son visage, très vite remplacée par un grand sourire.

— Salut, la Nouvelle ! s'écrie-t-il en enlevant ses AirPods. Qu'est-ce que tu fais là ?

Impossible de ne pas lui rendre son sourire.

— Des recherches sur les dragons, apparemment.

— Ah ouais ?

Il tapote la chaise près de lui.

— Viens t'asseoir. T'es au bon endroit.

— On dirait bien.

Je m'assieds et lui tends le petit mot d'Amka.

— Tiens, je crois que c'est pour toi.

Il fronce les sourcils en le lisant. Je jette un coup d'œil à mon téléphone pour vérifier que je n'ai pas loupé un texto de Jaxon.

Non.

— Eh bien, dit Flint en évitant mon regard, qu'est-ce que tu veux savoir sur les dragons ?

— Ça peut attendre. Je ne voudrais pas t'interrompre dans ton travail.

— T'inquiète. Ce n'est rien d'important.

Il referme son livre et le fait glisser loin de lui.

J'ai eu le temps d'apercevoir le titre.

— Hé ! C'est pas de l'akkadien ?

Il écarquille les yeux.

— Tu connais l'akkadien ?

— J'en ai entendu parler pour la première fois il y a deux jours. Lia l'étudiait dans le cadre d'un projet. Vous êtes dans la même classe ?

— Ouais, acquiesce-t-il, l'air peu enthousiaste.

Ce qui ne me surprend pas : ils ont l'air de se détester.

— C'est quoi, comme cours ? je demande en tendant la main vers le livre. J'aimerais bien le prendre au semestre prochain.

— Langues anciennes de la magie, répond-il en fourrant vite fait le livre dans son sac à dos. Bon, qu'est-ce que tu veux savoir sur les dragons ?

— Tout. C'est un sacré choc, je dois dire, d'apprendre que les créatures surnaturelles existent bel et bien.

— Bah, tu vas t'y habituer en un rien de temps.

— Ça m'étonnerait.

Il rigole franchement.

— Allez, pose-moi ta première question.

— Oh ! je n'ai pas trop réfléchi à des questions spécifiques. Mais… Macy dit que tu as des ailes. Est-ce que tu peux vraiment voler ?

Il sourit. Je n'arrive pas à y croire.

— Oui, je sais voler, mais pas que.

— Quoi d'autre ? je le presse, fascinée.

— Bon, si on doit entrer dans les détails, je veux manger un morceau avant.

— Désolée, je ne voulais pas…

— Pas de souci.

Il tire un paquet de chamallows de la poche avant de son sac à dos.

— T'en veux un ? J'adore ça.

— Moi aussi !

J'en prends un et fais mine de l'enfourner, mais il m'arrête.

— Hé ! C'est pas comme ça qu'on mange un chamallow !

— Hein ?

Il remue les sourcils, lance le chamallow en l'air et… *crache du feu dessus.*

Je crie de surprise, aussi choquée que ravie. Le chamallow vire au brun doré et, quand Flint referme la bouche, retombe directement dans sa main.

— Voilà comment on mange un chamallow, me dit Flint en me le tendant.

— Incroyable ! Oh, c'est chaud !

« Bien vu, Sherlock », me dit son regard.

— Et parfaitement caramélisé, j'ajoute.

C'est tellement cool !!!

— Qu'est-ce que tu crois ? Je suis un spécialiste. Tu en veux un autre ?

— Tu rigoles ? Je les veux tous !

Cette fois, je parviens à étouffer mon cri quand Flint crache un jet de flammes sur le chamallow que j'ai lancé en l'air. Il retombe droit dans ma main, brûlant, alors je jongle un peu avec avant de le tendre à Flint.

— Il est pour toi, celui-ci.

Ses yeux surpris passent du chamallow à moi.

— Merci, dit-il en le lançant dans sa bouche.

On dévore le reste du paquet, un chamallow après l'autre, parfois plusieurs à la fois. Flint balance des vannes entre deux jets de flammes. Une fois notre stock épuisé, j'ai mal au ventre, autant d'avoir ri trop fort que d'avoir mangé trop de guimauve. Je ne me plains pas : ça fait du bien.

Le sucre m'a donné soif. J'attrape la bouteille d'eau qu'Amka m'a donnée. Savait-elle que j'en aurais besoin ? Est-ce que les sorcières ont des dons de voyance ? Encore une question sur laquelle je vais devoir faire des recherches.

Flint m'arrache la bouteille des mains alors que je m'apprête à l'ouvrir.

— Tu ne vas pas boire de l'eau tiède ? C'est pas très classe, blague-t-il.

Et il souffle un filet d'air glacé dessus.

— Waouh ! Juste… Waouh, je m'exclame, au comble de l'excitation. Qu'est-ce que tu sais faire d'autre ?

— Quoi ? Que je sache voler, cracher du feu et du froid ne te suffit pas ?

— Si, si, bien sûr que si, je balbutie. Désolée, je…

— Relax, je te taquine.

Il étend la main, un peu comme Amka avant qu'elle n'invoque le vent, et un bouquet de fleurs bleu pâle éclot dans sa paume.

— Oh ! là, là… je chuchote. Comment tu as fait ça ?

Il hausse les épaules.

— Je suis né sous une bonne étoile.

Il me tend les fleurs. Je caresse leurs pétales du bout du doigt. Ils sont doux comme de la soie.

— Ce sont des myosotis. La fleur emblématique de l'État d'Alaska.

— Ils sont magnifiques.

— Tu es magnifique, réplique-t-il avant de se pencher sur moi pour entrelacer les fleurs dans mes boucles, au-dessus de l'oreille.

Ses lèvres ne sont qu'à quelques centimètres des miennes. *Oh, non. Non, non, non.* D'instinct, je recule sur ma chaise, les yeux écarquillés et le souffle court.

Flint rit doucement.

— T'inquiète, la Nouvelle. Je ne te drague pas.

Je m'affale presque sous le poids du soulagement.

— Oh, je ne pensais pas… Enfin… C'est juste…

— Ah, Grace ! s'exclame Flint. T'es vraiment quelqu'un d'étrange. Tu sais ça ?

— Moi ? Ce n'est pas moi qui peux cracher des flammes et faire apparaître des fleurs.

— Touché, dit-il en me scrutant de ses yeux d'ambre fondu. Mais je vais te faire une promesse, OK ? Quand je te draguerai, ce sera parce que tu le voudras. Et on sera tous les deux parfaitement conscients de ce qui se passera entre nous.

46

QUI A PEUR DU GRAND MÉCHANT LOUP ?

Je ne sais pas comment réagir à cette promesse. Ma gorge est aussi sèche que le Sahara et les mots ne viennent pas. Ce n'est pas que j'aie envie que Flint me drague. Ce n'est pas non plus que ses paroles me heurtent, au contraire. C'est juste que… quand je plonge mes yeux dans l'ambre rieur des siens, quand je me laisse contaminer par son sourire, je me dis que, s'il n'y avait pas Jaxon, je serais ravie de me laisser charmer par ce dragon.

Mais il y a Jaxon. Cette conversation avec Flint est donc super gênante.

Je prends une longue gorgée d'eau afin de gagner du temps. Que dire pour détendre l'atmosphère ? Le portable de Flint me sauve : il reçoit une série de messages en rafale.

Flint jette un coup d'œil à ses messages et son comportement change du tout au tout.

— Il se passe un truc.

Je pense tout de suite à Jaxon.

— Quoi ? Qu'est-ce qui se passe ?

Sans répondre, Flint ramasse son sac à dos et y fourre ses affaires. Le petit mot d'Amka tombe dans le mouvement et je ne peux m'empêcher de le lire.

« Mille chemins mènent au but, mais certains sont mauvais. »

Sans me laisser le temps d'y réfléchir, Flint ramasse le papier et aboie :

— Viens, on y va !

J'attrape mon sac à dos et le suis, la peur au ventre. Qu'est-ce qui peut bien le mettre dans un état pareil ?

— Qu'est-ce qui se passe ? je répète.

— Je ne sais pas encore, mais l'Ordre est en mouvement.

— En mouvement ? Qu'est-ce que ça veut dire ?

Je dois trottiner pour m'adapter aux grandes enjambées de Flint.

— Ça veut dire qu'on va avoir des problèmes, crache-t-il d'une voix pleine de dégoût.

— Quel genre de problèmes ?

Il pousse les portes de la bibliothèque et se met à dévaler le couloir. Je cavale sur ses talons.

— C'est ce que j'aimerais savoir.

Je sors mon téléphone de ma poche pour arracher une réponse à Jaxon. Parvenue à l'escalier monumental, je me rends compte que ce ne sera pas nécessaire. Les membres de l'Ordre, à l'étage du dessus, s'avancent en file indienne, la mine sombre.

Flint a raison. Il y a un problème, et un gros. Je le devine à la rigidité de leurs épaules, à la tension qui les habite.

J'appelle Jaxon. Il ne m'entend pas, ou feint de ne pas m'entendre. Dans les deux cas, c'est mauvais signe.

À l'idée qu'il puisse être en danger, je me précipite derrière Flint dans l'espoir de le rattraper avant que quelque chose d'horrible n'ait lieu.

Jaxon est trop rapide pour nous. Sans jamais parvenir à le rattraper, nous le dévalons un long couloir, dépassons le labo de physique et d'autres salles de classe. Il s'arrête un instant devant une porte dont je crois savoir qu'elle mène à une salle commune. Je l'appelle de nouveau. Sans doute est-il trop loin pour m'entendre.

Byron, en revanche, se retourne. Malgré la distance, je suis effrayée par son expression lorsqu'il s'aperçoit que je suis avec Flint. Il secoue vigoureusement la tête en me fixant.

C'est un signe : il veut que je les laisse tranquilles. Il peut toujours rêver. Je veux comprendre ce qui se passe. Je force l'allure, déterminée à intercepter Jaxon avant qu'il fasse ce qu'il a l'intention de faire… quoi que ça puisse être.

Il entre dans la salle, suivi des cinq membres de l'Ordre, y compris Byron qui ne me regarde plus.

Prise de panique, j'accélère encore en dépit de ma nuque, de mon bras et de ma cheville endoloris. J'oublie mon vertige, focalisée sur la nécessité de rejoindre Jaxon avant qu'il ne commette l'irréparable… à cause de moi.

Quand j'arrive enfin à la porte, je vois Jaxon en train de faire voler les meubles de la pièce dans tous les sens.

Flint pousse un juron, mais il ne bouge pas, même quand Jaxon envoie un garçon – il me semble qu'il s'appelle Cole – s'éclater contre une table renversée.

Un cri étranglé m'échappe. Bien que, depuis mon arrivée, tout le monde ne cesse de me prévenir que Jaxon est puissant et dangereux, jusqu'à cet instant je n'avais pas saisi ce qu'ils voulaient dire. Quand, d'un geste des doigts, Jaxon envoie Cole percuter le mur puis le laisse suspendu à plus de trois mètres au-dessus du sol, par la seule force de son esprit, je commence à comprendre.

Rien de ce que je sais sur les vampires, aucun avertissement, n'aurait pu me préparer à ça.

Marc, Quinn et plusieurs autres élèves, tous loups-garous, fondent sur Jaxon. Aussi sec, l'Ordre s'interpose. Comme à la cafétéria, Mekhi, Byron et les autres forment un périmètre de sécurité autour de lui, que les lycanthropes tentent de forcer pour sauver Cole, toujours en suspension dans les airs. La situation vire à la bataille rangée : les cinq membres de l'Ordre contre une vingtaine de loups-garous.

L'affrontement est rapide, brutal, terrifiant. Certains lycanthropes se transforment en loups, d'autres gardent leur forme humaine. Luca est griffé et mordu dans le dos, Liam au bras. Les vampires attrapent les loups par leur fourrure pour les jeter au sol. Jaxon doit être le seul à être doué de télékinésie, car ses compagnons se battent à l'ancienne, usant de leurs poings, de leurs pieds et de leurs canines.

Je me tourne vers Flint dans l'espoir qu'il s'interpose, mais il se contente d'observer la scène, les poings serrés et les yeux plissés.

D'autres élèves, moins passifs que lui, se joignent à la mêlée. Je m'interroge sur l'issue du combat. Le sol est déjà jonché de touffes de poils et maculé de sang. Si personne ne fait rien, il va y avoir des *morts*.

C'est probablement ce que doit se dire Jaxon : il lâche brusquement Cole, qui s'effondre au sol cependant que lui-même, d'un geste ample du bras, fige les combattants en plein mouvement.

La force de l'onde est telle que Flint et moi devons nous retenir au chambranle de la porte pour ne pas tomber.

Comme la bagarre semble terminée, je m'avance d'un pas.

— Jaxon ! je crie pour attirer son attention et tenter de le ramener à la raison.

Il se tourne vers moi. Toutes les flammes de l'enfer brûlent dans ses yeux.

— Jaxon, je répète.

L'espace d'un instant, je pense être parvenue à le sortir de sa transe.

Puis il se détourne.

Peu après, il étend de nouveau la main et Cole se retrouve à flotter, les pieds effleurant le sol. Cette fois, tout le monde retient son souffle.

Bientôt, Cole se débat et se griffe la gorge alors que Jaxon l'attire lentement, jusqu'à ce qu'il soit face à lui, les yeux de Cole exorbités et fous de terreur.

Ça suffit. Peu importe ce que Jaxon cherche à faire, le message est passé. Tout le monde ici sait désormais ce dont il est capable.

— Jaxon, je t'en prie, je murmure.

Je ne suis pas sûre qu'il m'entende, mais je ne peux pas rester silencieuse quand il est à deux doigts de tuer Cole et de se détruire lui-même dans un moment de rage aveugle.

Tout en moi me pousse à courir vers lui, à l'empêcher de commettre l'irréparable, mais lorsque j'essaye d'avancer, je me heurte à un mur.

Un mur invisible et impossible à traverser.

Ça doit être pour ça que Flint n'a pas esquissé le moindre geste : il savait qu'il ne pourrait pas traverser cette limite. Que Jaxon me repousse ainsi me met hors de moi.

— Ça suffit, Jaxon ! je crie en martelant le mur. Arrête ! Il faut que tu arrêtes !

Il m'ignore et la terreur me submerge. Il ne peut pas faire ça ! Il ne peut pas…

Soudain, je bascule vers l'avant : mon bras vient de traverser la barrière mentale que Jaxon a érigée.

— Comment t'as fait ça ? s'écrie Flint derrière moi.

Mais je suis trop obnubilée par Jaxon pour me retourner.

— Jaxon ! je hurle. Arrête ! S'il te plaît !

Cette fois, il paraît m'entendre. L'étreinte télékinétique qui maintenait Cole se relâche. Le garçon tombe à genoux et prend plusieurs inspirations douloureuses à travers sa gorge meurtrie pour emplir ses poumons d'oxygène.

Une vague de soulagement balaie l'assistance. C'est fini, et tout le monde est vivant. Excepté quelques blessés, personne n'est…

Jaxon frappe si vite que j'aurais pu ne rien voir. Ses dents brillent brièvement, ses mains empoignent Cole aux épaules tandis qu'il se penche et enfonce les canines dans sa gorge.

Quelqu'un crie. Et pendant de longues secondes, Jaxon boit, et boit, et boit. Jusqu'à ce que le lycanthrope cesse de résister et devienne inerte.

Jaxon le lâche alors et Cole s'effondre sur le sol. Il est d'une pâleur mortelle, mais il est toujours en vie, les yeux agrandis par l'épouvante. Du sang goutte de sa plaie.

Jaxon toise l'assistance.

— Il n'y aura pas d'autre avertissement, siffle-t-il.

Puis il marche droit sur moi et m'attrape gentiment mais fermement par le coude. Je le suis. Que puis-je faire d'autre ?

47

LA PREMIÈRE MORSURE EST LA PLUS PROFONDE

Sans un mot, Jaxon m'entraîne dans le couloir. Je ne dis rien non plus. Après la scène à laquelle je viens d'assister, je suis trop… Choquée ? Non, ce n'est pas le bon mot. Dégoûtée ? Horrifiée ? Non plus. J'ignore au juste ce que je ressens.

Ce n'était pas agréable de voir Jaxon vider presque complètement Cole de son sang, mais Jaxon est un vampire. Mordre les gens au cou pour boire leur sang, c'est ce que font les vampires, non ? Je le savais déjà ; ce serait un peu hypocrite d'être dégoûtée maintenant que je l'ai vu en personne. D'autant que Jaxon avait sans doute une bonne raison de faire ce qu'il a fait. Pourquoi un tel déchaînement de violence, sinon ? Et pourquoi annoncer à tout le lycée qu'il n'y aurait pas de second avertissement ?

En revanche, les raisons de son acte m'inquiètent davantage. D'autant que je redoute qu'elles aient un rapport avec moi et sa crainte que quelqu'un me veuille du mal.

Je ne veux pas qu'à cause de moi Jaxon ait des problèmes ou blesse quelqu'un, voire pire.

Machinalement, je palpe la morsure à ma gorge en me demandant ce qui serait arrivé si Marise ne s'était pas arrêtée, si elle m'avait mordue pour une autre raison que pour me soigner. Est-ce que je serais aussi indulgente pour la manière dont Jaxon a traité Cole si j'avais moi-même failli mourir mordue et saignée ?

Je ne sais pas. Tout ce que je sais, c'est que l'état d'esprit de Jaxon m'importe infiniment plus que celui d'un garçon que je ne connais pas et qui, comme Jaxon paraît le croire, avait l'intention de me tuer.

Et le reste ? La télékinésie et le contrôle absolu qu'exerçait Jaxon sur tous ceux qui se trouvaient dans cette salle, moi y comprise ? Le pouvoir formidable qu'il a libéré d'un geste de la main ? Je ne sais pas quoi en penser non plus, sauf que, comme pour la violence, ils ne m'effraient pas autant qu'ils le devraient.

Après ma folle course de tout à l'heure, la douleur de ma cheville s'est réveillée. Je ravale un gémissement. Jaxon marche vite ; il veut sans doute nous conduire dans un endroit tranquille pour discuter avant que les conséquences de ses actes le rattrapent.

Car on a beau être dans un lycée surnaturel, ça m'étonnerait que le fait qu'un élève en morde un autre au milieu d'une salle commune ne suscite aucune réaction. Même si c'était mérité.

Voilà pourquoi je ne me plains pas à cause de l'allure que nous impose Jaxon. Ce n'est que lorsque nous entamons la montée de l'escalier de derrière que je comprends qu'il ne m'emmène pas dans ma chambre, comme je le pensais, mais dans la sienne. Et à en juger par son expression – les yeux vides, les mâchoires serrées et les lèvres pincées –, je devine qu'il s'attend que je proteste.

À tort : je n'ai pas l'intention de me disputer avec lui, pas avant qu'il m'explique ce qui vient de se passer.

Après cette démonstration de force, je crois que personne n'osera contrarier Jaxon de sitôt, ce qui m'assure probablement une ou deux journées sans état de mort imminente. Même si je me sens mal à l'idée qu'il ait fallu autant de violence pour arriver à ce résultat, je suis soulagée.

À la seconde où nous arrivons au sommet de sa tour, Jaxon me lâche et s'éloigne de moi. Je me sens partir à la dérive.

Rien n'a changé depuis ma visite d'il y a quelques heures. La fenêtre est toujours condamnée, on n'a pas remis le tapis et le livre que j'ai essayé de lire en l'attendant est toujours posé au même endroit.

Pourtant, on dirait que rien n'est plus pareil.

Peut-être que tout a changé, finalement. Et je ne le saurai que lorsque Jaxon, debout devant la cheminée, les mains fourrées dans ses poches, ses yeux évitant les miens, me parlera.

J'ai envie de prendre les devants, et de lui dire que… En fait, je ne sais pas ce que je voudrais lui dire. De toute façon, j'ai l'intuition qu'il vaut mieux me taire. Attendre que Jaxon m'explique ce qui le préoccupe, afin d'être sûre de ne pas tout gâcher.

Alors je patiente, les mains enfouies dans les poches de mon sweat, et prends soin d'éviter son regard.

Il se tourne enfin vers moi.

— Je ne te ferai pas de mal, souffle-t-il d'une voix sans timbre si basse, si rauque, que j'en ai le cœur déchiré.

— Je sais.

— Tu *sais* ?

Il me regarde comme si un troisième œil venait de s'ouvrir au milieu de mon front.

— Je n'ai jamais eu peur que tu me fasses du mal, Jaxon. Je ne serais pas ici, autrement.

Il paraît choqué. Non, sidéré. Il reste là, à ouvrir et à refermer la bouche comme un poisson hors de l'eau.

— Tu as envie de mourir, c'est ça ? finit-il par dire.

Je lève un sourcil pour imiter son expression dédaigneuse.

— Ne sois pas si dramatique.

— Tu es impossible, s'étrangle-t-il.

— Ce n'est pas moi qui suis impossible dans cette…

Dans cette quoi ? Relation ? Dans cette amitié ? Dans ce désastre ?

— … cette histoire. C'est toi qui n'arrêtes pas de t'enfuir.

J'essaie de détendre l'atmosphère, de le faire sourire. Ou, tout au moins, de faire disparaître son air renfrogné.

Peine perdue. Sa mine s'assombrit encore.

— Tu as vu ce que j'ai fait, n'est-ce pas ?

— Oui.

— Et tu n'as pas eu peur ?

Il semble incrédule. Suspicieux. Et, bizarrement, peut-être même un peu dégoûté.

— Tu n'as pas été horrifiée ?

— Par quoi, précisément ?

Je meurs d'envie de le toucher, mais ce n'est pas le moment. Tout en lui m'ordonne de garder mes distances.

— Tu parles sérieusement ?

— Mais oui ! Pourquoi est-ce que je devrais avoir peur ? Parce que tu as tenu tout le monde à distance avec ton esprit ? Ou parce que tu as étranglé quelqu'un sans le toucher ?

À ce souvenir, un frisson me remonte la colonne vertébrale.

— Ou bien à cause de la morsure ?

— Je ne pense pas qu'il faille choisir, gronde-t-il en faisant les cent pas devant la cheminée. Tu as vu ce que j'ai fait à Cole. J'aurais cru que tu serais atterrée.

De nous deux, c'est lui qui est atterré, pas moi. Atterré par ce qu'il est capable de faire et qu'il a fait. C'est d'autant plus difficile pour moi de le convaincre que non, il ne me dégoûte pas.

— C'est comme ça qu'il s'appelle ? je demande. Le garçon, je veux dire. Cole ?

Je brûle de combler la distance entre nous, mais j'ai peur de l'effaroucher au moindre mouvement.

— Oui, répond-il en fuyant mon regard.

J'attends en silence qu'il lève enfin les yeux vers moi.

— Pourquoi est-ce que tu me regardes comme ça ? souffle-t-il.

— Comment est-ce que je te regarde ?

— Comme si tu comprenais. Or c'est impossible.

— Est-ce qu'il l'avait mérité ?

Il se raidit.

— Ce n'est pas la question.

— Au contraire, c'est la seule question qui importe.

Je ne suis pas là pour le faire culpabiliser. Il s'en occupe déjà très bien lui-même.

— Est-ce qu'il l'avait mérité ? je répète.

— Il méritait bien pire, crache enfin Jaxon. Il méritait la mort.

— Mais tu ne l'as pas tué.

Il secoue la tête.

— Non. Mais j'en mourais d'envie.

— Ce ne sont pas tes intentions qui comptent, mais tes actes. Tu n'as pas perdu un instant ton sang-froid avec Cole. Je n'ai jamais vu personne faire preuve d'une telle maîtrise. Pourtant, cette puissance que tu as… Elle pourrait rendre fou.

Ses épaules se tendent, comme s'il se préparait à recevoir un coup.

Je prends une grande inspiration avant de lui dire ce qu'il a besoin d'entendre. La vérité.

— Je n'ai pas peur de toi, Jaxon.

— Tu n'as pas peur de moi, reprend-il, incrédule.

— Non.

— *Non ?*

— Non, je répète. Et arrête de jouer au perroquet, c'est ridicule. Ça met ta réputation de brute en danger.

Il plisse les paupières.

— Ma réputation de brute a encore de beaux jours devant elle, merci. C'est pour toi que je m'inquiète.

— Pour moi ? Pourquoi donc ?

J'en ai marre d'attendre qu'il se calme à l'autre bout de la pièce. J'ai tellement envie de le toucher, de le serrer contre moi, que j'en ai mal.

Je retire les mains de mes poches et m'avance vers lui prudemment. Ses yeux s'écarquillent un peu plus à chaque pas que je fais. Va-t-il prendre la fuite ?

L'idée que Jaxon Vega ait peur de moi me fascine.

— Qu'est-ce que tu manigances ? demande-t-il, brisant le silence.

Je n'en ai aucune idée. Tout ce que je sais c'est que je ne peux pas supporter l'expression que Jaxon avait quand il m'a vue dans la salle commune, et que je hais encore plus celle qu'il arborait en me conduisant ici, cet air de solitude honteuse et absolue qu'il prend alors qu'il n'a rien fait de mal.

— À ton avis ? je réplique.

Frustré, il passe les mains dans ses cheveux.

— Tu vas bien ? Tu dois être sous le choc, non ?

— Je vais bien. C'est pour toi que je m'inquiète.

— Pour moi ? Mais…

Il se tait lorsqu'il comprend que j'ai délibérément répété ce qu'il m'a dit plus tôt.

— Je terrorise le lycée tout entier, reprend-il. Pourquoi est-ce que tu t'inquiéterais pour moi ?

Je ne suis plus qu'à quelques pas.

— Parce que ça n'a pas l'air de te rendre très heureux.

Son visage se ferme.

— Je ne ressens rien du tout.

— T'es sûr ?

À présent, je suis assez proche pour lui prendre la main. À l'instant où nos peaux se touchent, il sursaute comme s'il venait de se prendre une décharge, mais il ne se dérobe pas. Il reste là, à me regarder entrelacer mes doigts aux siens.

— Parce que ce n'est pas l'impression que tu donnes.

Sans lâcher ma main, il recule d'un pas.

— J'ai fait ce qui devait l'être.

— D'accord, je dis, en avançant d'un pas.

Si on continue comme ça, il va finir coincé entre la bibliothèque et moi. Exactement comme il m'a coincée entre la table d'échecs et lui lors de notre première rencontre.

Ce ne serait que justice.

— Tu ferais mieux de partir, dit-il en faisant deux pas en arrière et en lâchant ma main.

Ce qui ne me dissuade pas de lui caresser le bras avec mon pouce.

— Tu veux vraiment que je m'en aille ? je souffle.

— Oui, répond-il d'une voix étranglée.

Mais il ne recule pas. Ne se dérobe pas.

Et tandis qu'une partie de moi n'arrive pas à croire que je suis en train de me jeter à la tête de Jaxon Vega, une autre partie de moi meurt d'envie qu'il me cède.

Malgré ce qu'il vient de dire, je sais que c'est ce qu'il veut aussi. Je le sens trembler de tout son corps, et cela me ravit. Je veux sentir sa bouche contre la mienne. Je ne partirai pas tant que je ne serai pas satisfaite.

— Je ne te crois pas, je murmure avant de faire un dernier pas pour presser mon corps contre le sien.

— Tu ne mesures pas ce que tu exiges de moi, dit-il d'une voix basse et torturée.

Il a raison. Je ne sais pas ce que je suis en train de lui demander. Mais je sais que si je ne demande pas, si je ne l'encourage pas, je n'obtiendrai jamais rien. Ce sera la fin de l'histoire.

La fin de notre histoire.

Et je ne veux pas qu'elle s'arrête. Je ne sais même pas si notre histoire a un avenir, si elle durera un jour, une semaine ou trois mois, mais dans l'immédiat, je ne suis pas prête à m'éloigner de lui.

— Alors, dis-le-moi, je murmure.

Pendant de longues secondes, de longues minutes, Jaxon ne bouge pas. Je ne suis même pas sûre qu'il respire.

— Jaxon, je répète, à bout de patience. Je t'en prie.

Ma bouche est tout contre la sienne.

Toujours aucune réaction de sa part.

Le peu d'assurance que j'ai réussi à rassembler est sur le point de se désagréger.

Je décide de faire une dernière tentative pour le convaincre que j'ai confiance en lui malgré ce qui s'est passé dans la salle commune. Que je le désire, vampire ou pas.

Il y a deux mois, j'aurais pris la fuite. Je me serais terrée au fond de mon lit, sous ma couette. Mais il y a deux mois, mes parents étaient toujours vivants ; je ne savais pas encore à quel point la vie est fragile.

Je ravale donc ma peur et ma gêne et je laisse glisser ma main le long de son bras, puis j'entrelace de nouveau mes doigts aux siens. Je plaque sa paume contre mon cœur et murmure :

— Je te veux, Jaxon.

Une lueur brille fugacement dans ses yeux.

— Même en sachant *ce que* je suis ?

— Je sais *qui* tu es, cela seul importe.

— Tu parles sans savoir. Tu n'as pas conscience des conséquences de ce que tu me demandes.

— Alors montre-moi. Donne-moi ce que je te demande.

Ses yeux s'assombrissent.

— Ne dis pas ça si tu n'es pas sûre de toi.

— Je suis sûre de moi, Jaxon. J'ai besoin de toi.

Sa mâchoire se crispe ; il referme ses doigts sur les miens.

— Tu es vraiment sûre ? gronde-t-il. Il faut que tu sois certaine, Grace. Je ne veux pas te faire peur.

Sa voix est si intense que je commence à trembler. Pas question de faiblir maintenant, alors que je suis sur le point d'obtenir enfin ce que je désire.

Sur le point de posséder Jaxon.

Je me campe donc fermement sur mes jambes, plonge mon regard dans le sien et, d'une voix claire et assurée, je déclare :

— Que tu sois un vampire ne m'effraie pas, Jaxon. Ce qui me terrifie, c'est que tu m'abandonnes et que je passe le reste de ma vie à regretter ce qui aurait pu se passer entre nous.

Aussitôt, à la vitesse de l'éclair, Jaxon m'attrape, enveloppe mon corps du sien, me fait pivoter, mon dos pressé contre sa poitrine. Puis il plonge les mains dans mes cheveux et renverse ma tête en arrière.

Et il enfonce ses canines étincelantes dans mon cou, juste sous la mâchoire.

48

LE VAMPIRE LE PLUS ATTIRANT DE TOUS LES TEMPS

La panique me paralyse : je ne sens rien, je n'arrive pas à réfléchir, ni même à respirer… J'attends la douleur. Le vide. La mort.

Quelques secondes s'écoulent avant que je prenne conscience que je n'ai pas mal. Le geyser d'adrénaline qui jaillit en moi se tarit. En réalité, ce que me fait Jaxon ne me procure que du plaisir.

Du plaisir comme du miel fondu qui me coule dans les veines, du plaisir comme trois millions d'étincelles qui crépitent… Un plaisir plus intense que tout que j'aurais pu imaginer. Mes genoux cèdent sous moi. Je me laisse aller contre Jaxon, contre son corps long et mince, entre ses bras fermes, tout en inclinant la tête pour mieux lui offrir mon cou.

L'invitation le fait grogner, un son bas et rocailleux qui me fait vibrer alors même que le sol tremble sous nos pieds. Je me consume de plaisir, si fort que j'en oublie comment respirer. Comment exister.

Les yeux fermés, je lève les bras pour enfouir mes mains dans ses cheveux, caresser son menton. Presser ma peau contre sa bouche.

J'en veux plus. Je veux Jaxon, désespérément, et tout ce qu'il veut bien me donner ou me prendre. Heureusement qu'il sait se maîtriser : au moment où je perds pied, il se retire. Je sens sa langue lécher l'endroit où il m'a mordue, déclenchant une nouvelle salve de sensations.

Je reste appuyée contre lui, consciente que je tomberais s'il s'éloignait, gagnée à présent par une lassitude telle que je parviens à peine à soulever mes paupières.

— Tu vas bien ? me souffle-t-il à l'oreille, d'une voix chaude que je ne lui connaissais pas.

— Tu plaisantes ? Je ne me suis jamais sentie aussi bien de ma vie. C'était merveilleux. *Tu* es merveilleux.

Il rit.

— Être un vampire a certains avantages. Autant en profiter.

— Tu l'as dit…

Les yeux toujours clos, je lève mon visage vers le sien et lui tends mes lèvres en priant pour qu'il ne me repousse pas.

Il ne me repousse pas. Ses lèvres se posent sur les miennes pour me donner un baiser d'une tendresse qui me coupe le souffle. Quand il veut s'écarter, je le retiens.

Je veux encore un peu plus de lui, un peu plus de ce garçon à la fois si puissant et si doux.

Il me l'offre. Sa bouche butine la mienne, sa langue caresse ma lèvre inférieure jusqu'à ce que je trouve enfin la force de le lâcher.

J'ouvre lentement les yeux. Jaxon m'observe, son regard sombre si bouleversé que je ne sais pas trop si je dois rire ou pleurer.

— Plus personne ne te fera jamais de mal, Grace.

— Je sais. Tu y veilleras.

De la surprise brille au fond de ses yeux de jais.

— Je ne pensais pas que tu…

Le sol tremble à nouveau sous nos pieds.

— Il faut qu'on se mette à l'abri, je lui dis en cherchant du regard la porte la plus proche.

Il se contente de fermer les yeux et d'inspirer profondément. Quelques instants plus tard, le sol s'apaise.

Je suis sous le choc.

— C'est toi qui…

Ma voix se brise, je dois m'éclaircir la gorge avant de continuer :

— Les tremblements de terre. C'est toi qui les provoques ?

Il hoche la tête, hésitant.

— Tous ? je demande, les yeux écarquillés. Même les plus gros ?

— Je suis sincèrement désolé, murmure-t-il en caressant le pansement sur mon cou. Je ne voulais pas te blesser.

— Je sais.

J'embrasse sa paume. Tout de même, la révélation me secoue : il est puissant au point de faire trembler la terre ?

— Ça arrive souvent ?

Il hausse les épaules, l'air aussi ébahi que moi.

— Ça n'arrivait jamais avant.

— Avant ?

— Avant toi.

Il me serre plus fort contre lui.

— J'ai appris très tôt à me contrôler et à contrôler mes pouvoirs. J'étais obligé, sinon…

— Sinon tu détruirais des villes entières ?

— On peut dire ça. Mais je te promets que je sais me maîtriser à présent. Je ne te blesserai plus jamais.

Ses lèvres effleurent ma joue, mon menton, ma gorge, me faisant trembler de désir.

J'attire sa bouche contre la mienne et me laisse emporter.

Le baiser se prolonge jusqu'à ce que nous soyons tous les deux hors d'haleine, tremblants, désespérés.

Je me cambre contre lui, lui caresse les bras, les épaules, le dos. J'enfouis les doigts dans ses cheveux, lui arrachant un gémissement rauque. Il me mordille la lèvre, la suçote, et un feu d'artifice explose dans mes entrailles.

Je halète, je frissonne. Jaxon s'écarte quand mes jambes se dérobent sous moi. Je tente de le retenir, de garder ses lèvres, sa peau, son corps contre les miens. Il se contente de passer la main dans mes cheveux.

— Viens, il chuchote.

Il me prend la main et m'entraîne vers sa chambre.

Je remarque alors que le cabinet de lecture est complètement dévasté. Des livres jonchent le sol, le canapé est renversé et la table basse n'est plus que débris.

— Que… qu'est-ce qui s'est passé ? je m'écrie avant de ramasser quelques livres.

Jaxon me les prend des mains et les balance sur le canapé qui a retrouvé sa position normale.

— Je te promets qu'il n'y aura plus de séismes, répond-il. Mais il va me falloir un peu de temps pour apprendre à contrôler les émotions que tu fais naître en moi.

— Et c'est comme ça que tu vas apprendre ?

J'enjambe les vestiges d'un rayonnage, tentant de dissimuler à quel point ses paroles me font fondre. Un seul regard de lui et je m'embrase, un seul baiser, et je me consume. Cette pièce ravagée est-elle la preuve que ce qu'il ressent pour moi est aussi fort que ce que je ressens pour lui ?

Il hausse les épaules.

— Le sol n'a presque pas tremblé et je n'ai pas cassé de fenêtre cette fois-ci. C'est un réel progrès.

Pour cacher mon émotion, je feins d'examiner ce qu'il reste de la table.

— J'aimais beaucoup cette table.

— Je t'en offrirai une autre qui te plaira davantage, dit-il en me tirant par la main. Viens.

Nous entrons dans sa chambre, visiblement épargnée. Elle est telle que dans mon souvenir, avec les mêmes superbes tableaux au mur et les mêmes instruments de musique dans un coin.

— J'adore ta chambre, je dis en effleurant la commode au passage.

Sa batterie me fait de l'œil et je m'efforce de résister à mon envie d'en jouer. Jaxon et moi avons beaucoup de choses à nous dire. Je ne peux m'empêcher cependant de passer la main dessus.

— Tu joues de la batterie ? demande Jaxon.

— Oui, j'en jouais, avant…

Je m'interromps. Je ne veux pas évoquer mes parents. Après ce que nous venons de vivre, je ne veux pas teinter cette conversation de tristesse.

Devinant sans doute ce que je ressens, il n'insiste pas et me sourit. Un sourire qui répand de la lumière sur tout son visage. Sur la pièce entière. Jusqu'aux recoins les plus sombres que je gardais jusqu'à présent enfouis au plus profond de moi.

Ce n'est qu'en découvrant ce sourire que je comprends qu'il retient tant de choses. Dieu sait combien de temps.

— Tu as envie de jouer, là ? propose-t-il.

— Non, je dis en lui tendant la main.

Je l'attire vers le lit. Il s'assied, je me laisse tomber près de lui.

— En fait, j'aimerais qu'on parle.

— De quoi ? demande-t-il, légèrement méfiant.

— Oh ! je ne sais pas, je plaisante. À ton avis ? La météo ?

Mon ton est léger, celui d'une fille qui tente de se persuader que tomber amoureuse d'un vampire capable de faire trembler la terre n'a rien d'extraordinaire.

Il lève les yeux au ciel en essayant de cacher le sourire qui lui retrousse le coin des lèvres. Ma désinvolture paie, me dis-je tout en tâchant d'assimiler ce que j'ai vécu aujourd'hui, ce que je vis depuis près d'une semaine. Car il y a toujours une partie de moi qui flippe à l'idée qu'un vampire m'a mordue et que j'ai aimé ça, au-delà de la raison.

Bon, ce n'est pas le moment de paniquer alors que Jaxon est à cran. Je m'allonge à côté de lui avec un regard de mise en garde : « Ne proteste pas. »

Il hausse un sourcil et m'observe tandis que je prends mes aises, puis s'étend près de moi, prenant bien garde, cependant, à ne pas me toucher. Cette distance entre nous m'est intolérable, mais d'un autre côté, ça me plaît qu'il fasse si attention à ne pas me brusquer. J'aimerais juste qu'il comprenne que de nous deux, ce n'est pas moi qui suis la plus inquiète.

— Tu sais ce qu'on dit sur les toits ? je lui demande.

— Sur les toits ? répète-t-il avec cette moue dédaigneuse que je trouve si craquante. Je te demande pardon ?

— Laisse tomber, je dis avec un sourire idiot. J'en ai par-dessus la tête.

Il me dévisage quelques secondes avant de soupirer :

— C'est de pire en pire.

— Et c'est pas fini ! je m'écrie en roulant sur le ventre pour me rapprocher de lui. Pourquoi est-ce que les poissons sèchent les cours ?

— Je ne veux pas le savoir.

— Parce qu'ils s'en fish !!!

Une sorte d'aboiement lui échappe. Il secoue la tête :

— T'as un sérieux problème, tu sais ?

— Et alors ? C'est drôle ! Tu sais ce que s'amuser veut dire, hein ? Comment appelle-t-on un dinosaure qui…

Il me fait taire d'un baiser. Je me pâme des orteils jusqu'à la racine des cheveux. Il m'attire sur lui, et je me retrouve à califourchon sur ses hanches, mes cheveux retombant autour de nous comme un rideau.

Jaxon attrape une mèche et l'enroule autour de son index.

— J'adore tes cheveux, dit-il en la lâchant pour la regarder rebondir comme un ressort.

— J'aime bien les tiens aussi, je dis en les caressant.

Ma paume effleure sa cicatrice. Il se raidit et détourne la tête.

— Pourquoi tu réagis comme ça ?

— Comment je réagis ?

Je fronce les sourcils. Il sait très bien ce que je veux dire.

— Tu es le garçon le plus attirant que j'aie jamais rencontré, même en comptant les dieux du surf que j'ai croisés à San Diego. Alors je ne comprends pas pourquoi ça te dérange autant que je voie ta cicatrice.

— Ça ne me dérange pas que tu la voies.

— Peut-être. En tout cas, ça te dérange que je la touche.

Il secoue la tête.

— Non, ça ne me dérange pas non plus.

Pour prouver qu'il ment, je me penche et le couvre de baisers. Je ne touche pas délibérément sa cicatrice, mais je ne l'évite pas non plus. Au bout de quelques secondes, il me repousse. Je presse mon visage dans le creux de son cou.

Il inspire à fond.

— Je sais que ma cicatrice ne te dégoûte pas. Je te connais, tu n'es pas aussi superficielle.

— Alors quel est le problème ?

Le silence est si long que je finis par croire qu'il ne répondra pas. Puis :

— Cette cicatrice, dit-il enfin, me rappelle un monde dont je ne veux surtout pas que tu t'approches.

49

MÊME LUI PEUT SE BRISER

La douleur dans sa voix me serre le cœur.

De quel monde parle-t-il, au juste ? J'habite déjà dans un château plein de créatures fantastiques et de secrets. En tout cas, je veux qu'il sache que, peu importe ce monde et ce qui lui est arrivé là-bas, je suis de son côté.

Je passe mes mains sur sa poitrine et parsème sa gorge de baisers. Il sent de nouveau cette odeur d'agrumes et d'eau fraîche. Une eau dans laquelle j'aimerais me laisser couler.

C'est tellement bon d'être tout contre lui. Je n'ai jamais été aussi proche d'un garçon, je n'ai jamais souhaité l'être, mais, avec Jaxon, j'ai envie de tout faire. De tout ressentir. De tout essayer. Peut-être pas là maintenant tout de suite… mais bientôt, c'est sûr.

Et j'aimerais aussi savoir d'où vient toute sa souffrance. Pas pour l'en soulager, je n'en suis pas capable, mais pour la partager et comprendre. Alors je me détache de lui et roule sur le côté.

Et nous voici bientôt tous deux allongés sur le flanc, face à face. Son bras m'enlace toujours la taille, sa main repose toujours sur ma hanche, et j'ai envie de me blottir de nouveau contre lui. De reprendre là où on s'est arrêtés.

Mais Jaxon mérite mieux que ça. Et moi aussi.

La main sur sa joue intacte, j'approche ma bouche tout près de la sienne.

— Je comprendrai si tu ne souhaites pas en parler, mais je veux que tu saches que je suis là, prête à t'écouter.

Mes mots sont tout sauf sexy. Ils sont même un peu maladroits, mais ils sont sincères. Jaxon doit le sentir parce que plutôt que de les ignorer, il plonge ses yeux dans les miens. Et pour une fois, ses yeux expriment tout ce qu'il ressent.

Il m'embrasse – un long baiser, lent et profond – puis se redresse, les coudes sur les genoux, la tête enfouie dans ses mains. Je m'assieds à côté de lui. Je veux le soutenir, peu importe ce qu'il va dire. Je l'enlace, ma poitrine contre son dos, j'embrasse ses épaules et sa nuque.

— Raconte-moi.

Je crois qu'il a besoin que je le lui demande autant qu'il a besoin de se libérer de ce qui le consume.

Je m'attends à tout : une histoire embrouillée entrecoupée de sanglots, ou un récit élaboré. Mais je n'aurais jamais imaginé son entrée en matière.

— J'ai tué Hudson.

Le choc me foudroie.

— Hudson ? Ton…

— Mon frère. Oui.

Il se passe la main sur le visage.

Un millier d'émotions me traversent : horreur, chagrin, angoisse, pitié, *douleur*… Je pourrais continuer. Mais le sentiment qui domine est l'incrédulité : si dangereux soit-il, je ne crois pas une seconde que Jaxon puisse faire du mal de façon délibérée à quelqu'un qu'il aime. Cette dernière semaine me l'a prouvé.

Il a dû arriver quelque chose d'affreux. Ça doit être terrible de vivre avec un tel pouvoir… De savoir qu'en un seul instant de distraction on peut tout perdre.

Il reste silencieux pendant de longues minutes.

— Qu'est-ce qui s'est passé ? je demande.

— Ce n'est pas important.

— Si, bien sûr que si. Je ne crois pas que tu aies fait volontairement du mal à ton frère.

Il se tourne vers moi, et ses yeux sont redevenus indéchiffrables.

— Eh bien, tu manques d'imagination.

Sa voix est si lugubre qu'elle me fait frissonner.

— Jaxon, je dis en posant la main sur son bras.

— Je ne voulais pas le tuer, Grace, mais il est tout de même mort ! Quoi que j'aie voulu à l'époque, ça ne change rien. Ça ne le ramènera pas à la vie.

— Je suis mieux placée que quiconque pour le comprendre, je dis.

C'est vrai : la dispute que j'ai eue avec mes parents juste avant leur mort me hante encore.

— Non, gronde Jaxon. Sais-tu quel effet ça fait de pouvoir provoquer ça d'un seul geste de la main ? Aussitôt, tous les objets de la pièce, excepté le lit, se mettent à flotter.

— Ou ça.

Tout retombe avec fracas sur le sol. La guitare se brise. Un cadre de photos explose en mille éclats. Il me faut une minute pour me remettre du choc.

— Non, tu as raison, je réponds enfin. Je n'ai aucune idée de ce que c'est d'être aussi puissant. Mais je suis sûre que ton frère ne voudrait pas que tu te tortures ainsi.

Jaxon éclate de rire.

— Ça se voit que tu ne l'as pas connu. Lui ou mes parents. Ou Lia.

— Lia t'en veut pour la mort de Hudson ? je demande, surprise.

— Lia en veut au monde entier. Si elle était aussi puissante que moi, sa rage ravagerait la planète.

Son rire, cette fois, est lourd de regret.

— Et tes parents ? Ils ne peuvent pas t'en vouloir d'avoir perdu le contrôle, si ?

— Perdu le contrôle ? Je n'ai jamais perdu le contrôle. J'avais un choix à faire… et j'ai choisi de tuer Hudson. Délibérément. Et je le referais.

Son aveu ainsi que la froideur de sa voix me donnent envie de vomir, mais je le connais assez pour savoir qu'il se dépeint toujours sous son plus mauvais jour. Qu'il se présente toujours comme le méchant de l'histoire, même quand c'est lui la victime.

Surtout quand c'est lui la victime.

Ça ne sert à rien d'essayer de l'en convaincre, alors j'attends simplement qu'il m'en dise plus. Parce qu'il y a forcément plus à dire, sinon il n'aurait pas si peur de perdre le contrôle avec moi et de me blesser.

— Hudson était l'aîné, reprend-il. Le prince héritier. Le fils préféré, que la mort a rendu plus parfait encore.

Sa voix est égale, sans aucune trace d'amertume, mais ce n'est pas très dur de lire entre les lignes.

— Et toi ? je demande.

— Moi ? Je ne suis rien de tout ça. Et cela m'allait très bien. Je n'ai jamais voulu être roi.

— Roi ?

Quand il a dit que Hudson était le prince héritier, j'ai cru à une métaphore.

— Roi, oui, répète Jaxon. Macy ne t'a pas dit ?

— Non.

Roi ? Mais roi de quoi ?

Jaxon me fait une révérence pleine d'ironie.

— Je me présente : Jaxon, le futur roi des vampires. À ton service.

— O… OK, dis-je, désarçonnée. Mais c'était censé être Hudson, c'est ça ? Et maintenant qu'il est mort…

— T'as tout compris. Je suis son remplaçant. Le nouvel héritier.

Le prochain roi. J'ai du mal à me faire à l'idée. Quelles responsabilités incombent à un roi vampire, déjà ? Est-ce que c'est pour ça que tout le monde le traite avec autant de respect ? Parce qu'il fait partie de la famille royale ? Mais quel rapport entre un roi vampire et les dragons ? Ou les sorciers et les sorcières ?

— D'un autre côté, reprend Jaxon, je suis aussi le meurtrier de l'ancien prince héritier. Ça poserait problème si nous n'étions pas des vampires, mais dans mon monde, ton autorité ne dépend que de tes capacités à défendre et à prendre. Il a suffi que je tue mon grand frère pour devenir le vampire le plus craint et le plus révéré du monde.

Il hausse les épaules, comme si la situation l'amusait. Comme s'il n'en avait rien à faire.

Je ne suis pas dupe.

— Mais ce n'est pas pour ça que tu l'as tué, j'ajoute, parce que je pense qu'il a besoin de me l'entendre dire.

— Peu importe le motif. Ce que les gens croient finit par remplacer la vérité, même s'ils ont tort.

Il crache cette dernière phrase avec une douleur évidente.

— *Surtout* quand ils ont tort. Après tout, l'histoire est écrite par les vainqueurs.

Je pose ma tête sur son épaule pour le réconforter.

— Mais c'est toi, le vainqueur.

— Vraiment ?

Je ne sais pas quoi répondre à ça, alors je lui demande de me dire la vérité. *Sa* vérité.

— Pourquoi as-tu tué Hudson ?
— Parce qu'il le fallait. Et que j'étais le seul à en être capable.
Je réfléchis quelques instants, tâchant de donner sens à ses paroles.
— Alors Hudson était aussi puissant que toi ?
— Personne au monde n'est aussi puissant que moi.
Ce n'est pas de la vantardise. Au contraire, il paraît presque honteux.
— Pourquoi ça ?
Il soupire.
— C'est génétique. Chaque génération de vampires est plus puissante que la précédente. C'est la règle générale, même s'il y a des exceptions. C'est pour ça qu'on est si peu à naître vampire, une façon qu'a la nature de préserver l'équilibre, je suppose. Et comme mes parents sont eux-mêmes les redoutables descendants des deux plus grandes lignées de vampires, il n'est pas surprenant que leurs enfants…
— … soient capables de faire trembler la terre.
Pour la première fois depuis le début de notre conversation, l'ombre d'un sourire apparaît sur ses lèvres.
— Quelque chose dans ce goût-là, oui.
— Et Hudson n'agissait pas de manière très responsable avec ses pouvoirs, je me trompe ?
— Beaucoup de jeunes vampires sont imprudents.
— Ce n'est pas une réponse. Et toi, je ne te considère pas comme une tête brûlée.
Il hausse les sourcils et contemple le chaos qu'il a semé en m'embrassant.
— Tu sais ce que je veux dire, je proteste.
— Oui, je sais, soupire-t-il. Mais Hudson… Hudson a toujours été très audacieux. Il voulait donner plus de

pouvoir aux vampires. Plus d'argent, plus de contrôle. Ce qui n'est pas une mauvaise chose en soi.

Je résiste à l'envie de le contredire. Après tout, ce pouvoir, ce contrôle, cet argent viennent bien de quelque part, et si j'ai appris un truc pendant mes cours d'histoire, c'est qu'on se les approprie au détriment de ceux à qui on les prend.

— Mais son ambition a fini par le perdre, reprend Jaxon. Il ne songeait qu'aux moyens de parvenir à ses fins et ne s'est pas arrêté pour se demander s'il en avait le droit. J'ai tenté de le raisonner, mais avec Lia et ma mère qui ne cessaient de lui répéter qu'il était l'Élu, il ne voulait rien entendre. Il était impossible de lui faire comprendre que ce qu'il croyait être son destin était… inacceptable…

Sa voix se perd. À son expression, je devine que Jaxon n'est plus ici, dans cette pièce, avec moi. Il est loin, plongé dans ses souvenirs.

— Nos relations avec les loups et les dragons n'ont jamais été faciles, poursuit-il enfin, un peu sur la défensive. Ils ne nous font pas confiance, et c'est réciproque. Quand Hudson a concocté un plan pour les, je cite, « remettre à leur place », beaucoup de vampires l'ont approuvé.

— Mais pas toi.

— Non. Je trouvais ça xénophobe de s'attaquer aux loups et aux dragons. Puis ç'a pris de plus en plus des allures de génocide. En particulier lorsqu'il a ajouté d'autres créatures surnaturelles à sa liste, y compris des vampires qui ne l'étaient pas de naissance. Les choses ont pris une mauvaise tournure. Cela m'a rappelé certaines périodes très sombres de notre histoire…

Je ne sais pas à quelles périodes il fait allusion. Je me note mentalement d'interroger Macy ou de faire des recherches à la bibliothèque.

— J'ai fait de mon mieux pour le calmer. Je suis même allé voir le roi et la reine pour les supplier de le ramener à la raison.

Le roi et la reine. C'est comme ça qu'il appelle ses parents. Le souvenir de ma première rencontre avec lui me revient, devant l'échiquier. Je me rappelle ce qu'il m'a dit sur la reine vampire quand je croyais encore qu'elle n'était qu'une pièce du jeu.

Je comprends mieux maintenant.

— Et ?

— Ils ont refusé. Alors j'ai à nouveau essayé de discuter avec mon frère, comme l'ont fait également Mekhi, Byron et d'autres vampires de sa classe. Il ne nous écoutait plus. Il était déterminé à déclarer une guerre qui allait déchirer le monde.

— Alors tu es intervenu.

— Je pensais que je pourrais tout arranger. Qu'il entendrait enfin raison. Mais j'ai échoué.

Il ferme les yeux. Il me paraît si loin de moi, si distant. Quand il rouvre les paupières, c'est encore pire.

— Tu sais ce que ça fait de s'apercevoir que le frère qu'on a idolâtré toute son enfance est en vérité un psychopathe ? demande-t-il d'une voix si mesurée qu'elle n'est que plus terrible. De savoir que si je n'avais pas été aussi aveugle, aussi impressionné par lui et l'avais pris plus tôt pour ce qu'il était, un tas de gens seraient toujours vivants ?

Il inspire à fond.

— Je devais le tuer, Grace. Je n'avais pas le choix. Et je n'ai aucun regret.

Sa phrase se termine en un murmure, comme si cet aveu lui faisait honte.

— Je ne te crois pas, je réplique.

La culpabilité irradie littéralement de lui. Je n'ai jamais eu aussi mal pour quelqu'un.

— Je te crois quand tu dis que c'était nécessaire et que tu as fait ce que tu devais. Mais je ne crois pas une seconde que tu n'aies aucun regret.

Il ne répond pas tout de suite. Ai-je eu tort de lui dire cela ? Ai-je aiguisé sa culpabilité ?

— Je regrette d'avoir eu à le tuer, dit-il enfin. Je regrette que nos parents aient fait de lui un tel monstre. Cela dit, je ne regrette pas qu'il soit mort. S'il était encore en vie, personne au monde ne serait en sécurité.

Ses paroles me retournent l'estomac. D'instinct, j'ai envie de protester, mais j'ai suffisamment vu les pouvoirs de Jaxon. Je sais ce dont il est capable quand il se contrôle et les dégâts qu'il peut causer quand il ne se contrôle pas. Si Hudson était d'une puissance comparable, et s'il n'avait pas le même sens moral que Jaxon pour se retenir, je ne peux même pas imaginer ce qui aurait pu se passer.

— Est-ce que vous aviez les mêmes pouvoirs ?

— Hudson possédait un immense pouvoir de persuasion.

Son ton est aussi indéchiffrable que ses yeux.

— *Persuader* n'est pas le bon mot. Il pouvait contraindre n'importe qui à faire ce qu'il voulait : torturer, tuer. Il pouvait déclencher des guerres, larguer des bombes.

Un frisson fait se dresser mes cheveux sur ma nuque. Jaxon continue en me regardant droit dans les yeux :

— Il aurait pu te forcer à te suicider, Grace. Toi, ou Macy, ou ton oncle. Ou moi. Il pouvait obliger quelqu'un à accomplir sa volonté, et il ne s'en privait pas. Personne n'était capable de l'arrêter, ou même de lui résister, et il le savait. Alors il prenait tout ce qu'il voulait, et il en voulait toujours plus. Quand il a décidé d'exterminer les loups, j'ai compris qu'il ne s'arrêterait pas là. Après les loups viendraient les dragons. Puis les sorcières et les sorciers. Puis les vampires qui ne l'étaient pas de naissance. Puis les humains. Il détruirait le monde entier juste pour se prouver qu'il en était capable.

Il détourne le regard, mais je n'ai pas besoin de le regarder dans les yeux pour comprendre à quel point cette histoire lui fait mal. Je l'entends dans sa voix. Je le sens dans la tension de son corps contre le mien.

— Beaucoup de vampires le soutenaient, Grace. Beaucoup étaient prêts à mourir pour les défendre, lui et la vision de l'avenir qu'il avait pour notre espèce. J'ai dû en tuer beaucoup pour accéder à lui. Puis je l'ai tué.

Il ferme les yeux et, cette fois, quand il les rouvre, toute distance a disparu. Son regard est résolu. La même résolution qui, j'imagine, l'a poussé à se battre contre Hudson… et à le vaincre.

— Alors non, je ne regrette pas de l'avoir tué. Je regrette de ne pas l'avoir fait plus tôt.

Son regard est insondable, comme d'habitude, mais j'y décèle tout de même une immense souffrance. J'ai mal pour lui comme je n'ai jamais eu mal pour personne, pas même mes parents.

— Oh, Jaxon ! je souffle en l'enlaçant.

Je le serre contre moi. Il se raidit.

— Sa mort a anéanti mes parents, brisé Lia au point que je doute qu'elle s'en remette jamais. Avant le drame, elle était ma meilleure amie. À présent, elle peut à peine me regarder. Le frère de Flint a perdu la vie en combattant l'armée de Hudson, et Flint n'est plus le même depuis. Crois-le ou non, mais c'était mon meilleur ami, avant.

Avec un soupir tremblant, il se laisse enfin aller contre moi. Je le serre de toutes mes forces.

— Rien n'a jamais plus été pareil après que Hudson a agi comme il l'a fait, reprend Jaxon en s'écartant de moi. Les différentes espèces ont été en guerre à trois reprises au cours des cinq derniers siècles. Hudson a failli en déclencher une quatrième. Et bien qu'on l'ait arrêté à temps, la vieille méfiance envers les vampires refait surface. Ajoute à cela que tous ont vu mes pouvoirs à l'œuvre, et personne n'est ravi. Je ne peux pas le leur reprocher. Comment peuvent-ils être sûrs que je ne finirai pas comme mon frère ?

— Cela n'arrivera pas, je dis avec une certitude absolue.

— Probablement pas, m'accorde-t-il du bout des lèvres. Mais c'est pour ça que je t'ai demandé de ne pas traîner avec Flint. Et c'est pour ça que j'ai dû mettre les choses au clair dans la salle commune. Tout le monde en a après toi depuis que tu es arrivée à Katmere. Je ne sais pas pourquoi ils t'en voulaient au début, si c'était parce que tu es humaine, ou pour autre chose… en tout cas, ce qui est sûr, c'est que désormais, ils t'en veulent encore plus. Parce que tu es à moi.

Sa voix se brise.

— C'est pour cette raison que j'ai voulu garder mes distances avec toi… Mais je n'y arrive pas.

— Ça explique tout, je chuchote.

Ses paroles et son comportement commencent à faire sens.

— Je ne vois pas de quoi tu parles, répond-il, le visage fermé.

Il y a une sorte de supplique dans ses yeux qui me prouve cependant que j'ai raison.

— Tu sais très bien de quoi je parle.

Je pose la main sur sa joue. Il tressaille quand je touche sa cicatrice, mais je n'y prête pas attention.

— Tu agis ainsi parce que tu crois que c'est le seul moyen de préserver la paix.

— Oui. C'est le seul moyen, lâche-t-il de mauvais gré. On est sur la corde raide, et, à chaque instant, il faut garder d'équilibre. Au moindre faux pas, le monde s'embrasera. Et pas juste le mien, Grace. Le tien aussi. Je dois à tout prix empêcher cette catastrophe.

Bien sûr. D'autres que lui pourraient s'en laver les mains, prétendre que ce n'est pas leur responsabilité, se dire qu'ils ne peuvent rien y faire, mais pas Jaxon. Ce n'est pas comme ça qu'il fonctionne. Non, Jaxon porte tout le poids du monde sur ses épaules. Pas juste le chaos que Hudson a laissé derrière lui, mais aussi tout ce qui est arrivé avant, et depuis.

— Qu'est-ce que ça veut dire, concrètement ? je demande en essayant de ne pas le brusquer. Que tu dois renoncer à tous les plaisirs de la vie pour protéger le reste du monde ?

— Je ne renonce à rien. Je suis ainsi, voilà tout.

Il serre les poings, tente de se détourner.

Je ne le laisse pas faire. Pas maintenant, alors que je viens enfin de comprendre tous les moyens de se torturer qu'il a trouvés pour se punir de la mort de Hudson et endosser ce nouveau rôle dont il ne veut pas.

— N'importe quoi ! je m'écrie. Tu t'es fabriqué une carapace d'indifférence et de froideur, et tu fais semblant d'être insensible alors que tu ressens tout bien trop fort. Tu joues si bien le monstre que tu as fini par te convaincre que tu en étais un, or c'est faux, Jaxon. Tu n'es pas un monstre. Pas du tout.

Cette fois, il sursaute, comme s'il venait de recevoir une décharge électrique.

— Tu ne sais pas ce que tu dis, gronde-t-il.

— Tu penses que si tout le monde a peur de toi, si les gens te détestent, ils n'oseront pas te défier. Ils n'oseront pas déclencher une autre guerre parce que tu y mettras fin et qu'ils paieront cher.

Mon Dieu ! quelle douleur ce doit être de vivre dans une telle solitude.

— Ne me regarde pas comme ça, m'ordonne-t-il d'une voix tendue.

— Comme quoi ?

— Comme si j'étais une victime. Ou un héros. Je ne suis ni l'un ni l'autre.

Il est une victime et un héros, et bien plus encore, mais je sais qu'il ne me croira pas si je le lui dis. Je sais aussi qu'il ne me laissera pas le réconforter, pas maintenant que je l'ai mis à nu.

Je n'ai plus qu'une option.

J'enfouis les mains dans ses cheveux et attire sa bouche contre la mienne.

C'est la seule chose qu'il acceptera de moi.

50

QUE CELUI QUI N'A JAMAIS PÉCHÉ ME JETTE LE PREMIER DRAGON

Nos bouches se rencontrent, et j'oublie la mort de son frère et les dangers qui me menacent, et le reste. Tandis que ses lèvres caressent les miennes, que sa langue explore ma bouche, que ses dents me mordillent gentiment la chair, lui seul occupe mes pensées. Je brûle de désir pour lui.

Si j'en juge par le grondement qui monte du plus profond de sa gorge quand il m'enlace, c'est réciproque. Il me soulève pour aligner les courbes de mon corps avec les lignes dures et fermes du sien. Le baiser que je voulais réconfortant se mue en quelque chose de radicalement différent.

Ses mains sont sur mes hanches, son torse est plaqué contre le mien et… *oui*. Oui, par pitié. J'en veux plus.

J'en veux plus, j'en veux bien plus, je veux que mon esprit se brouille, que mon cœur batte si fort qu'on dirait qu'il va s'échapper, que mon corps vibre à se briser.

À cette pensée, je pousse un gémissement auquel Jaxon réagit en m'agrippant les hanches plus fort. Puis il détache sa bouche de la mienne et me fait glisser délicatement jusqu'au sol.

— Non, je murmure en essayant de le retenir. Je t'en prie.

Je ne sais même pas ce que je suis en train de demander, sinon que ça ne s'arrête pas, surtout pas. Je ne veux pas que Jaxon redevienne sombre et froid.

Il me chuchote des mots doux à l'oreille, effleure de ses lèvres ma joue, mes cheveux, mon épaule, et s'écarte.

— On n'a plus beaucoup de temps avant que Foster n'arrive, dit-il, et je veux te parler avant.

— D'accord, je soupire avant de presser mon visage contre sa poitrine pour humer une dernière fois son odeur.

Il passe ses mains dans mon dos dans un mouvement qui l'apaise sans doute autant que moi. Puis il m'installe sur le lit, maintenant une petite distance entre nous.

— Il faut qu'on parle de ta sécurité.

— Jaxon…

— Grace, je suis sérieux. On doit en parler, que tu le veuilles ou non.

— Je ne cherche pas à éviter la conversation. Je dis juste qu'après ton avertissement de tout à l'heure, ceux qui m'en veulent vont se tenir à carreau. Même s'ils cherchent à t'atteindre à travers moi.

— Il ne s'agit pas que de ça, réplique Jaxon en me foudroyant du regard. Sinon Flint n'aurait pas tenté de te tuer dès ton deuxième jour ici. Il n'y avait rien entre nous à ce moment-là, ça n'était donc pas pour m'atteindre. Ce qui signifie…

— De quoi tu parles ? je me récrie. Flint n'a jamais tenté de me tuer. Au contraire, il m'a sauvé la vie ! C'est mon ami…

— Ce n'est pas ton ami.

— Bien sûr que si ! Je sais que tu ne l'aimes pas, néanmoins…

— Qui t'a dit de passer sous le lustre, Grace ? demande Jaxon en me scrutant.

— Flint. Mais ce n'était pas pour…

Malgré mes protestations, je me sens mal à l'aise. Que des inconnus rôdent pour s'en prendre à moi, soit. Mais un garçon que je croyais être mon ami…

— Flint ne ferait jamais ça. Pourquoi voudrait-il m'écraser sous un lustre après m'avoir sauvée d'une chute mortelle ?

— C'est ce que j'essayais de te dire. Il ne t'a pas sauvée. Il a tenté de te tuer.

— Impossible. Il n'était même pas sur la branche avec moi.

Jaxon plisse les yeux ; ma naïveté l'agace.

— Il n'était pas avec toi sous le lustre non plus.

— Alors quoi ? Il a demandé à un de ses potes lycanthropes de saboter la branche avant la bataille de boules de neige ?

— Non, il a demandé à un de ses potes dragons de déclencher le vent qui a causé tous les problèmes. Tu dois comprendre qu'on ne peut pas faire confiance à un dragon, et surtout pas à Flint.

— C'est absurde ! Pourquoi aurait-il sauté de sa branche pour me rattraper s'il avait l'intention de me tuer ?

Jaxon ne répond pas. Mon ventre se tord. Je viens d'avoir une idée horrible.

— Il a bien amorti ma chute, non ?

Toujours pas de réponse. Jaxon se détourne, les mâchoires serrées.

— C'est Cole qui a fait tomber le lustre, finit-il par dire, mais c'est une sacrée coïncidence que Flint se soit arrangé pour que tu ailles de ce côté-là plutôt qu'à la table des sorcières. Dès que j'en aurai la preuve, je m'occuperai aussi de lui.

Mon malaise s'intensifie ; je me souviens de l'expression de Flint quand je l'ai remercié. Et de la rapidité avec laquelle Jaxon a débarqué juste après l'incident.

— Tu n'as toujours pas répondu à ma question, Jaxon. Est-ce que Flint a vraiment bondi à ma rescousse ? Ou est-ce que tu l'as *jeté* à bas de l'arbre ?

Jaxon évite mon regard.

— J'étais trop loin…

Je grince des dents.

— Comme si ça changeait quoi que ce soit pour toi.

— Que voulais-tu que je fasse ? s'énerve-t-il en levant les bras au ciel. Que je te laisse tomber ? Tu aurais flippé encore plus si je t'avais fait léviter. Sans compter que tu te serais posé un sacré paquet de questions auxquelles personne n'était disposé à répondre.

— Alors tu as catapulté Flint à ma rescousse ?

— Je l'ai jeté sous toi, oui. Et je ne regrette rien. Je ferai toujours tout pour te protéger, même si ça signifie défier tous les loups et dragons de ce lycée.

Mon Dieu ! Flint ne m'a pas sauvée. J'ai envie de vomir. Je le croyais de mon côté… Je pensais qu'on était amis !

— Je suis désolé, souffle Jaxon. Je ne voulais pas te blesser. Mais tu ne peux pas lui faire confiance, ni à lui, ni aux autres dragons, ni aux loups. Je ne sais pas encore pourquoi, mais ils te veulent du mal.

— Tous les loups et les dragons, je répète en repensant à la bagarre dans la salle commune. Leurs chefs aussi ?

— *Surtout* leurs chefs.

Que pourrais-je dire, surtout maintenant que je sais tout ce qu'il a fait pour assurer ma protection depuis mon arrivée, avant même que nous ayons noué des liens étroits ?

Je pose la tête au creux de son épaule.

— Merci, je chuchote.

— Tu me remercies ? De quoi ?

— De m'avoir sauvé la vie, idiot.

Je l'étreins encore plus fort, sème des baisers tout le long de sa cicatrice.

— Tu m'as sauvée en secret, sans me le dire. Tu t'en fichais que je le sache, tu voulais juste que je sois saine et sauve.

Il est raide d'embarras. Je m'en fiche. Éperdue d'amour, je grimpe sur ses genoux, enfourche ses hanches et passe les bras autour de son cou.

Nous voilà revenus à l'instant où nous étions avant que Jaxon ne décrète une pause, quand je l'embrassais encore et encore et encore. Je presse mes lèvres sur son front, ses joues, sa bouche. Encore et encore. Je le goûte. Je le touche. Encore et encore et encore, je lui murmure tout ce qui me plaît chez lui.

Petit à petit, si lentement que je ne m'en rends pas compte tout de suite, il se détend. Son dos n'est plus si droit. Ses épaules se relachent. Ses poings s'ouvrent et ses mains se posent sur ma taille.

Et il m'embrasse à son tour, il m'embrasse à pleine bouche, passionnément. Ses mains s'affolent. Je me cambre, presse ma bouche sur la sienne pour que mon souffle devienne son souffle, mon désir son désir.

Je glisse les mains sous sa chemise pour caresser sa peau lisse et les muscles durs de son dos. Il grogne d'aise.

Soudain, mon téléphone se met à sonner à l'instant précis où quelqu'un tambourine à la porte.

Le charme est rompu. Jaxon s'écarte avec un petit rire. Je m'agrippe à lui. Je ne suis pas prête à le laisser partir.

Les mains sur ma taille, il appuie son front contre le mien.

— Décroche ton téléphone, dit-il par-dessus les sonneries. Foster ne sait pas où tu es, il doit paniquer.

Le tambourinement reprend de plus belle.

— Ou alors il panique parce qu'il sait *exactement* où je suis, je rétorque.

— Peut-être.

Je descends de ses genoux.

— Tu vas ouvrir ou j'y vais ? me demande Jaxon.

— Pourquoi je…

Je suis brusquement frappée d'horreur.

— Tu crois que c'est mon oncle qui martèle la porte ?

— Qui d'autre, à ton avis ? Sa nièce bien-aimée s'est tirée avec le type qui vient de déclarer la guerre à tous les loups du lycée.

— Oh, non ! Oh, non, non, non.

Je cherche du regard un miroir pour me recoiffer un minimum, histoire de ne pas avoir l'air d'une fille qui vient de batifoler avec un vampire… mais je réalise atterrée qu'il n'y en a pas un seul dans la pièce.

— Alors, c'est vrai ? je demande en passant la main dans mes cheveux. Les vampires n'ont pas de reflet ?

— Archi-vrai.

Je rentre ma chemise dans ma jupe, rajuste mon sweat.

— Comment tu sais à quoi tu ressembles ?

Jaxon lève son téléphone avec une moue railleuse.

— Ben, je prends des selfies, dit-il en se dirigeant vers la porte qui tremble désormais sous les coups de mon oncle. Mais ce n'est peut-être pas le moment idéal pour en discuter, ajoute-t-il.

Je suis tout de même curieuse. Maintenant que je sais que Jaxon est un vampire, j'ai des centaines de questions.

Non, des milliers. Combien de temps vivent-ils ? Sont-ils immortels, comme dans les légendes ? Est-ce qu'ils vieillissent au même rythme que nous ? Ou est-ce qu'ils grandissent à un rythme plus lent que les humains, comme Bébé Yoda dans la série *The Mandalorian* ? Quel âge a Jaxon, au fait ? Et est-ce que Mekhi n'est pas entré dans ma chambre par politesse ou parce qu'il ne pouvait pas en franchir le seuil sans invitation explicite ?

C'est loin d'être une liste complète de mes interrogations, mais je m'arrête là, parce que Jaxon a raison : ce n'est pas le moment.

— Allez, ouvre, je dis en indiquant la porte du menton. Qu'on en finisse.

— Ça va bien se passer, me promet Jaxon avec un sourire qui dément ses paroles.

Si Oncle Finn ressemble un tant soit peu à mon père, ça va barder. D'un autre côté, c'est un sorcier qui dirige une école pour créatures surnaturelles. Il ne doit pas lui ressembler tant que ça, finalement.

— Qui vivra verra, je dis en tâchant de garder une voix sereine.

Pas évident de rester zen quand on est quasiment convaincue que le garçon qu'on aime va se faire virer du lycée. Jaxon me fait un clin d'œil et souffle un baiser dans ma direction. Puis, l'expression à nouveau impassible, il ouvre la porte.

— C'est gentil de me laisser entrer, ironise mon oncle. Désolé de t'avoir obligé à te presser.

— Toutes mes excuses, Foster, je voulais laisser à Grace le temps de se rhabiller.

— Jaxon ! je proteste, les joues rouge vermillon. J'étais habillée, Oncle Finn, juré.

— C'est comme ça que tu veux la jouer après le bazar que tu viens de mettre ? crie mon oncle à Jaxon.

Puis il se tourne vers moi, furibard.

— Et toi, je croyais t'avoir envoyée dans ta chambre il y a une heure.

— Oui, mais je me suis…

— … égarée en chemin ? finit mon oncle, haussant un sourcil.

Je dois être rouge écarlate des pieds à la tête, cheveux et cils compris.

— Ouais.

— Si tu es suffisamment remise pour être montée jusqu'ici, tu dois l'être pour aller en cours, tu ne crois pas ?

— Probablement.

— Tant mieux.

Il jette un œil à sa montre.

— Le premier cours doit en être à la moitié… Et nous l'avons casé avant le déjeuner à cause de l'incident du lustre… entre autres, ajoute-t-il en fusillant Jaxon du regard. Bref. Tu ferais mieux d'y aller, Grace.

Je songe à protester, mais mon oncle a la même expression que mon père quand j'outrepassais les limites. Je voudrais rester avec Jaxon, savoir ce qui va lui arriver… D'un autre côté, si je me rebiffe, je risque d'énerver mon oncle encore plus, ce que je veux éviter s'il doit décider du sort de Jaxon.

Je hoche donc la tête et vais chercher mon sac.

— Oui, Oncle Finn.

Je crois discerner une lueur de surprise dans ses yeux. Pourquoi donc ? Macy n'est pas très docile, peut-être est-il étonné que j'obéisse aussi vite. Ou que mon sac soit dans la chambre de Jaxon… Je préfère ne pas y penser.

— À plus tard ? je demande à Jaxon en évitant le regard de mon oncle.

— Ouais, dit-il d'un ton assuré. Je t'enverrai un message.

Ce n'est pas tout à fait la réponse que j'espérais, mais, une fois encore, je ne suis pas en position de discuter. Je lui fais un petit sourire et sors.

Et j'essaie de ne pas paniquer en entendant mon oncle rugir, avant qu'il ne claque la porte :

— Donne-moi une seule raison de ne pas t'envoyer à Prague, Vega. Et fais en sorte qu'elle soit bonne.

51

BAPTÊME DU FEU

Je sors mon téléphone en descendant l'escalier vers mon cours d'anglais. J'ai une vingtaine de messages. Cinq d'entre eux viennent de Heather qui se plaint que le lycée est barbant sans moi et m'envoie plusieurs photos d'elle en costume pour la pièce de théâtre de Noël.

Je lui assure que son costume de Chat du Cheshire lui va à merveille et que je compatis à son ennui mortel. J'ai envie de lui parler de Jaxon (pas de lui dire que mon nouveau petit ami est un vampire, juste qu'il est super mignon), mais je me retiens : avant de lui parler de quoi que ce soit, il faut que je détermine ce que je peux lui révéler. Quand Heather est en quête de ragots, elle devient intenable.

Sans compter que je ne lui ai jamais menti de ma vie, et que je n'ai pas envie de commencer maintenant.

Ça aussi, je vais devoir m'y habituer : si je sors avec Jaxon, je vais devoir mentir de temps en temps, ne serait-ce que pour éviter de finir étouffée sous une pluie de pieux et d'ail. Tout de même, il faut que je réfléchisse à l'histoire que je vais lui raconter ; je mens très mal et, avec Heather, je ne tiens pas dix secondes.

Alors je me contente de lui raconter le strict minimum, même si je meurs d'envie de tout partager en ce qui concerne le merveilleux garçon qui hante mes nuits.

La plupart des autres messages viennent de Macy ; sept d'entre eux mentionnent les événements de la salle commune. Elle n'était pas là, mais les nouvelles vont vite, surtout quand elles concernent une bagarre entre Jaxon et le chef de meute des lycanthropes. Il fallait s'y attendre. C'était d'ailleurs l'objectif de Jaxon lorsqu'il a déclenché un affrontement devant une si nombreuse assistance. Et c'est aussi pour ça qu'Oncle Finn est furieux.

En parlant de lui, certains messages sont les siens, et me demandent où je suis. Puisqu'il m'a déjà retrouvée, bien malgré moi, je ne réponds pas.

Les deux derniers messages sont de Flint. J'en trébuche presque dans l'escalier, puis je me souviens que ce salaud de dragon ignore que je suis désormais au courant de ses sombres machinations.

Ça me met hors de moi. Je ne lui réponds pas. Je me jure que je ne lui répondrai plus jamais, même s'il s'excuse ou qu'il essaie de s'expliquer.

Je songe un instant à aller le trouver pour l'engueuler, là tout de suite, mais je suis déjà devant la salle où j'ai cours, et puis je viens de me rendre compte que j'ai oublié d'enfiler mon uniforme. J'enfouis mon téléphone dans la poche de mon sweat et me précipite vers ma chambre pour me changer en quatrième vitesse. Dix minutes plus tard, j'entre en classe et tout le monde se tait. Je devrais m'y être habituée depuis la semaine passée, pourtant ce silence soudain me gêne de plus en plus.

Je ne peux pas en vouloir à mes camarades, cela dit. À leur place, moi aussi, je dévisagerais la nouvelle qui est la cause d'une bagarre entre le chef des loups et le vampire le plus puissant du monde. C'est le contraire qui serait étrange.

N'empêche, ça ne rend pas la situation moins pénible. Le sourire que Mekhi m'adresse quand je m'assieds à côté de lui me réconforte un peu.

— On est à l'acte IV, scène 5, me chuchote-t-il en poussant son livre vers moi.

— Merci.

Je sors un stylo et un cahier de mon sac à main. Pourquoi est-ce que je n'ai pas pensé à prendre mon sac à dos ? Tant pis, ça fera l'affaire.

— Tout le monde lit à tour de rôle, Grace, m'informe la prof. Ça te va de lire le rôle d'Ophélie ?

— D'accord, je réponds, en me demandant pourquoi c'est à moi que revient le rôle de demoiselle en détresse.

J'ai déjà lu la pièce ; je sais qu'il s'agit de la scène où Ophélie devient folle, ou plutôt celle durant laquelle le public se rend compte qu'elle est folle. Je m'efforce de ne pas me sentir personnellement visée.

Je lis donc les répliques de cette fille prise de folie dont le père vient de mourir et qui se sent seule au monde. Mekhi joue Laertes, mon frère, ce qui m'aide un peu, mais ma voix chevrote tout de même à la fin de la scène.

— « Voici une pâquerette. J'aurais voulu vous donner des violettes, mais elles se sont toutes fanées quand mon père est mort… On dit qu'il a fait une bonne fin… Car mon doux Robin est toute ma joie. »

Mekhi dit la réplique de mon frère. Il est clairement inquiet pour ma santé mentale. Je veux dire, celle d'Ophélie. Je chantonne les dernières paroles d'Ophélie dans la scène, qui seront aussi les dernières qu'elle dira de toute la pièce.

— « Et il ne reviendra plus ? Et il ne reviendra plus ? Non, non, il est mort. Va à ton lit de mort. Il ne reviendra jamais plus… »

La cloche m'interrompt. Mes camarades rangent leurs livres dans leurs sacs aussi vite que possible.

— Merci, Grace. On continuera demain.

Je fourre mes affaires dans mon sac à main en essayant de ne songer ni à la scène que je viens de lire, ni à la mort de mes parents, ni à celle de Hudson. Ni au chagrin qu'éprouve Jaxon pour son frère, pour ce qu'il était et ce qu'il l'a forcé à faire.

Plus facile à dire qu'à faire. Mon prochain cours est intitulé « Histoire de la sorcellerie », ce qui ne me surprend plus autant depuis que je sais que je suis dans un lycée pour créatures surnaturelles.

Ce n'est pas tant le sujet du cours qui m'inquiète que le fait qu'il a lieu dans l'une des dépendances du château : je vais devoir repasser par ces horribles tunnels. Je me demande ce qui me serait arrivé là-bas avec Flint si Lia n'avait pas insisté pour nous accompagner.

Peu importe. Il faut bien que j'aille en classe, alors je me sors cette question de la tête. Jaxon a fait tout ce qu'il pouvait pour me rendre intouchable, je n'ai plus qu'à prier pour que ça fonctionne. La scène dans la salle commune avait beau être horrifiante, elle a été efficace : tout le monde s'écarte sur mon passage, maintenant. Avec un peu de chance, je n'aurai plus à me soucier de chute de lustre ou de lycanthropes décidés à m'enfermer dehors jusqu'à ce que mort s'ensuive.

Plutôt que d'aller à son cours suivant, Mekhi m'accompagne jusqu'au mien. La protection de Jaxon est encore plus complète que ce que j'imaginais : il ne s'est pas contenté de menacer l'ensemble des élèves, il s'est aussi débrouillé pour que les membres de l'Ordre m'escortent partout.

Est-ce que ça devrait me gêner ? Si la situation était normale, c'est sûr que ça m'agacerait qu'il soit si protecteur, mais là, je suis entourée de lycanthropes, de vampires, de sorcières, de sorciers et de dragons qui jouent à un jeu dont je ne connais pas les règles, et un lustre a failli m'écraser ce matin. Ce serait idiot de ne pas accepter la protection qu'on m'offre… au moins jusqu'à ce que le calme revienne.

Au moment où je m'apprête à remercier Mekhi, Flint déboule dans le couloir.

— Salut, Grace. Comment tu te sens ? demande-t-il d'une voix douce et soucieuse. Je me sens super mal à cause de l'accident de ce matin !

— Ah oui ? Tu te sens mal pour moi ? Ou parce que le lustre n'a pas fait son boulot ? je demande en accélérant le pas.

En vain. Il reste à ma hauteur. Sa démarche se fait soudain plus raide, ce qui confirme mes soupçons.

Malgré tout, il s'entête à jouer la comédie.

— Qu'est-ce que tu racontes ? Évidemment que je m'inquiète pour toi !

— Arrête, Flint. Je sais tout.

De la colère embrase les yeux du dragon.

— Ne me dis pas que tu crois à ce que ce parasite t'a débité !

Livide de colère, Mekhi s'interpose.

— La ferme, Dragonneau.

Flint l'ignore.

— Grace, tu n'as aucune idée de ce qui se passe ici. Tu ne peux pas te fier à Jaxon !

— Ah oui ? Et je devrais me fier à qui à la place ? Au gars qui a essayé plusieurs fois de me tuer depuis mon arrivée ?

— J'ai mes raisons, plaide-t-il. Fais-moi confiance…

— Tu as tes raisons ? je répète. Tu as de *bonnes* raisons de me tuer ? Et tu veux quand même que je te fasse confiance ?

Je lui fais signe d'approcher.

— Très bien. Alors dis-moi la vérité sur ce qui s'est passé pendant la bataille de boules de neige. Est-ce que tu as sauté de l'arbre, ou est-ce que Jaxon t'a jeté sous moi ?

Il marmonne une réponse. Je le coupe :

— C'est bien ce que je pensais. Ne m'adresse plus jamais la parole, Flint. Je ne veux rien à voir à faire avec toi.

— Dommage, parce que je ne bougerai pas d'ici.

— Tu sais comment on appelle un gars qui poursuit une fille non consentante ? siffle Mekhi en m'entraînant dans le couloir. Un harceleur.

Flint ne lui prête pas attention.

— Je t'en prie, Grace !

Il m'attrape le bras. Avant que je ne puisse réagir, Mekhi le force à me lâcher, tous crocs dehors.

— Bas les pattes, sale reptile !

— Je ne vais pas lui faire de mal, proteste Flint.

— J'espère bien ! Recule, Montgomery. Sinon…

Avec un grognement de frustration, Flint me lâche et s'éloigne d'un pas. Pour éviter que Mekhi ne le réduise en pièces, j'imagine.

— Grace, m'implore-t-il encore. C'est important. Écoute-moi juste une minute.

De toute évidence, il ne renoncera pas. Je croise les bras.

— D'accord, je t'écoute. Qu'est-ce qui est si important ?

— Tu veux que je t'explique tout ici ? Devant tout le monde ? feule-t-il en regardant Mekhi.

— Tu te doutes bien que je n'irai nulle part seule avec toi. J'ai beau ne pas comprendre tout ce qui se passe ici, je ne suis pas stupide.

— Mais… je ne peux pas…

Il passe la main dans ses cheveux, agacé.

— Je ne peux pas t'en parler devant un vampire. Il faut que ce soit seul à seul.

— Dans ce cas, tu ne lui parleras pas du tout, rétorque Mekhi. Viens, Grace. On y va.

Je suis Mekhi, laissant derrière nous un Flint furieux.

Quel mec odieux. Après tout, c'est lui qui a tenté de m'écrabouiller sous un lustre. De quel droit se met-il en colère ?

— Mekhi ! crie-t-il dans notre dos. Accorde-moi au moins une faveur : ne la laisse pas seule. Je suis sérieux, Grace ! Ne reste jamais seule ! Tu n'es pas en sécurité ici !

52

SI TU NE POUVAIS PAS VIVRE SANS MOI, TU SERAIS DÉJÀ MORT

L'ironie de la remarque ne m'échappe pas, pas plus qu'à Mekhi.

— Sans blague, Sherlock, crache celui-ci. Qu'est-ce que tu crois que je suis en train de faire ?

Flint ne répond pas. Mekhi et moi nous engouffrons dans les tunnels et marchons en silence jusqu'à la première porte. Je rumine la discussion que nous venons d'avoir. Je me sens si coupable d'avoir fait confiance à Flint, après que Jaxon m'avait prévenue à son sujet.

Mais pourquoi me voudrait-il du mal ? Je ne lui ai rien fait. Pourquoi me faire croire qu'il était mon ami alors qu'il fomentait mon assassinat ?

— On ne peut jamais savoir, avec un dragon, répond Mekhi, et je me rends compte que je réfléchissais à voix haute. Ils ne disent jamais ce qu'ils pensent.

— Faut croire, je souffle, le sourire un peu chancelant. Désolée que tu doives m'accompagner en cours, au fait. C'est vraiment gentil de ta part.

— Ne t'en fais pas. Il faut plus qu'un dragon lourdaud pour me gâcher la journée, et ça m'arrange de rater le début du cours de maths.

Je devine son sourire dans la pénombre.

Nous nous avançons dans le tunnel. À chaque porte, Mekhi tape le code. Contrairement à la fois où je suis descendue ici avec Flint, je me sens détendue. C'est très différent avec Mekhi. Avec Flint, j'étais sur mes gardes, en permanence à deux doigts de la panique, et tous mes instincts me hurlaient de fuir. Avec Mekhi, c'est juste une promenade. Une balade entre amis. Aucune petite voix ne me crie de faire attention, aucun frisson ne remonte le long de ma colonne vertébrale… ce qui prouve bien que mon angoisse était liée à Flint, et non aux tunnels.

Malgré tout, je suis étonnée que la petite voix ne refasse pas surface tandis qu'on s'enfonce dans les profondeurs. Peut-être pas pour m'avertir, mais juste pour me féliciter d'être toujours en vie ? Juste une phrase ou deux qui prouveraient que je ne suis pas folle, que j'entends bien quelque chose.

Je n'ai jamais eu affaire à cette petite voix avant d'arriver à Katmere. Les seules voix que j'entendais dans ma tête étaient celles de mon inconscient et de mon sens moral. Ce que j'ai entendu la première fois où je suis descendue dans ce tunnel était différent… C'était une vraie voix, distincte de moi. Quelqu'un, ou quelque chose, me dictait quoi faire.

Je me demande ce que c'était. Jaxon ou le lycée ont-ils réveillé un secret enfoui en moi ?

Peut-être.

Quoi qu'il en soit, je suis contente que mon mauvais pressentiment ait disparu. J'ai besoin de me reposer, de reprendre mon souffle. Je m'inquiéterai du reste plus tard, quand je saurai ce qu'Oncle Flint a décidé concernant Jaxon.

Jaxon n'avait pas l'air inquiet de se faire virer, mais ça ne veut rien dire. Il n'a jamais peur de rien, et certainement pas du directeur de son lycée. Ce n'est pas pour autant qu'Oncle Flint ne risque pas de l'éloigner d'ici… peut-être pour toujours.

Après avoir franchi la dernière porte des tunnels, je sors mon téléphone pour vérifier si j'ai un message. Rien.

— Tu as des nouvelles ? je demande à Mekhi.

— Non.

— C'est normal ? Je veux dire, est-ce qu'il t'écrit souvent, ou…

Mekhi éclate de rire.

— Je pensais que t'avais compris, Grace. Jaxon n'écrit jamais à personne, d'habitude.

— Si, j'ai compris, mais… d'après toi, que va-t-il lui arriver ?

— Foster va lui taper sur les doigts et passera à autre chose.

— Lui taper sur les doigts ? Mais il a presque tué Cole…

— Presque tuer, ce n'est pas tuer. Surtout ici… On met tous du temps à apprendre à contrôler nos pouvoirs.

— Sauf que là c'était pas un accident… C'était une attaque délibérée !

Mekhi hausse les épaules.

— Peut-être, mais elle était nécessaire. Je ne pense pas que Foster en voudra à Jaxon de t'avoir protégée. Il sait très bien que Jaxon est ton seul rempart contre… contre ce qui se passe. À mon avis, Cole risque plus de se faire virer que Jaxon.

— Les règles du lycée sont valables pour tous, je proteste, même si le directeur est mon oncle. Pour moi, c'est Jaxon qu'on visait en s'en prenant à moi. Les loups ont un problème avec lui depuis les atrocités commises par Hudson.

Qu'est-ce que ça pourrait être d'autre ? Je n'ai jamais fait quoi que ce soit à ces gens, et je n'ai aucun pouvoir. Je ne me transforme pas en dragon ou en loup, je ne sais pas lancer de sort et je ne mords pas, pourquoi chercheraient-ils à me tuer ?

— Oui, c'est aussi l'hypothèse de Jaxon. Ils n'attendaient que ça, de lui trouver un point faible. Un endroit où frapper pour lui faire mal.

Mon cœur s'accélère à ces mots. Ils sont la preuve que Jaxon tient à moi. C'est sans doute un peu idiot d'être si émue. Après tout, si les sentiments de Jaxon m'ont transformée en cible, ça n'a rien d'une bonne nouvelle. Pourtant, je m'en fiche. Ce n'est rien à côté de tout ce qu'on s'est dit, tout ce qui s'est passé entre nous dans sa chambre. La seule chose que je souhaite, c'est être avec lui.

— C'était quel genre de garçon, Hudson ?

C'est peut-être une question maladroite, mais j'ai envie d'en savoir plus sur sa relation avec Jaxon, et je ne peux pas compter sur ce dernier pour me renseigner.

Mekhi me lance un regard à la fois méfiant et apeuré, un regard qui me rappelle celui que Jaxon avait en évoquant son frère. Qui était ce garçon, au juste ? Comment peut-il encore les terroriser à ce point un an après sa mort ?

— Hudson était Hudson, soupire Mekhi. Il ressemblait beaucoup à Jaxon. En moins extrême.

— En moins extrême ?

Je ne m'attendais pas à ça, après tout ce que Jaxon m'a raconté à son sujet.

— Je croyais que c'était un…

Je me retiens juste avant de traiter le prince défunt de monstre.

Nous atteignons la salle circulaire au cœur des tunnels.

— En moins extrême, confirme Mekhi. C'était le frère aîné, le préféré de ses parents. Tout le monde l'adorait, y compris des gens très importants de notre monde, mais ce n'est pas pour autant que c'était quelqu'un de bien. La raison pour laquelle je dis qu'il était moins extrême, c'est que Hudson ne valait pas le quart de Jaxon. Il était égoïste, superficiel, opportuniste. La seule chose qui comptait à ses yeux, c'était lui-même… Il s'arrangeait pour faire croire aux gens que leurs intérêts s'alignaient sur les siens.

Je ne sais pas quoi répondre. Après tout, je n'ai jamais rencontré Hudson. Tout ce qui m'importe à son sujet, c'est de parvenir à consoler Jaxon d'avoir causé sa mort.

La description de Mekhi concorde avec celle de Jaxon, cela dit. Jaxon a beau se sentir coupable, moi, j'ai l'impression qu'il a rendu service au monde entier en le débarrassant de son frère.

Soudain, un bruit retentit derrière nous. Mekhi bondit pour me protéger, les mains levées, puis se calme en voyant Lia accourir vers nous.

C'est fou ce qu'elle est rapide ! Ça ne devrait pas m'étonner : j'ai déjà vu Jaxon filer comme le vent. Il faut dire qu'en général s'il est si rapide c'est parce que je suis en danger et qu'il veut me porter secours, donc je suis trop distraite pour l'admirer.

Mais là, je peux observer Lia à loisir, et c'est intense. Il lui faut moins d'une minute pour remonter le tunnel alors qu'il nous en a fallu cinq.

Elle s'arrête devant nous, même pas essoufflée.

— Holà, y a le feu ou quoi ? demande froidement Mekhi.

— Oh, je voulais juste profiter de mon heure de libre pour aller à l'atelier d'arts plastiques, réplique Lia d'une voix tout aussi dénuée de chaleur.

Mekhi lève les sourcils.

— Depuis quand tu bosses pendant tes heures de libre ?

Elle détourne le regard et serre les mâchoires.

— Je travaille sur un portrait de Hudson.

— Oh ! alors c'est lui, je m'exclame en me remémorant le portrait qu'elle peignait la veille. Il est vraiment beau !

— Sublime, tu veux dire, souffle Lia avec l'ombre d'un sourire. Je n'ai pas assez de talent pour lui rendre justice.

— De la modestie ? s'exclame Mekhi. Pincez-moi, je rêve !

Lia lève les yeux au ciel.

— Je pourrais te mordre, mais je n'ai pas envie de toucher à ta chair dégueulasse.

— Et moi, je n'ai pas envie de choper la rage, rétorque Mekhi.

Waouh ! C'est si tendu entre eux que j'ai peur d'assister à ma seconde bagarre de la journée.

Faut croire que les rapports de Lia avec l'Ordre se sont envenimés en même temps que son amitié avec Jaxon. Mekhi gronde comme s'il voulait lui sauter à la gorge.

Je commence à m'éloigner discrètement au cas où ça dégénère. Lia lui fait un doigt puis passe son bras sous le mien.

— Viens, Grace, on s'en va. Ce mec ne vaut pas le coup.

— Ah ? Euh, en fait, Mekhi m'accompagnait en cours.

Ça ne me plaît pas de m'interposer entre eux, mais je n'ai pas non plus envie de lâcher Mekhi.

Il hausse les épaules.

— Si t'es d'accord pour suivre Lia, Grace, je peux aller en cours de maths.

— Je pense que je suis capable de l'accompagner, merci bien, se vexe Lia.

Je souris à Mekhi, heureuse qu'il n'en fasse pas un drame. Je ne suis pas seule, ça lui suffit. Il n'est pas du genre à faire une scène, comme Jaxon.

— Ça me va, je lui dis.

Même si Lia et Mekhi ne s'apprécient pas, Jaxon leur fait confiance à tous les deux, et ça me tranquillise.

— Va à ton cours de maths.

— Avec plaisir, soupire-t-il. J'a-dore les maths.

Il me fait une parodie de salut militaire en guise d'au revoir. Prise d'une impulsion, je l'enlace.

— Sérieusement, merci de m'avoir accompagnée jusque-là.

Il se raidit sous mon étreinte, et je le lâche. Peut-être que je n'aurais pas dû. Peut-être que c'est trop « humain » comme démonstration d'affection. Mais quand je lève la tête, je m'aperçois qu'il arbore un immense sourire. Il me tapote le crâne comme si j'étais un chihuahua lauréat d'un concours. C'est un peu ridicule, mais je suis ravie de plaire à un ami de Jaxon. Je lui fais un simulacre de salut militaire.

Il se marre, puis gronde en direction de Lia (plus pour l'effet qu'autre chose, je crois) avant de tourner les talons.

Je m'attends qu'il s'élance à une vitesse vertigineuse, comme Lia, mais non, il se contente d'une démarche traînante de cow-boy, comme dans les vieux westerns que mon père regardait toujours.

Décidément, j'apprécie de plus en plus ce garçon. Il veut bien passer le relais à Lia, mais il n'est pas pressé de nous laisser seules.

— Quoi de neuf ? je demande à Lia en vérifiant une nouvelle fois mon portable.

Toujours aucun signe de Jaxon, et je n'ai plus que deux minutes avant le début du cours.

— C'est plutôt à moi de te poser la question, non ? répond-elle. Après ce qui s'est passé dans la salle commune…

— Euh, ouais. Euh, Jaxon…

Et je m'arrête là, sans trop savoir que dire de plus.

Lia s'esclaffe.

— Je comprends. Hudson était hyper protecteur, lui aussi. Il prenait soin de moi quoi qu'il lui en coûte. Même quand il n'y avait aucun danger en vue.

J'hésite à lui raconter tous les dangers qui me menacent, à lui demander son avis sur la situation, mais nous arrivons aux chalets avant que je me décide. Il y a plein d'élèves autour de nous – des vampires, des sorciers et des sorcières, des dragons et des loups. N'importe qui pourrait nous entendre et je fais déjà l'objet de suffisamment de rumeurs. Pas la peine de jeter de l'huile sur le feu.

Je hausse les épaules avec un petit rire.

— Tu sais comment sont les garçons.

Elle lève les yeux au ciel.

— Tu l'as dit. D'ailleurs, ça me rappelle que je voulais te proposer de t'éloigner de toute cette testostérone quelques heures. Une soirée entre filles, ça te dit ? On pourrait se faire des masques et regarder des comédies romantiques en se gavant de chocolats. Et peut-être même se faire une manucure !

— Oh…

Je regarde à nouveau mon téléphone. Toujours aucun message de Jaxon. Peut-être que mon oncle l'a envoyé à Prague, finalement ? Ou carrément en Sibérie ?

— Ouais, pourquoi pas.

— Ouh là, s'exclame-t-elle, faussement vexée. Cache ta joie.

— Désolée, c'est juste que j'espérais passer la soirée avec Jaxon, mais il ne donne pas de nouvelles.

— À ta place, je ne retiendrais pas mon souffle. Jaxon n'a pas pour habitude de prévoir les choses à l'avance.

Sa voix est amère, et sous l'amertume perce de la tristesse. J'ai l'impression que, quoi qu'elle en dise, il lui manque. Ils étaient amis, et il lui manque.

Bon, ce ne sont pas mes affaires. Je n'ai pas connu Hudson et je n'étais pas encore là quand Jaxon et Lia étaient amis. Tout de même, je sais à quel point la vie peut être courte, même pour des vampires. Tout peut finir si vite, sans avertissement, sans séance de rattrapage.

Je sais aussi à quel point l'animosité de Lia pèse à Jaxon. Elle lui rappelle chaque jour ce qu'il a fait à Hudson. Et ça doit peser tout autant à Lia… Si seulement ils se réconciliaient… Ils pourraient faire leur deuil ensemble.

Ce serait mieux que la situation actuelle : elle détruite, lui dévasté, tous les deux traumatisés par le passé.

Je ne résiste pas à la tentation.

— Tu sais, tu lui manques beaucoup.

Elle plonge ses yeux dans les miens.

— Tu ne sais pas ce que tu dis, siffle-t-elle.

— Si. Il m'a raconté. Je ne peux même pas imaginer à quel point tu dois souffr…

— T'as raison. Tu ne peux pas imaginer. Alors arrête d'essayer.

Elle se met à marcher plus vite. Je dois presque courir pour la rattraper.

— OK, excuse-moi. C'est juste que je suis sûre que tu te sentirais mieux si tu lui parlais. Ou même si tu parlais à quelqu'un d'autre ! Lia, je sais que tu es triste. Je sais que tu as envie d'être seule. Crois-moi, je comprends…

Je comprends tellement que ça me fait mal.

— … mais le problème, je continue, c'est que ça ne t'aide pas à aller mieux. Tu n'avances pas, tu restes submergée par ton chagrin. Si tu ne fais pas le premier pas, tu vas finir par te noyer.

— Pourquoi crois-tu que je t'aie invitée ce soir ? réplique-t-elle d'une toute petite voix. J'en ai marre de pleurer sur mon oreiller toutes les nuits, Grace. J'en ai marre d'avoir mal. Je me suis dit que je pouvais tenter le coup avec toi : t'es cool et tu ne connaissais pas Hudson ou la personne que j'étais avec lui. Je pensais qu'on pourrait être amies.

Elle se détourne, mais je devine qu'elle se mord la lèvre pour se retenir de pleurer. Je me sens trop mal.

— Bien sûr qu'on est amies, Lia…

Je passe le bras autour de ses épaules et l'attire à moi.

D'abord tendue, elle finit par se laisser aller. Jusqu'à récemment, j'étais le genre de personne à ne jamais mettre fin à un câlin, à attendre que l'initiative vienne de l'autre. Et puis, après la mort de mes parents, j'ai eu trop de câlins gênants, et j'ai dû réviser ma stratégie.

Mais pour Lia, j'en reviens à mon instinct premier. Je l'enlace jusqu'à ce qu'elle décide d'elle-même qu'elle en a assez. Ça lui prend plus de temps que je ne croyais, ce qui me confirme que j'ai bien fait : il faut serrer l'autre contre soi aussi longtemps qu'il le veut, parce qu'on ne sait jamais à quel point les gens ont besoin d'être réconfortés.

Évidemment, c'est pendant le câlin que mon téléphone se décide *enfin* à vibrer. Je dois me retenir de ne pas l'attraper pour voir ce que Jaxon m'écrit.

Il vibre trois fois, s'arrête, puis vibre encore. Lia pouffe ; elle doit se sentir mieux.

— Tu ferais mieux de répondre. Jaxon va s'inquiéter. Il est sûrement persuadé que des loups t'ont fait rôtir à la broche pour leur déjeuner.

Elle ne doit pas être loin de la vérité : mon téléphone vibre encore deux fois avant que je le sorte de ma poche. Lia se marre ouvertement, maintenant.

— Il a bien changé, soupire-t-elle en secouant la tête.

Ça me fait trop plaisir d'entendre ça. J'ai du mal à ne pas sourire en découvrant enfin les messages.

Jaxon : Je t'avais dit de ne pas t'en faire

Jaxon : Je suis sorti de l'entrevue avec ton oncle victorieux et prêt à profiter de la vie

Jaxon : Enfin, disons, à la mordre à pleines dents...

Jaxon : Bref, passe me voir ce soir quand t'es dispo

Jaxon : Ai quelque chose à te montrer

Il m'a écrit dès qu'Oncle Finn l'a lâché. Et il veut me voir ce soir !

Moi : Déso, je parlais avec Lia

Moi : Bien sûr ! À quelle heure ?

Moi : Je suis contente que tout aille bien.

J'hésite quelques secondes. Son jeu de mots sur le fait qu'il mord la vie à pleines dents m'a donné une idée. Ou plutôt, ça m'a rappelé ce à quoi je n'arrête pas de penser depuis que j'ai quitté sa chambre.

Moi : J'aime bien quand tu mords

J'envoie le message en rougissant, mais je ne le regrette pas : c'est sincère et, de toute façon, il sait déjà à quel point il me plaît. Je n'ai rien à cacher.

Néanmoins, quand mon téléphone vibre à nouveau, j'ai un peu peur de regarder.

Peut-être que je suis allée trop loin ?

Trop vite ?

Jaxon : Tant mieux, parce que t'as bon goût

Pas très original, mais je m'en fiche : je fonds. Pour un mec qui s'efforce d'avoir l'air aussi froid, Jaxon sait aussi être très charmant. Comment voulez-vous que je résiste à un message pareil ? Surtout en sachant que le gars qui l'a envoyé est prêt à affronter dragons et loups rien que pour mes beaux yeux…

Impossible.

Lia, qui lit par-dessus mon épaule, fait mine de vomir.

— Waouh, Jaxon ! Tellement fleur bleue.

— Ça me plaît, je souffle en rangeant mon téléphone.

— On reporte ce soir alors ? dit Lia en poussant la porte de l'atelier d'arts plastiques. On peut faire les masques demain, si c'est OK.

Ça me va. Mais après tout ce qu'elle vient de me confier, je demande :

— Sûre ? Je peux passer voir Jaxon après un masque ce soir, sinon.

— Pas question. Je ne ferai pas obstacle à votre amour, raille-t-elle.

— Oh ! on va juste… enfin, traîner, je réponds, même si le mot « amour » me gonfle la poitrine.

— C'est ça, oui, ricane Lia. Je connais Jaxon Vega depuis ma naissance, et il n'est pas du genre à risquer une nouvelle guerre pour défendre une fille avec qui il ne fait que « traîner ».

53

SI T'EMBRASSER DÉCLENCHE UNE GUERRE, JE FERAI EN SORTE QUE ÇA EN VAILLE LE COUP

Les mots de Lia résonnent encore dans ma tête plusieurs heures plus tard, tandis que je me demande quoi porter pour mon rendez-vous avec Jaxon. Je sais bien que pour lui ça n'a pas d'importance, mais ça en a pour moi. On ne peut pas dire qu'il m'ait vue sous mon meilleur jour depuis mon arrivée à Katmere, alors pour une fois, j'aimerais l'impressionner.

— Mets la rouge, conseille Macy.

Assise sur mon lit, elle me regarde me torturer l'esprit.

— Les garçons adorent le rouge. Et cette robe est incroyable.

Elle a raison. La robe est sublime, mais…

— Tu ne crois pas que c'est un peu trop ?

— Et après ? T'es folle de lui. Et il est dingue de toi, sinon il n'aurait pas à moitié égorgé Cole ce matin. Où est le problème s'il se rend compte que tu t'es faite belle pour lui ?

— N'empêche…

Je tiens la robe à bout de bras devant moi pour la millième fois.

— Ça fait quand même très habillé.

— Très déshabillé, tu veux dire, rigole Macy.

— Oui, c'est bien le problème.

C'est une robe magnifique, c'est sûr. Et elle doit aller à ravir à Macy. Le hic, c'est qu'elle est super courte et hyper décolletée. C'est pas du tout mon style et quoi qu'il advienne ce soir avec Jaxon, j'aimerais bien être moi-même.

— Je vais mettre la jaune, je décide.

Elle a de fines bretelles, elle est moins décolletée que la rouge et elle m'arrive en dessous du genou, et non à mi-cuisse.

— Ah ouais ? C'est celle que j'aime le moins, proteste Macy en essayant de me l'arracher des mains.

Je l'éloigne hors de sa portée.

— C'est mon père qui l'a choisie pour moi, insiste-t-elle.

— Moi elle me plaît. Et au moins, elle n'annonce pas au monde entier que j'aimerais être nue avec Jaxon.

— Dit la fille qui a fait plein de choses vilaines dans sa chambre ce matin, raille-t-elle.

— Je n'aurais jamais dû te raconter ça ! Et on était habillés ! On s'est juste embrassés…

J'enlève mon uniforme pour enfiler la robe jaune.

— C'est surtout pour le principe.

— Quel principe exactement ? demande-t-elle en sautant du lit pour ajuster la robe sur ma poitrine. Ah oui : le principe qui consiste à essayer de nous faire croire que tu n'es pas folle du corps de Jaxon.

— Je pensais que tu ne l'aimais pas, je rétorque. T'as pas arrêté de me répéter qu'il était dangereux et que je ne devais pas l'approcher.

— Et regarde ce que ça a donné…

Elle ouvre son placard et farfouille dans les petits tiroirs où elle range ses bijoux.

— Ce n'est pas parce que j'ai peur de lui que je ne suis pas capable d'apprécier à quel point il est sexy. Et cette marque de morsure qu'il t'a laissée ? C'est à se damner !

Moi aussi, ça me fait de l'effet. Chaque fois que je la regarde dans le miroir, je fonds.

— Je trouve Jaxon merveilleux, je chuchote tandis que Macy s'approche avec une paire de boucles d'oreilles en or. Tout ce qu'il est, tout ce qu'il dit, tout ce qu'il fait.

— Essaie de ne pas baver sur la robe, me taquine ma cousine. Les taches de salive, c'est pas très seyant.

Je lui tire la langue. Elle hausse les sourcils.

— Garde ça pour Jaxon.

— Mais arrête ! T'as l'intention de me faire mourir de gêne avant que je quitte cette chambre ?

— Je ne vois pas pourquoi tu serais gênée. Tu le kiffes, il te kiffe… Profitez-en.

— Donne-moi juste les boucles d'oreilles, je soupire. Que je puisse enfin sortir d'ici.

— Je vais te les mettre, bouge pas.

Elle se penche pour me les enfiler.

— Ouuuh, tu sens bon. C'est que tu me donnerais presque faim. Oups, je veux dire : soif.

— Sérieusement, Macy…

— D'accord, j'arrête, pouffe-t-elle. Mais c'est tellement marrant de te faire rougir.

— Super marrant, j'ironise tandis qu'elle attache la deuxième boucle.

— Comment tu fais pour rester si immobile ? me demande-t-elle en lissant ma jupe. On dirait une statue. Je te sentais à peine respirer en te mettant les boucles.

— C'est parce que j'avais peur que tu me déchires les lobes. Ou que tu me crèves un œil.

Elle grimace tandis que j'enfile la seule paire de talons hauts que j'ai emportée. Ils sont ouverts et ils vont avec tout, y compris cette robe jaune.

— Alors ? je demande en tournant sur moi-même. J'ai l'air de quoi ?

— D'une fille qui va avoir besoin d'une seconde transfusion quand Jaxon en aura fini avec elle.

— Macy !

Elle se marre.

— Tu es magnifique. Tu vas bouleverser son petit cœur froid de vampire.

Je rougis d'anticipation.

— Tu crois ?

— Je ne crois pas ; j'en suis sûre.

Elle me fait signe de faire une pirouette pour gonfler mes jupons. Je m'exécute.

— Je te parie qu'il manquera des boutons à cette robe à ton retour.

— Ça suffit ! je m'écrie, en faisant mine d'être choquée.

Mais elle éclate de rire et c'est contagieux. Ça me calme les nerfs, ce qui devait être le but.

C'est tellement étrange. Avant cette semaine, je n'avais plus vu Macy depuis dix ans… C'était une inconnue. Aujourd'hui je n'imagine pas ma vie sans elle.

— Ne m'attends pas, je lui dis en me dirigeant vers la porte.

— C'est ça, ouais, ricane-t-elle. Bon, et tu me raconteras ? Tout, dans les détails ? Prends des notes, s'il le faut.

— Bien sûr. J'ai emporté un carnet.

— Je sais que tu plaisantes, mais moi, je suis sérieuse. Sois une bonne petite secrétaire.

Je lève les yeux au ciel.

— À plus, Macy.

— Allez, Grace… Laisse-moi vivre par procuration…

— Mais va retrouver Cam ! Vis toi-même !

Elle réfléchit.

— Oui, je vais faire ça.

— Et enfile ta robe rouge. Après tout, les mecs adorent qu'on affiche la couleur.

Elle me balance un oreiller que je parviens tout juste à éviter.

— Ah ! mais quel caractère de cochon, je lance avant de refermer la porte pour éviter les projectiles, ou les sorts, car c'est une sorcière, après tout.

Les mains moites, le cœur battant, je me dirige vers la tour de Jaxon. Peut-être que j'aurais dû venir directement après les cours, parce que tous ces préparatifs (coiffure, maquillage, choix de la robe) m'ont laissé amplement le temps de penser.

Et de stresser.

Je sais que c'est idiot. Après tout, c'est de Jaxon qu'il s'agit. Il m'a sauvé la vie plusieurs fois ; il m'a vue tomber d'un arbre et me vider de mon sang. Je n'ai plus rien à lui cacher, alors pourquoi est-ce que je tiens tant à me présenter sous mon meilleur jour ? Il s'en fiche que je me lisse les cheveux ou que je mette des talons hauts !

C'est ce que je me répète en grimpant l'escalier qui mène à sa chambre. Néanmoins, c'est d'une main tremblante que je toque à la porte.

Jaxon ouvre avec un sourire charmeur, qui s'efface aussi sec quand il me voit. J'avoue que ce n'est pas la réaction que j'espérais après avoir passé deux heures à me préparer.

— Je suis en avance ? je balbutie, soudain embarrassée. Si tu préfères, je peux revenir plus tard…

Il m'attrape le poignet et me tire doucement à l'intérieur… et dans ses bras.

— Tu es superbe, me chuchote-t-il à l'oreille en me serrant fort. Absolument magnifique.

La boule dans mon ventre disparaît. Je hume son parfum d'agrumes, savoure la sensation de son corps puissant et ferme contre le mien.

— T'es pas mal non plus, je lui dis.

Il porte un jean déchiré et un pull en cachemire bleu vif.

— C'est la première fois que je te vois porter autre chose que du noir.

— Je compte sur toi pour garder le secret.

— Promis. Je ne voudrais pas entacher ta réputation.

Il pousse un soupir.

— C'est quoi cette obsession pour ma réputation, dis donc ?

— Ben… Tout monde m'avertit sans cesse de ne pas m'approcher de toi. Je ne suis jamais sortie avec un garçon aussi redouté avant toi.

Je le taquine, mais à l'instant où les mots sortent de ma bouche, je les regrette. Pas plus tard que ce matin, il m'a dit combien il était terrifié à l'idée de me faire du mal. Et ce n'est pas parce que je trouve cette peur ridicule que lui ne la prend pas très au sérieux.

Oui, j'aurais mieux fait de me taire. Jaxon s'écarte. J'essaie de le retenir ; c'est mission impossible quand il ne veut pas.

— Je t'ai déjà blessée une fois, Grace, dit-il avec gravité. Hors de question que ça arrive à nouveau.

— Attends, soyons clairs : ce n'est pas toi qui m'as blessée. C'est un éclat de verre. Ensuite, je sais que je suis en sécurité avec toi. Je te le répète : je ne serais pas là sinon.

Il me détaille pendant quelques secondes, comme pour évaluer ma sincérité. Le test doit être positif, parce qu'il m'attire à lui et presse ses lèvres contre les miennes.

Le baiser est plus doux, plus léger que celui de ce matin. Mais ça m'emplit pareil. Ça m'illumine de l'intérieur. Tout ce que je ressens pour lui, tout ce que je voudrais qu'il ressente pour moi, tous ces sentiments remontent à la surface.

Mais je ne veux pas passer cette soirée à espérer. Je veux profiter. Alors je repousse tous les doutes qui m'habitent et serre Jaxon aussi fort que je peux.

Notre baiser se prolonge, sa bouche si légère sur la mienne… et puis, très vite, trop vite, il s'écarte. Je m'agrippe à lui, cramponnée à son pull, mon corps arqué contre le sien.

Quand je le lâche enfin, et rouvre les yeux, le Jaxon qui se tient devant moi est différent de celui que je connais. Il n'y a aucun regret dans ses yeux sombres, aucune ride d'anxiété sur son front. Il a l'air plus léger, plus joyeux que je l'aie jamais vu.

Ça lui va bien. Ça me coupe le souffle. Est-ce que je lui fais autant d'effet ? En tout cas, nous restons immobiles quelques instants face à face, les doigts entremêlés, à nous dévorer des yeux.

Une bulle grossit en moi un peu plus à chaque seconde. Ça fait si longtemps que je n'ai pas éprouvé cette émotion que je mets un moment à la reconnaître.

Cette émotion, c'est de la joie.

Au bout de quelques minutes, Jaxon s'éloigne, et j'en ressens une douleur physique.

Je l'observe qui fouille dans son placard.

— Qu'est-ce que tu fais ?

— J'adore cette robe, mais il te faut un sweat, répond-il en en sortant un molletonné à capuche. Noir, évidemment.

Il m'enfile chaque manche, remonte la fermeture Éclair jusqu'à mon menton, rabat la capuche, attrape une couverture rouge au pied de son lit et me tend la main.

Je la prends – comment pourrais-je refuser ? Je le suivrais jusqu'au bout du monde.

Puis il écarte les rideaux de la fenêtre et je découvre ce qui nous attend.

54

ET MOI QUI PENSAIS QUE RIEN N'ÉTAIT MEILLEUR QUE TES BAISERS

— Oh, mon Dieu ! je m'exclame. Oh, mon Dieuuu ! Comment tu savais ?

— Ben, tu l'as mentionné quelques fois, s'esclaffe-t-il en ouvrant la fenêtre.

Il saute sur la corniche et me tend la main. Je l'attrape, les yeux rivés sur le ciel devant nous. Il scintille comme un arc-en-ciel géant : sur un fond pourpre dansent des tourbillons verts, rouges et pervenche.

— Une aurore boréale, je souffle, si fascinée par sa beauté que je sens à peine le froid… ou la couverture dont m'enveloppe Jaxon.

— Est-ce que c'est aussi beau que tu l'imaginais ? demande-t-il, plaqué contre mon dos, en m'enlaçant.

— Plus beau encore, je réponds, ébahie par l'intensité des couleurs et la vitesse à laquelle elles se meuvent. Je n'avais vu d'aurores boréales qu'en photo, j'ignorais qu'elles bougeaient comme ça.

— Et ce n'est que le début. Il est tôt. Attends de voir quand les particules s'y mettront vraiment…

— Elles peuvent aller encore plus vite ?!

Il rit.

— Encore plus vite, oui. Plus les vents solaires sont rapides, plus leur danse est endiablée.

— Chaque couleur correspond à un élément, c'est ça ? Vert et rouge pour l'oxygène, bleu et violet pour le nitrogène ?

Il a l'air impressionné.

— T'en connais un rayon sur les aurores boréales, dis-moi !

— C'est ma passion depuis que je suis petite ! Mon père en avait peint une sur un mur de ma chambre lorsque j'avais sept ans. Il m'avait promis de m'emmener les voir un jour.

Une des nombreuses promesses qu'il n'a pas pu tenir ; elles sont mortes en même temps que lui.

Jaxon me serre plus fort. Puis me fait tourner sur moi-même pour que je le regarde en face.

— Est-ce que tu me fais confiance ?

— Bien sûr.

Ma réponse est instinctive. Elle vient de la partie la plus profonde et la plus ancienne de mon esprit.

Et il le sait. Ses yeux s'écarquillent et son cœur bat plus fort contre le mien.

— Tu as répondu sans même réfléchir, chuchote-t-il en me caressant le visage.

— Pas besoin, je dis en passant mes bras autour de son cou pour l'embrasser. Je sais que tu prendras soin de moi.

Les yeux clos, il pose son front contre le mien quelques instants, puis fond sur mes lèvres. Il m'embrasse comme s'il était affamé. Comme si son monde en dépendait. Comme si j'étais la seule chose qui importait dans sa vie.

Je l'embrasse tout aussi fort, jusqu'à ce que je sois hors d'haleine, jusqu'à ce que les couleurs projetées derrière mes paupières soient plus vives que l'aurore boréale. Jusqu'à ce que j'aie l'impression de voler.

— J'aurais peut-être dû te demander si tu avais le vertige, murmure Jaxon au bout de quelques minutes, ses lèvres toujours pressées contre les miennes.

— Le vertige ? Non, pas trop, je réponds en l'empoignant par les cheveux afin qu'il m'embrasse encore.

— Tant mieux.

Il remonte ma main droite à hauteur de mon cou et referme mes doigts sur les deux coins de la couverture.

— Tiens-la bien.

Puis il attrape ma main gauche et me fait tournoyer rapidement sur moi-même, comme si on dansait le swing des années 1940.

Je glapis de surprise parce que je ne sens plus le sol sous mes pieds. Je baisse les yeux et pousse un hurlement. Nous ne sommes plus sur la corniche, nous flottons à plus de cinquante mètres au-dessus du château, au milieu de l'aurore boréale.

— Mais qu'est-ce que tu fais ? je crie quand je retrouve enfin la parole. On est en train de voler !

— Flotter, plutôt, me corrige Jaxon avec un sourire.

— C'est pareil ! je proteste en serrant sa main. Ne me lâche pas.

Il éclate de rire.

— Je pratique la télékinésie, tu te souviens ? Tu ne tomberas pas.

— Oh ! c'est juste…

Je relâche un peu – à peine – mon étreinte sur sa main. Et pour la première fois depuis qu'on s'est mis à flotter, je regarde vraiment le ciel.

— Oh ! là, là… je n'ai jamais rien vu d'aussi beau.

Jaxon rit et m'attire à lui, mon dos contre sa poitrine, afin que je puisse contempler le spectacle enveloppée de ses bras.

Et il nous fait tourner et tourner et tourner dans les lumières.

C'est mieux que tout ce que Disneyland pourrait proposer. Je ris aux éclats tout du long, aux anges.

On tournoie au milieu de l'aurore.

On danse avec les étoiles.

Et Jaxon est tout contre moi.

On virevolte, on danse, on flotte pendant des heures, admirant le plus beau feu d'artifice du monde. Au fond de moi, je sais que j'ai froid, malgré la couverture et Jaxon contre moi, mais en réalité je le sens à peine. Comment pourrait-il en être autrement quand le bonheur d'être là, à cet instant, en compagnie de Jaxon surpasse tout le reste ?

Finalement, Jaxon nous ramène sur la corniche. J'ai envie de le supplier de prolonger cet enchantement, mais j'ignore comment fonctionnent ses pouvoirs de télékinésie. Peut-être a-t-il épuisé son énergie.

— Et toi qui croyais que les vampires n'étaient bons qu'à mordre, me souffle-t-il à l'oreille lorsque nous avons à nouveau les pieds sur terre.

— Je n'ai jamais dit ça.

Je me retourne, presse mes lèvres contre les siennes. La manière dont sa respiration s'altère quand je le touche me rend folle.

— En fait, je te trouve bon pour un tas de choses.

— Ah oui ?

Il pose de doux baisers sur mes yeux, mes joues, mes lèvres.

— Oui.

Je glisse les mains dans les poches arrière de son jean. Ça le fait frissonner.

— Même si tes morsures sont très impressionnantes, soyons honnêtes.

Je lève la tête vers lui pour l'embrasser encore, mais il s'écarte. Quand je veux le suivre, il sourit et me caresse les lèvres du pouce.

— Si je n'arrête pas de t'embrasser maintenant, je n'y arriverai jamais.

— Et alors ? Où est le problème ? je réplique.

— Je sais. Mais il y a quelque chose dont je voudrais m'occuper.

— Qu'est-ce qui pourrait être plus important que de m'embrasser ?

— Rien au monde, souffle-t-il en déposant un baiser rapide sur mes lèvres avant de faire un pas en arrière. Mais je te promets que ça va te plaire. Ferme les yeux.

— Pourquoi ?

Il soupire, faussement excédé.

— Parce que je te le demande.

— Très bien, mais t'as pas intérêt à disparaître avant que je les rouvre.

— Tu es chez moi. Où est-ce que je me cacherais ?

— Je ne sais pas. Tu as cette mauvaise habitude de disparaître chaque fois que la situation devient trop, euh, intéressante.

Il rit.

— C'est parce que j'avais peur de te mordre si je restais trop longtemps en ta présence. Maintenant que je sais que ce n'est pas un problème, je peux arrêter de m'enfuir.

— D'accord, je dis en penchant la tête sur le côté pour lui faciliter l'accès à mon cou.

Ses yeux virent à un noir d'encre. Je frissonne d'excitation.

— Je ne me laisserai pas distraire, Grace, proteste-t-il. Ferme les yeux, s'il te plaît.

Je cède en faisant la moue.

— Très bien. Vas-y, je t'en prie.

Plus vite ce sera fini, plus vite on pourra s'embrasser.

Il rit de nouveau, soufflant son haleine chaude contre ma joue.

— J'y compte bien.

Les yeux fermés, je sens sa poitrine contre mon dos et ses bras de part et d'autre de moi.

— Tu peux ouvrir les yeux à présent.

Je m'exécute et manque de tomber dans les pommes.

— Qu'est-ce que…

— Il te plaît ? demande-t-il d'une voix timide qui ne lui ressemble pas.

— Je n'ai jamais rien vu d'aussi beau.

Je porte une main tremblante au collier qu'il tient devant moi et caresse l'énorme pierre irisée qui pend à une chaîne en or.

— Qu'est-ce que c'est ?

— Une topaze mystique. On l'appelle la pierre aux aurores boréales, à cause de la façon dont ses couleurs se mêlent.

— Oui, je vois !

La taille est magnifique, chaque facette rehausse l'éclat des bleus, des verts et des pourpres alors même qu'ils se fondent les uns aux autres.

— C'est sublime.

— Je suis content qu'elle te plaise.

Il pose la pierre sur ma poitrine et la fixe la chaîne autour de mon cou.

— Elle te va bien.

— Je ne peux pas accepter, Jaxon. C'est trop.

Je n'ose imaginer combien ce bijou a coûté. Plus que tout ce que je possède, probablement.

— C'est parfait sur toi, réplique-t-il en soulevant le pendentif pour embrasser la peau en dessous.

— Pour être honnête, il est si beau qu'il irait à n'importe quelle fille.

Malgré moi, ma main se referme sur la pierre. Je n'ai pas envie de la rendre.

— Sa beauté est assortie à la tienne.

— Oh ! là, là… je grogne. Si niais…

— Ouais, répond-il en haussant les épaules. N'empêche que tu es magnifique.

Je ris, mais avant que je puisse protester, il m'embrasse, fort, et j'oublie ce que j'allais dire.

Je m'ouvre à lui, à ces lèvres qui caressent les miennes, à sa langue qui explore ma bouche, à ses canines qui m'éraflent la peau.

Il s'aventure plus bas, le long de mon cou. Je frissonne. Je n'ai jamais rien ressenti de tel. C'est un feu d'artifice de sensations.

— Tu as froid, souffle-t-il en me voyant frissonner. Rentrons.

Je n'ai pas envie de rentrer. Rentrer, ce serait mettre fin à cette nuit magique. Mais lorsque Jaxon s'écarte, le froid me rattrape et je me mets à grelotter. Il me soulève dans ses bras.

Il ferme la fenêtre derrière nous. Je tends la main vers lui, un peu intimidée maintenant qu'on est de retour dans le monde réel. Or Jaxon ne se laisse pas distraire quand il a une mission, notamment lorsque celle-ci concerne ma sécurité ou mon bien-être. Alors j'attends en admirant le pendentif qu'il vient de m'offrir.

Peu après, il drape une nouvelle couverture autour de moi et nous sert deux tasses de thé. J'en bois une gorgée ; c'est délicieux.

— Qu'est-ce que c'est ? je demande en humant le breuvage.

Il y a des touches d'orange, de cannelle, de sauge, et d'autres saveurs que je ne parviens pas à identifier.

— Un des mélanges de Lia que je préfère. Elle me l'a apporté cet après-midi. Un gage de réconciliation, en quelque sorte.

— Lia ? je m'exclame, surprise.

— Moi aussi, j'étais étonné. Quand j'ai ouvert la porte, c'est la dernière personne que j'aurais pensé voir. Elle m'a dit que vous aviez parlé ce matin et qu'elle n'arrêtait pas de penser à moi depuis. Elle n'est pas restée longtemps, elle voulait seulement me donner le thé et me dire qu'elle était prête à ce qu'on essaie de se réconcilier.

— Et toi, tu l'es ? je demande, emplie de joie à l'idée que Jaxon retrouve un fragment de ce qu'il a perdu.

— Oui, je veux essayer. Que ça débouche ou non sur quelque chose. Et c'est grâce à toi.

— Je n'ai rien fait. C'est grâce à vous deux.

— Mais non.

— Mais si. D'ailleurs…

Je me tais. Il boit son thé d'un trait et repose sa tasse. Ses yeux brillent comme lorsqu'il veut quelque chose. Et je comprends soudain que c'est moi qu'il veut.

Je pose ma tasse encore à moitié pleine et tends la main vers lui.

Il m'attire à lui avec un grondement, me couvre de baisers. Sa main se glisse dans mon dos, et contrairement à d'habitude où je porte des couches et des couches de vêtements, je sens la chaleur de sa paume à travers la fine étoffe de ma robe.

C'est si bon que je me livre à lui.

Je ne sais combien de temps il me caresse, me touche, m'embrasse…

Assez longtemps pour que mes entrailles fondent comme de la cire. Pour que chacune de mes cellules s'embrase. Pour que je tombe encore plus profondément amoureuse de Jaxon Vega.

Quand ses canines effleurent la fine peau de ma gorge, tout en moi n'est plus qu'attente.

— Je peux ? murmure-t-il, son souffle chaud sur ma peau.

— S'il te plaît, je le supplie, en rejetant ma tête en arrière.

— Sûre ?

Ses précautions – sa prévenance – ne font qu'exacerber mon désir.

— Oui, je souffle, en lui enlaçant la taille pour le rapprocher de moi. Oui, oui, oui.

Aussitôt, ses canines s'enfoncent en moi.

C'est le même plaisir que ce matin. Chaud, et lent, et doux. Je m'abandonne à lui en toute confiance. Jamais Jaxon ne me prendra trop de sang, jamais il ne me fera du mal.

J'emmêle mes doigts dans ses cheveux soyeux. Il grogne et je le sens qui mord encore plus fort.

Plus il m'aspire, plus je me sens sombrer dans le plaisir, et plus j'en veux.

Peu à peu, la chaleur est remplacée par un froid qui s'infiltre jusque dans mes os. Je tombe dans une léthargie qui m'empêche de penser, de bouger, de respirer.

Mon instinct de survie reprend brièvement le dessus. Je prononce le nom de Jaxon, me débats faiblement contre lui.

Il gronde et me retient, m'empêchant de lui échapper. Ses canines s'enfoncent encore plus profondément, et je dis adieu à mon moment de lucidité.

Je n'ai plus conscience du temps qui passe. Je m'accroche à lui et m'abandonne. Je lui donne tout ce qu'il veut prendre.

55

SANS THÉ, SANTÉ ?

Je n'ai aucun souvenir de ce qui se passe ensuite. J'ignore donc combien de temps s'est écoulé quand Jaxon me repousse soudain. Je trébuche et tombe sur le lit, étourdie.

— Lève-toi, Grace, hurle Jaxon. Lève-toi tout de suite !

La sauvagerie de son cri me secoue un peu. J'ouvre les yeux et tente désespérément de me concentrer sur lui.

Les poings serrés, les canines dégoulinantes de sang, il me domine de toute sa taille. Son visage est déformé par la rage ; un grondement continu s'échappe de sa gorge.

Ce n'est pas mon Jaxon, je pense. Cette parodie de vampire échappée d'un film de série B n'est pas le garçon que j'aime. C'est un monstre.

— Va-t'en, répète-t-il, ses yeux noirs trouvant enfin les miens.

Sauf que ce ne sont pas ses yeux. Pas vraiment. Je me ratatine face à ces deux puits sans âme et sans fond. La petite voix en moi crie : *Sors, sors, sors !*

Il a un problème, un gros problème, et même si une partie de moi est terrifiée *pour* lui, elle est minuscule par rapport à celle qui est terrifiée *par* lui.

Je descends du lit en prenant garde à ne pas faire de mouvement trop brusque.

Jaxon me suit des yeux. Son grondement s'intensifie lorsque je m'approche de la porte, mais il ne bouge pas, n'essaie pas de me bloquer la route. Il se contente de m'observer en montrant les crocs.

Cours ! hurle à présent la voix en moi.

— Sors d'ici, renchérit Jaxon.

La peur et l'urgence dans sa voix me glacent et je me précipite vers la porte sans plus me soucier de réveiller ses instincts meurtriers. Il se retient, ça se voit, et si je néglige sa mise en garde, je ne pourrai m'en prendre qu'à moi-même. Car, à l'évidence, il fait de son mieux pour me donner une chance de fuir.

La porte est lourde. Je tire à deux mains sur la poignée, mais je suis affaiblie par ma perte de sang. Je sens Jaxon s'approcher, je perçois sa présence menaçante derrière moi.

— Je t'en prie, je murmure, je t'en prie…

Je ne sais même plus si je parle à Jaxon ou à la porte. Peu importe : il pose la main sur la poignée et ouvre.

— Vas-y, feule-t-il.

Pas la peine de me le dire deux fois. Je bondis sur le palier et m'apprête à dévaler l'escalier pour mettre le plus de distance possible entre moi et cette version maléfique de Jaxon.

Le palier est étroit, quelques mètres au plus, mais je suis si faible que j'ai du mal à le traverser.

Malgré tout, je persévère. Je n'infligerai pas à Jaxon la douleur d'avoir tué un autre être aimé. Ce qui arrive n'est pas sa faute, j'en suis persuadée.

Mais je ne pourrai pas l'en convaincre s'il m'arrive quoi que ce soit. Alors je puise dans mes réserves pour me sauver… et sauver Jaxon.

Il me faut toute mon énergie pour atteindre l'escalier. *Rampe s'il le faut,* me crie la voix en moi.

Je m'agrippe au mur pour descendre d'une marche et me heurte à Lia.

— Tu ne te sens pas bien, Grace ? demande-t-elle d'une voix étrange que je ne lui reconnais pas. Qu'est-ce qui se passe ?

— Lia, Dieu merci. Aide Jaxon, s'il te plaît. Il a un problème. Il a perdu le contrôle de lui-même. Il…

Elle me gifle si fort que je heurte le mur derrière moi.

— Aaaah ! depuis le temps que je rêvais de faire ça. Assieds-toi et ferme-la, ou je laisse Jaxon te réduire en charpie.

Je la dévisage, choquée, et mon cerveau embrumé peine à donner un sens à ses paroles. Ce n'est que lorsque Jaxon se rue hors de sa chambre que je commence à comprendre ce qui nous arrive… et ça me terrifie.

Lia ne fait pas le poids contre Jaxon en temps normal, mais dans l'état où il est, je ne jurerais de rien.

— Arrête, Jaxon ! je crie, mais il est trop occupé à s'interposer entre Lia et moi pour m'écouter.

— Éloigne-toi d'elle ! ordonne-t-il à Lia.

Celle-ci soupire.

— J'aurais dû vous donner un thé plus fort, mais j'avais peur que ça tue ta petite chérie, et il n'en était pas question. Ou en tout cas, pas encore.

Elle hausse les épaules, avant d'ajouter, d'une voix chantante :

— Mais ce n'est pas grave.

Puis elle sort un pistolet de sa poche et tire sur Jaxon. En plein cœur.

56

LE VRAI VISAGE DE LA VAMPIRE

Je hurle, me précipite vers Jaxon et tombe à genoux. Je suis faible, étourdie, nauséeuse. Si nauséeuse… Tout tourne autour de moi, des frissons glacés paralysent mes muscles, m'empêchent de respirer.

Malgré tout, j'essaie d'aller vers Jaxon. Secouée de sanglots, je rampe sur le plancher, terrifiée à l'idée qu'elle l'a tué. Je sais que ce n'est pas facile de tuer un vampire, mais un autre vampire en est sûrement capable, non ?

— Ferme-la ! crie Lia en me donnant un coup de pied dans le ventre si violent que j'en perds le souffle. Je ne l'ai pas tué, juste endormi ! Il ira mieux dans quelques heures. Contrairement à toi, si tu ne cesses pas de geindre.

Elle s'attend sans doute à ce que cette menace me rende hystérique, mais je ne suis même pas étonnée. J'ai beau être droguée et ralentie, j'ai beau à peine me souvenir de mon nom, c'est clair comme de l'eau de roche : je ne m'en sortirai pas vivante.

— T'aurais dû boire plus de thé, crache-t-elle avec dégoût. Tout serait plus simple si t'avais fait ce que tu étais censée faire, Grace.

Elle me regarde, l'air d'attendre mes excuses. Elle peut toujours rêver ! Et qu'est-ce que je dirais, d'abord ? *Oups, désolée d'avoir compliqué mon assassinat* ?

Lia parle toujours mais je n'arrive plus à suivre ce qu'elle dit. Les murs tournent autour de moi et je ne pense qu'à Jaxon.

Jaxon qui me faisait valser dans l'aurore boréale.

Jaxon qui me dévorait de ses yeux de démon.

Jaxon m'ordonnant de courir, faisant tout pour me protéger alors même qu'il était drogué.

C'est assez pour m'insuffler l'énergie de ramper jusqu'à lui.

— Jaxon, je souffle, la bouche si engourdie que je comprends à peine ce que je dis.

Néanmoins, je répète son nom encore et encore. Et encore. La voix en moi me crie que si Jaxon sait que je suis en danger, il remuera ciel et terre pour venir à moi. Y compris se réveiller après avoir reçu une décharge de tranquillisants.

Lia doit le savoir, elle aussi.

— Arrête, siffle-t-elle.

Je redouble d'efforts.

— Jaxon…

Cette fois, ce n'est guère plus qu'un murmure. À peine un souffle. Ma voix m'abandonne, comme tout le reste.

— Tu m'obliges à t'endormir, dit Lia en armant son pistolet. Quand tu te réveilleras avec un mal de tête aussi carabiné que si tu t'étais fait piétiner par un troupeau d'éléphants, souviens-toi que c'est ta faute.

Et elle appuie sur la détente.

57

POUR VOUS JOUER UN MAUVAIS TOUR

Je me réveille, tremblante de froid. Mes dents claquent, j'ai mal partout, comme si on m'écartelait, même mes os sont douloureux. Et j'ai des difficultés à respirer. Mais le pire, c'est ma tête.

Je suis assez consciente pour me souvenir que quelque chose de terrible m'est arrivé, pas assez toutefois pour me rappeler quoi. Je voudrais bouger, remonter au moins mon édredon jusqu'au menton, mais la voix en moi est de retour. Et elle m'intime de rester tranquille, de ne pas ouvrir les yeux, de ne pas inspirer trop fort.

Ce qui me convient tout à fait vu que j'ai comme une enclume sur la poitrine – ça me rappelle la pneumonie que j'ai eue à quatorze ans, en mille fois pire.

J'aimerais ignorer la voix, me retourner dans mon lit pour me réchauffer, mais les souvenirs me reviennent par bribes.

Jaxon, les flammes de l'enfer brûlant dans ses yeux, qui me crie de m'enfuir.

Lia qui brandit un pistolet.

Jaxon qui tombe à genoux.

Lia qui me hurle que tout est ma faute avant de…

Oh, mon Dieu ! Elle a tué Jaxon. Oh, mon Dieu Oh, mon Dieu Oh, mon Dieu !

Prise de panique, j'ouvre les yeux et tente de m'asseoir, bien décidée à rejoindre Jaxon. Je ne peux qu'agiter mes doigts et mes orteils, à peine tourner la tête. Pourquoi suis-je incapable de bouger ?

En regardant à droite, je remarque que mon bras est attaché à un anneau de métal. Pareil à gauche.

Mes jambes sont ligotées aussi. Je comprends que je suis attachée en croix sur une pierre plate. Je ne suis vêtue que d'une fine tunique en coton, ce qui explique pourquoi j'ai si froid.

Lia m'a droguée, endormie et ligotée. Est-il vraiment nécessaire de me faire attraper la crève en plus ?

Les souvenirs affluent, et l'adrénaline coule à flots. Je tâche de me calmer, de réfléchir malgré la panique, mais ce n'est pas facile.

La première chose à faire est de découvrir ce qui est arrivé à Jaxon. S'il est toujours vivant, ou si Lia l'a tué, même si elle a dit que ce n'était pas son intention. Mais comment lui faire confiance ? Le plan initial, c'était de se faire un masque de beauté ce soir, et voilà où j'en suis.

À la pensée que Jaxon pourrait être mal en point, ma panique se mue en terreur. Je dois le retrouver. Je dois savoir ce qui lui est arrivé. Je dois *faire* quelque chose.

Pour la première fois depuis mon arrivée à Katmere, je regrette de ne pas avoir de pouvoirs magiques, moi aussi. Celui de briser des liens, ou de me téléporter. Une fraction infime de la télékinésie de Jaxon me suffirait. N'importe quoi, tant que j'arrive à me libérer et à descendre de cette horrible pierre avant le retour de Lia.

Je secoue légèrement la tête pour éclaircir mon cerveau embrumé.

Je ne sais pas où je suis, mais il fait sombre. Je distingue à peine mes mains et mes pieds. Au-delà, c'est l'obscurité complète.

De quoi flipper, sachant que je suis dans un lycée bourré de monstres de cauchemar. Quelle veinarde je fais.

Je pourrais crier, mais vu la température ambiante, je ne dois plus être dans le château, ce qui signifie que personne ne m'entendra, à part Lia, et je ne tiens pas à attirer son attention.

Non, il n'y a qu'une seule chose à faire : tirer sur mes cordes pour les détendre.

Pouvoir me libérer une main serait déjà un début. Tout vaut mieux que rester allongée là à attendre que Lia me tue…

Ou pire.

Je m'acharne pendant ce qui doit durer moins de dix minutes, et qui me paraît une éternité.

J'essaie de me concentrer sur mon évasion, sans grand succès, car je n'arrête pas de penser à Jaxon. Où est-il ? Que lui est-il arrivé ? Est-il encore vivant ? D'un autre côté, si je ne sors pas d'ici, je ne le saurai jamais.

Cette pensée me galvanise. Les frottements finissent par mettre mon poignet à vif. J'ignore la douleur tout en tendant l'oreille pour repérer un éventuel retour de Lia.

— S'il vous plaît, je murmure à l'univers. Aidez-moi à me libérer une main. S'il vous plaît.

Ma supplique reste lettre morte. Pas étonnant : l'univers ne me fait plus de cadeau depuis que mes parents sont morts.

À présent, un liquide poisseux me coule sur la main ; sans doute du sang. En fin de compte, il facilite mes mouvements. J'espère seulement réussir avant que l'odeur n'attire un vampire.

Je comprends maintenant comment un animal pris dans un piège en vient à se ronger la patte pour s'échapper. Si je pouvais atteindre ma main, je serais tentée de faire pareil. Parce que j'ai beau tirer et me tortiller, ça ne…

Ma main glisse presque hors de la corde. Je retiens un cri de surprise. J'exagère peut-être dans la paranoïa, mais je serre les mâchoires pour contenir toute exclamation d'excitation ou de douleur.

Et à force de persévérance, ma main est enfin libre.

La souffrance est insoutenable ; mes doigts et ma paume dégoulinent de sang, mais je m'en fiche. Je suis si proche du but.

Je me contorsionne pour accéder à mon autre main. Si je parviens à la libérer elle aussi, peut-être que j'aurai une chance de m'en sortir.

Je glisse les doigts entre la corde et mon poignet et j'entreprends de tirer de toutes mes forces. La position tordue de mon corps amplifie ma souffrance, mais je m'obstine. Il y a fort à parier que ce ne sera rien comparé à ce qui m'attend au retour de Lia.

La corde glisse enfin, et je parviens à libérer ma main droite. Un flot d'espoir me submerge, suivi de près par une vague de panique. En retenant des sanglots, je me redresse pour m'attaquer aux cordes de mes pieds.

Chaque seconde paraît durer une heure. Je tends l'oreille, guettant toujours la venue de Lia. Je ne sais pas pourquoi je me donne tout ce mal pour rester aux aguets. Si elle revient, je ne pourrai pas faire semblant d'être encore ligotée, et tout ce sang n'arrangera pas mes affaires.

Je redouble d'efforts, tirant sur chaque corde jusqu'à ce que mes chevilles et mes doigts soient aussi irrités et ensanglantées que mes poignets.

Au bout de quelques minutes, je parviens à libérer mon pied droit. Je m'attaque au gauche quand un cri strident perce le silence et résonne en écho tout autour de moi, me donnant la chair de poule.

C'est Lia. Mon sang se glace dans mes veines et soudain je ne peux plus bouger, plus penser. Puis la voix en moi m'ordonne : *Dépêche-toi, dépêche-toi.*

Alors je griffe les cordes encore et encore, arrachant autant de fibres de chanvre que de morceaux de peau.

— S'il vous plaît, je murmure à l'univers. S'il vous plaît…

Je n'ai aucune idée de l'endroit où je me trouve ou de la façon dont je m'y prendrai pour ne pas mourir de froid en sortant d'ici… Un problème à la fois, je me dis. D'abord me libérer de mes liens, ensuite on verra. Quoi qu'il arrive, ce sera mieux que d'être ligotée sur une dalle en pierre comme une brebis sacrificielle.

Tout à coup, la corde se détend – merci, merci, merci – et je dégage mon pied sans trop massacrer ma peau. Je saute au bas de la dalle… et manque de m'écraser au sol. Maintenant que je suis debout, le vertige reprend. Je pensais que l'adrénaline suffirait à contrebalancer l'effet des drogues. J'ai dû avoir droit à une sacrée dose. Ou bien je ne suis pas restée inconsciente suffisamment longtemps pour que leurs effets s'estompent.

J'avale une goulée d'air et tente de me concentrer. Où suis-je ? Et comment sortir d'ici avant que cette tarée de Lia ne réapparaisse.

Un autre cri retentit. Je me fige. Puis me mets à courir. Je ne sais pas où je vais. Je me dis qu'en longeant les murs je tomberai tôt ou tard sur une issue. Par pitié, faites que ce soit plutôt tôt que tard.

Un grondement suit le cri, bas et puissant, animal. Pendant une seconde, je me dis que c'est peut-être Jaxon et une terreur neuve me saisit.

Puis la logique refait surface : ce n'est pas Jaxon. Je ne l'ai jamais entendu gronder comme ça… comme s'il avait perdu toute son humanité.

Encore un rugissement, puis le bruit de quelque chose qui s'écrase contre un mur, quelque chose qui se brise, et puis s'écrase encore.

À l'évidence, Lia est en train de se battre. Je devrais sauter sur l'occasion pour m'échapper. Sauf que… Et si j'avais tort ? Et si la personne qui rugit était bel et bien Jaxon ? Et s'il était aussi groggy que moi, et trop faible pour résister à Lia ? Et si… ?

Je me mets à courir en direction des bruits de lutte. C'est stupide, mais il faut que je sache si c'est Jaxon. S'il va bien. Si elle lui fait ce qu'elle prévoyait de me faire à moi.

Je traverse une gigantesque pièce quand mes genoux heurtent un objet et que du liquide se renverse sur mes pieds et sur ma tunique.

Je ne m'arrête pas pour autant.

Soudain, des centaines de bougies s'allument simultanément tout autour de moi, illuminant la salle.

Je donnerais tout ce que je possède pour retrouver l'obscurité.

58

NOTE POUR PLUS TARD : NE JAMAIS SE FIER À UN DRAGON

Au moins je sais exactement où je me trouve : dans les tunnels. Pas dans la partie que je connais, mais dans une des salles latérales où ils mènent. Difficile d'oublier les lustres et les candélabres en os.

J'ai beau savoir qu'il s'agit de vrais ossements humains, ce n'est pas ce qui m'effraie le plus. Au milieu de la pièce, devant un autel, sont alignées deux douzaines de vasques remplies à ras bord de sang. Sur l'autel se trouvent des cordages ensanglantés.

J'avais donc raison sur toute la ligne : j'étais bien attachée à un autel pour y être sacrifiée. Génial.

Je baisse les yeux sur le liquide dont je suis aspergée... C'est du sang.

Je suis couverte du sang de quelqu'un d'autre.

C'est peut-être ce qui me choque le plus. Je parviens à ravaler le cri qui monte de ma gorge, laisse tout de même échapper un petit gémissement.

Enfin... jusqu'à ce que je me retourne et voie un immense dragon vert voler droit sur moi, ses ailes battantes, ses serres en avant.

Et là, je hurle à m'en casser la voix. Pliée en deux, je me précipite vers la porte. Un jet de flammes s'écrase contre le mur à ma droite.

Je bondis en arrière pour l'éviter, mais déjà le dragon est sur moi. Ses serres se referment sur mes bras, me transpercent la peau alors qu'il me soulève du sol et reprend son envol.

Je me débats. Il faut qu'il me lâche avant qu'on soit trop haut. Il resserre sa prise sur ma chair. Je gémis de douleur et cesse de me contorsionner. Il a gagné. Si je bouge encore, il me déchirera en lambeaux.

Mais, d'un autre côté, j'ai bien trop peur qu'il me tue pour ne rien tenter. J'attrape ses pattes et tente de déloger ses griffes de mon bras, sachant que je tomberai si j'y arrive, mais je n'ai pas d'autre plan. D'autant que la voix en moi s'est tue.

Je ne parviens qu'à énerver le dragon. Il enfonce ses serres encore plus profondément et la douleur manque de me faire perdre conscience. Tout devient noir. Je respire plusieurs fois à fond pour ne pas m'évanouir.

Comment diable ai-je réussi à me faire kidnapper par un vampire et par un dragon dans la même soirée ?

San Diego ne m'a jamais paru aussi loin.

Sans crier gare, le dragon descend, si bas que mes pieds touchent presque le sol. Nous piquons droit vers l'immense porte de la salle.

Je me recroqueville en prévision de l'impact et de ma mort prochaine. Une fraction de seconde avant le crash, la porte s'ouvre avec fracas sur une Lia furibonde.

Sans même ralentir, le dragon déploie ses ailes et accélère l'allure le long d'un couloir qui, je le devine, doit mener à la salle circulaire avec le lustre en os.

Lia court au-dessous de nous et ne se laisse pas distancer. Je n'en peux plus. Je suis coincée entre une vampire et un dragon. Autant dire la peste et le choléra.

Et j'en ai vraiment marre que des créatures magiques jouent avec moi comme si j'étais une balle de ping-pong. Je voudrais me persuader que ce dragon (que ce soit Flint ou un autre élève du lycée) s'efforce de me sauver, mais le fait que ses serres me labourent la chair me laisse peu d'espoir.

Non, de toute évidence, je vais devoir choisir entre mourir entre les dents d'une vampire ou les griffes d'un dragon, et j'ignore laquelle de ces perspectives me causera le moins de souffrance.

Nous avançons si vite que nous atteignons la rotonde en quelques secondes et fonçons droit sur le lustre en os géant et ses centaines de bougies allumées. Le dragon ne semble pas disposé à ralentir. Mon ravisseur ne craint pas le feu, tant mieux pour lui, mais ma tunique en coton et moi-même sommes hautement inflammables.

Je crois que je préfère mourir d'une morsure de vampire plutôt que de brûler vive dans les airs, finalement.

À la dernière seconde, le dragon me serre contre son flanc et plonge sous le lustre. Il veut sans doute passer dessous sans perdre trop d'altitude ni de vitesse. C'est l'occasion que Lia attendait. D'un bond, elle lui attrape la queue.

Le dragon rugit et tente de la désarçonner, mais elle raffermit sa prise. Quelques secondes plus tard, elle le tire violemment vers le sol.

Nous nous écrasons sur les dalles. Sous la force de l'impact, le dragon me lâche et ses serres se retirent de mes bras. Ce qui serait une bonne nouvelle si je n'avais pas heurté le sol sur mon épaule déjà meurtrie ; je vois des étoiles.

Je tente en vain de bouger le bras. Mes poignets, mes chevilles, mes doigts sont en sang. Ce serait déjà grave en temps normal ; ça l'est encore d'autant plus qu'une vampire folle furieuse s'apprête à se jeter sur moi.

Et moi qui craignais de m'ennuyer en Alaska…

Je me relève en ignorant la douleur fulgurante dans mon épaule. Des cris et des rugissements s'élèvent derrière moi. Je me retourne juste à temps pour voir Lia et le dragon se jeter l'un sur l'autre.

D'un coup de patte, le dragon entaille la joue de Lia qui bondit hors de sa portée. Elle saute sur son dos et tire si fort sur son aile qu'il en hurle de douleur et crache un torrent de flammes.

Elle parvient à esquiver, mais elle est légèrement brûlée, ce qui décuple sa fureur. Elle se plaque sur son dos et fait un trou dans son autre aile.

Le dragon hurle de nouveau avant de disparaître dans un nuage flou de couleurs, puis de réapparaître sous la forme d'un garçon… et pas n'importe quel garçon : Flint. Un Flint meurtri et en sang. Pas aussi mal en point que moi, certes, mais blessé. Il se remet difficilement debout.

Ses vêtements sont déchirés et il est couvert d'entailles et de bleus. Lia n'est guère en meilleur état, ce qui ne l'empêche pas de fondre sur lui avec un cri si sauvage qu'il me fait frissonner. Flint bondit à sa rencontre. Les muscles tendus, il essaie d'éviter ses canines. Puis il lui attrape la tête et se met à la frapper, encore et encore, sur les dalles de pierre.

Elle se débat, se cambre et gronde pour lui échapper, mais il la tient fermement tandis qu'il lui dit quelque chose que je ne comprends pas. Je décide de profiter de leur affrontement pour tenter de m'échapper.

J'ai si mal à l'épaule que je parviens à peine à bouger mon côté gauche, mais je peux quand même avancer. Hors de question d'attendre là qu'ils finissent de s'entretuer.

Tout en écoutant les bruits de la bagarre derrière moi, je boitille jusqu'à la rotonde à la recherche du tunnel qui me ramènera au château. J'hésite entre appeler à l'aide et rester le plus silencieuse possible le temps d'arriver au lycée. Si je l'atteins, je serai sauve. Oncle Finn viendra à ma rescousse.

Mais à peine suis-je parvenue à l'entrée du tunnel que Flint est sur moi. Il m'attrape par les cheveux et me projette contre la paroi.

— Flint, je t'en supplie, arrête !

— J'aimerais bien, Grace, répond-il sombrement. Je pensais que je pourrais te sauver. Mais Lia m'en empêche, et je ne peux pas laisser ces salauds t'utiliser comme ils le veulent.

— M'utiliser ? Je ne comprends pas…

— Lia avait un plan. C'est pour ça qu'elle t'a fait venir à Katmere…

— Elle ne m'a pas fait venir, Flint. Mes parents sont morts !

— Tu n'as toujours pas compris ? Elle a tué tes parents pour t'amener ici ! On le sait depuis que les loups t'ont flairée. On espérait pouvoir mettre fin à tout ça bien avant, mais… Mettre Lia hors d'état de nuire est une chose. Si Jaxon est impliqué, lui aussi, ça devient plus ardu.

Ses mots me fracassent comme une boule de démolition.

— Qu'est-ce que tu… mes parents… Jaxon… C'est imposs…

Je dois m'arrêter pour reprendre mon souffle. La confusion, la douleur, l'horreur… Tout ça m'étouffe.

— Écoute, je n'ai pas le temps de t'expliquer. Et d'ailleurs, ça ne changerait rien. Je veux te sauver, Grace. Vraiment. Mais si je laisse Lia mener son plan à bien, ce sera la fin du monde. Voilà pourquoi tu dois mourir. C'est la seule façon d'empêcher la catastrophe.

Il se penche sur moi, passe ses mains autour de mon cou.

Et se met à serrer.

59

PLUS BELLE LA MORT

— Arrête, je halète en lui griffant les mains de mes ongles ensanglantés. Je t'en prie, Flint…

Mais il ne m'écoute plus. Les yeux pleins de larmes, il serre de plus en plus fort.

Il va vraiment me tuer… et, pire, encore : avant que j'apprenne la vérité sur la mort de mes parents.

— Flint, stop !

J'aimerais le supplier, mais la pression sur ma gorge m'empêche de parler, de respirer, de penser. Autour de moi, tout devient noir.

— Je suis désolé, Grace.

Sa voix est sincère, mais son étreinte sur mon cou ne faiblit pas.

— Je n'ai jamais voulu te faire du mal. Jamais…

Soudain, il hurle et la pression sur mon cou disparaît. Ses doigts sont recourbés dans un angle peu naturel.

J'essaie de reprendre mon souffle, d'emplir mes poumons meurtris. J'ai mal, j'ai si mal, mais ça n'a pas d'importance. Seul respirer compte.

Quand le brouillard dans mon cerveau s'éclaircit, je cherche Lia des yeux. Elle est effondrée sur le sol, là où Flint a cogné sa tête contre la roche de toute sa force de dragon.

Je ne crains rien de sa part, en tout cas pour l'instant. Devant moi, Flint, à genoux, se tord les mains, semblant en proie à une douleur inimaginable. Pendant un instant, j'ai mal pour lui. Avant de me rappeler que c'étaient ces mêmes mains qui m'étranglaient il y a quelques secondes à peine… Je m'éloigne à pas de loup. Je ne suis pas certaine de ce qui se passe, ou de laquelle des nombreuses forces surnaturelles qui nous entourent est responsable de la souffrance de Flint, mais j'ai ma petite idée. Et si j'ai raison, Flint est sur le point de…

Jaxon se rue dans la pièce comme un missile à tête chercheuse de dragon et se jette sur Flint. Ses yeux, brillant d'une violence inouïe, croisent les miens un instant. Il me scrute, comme s'il faisait l'inventaire de mes blessures. Une seconde plus tard, il bondit sur Flint, l'attrape par les cheveux et le balance contre le mur.

Le dos de Flint heurte la pierre si fort que la salle tremble. La bave aux lèvres, Jaxon le poursuit. Ses rugissements résonnent autour de nous. J'ai envie de courir vers lui pour le supplier de me prendre dans ses bras et de me dire que tout ira bien, mais je ne parviens pas à oublier ce que Flint m'a dit. Et si c'était la vérité ? Et si Jaxon était impliqué dans le plan de Lia ?

Ça n'a aucun sens. S'il était de son côté, pourquoi l'aurait-elle drogué, lui aussi ? Pourquoi lui aurait-elle tiré dessus ?

Non, Flint s'est trompé, je me dis, en ravalant mes sanglots. Jaxon ne me ferait jamais de mal. Il n'a rien à voir avec la mort de mes parents. Jamais il n'attaquerait quelqu'un à qui je tiens. Il en est incapable. Il n'y a qu'à voir dans quel état l'a mis la mort de Hudson pour s'en convaincre.

Soudain, Flint se relève. Il beugle en réponse au rugissement de Jaxon et se lance dans une contre-attaque enragée. En réponse, Jaxon l'envoie valdinguer la tête la première contre un mur.

N'importe qui serait mort sur le coup. À l'évidence, les dragons ne sont pas des humains ordinaires, même quand ils en ont la forme. Flint saute sur ses pieds pour faire face à Jaxon.

Quand il lève les bras, ce ne sont plus des poings serrés qu'il brandit, mais des serres. Il frappe Jaxon encore et encore, visant le cœur.

Un gémissement étranglé m'échappe. Je me couvre la bouche de ma main droite ensanglantée pour ne pas distraire Jaxon qui dévie le coup, puis saute à la gorge de Flint. C'est alors que Flint entame sa transformation.

Ça lui prend quelques secondes durant lesquelles Jaxon fait son possible pour l'arrêter. En tout cas, je crois : il plonge les mains dans le nuage multicolore qui apparaît lors des métamorphoses de Flint. Ses doigts se referment sur du vide. Il ne peut qu'attendre, comme moi, l'apparition du dragon.

Le voilà. Grand, majestueux et d'une robe émeraude scintillante, le monstre concentre toute sa force, toute sa puissance de feu, sur Jaxon.

Qui ne cille même pas. Il se campe sur le sol et fixe le dragon comme s'il s'agissait d'un vulgaire lézard. Il attend une attaque. Une ouverture.

Flint est aussi patient que lui. Tous deux se tournent lentement autour.

Jaxon semble avoir recouvré son sang-froid. Ses yeux sont presque revenus à la normale et son visage est impénétrable. Tant mieux, parce que…

Soudain, un énorme séisme secoue le tunnel. Huit sur l'échelle de Richter, au moins. J'avais tort : Jaxon n'est pas calmé du tout. Mes jambes flageolent. Il va sûrement reprendre le contrôle, je me dis. Le séisme va s'arrêter. Or les secousses ne faiblissent pas. Des os pleuvent autour de moi : le lustre géant est en train de se désagréger.

Flint envoie un jet de flammes sur Jaxon qui le dévie d'un geste de la main. Enragé, Flint en envoie un second, si brûlant que je le sens rayonner de l'autre côté de la pièce. Jaxon le détourne encore, mais Flint ne renonce pas : il continue à souffler, de plus en plus fort, de plus en plus chaud.

Le séisme s'arrête alors ; Jaxon a besoin de toute son énergie pour bloquer les flammes. D'abord, la situation semble être dans une impasse : Flint crachant du feu, Jaxon esquivant. Puis je me rends compte que Jaxon ne contente pas de détourner le jet de flammes mais, petit à petit, le renvoie à Flint en faisant appel à la télékinésie.

J'aimerais tant rester jusqu'à l'issue de ce combat et m'assurer que Jaxon s'en sortira indemne, mais la voix en moi est de retour et elle m'ordonne de prendre la fuite.

Je pourrais l'ignorer. Rester ici, juste au cas où je trouve un moyen d'aider Jaxon. Mais les mots de Flint continuent de tournoyer dans ma tête – Jaxon serait impliqué dans le plan de Lia, cette même Lia responsable de la mort de mes parents… Ce plan que Flint doit faire capoter à tout prix.

J'ignore s'il a dit vrai, mais dans le doute, je ne peux pas compter sur Jaxon. Ni sur personne d'autre. Je dois m'échapper. Seule.

J'essaie de courir, mais je suis trop affaiblie. Alors, avec toute l'énergie de mon corps brisé, je rampe.

Heureusement pour moi, Jaxon et Flint sont bien trop occupés pour remarquer ma lente fuite. Pourvu que ça dure.

Encore un petit effort, je me dis en franchissant l'entrée du tunnel.

Encore un autre, je me répète en soufflant deux secondes contre la paroi, le temps que la douleur diminue.

Et un autre encore, je songe en me relevant.

Je m'accorde un nouveau répit avant de pouvoir reprendre. Mon estomac proteste, mes genoux tremblent, la moindre parcelle de mon corps souffre. Malgré tout, je m'engage dans le tunnel en boitillant, aussi vite que mes chevilles le permettent.

Au bout d'une dizaine de mètres, quelque chose me heurte par-derrière et je m'affale au sol. Une vive douleur me transperce l'épaule. Je crois que je vais m'évanouir.

Bizarrement, la douleur se dissipe. Mon épaule ne me fait plus mal, ou en tout cas, moins qu'il y a deux minutes. Peut-être que la chute l'a remise en place ?

Est-ce Jaxon qui m'a retrouvée ? Ou bien Flint ? En dépit du doute que Flint a semé dans mon esprit, je préférerais que ce soit Jaxon. Toutefois, la rudesse du choc et le fait que mon assaillant vient de me donner un coup de pied dans le flanc ne me laissent que peu d'espoir.

Ce doit être Flint. Et si c'est bien Flint, c'est que Jaxon a perdu. Est-il blessé ? Ou pire ? Et si Flint mentait ? Et si Jaxon n'avait jamais fait partie du plan de Lia et que je l'aie abandonné alors qu'il avait besoin de moi ?

Je me retourne, les bras levés devant mon visage pour me protéger du feu du dragon.

Et me retrouve face à Lia et son regard de démente.

— Tu ne croyais tout de même pas que j'allais te laisser t'enfuir ? me demande-t-elle.

60

JE SUIS PARANO OU CETTE PÉTASSE VEUT M'UTILISER POUR UN SACRIFICE HUMAIN ?

— Et surtout, ferme-la, m'enjoint Lia en me traînant par les cheveux à travers le tunnel.

Une brûlure intolérable me vrille le cuir chevelu. Je m'étreins la tête, dans une tentative désespérée de me soulager, mais rien n'y fait. La douleur est si intense que je ne parviens plus à penser.

À l'évidence, Lia me traîne vers la mort. Si elle me ramène dans la salle avec l'autel et les vasques pleines de sang, je vais mourir de la plus horrible manière.

Dans ces conditions, il n'est pas question que je la boucle. Qu'elle aille se faire voir. J'avale une goulée d'air, enfonce mes ongles dans son poignet et pousse le hurlement le plus perçant et hystérique dont je suis capable.

Lia jure et me tape la tête contre le mur, ce qui m'embrouille encore plus les idées, sans pour autant me réduire au silence. Rien ne me fera taire, je m'en fais la promesse. Je crie à gorge déployée tout en me débattant pour la forcer à lâcher mes cheveux.

Lia riposte en me flanquant un coup de pied au visage. Pas assez violent pour me casser le nez, mais plus que suffisant pour me projeter en arrière et me faire taire alors que tout devient noir autour de moi.

— Ah non ! espèce d'abrutie, siffle Lia en me giflant. Hors de question que tu t'endormes. J'ai besoin que tu sois consciente pour la suite.

Je fais alors de mon mieux pour m'évanouir, mais la douleur me maintient éveillée. J'espère que je ne finirai pas chauve. Enfin, si je survis.

On en est à la moitié du tunnel et Lia s'arrête. A-t-elle besoin de faire une pause ? Elle a beau être une vampire à la force surnaturelle, elle est blessée et épuisée par son combat contre Flint. Elle doit être plus mal en point que ce que je pensais.

Revigorée, je recommence à me débattre. Elle raffermit sa prise sur mes cheveux jusqu'à ce que je cesse de bouger, puis appuie de son autre main sur l'une des pierres à mi-hauteur et pousse. Le mur bascule avec un grincement, révélant un nouveau tunnel : une galerie ultrasecrète au sein d'un labyrinthe où pullulent les chemins de traverse.

C'est étroit, sombre et je n'ai aucune envie de me retrouver dans ce boyau sans air avec Lia. Mais je n'ai pas le choix : elle me force à me relever, mes cheveux toujours dans son poing, et me pousse devant elle dans le tunnel.

La porte dérobée se referme aussitôt derrière nous. Voilà. C'est la fin. Je n'ai plus aucune échappatoire. Je vais mourir ici, dans ces maudits souterrains, tuée par une vampire folle à lier, et je ne peux rien y faire.

Je n'ai plus d'espoir. Il ne me reste qu'à prier pour connaître une fin rapide et indolore. Je n'ai qu'une certitude : je ne donnerai pas à Lia la satisfaction de me faire craquer.

Ce ne sera pas évident, mais je ferai de mon mieux. Si je dois mourir ici, en Alaska, ce sera la tête haute, et pas en suppliant.

Épuisée, je mets un pied devant l'autre, chaque pas me rapprochant un peu plus de la crypte qui me servira de tombeau. À chaque mètre que nous parcourons, mon désespoir se mue en colère, et ma colère en rage. La fureur me remplit, déloge la douleur et allume un feu au fond de moi.

Je veux qu'on me venge. Je veux que quelqu'un fasse justice.

Justice pour moi, mais surtout pour mes parents.

Je suis ici en Alaska à cause de Lia.

Mes parents sont morts à cause de Lia.

Elle a joué avec trop de vies pour s'en sortir aussi facilement. J'ai beau être faible, et épuisée, et brisée, et humaine, je le sais. Et je sais aussi que quel que soit le plan taré qu'elle a prévu, il faut l'arrêter. Quitte à l'entraîner dans la mort avec moi.

Mais comment faire ?

Nous marchons pendant ce qui me semble être des heures. Mon cerveau invente une bonne dizaine de plans absurdes, puis les abandonne l'un après l'autre. Enfin, Lia me fait signe de m'arrêter. Nous y sommes. Elle presse la main sur le mur, et de nouveau, il coulisse devant nous.

Gloussant de ravissement, elle me pousse dans la pièce où je me suis réveillée attachée il y a quelques dizaines de minutes. J'ai l'impression que plusieurs siècles se sont écoulés depuis. Le pire, c'est que malgré tout ce qui m'est arrivé durant cette dernière heure, tous les efforts déployés pour m'enfuir, je suis de retour à la case départ.

— Bouge, grogne-t-elle en m'entraînant vers l'autel au centre de la salle. Il est presque l'heure.

— L'heure de quoi ? je demande.

Si je la fais parler, j'ai une chance de trouver un moyen de saboter son plan. Ou de gagner suffisamment de temps pour permettre à Jaxon et à Flint de me retrouver. Bien que je ne sache pas trop quelle aide attendre de l'un ou de l'autre. Flint prévoyait de me tuer avant que Lia ne puisse le faire. Quant à Jaxon, il est peut-être impliqué dans la même cabale qu'elle. Ce ne sont pas eux que j'aurais choisis comme sauveurs, mais faute de grives… Oui, pour ne pas devenir la victime du premier sacrifice humain de Katmere, je suis prête à me contenter de merles.

— Les étoiles s'alignent à minuit dix-sept, dit Lia.

Je n'ai aucune idée de ce que ça signifie, mais je sais que je n'ai plus beaucoup de temps pour réagir. Une fois qu'elle m'aura rattachée, il sera trop tard. Je fais mine de chanceler.

— Avance ! s'écrie-t-elle.

Ma tête roule en arrière et je vacille. Puis je ferme les yeux et fais le pari qu'elle ne me tuera pas sur-le-champ. Je me laisse glisser au sol en ignorant la douleur aiguë dans mon crâne. Je crois qu'elle vient de m'arracher une poignée de cheveux.

Lia beugle de colère.

Son cri se répercute dans la salle, un écho macabre qui me donne envie de m'enfuir le plus loin possible. Même la voix en moi me crie de me lever, de déguerpir.

Pourtant, ce serait inutile : Lia est dix fois plus rapide que moi, et vingt fois plus forte. Je ne la sèmerai pas, encore moins avec mes blessures.

Alors je fais la morte. Je ne cours pas, je ne bouge pas, je ne respire même plus. Elle me hurle de me lever, me gifle plusieurs fois. Voyant que je ne réagis pas, elle me hisse sur ses épaules et me transporte en trébuchant jusqu'à l'autel, ce qui m'indique que Flint lui a infligé bien plus de dégâts que je ne croyais. Un bon point pour lui.

Je m'autorise à ouvrir les yeux un instant : la pièce est telle que dans mon souvenir ; la vasque de sang renversée est toujours là. Lia slalome jusqu'à un pupitre en pierre sur lequel est posé un vieux grimoire. Est-ce celui qu'elle lisait dans la bibliothèque lors de notre première rencontre ?

Au moment où elle me jette sur l'autel, je referme les yeux. Je refais la morte. C'est ma seule chance de m'en sortir.

Dès qu'elle tourne le dos, je défais les nœuds qui me lient les poignets. Une fois libérée, je bondis pour attraper ses cheveux et, de toutes mes forces, je cogne sa tête contre l'autel.

Lia hurle à la mort.

Je frappe sa tête de nouveau, plus fort, puis recule aussi rapidement que mon corps meurtri me le permet.

Il lui faut quelques secondes pour se relever et s'élancer à ma suite avec un grognement de tigresse. Malgré la douleur, j'accélère le pas. Ce n'est pas vers la sortie que je cours, mais vers le pupitre de pierre, et le livre posé dessus.

Il lui faut quelques instants pour comprendre ce que je m'apprête à faire. Elle pousse ensuite un cri qui me glace les sangs, et bondit devant moi pour m'empêcher d'atteindre le pupitre.

Trop tard.

J'y suis déjà.

J'attrape le grimoire. Quand j'arrache les pages auxquelles il est ouvert, Lia perd complètement les pédales.

Elle fond sur moi en braillant, et je puise dans mes dernières forces pour m'écarter tout en déchirant en deux les pages que j'ai prises.

Toutes dents et griffes dehors, elle se jette sur moi pour récupérer ce qui, à mon avis, est un sort très ancien.

— Rends-les-moi, crie-t-elle en me labourant le biceps. Rends-les-moi !

Du sang me dégouline sur les bras, mais je ne lâche pas prise et nous fais rouler toutes les deux sur le sol.

Lia semble à peine remarquer le choc. Pour ma part, je crois que mon épaule s'est de nouveau démise… peut-être même que je me suis brisé une vertèbre. Qu'importe, j'ai une chance de faire échouer le plan de Lia.

Je tends la main vers la flamme d'une des innombrables bougies qui nous entourent.

Et j'y plonge le sort.

61

LA VÉRITÉ BLESSE, MAIS LES VAMPIRES VOUS TUENT

En un instant, le vieux papier sec s'embrase. Le gémissement qui s'échappe de la bouche de Lia ne ressemble à rien de connu : fou, désespéré, inhumain. Il me rappelle ce que je savais déjà : le peu de temps qui me restait touche à sa fin. Lia va me tuer et je ne peux rien y faire.

Elle plonge pour récupérer ce qui n'a pas encore été dévoré par les flammes. Sa peau crépite au contact du feu, mais il est trop tard. Tout est en cendres.

Elle se retourne vers moi.

— Je vais t'arracher la chair des os.

— Je n'en doute pas.

La voix en moi me crie de fuir, mais à quoi bon ? Je n'ai plus rien au monde. Je suis meurtrie, brisée et orpheline. J'ai perdu mes parents et j'ai perdu Jaxon. Pourquoi me battre encore ? Je suis parvenue à déjouer le plan maléfique de Lia. Je l'ai empêchée d'accomplir ce pour quoi elle a assassiné mes parents.

Il faudra que je m'en satisfasse.

Elle se jette sur moi. J'attends le coup de grâce. Mais au lieu de plonger ses crocs dans ma chair, elle me soulève dans ses bras et me jette sur l'autel.

— Tu crois que je ne peux pas me passer de ce livre ? demande-t-elle en me poussant au centre de la dalle. Ça fait des mois que je me prépare. Des mois !

Elle arrache une longue bande de ma tunique.

— Je connais chaque mot par cœur. Chaque syllabe, même !

Elle attrape mon bras gauche et le fait passer brutalement par-dessus ma tête. Je glapis.

En ricanant, elle me rattache à l'anneau de métal dont je me suis libérée il y a à peine une heure, puis déchire une autre bande de ma tunique. J'ai beau me débattre, on sait toutes les deux que c'est peine perdue. Elle ne me gifle même plus, elle se contente d'éviter mes coups pour pouvoir me ligoter.

— Je t'ai cherchée pendant des mois. Et quand je t'ai trouvée, j'ai passé des semaines à préparer l'accident de tes parents. J'ai convaincu Finn de te faire venir. J'ai conditionné Jaxon à te rencontrer. Et tu crois pouvoir tout gâcher en brûlant un bout de papier ? Tu te trompes.

Elle boite jusqu'au pupitre, ramasse le grimoire qui en est tombé et le brandit comme une arme en répétant :

— Tu te trompes ! C'est ma seule chance, mon unique chance de le ramener. Tu penses que je vais te laisser tout gâcher ? Toi ? Une ridicule petite…

— … humaine ? je l'interromps, tout en me demandant ce qu'elle veut dire. Ramener qui ? Hudson ?

— Humaine ? Tu te prends pour une humaine ?

Elle éclate de rire.

— T'es encore plus stupide que je ne le croyais. Tu penses que je ferais tout ça pour mettre la main sur une *humaine* ? Alors que je pourrais en ramasser des centaines en une seule balade en ville ?

Je n'y comprends rien. Ses mots me traversent comme des éclairs, réveillent en moi un sentiment nouveau que je crois pourtant reconnaître. Suis-je une sorcière ? Malgré ce qu'en dit Oncle Finn ? Est-ce pour ça que j'entends cette voix en moi ?

Admettons toutefois que je sois une sorcière. Pourquoi Lia m'a-t-elle choisie pour cible ? Il y a des centaines de sorcières dans ce lycée. Pourquoi suis-je si spéciale ? Parce que je suis liée à Jaxon ? Ou à cause d'autre chose ?

Je n'ai pas le temps d'y songer. Si elle connaît vraiment le sort par cœur, il ne me reste plus que quelques minutes à vivre.

— Tu veux vraiment ramener Hudson ?

Même si Lia est folle et qu'elle ait l'intention de me tuer, une infime partie de moi pourrait éprouver de la compassion pour elle… si elle n'avait pas planifié le meurtre de mes parents.

Le fait que la mort de Hudson l'ait ébranlée au point d'élaborer ce plan ridicule rien que pour le ressusciter me rend presque triste pour elle.

Pourtant, je ne peux pas la laisser faire. Si ne serait-ce qu'un dixième de ce que Jaxon m'a dit sur Hudson est vrai, alors il est dangereux. Pas étonnant que Flint, les dragons et les loups aient été si déterminés à arrêter Lia, même si ça signifiait ma mort. Toutefois ils sont fous de croire que Jaxon pourrait jouer un rôle là-dedans. Jamais il ne ramènerait son frère d'entre les morts. Jamais.

Je me sens horrible d'avoir douté de lui.

— Tu ne peux pas faire ça, Lia.

— Si. Je vais ramener Hudson. Grâce à toi.

— Mais c'est impossible ! Peu importe combien de personnes tu tues, combien de sorts tu lances… Jamais tu ne pourras le ramener d'entre les morts. Ça ne marche pas comme ça.

— Ne me dis pas ce que je dois faire ! rugit-elle en me montrant l'heure sur son téléphone. Dans cinq minutes, tu verras que j'en suis capable. Tout le monde le verra !

J'espère qu'elle se trompe. J'ai lu *Frankenstein* l'année passée ; Dieu sait quel genre d'abominations elle risque de créer si son plan fonctionne.

Soudain, les portes de la salle tremblent sur leurs gonds, puis le mur entier se met à vibrer.

— Il se rapproche, souffle Lia en descendant de l'autel.

— Qui ? Hudson ? je demande avec un frisson d'horreur.

Un vampire ressuscité va-t-il apparaître derrière la porte ?

— Jaxon, réplique Lia. Il est juste là, mais il ne peut pas entrer.

Jaxon ! Jaxon est là. Peut-être me reste-t-il un peu d'espoir après tout ? Peut-être qu'il me sauvera ?

— Comment tu le sais ?

La question m'échappe.

— Je le sens. Il cherche désespérément à accéder à toi. Mais les vampires ne peuvent pas entrer là où ils ne sont pas invités, même le plus puissant d'entre eux.

Elle éclate d'un rire de démente.

— J'espère qu'il souffre. J'espère qu'il sait ce que je vais te faire et que ça le met au supplice de ne pas pouvoir m'en empêcher. J'ai hâte de pouvoir enfin te tuer. Qu'il sache ce que c'est de perdre sa promise.

Sa promise ? Encore un mot que je ne comprends pas.

— Tu te trompes, Lia. Je ne suis pas sa promise. Je ne sais même pas ce que ça veut dire, mais si je l'étais, je suis sûre que Jaxon ou Macy me l'aurait dit.

— T'es naïve. Ce qui importe, c'est que tu sois bien sa promise. Il le sait, lui.

Elle hausse les épaules.

— Et même si ce n'était pas vrai, on s'en fiche. Tant qu'il pleure ta mort, tout me va.

La porte tremble de nouveau. Les gonds grincent sous la pression.

— Jaxon ! je crie.

M'entend-il ? Les vibrations cessent une seconde.

— Grace ? Tiens bon ! J'y suis presque !

Et il secoue la porte si fort que les pierres qui l'entourent s'effritent.

— Entre ! je hurle. Je t'en prie ! Entre, entre, entre !

Lia s'esclaffe.

— Désolée, Grace, mais tu n'es pas chez toi. Ce n'est pas à toi de l'inviter.

Son téléphone sonne. Elle se met au travail.

— Il est temps.

Elle lève les bras et entame une psalmodie d'une voix basse et rythmée, sans hésiter sur les mots. Elle n'a pas menti quand elle m'a dit qu'elle connaissait le sort par cœur. Autrement dit, ça n'a servi à rien que je saute de l'autel pour le brûler. Tant pis pour mon épaule, qui me fait souffrir plus que jamais.

D'un point de vue logique, je sais que son plan n'a aucune chance de fonctionner. Il est impossible de ramener les morts à la vie, même si c'est notre souhait le plus cher. J'en sais quelque chose.

Juste à l'instant où je rumine cette pensée, un coup de vent se lève de nulle part, frôle ma peau et m'ébouriffe les cheveux.

Ça me glace jusqu'au sang. La mélopée de Lia devient plus intense, plus étrange. Je crie à Jaxon de se dépêcher. Je hurle de peur, comme si j'avais tous les molosses de l'enfer à mes trousses.

Il rugit en réponse, un cri primal qui m'encourage à tirer sur mes liens. Mes poignets sont au martyre, mais peu importe. Tout ce qui compte, c'est d'arrêter Lia et de retrouver Jaxon.

Le mur entier tremble désormais sous les coups de boutoir de Jaxon. J'ai beau être loin de la porte, j'entends les pierres se détacher et s'écraser sur le sol.

Comment ai-je pu croire Flint ? Comment ai-je pu seulement penser que Jaxon s'était allié à Lia ? Comment ai-je pu fuir le seul garçon que j'aie jamais aimé ? Jamais Jaxon ne me ferait le moindre mal.

D'autant que Lia hait Jaxon de tout son cœur. Pourquoi l'inviterait-elle à prendre part à son plan démoniaque ?

J'ai agi comme une idiote. Et je risque d'en mourir.

Le chant de Lia s'intensifie, résonnant dans toute la pièce. Elle s'empare d'un long poignard de cérémonie. Avec horreur, je la vois s'entailler le poignet et laisser couler son sang sur l'autel.

Il grésille au contact de la pierre et se transforme en une épaisse fumée noire que le vent, qui a forci, fait tourbillonner. À nouveau, je hurle et me débats, mais mes liens résistent.

Je commence à croire qu'elle va bel et bien réussir à ressusciter Hudson.

Lia s'avance vers moi avec le poignard. La lame est poisseuse de son sang. Je replie mes jambes devant ma poitrine, me roule en boule. Ça ne me protège pas vraiment, mais tant que Jaxon n'est pas là, je n'ai pas d'autre façon de me défendre.

Lia se tient au-dessus de moi, me dominant de toute sa taille, le poignard pointé sur mon cœur.

Elle veut prendre son temps avant de me poignarder ? Super.

Quelques secondes s'écoulent, et Lia ne bouge toujours pas. La fumée noire se met à tourbillonner autour de nous en spirales de plus en plus serrées. Lia cesse enfin de psalmodier.

— Ouvre la bouche ! m'ordonne-t-elle.

La fumée forme maintenant un nuage juste devant mon visage.

Je n'ouvrirai pas la bouche. Elle peut me tuer si elle veut, d'ailleurs elle le fera probablement de toute façon, mais il est hors de question que j'avale cette fumée toxique. Surtout s'il s'agit de l'âme du frère décédé de Jaxon, comme je le soupçonne.

— Grace ! crie Jaxon de l'autre côté de la porte. Grace, ça va ? Courage ! Il faut que tu tiennes encore un peu…

Impossible de répondre sans ouvrir la bouche, alors je ne dis rien. Je garde mon visage pressé contre mon bras et les mâchoires hermétiquement serrées.

— Ouvre la bouche ou je te tue ! feule Lia. Ouvre, maintenant !

Mais je n'ai pas peur. Je sais que je vais mourir, je m'y suis déjà résignée, ses menaces n'ont donc plus d'effet sur moi. Elle me tuera dans tous les cas dès qu'elle aura obtenu ce qu'elle veut. Autant ne pas participer à son rituel satanique.

Lia renonce aux menaces et se jette sur moi pour m'ouvrir les mâchoires de force.

Résiste-lui, dit la voix en moi. *Tiens bon.*

Sans blague, je pourrais répondre si je n'étais pas trop occupée à repousser Lia.

Elle est plus forte que moi. Évidemment : c'est une vampire qui possède une force suprahumaine et moi une humaine très mal en point. Ce qui ne veut pas dire que je vais baisser les bras, que…

Un affreux craquement emplit soudain l'air. Lia se fige ; des pierres volent en tous sens. Et Jaxon fait son entrée.

— Non ! s'écrie Lia en lui lançant une pierre. Tu n'as pas le droit ! Tu n'as pas été invité !

Jaxon dévie le projectile d'un simple regard.

— S'il n'y a plus de mur, je n'ai plus besoin d'invitation.

D'un seul bond, il traverse la pièce et atterrit près de l'autel. Il attrape Lia et la projette de l'autre côté de la salle.

Elle s'écrase contre un mur et se relève immédiatement.

— Je suis désolé, Grace, chuchote Jaxon en passant une main au-dessus de moi.

Mes liens se défont comme par magie. Il s'agenouille devant moi, me caresse le visage.

— Je suis tellement désolé.

J'ai du mal à parler tant je suis soulagée.

— Ce n'est pas ta faute.

— La faute à qui, alors ? rétorque-t-il d'un ton amer.

Lia est de retour avant que je ne puisse répondre.

— Attention ! je m'écrie tandis qu'elle se jette sur Jaxon.

Il l'esquive d'un geste et elle continue sa course effrénée jusqu'au mur. Elle s'y écrase avec un horrible craquement d'os, mais ça ne suffit pas à l'arrêter. Elle se relève en boitillant, lève les bras et se remet à chanter son horrible mélopée. La fumée noire réagit, nous encercle, Jaxon et moi, nous empêchant de voir Lia et le reste de la salle.

— Qu'est-ce que c'est ? demande Jaxon.

J'ai trop peur d'en avaler pour lui répondre.

Jaxon tente d'utiliser ses pouvoirs pour la dissiper, mais plutôt que de disparaître, elle s'épaissit et se resserre autour de nous. Je peux à peine distinguer la silhouette de Jaxon, maintenant.

C'est ce que Lia attendait. Dès que Jaxon tourne le dos pour trouver une issue, elle se jette sur lui en poussant un cri de guerre sauvage et lui plonge son poignard dans la poitrine.

Je hurle entre mes mâchoires serrées. Quand je veux le rejoindre, Jaxon lève la main pour me maintenir sur place par télékinésie avant d'arracher le poignard de sa poitrine.

L'arme tombe au sol.

Du sang coule de sa plaie, mais Jaxon, concentré sur Lia, le remarque à peine. Lançant la main par-dessus son épaule, il l'attrape par le col, la fait passer au-dessus de sa tête et la précipite sur le sol à ses pieds.

Plutôt que d'utiliser ses pouvoirs, il se penche pour la saisir à mains nues. Elle roule sur le dos, tente de lui donner un coup de pied au visage, mais il lui empoigne la jambe et la tord.

Un craquement atroce retentit, suivi du hurlement de Lia. Jaxon la tire par les cheveux, prêt à lui briser la nuque, quand la fumée noire lui enserre le cou.

Jaxon porte les deux mains à sa gorge pour la chasser, en vain.

Lia s'est remise debout. Sa jambe gauche forme un angle effrayant, mais elle reprend sa psalmodie, qui semble donner plus de vigueur à la fumée qui étrangle Jaxon.

D'une pâleur marmoréenne, il tombe à genoux sans cesser de se battre contre cet ennemi insaisissable. La plaie de sa poitrine saigne toujours. Si je ne fais rien, Jaxon va mourir sous mes yeux.

Je rampe jusqu'à lui, les mains tendues devant moi, en quête de… Mes doigts se referment sur la lame du poignard de cérémonie de Lia. Je m'y agrippe de toutes les forces qui me restent.

Le fil me mord la peau, mais je ne sens plus la douleur. À tâtons, j'attrape Lia… et la poignarde.

Le couteau s'enfonce dans sa poitrine avec un bruit de succion écœurant, le poignard déchire la peau et la chair.

Cette fois, Lia ne crie pas. Elle bascule en arrière en émettant un gargouillis répugnant. Au son de ferraille qui sort de sa bouche, je devine que je lui ai transpercé un poumon plutôt que le cœur, mais tant pis. Tant qu'elle est hors d'état de nuire, ça me va. Maintenant, il n'y a plus qu'à éloigner le nuage de fumée noire et grasse de Jaxon, qui a l'air presque aussi mal en point qu'elle.

Il n'y a qu'une seule chose à faire.

J'ouvre la bouche et inspire profondément.

62

IL N'Y A PAS DE FUMÉE SANS VAMPIRE DÉCÉDÉ

Au bout de quelques secondes, la fumée relâche son emprise sur Jaxon et se dirige droit vers moi.

Je n'ai jamais rien vécu d'aussi horrible dans ma vie, mais je n'ai pas le choix. Je ne peux pas rester les bras ballants, à regarder celui que j'aime mourir sous mes yeux. J'ouvre donc les bras et attire la fumée à moi. Quand elle est suffisamment proche, je l'aspire.

— Non ! gronde Jaxon.

Je suis projetée en arrière. Jaxon se relève avec difficulté. Le visage d'un gris de cendre, il lève les bras, puis, avec des gestes si lents que je crois que je vais faire une crise cardiaque, il presse l'air entre ses mains en lui donnant une forme sphérique. La salle autour de nous se met à trembler. Les murs vibrent et s'effritent.

Jaxon continue, transmettant de plus en plus d'énergie, de plus en plus de masse et de matière à la sphère.

La fumée noire s'aplatit pour échapper à son pouvoir d'attraction et continuer à avancer vers moi, mais Jaxon ne l'entend pas de cette oreille. Il tire plus fort, et bientôt les pierres, les bougies et les vasques pleines de sang volent vers lui. Il les prend toutes et les amalgame à la sphère. L'air lui-même va à lui, et avec l'air, la fumée noire.

Il y a de moins en moins d'oxygène dans la pièce et j'ai des difficultés à respirer, mais je m'en fiche. Je me plaque au sol comme j'ai appris à le faire en cas d'incendie et j'essaie d'aspirer l'air qui reste en bas. Jaxon continue d'attirer la fumée à lui. Encore plus près. Encore plus…

Lia et moi commençons à notre tour à dériver vers Jaxon. Je ne résiste pas. Je ne veux pas lui compliquer la tâche. Je m'abandonne à lui. Je sais qu'il me protégera de tout, y compris de lui-même.

C'est ce qu'il a toujours fait.

Il a maintenant la fumée entre ses mains. Il essaie de la condenser, de la forcer à se laisser emporter par le vortex qu'il a créé.

Mais la fumée résiste. Chaque fois que Jaxon semble avoir gagné, un petit panache s'échappe d'entre ses doigts et il doit tout recommencer. Avec une volonté de fer, Jaxon s'entête. Il n'abandonnera pas.

Il fait tourner la sphère entre ses mains de plus en plus vite. La pièce implose au ralenti : le plafond s'affaisse, les murs s'effondrent, le sol s'effrite sous nos pieds. Et Jaxon continue d'attirer tout à lui.

L'air se raréfie de plus en plus. J'ai du mal à respirer. Lui aussi, sûrement, mais il n'en laisse rien paraître.

La fumée tente à nouveau de lui échapper. Avec un cri, Jaxon la fait entrer de force dans la sphère une bonne fois pour toutes. Puis il scelle la boule et, enfin, l'attraction qu'il exerce s'arrête. Autour de moi, tout retombe. La pièce cesse de trembler, les murs et les plafonds de s'effondrer, les bougies qui tournoyaient s'écrasent sur le sol et l'oxygène revient. Couchée par terre, je reprends mon souffle en observant la sphère entre les mains de Jaxon se transformer en une boule incandescente de la taille d'une balle de tennis.

Puis, prenant de l'élan, il la lance sur Lia.

Elle la reçoit en plein ventre et se cambre. Avec un gémissement terrifiant, elle aspire toute l'énergie, toute la matière, toute la fumée, puis se relève et, en le regardant droit dans les yeux, chuchote :

— Oui. Enfin. Merci.

Peu après, elle explose en un nuage de poussière qui retombe lentement sur le sol.

Voilà, c'est fini. Oh, mon Dieu, c'est fini.

— Jaxon, je crie en rampant vers la personne que j'aime le plus au monde.

Mais je suis si faible et il est si loin… Je tends la main vers lui et l'appelle.

Jaxon se laisse glisser au bas de l'autel, prend ma main et la porte à ses lèvres.

— Je suis tellement désolé, chuchote-t-il avant de s'évanouir.

— Jaxon ! je m'écrie. Jaxon, réveille-toi ! Jaxon !

Il ne bouge plus. Pendant une seconde vertigineuse, je ne suis même pas sûre qu'il respire.

Je trouve la force de le retourner sur le dos, pose la main sur sa poitrine et, oui : il respire encore. La plaie que Lia lui a infligée saigne toujours et Jaxon est blanc comme un linge.

— Je suis là, je murmure en déchirant une bande de ma tunique.

Je la roule en boule et la presse contre sa plaie pour en éponger le sang.

— Je suis là.

Je suis là, mais je ne sais pas quoi faire. Il pourrait mourir à tout instant et je ne sais pas quoi faire. Si je le laisse seul pour aller chercher de l'aide, il risque de se vider de son sang avant que je revienne. Et si je n'y vais pas, il risque aussi de se vider de son sang vu que je ne parviens pas à enrayer l'hémorragie.

Du regard, je cherche les vasques de sang que Lia avait alignées devant l'autel. Elles ont toutes disparu, renversées ou aspirées par le vortex de Jaxon.

— Qu'est-ce que je fais ? je marmonne en essayant de forcer mon cerveau paniqué à réfléchir.

Le cœur de Jaxon bat de moins en moins fort, de moins en moins vite. Il ne respire presque plus. Il ne me reste pas beaucoup de temps. Je dois agir.

Alors, je fais la seule chose qui puisse l'aider. Je gratte une de mes plaies pour la rouvrir, la refaire saigner. Et je la presse contre sa bouche.

— Bois.

Au début, il ne réagit pas. Une minute passe, et je commence à désespérer. S'il ne boit pas, il va mourir. S'il ne boit pas, on mourra tous les deux.

Il reprend connaissance avec un grognement, m'attrape le bras et me mord le poignet. Fort. Puis il aspire, aspire et aspire encore.

Ce n'est pas comme la dernière fois. Je ressens du plaisir, oui, mais aussi de la douleur. Il avale autant de sang que possible à chaque gorgée. Autour de moi, tout vire au noir.

Cette fois, je ne résiste pas. Je ne suis pas seule. Jaxon est là. Je m'abandonne à l'inconscience, et à Jaxon, sachant que tout ira bien.

Il me protégera.

63

MORDUE DE TOI

La première sensation que je remarque en reprenant conscience, c'est la chaleur. J'ai chaud. Vraiment chaud, ce qui m'étonne, mais je ne sais pas pourquoi. En fait, je ne comprends pas grand-chose tandis que je passe du sommeil à l'état de somnolence.

C'est quoi ces bips étranges que j'entends ?

Pourquoi est-ce que j'ai si mal au bras droit ?

Une odeur de pommes et de cannelle flotte dans l'air.

Finalement, c'est la douleur de mon bras qui me réveille tout à fait. J'ouvre les yeux et le secoue pour essayer de la soulager.

Une femme couverte d'un foulard noir et violet lit les données d'une machine à côté de mon lit, un bloc-notes à la main. Apparemment, c'est cette machine qui bipe. C'est aussi elle qui déclenchait la douleur dans mon bras, vu qu'elle disparaît dès que la femme presse un bouton.

C'était un problème de pression sanguine, je comprends en découvrant la perfusion piquée au creux de mon poignet.

C'est là que tout me revient : Flint, Lia, la bataille.

— Jaxon !

Je me redresse, regarde autour de moi.

— Jaxon ! Comment il va ? Est-ce qu'il…

— Il va bien, Grace, me dit la femme en me tapotant l'épaule. Il nous a fait un peu peur, mais il va bien. Toi aussi, tu nous as fait peur.

Ces mots me donnent une impression de déjà-vu. Comme tout ce qui se passe depuis mon réveil, maintenant que j'y pense.

Il y a quelques jours à peine, je me réveillais dans cette même infirmerie. Quelques heures plus tard, j'apprenais l'existence des vampires. Et maintenant, j'ai aidé Jaxon à tuer Lia.

Mais j'ai sauvé Jaxon. Par pitié, faites que j'aie bien sauvé Jaxon. Je me glisse jusqu'au bord du lit, passe les jambes par-dessus la barre de protection.

— Où est-il ? je demande à la femme qui me surveille. Je veux le voir, je veux m'assurer qu'il…

Je suis incapable de dire les mots à haute voix.

— Il va bien, je te le promets, m'assure l'infirmière d'une voix douce. En fait, il est derrière la porte. Je lui ai demandé de sortir le temps de prendre tes constantes, mais à part ça, il n'a pas quitté ton chevet.

J'humecte mes lèvres sèches.

— Est-ce que vous voulez bien lui dire de revenir ? J'ai besoin de le voir une minute.

Si je suis ici, c'est que Jaxon est parvenu lui aussi à s'échapper des tunnels, mais mon angoisse ne se satisfera pas de ce raisonnement logique : j'ai besoin de le voir. D'entendre sa voix. De sentir ses mains et son corps sur ma peau…

Ce n'est qu'après l'avoir senti contre moi que je croirai à la fin de ce cauchemar.

— À condition que tu te recouches. Ton pouls est beaucoup trop rapide. Dire que je venais tout juste de parvenir à te stabiliser…

J'ai envie de lui hurler que mon cœur a une excellente raison de battre la chamade : la dernière fois que j'ai vu Jaxon, il était à l'article de la mort !

Je me contente de chuchoter « merci » et de me blottir dans le lit. Mes mains tremblent ; je les cache sous les couvertures. Pas la peine de révéler qu'un petit pic d'adrénaline m'a secouée à ce point.

— Avec plaisir. Au cas où tu te poserais la question, tu es à l'infirmerie du lycée Katmere. Tu as dormi durant deux jours. Je m'appelle Alma, et je te soigne en collaboration avec Marise. Comme je disais, tu as perdu pas mal de sang et tu souffres de plusieurs blessures, dont une épaule démise que Marise devra immobiliser maintenant que tu es réveillée. Mais on a évité le pire grâce à Jaxon : il t'a amenée ici avant que tu ne perdes trop de sang. Tu devrais aller mieux d'ici quelques jours.

Je ne parviens pas à m'intéresser à ce qu'elle dit. Une seule chose compte à mes yeux.

— Et Jaxon ? Il a été poignardé ! Lui aussi, il a perdu beaucoup de sang…

— D'après ce que j'ai constaté, tu t'es bien occupée de lui. Je vais aller le chercher pour te rassurer. Il te racontera tout ça lui-même pendant que j'appelle ton oncle pour l'avertir que tu as repris conscience.

Je la regarde se diriger vers la porte qui donne sur le couloir. Elle parle trop bas pour que j'entende ce qu'elle dit. Quelques secondes plus tard, Jaxon se rue dans la pièce. Vivant. Et en pas trop mauvais état.

Le soulagement me chavire. Je peux enfin respirer. D'accord, il ne s'en est pas sorti indemne, mais il est vivant et il peut marcher. Ce n'est pas rien.

Vu de plus près, je note qu'il a la mine un peu grise, ce qui fait ressortir la cicatrice sur sa joue. Il a perdu deux ou trois kilos et il a l'air lessivé – rien à voir avec la force de la nature qu'il était avant son combat.

— Tu es réveillée !

Est-ce que ce sont des larmes que j'aperçois dans ses yeux sombres ? Non, sûrement pas. Il cligne des paupières, et je ne vois plus que de la force dans son regard… ainsi qu'une étincelle que je ne sais pas comment interpréter. La tête me tourne.

— Viens, je dis en lui tendant les bras.

Mes poignets sont bandés ; toutes les plaies sur mes bras sont recouvertes de pansements brillants. Moi aussi, je suis dans un sale état.

Il refuse de s'asseoir sur le lit. Ou de me toucher.

— Je ne voudrais pas te faire mal à l'épaule…

— Mon épaule va bien, je réplique.

Ce n'est même pas vraiment un mensonge : grâce aux médicaments (ou aux sorts ?) qu'on m'a administrés, je ne sens plus la douleur.

— Alors, viens ! Ou c'est moi qui me lève, je menace en me débarrassant de mes couvertures.

Le mouvement réveille la douleur dans mes chevilles. Je constate qu'elles aussi sont bandées.

Je commence à me sentir un peu comme une momie dans un sarcophage. Est-ce pour ça que Jaxon rechigne à m'embrasser ?

— Non, ne bouge pas, proteste-t-il en s'avançant vers moi.

— Alors, dépêche-toi de venir plus près et dis-moi ce qui se passe. Arrête de me traiter comme une pestiférée.

— Mais oui, bien sûr, tu as la peste. T'as tout compris, c'est ça notre problème principal !

Il prend la main que je lui tends et s'installe prudemment tout au bord du lit.

— Ne te moque pas de moi, je souffle en posant mon front sur son épaule. Je t'ai sauvé la vie. Sois reconnaissant.

— Tu m'as sauvé la vie, c'est vrai, et moi je t'ai remerciée en mettant presque fin à la tienne. Tu ferais mieux de garder tes distances.

Je lève les yeux au ciel.

— T'es toujours aussi dramatique, ou c'est juste quand je suis là ?

L'air choqué qu'il prend est à hurler de rire. Presque autant que le ton vexé sur lequel il dit :

— Je suis inquiet pour toi, c'est tout. Je n'appellerais pas ça être dramatique.

— Tu sais ce qui est dramatique, par contre ? Te sentir coupable du plan diabolique de Lia alors que tu n'y es pour rien.

Je l'embrasse dans le cou et constate avec satisfaction que le contact de mes lèvres lui donne des frissons.

— Alors relax, d'accord ? j'ajoute. Je suis fatiguée.

Il lève les sourcils si haut qu'ils disparaissent sous ses cheveux en bataille. C'est la première fois que je le vois décoiffé.

— Tu veux que je me calme ? répète-t-il, incrédule.

— Oui.

Je me tortille pour lui faire un peu de place sur le lit. Un faux mouvement réveille la douleur dans mon épaule ; je me mords les lèvres pour contenir un gémissement.

— Allez, approche, je fais en tapotant la place à côté de moi.

Le regard de Jaxon va de moi au matelas et du matelas à moi, mais il ne bouge pas.

— Viens, je soupire. Je sais que t'en as envie.

— J'ai envie de beaucoup de choses qui ne sont pas bonnes pour toi.

— Quelle coïncidence, moi aussi ! Même si je suis sûre qu'on ne tomberait pas d'accord sur ce qui est bon pour moi.

— Grace…

— Arrête, je le coupe. Je t'en prie, ça suffit. Je suis trop fatiguée pour me chamailler avec toi. Je voudrais que tu me prennes dans tes bras. Tu vas m'obliger à te supplier ?

Sa résistance fond enfin. Il s'installe près de moi et m'enlace en prenant garde à ne pas toucher mon épaule blessée. Nous restons ainsi en silence pendant plusieurs minutes. Quand il pose sa joue sur mon front puis m'embrasse dans les cheveux, je parviens enfin à me détendre.

— Je suis contente qu'on s'en soit sortis.

— Ouais, répond-il avec un rire rauque. Moi aussi.

— Ne ris pas. On a eu de la chance.

— Ce n'est pas l'impression que tu donnes.

— Toi non plus. Et pourtant…

Je souffle.

— On aurait pu…

— Mourir ? Comme Lia et Hudson ? complète Jaxon à ma place.

— Oui, mais on a survécu. Et j'en suis heureuse.

Après quelques instants, il acquiesce. Soupire.

— Moi aussi.

— Et Flint ? je demande.

— Je ne veux pas parler de ce dragon.

— Je sais, je dis en lui caressant le bras pour l'apaiser.

— Il est vivant, si tu veux vraiment savoir. Et en meilleure forme que nous, alors qu'il ne le mérite pas.

— Il était convaincu d'agir pour le bien de tous, tu sais.

— Tu te fous de moi ? s'écrie Jaxon en se redressant. Ses potes et lui ont essayé de te tuer plusieurs fois, et toutes les conneries qu'il a faites dans le tunnel ont encore aggravé la situation. Il n'agissait pas pour le bien commun.

— Je crois que si. Je sais que c'est bizarre de dire ça, et je lui en veux beaucoup… Mais je suis contente qu'il ne soit pas mort.

— Eh bien, tu es la seule, marmonne-t-il. J'aurais dû le tuer quand j'en avais l'occasion.

Je le serre aussi fort que mes blessures le permettent.

— Je crois qu'on a suffisamment de sang sur les mains.

— Sur *mes* mains, tu veux dire.

— Non, ce n'est pas vrai.

Je m'écarte de lui pour pouvoir le regarder dans les yeux avant de continuer.

— Ce qui s'est passé n'est pas ta faute. Ni de la mienne. Ni celle de Flint ou des autres loups et dragons. C'est la faute de Lia. C'était son plan. C'est elle qui a tout déclenché. Est-ce que les dragons t'ont dit ? Pour mes parents ? j'ajoute d'une voix étranglée.

— Oui. Flint et Cole nous ont tout raconté, à Foster et moi. Y compris les raisons pour lesquelles ils ne faisaient pas confiance aux sorciers et aux sorcières, pas plus qu'aux vampires.

— Les vampires, je peux comprendre. Mais pourquoi les sorciers et les sorcières ?

— Parce que tu viens d'une famille de sorciers. Ils pensaient que ça aveuglerait Foster, que tu sois sa nièce. Qu'il ne verrait pas le danger dans lequel il mettait tout le monde en te faisant venir ici.

Je ricane.

— C'est moi qui étais en danger, pas l'inverse, non ?

— J'aurais dû deviner ce qui se passait, se reproche Jaxon.

— Oh ! là, là… Tu te prends pour Dieu ou quoi ? Comment tu aurais pu savoir ?

— OK, waouh ! ricane-t-il. Je ne suis là que depuis un quart d'heure et tu m'as déjà accusé d'être dramatique et de me prendre pour Dieu. Tu es sûre que tu ne m'en veux pas pour quelque chose ?

— Certaine, je dis en l'attirant à moi pour l'embrasser.

Ma main se pose sur sa cicatrice, et il cille. Ça suffit, je décide. On a trop vécu d'épreuves tous les deux pour qu'il ait encore honte de sa cicatrice.

— Qu'est-ce qui se passe ? il demande lorsque je me dérobe à ses baisers.

Je lui caresse la joue du bout des doigts.

— J'aimerais bien que tu puisses te voir comme je te vois. Que tu saches à quel point je te trouve beau et fort… et puissant… et impressionnant…

— Grace, murmure-t-il en se détournant pour m'embrasser dans le creux de la main. Tu n'es pas obligée de dire ça. Je sais de quoi j'ai l'air.

— Mais non, justement. Tu n'en as aucune idée.

Malgré mon épaule meurtrie, je le serre contre moi.

— Je sais que tu hais cette cicatrice parce que Hudson te l'a faite au pire moment de ta vie…

— Non, tu te trompes, me coupe-t-il.

Je le fixe, ébahie.

— Comment ça ?

— Ce n'est pas ça du tout. Je ne hais pas ma cicatrice. C'est juste que je me sens humilié de n'avoir pas pu l'éviter. D'ailleurs, ce n'est pas à Hudson que je la dois, mais à la reine vampire. Et le pire moment de ma vie, ce n'était pas pendant ma bataille contre Hudson, c'est quand je me suis réveillé sur l'autel et que je me suis rendu compte que je t'avais pris trop de sang. Pendant plusieurs minutes, j'ai cru que je t'avais tuée… jusqu'à ce que je t'amène ici. *Ça*, c'était le pire moment de ma vie.

Il m'a tant révélé en quelques phrases que je ne sais pas par où commencer.

— Ta propre mère ? C'est elle qui t'a fait ça ? je m'écrie, horrifiée.

Il hausse les épaules.

— En tuant Hudson, j'ai contrecarré ses plans. Elle devait me punir.

— En t'entaillant le visage ?

— C'est difficile de laisser une marque sur un vampire. On guérit trop vite. En me laissant une cicatrice à vie, elle a montré ma faiblesse au monde entier.

— Et tu ne pouvais pas l'en empêcher ?

— Je n'allais pas me battre contre ma propre mère. Ou la blesser plus que je ne l'avais déjà fait. Elle avait besoin de punir quelqu'un pour se sentir mieux. Autant que ce soit moi.

La stupeur doit se lire sur mon visage. Jaxon rit doucement.

— Ne t'en fais pas, Grace. Tout est pour le mieux.

— Sûrement pas, je réplique tout en essayant de ravaler la rage qui enfle en moi. Cette femme est un monstre. Elle est maléfique, et…

— C'est la reine vampire. On ne peut rien y faire. Mais merci.

— Merci pour quoi ?

— Merci de t'en soucier.

Et il baisse la tête pour m'embrasser. Un bruit à la porte nous interrompt.

— Excusez-moi de vous déranger, dit Marise en passant la tête par l'embrasure de la porte. Mais maintenant que ma patiente favorite est réveillée, j'aimerais l'examiner.

Je regarde autour de moi : l'infirmerie est vide.

— Votre unique patiente, vous voulez dire ?

— Disons que tu es celle qui me donne le plus de travail. Flint et Jaxon sont restés une journée, mais toi… Tu as besoin de plus de soins.

Elle sourit.

— C'est ce qui arrive quand on est une humaine à Katmere, j'imagine, je réponds.

À ces mots, la voix en moi se réveille et proteste. Peut-être que je ne devrais pas me proclamer si vite humaine… Les mots de Lia me hantent : elle a eu tant de mal à me trouver, à trouver quelqu'un comme moi…

Quelqu'un comme moi ? Que voulait-elle dire par là ? Pourquoi suis-je si spéciale ? Même si j'étais une sorcière, ce lycée en est plein… Est-ce parce que je suis la promise de Jaxon ? Je ne sais même pas ce que ce mot signifie. Et de toute façon, comment est-ce que Lia serait au courant ? D'ailleurs, quel rapport entre la fille que Jaxon aime et le moyen de ramener Hudson d'entre les morts ?

Lia n'est plus parmi nous et son plan a échoué, mais j'ai encore plus de questions que j'en avais avant sa mort. Et ce n'est pas le moment de les poser à Jaxon. Marise est en train de me montrer les dents.

— Et si tu ne coopères pas, je mords, me taquine-t-elle.

— Ça, je commence à comprendre, je réponds avec un sourire.

En quelques minutes, elle a fini de m'examiner. Son diagnostic est le même qu'Alma : j'ai des entailles et des bleus un peu partout, mais Alma (qui est une sorcière guérisseuse) a déjà fait des prodiges. Mon épaule démise est à moitié guérie. Je devrai porter une attelle pendant quelques semaines pour finir le processus.

Il faudra aussi me transfuser deux litres de sang. J'aurais préféré qu'elle ne mentionne pas la quantité de sang devant Jaxon, mais bon… À part ça, je suis en bonne santé. Je devrais pouvoir retourner en cours d'ici à quelques jours si la situation continue à s'améliorer à ce rythme, m'assure Marise en sortant.

— Ce n'est pas ta faute, je crie à Jaxon dès que la porte s'est refermée.

— C'est entièrement ma faute, me réplique-t-il.

— C'était seulement deux litres !

— Bien assez pour te tuer ! Qu'est-ce qu'il te faut de plus ?

Il secoue la tête.

— Je suis désolé de t'avoir fait du mal, Grace. Et pour tes parents. Pour tout.

— Tu ne m'as pas fait de mal. Au contraire, tu m'as sauvée ! Alma a dit que si tu ne m'avais pas amenée ici aussi vite, j'aurais souffert de séquelles irréversibles.

Il secoue la tête.

— Je t'ai donné mon sang parce que sinon tu allais mourir ! je crie.

Je prends son visage dans mes mains pour le forcer à me regarder en face.

— Et ce n'était pas du tout un sacrifice. C'était l'acte le plus égoïste que j'aie jamais commis. Maintenant que je t'ai trouvé, je ne vois pas comment je pourrais vivre dans un monde où tu n'existes pas.

Il met de longues secondes avant de réagir.

— Que suis-je censé répondre à ça, Grace ?

— Que tu me crois ? Que tu sais que ce n'est pas ta faute ? Que…

— Je t'aime.

Je pousse un petit cri de surprise. Des larmes me montent aux yeux et je n'essaie pas de les retenir.

— Ou dire ça. Ça marche aussi.

— C'est vrai, chuchote-t-il. Je suis fou de toi.

— Tant mieux, parce que je t'aime aussi. Et maintenant que le plan de Lia a échoué, on peut essayer d'être amoureux sans que personne tente de nous tuer.

Jaxon se raidit et le froid auquel je croyais avoir échappé me saisit de nouveau.

— Qu'est-ce qui se passe ?

— On ne peut pas…

Il secoue la tête, se reprend.

— Non, on ne peut pas faire ça, Grace.

À ces mots, mon corps se change en glace.

— Mais pourquoi ? Tu viens de dire que tu m'aimais !

— Je t'aime, répond-il avec ardeur. C'est vrai. Mais ce n'est pas assez.

— Je ne comprends pas…

— Si, tu comprends très bien.

J'attends la suite, mais elle ne vient pas. Jaxon reste à côté de moi sur le lit, son bras par-dessus mon épaule, son corps pressé contre le mien. L'homme que j'aime se blottit contre moi tandis qu'il me brise le cœur.

— Ce ne sera pas toujours comme ça, je finis par souffler.

— Tu te trompes. Ce sera *toujours* comme ça. Mon amour fera *toujours* de toi une cible. Tu seras *toujours* en danger.

— C'est moi que Lia voulait, je proteste en triturant son pull. Tu le sais. Tu n'étais qu'une complication. Les dragons et les loups le savent, eux aussi… Et elle me voulait pour…

Je m'arrête là, afin de ne pas avoir à prononcer de nouveau le nom de Hudson.

— Lia a disparu, mais les loups et les dragons ne vont pas lâcher l'affaire. Même s'ils n'essaient pas de te tuer tout de suite, il suffira que ma famille et moi fassions quelque chose pour les fâcher… Ils savent à quel point tu comptes pour moi, et ça te met en danger.

Peut-être qu'il a raison. Mais la vérité, c'est que :

— Je m'en fiche.

— Pas moi, Grace.

Son regard est fermé, mais il n'est plus insondable. J'y vois de la douleur, j'y vois à quel point ça le détruit, de me dire ça. Ça le détruit autant que moi.

Je passe les mains sur son visage, lui caresse les joues tout en plongeant dans son regard. Ses yeux me fascinent autant qu'au premier jour.

— Tu n'es pas le seul à avoir voix au chapitre. On est deux dans ce couple.

Je me penche pour embrasser son front, sa bouche.

— Tu n'as pas le droit de prendre la décision pour moi.

— Ne rends pas les choses plus difficiles, me supplie-t-il.

Il attrape mes mains, toujours posées sur ses joues, entremêle ses doigts aux miens.

— Je n'arriverai pas à te quitter, sinon.

— Alors ne me quitte pas, je supplie, ma bouche si proche de la sienne que je sens son souffle sur mes lèvres, si proche que j'aperçois les minuscules éclats d'argent qui dansent dans ses yeux. Ne me quitte pas. On n'a même pas eu le temps de voir ce que ça faisait d'être ensemble…

Il pose son front contre le mien et grogne, désespéré :

— Je ne veux pas te faire du mal, Grace.

— Alors ne me quitte pas.

— Ce n'est pas si simple.

— Bien sûr que si. C'est très simple : soit tu veux être avec moi, soit tu ne veux pas.

Il rit d'un rire sombre.

— Évidemment que je veux être avec toi.

— Alors ne pars pas, je dis en l'entourant de mes bras.

Ma perfusion s'entortille autour de mon coude. Malgré cela, je le serre aussi fort que je le peux.

— Reste avec moi. Laisse-moi t'aimer. Aime-moi.

Pendant de longues secondes, il ne bouge pas. Dans ma tête, une bataille rangée gronde entre la tristesse et l'espoir. Je suis sur le point de renoncer quand il prend une profonde inspiration, comme s'il allait plonger.

Et il m'embrasse. Encore et encore. Il m'embrasse et chaque baiser me prouve que je suis ce qui compte pour lui le plus au monde.

Je lui rends son baiser au centuple. Je ne me suis jamais sentie aussi bien. Car, à cet instant, tout est exactement à sa place.

64

TOUT EST BIEN QUI FINIT AVEC DES CHAMALLOWS

— Alleeeez…

— Non.

Jaxon me regarde comme si je venais de la Lune. Blottie contre lui, je papillonne des paupières comme une aliénée.

— S'teupléééé.

Il hausse un sourcil.

— T'as quelque chose dans l'œil ? Ou tu fais une attaque ? Si c'est une attaque, je dois appeler l'infirmière.

— Bouuuh, tu crains.

Je croise les bras pour faire semblant de bouder. En fait, après trois jours enfermée dans cette chambre, je ne suis plus trop sûre de faire semblant. Je sais que je ne resterai pas ici à vie, mais je commence tout de même à en avoir marre.

— Jaxon, je t'en prie. Si je dois passer encore une journée entière à fixer ces murs, je vais péter un plomb.

Jaxon soupire. Je sens qu'il flanche, alors j'insiste :

— Allez, on peut sortir ? Juste un petit moment ? Je te laisserai même me porter si je suis trop fatiguée.

Je bats de nouveau des paupières, plus comme une femme fatale cette fois-ci. Ou en tout cas, j'essaie.

— C'est ça, oui. Tu me laisseras te porter, ricane Jaxon.

Il n'a pas tort de douter. Je n'ai jamais été super enthousiaste à l'idée qu'il me porte pour aller où que ce soit. D'un autre côté, je m'ennuie tellement que je suis prête à tout.

— Jaxon, allez. Je sais que tu suis les instructions de Marise et que je suis censée me reposer, mais je ne te demande pas la permission d'aller courir un marathon. Je veux juste me balader quelques minutes.

Il jauge mon expression et devine que je me suis déjà décidée. Je sortirai avec ou sans lui. Alors, à contrecœur, il acquiesce.

Nous nous levons de mon lit sur lequel nous sommes affalés depuis deux heures.

— Le soleil s'est couché, donc je peux t'emmener dehors, déclare-t-il enfin. Mais pas trop loin du château. Et tu me préviens dès que tu commences à fatiguer.

— Oui, je te promets.

Je suis si excitée que je me lève d'un bond, un geste que je regrette très vite : j'ai mal *partout*, surtout à l'épaule. Depuis qu'on me l'a remise en place, elle va mieux, mais elle est encore douloureuse. Pas question d'en parler à Jaxon, cela dit : non seulement il risquerait de renoncer à notre balade, mais en plus il se sent toujours coupable de tout ce qui s'est passé avec Lia.

C'est idiot, évidemment, mais Jaxon est le genre de garçon à porter tout le poids du monde sur ses épaules et à le faire avec sérieux, même s'il ne l'a jamais demandé. Alors pas question de lui causer encore du souci en lui montrant à quel point je suis meurtrie.

— Qu'est-ce que tu veux faire ? je lui demande dans l'espoir de détourner son attention du fait que je boitille.

À ses yeux plissés, je devine qu'il n'est pas dupe. Mais il ne fait pas de commentaires.

— J'ai bien quelques idées… Va t'habiller pendant que je cours chercher l'équipement. On se retrouve dans quinze minutes.

— En bas ? je demande. Ou ici ? j'ajoute en le voyant hausser les sourcils.

— Plutôt ici, souffle-t-il avant de m'embrasser sur les lèvres.

C'était censé être un baiser rapide, mais je ne peux pas m'empêcher d'enrouler mes bras autour de son cou et de le serrer contre moi.

Jaxon se fige, et sa respiration est heurtée. Il passe ses mains sur mes hanches pour m'attirer à lui. Puis il m'érafle la lèvre inférieure d'une canine et je manque de tomber à la renverse.

Je m'abandonne à l'explosion de chaleur, de joie et de lumière qui accompagne chacun de ses baisers. Ses caresses. Ses regards.

Combien de temps dure ce baiser ? Je n'en sais rien. Assez longtemps pour me laisser hors d'haleine. Pour que mes genoux flanchent chaque fois qu'il resserre ses doigts sur mes hanches.

Assez longtemps pour que j'hésite à renoncer à notre balade. On pourrait rester ici et faire quelque chose de tout aussi… intéressant, disons.

Mais Jaxon se dérobe avec un grognement. Il pose son front contre le mien, nous reprenons notre souffle à l'unisson. Enfin, il recule et, d'une voix basse et sexy, il souffle :

— Habille-toi. Je reviens tout de suite.

Comme d'habitude, il disparaît en un clin d'œil.

J'ai besoin d'une bonne minute pour m'en remettre, pour que mes jambes se raffermissent et que mon cœur se calme. Ensuite, je m'habille. Comme toujours en Alaska, la tâche n'est pas aisée : je dois empiler des couches et des couches de vêtements. Mes lèvres picotent tout du long.

Heureusement que je n'ai pas traîné parce que Jaxon frappe à la porte et entre avant même que j'aie fini d'enfiler mes chaussettes. Fatalement, je suis plus lente à m'habiller avec une épaule démise mais même guérie je serai toujours prise de court par la rapidité de Jaxon.

Il pose son sac à dos et se précipite pour m'aider à enfiler mes chaussettes.

— Donne-les-moi, dit-il en s'agenouillant pour poser ma cheville sur son genou.

Ce qui suffit à me couper de nouveau le souffle. Parce que Jaxon Vega, le grand Jaxon Vega, ne s'agenouille jamais. Devant personne. Et pourtant, le voilà à genoux devant moi, comme si c'était tout naturel.

— Quoi ? demande-t-il en m'enfilant mes chaussettes.

Je secoue la tête. Que voulez-vous que je lui dise ?

Il me caresse le mollet du bout des doigts, dessine des arabesques sur ma peau soudain ultrasensible.

Mon trouble doit se voir, parce qu'il m'enfile ma seconde chaussette avec un sourire narquois, et me caresse l'autre mollet.

Je me détourne pour essayer de ne pas fondre totalement.

Après m'avoir enfilé mes après-skis, Jaxon se relève et me tend la main.

— Tu as décidé où tu m'emmenais ? je demande en le suivant jusqu'à la porte.

Il ramasse son sac à dos – je ne l'ai jamais vu avec un sac à dos, à part pour aller en classe.

— Ouais.

Il pourrait m'en dire plus, sauf que non, c'est Jaxon. Jaxon n'en dit jamais plus que le strict nécessaire. Il me gratifie d'un sourire malicieux, et je cesse de m'en faire. S'il veut me faire une surprise, eh bien soit. Ses surprises sont en général merveilleuses.

Main dans la main, nous traversons les couloirs et descendons trois volées de marches. La plupart des élèves sont en cours (Jaxon devrait y être aussi, mais il sèche) donc les salles communes sont désertes. Ça me va. Je n'ai pas envie de me montrer après tout ce qui s'est passé.

— Ça va ? me demande Jaxon, tandis que nous descendons d'autres marches dans le froid du dehors.

Super, encore un escalier. Comme si tout mon corps ne me faisait pas mal…

Je hoche néanmoins la tête. Je ne veux pas qu'il s'aperçoive que j'ai mal et que le froid polaire me prend de court. J'aurais dû m'y attendre. On est en Alaska, après tout, mais je ne me suis toujours pas habituée à la température. Chaque fois, ça me fait un choc.

Je ne dois pas très bien donner le change, parce que Jaxon propose :

— On peut rentrer, si tu préfères.

— Non. J'ai envie de faire quelque chose avec toi. Rien qu'avec toi.

Il écarquille les yeux et son expression circonspecte disparaît. Pendant une seconde, j'aperçois le vrai Jaxon : un peu gêné, un peu vulnérable, et très amoureux de moi. Ça me coupe le souffle. C'est ce que je ressens, moi aussi, quand je suis avec lui.

— Alors allons-y.

Il m'entraîne vers la forêt.

Nous progressons lentement. Une fois que l'on est en mouvement, le froid n'est plus si mordant. Cependant, marcher dans la neige est difficile, surtout dans mon état.

Nous arrivons bientôt à une clairière minuscule avec deux bancs.

Jaxon pose son sac à dos sur l'un des deux et en sort un grand thermos noir. Il dévisse la tasse et y verse quelque chose avant de me la tendre avec un sourire.

— Du chocolat chaud ? je m'exclame avec délice.

— Oui. J'ai pensé que tu voudrais peut-être t'abstenir de boire du thé pendant un petit moment.

Je ris.

— T'as pas tort.

Je m'apprête à prendre une gorgée, mais Jaxon m'arrête et sort un sachet de chamallows de son sac.

— Je ne m'y connais pas du tout en chocolat chaud, mais il me semble qu'une tasse n'est pas parfaite sans chamallows.

Il en laisse tomber quelques-uns dans ma tasse.

Mon cœur est sur le point d'exploser, ici au milieu des arbres, dans la nuit qui commence à tomber autour de nous. Même après tout ce qu'on a vécu ensemble, je suis toujours sidérée par les attentions de Jaxon. Il pense toujours à ce que j'apprécierais, ou à ce qui me ferait du bien, ou à ce qui me rendrait heureuse. Et il tombe toujours juste.

Je prends une grande gorgée de chocolat. Sans surprise, c'est le meilleur que j'aie jamais bu.

— Qui as-tu convaincu de préparer ça pour moi ? je demande en le regardant par-dessus ma tasse.

Il me lance un regard vide.

— Je ne vois pas de quoi tu veux parler.

L'amusement qui pointe dans sa voix me fait glousser.

— Bon, eh bien, qui que ça puisse être, dis-lui que c'est délicieux.

Il ricane.

— Compte sur moi.

Je prends encore une gorgée, puis lui tends la tasse.

— T'en veux ?

— Non, merci, c'est pas mon truc.

Il rit franchement, maintenant.

— Ah ! juste.

Toutes les questions que j'ai à son sujet me reviennent d'un coup.

— Comment ça marche, tout ça ?

Il lève un sourcil.

— Quoi, tout ça ?

— Tu bois du thé, mais pas de chocolat chaud. Je t'ai vu manger une fraise pendant mon goûter de bienvenue, mais jamais rien d'autre. À part…

— À part ton sang ?

Je rougis.

— Ouais.

— Les vampires, comme tous les autres mammifères, ont besoin d'eau pour survivre. Et le thé, c'est de l'eau chaude, en gros. Mais si tu ajoutes du lait et du chocolat, c'est une autre histoire…

— Ah ! d'accord. Et la fraise ?

— Non, ça c'était juste pour faire le malin. J'ai eu mal au ventre toute la soirée.

Il prend un air gêné.

— Vraiment ? Mais pourquoi tu l'as mangée, alors ?

Il secoue la tête.

— Honnêtement, je n'en sais rien.

Je ne m'attendais pas à cette réponse, mais elle a l'air sincère.

— J'ai encore une question, je souffle.

— Laisse-moi deviner : le sang ?

Il a l'air aussi méfiant qu'amusé.

— Évidemment, le sang ! je m'exclame. Et le fait que tu puisses aller dehors en pleine journée ! Je pensais que les vampires étaient des créatures nocturnes.

Cette dernière remarque le met très mal à l'aise. Au bout d'une minute, il se redresse et déclare :

— En fait, ça dépend.

— De quoi ?

— Du sang qu'ils boivent. Le lycée ne sert que du sang d'animaux. Si on s'en contente, on peut sortir en plein jour. Mais si on choisit de… de boire aussi à des sources humaines, alors on doit attendre la nuit.

Ça explique pourquoi il m'a dit qu'on pourrait sortir maintenant que la nuit allait tomber.

— Donc, quand je suis arrivée, je t'ai croisé dehors, parce que tu ne buvais que du sang d'animaux. Mais maintenant…

Je rougis. Ce n'est pas que je suis gênée, mais c'est si intime, ces moments que Jaxon et moi partageons…

— Tu veux dire, maintenant que je bois ton sang ?

Mes joues sont brûlantes.

— Ouais.

— Oui, j'ai bu ton sang et celui de Cole. Et puis de nouveau le tien, dans les tunnels. Je suis donc privé de soleil.

— Pendant combien de temps ?

Ça fait plusieurs jours depuis les tunnels, et il ne m'a rien pris depuis, même si j'en avais envie. Il faut croire que me voir sur le point de mourir d'une hémorragie lui a coupé l'envie de me mordre.

— Jusqu'à ce que les hormones qu'on sécrète pour digérer le sang humain disparaissent.

Devant mon air d'incompréhension, il ajoute :

— C'est comme les humains avec l'insuline. Quand tu manges du sucre, il te faut un peu de temps avant que ton taux d'insuline redescende. Quand je bois du sang humain, c'est pareil : mon corps sécrète une hormone qui m'empêche de sortir au soleil. Ça lui prend une semaine environ pour disparaître. Le sang animal ne sécrète pas la même hormone.

Je compte dans ma tête.

— Ça fait six jours depuis les tunnels. Donc demain, tu devrais pouvoir ressortir le jour.

Il hausse les épaules.

— Disons plutôt après-demain, par précaution. Si je…

— Si tu ne me mords pas de nouveau.

Un raz de marée de chaleur s'abat sur moi.

C'est lui qui prend l'air gêné, cette fois.

— C'est ça, oui.

— C'est ça ?

Je dépose ma tasse sur le banc et l'enlace.

— C'est ça ? je répète.

Il baisse la tête pour me regarder, ses yeux sombres soudain pleins de danger.

— C'est ça, chuchote-t-il.

Si je n'étais pas couverte d'innombrables couches de vêtements, il me mordrait, c'est sûr. L'idée me fait frissonner.

— Arrête de me regarder comme ça, prévient Jaxon, ou je te ramène à ta chambre, et on ne va pas faire ce que j'avais prévu.

Ce n'est peut-être pas une si mauvaise idée de retourner dans ma chambre.

— T'avais prévu quoi ?

— De faire un bonhomme de neige, bien sûr !

Il sort un chapeau et une carotte de son sac à dos.

— Un bonhomme de neige ? je m'esclaffe. Sans rire ?

— Flint n'est pas le seul à savoir jouer dans la neige.

Son visage reste impassible, mais sa voix trahit une agressivité certaine. Je me demande… Non, c'est idiot, mais je me demande si Jaxon est jaloux de Flint. Ce serait absurde : Flint a tenté de me tuer par trois fois.

— Tu viens ? demande Jaxon en s'accroupissant pour tasser une boule de neige. Ou tu vas juste regarder ?

— J'ai une bonne vue d'ici, je réponds en avisant son très joli derrière – Jaxon est beaucoup moins chaudement vêtu que moi.

Il lève les yeux au ciel puis remue légèrement son postérieur. J'éclate de rire.

On s'amuse comme des fous en construisant le bonhomme de neige le plus moche du monde. Venant de moi, c'est compréhensible : j'ai grandi à San Diego. Mais Jaxon vit en Alaska depuis des années. Il devrait avoir plus d'expérience.

J'ai envie de lui poser la question, mais je me ravise. À la façon dont il contemple notre œuvre, je devine qu'il n'a guère eu l'occasion de jouer dans sa vie, même quand il n'était pas encore prince héritier.

Je rumine cette pensée tout en cherchant deux cailloux de la même taille pour faire les yeux. Il a traversé tant d'épreuves et malgré tout, il est resté sensible. Jaxon ressent tout trop fort. Et il fait de son mieux pour jouer avec moi.

J'en ai mal pour lui.

Ce mal empire quand je me remémore la question qu'il me reste, celle que je me pose depuis que je me suis réveillée à l'infirmerie il y a trois jours.

— Jaxon ?

— Oui ?

Quelque chose dans ma voix a dû l'inquiéter, parce que son sourire s'étiole.

— Qu'est-ce qu'il y a ?

Je prends une inspiration avant de poser enfin la question qui m'obsède :

— Je voulais savoir... Où est allé Hudson ? Je veux dire, j'ai vu Lia mourir, mais où est allée la fumée noire ? Elle est morte avec elle ? Ou bien...

La pensée est si horrible que je ne parviens pas à aller jusqu'au bout.

Jaxon, lui, n'est pas du genre à éviter ce qui lui fait peur. D'un air sombre, il répond :

— Je ne sais pas encore, mais je vais faire tout mon possible pour le découvrir. Il n'est pas question que Hudson vienne au monde une seconde fois.

Son ton est si véhément qu'il en est presque douloureux. Jaxon a déjà tant souffert à cause de son frère... Et maintenant, la menace du retour de Hudson va planer sur nous pendant tout le reste de nos vies.

C'est dur de se détendre quand un psychopathe meurtrier risque de revenir d'entre les morts pour s'en prendre à vous... et au monde entier.

À l'évidence, Jaxon gère sa peur mieux que moi, peut-être parce que ça fait plus longtemps qu'il vit avec cette épée de Damoclès au-dessus de la tête. En tout cas, lorsque nous finissons de dessiner un visage au bonhomme de neige, son sourire est sincère.

Il me tend le chapeau dont il avait prévu de coiffer le bonhomme.

— À toi l'honneur.

À la vue du chapeau, je suis prise d'un fou rire incontrôlable. Peut-être que ce n'était pas si ridicule d'imaginer que Jaxon était jaloux de Flint.

Jaxon s'impatiente.

— Alors ? Tu le lui mets, ce chapeau ?

— Oh, je vais le lui mettre, je dis.

Puis je recule et, côte à côte, nous admirons notre bonhomme.

— Qu'est-ce que t'en penses ? demande Jaxon.

C'est dit sur le ton de la blague, mais je perçois une pointe de vulnérabilité dans sa voix. C'est discret, c'est pourtant là : il a besoin de mon approbation.

Je regarde notre pauvre bonhomme de neige, avec son nez de traviole et sa silhouette penchée. Et je le trouve parfait.

Je ne le dis pas à voix haute, toutefois. Ça révélerait à Jaxon à quel point je lis en lui.

— Le chapeau en forme de tête de vampire rend bien, je déclare à la place.

Il me fait un immense sourire.

— Oui, je me suis dit que ce serait une bonne idée.

Il me prend la main au moment précis où j'allais prendre la sienne. Et c'est bon. Plus que bon. C'est parfait.

Pour la première fois, je m'autorise à me rappeler ce que Lia m'a dit avant de mourir. Que j'étais la promise de Jaxon. Je ne sais toujours pas ce que ça veut dire, mais quand il m'attire à lui et m'enveloppe de sa chaleur, je ne peux m'empêcher de penser que je devrais peut-être me renseigner.

65

ET ILS VÉCURENT HEUREUX… POUR TOUJOURS ?

Quatre jours plus tard, je suis enfin sur pied, et je peux reprendre les cours. Cette fois, c'est du sérieux : j'ai un devoir d'anglais à rendre, un exposé à faire sur les sorcières de Salem et mon premier rendez-vous avec la Dr Wainwright, la conseillère d'orientation. Je dois aussi rattraper les cours que j'ai manqués, ce que je trouve injuste : ce n'est pas ma faute si une vampire psychopathe a tenté de me tuer ! Mais bon, je ne vais pas me plaindre. Je passe chaque matin, chaque midi et chaque soirée avec Jaxon, qui se débrouille super bien pour profiter du moment présent sans voir tout en noir.

Dans l'immédiat, nous petit-déjeunons à la cafétéria et nous plaisantons à propos de la dernière mésaventure amoureuse de Luca qui, je dois l'admettre, n'est pas piquée des hannetons. Je mange des Spécial K (Macy a pris les derniers Grany, elle est si méchante, parfois) et le reste de l'Ordre sirote son sang de cerf dans des verres opaques. J'ai découvert que c'était à ça que servaient les grands thermos orange que j'avais repérés : à nourrir les vampires.

Cam n'ose pas encore nous rejoindre, mais Macy a bon espoir de le convaincre bientôt. Moi, je ne suis pas sûre qu'elle y arrivera : depuis l'épisode avec Lia, les élèves sont encore plus intimidés qu'avant et tout le monde évite Jaxon. Je n'arrête pas de lui dire que ça détendrait l'atmosphère s'il souriait plus souvent, mais il ne m'écoute pas. Je crois qu'il se dit que, plus il leur fait peur, moins ils oseront s'attaquer à moi.

Et je dois admettre que tout est calme ces derniers temps. Ça fait quatre-vingt-seize heures que personne n'a tenté de m'empoisonner, de me réduire en bouillie ou de faire de moi la victime d'un sacrifice humain. Un record ! Pourvu que ça dure…

Je prends une gorgée de thé, et en relevant les yeux, je m'aperçois que Jaxon me regarde avec un léger sourire.

— Qu'est-ce qu'il y a ? je demande en prenant une bouchée de céréales.

— Rien. Je te regarde, c'est tout.

Il se penche pour m'embrasser sur le coin de la bouche.

— Je me demande à quoi tu penses.

— À toi, je réponds. Comme toujours.

Rafael fait mine de vomir.

— Vous pourriez arrêter d'être aussi dégoulinants de guimauve, s'il vous plaît ? On va tous finir en hyperglycémie.

— Les vampires ne métabolisent pas le sucre comme les humains, je l'informe. Par conséquent, ils ne font pas d'hyperglycémie.

— Regardez, vous avez créé un monstre, intervient Mekhi. Elle est obsédée ! Elle passe son temps à faire des recherches !

— C'est la faute de la bibliothécaire, répond Jaxon, pince-sans-rire. Amka lui file cinq nouveaux bouquins à lire chaque jour…

— Hé ! si je dois vivre avec des vampires, je dois apprendre à les connaître, je réplique en me levant. C'est normal de se renseigner sur son environnement.

— Tu sais ce qui est normal aussi ? demande Jaxon en approchant ses lèvres des miennes.

— J'ai ma petite idée, je dis en posant ma bouche sur la sienne. Regarde-nous, je murmure quelques secondes plus tard. On est normaux.

Il m'érafle la lèvre avec une de ses canines.

— Presque normaux.

Je me sens perdre pied.

— Presque normaux, ça me va.

Il se marre.

— Oui, à moi aussi.

Il s'apprête à m'embrasser de nouveau. La tête me tourne, mes genoux tremblent, et je me laisse aller contre lui. En règle générale, je n'aime pas trop m'afficher comme ça, mais pour Jaxon, j'irai à l'encontre de tous mes principes. Comme lui va à l'encontre de tous les siens.

Peut-être que Lia avait raison. Qu'on est vraiment promis l'un à l'autre.

Je ne lui ai pas encore posé la question. Il est déjà paniqué par cette relation, alors si je lui demande si on est destinés à finir ensemble, le séisme qu'il déclenchera risque de détruire le lycée. J'ai demandé à Macy de m'expliquer le concept de promise. Ça lui a pris pas mal de temps.

Mekhi ronchonne qu'il en a marre d'arriver en retard en cours parce que *certaines personnes* n'arrêtent pas de se bécoter. Jaxon lui fait un doigt, mais le reproche fait son effet. Il recule et attrape mon sac à dos.

— Viens, je t'accompagne en cours.

— C'est inutile, je proteste en jetant un coup d'œil à l'horloge. Tu vas être en retard en physique.

Il fait la moue.

— Je crois qu'ils s'en sortiront sans moi pendant cinq minutes.

Ce n'est pas sûr, mais je connais Jaxon : s'il contracte la mâchoire comme ça, c'est que ça ne sert à rien de lui résister. Et puis, j'aime bien quand il m'accompagne. Quand il est près de moi, personne ne me bouscule ni ne heurte mon épaule encore meurtrie.

C'est un arrangement gagnant-gagnant.

Nous dépassons un petit groupe de dragons en sortant de la cafétéria. Jaxon les dépasse sans un regard et j'aimerais l'imiter, mais Flint est parmi eux. Il essaie d'attirer mon attention.

Vraiment, je préférerais l'ignorer, cependant j'étais sincère quand on en a parlé avec Jaxon : quelque part, je comprends pourquoi il m'a attaquée. Ce n'est pas demain la veille qu'on me reprendra à rôtir des chamallows avec lui, toutefois je comprends. Je ne le déteste pas.

Et je ne parviens pas à lui battre froid.

Mon regard croise le sien pendant quelques secondes. Il écarquille les yeux de surprise, puis me fait une de ces grimaces dont il a le secret, le genre qui me fait toujours rire. Cette fois, je ne ris pas. Je me contente de lui faire un petit sourire. Pour l'instant, ça devra suffire.

À ma grande surprise, Jaxon ne fait pas de commentaires. Apparemment il n'y a pas que moi qui apprends à faire des compromis. Je serre sa main un peu plus fort pour le remercier ; il secoue la tête en guise de réponse.

Tout est normal. Tout est bien.

Je sais qu'il est inquiet – et le sera toujours – que notre amour me mette en danger. Et une partie de moi sait qu'il a raison. Je ne serai jamais en sécurité tant qu'on sera ensemble.

Mais, peu importe ce qu'il pense, ce n'est pas à lui de me protéger. C'est ce que je me suis dit lors de notre première rencontre, lors de mon arrivée à Katmere : ce garçon n'est le héros de personne. Et surtout pas le mien. Ce qui me convient très bien.

— Au fait, je lui dis, tu ne m'as jamais raconté la fin de la blague de l'autre jour.

On s'arrête à quelques mètres de la salle où j'ai cours, pour profiter encore un peu du couloir désormais presque vide et éviter que mes camarades paniquent à la vue de Jaxon.

— Quelle blague ? demande Jaxon.

— Tu sais, la blague du pirate. Que dit le pirate à ses quatre-vingts ans ?

— Ah oui ! Il dit…

Mais je n'aurai jamais la chute de l'histoire. Une lueur attire mon attention dans le dos de Jaxon. Une lueur accompagnée d'une épaisse fumée noire.

Je recule et tâche d'entraîner Jaxon à ma suite. Trop tard : la fumée se dissipe, dévoilant un garçon qui ne peut être que Hudson Vega. Hudson Vega, armé d'une gigantesque épée qu'il s'apprête à abattre sur la tête de Jaxon.

Devant mon expression horrifiée, Jaxon se retourne. L'épée cingle déjà l'air, il n'aura pas le temps de parer le coup.

Terrifiée, je l'attrape par le bras et le tire vers moi. Il bascule vers l'avant, mais il est toujours dans la trajectoire de la lame. Pendant un instant, je revois son expression lorsque nous étions tous les deux étendus sur son lit hier soir, lui penché sur moi, en appui sur un coude. Son sourire alangui, son regard voilé de désir…

Il avait les cheveux dans la figure et je les ai repoussés pour voir ses yeux. Ce faisant, j'ai effleuré sa cicatrice… et pour la première fois, il n'a pas cillé. Son sourire n'a pas tremblé. Il n'a pas baissé la tête, ne l'a pas détournée. Il est resté avec moi, à profiter du moment.

Détendu.

Heureux.

Entier.

Et c'est là que je comprends. Jaxon n'était pas destiné à être le héros de mon histoire, parce que c'est moi qui étais destinée à être l'héroïne de la sienne.

Alors je fais la seule chose que je puisse faire. Je l'enlace et nous fais pivoter de sorte que je présente mon dos à la lame.

Puis je ferme les yeux et j'attends le coup dont j'ai toujours su qu'il viendrait.

0

ELLE PERSISTE

Jaxon

— Quand va-t-elle redevenir elle-même, Foster ?

— Je ne sais p…

— Ça suffit ! Arrêtez de me dire que vous ne savez pas !

Je jette un coup d'œil à la bibliothécaire et au prof de biologie des créatures oubliées assis devant le bureau du directeur.

— Comment est-ce qu'on a pu vous donner la responsabilité de diriger cette école ? Vous n'êtes même pas capable de répondre à une simple question !

— La question n'est pas simple, Jaxon, soupire le directeur en se pinçant l'arête du nez entre le pouce et l'index.

— Bien sûr que si. Grace était dans mes bras… Elle me protégeait de l'attaque de Hudson.

Ma gorge se serre à ce souvenir. Elle a essayé de me tirer hors de la trajectoire de l'épée et, quand ça n'a pas marché, elle s'est jetée entre nous…

Je m'ébroue pour revenir à notre conversation. Si je pense à ce qu'elle a fait pour moi, je… Le sol sous moi se met à trembler. Non ! Non. La seule raison pour laquelle je n'ai pas encore réduit le lycée en poussière, c'est que j'ai peur de blesser Grace.

J'inspire avant de reprendre.

— Grace était là. Et l'instant d'après, elle… Grace était…

Je n'arrive pas à le dire, car si je dis à voix haute qu'elle est partie, ça deviendra vrai.

— Elle était là, Foster, chaude, vivante. Elle était… Elle était là. Puis elle…

La terre gronde de nouveau et, cette fois, je n'essaie même pas de l'en empêcher.

Je me dirige vers le coin de la pièce où se tient Grace. Ce qu'il reste de Grace. Ma Grace.

— Pourquoi est-ce qu'elle ne peut pas revenir ? je demande pour la millième fois. Pourquoi ne pouvez-vous pas la faire revenir ?

— Je sais que c'est difficile pour toi, dit le Dr Veracruz, le biologiste. C'est dur pour nous aussi. Ça fait des milliers d'années que nous n'en avons plus vu… Il va nous falloir un peu de temps.

— Vous avez eu quatre jours ! Quatre jours, et vous n'avez pas le début d'une réponse. Comment est-ce que je peux aider Grace si vous n'êtes pas capable de m'expliquer ce qu'elle a ?

— Il faut que tu acceptes l'idée que tu ne peux pas l'aider.

C'est Foster qui parle et, pour la première fois, je me rends compte qu'il est aussi abattu que moi.

— Il faut qu'on accepte tous l'idée qu'elle ne reviendra que lorsqu'elle le voudra.

— Non, je ne peux pas le croire, je réponds d'une voix rauque, les poings serrés. Elle ne me quitterait pas comme ça. Pas volontairement. Elle ne m'abandonnerait pas.

— D'après ce que j'ai lu ces derniers jours, elle devrait être capable de revenir d'elle-même, m'explique Amka. Ça nous laisse deux possibilités.

— Attention à ce que tu vas dire, je gronde.

— Jaxon…

— Non, Foster. Elle n'a pas intérêt à le dire. Grace n'est pas morte. Elle ne peut pas être morte.

Car si c'est le cas, je ne réponds plus de mes actes. Rien ne pourra m'empêcher de réduire ce lycée en cendres. Et si c'est Hudson qui la retient… S'il lui fait du mal… Rien que la pensée de ce qu'il est capable de lui infliger m'électrise le corps de terreur. S'il a posé un seul doigt sur elle, je le retrouverai… Et je le brûlerai. Oui : je mettrai mon propre frère au bûcher.

— Elle n'est pas morte, je répète en contemplant le beau visage de Grace.

Ses yeux sont fermés, comme ils l'étaient à la dernière seconde, dans le couloir. Peu importe, je n'ai pas besoin de voir ses yeux pour savoir ce qu'elle ressent pour moi. C'est écrit sur son visage : elle m'aime. Elle m'aime presque autant que je l'aime.

— Si elle n'est pas morte… et je suis d'accord avec toi, elle ne l'est probablement pas, reprend prudemment le Dr Veracruz, alors l'autre option est qu'elle a *choisi* de ne pas revenir tout de suite.

— Vous n'en savez rien. Peut-être que quelque chose la retient…

— Si, on sait, me rappelle Amka d'un ton ferme. Il est impossible de piéger une gargouille dans sa forme de pierre. Si elle ne reprend pas sa forme humaine, c'est parce qu'elle ne veut pas.

— C'est faux. Hudson lui a fait quelque chose. Il…

— Jaxon.

La voix de Foster me coupe.

— Tu penses vraiment que Grace reviendrait si elle savait ramener une menace avec elle à Katmere ?

Le directeur soutient mon regard, les yeux solennels et féroces à la fois. De toute mon âme, je le supplie de ne pas dire ce que nous pensons tous les deux.

— Une menace pour le lycée… Ou pour toi.

La douleur me transperce, me dévaste. M'éviscère. Je peux à peine réfléchir, ou respirer, tant c'est intense. Foster a raison. Si Grace souffre en ce moment, c'est parce qu'elle essaie de me protéger.

Je lui ai raconté l'histoire de Hudson et de ce que ma mère m'a fait. Elle sait que tuer mon frère a failli me détruire. Alors, si revenir signifie le ramener à la vie et me contraindre à le tuer une seconde fois, jamais elle ne prendra cette décision. Elle ne me forcera pas à revivre tout ça.

— Elle me protège, c'est ça ? je murmure d'une voix à peine audible.

Mais Foster m'entend, et il pose la main sur mon épaule.

— Je crois, oui.

En fait, il en est sûr. Et moi aussi. Grace m'aime. Elle m'a déjà sauvé la vie une fois. Et elle restera prisonnière de la pierre aussi longtemps que nécessaire pour protéger tous ceux qu'elle aime à Katmere.

À jamais, s'il le faut.

Mon cœur s'emballe à cette pensée. Mes mains tremblent, mon souffle devient saccadé et je dois faire appel à toutes mes forces pour ne pas tomber.

Je ne peux pas la laisser faire ça. J'ai difficilement tenu le coup quatre jours sans elle. Alors l'éternité…

Pendant un instant, je me remémore tout ce que j'aime chez elle, bien que chaque souvenir me brise un peu plus.

La douceur de son regard quand elle me touche.

La manière dont elle plisse les yeux quand je l'agace.

Son rire quand elle me raconte une blague pourrie.

Que faut-il ne jamais organiser dans un sous-marin ?

Une journée portes ouvertes.

Celle-là était particulièrement mauvaise. Bon sang, elles l'étaient toutes, mais je m'en fichais tant qu'elle rigolait, fière comme un paon.

Elle me manque tellement.

Son odeur de biscuit à la fraise me manque.

Sa douceur me manque. Son corps sublime, et la façon dont il épousait si bien le mien.

Ses boucles me manquent.

Je tends la main pour caresser sa joue de pierre comme elle caressait la mienne.

Et je dis ces paroles à Foster, tout en espérant que Grace les entendra elle aussi :

— Je vais trouver un moyen de la séparer de Hudson. Et je vais m'assurer qu'il ne sera plus une menace pour personne. Même si je dois le tuer…

— Ça ne suffira peut-être pas, Jaxon, intervient Amka. Elle pourrait tout de même choisir de…

— Si, ça suffira, je rétorque.

Parce qu'elle m'aime. Parce qu'elle sait que je ne suis rien sans elle.

Je me penche pour poser mon front contre le sien. Et je chuchote :

— Je vais trouver un moyen de l'arrêter, Grace. Je te le jure. Et alors tu me reviendras. J'ai besoin de toi.

Je ferme les yeux et ravale tout ce que je voudrais dire de plus. Rien d'autre n'a d'importance. Pas sans elle.

Il faut qu'elle revienne, sinon je serai anéanti. Et, cette fois, je risque d'entraîner le monde entier dans ma chute.

FIN DU PREMIER LIVRE

Mais ce n'est pas tout !

Continuez votre lecture : trois chapitres exclusifs du point de vue de Jaxon vous attendent.

Rien ne sera plus jamais pareil…

SI TU NE VIS PAS DANS UNE TOUR, TU N'ES PAS UN PRINCE CHARMANT

Jaxon

Je n'arrive pas à croire que Foster ait osé faire ça. Je m'y refuse. Je passe chaque heure de chaque journée à essayer de contenir l'explosion qui couve, et c'est comme ça qu'il me remercie ? Incroyable.

— C'est elle ? demande Mekhi du canapé où il est affalé.

J'observe la fille qui descend d'une motoneige devant le lycée.

— Ouais.

— T'en penses quoi ? intervient Luca. Elle ferait un bon leurre ?

— Peut-être. Elle a l'air…

Elle a l'air épuisée. Le dos courbé, les épaules rentrées, elle enlève son casque et regarde l'escalier devant elle comme s'il était un obstacle infranchissable. Elle est plus qu'épuisée, en fait elle est… défaite ? Non, c'est pire que ça.

— Quoi ?

Byron s'approche dans mon dos pour jeter un coup d'œil par-dessus mon épaule.

— Oh ! Ouais. Complètement sans défense, murmure-t-il après quelques instants.

Oui, c'est le mot que je cherchais. Sans défense.

Pas de doute : elle fera un leurre parfait. Ce qui ne fait pas de doute non plus, c'est que je suis un salaud. Comment voulez-vous que j'use et abuse d'une fille que la vie a déjà mise à terre ?

D'un autre côté, je n'ai pas le choix. Il se trame quelque chose. Quelque chose d'énorme, de malsain. Je le sens. Les autres membres de l'Ordre aussi. Ça fait plusieurs jours qu'on interroge tout le monde autour de nous, mais personne ne parle… ou en tout cas, pas à nous. Et comme on ne veut pas dévoiler à quel point tout ça nous inquiète sans provoquer un désastre monumental… Eh bien, il nous faut un leurre.

— Sans défense, c'est parfait, non ? remarque Liam sans aucune compassion.

Je le fusille du regard tandis qu'il sort un thermos de sang du minifrigo caché dans ma bibliothèque.

— Je veux dire, ça donnera à ceux qu'on essaie de piéger une impression de sécurité.

— Ou bien ça leur facilitera la tâche quand ils voudront la tuer, objecte Rafael.

Même s'il paraît désinvolte, je sais qu'il est sérieux. Ce qui ne me surprend pas : il a toujours eu un faible pour les demoiselles en détresse. Il est contre ce plan depuis le début.

Moi non plus, ça ne me plaît pas, mais je ne sais pas quoi faire d'autre. On ne peut pas se permettre d'ignorer ce qui se trame autour de nous. Pas si on veut empêcher une nouvelle guerre… ou pire.

Je me retourne vers la fenêtre. Même si elle vacille à chaque pas, la fille est parvenue à gravir l'escalier sans encombre. J'aimerais bien voir son visage, mais il est masqué par une écharpe. Tout ce qui s'offre à mon regard, c'est une masse de boucles sauvages qui dépassent de son bonnet rose vif.

— Qu'est-ce que tu vas faire ? m'interroge Mekhi. Qu'est-ce que tu vas lui dire ?

Je n'en ai aucune idée. D'accord, j'avais préparé ce que je *voulais* lui dire. Ce que je *devrais* lui dire. Mais parfois, on ne fait pas ce qu'on devrait. Je l'ai appris grâce à Hudson. Et à ma mère.

Alors, plutôt que de répondre à mon meilleur ami, je demande :

— Est-ce qu'il y autre chose que je devrais savoir ?

— Jaxon…, commence Rafael, mais je l'arrête d'un regard.

— Dites-moi.

— Les dragons sont de retour dans les tunnels, annonce Luca avec un accent espagnol si charmant qu'il semble amoindrir la gravité de ce qu'il vient de dire. Je ne sais pas encore ce qu'ils y font, mais je vais enquêter.

— Et les loups ?

Liam ricane.

— Toujours la même meute de connards.

— Ça, ça ne changera pas, répond Mekhi en se penchant pour cogner son poing contre le sien.

— Jamais, je renchéris. Et à part ça, est-ce qu'il y a quelque chose d'inhabituel ?

— Non. Ils passent tout leur temps à hurler à la lune comme un troupeau de criminels, souffle Buron en regardant toujours par la fenêtre.

Je devine qu'il pense à Vivian.

— Tu devrais intervenir, ajoute-t-il.

— C'est des loups, Byron. Évidemment qu'ils hurlent à la lune. Que veux-tu que j'y fasse ?

— Tu sais ce que je veux dire, réplique-t-il d'un ton de reproche.

Et c'est vrai. Je sais très bien.

— Cole m'a promis qu'ils ne s'attaqueraient plus jamais à personne comme ils s'en sont pris à Vivian.

— C'est ça, grogne Byron. Comme si on pouvait lui faire confiance, à lui et sa troupe de clébards errants.

Ça fait cinq ans que Byron a perdu sa promise. Pour un vampire, autant dire deux jours. La plaie est fraîche.

— Ta proie est entrée, murmure Byron.

Un coup d'œil me confirme qu'il dit vrai. Le bonnet rose et la fille dessous ont disparu.

— Je reviens, je leur dis en retirant le sweat rouge de Katmere que j'ai porté toute la journée. Difficile d'intimider qui que ce soit avec un sweat aux couleurs de l'école…

Je descends l'escalier quatre à quatre. Je ne sais toujours pas ce que je vais lui dire, ni même si je vais lui parler, mais j'aimerais bien la voir de près. Pour déterminer si elle risque de poser un problème. Si mes craintes se confirment, elle risque d'en causer des tonnes…

Je la retrouve seule au bas des marches, occupée à contempler un jeu d'échecs dans une alcôve. Oh oui ! elle va nous causer du souci.

Qu'est-ce qui leur prend, à Macy et à Foster ? Ça fait deux minutes qu'elle est là, et ils la laissent déjà seule ? Ici ? N'importe qui pourrait l'approcher… Et par l'approcher, je veux dire la harceler, ou pire.

J'ai à peine le temps de dévaler la dernière volée que Baxter se faufile déjà furtivement vers elle, les yeux brûlants et toutes canines dehors.

J'attire son attention d'un signe, puis le chasse d'un regard. Ce n'est pas que je veux l'empêcher de boire la petite humaine (elle est vraiment petite, à peine un mètre soixante), mais il y a des règles. Et l'une d'entre elles, c'est qu'on n'a pas le droit de manger la nièce du directeur. Ce qui est dommage, parce qu'elle sent vraiment bon. Un parfum de vanille et de miel perce sous la senteur aigrelette due à son trop long voyage.

Je me demande quel goût elle a.

Non. Boire son sang, même juste pour goûter, est hors de question. Je repousse cette pensée et bondit au bas de l'escalier.

Elle ne réagit pas. Est-elle sourde ? Ou suicidaire ?

Sourde, j'espère ; qu'elle soit suicidaire compliquerait les choses. Surtout, ici, à Katmere, où chaque recoin cache des dangers mortels – et je me compte parmi ces dangers.

Je me glisse dans son dos tandis qu'elle soulève une pièce de jeu d'échecs pour l'examiner, comme si elle n'avait jamais rien vu d'aussi fascinant. Curieux malgré moi, je regarde par-dessus son épaule pour voir laquelle elle a choisie. Maman, dans toute sa gloire. Évidemment.

Sans pouvoir me retenir, je me penche et chuchote :

— Attention à celle-là. Ça lui arrive de mordre.

Elle sursaute comme si c'était moi qui l'avais mordue. Bon, pas suicidaire, alors. Ni sourde. Juste distraite. Tant mieux.

Je m'apprête à la prévenir de ne jamais tourner le dos à qui que ce soit ici, mais elle fait volte-face sans m'en laisser le temps. Nos regards se heurtent, et j'oublie ce que j'allais dire.

Oh non ! Oh non, par pitié, non.

Elle est à la fois familière et parfaitement inattendue.

Comme toutes les humaines, elle est fragile. Je pourrais la tuer d'un revers de la main, ou d'un coup de canine. Ce qui réglerait le problème, sauf, bien sûr, que Foster serait furieux.

Mais quand elle lève sur moi ses yeux couleur chocolat au lait, je ne pense plus du tout à la tuer. Je me dis que sa peau a l'air si douce. Que j'aime la façon dont ses boucles encadrent son visage en forme de cœur.

Je me demande si ses taches de rousseur, sur sa joue gauche, forment une étoile ou une fleur.

J'aimerais tant plonger mes dents dans son cou, juste sous son oreille.

J'aimerais tant qu'elle me le demande.

J'aimerais tant la sentir s'offrir à moi, s'abandonner dans mes bras.

J'aimerais tant connaître son goût sur ma langue. Si son goût est aussi délicieux que son odeur, je ne parviendrais pas à m'arrêter. Je boirais tout mon soûl. Pourtant, j'arrive toujours à m'arrêter.

Cette idée me gêne, d'autant que j'étais descendu pour voir à quoi elle ressemblait, histoire de m'assurer qu'elle ne compliquerait pas la situation plus qu'elle ne l'est déjà, et voilà que je suis en train de songer à…

— *Qui* risque de me mordre ?

Sa voix tremblante m'arrache à mes pensées. Par-dessus son épaule, je jette un coup d'œil à la table d'échecs… et à la pièce qu'elle a lâchée.

Je me penche pour ramasser la reine vampire, même si je n'ai aucune envie de la toucher, qu'il s'agisse d'une reproduction ou de la reine en personne. Je la brandis sous le nez de la nièce de Foster, de Grace.

— Franchement, elle n'est pas très gentille.

Grace me dévisage.

— C'est une pièce d'un jeu d'échecs.

Sa confusion m'amuse presque autant que la façon dont elle essaie de dissimuler la peur que je provoque en elle. Elle s'en sort bien, un autre humain s'y tromperait, mais pas moi. Je flaire sa peur… ainsi qu'autre chose. Une fragrance qui met tous mes sens en alerte.

— Et ? je la relance.

C'est beaucoup trop amusant de taquiner une humaine.

— C'est une pièce d'un jeu d'*échecs*.

Pour la première fois, elle trouve le courage de me regarder dans les yeux. Ça me plaît plus que ça ne devrait.

— Elle est en *marbre*. Elle ne peut pas mordre.

Je fais une moue qui signifie « Sait-on jamais ? ».

— « Il y a plus de choses au ciel et en enfer, Horatio, que n'en peut rêver votre philosophie. »

Vu le bordel dans lequel l'arrivée de Grace nous plonge tous, *Hamlet* me paraît tout indiqué.

— « Sur la terre », dit-elle.

Je lève un sourcil, étonné. Non seulement elle a reconnu la citation, mais elle n'hésite pas à relever mon erreur. Enfin, ce qu'elle prend pour une erreur.

— La citation exacte est : « Il y a plus de choses au ciel et sur la terre, Horatio. »

— Je préfère ma version.

— Même si elle est fausse ?

— Parce qu'elle est fausse, justement.

Elle a l'air de ne pas y croire. Ça m'amuse autant que ça m'inquiète, car ma première impression était juste : elle n'est pas très observatrice. Elle n'a rien compris. Elle risque donc de ne pas survivre longtemps à Katmere, ou de déclencher une guerre. Peut-être même les deux.

Et je ne peux pas la laisser faire. Pas après avoir tant œuvré à maintenir la paix.

— Je dois y aller, couine-t-elle, les yeux écarquillés.

C'est la goutte d'eau qui fait déborder le vase. Si elle est impressionnée par une conversation aussi innocente, elle ne va pas tenir plus d'un jour ici.

— Ouais.

Je fais un pas en arrière et lui indique la sortie du menton.

— La porte est par là.

Choquée, elle réplique :

— Et puis quoi ? Adieu et bonne continuation ?

Je hausse les épaules avant de lui donner une réponse qui devrait suffire à la faire fuir. C'est aussi une réponse qui me fait passer pour un connard, et ça fait mal, mais elle ne saura jamais rien de mes regrets.

— Tant que tu quittes ce bahut, je me contrefiche de ce qui t'arrivera ensuite. J'ai prévenu ton oncle que tu ne serais pas en sécurité ici… Mais il n'a pas l'air de beaucoup tenir à toi.

Son étonnement disparaît, remplacé par de la colère.

— Tu te prends pour qui ? Le comité d'accueil de Katmere ?

— Le comité d'accueil ? Crois-moi, c'est le meilleur accueil que tu recevras ici.

— Alors, c'est comme ça ? s'écrie-t-elle en écartant les bras. C'est comme ça qu'on souhaite la bienvenue en Alaska ?

Sa résistance me surprend autant qu'elle m'intrigue, ce qui n'est pas acceptable. C'est peut-être ce qui me fait gronder :

— La bienvenue en enfer, plutôt. Et maintenant, dégage, dis-je, aussi bien pour me mettre en garde que pour lui faire peur.

Raté. Elle ne s'enfuit pas. Elle ne se tait pas non plus. Elle lève son nez mignon et plante son regard dans le mien.

— T'es toujours aussi charmant ? Ou c'est juste pour fêter mon arrivée ?

Ça me paralyse. Personne ne me parle comme ça. Jamais. Surtout pas une humaine que je pourrais achever d'une pensée. C'est rageant : j'essaie de lui sauver la vie, et elle ne s'en rend même pas compte.

Bon, ça suffit comme ça. Il faut absolument que je parvienne à la terrifier.

— Si tu n'en as pas plus dans le ventre, je te donne à peu près une heure.

À son tour de hausser les sourcils :

— Une heure avant quoi ?

— Avant de te faire bouffer.

— Me faire bouffer ? Sérieusement ? Tu ne penses pas que j'ai passé l'âge d'avoir peur des monstres mangeurs d'enfants ?

La manger... La mordre. J'en meurs d'envie. Plus elle s'énerve, meilleur elle sent. Et elle est si jolie avec ses joues gorgées de sang et la veine qui palpite dans son cou...

— Tu ferais mieux d'y croire, je souffle. Même si... tu ferais à peine un hors-d'œuvre.

Pourtant, j'en ai l'eau à la bouche. Mes canines menacent d'émerger malgré moi de mes mâchoires.

Je voudrais la goûter. Sentir la douceur de son corps contre le mien tandis que je m'abreuve. La boire, la boire, la boire et... Non. Je ne peux même pas y penser. Je me force à la toiser d'un air méprisant avant de lâcher :

— Peut-être un amuse-bouche.

Et je claque des dents à deux centimètres de son cou. Elle frissonne. Je tâche d'ignorer ce frisson.

C'est difficile. N'importe qui battrait en retraite à sa place, mais pas elle.

— C'est quoi, ton problème ? crache-t-elle.

Je manque d'éclater de rire.

— Ça dépend, t'as combien de siècles devant toi ?

Il en faudrait plusieurs pour lui faire une réponse exhaustive.

— Tu sais quoi ? T'as pas à…

Du coin de l'œil, je vois des élèves s'approcher derrière nous. Ils sont discrets, mais je les sens. Ils écoutent. Ils attendent. Prêts à bondir.

— Ne me dis pas ce que je dois faire quand toi-même tu n'as aucune idée du pétrin dans lequel tu t'es fourrée.

— Oh non ! s'écrie-t-elle en mimant l'effroi. Tu vas me parler de tous ces horribles monstres qui rôdent dans l'Alaska sauvage ?

Malgré moi, je suis impressionné. C'est énervant qu'elle ne prenne rien de tout ça au sérieux, mais comment le lui reprocher ? Je n'inspire pas la confiance. Franchement, c'est fou qu'elle ne flanche pas. Tout le monde s'aplatit devant moi, d'habitude.

— Non, je vais te parler de tous ces horribles monstres qui rôdent dans les couloirs de ce château.

Je m'avance d'un pas et réduis à néant la distance entre nous.

Il faut qu'elle sache ce qu'elle risque à vivre ici et à défier les gens. Les loups ou les dragons ne seront pas aussi magnanimes que moi. Ils risquent de mordre d'abord et de poser des questions ensuite.

Elle doit lire quelque chose d'affreux sur mon visage parce qu'elle fait un pas chancelant en arrière. Puis un autre. Et un autre.

Mais je la suis, pas à pas, jusqu'à ce qu'elle soit coincée contre la table d'échecs.

Je dois lui faire peur. Je dois la convaincre de fuir Katmere, de partir loin d'ici. Même si plus je m'approche d'elle, moins j'ai envie qu'elle s'éloigne.

C'est si bon d'être contre elle, et son odeur est si capiteuse que j'ai du mal à me concentrer.

— Qu'est-ce que...

Elle s'étrangle.

— Qu'est-ce que tu fais ?

Je n'ai pas de réponse à lui donner, hormis : *Je fais ce qu'il ne faut pas faire.* Mais je m'en fiche, dès lors qu'elle est devant moi avec ses yeux chocolat au lait tourbillonnants d'émotions qui me font tout ressentir mille fois trop fort.

Je ne peux pas lui dire ça. Je ne devrais même pas y penser. Alors, je prends l'une des pièces en forme de dragon pour la lui montrer.

— Je croyais que tu voulais voir les monstres ?

Elle la regarde à peine.

— Je n'ai pas peur d'un dragon de cinq centimètres de haut.

Quelle sotte.

— Ouais, ben, tu devrais.

— Ouais, ben, non.

Sa voix est tendue. Peut-être que j'ai réussi à l'effaroucher, finalement. Toutefois son odeur n'est pas celle de la peur. C'est l'odeur de... Non. Je ne peux pas penser à ça, même si j'en meurs d'envie.

Je me redresse, ce qui suffit pour remettre un peu d'espace entre nous. Le silence s'éternise. Le malaise de Grace est évident.

Je finis par le rompre, parce que je sais qu'elle ne le fera pas.

— Si tu te fiches des monstres, de quoi as-tu peur, au juste ?

Je tente d'affecter un ton désinvolte. Comme si je me moquais de sa réponse.

— De pas grand-chose, dit-elle. Plus grand-chose ne t'effraie lorsque tu as déjà perdu tout ce qui comptait pour toi.

Cette déclaration me paralyse. Les mots explosent en moi comme autant de bâtons de dynamite. J'ai peur de me briser, d'éclater en mille morceaux devant elle. Une douleur que je croyais enfouie au plus profond remonte soudain à la surface, et mon cœur saigne. Je saigne, alors que je me croyais exsangue. Alors que je me croyais à sec.

Je m'efforce de ravaler tout ça. En vain. Et je me rends compte brusquement que ce n'est pas ma douleur que je ressens, mais la sienne.

C'est horrible et terrifiant de reconnaître mes plaies et mes cicatrices en elle. Maintenant que j'en ai pris conscience, je ne sais pas comment je pourrais m'écarter d'elle. Ni comment je pourrais accomplir mon devoir.

Je tends la main pour prendre délicatement une de ses boucles entre mes doigts. Elle est si vivante, si brillante, si pleine d'énergie et de joie que j'en oublie que je voulais qu'elle parte.

J'étire la boucle et la regarde rebondir entre mes doigts. C'est soyeux et frais… et pourtant ça me réchauffe comme rien ne m'a réchauffé ainsi depuis trop longtemps.

Grace lève les mains et les pose sur mes épaules pour me repousser.

Je ne bouge pas. J'en suis incapable.

— S'il te plaît, murmure-t-elle.

Il me faut une seconde, ou peut-être deux, ou trois, avant de trouver la force de remuer. La force de lâcher sa boucle, notre seul lien.

Mécontent de moi-même, d'elle, de toute cette situation, je passe la main dans mes cheveux, et le regrette immédiatement : ses yeux se posent aussitôt sur ma cicatrice. Je hais cette cicatrice, son origine, et ce qu'elle représente – surtout ce qu'elle représente.

Très vite, je baisse la tête pour que mes cheveux retombent et la cachent.

Trop tard. Je le vois dans son visage, dans ses yeux.

Je l'entends dans l'irrégularité de son souffle.

Elle s'approche de moi et pose la main sur ma joue blessée. Je me retiens de la repousser. De m'enfuir aussi loin que j'en suis capable.

Ironique, non ? J'étais venu pour l'intimider, et c'est moi qui songe à prendre la fuite.

Nos regards se croisent. Je suis captivé par la douceur et la force que je lis dans ses yeux. Elle me caresse la joue.

Je n'ai jamais rien ressenti d'aussi fort de toute ma maudite vie. Rien à présent ne pourrait me faire briser le lien qui s'est établi entre nous.

— Je suis désolée, chuchote-t-elle. Tu as dû avoir terriblement mal.

Sa voix et le contact de son pouce sur ma peau m'électrisent. Tout mon être tremble de douleur et d'extase mêlées. Deux mots tournoient dans ma tête, se répètent en boucle.

Ma promise.

C'est elle. Cette fille est ma promise. Cette fragile humaine juchée au bord d'un précipice est ma promise.

Cette prise de conscience me foudroie, et pendant un moment, je me laisse le temps de m'en convaincre. Je ferme les yeux et presse ma joue contre sa paume. Comment ce serait, de me laisser aimer ? Et de l'aimer ? De l'aimer complètement, irrévocablement, inconditionnellement ? Je m'imagine faire ma vie avec cette fille narquoise, brisée et si courageuse.

Ce serait merveilleux.

Mais tout le monde autour nous observe – m'observe – et je ne peux pas me laisser aller. Je me fais violence pour faire un pas en arrière, pour remettre une réelle distance entre nous. Depuis quand suis-je là, blotti contre elle ? J'ai l'impression que ça fait des siècles.

— Je ne te comprends pas, je dis.

Ce ne sont pas les mots que je devrais dire, mais ce sont les seuls dont je dispose.

— « Il y a plus de choses au ciel et en enfer, Horatio, que n'en peut rêver votre philosophie », répond-elle, répétant mon erreur avec un sourire qui me cisaille le cœur.

Je secoue la tête pour reprendre mes esprits. Inspire. Expire lentement.

— Si tu ne veux pas partir…

— Je ne *peux* pas partir, me coupe-t-elle. Je n'ai nulle part où aller. Mes parents…

— … sont morts. Je sais.

La colère gronde en moi. À cause de tout ce qu'elle a subi, et de tout ce que je voudrais faire pour elle mais qui m'est interdit.

— Très bien, dans ce cas, écoute-moi très, très attentivement.

Elle écarquille les yeux.

— Qu'est-ce que tu…

— Rase les murs. Garde la tête baissée. N'examine rien ni personne de trop près.

Je me penche vers elle et presse mes lèvres contre son oreille. Je dois me retenir de toutes mes forces pour ne pas la mordre.

— Et surveille toujours tes arrières.

Avant qu'elle ne puisse répliquer, je repère Foster et Macy qui viennent vers nous. Elle se retourne, et je fais la seule chose que je peux pour la garder en sûreté. Je disparais par l'escalier, si vite que je parviens presque à ignorer que chacun des pas qui m'éloignent d'elle me coupe comme un éclat de verre.

Bien que j'aie prévu d'aller dans ma chambre, je m'arrête après l'angle du mur pour écouter sa voix quand elle parle à Foster. Pas ses paroles, mais sa voix. Ça me suffit, pour le moment.

Bientôt, je voudrai tout d'elle.

Bientôt, je devrai la tenir à distance.

Parce que si je trouvais que c'était dangereux pour elle de servir de leurre, être la promise d'un vampire serait mille fois pire. Et tout particulièrement d'un vampire qui tient le destin du monde entre ses mains.

IL SUFFIT D'UN VAMPIRE POUR GAGNER UNE BATAILLE DE BOULES DE NEIGE

Jaxon

Je regarde Grace se diriger vers la porte avec Flint et Macy et m'ordonne de partir. Je me dis qu'il n'y a pas de quoi s'inquiéter. Elle est en sécurité. En vain : je sais que je vais les suivre.

La suivre.

Ils marchent maintenant dans la neige, si lentement que le prédateur le plus faible et le plus stupide du monde les rattraperait sans problème. À ma surprise, Flint ne s'impatiente pas, ne demande pas à Grace de se dépêcher. Au contraire, il marche près d'elle et rit à ce qu'elle vient de dire. Puis la fait rire à son tour.

Je me sens bouillir : c'est à ma promise qu'il fait du charme ! Celle-là même dont je le soupçonne de souhaiter la mort. Cette pensée me pétrifie. Chacun de mes nerfs se fige d'horreur et d'une rage si froide qu'elle est aussi brûlante que de la glace.

Je me rapproche aussi près que possible sans me faire remarquer. Tous mes sens sont en alerte ; je suis à deux doigts de briser toutes les règles de conduite auxquelles je m'astreins depuis un an. Jamais je ne me comporterais comme ça en temps normal.

Mais l'année qui vient de s'écouler était tout sauf normale. J'ai dû accomplir des actes terribles. Je ne souhaite ça à personne, même pas à un monstre damné dans mon genre. Alors me voilà, occupé à filer mon ex-meilleur ami pour découvrir ce qu'il complote.

Il n'y a pas si longtemps, j'accordais une confiance aveugle à Flint, et c'était réciproque. C'est récent, mais ça me paraît très lointain. J'ai tant vécu depuis... Désormais, je me méfie de lui même quand il propose quelque chose d'innocent, comme une bataille de boules de neige.

Hors de question que je le laisse seul avec ma promise.

Flint, Macy et Grace parviennent enfin à la clairière où tout le monde les attend. Dissimulé derrière un arbre, j'observe Flint qui s'avance au centre du groupe. Il balance quelques vannes, puis rappelle les règles de base. C'est un règlement aussi absurde qu'hilarant. J'en sais quelque chose : on l'a rédigé ensemble, du temps où je pouvais encore faire semblant d'être un garçon normal.

Grace ne le quitte pas des yeux, ce qui me fait grincer des dents. Mais qu'est-ce que je fous là, à l'espionner comme un obsédé ? J'ai peur, voilà ce que c'est. Ma promise est en danger, je le sens. Malgré tout, j'ai honte de me cacher pour l'épier comme un vieux pervers. Surtout alors qu'elle est obnubilée par un autre garçon.

J'hésite à laisser tomber et à retourner au lycée. Mais quand Flint a fini d'énoncer ses règles, il invite, grand prince, Grace et Macy à se joindre à lui. Elles acceptent et Grace se met sur la pointe des pieds pour jouer avec son bonnet débile en forme de dragon. En riant, Flint se penche pour lui faciliter la tâche, et je vois rouge.

Rouge sang.

Il me faut toute ma volonté pour me retenir de me jeter entre eux. Poings et dents serrés, j'essaie de comprendre à quel jeu joue Flint. D'ailleurs, est-ce vraiment un jeu pour lui ?

Il se baisse pour murmurer dans l'oreille de Grace. Même avec ma super-ouïe, je n'entends pas ce qu'il lui dit, mais je vois, je ne peux pas ne pas voir, que ses lèvres immondes frôlent ses joues. Mes canines explosent dans ma bouche.

Je me retrouve soudain beaucoup plus proche d'eux, sans aucun souvenir d'avoir bougé. J'ai la tête pleine d'images de meurtre et de chaos.

Je me force à chasser ces pensées. Je feins de ne pas être en train de traquer Flint comme un prédateur traque sa proie.

— Hé ! relax, me dit Mekhi de sa cachette derrière un tronc à quelques mètres de moi.

Heureusement que lui et les autres ne m'ont pas laissé sortir seul. C'était pour assurer ma protection, bien sûr – après tout, c'est leur rôle en tant que membres de l'Ordre de veiller sur moi – mais pour la première fois, je comprends que je ne suis pas la seule personne qu'ils protègent. Ils protègent aussi tous les autres élèves. Ils les protègent de moi.

Putain ! Je ferme les yeux et passe la main sur mon visage. Il faut que j'apprenne à me contrôler par rapport à Grace. Et vite. Même si l'univers a décidé qu'elle était ma promise, il ne se passera rien entre nous si elle n'en a pas envie, elle aussi. Flint est bien moins compliqué que moi, et il la fait rire…

Non. Il faut que je m'éloigne, que je les laisse. Que j'apaise cette rage sanguinaire qui m'habite.

Voilà, la bataille a commencé : Flint, Macy et Grace courent vers des arbres de l'autre côté de la clairière.

Je décide de ne pas bouger de mon point d'observation. Et puis, cinq secondes plus tard, je me faufile jusqu'à eux... à l'évidence, je suis incapable de me maîtriser quand il s'agit de Grace. J'avance discrètement, le dos courbé. Je n'ai pas envie de devoir expliquer ce que je fais là à qui que ce soit. J'arrive à peine à me l'expliquer à moi-même...

Je contourne un groupe de sorcières qui n'ont même pas pris la peine de faire des boules. Elles se projettent des flux magiques de neige à la figure. C'est totalement inefficace, mais ça les fait marrer. Jusqu'à ce que l'une d'entre elles, Violette, il me semble, déclenche une avalanche qui recouvre ses potes.

Elles en émergent en hurlant de rire. Je souris en les dépassant. Pas si inefficace que ça, finalement.

Grace n'est plus qu'à quelques mètres, occupée à confectionner un arsenal de boules, comme je le lui avais recommandé. Elle rit à gorge déployée, et je m'aperçois que c'est la première fois que je l'entends rire aussi fort depuis qu'elle est arrivée. C'est un joli son, un son joyeux, et il me rend heureux, même si c'est Dragonneau et pas moi qui l'amuse autant.

Je bondis, saisis une branche basse et grimpe dans un arbre. L'escalade est bien plus amusante que la lévitation. Et plus rapide. Une fois que je me suis hissé au sommet, j'ai une vue imprenable sur l'action.

Certains loups sont encore dans la clairière, occupés à s'assommer les uns les autres à coups de boules de neige géantes. Dans un arbre voisin, des sorcières s'amusent à faire tomber de la neige et des stalactites sur les malheureux qui passent sous elles. Les dragons ne sont pas encore dans la bataille : la plupart construisent un arsenal, empilent boule après boule comme ils entassent leur or dans les tunnels sous l'école. C'est la meilleure approche : d'ici peu, ils auront suffisamment de munitions pour vaincre tout le monde. Cela dit, je préfère la tactique des sorcières. Attaquer par surprise tous ceux qui passent sous son arbre est plus ingénieux, et bien plus cool à regarder.

Une voix familière attire mon attention. Un cri. Grace.

Je la cherche des yeux, et manque d'éclater de rire en la voyant essuyer son visage couvert de neige. Flint s'approche et la frictionne à l'aide de son écharpe. Mon sourire s'estompe. Ses mains de brute sont bien trop proches de sa peau, cette peau à la douceur de pétale que je rêve de toucher depuis notre première rencontre…

Elle lève les yeux vers lui, hilare, et secoue ses boucles. Son bonnet rose vif tombe ; un grondement sourd s'échappe de ma gorge. Flint lui tend son bonnet en forme de dragon et l'aide à le remplir de boules de neige. J'ai toutes les peines du monde à me contenir.

Le grondement se mue en grognement rageur quand il pose ses mains sur sa taille, la soulève et la juche sur ses épaules… Il passe un bras autour de ses cuisses pour la maintenir en place, et je sens déjà le goût de son sang de bête sur ma langue.

S'il la fait tomber, s'il lui fait le moindre mal, je le tue. Et s'il l'épargne… Je le tuerai peut-être aussi. Il a intérêt à retirer ses sales pattes dans les cinq secondes.

À mon grand soulagement, il installe délicatement Grace sur une branche basse et je parviens à reprendre mon souffle.

Pendant quelques minutes, j'admire la facilité avec laquelle Grace fait mouche avec ses boules. Elle vise vachement bien pour quelqu'un qui n'a jamais fait de batailles de boules de neige !

Tout va pour le mieux jusqu'à ce qu'un vent vif se lève. Grace vacille un peu et je la vois, l'estomac noué, s'accrocher au tronc. Et quand une bourrasque secoue l'arbre, j'ai déjà sauté au bas de mon perchoir et je me rue vers elle tout en scrutant les environs : le vent est-il naturel ? Ou bien est-ce que quelqu'un le fait souffler ?

Le reste de l'Ordre est sur mes talons.

À mi-chemin, je suis presque convaincu que le vent est d'origine naturelle. C'est là que je repère Bayu un peu plus loin. Bayu a toujours sa forme humaine, mais il fait face à l'arbre, la bouche grande ouverte. Tout ce qui se trouve entre lui et Grace, qu'il s'agisse des arbres, des élèves ou de la neige qui tombe, est secoué par un vent puissant.

La fureur m'électrise. Foutu dragon ! D'un revers de la main, je soulève Bayu à plusieurs mètres du sol et le projette contre le tronc le plus proche.

Il le heurte si violemment qu'il s'évanouit. Mission accomplie. Je voudrais m'arrêter et le vider de son sang pour le punir d'avoir attaqué Grace, mais il y a plus urgent : la bourrasque qu'il a déclenchée ne faiblit pas, et elle vole droit sur Grace.

Je cours comme un dératé vers elle, conscient que je n'y arriverai pas à temps. Le vent déjà fait grincer l'arbre ; elle est en mauvais posture. J'entends la branche sur laquelle elle est assise craquer. Et Flint, ce connard de Flint, ne fait rien pour l'aider.

Un million de pensées se bousculent dans ma tête. Je pourrais soulever Grace et la faire atterrir en douceur. Ou bien utiliser la télékinésie pour étrangler Flint, le serrer à faire sortir ses yeux de ses orbites. Ou bien immobiliser la branche le temps que j'arrive.

Trop tard. La branche craque de nouveau. Je choisis la solution la plus expéditive, la plus facile à expliquer sans dévoiler l'existence des vampires et des dragons : je projette Flint sur le sol pour amortir la chute de Grace.

Il est massif, comme tous les dragons, et suffisamment épais pour la protéger du choc.

Bien sûr, il sait que c'est moi qui l'ai balancé sous elle, et tant mieux. À l'instant même où il heurte le sol, il lève la tête et fouille les environs du regard à ma recherche. Mais en me battant contre Hudson, j'ai appris à ne jamais laisser mes ennemis me repérer. Ou en tout cas, pas avant qu'ils ne soient morts.

Aujourd'hui ne fait pas exception. Je me dérobe aux regards en fantasmant à l'idée d'arracher la sale tête de Flint de son sale corps de sale traître. Et encore, c'est avant que Grace ne tente de se relever et se retrouve à califourchon sur ses hanches.

Elle veut savoir s'il va bien, s'il n'est pas blessé. Juste après qu'il a tenté de la tuer.

Quelle ironie ! Flint le salaud lui assure qu'il est indemne en posant la main sur sa taille, et un brasier destructeur s'allume en moi. Grace se relève ; le feu vengeur gronde. Elle crie contre lui, gratitude et reproche mêlés : comment a-t-il pu risquer sa vie pour la sauver ?

C'est quand elle s'avance de nouveau et le palpe pour vérifier s'il n'est pas blessé que je perds toute retenue.

Peu importe ce que je m'étais promis, peu importe l'effet de surprise. Il est hors de question que Grace pose de nouveau les mains sur Dragonneau alors qu'elle ignore tout du plan machiavélique qu'il fomente.

Je parcours les trois cents mètres qui nous séparent en un éclair. Des gens s'affairent autour de Flint et Grace, mais ils s'écartent à ma vue. Vite.

Voilà, j'y suis. Je dévisage Grace, cette fille qui a changé ma vie. Si seulement j'avais pu la rencontrer un an plus tôt, avant que tout dans mon existence et dans le monde ne devienne un enfer…

Pendant une seconde, je suis si absorbé par cette pensée que j'en oublie Flint. Ainsi que mes amis, qui viennent de s'aligner derrière moi en signe de solidarité. Et même la foule autour de nous qui nous observe de ses yeux avides.

Non, je ne pense qu'à Grace.

Flint fait un geste. Va-t-il s'excuser… Ou peut-être m'engueuler ? Je ne sais pas et je m'en fiche. Il a fait grimper Grace dans cet arbre pour que Bayu puisse la faire tomber. S'il croit que je vais le laisser s'en sortir comme ça, c'est qu'il a perdu tout sens des réalités.

Les actions ont des conséquences, surtout quand il s'agit d'une tentative de meurtre. Je vais le punir. Je ne sais pas encore comment, mais je vais le punir. Ce que je sais déjà, c'est qu'il a intérêt à me donner des explications s'il ne veut pas que je lui arrache les membres un à un devant tout le monde.

— À quoi croyais-tu jouer ? je demande quand il trouve enfin le courage de me regarder dans les yeux.

Il ne répond pas tout de suite, le lâche. Je répète ma question, plus fort. Grace intervient :

— Je suis tombée d'un arbre, Jaxon. Et Flint m'a secourue.

C'est comme si une bombe nucléaire explosait en moi. Elle a prononcé mon nom de sa voix merveilleuse. Mais elle l'a prononcé pour défendre Flint, et j'ai l'impression que ma tête va éclater.

— Ah oui ? je réponds.

Le sarcasme me soulage. Peut-être que je parviendrai à ne pas démembrer Flint devant Grace, après tout.

— Oui ! Une rafale m'a déséquilibrée, j'ai basculé dans le vide et Flint s'est jeté sous moi, m'explique-t-elle d'un ton implorant.

Alors que je m'apprête à réfuter ce dernier point, Grace pose la main sur l'épaule de Flint. Son courageux héros, son sauveur.

— Ça va ? lui demande-t-elle d'un ton si doux que je vois rouge. Tu es sûr que tu n'es pas blessé ?

Je voudrais intervenir, mais je ne peux pas. Pas ici, pas maintenant, pas avec tout ce monde autour de nous. Je dois me contenir.

La terre se met à vibrer sous nos pieds.

Dans mon dos, Byron murmure mon nom, et je mets un terme au séisme. C'est plus dur que ça le devrait. Pourtant, j'ai réussi à ignorer mes émotions pendant toute l'année écoulée. Je les ai si bien ignorées que j'ai presque oublié que j'en avais.

Le séisme était léger, je ne sais pas si quelqu'un l'a remarqué. Personne ne dit rien, en tout cas. Flint écarte la main de Grace.

— Je vais bien, Grace.

Tout de même. Il est plus malin qu'il n'en a l'air. Mais Grace ne s'en satisfait pas.

— Alors qu'est-ce qu'il y a ? insiste-t-elle, ses yeux allant de lui à moi. Je ne comprends pas ce qui se passe.

Il n'y a rien à répondre, alors Flint et moi restons silencieux. Grace a l'air perdue. Autour de nous, les spectateurs jubilent ; ils flairent déjà l'odeur du sang. Les dragons se placent en formation derrière Flint, pour nous signifier à l'Ordre et moi qu'ils le défendront.

C'est futile. Si je décide de démolir Flint, leur présence ne changera rien.

Macy, percevant sans doute la tension, dit d'une voix aiguë :

— Retournons dans notre chambre, Grace. Juste pour s'assurer que tu n'es pas blessée.

— Je vais très bien, réplique Grace, toujours en train de me scruter, visiblement convaincue que je m'apprête à faire quelque chose de stupide.

Et elle n'a pas tort. On ferait mieux de s'en aller, et vite. Elle est encerclée par des gens qui lui veulent du mal.

Je me rapproche d'elle jusqu'à ce que son odeur chaude de cannelle et de vanille m'envahisse les narines.

— C'est une excellente idée, au contraire, je souffle. Je te raccompagne.

Je ne peux pas la laisser seule. La foule est prise de stupeur à ces mots. Sans blague, je vois des gens écarquiller les yeux, la bouche ouverte. Je ne peux pas le leur reprocher. J'agis à l'encontre de mon image habituelle. Ça ébahit tout le monde, et personne ne veut se mettre en travers de mon chemin.

Tant mieux. Vu mon niveau d'énervement, je suis capable de tuer celui qui se placera entre Grace et moi. Ou au moins de le mordre.

— Non, je reste avec Flint, dit Grace, ce qui n'arrange pas mon humeur. Je veux être certaine qu'il va…

— Je vais très bien, Grace, grince Flint entre ses dents serrées. Vas-y. Rentre.

— Sûr ?

De nouveau, elle tend la main vers l'épaule de ce crétin. Cette fois, je m'interpose pour l'empêcher de le toucher et j'avance pour la forcer à s'éloigner de lui.

— Viens, Macy, dit-elle en prenant la main de sa cousine. Allons-y.

Macy hoche la tête et nous nous dirigeons vers le château, Macy, Grace et moi. Je fais signe aux membres de l'Ordre de rester sur place jusqu'à ce que l'attroupement se disperse. Ils m'obéissent.

Nous marchons une minute ou deux avant que Grace ne se tourne vers moi.

— Qu'est-ce que tu fais là ? Je croyais que la bataille de boules de neige ne t'intéressait pas.

Je n'ai pas de réponse à lui offrir, alors j'élude la question :

— Heureusement que je suis quand même sorti, vu ce que Flint t'a fait…

— Il ne m'a rien fait, m'assure-t-elle, malgré une trace de malaise dans sa voix. Il m'a sauvée. Il…

— Détrompe-toi, je réplique.

Peu de choses m'énervent autant que de l'entendre défendre ce dragon. Je m'arrête pour essayer de l'en convaincre, mais quelque chose me distrait. Son visage vient de se tordre de douleur.

Je plisse les yeux.

— Qu'est-ce qu'il y a, Grace ?

— Il y a que je ne comprends pas ce qui te rend aussi furieux.

Je la détaille de la tête aux pieds.

— Où est-ce que tu as mal ?

— Tu es blessée ? s'écrie Macy.

C'est la première fois qu'elle ouvre la bouche. J'avais presque oublié qu'elle était là.

— Ce n'est rien, répète Grace sans parvenir à convaincre qui que ce soit.

Elle se remet à marcher, et cette fois c'est sûr : elle boite et grimace de douleur à chaque pas.

Je grince des dents pour me retenir de lui reprocher son entêtement.

— Où as-tu mal ? j'insiste en soutenant son regard pour lui montrer que je ne renoncerai pas avant d'avoir une réponse.

Elle me fixe en retour, avec un air aussi déterminé que le mien. Puis elle cède avec un soupir.

— Ma cheville. J'ai dû me la tordre.

Je m'agenouille immédiatement devant elle pour palper son pied à travers son après-ski.

— Je ne peux pas te retirer ton après-ski, il fait trop froid. Est-ce que ça fait mal quand j'appuie là ?

Un glapissement de douleur lui échappe. Je lui ai fait mal, et cette pensée m'accable.

— Et si j'allais chercher la motoneige ? propose Macy. Je serais vite de retour.

— Je peux marcher. Sincèrement, proteste Grace, mais sa voix pathétique la trahit.

Je lui tends la main pour l'aider à se relever. Ensuite, puisqu'elle n'est visiblement pas en état de marcher, je la soulève dans mes bras. Et j'essaie d'ignorer le sentiment de félicité totale qui m'envahit. Je ne me suis pas senti aussi bien depuis des siècles.

NE COMPTE PAS SUR UNE SANGSUE POUR TE RASSURER

Jaxon

Grace a à peine le temps de descendre une marche que la porte du château se referme déjà derrière moi.

Peut-être que j'aurais dû rester, mais j'en étais incapable. Pas quand elle a un gros bandage sur le cou et d'autres sur la joue, sur le bras… Et pas quand je sais que c'est moi qui en suis responsable.

Je ferme les yeux ; les souvenirs me reviennent par flashs. Le tremblement de terre. La fenêtre qui explose sous la force de mon pouvoir. L'éclat de verre qui entaille le cou de Grace.

Je n'ai jamais eu aussi peur de ma vie. La peur n'est pas une sensation familière pour moi : en général, c'est plutôt moi qui effraie les autres. Mais quand j'ai compris que Grace était blessée, quand j'ai vu le sang qui s'échappait de son artère… Oui, j'étais terrifié.

Les minutes qui ont suivi sont floues. Je me souviens d'avoir léché sa gorge pour refermer la plaie et limiter l'écoulement sanguin, je me souviens d'avoir couru avec elle dans mes bras, inerte et d'une pâleur mortelle, et de l'avoir amenée à Marise… Et puis plus rien.

Sauf une certitude : j'ai failli la tuer parce que je n'ai pas su me maîtriser.

J'ai failli la tuer parce qu'elle me fait perdre tous mes moyens.

Quand il s'agit de Grace, je suis faible. Si faible que j'ai manqué de la mordre sans même lui en demander la permission.

C'est affreux de se l'avouer. J'ai passé ma vie à protéger les gens contre les pouvoirs terribles et l'égoïsme sans frein de ma famille. Et maintenant, après trois jours avec Grace, me voilà en train d'éclater des vitres, de faire trembler la terre et d'être prêt à me lier à elle sans même lui demander son consentement.

J'ai un problème.

Oui : depuis que j'ai rencontré Grace devant la table d'échecs, je ne parviens plus à réfléchir. Je ne pense qu'à la faire mienne. Elle a déjà failli mourir deux fois parce que je ne parviens pas à me contrôler suffisamment pour la protéger comme je le devrais.

Si nous ne pouvons être ensemble ici, quelle est l'alternative ? Que je quitte Katmere, ce lycée destiné aux enfants des monstres les plus influents de ce monde, alors que nous sommes au bord d'une nouvelle guerre ? Une guerre causée par ma propre famille.

Ou que je persuade Grace de partir ? J'ai déjà essayé le premier jour… Je le lui ai presque ordonné, paniqué par la force de mon désir pour elle, un désir qui ne fait que croître. Or, elle est restée : elle n'a nulle part d'autre où aller.

Et sa place est à Katmere, me souffle la voix animale enfouie au plus profond de moi. *Sa place est auprès de toi.*

Grace est ma promise. Ma *promise.*

Je ne me remets toujours pas du sentiment d'émerveillement et d'horreur mêlés que me cause ce simple mot.

Tous les vampires ont une promise, mais la plupart ne la trouvent pas pendant les deux premiers siècles de vie. Byron faisait exception : il a trouvé Vivian très tôt parce qu'ils ont grandi ensemble dans la même petite ville française. Bien avant d'apprendre qu'ils étaient destinés l'un à l'autre, ils étaient déjà inséparables. En revanche, le reste d'entre nous errons bien plus longtemps à la recherche de la personne qui nous est destinée. Et parfois sans succès.

Je n'ai parlé de Grace à personne, pas même à Mekhi ou à Byron. Si quelqu'un apprend la nature de notre lien, elle sera menacée d'un danger plus grand encore…

Je n'aurais pas dû aller jusqu'à sa chambre aujourd'hui. J'aurais dû la laisser tranquille, mais je suis faible et égoïste et je voulais la voir. J'étais incapable de me retenir de lui rendre visite pour m'assurer qu'elle allait bien, même si je m'étais juré de ne pas le faire.

C'était avant que je l'aperçoive, par-dessus l'épaule de Macy, couverte de plaies, de bleus et de bandages. J'ai alors compris que la laisser seule était la meilleure chose que je pouvais faire pour elle.

Le monstre au fond de moi hurle de rage à cette pensée. J'accélère le pas pour mettre plus encore de distance entre Grace et moi.

J'ai déjà parcouru des kilomètres, mais ce n'est pas assez. Je sens toujours son sang m'appeler, son goût sur ma langue. La première fois que je l'ai goûtée, quand j'ai léché la goutte de sang sur mon pouce le premier soir, j'ai manqué de tomber à genoux. Hier soir, c'était encore pire. Je voulais boire son sang qui jaillissait sur moi, alors même que je tentais désespérément d'en stopper le flux pour lui sauver la vie.

J'étais déjà conscient d'être un monstre, mais qu'est-ce que ce désir, cette soif insatiable d'elle, alors qu'elle était sur le point de mourir, font de moi ?

Un être désespéré ? Mauvais ?

Est-ce le meurtre de Hudson qui m'a brisé ainsi ?

Je continue d'avancer dans la neige, et je cours, et cours encore… Je ne sais plus où je suis, mais peu importe, tant que c'est loin de Katmere… et de Grace. Près d'elle, je ne me fais pas confiance.

Pas si je veux la protéger.

Pas si je veux la garder saine et sauve.

Et c'est là ce que je souhaite par-dessus tout. Plus encore que je ne désire qu'elle soit mienne.

C'est ce qui me décide. Je jette un coup d'œil au GPS de mon téléphone : je ne suis pas loin de l'endroit auquel je viens de penser. En fait, j'en suis déjà si près que c'est mon subconscient qui a dû guider mes pas.

Je bifurque à gauche au pied d'une montagne que je me souviens d'avoir soulevée à douze ans – ça faisait partie de mon programme d'entraînement. Je parcours encore une trentaine de kilomètres pour rejoindre l'entrée d'une grotte complètement masquée par la neige.

Je fais une pause pour rassembler mes esprits et reprendre la maîtrise de moi-même. Même si la Sangsue est mon mentor et qu'elle m'a tout appris, je redoute toujours nos entrevues. C'est la vampire la plus vicieuse et la plus puissante du monde, capable d'exploiter des faiblesses que vous ne vous connaissiez même pas pour vous détruire.

Sur ordre de la reine, j'ai passé vingt-cinq ans dans cette grotte pour apprendre à contrôler mes pouvoirs, à les utiliser pour anéantir les ennemis de la Couronne. La Sangsue m'a appris tout ça, et bien plus encore. Son enseignement a été une malédiction autant qu'un bienfait.

Quand je me sens capable de l'affronter, mes défenses érigées et le souvenir de Grace bien enfoui au fond de moi, j'entame ma descente dans les profondeurs glacées.

L'entrée est protégée par des charmes aussi vieux que la Sangsue elle-même. Je les désactive sans y réfléchir. La Sangsue m'a appris à le faire, ou plutôt elle me l'a inculqué grâce à un long et douloureux processus d'essais et d'erreurs.

Je suis un sentier étroit qui plonge presque à pic entre la glace et la roche. J'avance rapidement, sans un regard pour les concrétions de glace aussi belles que dangereuses qui m'entourent. À la première fourche, je tourne à droite, ignorant l'angoisse qui me submerge à chacun de mes pas.

Encore des protections magiques que je désactive et prends soin de réactiver avant de m'enfoncer dans les entrailles de la grotte. D'habitude, il fait complètement noir sur cette portion du chemin, or aujourd'hui, des bougies bordent les parois. La Sangsue attend de la visite… ou en a eu récemment. Quelqu'un lui a peut-être offert un sacrifice en échange de ses conseils.

Encore un tournant, encore une fourche (je prends à gauche cette fois) et encore d'autres protections à défaire. Me voilà enfin dans l'antichambre des appartements de la Sangsue. C'est une salle immense et des bougies font scintiller les stalagmites qui l'emplissent.

Un ruisseau traverse la salle. Il est complètement gelé, mais je l'ai déjà vu couler en été… et quand la Sangsue le lui ordonne. Il m'a toujours rappelé le Styx, parce qu'il emporte les victimes de la Sangsue aux enfers.

Plus d'une fois, dans l'espoir d'abréger mes souffrances, je m'y suis jeté moi-même. Sans succès.

Je regarde autour de moi, le temps de me ressaisir. Et je tâche d'ignorer les cadavres suspendus tête en bas dans un coin. Certains sont fraîchement dévorés, mais d'autres sont intacts. Des provisions pour l'hiver, sûrement. Il vaut mieux pour tout le monde que la Sangsue ait des réserves. C'est ce qu'elle me répétait toujours avant de me punir de ne pas avoir bien vidé mes victimes… ou d'avoir refusé de les achever.

Je me détourne de cette scène de carnage, inspire et franchis l'arche glacée qui mène au salon de la Sangsue.

Tout est identique à mes souvenirs. Les murs sont peints d'une jolie teinte pervenche et un feu crépite dans la cheminée. Des bibliothèques pleines de livres précieux recouvrent les murs et un tapis aux couleurs du soleil levant habille le sol.

Au centre de la pièce, il y a deux fauteuils de cuir brun, et, face à eux, une table basse en verre et un canapé de velours violet.

Et assise en tailleur sur le canapé, vêtue d'un caftan jaune vif, la Sangsue est occupée à tricoter un bonnet en forme de tête de vampire.

— T'en as mis du temps à passer mes protections…

Elle me regarde par-dessus ses lunettes en demi-lunes.

— Tu comptes rester debout toute la journée ?

— Je ne sais pas, je réponds sincèrement.

Elle sourit et lâche ses aiguilles pour recoiffer ses boucles grises. D'un geste, elle m'indique un siège.

— Assieds-toi. Je suis en train de te tricoter un cadeau.

Le bonnet est presque terminé, ce qui signifie qu'elle l'a commencé bien avant que je ne décide de passer la voir. Ce qui n'est pas vraiment une surprise, à la réflexion.

— Que veux-tu que je fasse d'un bonnet ? je lui demande en m'installant dans un des fauteuils.

Elle sourit ; ses yeux verts pétillent.

— Oh ! je suis sûre que tu auras une idée.

Je hoche la tête et attends la suite. La Sangsue n'aime pas qu'on parle en premier.

Aujourd'hui, de toute évidence, elle n'a pas envie de parler du tout. Je reste donc presque une heure assis, attendant qu'elle finisse le bonnet en forme de vampire que je n'ai aucune intention de porter.

Quand elle a enfin terminé, elle fait un dernier nœud et dépose son œuvre à côté d'elle.

— Tu as soif ? me demande-t-elle en indiquant du menton son bar.

Oui, je suis assoiffé, mais le souvenir des cadavres dans la pièce d'à côté me retient.

— Non, merci.

Elle hausse ses fines épaules.

— À ta guise. Bon, viens. Allons nous promener.

Je me lève et la suis vers une seconde arche de glace au fond du salon. Au moment où nous la franchissons, la salle qui me servait de dojo se transforme en une prairie ensoleillée semée de fleurs.

— Eh bien, dit-elle au bout de quelques minutes, tu vas me dire ce qui te tracasse ?

— Je te soupçonne de déjà tout savoir.

Elle fait une moue qui signifie « Peut-être », mais ne confirme pas.

— Comment vas-tu ? je demande. Excuse-moi, ça fait longtemps que je ne suis pas venu…

— Oh ! mon petit, ne t'en fais pas pour ça. Tu as d'autres chats à fouetter.

Je pense à Hudson, à ma mère, au cauchemar que c'est d'essayer d'éviter la guerre civile entre les différentes factions.

— On peut dire ça, oui.

Elle pose la main sur mon épaule.

— Je suis fière de toi, mon garçon.

Je ne m'y attendais pas. Une boule grossit dans ma gorge. Je m'éclaircis la voix.

— Tu es bien la seule.

— Ne dis pas ça, réplique-t-elle en me tapotant gentiment l'arrière de la tête. Tu as fait plus pour ta race que n'importe qui d'autre au cours du dernier millénaire. Sois-en fier. Et sois heureux d'avoir trouvé ta promise.

— Alors tu sais pourquoi je suis venu.

— Non, je sais pourquoi tu crois être venu.

Je me détourne et mon regard s'arrête sur des fleurs d'une nuance rose vif que j'associerai à Grace jusqu'à ma mort.

— Qu'est-ce que je peux faire ? je demande, la gorge de nouveau serrée, si serrée cette fois que je peux à peine respirer.

— La prendre pour promise ? répond-elle, les sourcils levés.

— Ce n'est pas ce que je veux dire.

Je serre les poings. J'ai envie de vomir. Ou de frapper quelqu'un. Ou les deux.

Elle soupire.

— Il y a une solution.

— Dis-moi.

— Tu es sûr, Jaxon ? Si tu prends cette décision, tu ne pourras pas revenir en arrière. On ne peut réparer ce qui a été déchiré.

— Je ne veux pas réparer, je gronde entre mes dents.

— Tu n'en sais rien.

Sur un geste de sa main, la prairie cède la place à la chambre de Grace. Grace recroquevillée dans son lit, regarde son smartphone tandis que Macy s'agite autour d'elle. Elle est si belle, si fragile… Je voudrais la serrer contre moi. Je voudrais la protéger de tout… y compris de moi. Surtout de moi.

— Avoir trouvé ta promise est chose précieuse, continue la Sangsue. L'avoir trouvée si jeune est plus exceptionnel encore. Veux-tu vraiment te priver d'elle ?

— Ils la cherchent déjà. Ils en ont fait un pion dans leur plan. Est-ce qu'ils veulent renverser les vampires ? Se venger des atrocités commises par Hudson ? Je l'ignore. Quoi qu'il en soit, je ne veux pas qu'elle souffre.

La sincérité de ces mots n'empêche pas qu'ils me blessent profondément. Je n'ai jamais rien eu qui soit vraiment à moi de toute mon existence ; ma mère y a veillé. Puis Grace est apparue, comme par magie. Elle est destinée à être mienne, et pourtant, je ne peux pas la prendre sans la forcer à risquer sa vie.

— Elle ne sera jamais en sécurité dans mon monde. Ils la tueront pour me faire souffrir.

La Sangsue fait un autre geste de la main et nous nous retrouvons à nouveau dans la prairie. Je me mords la lèvre pour me retenir de la supplier de nous ramener dans la chambre de Grace.

— Je sais qu'ils essaieront, répond-elle.

— Ils finiront par y parvenir. Ils y arrivent toujours.

— Pas toujours, dit-elle en fronçant les sourcils pour me rappeler les événements de l'année précédente – c'est inutile, je m'en souviens très bien. Il faut que tu croies en toi.

Je ricane.

— Croire en moi ?

— Et en ta promise.

— J'ai foi en Grace, mais elle est humaine. Elle est vulnérable.

Je me remémore les flots de sang qui s'écoulaient de ses plaies.

— Fragile.

La Sangsue rit.

— Nous le sommes tous, mon garçon. C'est ça, d'être vivant. Et ta Grace te surprendra peut-être, tu sais ? dit-elle en pointant l'index sur moi.

— De quoi tu parles ?

Fatigué de toutes ses énigmes, j'ajoute :

— Tu ne peux pas juste me dire quoi faire ?

— Personne ne le peut, Jaxon. Tu as toujours été indépendant, c'est à la fois ta plus grande force et ta plus grande faiblesse.

Je perds patience.

— Ça suffit ! Dis-moi seulement comment briser le lien !

Cette fois, quand elle sourit, j'aperçois l'éclat de ses canines acérées.

— Attention au ton que tu prends avec moi, mon garçon. Ce n'est pas parce que je t'aime bien que je ne te viderai pas en prévision de l'hiver. Tu as bon goût, si je me rappelle bien.

C'est une menace éculée à laquelle ni elle ni moi n'accordons plus beaucoup d'importance. Malgré tout, je la ferme, parce que cette menace en implique une autre, à savoir qu'elle me refusera son aide.

Nous marchons encore quelques minutes, elle tranquille et moi vibrant d'impatience. Elle me prend alors la main, presse un morceau de papier au creux de ma paume et referme mes doigts dessus.

— Ceci te dira comment obtenir ce que tu cherches. Toutefois, réfléchis bien. Est-ce vraiment ce que tu veux ? Parce qu'une fois que tu auras brisé le lien entre Grace et toi, tu ne pourras jamais le renouer.

Une vie éternelle sans ma promise, c'est ce que signifie cet avertissement. Mais je n'ai pas le choix, sous peine de la voir souffrir… et mourir.

— Merci, je souffle en enfouissant le papier au fond de ma poche.

— De rien, mon garçon, répond-elle en me tapotant la joue. Je t'aime beaucoup, tu sais ?

— Oui, je dis, parce que, bizarrement, c'est vrai.

— Et si une vieille vampire dans mon genre est capable de t'aimer, une fille aussi forte que Grace le sera aussi.

Elle me fait un clin d'œil.

— Et puis, tu oublies quelque chose.

— Quoi ? je demande avec espoir.

— « Il y a plus de choses au ciel et en enfer, Horatio, que n'en peut rêver votre philosophie. »

Elle recule d'un pas et se métamorphose sous mes yeux en une créature ailée que je ne reconnais pas.

Puis elle prend son envol, me laissant seul avec la réponse que je ne suis pas certain de vouloir entendre et des tonnes de questions que je ne sais même pas comment poser.

J'hésite à l'attendre pour pouvoir lui parler encore. Parfois elle apprécie de bavarder après un repas. Mais mon téléphone se met à vibrer dès que je suis de retour dans son salon : une série de messages de Grace et de Mekhi.

Ils arrivent dans le désordre. Lorsque je sors de la caverne pour trouver un meilleur réseau, la pluie de messages se transforme en grêle.

À leur lecture, j'oublie la Sangsue. J'oublie tout, excepté que je dois rejoindre Grace au plus vite. Je dois m'assurer qu'elle va bien et que celui qui l'a mordu reçoive le châtiment qu'il mérite.

C'est en courant vers le Denali que je comprends.

Peu importe contre qui je dois me battre pour la protéger, peu importe ce que je dois faire pour la garder, Grace est ma promise et je ne l'abandonnerai pas.

De toute façon, c'était une idée stupide de couper le lien entre nous sans même lui apprendre son existence. Ce n'est pas seulement ma décision, c'est aussi la sienne. Comment ai-je pu l'oublier ?

À peine arrivé à Katmere, je sors le papier que la Sangsue m'a donné, le déchire sans même le lire et balance les morceaux dans une poubelle tout en montant l'escalier quatre à quatre.

Après tout, je dois m'occuper de ma promise, et rien ne pourra m'en empêcher.

REMERCIEMENTS

Tout d'abord, merci à vous, lecteurs et lectrices, d'être venus à bout de ce livre monstre. Merci de l'avoir choisi, d'en avoir lu chaque mot et de m'avoir permis de partager l'histoire de Grace et de Jaxon avec vous. Je suis enchantée que vous ayez effectué ce voyage en notre compagnie. Merci, merci, merci.

Ensuite, je dois remercier Liz Pelletier, que j'apprécie plus que je ne saurais le dire. Liz, tu m'as tant appris sur l'écriture, sur l'amitié et sur moi-même ! Je ne sais même pas par où commencer. Tu es une éditrice et une amie exceptionnelle et je te serai à jamais reconnaissante de t'être embarquée avec moi dans cette aventure. Merci de n'avoir pas ménagé tes efforts pour faire de ce livre le meilleur qui puisse être. J'ai hâte qu'on collabore sur le suivant !

Stacy Cantor Abrams, je suis ravie de travailler avec toi depuis plus de dix ans. Tu es une éditrice et une personne formidable, et je suis tellement impatiente de continuer à travailler avec toi. Merci infiniment pour ton enthousiasme sans faille et d'avoir été aussi accommodante durant mon travail d'écriture. J'ai tant de chance de t'avoir.

Jessica Turner, merci pour ton enthousiasme à propos de ce texte et pour toutes les idées géniales que tu as eues pour l'aider à trouver son public. Tu es une femme passionnante, une amie passionnée, et je mesure ma chance de travailler avec toi. Merci d'être aussi fabuleuse !

Bree Archer, merci d'avoir créé la MEILLEURE COUVERTURE DE TOUTE L'HISTOIRE DES COUVERTURES. Sérieusement, c'est la MEILLEURE COUVERTURE DU MONDE. Merci du fond du cœur.

Merci à Toni Kerr d'avoir si bien soigné mon bébé. Chaque page est magnifique et c'est tout grâce à toi. Merci beaucoup, beaucoup, beaucoup.

Meredith Johnson, merci d'avoir géré toute la folie que ce livre a semée dans nos vies. Merci de m'avoir aidée à mener ce boulot titanesque depuis la première idée jusqu'aux rayons des librairies.

Jen, merci pour ton retour de lecture ! Tu es merveilleuse !

Merci aux équipes d'Entangled et de Macmillan pour leur patience et leur enthousiasme. Je suis ravie que ce livre ait trouvé une si bonne maison.

Emily Sylvan Kim, merci. Je ne trouve même plus les mots. Le jour où tu as accepté d'être mon agente, je ne connaissais pas ma chance. Je remercie chaque jour l'univers de t'avoir mise sur ma route. Merci d'être toujours de mon côté et de toujours, toujours, toujours trouver une façon de contourner les obstacles qui se dressent devant nous. Tu es la meilleure.

Eden Kim, tu as été la première lectrice d'*Assoiffés*. Merci pour ton enthousiasme. Il m'a donné l'énergie de faire le reste du travail.

Jenn Elkins, merci d'être ma meilleure amie et de me soutenir depuis tant d'années. Merci d'être toujours là quand j'ai besoin de toi. Mille baisers.

Merci aux merveilleuses Emily McKay, Shellee Roberts et Sherry Thomas pour leur amitié et les séances de brainstorming. Merci du fond du cœur.

Stephanie Marquez, merci pour ton aide et tes encouragements durant l'écriture de ce livre. Tu parviens toujours à me rappeler pourquoi j'aime tant écrire et pourquoi j'ai décidé de devenir écrivaine. Je t'aime très fort, et j'ai hâte d'affronter tout ce qui vient avec toi.

Merci à ma maman de m'aider au quotidien et de faire en sorte que ma famille continue à fonctionner (plus ou moins) normalement. Je sais qu'on est fatigants parfois, alors merci infiniment de nous supporter ! Je t'aime !

Enfin, merci aux trois garçons que j'aime tant que je ne trouve pas les mots pour le dire. Nous sortons de quelques années difficiles, et je veux vous remercier d'avoir été si courageux et d'être les fils les plus merveilleux du monde. Vous m'impressionnez tous les jours. J'ai tellement, tellement de chance d'être votre maman.

Ouvrage composé par
PCA – 44400 Rezé

Imprimé en France par
CPI Brodard & Taupin
en septembre 2022
N° d'impression : 3049969
S31509/07

MIXTE
Papier issu de sources responsables
FSC® C003309
FSC
www.fsc.org

L'éditeur de cet ouvrage s'engage dans une démarche de certification FSC® qui contribue à la préservation des forêts pour les générations futures.

Pour en savoir plus :
www.editis.com/engagement-rse/

PKJ• www.pocketjeunesse.fr
POCKET JEUNESSE

92, avenue de France - 75013 PARIS